তিতাস একটি নদীর নাম

অদ্বৈত মল্লবর্মণ

Table of Contents

তিতাস একটি নদীর নাম

তিতাস একটি নদীর নাম। তার কূলজোড়া জল, বুকভরা ঢেউ, প্রাণভরা উচ্ছ্বাস।

স্বপ্নের ছন্দে সে বহিয়া যায়।

ভোরের হাওয়ায় তার তন্দ্রা ভাঙে, দিনের সূর্য তাকে তাতায়; রাতে চাঁদ ও তারারা তাকে নিয়া ঘুম পাড়াইতে বসে, কিন্তু পারে না।

মেঘনা পদ্মার বিরাট বিভিষিকা তার মধ্যে নাই। আবার রমু মোড়লের মরাই, যদু পণ্ডিতের পাঠশালার পাশ দিয়া বহিয়া যাওয়া শীর্ণা পল্লীটিনীর চোরা কাঙালপনাও তার নাই। তিতাস মাঝারি নদী। দুষ্ট পল্লীবালক তাকে সাঁতরাইয়া পার হতে পারে না। আবার ছোট নৌকায় ছোট বৌ নিয়া মাঝি কোনদিন ওপারে যাইতে ভয় পায় না।

তিতাস শাহী মেজাজে চলে। তার সাপের মতো বক্রতা নাই, কৃপণের মতো কুটিলতা নাই। কৃষ্ণপক্ষের ভাঁটায় তার বুকের খানিকটা শুষিয়া নেয়, কিন্তু কাঙাল করে না। শুক্লপক্ষের জোয়ারের উদ্দীপনা তাকে ফোলায়, কিন্তু উদ্বেল করে না।

কত নদীর তীরে একদা নীল-ব্যাপারিদের কুঠি-কেল্লা গড়িয়া উঠিয়াছিল। তাদের ধ্বংসাবশেষ এখনও খুঁজিয়া পাওয়া যায়। কত নদীর তীরে মোঘল-পাঠানের তাঁবু পড়িয়াছে, মগদের ছিপনৌকা রক্ত-লড়াইয়ে মাতিয়াছে–উহাদের তীরে তীরে কত যুদ্ধ হইয়াছে। মানুষের তক্তের হাতিঘোড়ার রক্তে সে-সব নদীর জল কত লাল হইয়াছে। আজ হয়ত তারা শুখাইয়া গিয়াছে, কিন্তু পুঁথির পাতায় রেখ কাটিয়া রাখিয়াছে। তিতাসের বুকে তেমন কোন ইতিহাস নাই। সে শুধু একটি নদী।

তার তীরে বড় বড় নগরী বসানো নাই। সওদাগরের নৌকারা পাল তুলিয়া তার বুকে বিচরণ করিতে আসে না। ভূগোলের পাতায় তার নাম নাই।

ঝরণা থেকে জল টানিয়া, পাহাড়ি ফুলেদের ছুঁইয়া ছুঁইয়া উপল ভাঙিয়া নামিয়া আসার আনন্দ কোনোকালে সে পায় নাই। অসীম সাগরের বিরাট চুম্বনে আত্মবিলয়ের আনন্দও কোনোকালে তার ঘটিবে না। দুরন্ত মেঘনা নাচিতে নাচিতে কোন্‌কালে কোন্‌ অসতর্ক মুহূর্তে পা ফসকাইয়াছিল; বাঁ তীরটা একটু মচকাইয়া গিয়া ভাঙিয়া যায়। স্রোত আর ঢেউ সেখানে প্রবাহের সৃষ্টি করে। ধারা সেখানে নরম মাটি খুঁজিয়া, কাটিয়া, ভাঙিয়া, দুমড়াইয়া পথ সৃষ্টি করিতে থাকে। এক পাকে শতশত পল্লী দুই পাশে রাখিয়া অনেক জঙ্গল অনেক মাঠ-ময়দানের ছোঁয়া লইয়া ঘুরিয়া আসে—মেঘনার গৌরব আবার মেঘনার কোলেই বিলীন হইয়া যায়। এই তার ইতিহাস। কিন্তু সে কি আজকের কথা? কেউ মনেও করে না কিসে তার উৎপত্তি হইল। শুধু জানে সে একটি নদী। অনেক দূর-পাল্লার পথ বাহিয়া ইহার দুই মুখ মেঘনায় মিশিয়াছে। পল্লীরমণীর কাঁকনের দুই মুখের মধ্যে যেমন একটু ফাঁক থাকে, তিতাসের দুই মুখের মধ্যে রহিয়াছে তেমনি একটুখানি ফাঁক—কিন্তু কাঁকনের মতই তার বলয়াকৃতি।

অনেক নদী আছে বর্ষার অকুণ্ঠ প্লাবনে ডুবিয়া তারা নিশ্চিহ্ন হইয়া যায়। পারের কোনো হদিস থাকে না, সবদিক একাকার। কেউ তখন বলিতে পারে না এখানে একটা নদী ছিল। সুদিনে আবার তাদের উপর বাঁশের সাঁকোর বাঁধ পড়ে। ছেলেমেয়ে বুড়োবুড়িরা পর্যন্ত একথানা বাঁশে হাত রাখিয়া আর একথানা বাঁশে পা টিপিয়া টিপিয়া পার হইয়া যায়। ছেল-কোলে নারীরাও যাইতে পারে। নৌকাগুলি অচল হয়। মাঝিরা কোমরে দড়ি বাঁধিয়া সেগুলিকে টানিয়া নেয়। এপারে ওপারে ক্ষেত। চাষীরা দিনের রোদে তাতিয়া কাজ করে। এপারের চাষী ওপারের জনকে ডাকিয়া ঘরের খবর জিজ্ঞাসা করে। এপারের চাষী ঘাম মুছিয়া জবাব দেয়। গরুগুলি নামিয়া স্নান করিতে চেষ্টা করে। অবগাহন স্নান। কিন্তু গা ডোবে না। কাক- স্নান করা মাত্র সম্ভব হয় কোন রকমে। নারীরা কোমরজলে গা ডুবাইবার চেষ্টায় উবু হয়। দুই হাতে ঢেউ তুলিয়া নীচু-করা ঘাড়ে-পিঠে জল দিয়া স্নানের কাজ শেষ করে। শিশুদের ডুবিবার ভয় নাই বলিয়া মায়েরা তাদের জলে ছাড়িয়া দিয়াও নিরুদ্বেগে বাসন মাজে, কাপড় কাচে, আর এক পয়সা দামের

কার্বলিক সাবানে পা ঘসে। অল্প দূরে ঘর। পুরুষমানুষে ডাক দিলে এথান হইতে শোনা যাইবে; তাই ব্যাস্ততা নাই।

কিন্তু সত্যি কি ব্যাস্ততা নাই? যে-মানুষটা এক-গা ঘাম লইয়া ক্ষেতে কাজ করিয়া বাড়ি গেল, তার ভাত বাড়িয়া দিবার লোকের মনে ব্যাস্ততা থাকিবেইত। দুপুরে নারীরা ঘাটে বেশি দেরি করে না। কিন্তু সকালে সন্ধ্যায় দেরি করে। পুরুষেরা এজন্য কিছু বলে না। তারা জানে এ নদী দিয়া কোনো সদাগরের নৌকা আসা- যাওয়া নাই।

শীতে বড় কষ্ট। গম্ গম্ করিয়া জলে নামিতে পারে না। জল খুব কম। সারা গা তো ডোবেই না; কোমর অবধিও ডোবে না। শীতের কন্ কনে ঠাণ্ডা জলে হম্ করিয়া ডুবিয়া ভাসিয়া উঠিবার উপায় নাই; একটু একটু করিয়া শরীর ভিজে। মনে হয় একটু একটু করিয়া শরীরের মাংসের ভিতর ছুরি চালাইতেছে কেউ। চৈত্রের শেষে খরায় খাঁ খাঁ করে। এতদিন যে জলটুক অবশিষ্ট ছিল, তাও একটু একটু করিয়া শুষিতে শুষিতে একদিন নিঃশেষ হইয়া যায়। ঘামের গা ধুইবার আর উপায় থাকে না। গরুরা জল থাইতে ভুল করিয়া আসিয়া ভাবনায় কাতর হয়। মাঘের মাঝামাঝি সরষে ফুলে আর কড়াই-মটরের সবুজিমায় দুই পারে নকসা করা ছিল। নদীতেও ছিল একটু জল। জেলেরা তিন-কোণা ঠেলা-জাল ঠেলিয়া চাঁদা পুঁটি টেংরা কিছু-কিছু পাইত। কিন্তু চৈত্রের খরায় এ সবের কিছুই থাকে না। মনে হয় মাঘমাসটা ছিল একটা স্বপ্ন। চারিদিক ধু-ধু করা রুক্ষতায় কাতরায়। লোকে বিচলিত হয় না। জানে তারা , এ সময় এমন হয়।

তিতাসের তেরো মাইল দূরে এমনি একটা নদী আছে। নাম বিজয় নদী। তিতাসের পারের জেলেদের অনেক কুটুম বিজয় নদীর পারের পাড়াগুলিতে আছে। তিতাসের পারের ওরা ওই নদীর পারের কুটুম-বাড়িতে অনেকবার বেড়াইতে গিয়াছে। বিয়ের কনের খোঁজে গিয়াছে। সে-সব গাঁয়ে তারা দেখিয়াছে, চৈত্রের খরায় নদী কত নিষ্করুণ হয়। একদিক দিয়া জল শুকায় আর একদিক দিয়া মাছেরা দমবন্ধ হওয়ার আশঙ্কায় নাক জাগাইয়া হাঁপায়। মাছেদের মত জেলেদেরও তখন দম বন্ধ হইতে থাকে। সামনে মহাকালের শুষ্ক এক কঙ্কালের ছায়া দেখিয়া তারা একসময় হতাশ হইয়া

পড়ে। যারা বর্ষার সময় চাঁদপুরের বড় গাঙ এ নৌকা লইয়া প্রবাস বাহিতে গিয়াছিল, তারা সেখানে নিকারীর জিম্মায় নাও জাল রাখিয়া রেলে চড়িয়া আসিয়া পড়ে। তাদের কোন চিন্তা থাকে না। হাতের টাকা ভাঙিয়া এই দুর্দিন পার করে। কিন্তু যারা বর্ষায় ঘরের মায়া ছাড়িয়া বাহির হয় নাই তারাই পড়ে বিপদে। নদী ঠন্‌ ঠনে। জাল ফেলিবে কোথায়। তিন-কোণা ঠেলা-জাল কাঁধে ফেলিয়া আর-এক কাঁধে গলা-চিপা ডোলা বাঁধিয়া এ-পাড়া সে-পাড়ায় টই-টই করিয়া ঘুরিতে থাকে, কোথায় পানা পুকুর আছে মালিক হীন ছাড়া বাড়িতে। চার পারে বন বাদাড়ের ঝুপড়ি। তারই ঝরাপাতা পড়িয়া, পচিয়া, ভারি হইয়া তলায় শায়িত আছে। তারই উপর দিয়া ভাসিয়া উঠিয়া ছোট মাছেরা ফুট দেয়। গলা-জল শুকাইয়া কোমর-জল, কোমর-জল শুকাইয়া হাঁটু-জল হইয়াছে। মাছেদের ভাবনার অন্ত নাই। কিন্তু অধিক ভাবিতে হয় না। গোপালকাছা-দেওয়া দীর্ঘাকার মালো কাঁধের জল নামাইয়া শুন্য-দৃষ্টিতে তাকাইতে তাকাইতে এক সময় থেউ দিয়া তুলিয়া ফেলে। মাছেদের ভাবনা এখানেই শেষ হয়, কিন্তু মাছ যারা ধরিল তাদের ভাবনার আর শেষ হয় না। তাদের ভাবনা আরও সুদূর-প্রসারী। সামনের বর্ষাকাল পর্যন্ত।

বর্ষাকালের আর খুব বেশি দেরি নাই। সঙ্কট অবসানের সম্ভাবনায় অনেক মালো উদ্বেগের পাহাড় ঠেলিয়া চলিয়াছে, হাতে ঠেলা-জাল লইয়া চুনো-পুঁটি যা পায় ধরিয়া পোয়া দেড়-পোয়া চাউলের যোগাড় করিতেছে। কিন্তু গৌরাঙ্গ মালোর দিন আর চলিতে চায় না। একদিন অনেক খানাডোবায় থেউ দিয়া কিছুই পাইল না, নামিলে টগবগ করিয়া পচা জলের ভুরভুরি উঠে, আর থেউ দিলে তিনচারিটা ব্যাঙ জাল হইতে লাফাইয়া এদিকে ওদিকে পড়িয়া যায়।

উঠানের একদিকে একটা ডালিম গাছ। পাতা শুকাইয়া গিয়াছে। গৌরাঙ্গসুন্দরের বউ লাগাইয়াছিল। বউ যৌবন থাকিতেই শুখাইয়া গিয়াছিল। গাল বসিয়া, বুক দড়ির মত সরু হইয়া গিয়াছিল। বুকের স্তনদুটি বুকেই বসিয়া গিয়াছিল তার। তারপর একদিন সে মরিয়া গিয়াছিল। সে মরিয়া গিয়া গৌরাঙ্গকে বাঁচাইয়াছে। তার কথা গৌরাঙ্গসুন্দরের আর মনে পড়ে না। তারই মত শুকাইয়া-যাওয়া তারই হাতের ডালিম গাছটা চোখে

পড়িতে আজ মনে পড়িয়া গেল। উঃ, বউটা মরিয়া কি ভালই না করিয়াছে! থাকিলে, আজ তার অবস্থা হইত ঠিক নিত্যানন্দদাদার মত।

নিত্যানন্দ থাকে উত্তরের ঘরে। তার বউ আছে। আর আছে একটি ছেলে, একটি মেয়ে। নিত্যানন্দ-পরিবারের দিকে চাহিয়া গৌরাঙ্গ শিহরিয়া উঠে! এক পেটের ভাবনা নিয়াই বাঁচি না, দাদা চারিটা পেটের ভাবনা মাথায় করিয়া কেমন তামাক খাইতেছে। তার যেন কোন ভাবনাই নাই।

সত্যি নিত্যানন্দের আর কোন ভাবনা নাই। যতই ভাবিয়াছে, দেখিয়াছে কোন কূল-কিনারা পাওয়া যায় না। বৌ ঝিমাইতেছে। ছেলেমেয়ে দুইটা নেতাইয়া পড়িয়া কিসের নির্ভরতায় অক্ষম নিত্যানন্দের মুখের দিকে চাহিয়া আছে। আর নিত্যানন্দ কোন উপায় না দেখিয়া কেবল তামাক টানিতেছে।

পশ্চিমের ভিটায় গৌরাঙ্গসুন্দরের ঘর। ডালিম গাছে কাঁধের জাল ঠেকাইয়া দিয়া ডোলাটা ছুঁড়িয়া ফেলিল দাওয়ার একদিকে। দক্ষিণ ও পূর্বদিকের ভিটা খালি। তাদের দুই কাকা থাকিত। এক কাকা মরিয়া গিয়াছে এবং তার ঘর বেচিয়া তার শ্রাদ্ধ করিতে হইয়াছে। আরেক কাকা ঘর ভাঙিয়া লইয়া আরেক গাঁয়ে ছাড়িয়া গিয়াছে।

গৌরাঙ্গ অকারণে খেঁকাইয়া উঠিল, 'খালি তামুক থাইলে পেত ভরব?'

'কি থামু তবে?'

না, লোকটার কেবল পেটই শুকায় নাই। মাথাও শুকাইয়া গিয়াছে।

'চল যাই বুধাইর বাড়ি।'

নয়ানপুরে বোধাই মালো টাকায় সব মালোদের চেয়ে বড়। বাড়িতে চার পাঁচটা ঢেউটিনের ঘর। দুই ছেলে রোজগারী লোক। বোধাই হাতীর মত মোটা ও কাল। শরীরেও হাতীর মত জোর। তার কারবার অন্য ধরণের। বড় বড় দীঘি ইজারা নিয়া মাছের পোনা ফেলে। মাছ বাড়িতে থাকে, আর তারা তিন বাপ বেটায় লোকজন লইয়া জাল ফেলে, মাছ তোলে, মাছ চালান দেয়। এ কাজে বোধাই অনেক লোকজন খাটায়। নদীতে জল না থাকিলে, মালোরা যখন দুই চোখে অন্ধকার দেখে তখন তারা যায় বোধাইর বাড়িতে।

কিন্তু তিতাসে কত জল! কত স্রোত! কত নৌকা! সব দিক দিয়াই সে অকৃপণ।

আর বিজয়-নদীর তীরে-তীরে যে-মালোরা ঘর বাঁধিয়া আছে, তাদের কত কষ্ট। নদী শুকাইয়া গেলে তাদের নৌকা-গুলি অচল হইয়া থাকে আর কাঠ-ফাটা রোদে কেবল ফাটে।

তিতাস-তীরের মালোরা যারা সেখানে বেড়াইতে গিয়াছে, চৈত্রের খরায় নদী কত নিষ্করুণ হয় দেখিয়া আসিয়াছে। রিক্ত মাঠের বুকে ঘূর্ণির বুভুক্ষা দেখিতে দেখিতে ফিরতি-পথে তারা অনেকবার ভাবিয়াছে, তিতাস যদি কোনোদিন এই রকম করিয়া শুকাইয়া যায়! ভাবিয়াছে এর আগেই হয়ত তাদের বুক শুকাইয়া যাইবে , ভাবিতে ভাবিতে হঠাৎ পাশের জনকে নিতান্ত থাপছাড়াভাবে বলিয়াছেঃ ‘বিজ়নার পারের মালোগুষ্টি বড় অভাগা রে ভাই, বড় অভাগা!’

যারা বিজয় নদীর দশা দেখে নাই, বছরের পর বছর কেবল তিতাসের তীরেই বাস করিয়াছে, তারা এমন করিয়া ভাবে না। তারা ভাবে তিন-কোণা ঠেলা-জাল আবার একটা জাল! তারে হাঁটু-জলে ঠেলিতে হয়, উঠে চিংড়ির বাচ্চা। হাত তিনেক তো মোটে লম্বা। বিজয়ের বুকে তা-ই ডোবে না। তিতাসের জলে কত বড় বড় জাল ফেলিয়া তারা কত রকমের মাছ ধরে। এখানে যদি তিতাস নদী না থাকিত, বিজয় নদী থাকিত, তবে নাকের চারিদিক থেকে বায়ুটুকু সরাইয়া রাখিলে যা অবস্থা হয়, তাদের ঠিক সেই রকম অবস্থা হইত। ওদের মতো থেলা-জাল ঘাড়ে করিয়া গ্রামগ্রামান্তরের খানা-ডোবা খুঁজিয়া মরিতে হইত দুই আনা এর দশ পয়সার মোরলা ধরিবার জন্য।

জেলেদের বউ-ঝিরা ভাবে অন্যরকম কথা – বড় নদীর কথা যারা শুনিয়াছে। যে-সব নদীর নাম মেঘনা এর পদ্মা। কি ভীষণ! পাড় ভাঙ্গে। নৌকা ডোবায়। কি ঢেউ। কি গহীন জল। চোখে না দেখিয়াই বুক কাঁপে! কত কুমীর আছে স-সব নদীতে। তাদের পুরুষদের মাছ ধরার জীবন। রাতে-বেরাতে তারা জলের উপরে থাকে। এতবড় নদীতে তারা বাহির হইত কি করিয়া! তাদের নদীতে পাঠাইয়া মেয়েরা ঘরে থাকিতই বা কেমন করিয়া! তিতাস কত শান্ত। তিতাসের বুকে ঝড়-তুফানের রাতেও

স্বামীপুত্রদের পাঠাইয়া ভয় করে না। বৌরা মনে করে স্বামীরা তাদের বাহুর বাঁধনেই আছে, মায়েরা ভাবে ছেলেরা ঠিক মায়েরই বুকে মাথা এলাইয়া দিয়া শান্ত-মনে মাছ-ভরা জাল গুটাইতেছে।

বাংলার বুকে জটার মতো নদীর প্যাঁচ। শাদা, ঢেউ-তোলা জটা। কোন্ মহাস্থবিরের চুম্বন-রস-সিক্ত বাংলা। তার জটাগুলি তার বুকের তারুণ্যের উপর দিয়া সাপ-খেলানো জটিলতা জাগাইয়া নিম্নাঙ্গের দিকে সরিয়া পড়িয়াছে। এ সবই নদী।

সবগুলি নদীর রূপ এক নয়। উহাদের ব্যবহার এবং উহাদের সহিত ব্যবহার তাও বিভিন্ন রকমের। সবগুলি নদীই মানুষের প্রাত্যহিক জীবনের কাজে আসে। কিন্তু এ কাজে আসার নানা ব্যতিক্রম আছে। বড় নদীতে সওদাগরের নৌকা আসে পাল উড়াইয়া। উহার বিশাল বুকে জেলেরা সারাদিন নৌকা লইয়া ভাসিয়া থাকে। নৌকায় রাঁধে, খায়, ঘুমাইয়া থাকে। মাছ ধরে। সব বিষয়ে একটা কোঠর রূপ এখানে প্রকটিত। তীরে তীরে বালুচর, তাল নারিকেল সুপারির বাগ। স্রোতের থরায় তীরের মাটি কাটে, ধ্বসে। ঢেউয়ের আঘাতে তীরগুলি ভাঙিয়া খসিয়া পড়ে। গৃহস্থালি ভাঙ্গে। ক্ষেত খামার ভাঙ্গে, তাল-নারিকেল, সুপারির গাছগুলি সারি বাঁধিয়া ভাঙিয়া পড়ে। ক্ষমা নাই। ভাঙ্গাগড়ার এক রুদ্র দোলার দোলনায় করাল এক চিত্তচঞ্চল ক্ষিপ্ত আনন্দ। সে-ই এক ধরণের শিল্প।

শিল্পের আরেকটা দিক আছে। সৌম্য শান্ত করুণ স্নিগ্ধ প্রসাদগুণের মাধুর্যে রঞ্জিত এ শিল্প। এ শিল্পের শিল্পী মহাকালের তাণ্ডবনৃত্য আঁকিতে পারে না। পিঙ্গল জটার বাঁধন খসিয়া পড়ার প্রচণ্ডতা এ শিল্পীর তুলিকায় ধরা দিবে না। এ শিল্পের শিল্পী মেঘনা, পদ্মা, ধলেশ্বরীর তীর ছাড়িয়া তিতাসের তীরে আঙিনা রচনা করিয়াছে।

এ-শিল্পী যে-ছবি আঁকে তা বড় মনোরম। তীর-ঘেঁসিয়া সব ছোট ছোট শিল্পী। তারপর জমি। তাতে অঘ্রাণ মাসে পাকা ধানের মৌসুম। মাঘ মাসে সর্ষেফুলের অজস্র হাসি। তারপর পল্লী। ঘাটের পর ঘাট। সে ঘাটে জীবন্ত ছবি। মা তার নাদুস-নুদুস ছেলেকে ডুবাইয়া চুবাইয়া তোলে। বৌ-

ঝিরা সব কলসী লইয়া ডুব দেয়। পরক্ষণে ভাসিয়া উঠে। অল্প দূর দিয়া নৌকা যায়, একের পর এক। কোনটাতে ছই থাকে, কোনটাতে থাকে না। কোনো কোনো সময় ছইয়ের ভিতর নয়া বউ থাকে। বাপের বাড়ি থেকে স্বামী তার বাড়িতে লইয়া যায়; তখন ছইয়ের এ-পারে ও-পারে থাকে বউয়ের শাড়ি-কাপড়ের বেড়া। স্বামীর বাড়ি থেকে যখন বাপের বাড়িতে যায়, তখন কিন্তু কাপড়ের বেড়া থাকে না। থাকে না তার মাথায় ঘোমটা। ছইয়ের বাহিরে বসিয়া ঘাটগুলির দিকে চাহিয়া থাকে সে। স্বামীর বাড়ির ঘাট অদৃশ্য না হইলে কিন্তু সে ছইয়ের বাহিরে আসে না।

তারা স্বামীর বাড়ি থেকে বাপের বাড়ি আর বাপের বাড়ি থেকে স্বামীর বাড়ি যায় অনেক হাসি-কান্নার ঢেউ বুকে লইয়া। যে বউ স্বামীর বাড়ি যায়, তার এক চোখে প্রজাপতি নাচে, আরেক চোখে থাকে জল। এরা সব ভিন্ জাতের বউ। বামুন, কায়েত, নানা জাতের। জেলেদের বৌরা জেলে-নৌকাতেই যায়। তারা অত সুন্দরীও নয়। অত তাদের আবরুরও দরকার হয় না। কিন্তু ওরা খুব সুন্দরী। জেলের ছেলেরা কপালের দোষ দেয়। অমন সুন্দর বউ তাদের জীবনে কোনদিন আসিবে না। ভালো করিয়া চায় তারা। ভালো করিয়া চাহিতে পারিলে প্রায়ই ছইয়ের ফাঁক দিয়া, বাতাসে শাড়িটা একটু সরিয়া গেলে, চকিতে তারই ফাঁক দিয়া, টুকটুকে একথানা মুখ আর এক জোড়া চোখ চোখে পড়িবে। বৌয়ের অভিভাবক ছইয়ের দুই মুখে গুঁজিয়া দিয়াছে শাড়ির বেড়া; তাতে বৌকে সকলে দেখিতে পারে না, কিন্তু বৌ সকলকে দেখিতে পায়। তিতাসের জলে অনেক মাছ। মালোর ছেলের স্ফূর্তি রসাইয়া উঠে। জালের দিকে চোখ রাখিয়াই গাহিয়া উঠে, 'আগে ছিলাম ব্রাহ্মণের মাইয়া করতাম শিবের পূজা, জালুয়ার সনে কইরা প্রেম কাটি শণের সুতা রে, নছিবে এই ছিল।' বৌ ঠিক শুনিতে পাইবে।

গ্রামের পর গ্রাম। নৌকাখানা সেখানে ঢুকিয়া পড়ে। সাপের জিহবার মত চকিতে স-খাল গ্রামখানাকে ঘুরিয়া কোথায় পলাইয়া গিয়াছে। হয়ত আরো দূরে গিয়াছে। আরো কয়েকখানি গ্রামের পাশ দিয়া জের টানিতে টানিতে গিয়া, তারই কোনটাতে বৌকে লইয়া যাইবে। খালের পাড়েই বাড়ি। ছোট ছেলে-পিলেরা তৈরি হইয়া আছে, বৌকে কি করিয়া চমকাইয়া দিবে।

তৈরি হইয়া আছে হয়ত আরও কেউ। খালটা এইখানে শুকাইয়া গিয়াছে। এইখানে নৌকা হইতে উঠিয়া বৌকে খানিকটা হাটিয়া যাইতে হইবে। শিল্পী শান্ত সবুজ সুন্দর রঙে ক্ষেতগুলির বুকে-বুকে যে নক্সা আঁকিয়া রাখিয়াছে তাহারই আল দিয়া বৌকে হাটিতে হইবে। তিতাসের তীরে না থাকার কি কষ্ট। যে-বউয়ের যাওয়ার বাড়ি একেবারে তিতাসের তীরে, কর্ম-চঞ্চল ঘাটখানাতে তার নৌকা লাগে। দশ-জোড়া নারীর চোখের দবদে স্নান করিয়া সে বৌ নৌকা থেকে নামে। তারপর বাপের বাড়ি হইলে এক দৌড়ে ঘরে ঢুকিয়া ছোট ছোট ভাইবোনদের বুকে চাপিয়া ধরে। আর স্বামীর বাড়ি হইলে পিঠের কাপড় সুদ্ধ টানিয়া তুলিয়া ঘোমটা বড় করে, তারপর আগে-পিছে দুই-চারিজন নারীর মাঝখানে থাকিয়া ধীরে ধীরে জড়িত পায়ে ঘাটের পথটুকু অতিক্রম করে।

পথটুকু অতিক্রম করিয়া জমিলা বাহির-বাড়ির মসজিদ-লগ্ন মক্তবের কোণে পা দিয়া একবার পিছন ফিরিয়া চাহিল। তার স্বামী মাঝির সঙ্গে তখনও কেরায়া নিয়া দরদস্তুর করিতেছে। দুই-এক আনা ফেলিয়া দিলেই মাঝি খুশি হইয়া চলিয়া যায়। বুড়া মাঝি। যা খাটিয়াছে! সঙ্গে মাত্র দুই ননদ। তাও ননদের ছোট সংস্করণ! সন্ধ্যা ঘনাইয়া আসিয়াছে। ভয় করে না বুঝি! লোকটা যেন কি! তাদের আসিতে বলিয়া নিজে আসিতেছে না। বাড়ির পথে বড় বড় ঘাস। সাপ বাহির হইয়াছে হইত। ব্যাঙ মনে করিয়া এখনই জমিলার পায়ের বুড়ো আঙুলে যদি ছোবল দেয়!

ছমির মিয়া হিসাবী লোক। কাউকে এক পয়সা ঠকায় না। বেহদা কাউকে এক পয়সা বেশিও দেয় না। সব কাজ ওজন করিয়া করে। মাঝি হাত মানিয়া নৌকায় গিয়া উঠিলে, ছমিরের মনে অনাহূত এক ছোপ প্রসন্নতা রঙ গুলাইয়া দিল। আজ তার কিসের রাত! এ রাতে কেউ কোন দিন মাঝিকে ঠকায়! কেউ যেন না ঠকায়!

মাঝি দশ মিনিট ঝগড়া করিয়া যাহা পায় নাই, এক মিনিট চুপ করিয়া তাহার চারিগুণ পাইল! চক্ চকে সিকিটা শাদা নদীর খোলসা অল্প আলোকে ভালো করিয়া দেখিয়া লইয়া লগিতে ঠেলা দিল।

ছমির কাছে আসিলে জমিলার মনে হইল — এতক্ষণ এতগুলি সাপ তার পায়ের বুড়ো আঙুলটিকে ঘিরিয়া কিল্ বিল্ করিতেছিল, এখন সব কয়টা সরিয়া পড়িয়াছে। কি ভাল তার মানুষটি!

কিন্তু তার চাইতেও ভাল একজনকে দেখিয়া আসিয়াছে সেই মালোপাড়ার ঘাটে। বড় ভাল লাগিয়াছে তার মানুষটাকে। প্রথম দৃষ্টিতেই সে তাকে ভালবাসিয়া ফেলিয়াছে, সেও কি তেমনি ভালবাসে নাই? কেমন অনুরাগের ভরে চাহিয়াছিল। আর কেমন মানুষ গো! একবার দেখিয়াই মনে হইল যেন কতবার দেখিয়াছি। বেলা ফুরাইতেছে। একটু একটু বাতাস বহিতেছে। আর সেই বাতাসে আমার শাড়ির বেড়া খুলিয়া গেল, আর তখনই তাকে আমি দেখিতে পাইলাম। যদি না খুলিত, তবে ত দেখিতেই পাইতাম না। এমনই কত লোককে যে আমরা দেখিতে পাই না। অথচ দেখিতে পাইলে এমনি করিয়া আপন হইয়া যাইত। আমরা কি আর দেখি? যে দেখাইবার, সে-ই দেখায়! তা না হইলে সে যখন জলে ঢেউ খেলাইয়া কলসী ডুবাইল, ঠিক সেই সময়ে আমার শাড়ির বাঁধন খুলিল কেন? বর্ষায় আমার বাপ ওদের গাঁয়ে ভিজা নালিতার আঁটি-বোঝাই নৌকা লইয়া যায়, পাট ছাড়াইবার জন্য। আবার যখন বাপের বাড়ি যাইব, বাপকে বলিয়া রাখিব, এই রকম এই রকম মেয়েটি, দেখিতে ঠিক আমার মত। তার বাপকে বলিয়া দেখিও, আমার মেয়ে তোমার মেয়ের সঙ্গে সই পাতিতে চায়, তুমি রাজি আছ কিনা।

আগে যা বলিতেছিলাম।

এ শিল্পী মহাকালের তাণ্ডব- নৃত্য আঁকিতে পারে না। পিঙ্গল জটার বাঁধন খসিয়া পড়ার প্রচণ্ডতা এ- শিল্পীর তুলিকায় ধরা দিবে না। এ শিল্পী মেঘনা-পদ্মা-ধলেশ্বরীর তীর ছাড়িয়া তিতাসের তীরে আঙিনা রচনা করে।

এ শিল্পী যে ছবি আঁকে তা বড় মনোরম। তীর ঘেঁষিয়া সব ছোট ছোট গ্রাম। গ্রামের পর জমি। অগ্রহায়ণে পাকা ধানের মরসুম। আর মাঘে সর্ষেফুলের হাসি। তারপর আবার গ্রাম। লতাপাতা গাছগাছালির ছায়ায় ঢাকা সবুজ গ্রাম। ঘাটের পর ঘাট। সে ঘাটে সব জীবন্ত ছবি। মা তার নাদুস-

নুদুস শিশু ছেলেমেয়েকে চুবাইয়া তোলে। অল্প একটু দূর দিয়া নৌকা যায় একের পর এক ...।।

তিতাস একটি নদীর নাম। এ নামের ব্যুৎপত্তিগত অর্থ তার তীরের লোকেরা জানে না। জানিবার চেষ্টা কোনদিন করে নাই, প্রয়োজন বোধও করে নাই। নদীর কত ভাল নাম থাকে – মধুমতী, ব্রহ্মপুত্র, পদ্মা, সরস্বতী, যমুনা। আর এর নাম তিতাস। সে কথার মানে কোনোদিন অভিধানে খুঁজিয়া পাওয়া যাইবে না। কিন্তু নদী এ-নামে যত প্রিয়, ভালো একটা নাম থাকিলে তত প্রিয় হইতই যে, তার প্রমাণ কোথায়!

ভালো নাম আসলে কি? কয়েকটা আখরের সমষ্টি বৈত নয়। কাজললতা মেয়েটিকে বৈদূর্যমালিনী নাম দিলে, আর যাই হোক, এর খেলার সাথীরা খুশি হইবে না। তিতাসের সঙ্গে নিত্য যাদের দেখাশুনা, কোনো রাজার বিধান যদি এর নাম চম্পকবতী কি অলকনন্দা রাখিয়া দিয়া যায়, তারা ঘরোয়া আলাপে তাকে সেই নামে ডাকিবে না, ডাকিবে তিতাস নামে।

নামটি তাদের কাছে বড় মিঠা। তাকে তারা প্রাণ দিয়া ভালবাসে, তাই এর নামের মালা তাদের গলায় ঝুলানো।

শুরুতে কে এই নাম রাখিয়াছিল, তারা তা জানে না। তার নাম কেউ কোনোদিন রাখিয়াছে, এও তারা ভাবে না। ভাবিতে বা জানিতেও চায় না। এ কোনোদিন ছিল না, এও তারা কল্পনা করিতে পারে না। কবে কোন্‌, দূরতম অতীতে এর পারে তাদের বাপ পিতামহেরা ঘর বাঁধিয়াছিল একথা ভাবা যায় না। এ যেন চির সত্য, চির অস্তিত্ব নিয়া এখানে বহিয়া চলিয়াছে। এ সঙ্গী তাদের চিরকালের। এ না হইলে তাদের চলে না। এ যদি না হইত, তাদের চলিতও না। এ না থাকিলে তাদের চলিতে পারে না। জীবনের প্রতি কাজে এ আসিয়া উঁকি মারে। নিত্যদিনের ঝামেলার সহিত এর চিরমিশ্রণ।

নদীর একটা দার্শনিক রূপ আছে। নদী বহিয়া চলে। কালও বহিয়া চলে। কালের বহার শেষ নাই। নদীরও বহার শেষ নাই। কতকাল ধরিয়া কাল নিরবচ্ছিন্ন ভাবে বহিয়াছে! তার বুকে কত ঘটনা ঘটিয়াছে। কত মানুষ মরিয়াছে। কত মানুষ বিশ্রী-ভাবে মরিয়াছে – কত মানুষ না থাইয়া মরিয়াছে – কত মানুষ ইচ্ছা করিয়া মরিয়াছে – আর কত মানুষ মানুষের

দুষ্কার্যের দরুণ মরিতে বাধ্য হইয়াছে। আবার শত মরণকে উপেক্ষা করিয়া কত মানুষ জন্মিয়াছে। তিতাসও কতকাল ধরিয়া বহিয়া চলিয়াছে। তার চলার মধ্যে তার তীরে তীরে কত মরণের কত কান্নার রোল উঠিয়াছে। কত অশ্রু আসিয়া তার জলের স্রোতে মিশিয়া গিয়াছে। কত বুকের কত আগুন, কত চাপা বাতাস তার জলে নিবিয়াছে। কতকাল ধরিয়া এ-সব সে নীরবে দেখিয়াছে, দেখিয়াছে আর বহিয়াছে। আবার সে দেখিয়াছে কত শিশুর জন্ম, দেখিয়াছে আর ভাবিয়াছে। ভাবী নিগ্রহের নিগড়ে আবদ্ধ এই অজ্ঞ শিশুগুলি জানে না, হাসির নামে কত বিষাদ, সুখের নামে কত ব্যথা, মধুর নামে কত বিষ তাদের জন্য অপেক্ষা করিয়া আছে।

ওরা কারা? ওরা মালোদের ছেলেরা। আর মালোদের মেয়েরা। ওরা তারা নয় যাদের দেয়াল-ঘেরা বাড়ি, সামনে আছে পুষ্করিণী, পাশে আছে কুয়া, যাদের আঙ্গিনার পাড় থেকেই শুরু হইয়াছে পথ – সে পথ গিয়াছে শহরের দিকে, পাশের গাঁওলিতে এক একটা শাখাপথ ঢুকাইয়া দিয়া। সে পথে ঘোড়ার গাড়ি চলে।

আর মালোদের ঘরের আঙ্গিনা থেকে শুরু হইয়াছে যত পথ স-সবই গিয়া মিশিয়াছে তিতাসের জলে। স-সব পথ ছোট ছোট। পথের এধার থেকে বুকের শিশু কাঁদিয়া উঠিলে ওধার থেকে মা টের পায়। এধারের তরুণীর বুকের ধুক ধুকানি ওপারের নৌকার মাচানে বসিয়া মালোদের তরুণরা শুনিতে পায়। এ পথ অতি খর্ব। দীর্ঘপথ গিয়াছে মাঝ-তিতাসের বুক চিরিয়া। সে পথে চলে কেবল নৌকা।

তিতাস সাধারণ একটা নদী মাত্র। কোনো ইতিহাসের কেতাবে, কোনো রাষ্ট্রবিপ্লবের ধারাবাহিক বিবরণীতে এ নদীর নাম কেউ খুঁজিয়া পাইবে না। কেননা, তার বুকে যুযুধান দুই দলের বুকের শোণিত মিশিয়া ইহাকে কলঙ্কিত করে নাই। কিন্তু তাই বলিয়া তার কি সত্যি কোনো ইতিহাস নাই?

পুঁথির পাতা পড়িয়া গর্বে ফুলিবার উপাদান এর ইতিহাসে নাই সত্য, কিন্তু মায়ের স্নেহ, ভাইয়ের প্রেম, বৌ-ঝিয়েদের দরদের অনেক ইতিহাস এর তীরে তীরে আঁকা রহিয়াছে। সেই ইতিহাস হয়ত কেউ জানে,

হয়ত কেউ জানে না। তবু সে ইতিহাস সত্য। এর পারে পারে খাঁটি রক্তমাংসের মানুষের মানবিকতা আর অমানুষিকতার অনেক চিত্র আঁকা হইয়াছে। হয়ত সেগুলি মুছিয়া গিয়াছে। হয়ত তিতাসই সেগুলি মুছিয়া নিয়াছে! কিন্তু মুছিয়া নিয়া সবই নিজের বুকের ভিতর লুকাইয়া রাখিয়াছে। হয়ত কোনোদিন কাহাকেও সেগুলি দেখাইবে না, জানাইবে না কারো সেগুলি জানিবার প্রয়োজনও হইবে না। তবু সেগুলি আছে। যে-আখর কলার পাতায় বা কাগজের পিঠে লিখিয়া অভ্যাস করা যায় না, সে-আখরে সে-সব কথা লেখা হইয়া আছে। সেগুলি অঙ্গের মতো অমর। কিন্তু সত্যের মতো গোপন হইয়াও বাতাসের মতো স্পর্শপ্রবণ। কে বলে তিতাসের তীরে ইতিহাস নাই!

আর সত্য তিতাস-তীরের লোকেরা! তারা শীতের রাতে কতক কতক কাঁথার তলাতে ঘুমায়। কতক জলের উপর কাঠের নৌকায় ভাসে।। মায়েরা, বোনেরা আর ভাই-বৌয়েরা তাদের কাঁথার তলা থেকে জাগাইয়া দেয়। তারা এক ছুটে আসে তিতাসের তীরে। দেখে, ফরসা হইয়াছে; তবে রোদ আসিতে আরও দেরি আছে। নিস্তরঙ্গ স্বচ্ছ জলের উপর মাঘের মৃদু বাতাস ঢেউ তুলিতে পারে না। জলের উপরিভাগে বাষ্প ভাসে – দেখা যায়, বুঝি অনেক ধোঁয়া। তারা সে ধোঁয়ার নিচে হাত ডোবায়, পা ডোবায়। অত শীতেও তার জল একটু উষ্ণ মনে হয়। কাঁথার নিচের মায়ের বুকের উষ্ণতার দোসর এই মৃদু উষ্ণতাটুকু না পাইলে তারা যে কি করিত।

শরতে আকাশের মেঘগুলিতে জল থাকে না। কিন্তু তিতাসের বুকে থাকে ভরা-জল। তার তীরের ডুবো মাঠময়দানে সাপলা সালুকের ফুল নিয়া, লম্বা লতানে ঘাস নিয়া, আর বাড়ন্ত বর্ষাল ধান নিয়া থাকে অনেক জল। ধানগাছ আর সাপলা সালুকের লতাগুলির অনেক রহস্য নিবিড় করিয়া রাখিয়া এ জল আরও কিছুকাল স্তব্ধ হইয়া থাকে। তারপর শরৎ শেষ হইয়া আসে। কে বুঝি বৃহৎ চুমুকে জল শুষিতে থাকে। বাড়তি জল শুকাইয়া গিয়া তিতাস নিচে থাকিয়া মাখনের মত নরম হইয়া গিয়াছিল, সে মাটি আবার কঠিন হয়। আসে হেমন্ত।

হেমন্তের মুমূর্ষু অবস্থায় কখন ধানকাটার মরসুম শুরু হইয়া গিয়াছিল। পারে সব খানেই গ্রাম নাই। এক গ্রাম ছাড়াইয়া আরেক গ্রামে

যাইতে মাঝে পড়ে অনেক ধানজমি। জমির চাষীরা ধানকাটা শেষ করিয়া ভারে ভারে ধান এদিক ওদিকের গ্রামগুলিতে বহিয়া নিয়া চলে। তারা তিতাসের ঠিক পাড়ে থাকে না। থাকে একটু দূরে। একটু ভিতরের দিকে। সেখান হইতে মাঘের গোড়ায় আবার তারা তীরে তীরে সর্ষে বেগুনের চারা লাগায়। তীরের যেখানে যেখানে বালিমাটির চর, সেখানে তারা আলুর চাষ করে। এ মাটিতে সকরকন্দ আলু ফলায় অজস্র।

জোবেদ আলীর জোয়ান ছেলেরা ওপারে আলু লাগাইয়া তিন ভাইয়ে এক-সমানে আলী আলী আলী বলিয়া তাদের লম্বা ডিঙ্গিখানা ভাসাইয়া তাতে উঠিয়া পড়িল। বেলা পড়িয়া আসিয়াছে। হালের চারিজোড়া বলদ ও দুইজোড়া ষাঁড় পার করাইতে হইবে। সে কাজ করিবে তাদের মুনীস-দুইজন। সাঁরা বছর তারা জোবেদ আলীর বাড়িতে জন খাটে। খায় দায়, মাহিনা পায়। সারাদিন – ভোর হইতে রাত-অবধি খাটে, রাতের থানিকটা সময় নিয়া নিজেদের বাড়িতে পরিবারের সান্নিধ্য লাভ করিয়া আসে। দিনমানে আর দেখা হয় না। পরিবারেরাও এর বাড়ি ওর বাড়ি ধান ভানিয়া পাট ওটাইয়া কিছু-কিঞ্চিৎ উপায় করে। এইভাবে দিন ওজরায় তারা। কাজেই জোবেদ আলীর ছেলেরা যখন আলী আলী আলী বলিয়া নৌকায় নদী পার হইতে থাকে, মুনীস-দুইজন তখন চারিজোড়া বলদ ও দুইজোড়া ষাঁড়ের অনিচ্ছুক দেহমন শীতের জলে নামাইয়া মাথায় পাগড়ি বাঁধিয়া গরুদের ল্যাজে ধরিয়া আল্লা আল্লা মোমিন বলিয়া সাঁতার দেয়। সকালে এপার হইতে ওপার যাইবার বেলা লাঙল কাঁধে করিয়া সর্ষে ক্ষেত-গুলির আলের উপর দিয়া গিয়াছে। তীর-অবধি সর্ষেফুলের হলদে জৌলুষে হাসিয়া উঠিয়াছিল। মনে হইয়াছিল কে বুঝি তিতাসের কাঁধে নক্সা-করা উড়ানি পরাইয়া রাখিয়াছে। অর্বাচীন গরুগুলি পাছে তাতে মুখ দেয়, তার জন্য কত না ছিল সতর্কতা। এখন এ-পারে উঠিয়া গায়ের জল মুছিতে মুছিতে চারিদিক আঁধার হইয়া আসে। আঁধারে সব একাকার, গরু কোথায় মুখ দিবে! দিনের শ্রমে শ্রান্ত গরু। আর শ্রান্ত আ দুইজন মানুষ সারাদিন অসুরের বল নিয়া ক্ষেতে খাটিয়াছে। এবার বাড়িতে যাইবে। তাই এত ব্যস্ততা। কিন্তু কার বাড়িতে যাইবে! তাদের প্রভু জোবেদ আলীর বাড়িতে। নিজের বাড়িতে নয়।

পাখিরাও এ সময় নিজের বাসায় যায়। তারা যাইবে মুনিবের বাড়িতে। গিয়া গোয়ালে গরু বাঁধিবে। ঘাস কাটিবে। মাড় দিবে, থইল ভুষি দিবে। জোতদার চাষীর বাড়িতে কত কাজ। এটা সেটা টুকিটাকি কাজ করিতে করিতে হাজারগণ্ডা কাজ হইয়া যায়। প্রকাও চওড়া উঠান। চার ভিটায় বড় বড় চারিটা ঘর। বাহিরের দিকে গোয়ালসুদ্ধ আরো তিন-চারিটা ঘর। দড়ি পাকানো হইতে বেড়াবাঁধা পর্যন্ত এই এতবড় বাড়িতে কত কাজ যে এই দুইজনের জন্য অপেক্ষা করিয়া থাকে। কাজ করিতে করিতে রাত বাড়িয়া চলে। এক সময় ডাক আসে – 'অ করমালী অ বন্দালী থাইয়া যাও!'

খাওয়ার পর কাঁধের গামছায় মুখ মুছিতে মুছিতে পথে নামিয়া বন্দেআলী বলে, 'ভাই করমালী নিজে ত থাইলাম ঝাঙর মাছের ঝোল। আমার ঘরের মানুষের একমুঠ শাক-ভাত আজ জুটল নি, কি জানি?'

করমালী বলে, 'বন্দালী ভাই, কইছ কথা মিছা না। তোমার আমার ঘরের মানুষ! তোমার আমার ঘরই নাই, তার আবার মানুষ। দয়া কইরা রাইতে থাকতে দেয়-থাকি; ফজরে উইঠ্যা মুনিবের বাড়ি গিয়া ঘুমের আলস ভাঙ্গি। ঘরের সাথে এইত সমন্দ। – কি খায়, কি পিন্ধে কোনোদিন নি খোঁজ রাখতে পারছি? তা যখন পারছি না তখন তোমার আমার কিসের ঘর আর কিসের মানুষ।'

বন্দেআলী খানিক ভাবিয়া লইয়া বলে, 'বেবাকই বুঝি করমালী ভাই। তবু মুনিবের ঘরে পঞ্চ সামিগ্রী দিয়া থাইবার সময় ঘরের কথা মনে হয়; গলায় ভাত আইটকা যায় আর থাইতে পারি না।'

শুনিয়া করমালী বলে, 'আমার কিন্তু তাও মনে পড়ে না। হ, আগে মাঝে মাঝে পড়ত। এখন দেখি, পড়ে না যে, ইটাই ভাল।'

একটা দীর্ঘনিঃশ্বাস ছাড়িয়া বন্দেআলী বলে, 'সারাদিনের মেহ নতে নাস্তানাবুদ হইয়া ঘরে যাই, গিয়া দেখি ছিঁড়া চাটাইয়ে শুইয়া আছে। ঝুপ কইরা তার পাশে শুইয়া পড়ি; জাগাই না। – একদিন তার একখানা হাত আইয়া আমার বুকের উপর পইড়া যায়। হাতখানা হাতে লইয়া দেখি, কি শক্ত! কড়া পড়ছে পরের বাড়ির ধান ভানতে ভানতে।'

করমালীর বউ ধান ভানে না। লোকের বাড়ি-বাড়ি কাঁথা সেলাই করিয়া দেয়। কাঁথা সেলাইয়ের ধুম পড়িয়াছে। তার মোটে অবসর নাই। ডান হাতের সুঁচের ফোঁড় বাঁ হাতের আঙুলের ডগায় তুলিতে তুলিতে আঙুলে হাজার কাটাকাটি দাগ পড়িয়াছে। করমালী প্রায়ই ঘরে গিয়া দেখে বিছানা খালি।

একটু বিমর্ষ হাসি হাসিয়া করমালী বলিল, 'বন্দালী ভাই, তুমি ত গিয়া দেখ, বউ ঘুমাইয়া রইছে। আমি ছিঁড়া খাঁথায় গাও এলাইয়া দিয়া পথের পানে চাইয়া থাকি। সে তখন পরের বাড়ির থাঁথা সিলাই করে, আর সে সুঁইচের ফোঁড় আমার বুকে আইয়া বিঙ্ধে। তার আইতে আইতে রাইত গহীন হয় – আগ-আন্ধাইরা রাইত – দেখি আন্ধাইর গিয়া চাঁদ উঠছে- ভাঙ্গা বেড়ার ফাঁকে দিয়া রোশনি ঢুকে, কেডায় যেমুন ফক ফক কইরা হাসে!'

কথা শেষ হইলেও করমালীর মুখের ম্লান হাসিটুকু মিলাইয়া যায় না। বন্দেআলীর বুক ছাপাইয়া আর একটা দীর্ঘনিঃশ্বাস বাহির হয়। কোনোরকমে সেটা চাপা দিতে দিতে বলে, 'করমালী ভাই, আছ ভাল। কামে-কাজে থাক, খাও দাও। তার কথা মনে পড়ে না। মনে পড়ে খালি শুইবার সময়। আমার হইছে বিষম জ্বালা! উঠতে বইতে খালি মনে হয় তারে আমি দুখ দিতাছি। একটু সুখ না, শান্তি না- আমরা কি অভাইগ্যা ভাই করমালী?'

করমালী প্রায় দার্শনিক নির্লিপ্ততার সঙ্গে বলিল, 'আমার ভাই অত কথায় কথায় শ্বাস পড়ে না! তুমি আমি বড় মুনিবের কাম করি, ভাল থাই! বউরা ছোট মুনিবের কাম করে, ভাল থাইতে পারে না। – আমরার জমি নাই, জিরাত নাই, পরের জমি চইয়া জান কাবার করি। যদি জমি থাকত তা' অইলে বৌরা নিজেরার ঘরে খাটত, তোমারে আমারে মুনিবের মতো দেখত।'

বন্দেআলীর মন এই ধরণের চিন্তায় সায় দেয় না! সে ভাবে, করমালীর প্রেমিক মন বড় নিষ্ঠাহীন। তার মোটে স্ত্রীর প্রতি প্রেম ভালবাসা এসবের বুঝি কোনো দাম নাই। হাঁ দাম নাই-ই তো। তার মতো ভূমিহীন চাষীর কাছে এসবের কোনো দাম নাই। জীবনে যদি বসন্ত আসে তবেই এসবের দাম চোখে ধরা পড়ে। তাদের জীবনে বসন্ত আসে কই!

আসে বসন্ত। টি সময় মাঠের উপর রঙ থাকে না। তিতাসের তীর ছুঁইয়া যাদের বাড়িঘর তারা জেলে। তিতাসে মাছ ধরিয়া তারা বেচে, খায়। তাদের বাড়িপিছু একটা করিয়া নৌকা ঘাটে বাঁধা থাকে। বসন্ত তাদের মনে রঙের মাতন জাগায়।

বসন্ত এমনি ঋতু- এই সময় বুঝি সকলের মনেই প্রেম জাগে। জাগে রঙের নেশা। জেলেরা নিজে রঙ মাখিয়া সাজে – তাতেই তৃপ্তি পায় না। যাদের তারা প্রিয় বলিয়া মনে করে, তাদেরও সাজাইতে চায়। তাতেও তৃপ্তি নাই। যাদের প্রিয় বলিয়া মনে করে তারাও তাদের এমনি করিয়া রঙ মাখাইয়া সাজাক তাই তারা চায়। তখন আকাশে রঙ, ফুলে ফুলে রঙ, পাতায় পাতায় রঙ। রঙ মানুষের মনে মনে। তারা তাদের নৌকাগুলিকেও সাজায়। বৌ-ঝিরা ছোট থালিতে আবির নেয়, আর নেয় ধানদূর্বা। জলে পায়ের পাতা ডুবাইয়া থালিখানা আগাইয়া দেয়। নৌকাতে যে পুরুষ থাকে সে থালির আবির নৌকার মাঝের গুরায় আর গলুইয়ে নিষ্ঠার সহিত মাখিয়া দেয়। ধানদূর্বাগুলি দুই অঙ্গুলি তুলিয়া ভক্তিভরে আবির-মাখানো জায়গাটুকুর উপর রাখে। এই সময়ে বৌ জোকার দেয়। সে-আবিরের রাগে তিতাসের বুকেও রঙের খেলা জাগে। তখন সন্ধ্যা হইবার বেশি বাকি নাই। তখনো আকাশ বড় রঙিন। – তিতাসের বুকের আরসিতে যে-আকাশ নিজের মুখ দেখে, সেই আকাশ।

চৈত্রের খরার বুকে বৈশাখের বাউল বাতাস বহে। সেই বাতাসে বৃষ্টি ডাকিয়া আনে। আকাশে কালো মেঘ গর্জায়। লাঙ্গল চাষা মাঠ-ময়দানে যে ঢল হয়, ক্ষেত উপচাইয়া তার জল ধারা-স্রোতে বহিয়া তিতাসের উপর আসিয়া পড়ে। মাঠের মাটি মিশিয়া সে-জলের রঙ হয় গেরুয়া। সেই জল তিতাসের জলকে দুই-এক দিনের মধ্যেই গৈরিক করিয়া দেয়। সেই কাদামাখা ঠাণ্ডা জল দেখিয়া মালাদের কত আনন্দ। মালাদের ছোট ছোট ছেলেদেরও কত আনন্দ। মাছগুলি অন্ধ হইয়া জালে সহজে আসিয়া ধরা দেয়। ছেলেরা মায়ের শাসন না মানিয়া কাদাজলে দাপাদাপি করে। এই শাসন-না-মানা দাপাদাপিতে কত সুখ! খরার পর শীতলের মাঝে গা ডুবাইতে কত আরাম।

প্রবাস খণ্ড

তিতাস নদীর তীরে মালোদের বাস। ঘাটে-বাঁধা নৌকা, মাটিতে ছড়ানো জাল, উঠানের কোণে গাবের মটকি, ঘরে ঘরে চরকি, তেক, তকলি – সুতা কাটার, জাল বোনার সরঞ্জাম। এই সব নিয়াই মালোদের সংসার।

নদীটা যেখানে ধনুকের মত বাঁকিয়াছে, সেইখান হইতে গ্রামটার শুরু। মস্ত বড় গ্রামটা, – তার দিনের কলরব রাতের নিশুতিতেও ঢাকা পড়ে না। দক্ষিণ পাড়াটাই গ্রামের মালোদের।

মাঘ মাসের শেষ তারিখে সেই মালোপাড়াতে একটা উৎসবের ধুম পড়িল। এটা কেবল কুমারীদের উতসব। নাম মাঘমণ্ডলের ব্রত।

এ-পাড়ার কুমারীরা কোনোকালে, অরক্ষণীয়া হয় না। তাদের বুকের উপর ঢেউ জাগিবার আগে, মন যখন থাকে খেলার খেয়ালে রঙিন, তখনই একদিন ঢোল সানাই বাজাইয়া তাদের বিবাহ হইয়া যায়। তবু বিবাহের জন্যে তারা দলে-দলে মাঘমণ্ডলের পূজা করে।

মাঘ মাসের ত্রিশদিন তিতাসের ঘাটে প্রাতঃস্নান করিয়াছে; প্রতিদিন স্নানের শেষে বাড়িতে আসিয়া ভাঁটফুল আর দূর্বাদলে বাঁধা ঝুটার জল দিয়া সিঁড়ি পূজিয়াছে, মন্ত্রপাঠ করিয়াছেঃ 'লও লও সুরুজ ঠাকুর লও ঝুটার জল, মাপিয়া জুখিয়া দিব সপ্ত আঁজল।' আজ তাদের শেষ ব্রত।

তরুণ কলাগাছের এক হাত পরিমাণ লম্বা করিয়া কাটা ফালি, বাঁশের সরু শলাতে বিঁধিয়া ভিত করা হয়। সেই ভিতের উপর গড়িয়া তোলা হয় রঙিন কাগজের চৌয়ারি-ঘর। আজিকার ব্রত শেষে ব্রতিনীরা সেই চৌয়ারি মাথায় করিয়া তিতাসের জলে ভাসাইবে, সঙ্গে সঙ্গে ঢোল-কাঁসি বাজিবে, নারীরা গীত গাহিবে।

দীননাথ মালোর মেয়ে বাসন্তী পড়িল বিষম চিন্তায়। সব বালিকারই কারো দাদা, কারো বাপ চৌয়ারি বানাইতেছে, – ফুলকাটা, ঝালরওয়ালা, নিশানা-উড়ানো কত সুন্দর চৌয়ারি, সংসারে তার একটি ভাইও নাই যে কোনরকমে একটা চৌয়ারি খাড়া করিয়া তার মাঘব্রতের শেষ-দিনের অনুষ্ঠানটুকু সফল করিয়া তুলিবে। বাপের কাছে বলিতে গিয়াছিল, কিন্তু বাপ গম্ভীর মুখে আগুন-ভরা মালসা, টিকা-তামাক-ভরা বাঁশের চোঙা, আর

দড়িবাঁধা-কলকে-ওয়ালা হুকা লইয়া নৌকায় চলিয়া গিয়াছে। 'কাঠায়' লাগিয়া কাল তার জাল ছিঁড়িয়াছে, আজ সারা দুপুর বসিয়া গড়িতে হইবে।

মেয়ের এই মর্মবেদনায় মার মন দয়ার্দ্র হইল। তার মনে পড়িয়া গেল কিশোর আর সুবলের কথা। দুইটি ছেলেতে গলায় গলায় ভাব। এইটুকু বয়সেই ডানপিটে বলিয়া পাড়াতে নামও করিয়াছে। বাসন্তীর মার ভালই লাগে এই ডানপিটে ছেলেদের। ভয় ডর নাই, কোনো কাজের জন্য ডাকিলে উড়িয়া আসে, মা বাপ মানা করিলেও শোনে না। বিশেষতঃ কিশোর ছেলেটি অত্যন্ত ভাল, যেমন ডানপিটে তেমনি বিবেচক।

বাসন্তীর মার আহবানে কিশোর আর সুবল বাসন্তীর দাওয়ায় বসিয়া এমন সুন্দর চৌয়ারি বানাইয়া দিল যে, যারা দেখিল তারাই মুগ্ধ হইয়া বলিল, – বাসন্তীর চৌয়ারি যেন রূপে ঝলমল করিতেছে। নিশানে ঝালরে ফুলে উজ্জ্বল চৌয়ারিখানার দিকে গর্বভরে চাহিতে চাহিতে বাসন্তী উঠান-নিকানো শেষ করিলে, তার মা বলিল, 'উঠান-জোড়া আলিপনা আকুম; অ বাবা কিশোর, বাবা সুবল, তোমরা একটা হাতী, একটা ঘোড়া, আর কয়টা পক্ষী আইক্যা দেও।'

বাল্যশিক্ষা বই খুলিয়া তাহারা যখন উঠানের মাটিতে হাতী ঘোড়া আঁকিতে বসিল, বাসন্তী তখন আনন্দ ধরে না। সারা মালোপাড়ার কারো উঠানে হাতীঘোড়া নাই, কেবল তারই উঠানে থাকিবে। শিল্পীদের অপটু হস্তচালনার দিকে মুগ্ধ দৃষ্টিতে চাহিয়া বাসন্তী এক সময় খুশিতে হাসিয়া উঠিল।

আলিপনার মাঝখানে বাসন্তী ছাতা মাথায় দিয়া একখানি চৌকিতে বসিল। ছাতাখানা সে আস্তে আস্তে ঘুরাইতে লাগিল এবং তার মা ছাতার উপর থই আর নাড়ু ঢালিয়া দিতে লাগিল; হরির লুটের মত ছেলেরা কাড়াকাড়ি করিয়া সে-নাড়ু ধরিতে লাগিল। সবচেয়ে বেশি ধরিল কিশোর আর সুবল।

নারীরা গীত গাহিতেছে: 'সখি ঐ ত ফুলের পালঙ রইলো, কই কালাচাঁদ আইলো।' বহুদিনের পুরানো গীত। সাত বছর আগে বাসন্তী যখন পেটে আসে, তখনও তারা এই গানই গাহিত উৎসবের এই দিনটিতে। আজও উহাই গাহিতেছে; সঙ্গে সঙ্গে দুখাই বাদ্যকর ঢোল ও তার ছেলে কাঁসি

বাজাইতেছে। প্রতি বছর একই রকম তালে তারা ঢোল আর কাঁসি বাজায়। আজও সেই রকমই বাজাইতেছে। সবই একই রকম আছে, পরিবর্তনের মাঝে কেবল দুখাইর ঢোলটা আরো পুরানো হইয়াছে, তার ছেলেটা আরো বড় হইয়াছে।

বাসন্তীর মাথায় জবজবে তেল, পরনে মোটা শাড়ি। এই কালকের থেকেই যেন আজ তাকে অনেকখানি বড় দেখাইতেছে। এই ভাবেই বাসন্তী আরো বাড়িয়া উঠিবে, এই ভাবেই কিশোরও বড় হইয়া উঠিবে, সুবলও বড় হইয়া উঠিবে। তবে কিশোর ছেলেটি অনেক ভাল, বাসন্তীকে তার পাশেই ঠিক মানাইবে। – বাসন্তীর মার চিন্তায় বাধা পড়িল মেয়ের ডাকেঃ 'মা, ওমা, দেখ সুবলদাদা কিশোরদাদার কাও। আমি চৌয়ারি জলে ছাড়তে-না-ছাড়তে তারা দুইজনে ধরতে গিয়া কি কাইজ্যা। এ কয় আমি নিমু, হে কয় আমি নিমু। ডরে আর কেউ কাছেঅ গেল না। শেষে কি মারামারি! আমি কইলাম, দুইজনে মিল্যা বানাইছ, দুইজনেই নিয়া রাইখ্যা দেও। মারামারি কর কেন? শুইন্যা কিশোর দাদা ভালামানুষের মত ছাইড়া দিল। আর সুবলদাদা করল কি – মাগ্ গো মা, দুই হাতে মাথাত তুইল্যা দৌড়!'

সেদিন মালোপাড়ার ঘাটে ঘাটে সমারোহ। ঢোল সানাই বাজিতেছে, পুরনারীরা গান গাহিতেছে, দুপুরের রোদে তিতাসের জল চিক্ চিক্ করিতেছে। মালোর কুমারীরা আনকোরা শাড়ি পরিয়া, তেল-জবজবে মাথায় চিত্র-বিচিত্র চৌয়ারি তুলিয়া, জলে ভাসাইয়া দিবার উদ্যোগ করিতেছে। কিন্তু মালোর ছেলেদের তর সহিতেছে না। মেয়েরা অনুনয় করিতেছে, এখনই ধরিও না, জলে আগে ভাসাই, তখন ধরিও।

সব চৌয়ারিই জলে ভাসিল। ছেলেরা দৌরাত্ম করিয়া প্রায় সব কটাকেই ধরিল, কাড়াকাড়ি করিয়া ছিঁড়িল, এবং ভাঙ্গাচোরা অবস্থায় মাথায় করিয়া বাড়িতে ফিরিল। কিন্তু তাহাদের দস্যুতামুক্ত হইয়া কয়েকখানা চৌয়ারি তিতাসের মন্দ স্রোতে আর মৃদু তরঙ্গে অনেক বাহির-জলে চলিয়া গেল। তীর হইতে দেখা গেল যেন জলের উপর এক একটা ময়ূর পেখম ধরিয়াছে। কিন্তু তাদের যারা ভাসাইল, তারা সুখী হইল কি?

ছেলেরাই যদি ধরিতে না পারিল, তবে মেয়েদের উহা ভাসাইবার সার্থকতা কই?

কিশোরের জন্য বাসন্তী মনে বড় ব্যথা পাইল! এমন সুন্দর চোয়ারিটা সে পাইল না, পাইল সুবলে। কিন্তু সে ছাড়িয়া দিল কেন? এমন নির্বিবাদে, ভালোমানুষের মত ছাড়িয়া দিল! কিন্তু মনে যে কষ্ট পাইয়াছে তা ঠিক। মানুষটাই এই ধাচের। বন্ধু যেন আর লোকের থাকে না! মানি, বন্ধু নিতে চাহিলে কোনো জিনিস নিজে আঁকড়াইয়া থাকে না। কিন্তু বন্ধুর জন্য চোখ বুজিয়া ভাল জিনিস এমন ছাড়িয়াও কেউ দেয় না!

সুবলের বাপ গগন মালোর কোনোকালে নাও-জাল ছিল না। সে সারাজীবন কাটাইয়াছে পরের নৌকার জাল বাহিয়া। যৌবনে সুবলের মা ভৎসনা করিত, 'এমন টুলাইন্যা গিরস্তি কত দিন চালাইবা! নাও করবা, জাল করবা, সাউকারি কইরা সংসার চালাইবা! এই কথা আমার বাপের কাছে তিন সত্য কইরা তবে ত আমারে বিয়া করতে পারছ। স্মরণ হয় না কেনে?'

কিন্তু নিশ্চেষ্ট লোককে ভৎসনা করিয়া ফল পাওয়া যায় না।

'থাইবা বুড়াকালে পরের লাথি উঠা; যেমন মানুষ তুমি।' গগন এসব কথায়ও কর্ণপাত করে নাই।

বুড়া কাল যখন সত্যই আসিল, তখন বলিত, 'অখন বুঝ নি?' ইহার উওরে গগনচন্দ্র বলিত, 'আমার সুবল আছে। আমি ত করতাম পারলাম না, নাও-জাল আমার সুবলে করব। অত ভেন্ ভেন্ করিস্ না।'

কাজেই সুবলের বাপ যখন মারা যায়, সুবলকে নৌকা গড়াইয়া দিয়া যাইতে পারে নাই। সুবল 'মাথা-তোলা' হইয়া কিশোরের নৌকায় গিয়া উঠিল। এবং তার সঙ্গেই জাল বাহিয়া চলিল। নিজের নাও-জাল করার কথা আর তার মনেই আসিল না। কিশোর বয়সে তার মাত্র তিন বছরের বড়। আশৈশব বন্ধু তারা। তাদের মধ্যে ভাব ছিল গলায় গলায়। শিশবে দুইজনে বর্ষাকালে সাপেভরা বটের ঝুড়িতে বসিয়া খোপের মধ্য দিয়া বঁড়শি ফেলিত। শিং মাছের জাল বুনিয়া আঁধার রাতে বুকজলভরা পাটক্ষেতের আল ধরিয়া অনেক দূরে গিয়া পাতিয়া আসিত। রাত থাকিতে উঠিয়া শিংমাছ-কৈমাছ-গাঁথা জাল তুলিয়া আনিত। এসব জালে অনেক সময় সাপ

23

গাঁথা পড়ে। কিন্তু মালোর ছেলেরা তাতে ভয় পায় না। অনেক মালোর ছেলে এভাবে মারা পড়ে দেখিয়াও ভয় পায় না। কেননা অনেক মরিয়া গিয়াও তারা অনেক বাঁচিয়া থাকে।

একদিন দুইজনেরই বাপ তাদের পাঠশালায় পাঠাইল। প্রথম দিন তারা চুপচাপ কাটাইল। পরের দিন ভিন্নপাড়ার ছেলেদের সঙ্গে মারামারি করিয়া শিক্ষকের মার খাইল। তার পরের দিন নিজেদের মধ্যে মারামারি করিয়া শিক্ষকের হাতে যে মার খাইল, তাহার মাত্রা সহনাতীত হইয়াছে বিবেচনা করিয়া দুইজনেই এক সঙ্গে বাহির হইয়া পড়িল। পাঠশালায় আর গেল না। গুরুজনের মার খাইল, তবু গেল না, বরং সেদিন কিশোর কলাগাছের খোল কাটিয়া চটি জুতার মতো পরিল, সাথীকে ধমকাইয়া বলিল, 'হেই সুবলা, দেখ, আমি বৈকুণ্ঠ চক্রপতি, তুই আমারে ভক্তি দে।'

শিক্ষকের কাকা বৈকুণ্ঠ চক্রবর্তী চটিপায়ে উঠানে রোদে বাসিয়া তামাক টানিত আর পালেরা বণিকেরা পথ চলিতে তাঁহাকে পা ধরিয়া প্রণাম করিয়া যাইত। কিশোর ইহা লক্ষ্য করিয়াছিল।

তারপর একদিন দুইজনেরই উপর তাগিদ আসিল- সুতা পাকাও, জাল বোনো।

তিতাস নদীর প্রশস্ত তীর। সেখানে এক দৌড়ের পথ লম্বা করিয়া সুতা মেলিত। বাঁশের চরখিতে কাঠি লাগাইয়া দুইজনে এক দুই তিন বলিয়া এমন জোরে পাক লাগাইত যে, কাঠি ভাঙ্গিয়া চরখি কাত হইয়া মাটিতে পড়িয়া যাইত। বর্ষায় যে বটের ঝুরিতে বঁড়শি ফেলিত, সুদিনে তারই তলা ছিল গরমের দুপুর কাটাইবার উত্তম স্থান। জাল লইয়া দুইজনে সেখানে গিয়া বসিত। জাল পায়ের বুড়া আঙুলে ঠেকাইয়া দুইজনেই সমান গতিতে তকলি চালাইত। তাতে জালে অনেক বাজে গিট পড়িত সত্য কিন্তু বোনা খুব আগাইত।

তারপর এক সময়ে কিছুদিন আগেপিছে দুইজনেরই নাও-জালে হাতেখড়ি হইল। অল্প দিনের মধ্যেই পাকা জেলে বলিয়া পাড়ার মধ্যে নাম হইয়া গেল।

মাছের জো ফুরাইয়া গিয়াছে। মালোদের অফুরন্ত চাহিদা মিটাইতে গিয়া, দিতে দিতে তিতাস ক্লান্ত হইয়া পড়িয়াছে।

দুপুর পর্যন্ত জাল-ফেলা জাল-তোলা চলিল, কিন্তু একটি মাছও নৌকায় ফেলিতে পারিল না। জালের হাতায় হ্যাঁচকা একটা টান মারিয়া কিশোর বলিল, 'জগৎপুরের ডহরে যা সুবলা, ইথানে ত জালে-মাছে এক করা গেল না।'

কিন্তু ডহরের অতলস্পর্শী জল জালের খুঁটিতে দীর্ণ-বিদীর্ণ করিয়াও মাছের হদিস মিলিল না। কিশোর পায়ের তলা হইতে বাঁশের গুঁড়ি ছাড়িয়া দিয়া একটানে বাঁধ খুলিয়া ফেলিল। আচমকা আঘাতে ডহরের নিস্তরঙ্গ জল কাঁপিয়া উঠিল। তারই দিকে চাহিয়া কিশোর বলিল, 'জান বাঁচাইতে চাস ত, উত্তরে চল সুবলা।'

একদিন কয়েকখানা নৌকা সাজিল। উত্তরে যাইবে। প্রবাসে। তাদের সঙ্গে কিশোরের নৌকাও সাজিল।

তারা পুরানো ছই নূতন করিল, নৌকা ডাঙ্গায় তুলিয়া গাবকালি মাখাইল। জালগুলিকে কড়া গাব খাওয়াইয়া তিনদিন বিশ্রাম দিল। অতিরিক্ত কিছু বাঁশ আর দড়াদড়িও যোগাড় করিল।

কিশোরের বাপ সঙ্গে গেলে বাড়িতে থাকিবার কেউ থাকে না। বুড়া মানুষ বাড়িতে থাকিয়া সকাল সন্ধ্যা ঘাটে কিনিয়া-বেচিয়া যা পাইবে, সংসার চালাইবে। আরেকজন ভাগীদার দেখা দরকার।

কিশোরের বাপ ভাবিয়া দেখিল, দুইজনই বালক, কোনোদিন বড় নদী দিয়া বিদেশ যায় নাই। সেখানে গিয়া অনেক কথা বলিতে হইবে। বুদ্ধি বিবেচনা খরচ করিতে হইবে। ডাকাতে ধরিয়া জাল ছিনাইয়া নিতে চাহিলে, সামান্য জাল নিয়া কেবল গরীবকেই মারা হইবে, আর কোনো লাভ হইবে না বলিয়া ডাকাতের মন ভিজাইতে হইবে। একজন বয়স্ক লোকের দরকার। জলের উপর ছয় মাস চরিয়া বেড়াইতে হইবে। তিলকচাঁদ প্রবীণ জেলে। একটু বেশী বুড়া। তা হোক। সঙ্গে দুইজন জোয়ান মানুষ ত রহিলই।

রাব-তামাক মাখিয়া গুল করিতে করিতে কিশোরের বাপ বলিল, 'তিলকচাঁদ জানেশুনে। তারে নে। গাঁওয়ের নাম শুকদেবপুর। খলার নাম উজানিনগরের খলা। মোড়লের নাম বাশিরাম মোড়ল।'

একদিন উষাকালে তিনজন নৌকায় উঠিল।

বিদায় দিবার জন্য নদীর পারে যারা গেল, তাদের সংখা সামান্য। একজন আধবুড়ি – কিশোরের মা। আর একজন বাসন্তীর মা, আর তার মেয়ে বাসন্তী – এগারো বছরের কুমারী কন্যা।

বুড়ি বলিল, 'অ মাইয়ার মা, জোকার দেও না।'

বুড়ির ঠোঁটে জোকার বাজে না। বাসন্তীর ও তার মা জোকার দিল। দেড়জনের উলুধ্বনি বলিয়া তাহা উষার বাতাসকে কাঁপাইল মাত্র। কলরব তুলিল না। কিশোরের বাপ নদীতীরে যায় নাই। ঘরে বসিয়া ঘনঘন কেবল তামাক টানিতেছিল। ছেলেকে বিদায় দিয়া ঘরে আসিয়া বুড়ি কাঁদিয়া উঠিল।

পাঁচপীর বদরের ধ্বনি দিয়া প্রথম লগি-ঠেলা দিল তিলক। সুবল হালের বৈঠা ধরিল। তার জোর টানে নৌকা সাপের মতো হিস্ হিস্ করিয়া ঢেউ তুলিয়া ঢেউ ভাঙিয়া চলিল। তিলকচাঁদ গলুইয়ে গিয়া দাঁড় ফেলিয়াছে। কিন্তু তার দাঁড়ে জোর বাঁধিতেছেনা। শুধু পড়িতেছে আর উঠিতেছে। ছইএর উপর একখানা হাত রাখিয়া কিশোর মাঝ-নৌকায় দাঁড়াইয়া ছিল। দেখিতেছিল তাদের মালোপাড়ার ঘরবাড়ি গাছপালা-গুলি, খুঁটিতে বাধা নৌকাগুলি, অতিক্রান্ত ঊষার স্বচ্ছ আলেকেও কেমন অদৃশ্য হইয়া যাইতেছে। অদৃশ্য হইয়া যাইতেছে সারাটি গ্রাম, আর গোচারণের মাঠ। অদৃশ্য হইতেছে কালীসীমার ময়দান আর গরীবুল্লার বটগাছ দুইটি। জলের উৎতায় শীতের প্রভাতী হাওয়াও কেমন মিষ্টি। গলুইর দিকে আগাইয়া গিয়া কিশোর বলিল, 'যাও তিলক, তামুক খাও গিয়া। দাঁড়টা দেও আমার হাতে।'

তিতাস যেখানে মেঘনাতে মিলিয়াছে, সেইখানে গিয়া দুপুর হইল। কিশোর দাঁড় তুলিয়া খানিক চাহিয়া দেখিল। অনুভব করিল মেঘনার বিশালত্বকে, আর তার অতলস্পর্শী কালো জলকে। এপারের শক্ত মাটিতে এক

সময়ে ভাঙন হইয়া গিয়াছে। এখন আর ভাঙিতেছে না। কিন্তু ভাঙনের জয়পতাকা লইয়া দাঁড়াইয়া আছে পর্বতের মতো খাড়া পাড়টা। ছোট ছোট ঢেউয়ে মসৃণ হইয়া রহিয়াছে বড় বড় মাটির ধ্বস। ওপারে – অনেক দূরে, যেখানে গড়ার সমারোহ – দেখা যায় সাদা বালির ঢালা রুপালি বিছানা, ভাঙিয়াছে গাছে-ছাওয়া জনপদ, গড়িয়াছে নিষ্ফলা ধূ ধূ বালুচর।

তিলককে ভাত চাপাইতে বলিয়া কিশোর গলুইয়ে একটু জল দিয়া প্রণাম করিল। তারপর আবার দাঁড় ফেলিল।

সন্ধ্যা হইল ভৈরবের ঘাটে আসিয়া।

এখানে কয়েকঘর মালো থাকে। ঘাটে খুঁটি-বাঁধা কয়েকটি নৌকা, পাড়ে বাঁশের উপর ছড়াইয়া দেওয়া কয়েকটি জাল, পাশে গাবের মটকি গামলা বেতের ঝুড়ি – দেখিতেই চেনা যায় এখানে মালোরা থাকে।

গ্রামের পাশে সূর্য ঢাকা পড়িলেও আকাশে একটু একটু বেলা আছে। নৌকা বাহিলে আরো একটা বাঁক ঘোরা যাইত কিন্তু সম্মুখে রাত কাটাইবার ভাল জায়গা তিলক স্মরণ করিতে না পারায় কিশোর বলিল, 'এই জাগাতই রাইত থ্যাইক্যা যাই রে সুবলা।'

এখান হইতে বাড়িগুলিও দেখা যায়। গ্রাম আগে বড় ছিল। মালোদের অনেক জায়গা রেলকোম্পানি লইয়া গিয়াছে। বৃহত্তর প্রয়োজনের পায়ে ক্ষুদ্র আয়োজনের প্রয়োজন অগ্রাহ্য হইয়া গিয়াছে। তবু এ গাঁয়ের মালোরা গরীব নয়। বড় নদীতে মাছ ধরে। রেলবাবুদের পাশে থাকে। গাড়িতে করিয়া মাছ চালান দেয়। তারা আছে মন্দ-না।

'কিশোরদা, ভৈরবের মালোরা কি কাও করে জান কি? তারা জামা-জুতা ভাড়া কইরা রেলকম্পানির বাবুরার বাসার কাছ দিয়া বেড়ায়, আর বাবুরাও মালোপাড়ায় বইআ তামুক টানে আর কয়, পোলাপান ইস্কুলে দেও, – শিক্ষিৎ হও, শিক্ষিৎ হও।'

তিলক ক্ষেপিয়া উঠিয়া বলিল, 'হ, শিক্ষিৎ হইলে শাদি-সম্বন্দ করব কি না! আরে সুবলা, তুই বুঝবি কি! তারা মুখে মিঠা দেখায়, চোখ রাখে মাইয়া-লোকের উপর।'

ব্যাপারটার মীমাংসা করিয়া দিল কিশোর; হাসিয়া বলিল, 'না তিলকচাঁদ, না। চোখ রাখে বড় মাছের উপর। যা শোনা যায় তা না। তা হইলে কি জাইন্যাশুইন্যা নগরবাসী এই গাঁওএ সমন্দ ঠিক করত।'

'কিশোরদাদা, চল মাইয়ারে একবার দেইখ্যা যাই। বাড়ি বাড়ি।'

মেয়েরা দিনের শেষে জল ভরিতে আসিয়াছে। দলে দেখা গেল কয়েকটি কুমারী কন্যাকে।

কিশোর চোখ টিপিয়া বলিল, 'গিয়া কি করবি? এর মধ্যে থাইক্যা দেইখ্যা রাখ।'

সারারাত সুখে ঘুমাইয়া তারা উষার আলোকে নৌকা খুলিয়া দিল।

ভৈরব খুব বড় বন্দর। জাহাজ নোঙর করে। নানা ব্যবসায়ের অসংখ্য নৌকা। কোনো নৌকাই বেকার বসিয়া নাই। সব নৌকার লোক কর্ম-চঞ্চল। নৌকার অন্ত নাই। কারবারেরও অন্ত নাই। লাভের বাণিজ্যে সকলেই তৎপর, আপন কড়াগণ্ডা বুঝিয়া পাইবার জন্য সকলেই ব্যস্ত। যারা পাইয়াছে তারা আর অপেক্ষা করিতেছে না। আগের যারা অবেলায় পাইয়াছে, তারা রাতটুকু কাটাইয়া কিশোরের নৌকা খোলার সময়েই নৌকা খুলিয়াছে। বেশির ভাগ গিয়াছে- যে দিক হইতে আসিয়াছে সেই দিকে; কিশোরেরা যাইতেছে সামনের দিকে। বন্দরের এলাকা পর্যন্তই কর্মচাঞ্চল্য। এর সীমা অতিক্রম করিতেই দেখা গেল সকল প্রাণস্পন্দন থামিয়া গিয়াছে।

বন্দরের কলরব ধীরে ধীরে পশ্চাতে মিলাইয়া গেল। সম্মুখে বিরাট নদী তার বিশালতা লইয়া চুপ করিয়া পড়িয়া আছে। শীতের নদী। উত্তরের হাওয়া সরিয়া গিয়াছে। দক্ষিণের বাতাস এখনো বাহির হয় নাই! নদীতে ঢেউ নাই, স্রোতের বেগও নাই। আছে কেবল শান্ত তৃপ্ত স্বচ্ছ অবাধ জলরাশি। এই অনন্তের ধ্যান ভাঙিয়া, এই প্রশান্তের মৌনতা বিঘ্নিত করিয়া কিশোরের নৌকার দুইখানা দাঁড় কেবল উঠানামা করিতেছে।

এতক্ষণ কূল ঘেঁষিয়া চলিতেছিল। ঢালা বালিরাশির বন্ধ্যা কূল। লোকের বসতি নাই, গাছপালা নাই, ঘাট নাই। কোনোখানে একটি নৌকার খুঁটিও নাই। এমনি নিষ্করুণ নিরালা কূল। রোদ চড়িলে, শীত অন্তর্হিত হইল। সুদূরের ইশারায় এই নির্জনতার মাঝেও কিশোরের মনে যেন আনন্দের ঢেউ

উঠিল। নদীর এই অবাধ উদার রূপ দেখিতে দেখিতে অনেক গানের সুর মনে ভাসিয়া উঠিল। অদূরে একটা নৌকা। এদিকে আসিতেছে। কিশোর গলা ছাড়িয়া জুড়িল –

উত্তরের জমিনে রে,   সোনা-বন্ধু হাল চষে,
লাঙ্গলে বাজিয়া উঠে খুয়া।
দক্ষিণা মলয়ার বায়   চান্দমুখ শুকাইয়া যায়,
কার ঠাঁই পাঠাইব পান গুয়া।

নৌকাটা পাশ কাটাইবার সময় তারা কিশোরের গানের এই পদটি শুনিল –

নদীর কিনার দিয়া   গেল বাঁশি বাজাইয়া,
পরার পীরিতি মধু লাগে।
কু-খেনে বাড়াইলাম পা'   খেয়াঘাটে নাইবে না,
খেয়ানীরে থাইল লক্ষার বাঘে।

একজন মন্তব্য করিল, 'বুড়ারে দাঁড় টানতে দিয়া জোয়ান বেটা খাড়াইয়া রইছে, আবার রস কেমুন, পরার পীরিতি মধু লাগে।'

কিশোর আঘাত পাইয়া বলিল, 'যাও তিলকচাঁদ, তুমি গিয়া ঘুমাইয়া থাক।'

তিলক নৌকার মালিকের আদেশ অগোণে পালন করিল।

আবার নির্জনতা। যত দূর চোখ যায়, শুধু জল।

দাঁড়ের উপর মনের ঢালিয়া কিশোর বলিল, 'বা'র গাঙ দিয়া ধরত দেখি সুবলা। খালি বালু দেখতে এর ভাল লাগেনা। ধর কোণাকুনি ধর। পার বাইবি ত অই পার দিয়া ধর। এই পারে কিছু নাই।'

কিন্তু ও-পার তখনো চোখের আড়ালে। যা দৃষ্টির বাহিরে, তারই হাতছানির মায়ায় তারা বিপদে পা দিল। কিশোরের বুক একবার একটু কাঁপিয়াছিল একটা গান মনে পড়িয়া 'মাঝিভাই তোর পায়ে পড়ি, পার দেখিয়া ধর পাড়ি।' কিন্তু শেষের কথাগুলি সুন্দর, 'পিছের মাঝি ডাক দিয়া কয় নৌকা লাগাও প্রেম-তলায়। হরি বল তরী খুল সাধের জোয়ার যায়।' কিশোর নিজের মনকে প্রবোধ দিল, বৈঠার আওয়াজ বেসুরা হইতেছে

দেখিয়া সুবলকেও সাহস দিল, 'না সুবলা, ডরাইসনা। গাঙের ডর মাইঝ গাঙে না, গাঙের বিপদ পারের কাছে। বা'র গাঙে মা-গঙ্গা থাকে, বিপদে নাইয়ারে রক্ষা করে।'

চিলকচাঁদের ঘুম ভাঙ্গিল। বাহিরে আসিয়া দেখে বেলা নাই। নৌকার লক্ষ্য যে তীরের দিকে, সে-তীরের ভরসা নাই, পশ্চাতে ফেলিয়া আসিয়াছে যে তীর, তারও ভরসা নাই।

শীতের বেলা ফুরাইল ত একেবারেই শেষ হইয়া গেল। নদীর উপর যাও বা একটু আলো ছিল তাও অদৃশ্য হইল। তারপর তারা কূলহারা হইয়া কেবল মেঘনার বুকেই নিরুদ্দেশ হইল না, আঁধারের বুকেও আত্মসমর্পণ করিল।

সুবল বৈঠা রাখিয়া ছইয়ের ভিতর আসিল, টিমটিমে একটা আলো তিলক জ্বালাইয়াছিল, সেটা রাগ করিয়া নিভাইয়া ফেলিল। তিলক তামাক টানিতেছিল, সেটা একটানা টানিয়া চলিল। শুধু কিশোর নিরাশ হইল না। সুবলের পরিত্যক্ত হালখানা হাতে লইয়া জোরে কয়েকটা টান দিল। হঠাৎ নৌকাটা কিসের উপর ঠেকিল, ঠেকিয়া একেবারে নিশ্চল হইয়া গেল। আতঙ্কিত হইয়া তিলক বলিয়া উঠিল, 'আর আশা নাই সুবলা, কুমীরের দল নাও কান্ধে লইছে।'

'আমার মাথা হইছে। নাও আটকাইছে চরে। বাইর অইয়া দেখ না।'

বাহির হইয়া দেখিয়া তিলক বলিল, 'ইখানে পাড়া দে।'

রাত পোহাইলে দেখা গেল এখানে নদীর বুকে একটুখানি চর জাগিয়াছে, তারই উপরে লোকে নানা জাতের ফসল বুনিয়াছে। চারাগুলিতে ফুল ধরিয়াছে। পাখ্ পাখালিরাও খোঁজ পাইয়া সকাল বেলাতেই বসিয়া গিয়াছে। মেলার মতো।

ভোরের রোদে নৌকা খুলিয়া দুপুর নাগাদ অনেক পথ আগাইয়া তারা পূবপার ধরিল। ঘাটে নৌকা বাঁধা, পারে জাল টাঙানো – সেখানেও এক মালো পাড়া।

'চিন নি চিলক, ইটা কি গাঁও?'

তিলক চিনিতে পারিলনা।

'ইখানেই নাও, রাখ সুবলা। দুপুরের ভাত ইখানেই থাইয়া যাই।'

'হ, থাওয়াইবার লাইগ্যা তারা তেয়ার হইয়া রইছে।'

'ভাত থামু নিজে রাইন্ধা, পরের আশা করি নাকি?'

ঘাটে সারি সারি নৌকা বাঁধা। তারই একটার পাশে সুবলা নৌকা ভিড়াইল।

একজন নৌকায় বসিয়া ছেঁড়া জাল গড়িতেছিল। কৌতূহলী হইয়া আগন্তুক-নৌকার দিকে তাকাইল। মালোদের নৌকা, দেখিলেই চেনা যায়। ভিড়িতেই, কোন গ্রামের নৌকা, কথায় যাইবে জিজ্ঞাসা করিল।

তারাও জিজ্ঞাসা করিয়া জানিল, গ্রামের নাম নয়াকান্দা। ত্রিশ-চল্লিশ ঘর মালো থাকে। নয়া বসতি করিয়াছে। আগে ছিল পশ্চিম পারের এক শিক্ষিত লোকের গ্রামে। নদীর পারে যেখানে তারা নৌকা বাঁধিত জাল ছড়াইত, জমিদার সে-জমি তাদের নিকট হইতে জোর করিয়া ছিনাইয়া অন্য জাতের কাছে বন্দোবস্ত দিয়াছে। তাই তারা সেই অবিচারের গ্রাম ছাড়িয়া এখানে আসিয়া নূতন বাড়ি বাঁধিয়াছে। এখানে জমিদার নাই। বেশ শান্তিতে আছে। হাটবাজার দূরে। কিন্তু ঘাটে নৌকা আছে, দেহে ক্ষমতা আছে। তারা দূরকে সহজেই নিকট করিতে পারে।

কিশোর মুগ্ধ হইয়া শুনিতে শুনিতে হাতের হক্কা তার দিকে বাড়াইয়া দিল।

'আমার হক্কাও আইতাছে। দেও আগে তোমারটাই খাই।'

এই সময়ে একটি ছোট দিগম্বরী হৃষ্টপুষ্ট মেয়ে আসিতেছে দেখা গেল। বাড়ি থেকে হক্কা লইয়া আসিয়াছে। শরীরের দুলানির সঙ্গে সঙ্গে হক্কাটা ডাইনে-বাঁয়ে দুলিতেছে। নৌকার কাছে আসিয়া ডাকিল, 'বাবু, আমারে তোল্।'

মেয়ের হাত হইতে হক্কা লইয়া কিশোরের দিকে বাড়াইয়া লোকটি বলিল, 'আমি খাই তোমার হক্কা, তুমি খাও আমার ঝিয়ের হক্কা। – আমার ঝি।'

মেয়ের দিকে চাহিয়া বলিল, 'কি গো মা, জামাই দেখছ নি! বিয়া দিয়া দেই?'

'কার ঠাঁই?'

এই বুড়ার ঠাঁই।'

'ননা, বুড়ার ঠাঁই না। আমার জামাই হইব যমুনার জামাইর মত সুন্দর। মায় কইছে।'

'তা অইলে এই জামাইর ঠাঁই দেই?'

কন্যাকর্তা সুবলের দিকে হাতের তকলি বাড়াইল। সুবল কিশোরের দিকে চাহিয়া মুচকিয়া হাসিল।

'নাও লইয়া আইছ, নিয়া যাইবার বুঝি?'

সুবল বলিল, 'হ, লইয়া যামু অনেক দূর। এই দেশের কাওয়ার মুখও দেখতে পারবা না।'

মেয়ের চিন্তিত মুখ দেখিয়া বাপের দয়া হইল, 'না না আমার মায়েরে যাইবে দিমু না। জামাই আমরা ঘর-জামাই রাখুম।'

বাড়ি যাইবার সময় লোকটি কিশোরকে বলিয়া গেল, 'শোন মালার পুত, তোমরার পাক আমার বাড়িতে হইব। আমার ঝি তোমরারে নিমন্ত্রণ করল। – কি কও?'

'না না আমরা নাওই রান্ধুম। তুমি খাও গিয়া। রাইতের জালে যাও বুঝি।'

'ইথানে রাইতের জাল বাওন লাগে না। বেহানে কটা বিকালে কটা খেউ দিলেই হয়। অদৈন্য মাছ। কত মাছ ধরবায় তুমি।'

লোকটি মেয়েকে স্নান করাইল, নিজে স্নান করিল, গামছা পরিয়া কাপড় নিংড়াইয়া কাঁধের উপর রাখিল। তারপর মেয়েকে কোলে তুলিয়া গ্রামপথে পা বাড়াইল। কিশোরের চোখে ভাসিয়া উঠিল সুন্দর একটি পরিবারের ছবি, যে-পরিবারে একটি নারী আছে একটি নন্দিনী আছে, আর পুরুষকে সারারাত নদীতে পড়িয়া থাকিতে হয় না। তার মনে একটা ঔদাস্যের সুর খেলিয়া গেল। নির্লিপ্তকণ্ঠে বলিল, 'কইরে সুবলা, কি করবে কর। – নাও ভাসাইয়া দিমু।'

কিছুই করিতে হইল না। গলায় মালা কপালে তিলক একজনকে পল্লীপথে বাহির হইয়া আসিতে দেখা গেল। তার মুখময় হাসি। কোনো

ভূমিকা না করিয়াই বলিল, 'দেখ মালোর পুত। দোহাই তোমার দোহাই তোমার বাপের। আমার ঘাটে যখন নাও লাগাইছ, সেবা না কইরা যাইতে পারবায় না।'

সবল তার কথা বলার ভঙ্গী। প্রত্যেকটি কথা আত্ম-প্রত্যয়ে সুদৃঢ়। কিশোরের মৃদু প্রতিবাদ তৃণের মতো উড়িয়া গেল।

থাইতে বসিলে, সেই নন্দিনী-গর্বিত পাত্রান্বেষী লোকটি বলিল, 'এ-ই। তখনই আমি মনে করছিলাম, আমার হাতে ছাড়া পাইলেও সাধুর হাতে ছাড়ান নাই। তাই ঘাটে কিছু না কইয়া জানাইয়া দিলাম সাধুরে।'

থাওয়ার পর সাধু ধরিল, আজ রাতটুকু থাকিয়া যাও। একটু আনন্দ করিবার বাসনা হইয়াছে।

তিলক বলিল, আমরা ত বাবা গান জানি না।'

'জান না! কোন্‌ জায়গাতে বিরাজ কর তোমরা?'

'গ্রামের নাম গোকনঘাট – '

'আমি সেই কথা কই না। আমি কই, তোমরা বিরাজ কর বৃন্দাবনে না কৈলাসে – তোমরা কৃষ্ণমন্ত্রী না শিবমন্ত্রী।'

তিলকের সেই কোন যৌবনকালে গুরুকরণ হইয়াছিল। গুরু তার কানে কৃষ্ণমন্ত্রই দিয়াছে। যদিও সে দীক্ষা অনুযায়ী কোন কাজই আজ পর্যন্ত করিয়া উঠিতে পারিল না, তবু গুরুর তিন আখরের মূলমন্ত্র ভোলে নাই। সাধুর প্রশ্নে সে একটুও ইতস্তত না করিয়াই বলিল, 'আমরা বাবা কিষ্ণমন্ত্রী।'

'এই দেখ, গুরু মিলাইছে। আনন্দ করার গানে ত জানা-অজানার কথা উঠে না বাবা, কেবল নামের রূপ-মাধুরী পান করতে হয়। ষোল নাম বত্রিশ আখরের মাঝে প্রভু আমার বন্ধন-দশায় আছে। শাস্ত্রে কয় বৃন্দাবনে অপ্রাকৃত মদনমোহন। বিবর্তবিলাসের কথা। সে হইল নিত্য-বৃন্দাবনের কথা। তিনি লীলা-বৃন্দাবনে আইসা সুবলাদি সখা আর ললিতাদি সখিসহ আদ্যাশক্তি শ্রীমতী রাধিকারে লইয়া লীলা কইরা গেছে। সেই লীলা-বৃন্দাবনে অখন আর তানরা নাই। আছেন নিত্য-বৃন্দাবনে। সেই নিত্য-বৃন্দাবন আছে এই দেহেরই মধ্যে। তবেই দেখ-তানরা এই দেহের মধ্যেই বিরাজ করে।

তারপর নদীয়া নগরের প্রভু গৌরাঙ্গ-অবতারের কথাখান ভাল না কেন।
পদকর্তা কইচেঃ আছে মানুষ গ সই, আছে মানুষ গওরচান্দের ঘরে, নিগূঢ়
বৃন্দাবনে গ সই, আছে মানুষ।। এক মানুষ বৈকুন্ঠবাসী, আরেক মানুষ
কালোশশী, আরেক মানুষ গ' সই, দেহের মাইঝে রসের কেলি করে – নিগূঢ়
বৃন্দাবনে গ সই আছে মানুষ।।'

কথাগুলির অর্থ তিলক কিছু কিছু বুঝিল। কিশোর ও সুবল মুগ্ধ
আনুগত্যের দৃষ্টি দিয়া। বক্তার কথাগুলি উত্তমরূপে শুনিয়া লইয়া মনে মনে
বলিল, এসব তত্ত্বকথা, অত্যন্ত শক্ত জিনিস। যে বুঝে সেই স্বর্গে যায়। আমি
তুমি পাপী মানুষ। আমরা কি বুঝিব!

অনেক রাত পর্যন্ত গাল হইল। সাধু নিজে গাহিল। পাড়ার আরো
দু'চারজন গাহিল। তিলকও তাহার জানা 'উঠান-মাটি ঠনঠন পিড়া নিল
সোতে, গঙ্গা মইল জল-তিরাসে ব্রহ্মা মইল শীতে',গানটি গাহিল। সাধুর
নির্বন্ধাতিশয্যে কিশোর আর সুবল দুইজনে তাহাদের গাঁয়ের সাধুর বৈঠকে
শোনা দুই-তিনটা গান গাহিয়া সাধুর চোখে জল আনিল।

তাদের গান শুনিয়া-সাধু মুগ্ধ হইল। ততোধিক মুগ্ধ হইল তাদের
সরল সাহচর্যে। মনে মনে বলিলঃ বৃন্দাবনের চির কিশোর তোমরা, কৃষ্ণ
তোমাদের গোলকের আনন্দ দান করুক। আমাকে যেমন তোমরা আনন্দ
দিলে তোমরাও তেমনি আনন্দময় হও।

পরদিন তারা এখান হইতে নৌকা খুলিল। ছপ্ ছপ্ ছলাৎ শব্দ
করিয়া নৌকা দুই তরুণের দাঁড়ের টানে ঢেউ ভাঙিয়া আগাইয়া চলিল।
তীরে দাঁড়াইয়া সাধু। নৌকা যতই দূরে যাইতেছে, তার দুই চোখ জলে ভরিয়া
উঠিতেছে। তার কেউ নাই। সকলের মধ্যে থাকিয়াও সে একা। তারা আনন্দ
করিতে জানে না, আনন্দ দিতে জানে না। যারা আনন্দ দিতে পারিল, তাকে
একটানা দৈনন্দিনতার মধ্যে ফেলিয়া তারা ঐ দূরে সরিয়া যাইতেছে।

অকূল মেঘনার অবাধ জলরাশির উদার শুভ্র বুকের উপর একটি
কালো দাগের মতো ছোট হইতে হইতে তারা এক সময় মিলাইয়া গেল।

সাধুর বুক ছাপাইয়া বাহির হইল একটি দীর্ঘশ্বাস। তারা দিয়া গেল অনেক কিছু কিন্তু নিয়া গেল তার চাইতেও অধিক।

এইখানে পাড়াটা ধনুকের মত বাঁকিয়া গিয়াছে। বাঁকা অংশ জুড়িয়া স্রোতের আবর্ত এত জোরে পাক খাইয়া চলিতেছে যে, তীরে লাগিয়া অমন শক্ত মাটিকেও যেন করাত-কাটা করিতেছে, ছিন্নমূল তালগাছের মত ভাঙ্গিয়া ভাঙ্গিয়া পড়িতেছে এক একটা অতিকায় মাটির ধস। ভাঙ্গনের এই সমারোহে পড়িয়া পাড়াটা খাড়া উঁচু হইয়া উঠিয়াছে। দেখিলে ভয় হয়! ইহার নিকট দিয়া নৌকা চালাইতে বিপদের আশঙ্কা আছে। যদি একটি ধ্বস ভাঙ্গিয়া নৌকার উপরেই পড়ে। যা স্রোত! আগানো বড় কঠিন। তবু আগাইতে হইবে।

সকাল হইতে নৌকা বাহিয়া সুবল দুপুরে খাইয়া ঘুমাইয়া পড়িয়াছে। একটানা রাতের-জালে যাওয়ার এমনি অভ্যাস। জালে না গেলেও রাতে চোখে ঘুম আসে না। দুপুরে চোখে ঘুম আসে, ঘুমাইতে হয়। তিলক সে কাজ দুপুরের আগেই সারিয়াছে। হকা হাতে শুইয়া ছিল। হাতের হকা হাতেই ছিল। দেখিয়া মনে হইয়াছিল যেন চাহিয়াই আছে। চোখ থলা। অথচ এরই মধ্যে ঘুমাইয়া নিয়াছে। এখন গলুইয়ে বসিয়া ঝপাঝপ দাঁড় ফেলিতে ফেলিতে জলের দিকে চাহিয়া বলিল, 'এইবার যা মাছ পরব কিশোর! জলের রূপখান চাইয়া দেখ।'

মেঘনার বিশালতা এখানে অনেক কমিয়া গিয়াছে। ভাঁটিতে থাকিতে এপার হইতে ওপার একটা রেখার মতো দেখা যাইত। এখন উজানে আসিয়া, এপারে থাকিয়া ওপারের খড়ের ঘরগুলি পর্যন্ত সুস্পষ্ট দেখা যাইতেছে।

বিকালে ঘুম ভাঙ্গিয়া উঠিয়া সুবল অবাক হইল।

'তিলক, ইটা কোন্ গাঙ?'

'কোন্ গাঙ আবার। যে-গাঙ দিয়া আসা অইসে।'

'ইখানে মেঘনা অত ছোট?'

'যত উজানে যাইবা ততই ছোট।'

'আরো কত উজানে যাইতে হইব? উজানি-নগরের থলা আর কতদূর? শুকদেবপুরের বাঁশিরাম মোড়লের বাড়ি আর কতদূর?'

'আবার ঘুমাইয়া থাক। একেবারে তাঁর ঘাটে নাও ভিড়াইয়া ডাক দিমু, হুক্কা হাতে লইয়া।'

'যাও আর ঠিসারা কইর না।'

দূরে একখানা ছায়াচ্ছন্ন পল্লী। গাছপাতায় সবুজ। তাকে পাশে রাখিয়া যেন অকস্মাৎ নদী টানা ধনুকের মত বাঁকিয়া সোজা পশ্চিমের দিকের অদৃশ্য হইয়াছে। পশ্চিম পারের আড়ালে পড়ায় এখান হইতে তাকে আর দেখা যাইতেছে না। বাঁকানো ঢালা পার। পড়ন্ত রোদে তার বালিরাশি চিকচিক করিতেছে। সেই বালিঢালা পারের উপর এক্সানে দশ-বারখানি বড় বড় খড়ের ঘর। গাছপালা একটিও নাই; কোনোখানে সবুজের চিহ্নমাত্র নাই। কেবল বালি আর কয়েকখানা ঘর-মরুর বালুকায় পান্থ-নিবাসের মত। ব্যতিক্রম কেবল সচল অজগরের মত এলাইয়া পড়া নদীটি।

আরো একটু স্পষ্ট হইয়া উঠিলে তিলক তার বৃদ্ধ চক্ষু দুইটির প্রতি অসীম করুণায় কিঞ্চিৎ আবেগের সঙ্গে বলিল, 'ঐ দেখা যায় শুকদেবপুর আর ঐ উজানিনগরের থলা।'

কিশোর আর কোন কথা বলিল না। যেখানটার পরে নদী আর দেখা যাইতেছেনা সেই দিকে চাহিয়া রহিল।

বাঁশিরাম মোড়লের ঘাটে যখন নৌকা ভিড়িল, তখন সন্ধ্যা হইয়া গিয়াছে।

মোড়ল খুব প্রতাপশালী লোক। এখানে নদীর পাঁচ মাইল তার শাসনে। এখানে মাছ ধরিতে হইলে তাঁরই সঙ্গে বন্দোবস্ত করিতে হয়।

পরদিন সকালে মোড়লের বাড়ি হইতে নিমন্ত্রণ আসিল, দুপুরে তাঁর বাড়িতে সেবা করিতে হইবে।

দুপুরে স্নান করিয়া তিনজনে সেখানে উপস্থিত হইল।

মোড়লের বাড়িতে চার ভিটাতে চারিটি খড়ের ঘর। সংস্কারাভাবে জীর্ণ। তারই একটার বারান্দায় বসিয়া সে এক বাক্স রুপার টাকা ওনিতেছে। তার শরীর পাথরের মত নিরেট, অসুরের মত শক্ত। রঙ কালো। বয়স

পঞ্চাশের উপর। কিন্তু মাংসে চামড়ায় বার্ধক্য ধরে নাই। কণ্ঠার দুইপাশের মোটা হাড়ে অজস্র দৈহিক বলের পরিচয়। কিশোর মনে মনে বলিল, 'তোমার মত মুনীষের পঁচিশটায় শ'। তোমার চরণে দণ্ডবৎ।'

মোড়ল তার নূতন জেলেদিগকে অভ্যর্থনা করিয়া বসাইল।

'নাম ত জানলাম কিশোর। পিতার নাম ত জানলাম না।'

'পিতার নাম রামকেশব।'

'হ, চিনতে পারছি। তোমরা ক' ভাই।

'ছোট এক ভাই আছিল; মারা গেছে। অখন আমি একলা।'

'পুত্রসন্তান কি?'

'আমার পুত্রসন্তান আমিই।'

'হ, বুঝলাম। বিয়া করছ কই?'

কিশোর চুপ করিয়া রহিল। কথা বলিল সুবল। এইবার দেশে গিয়া করিবে। সম্বন্ধ নিজ গ্রামেই ঠিক হইয়া আছে।

রান্না যা কিছু হইয়াছে সবই বড়মাছের। কিশোরেরা ছোট মাছের জেলে। বড়মাছ বড় একটা মুখে পড়ে না, কেন না এ সব মাছ তারা ধরিতে পারে না। কোনোদিন কোনো বড় মাছ পথ ভুলিয়া তাদের জালে আসিয়া পড়িলেও পয়সার জন্য বেচিয়া ফেলিতে হয়।

মোড়ল খায় যেমন বেশি খাওয়ার উপর তার মনোযোগও তেমনি অথও। খাওয়ার ফাঁকে একবার তার অতিথিদের কথা মনে পড়িল।

'জাল্লা ভাই, যা খাইবা কেবল হাতের জোরে।'

কিশোর কোন উত্তর দিতে পারিল না। কারণ আয়োজনের এত প্রাচুর্যের মধ্যে পড়িয়া তার খুব লজ্জা করিতে লাগিল। রুইমাছের মাথার খানিকটা চিবাইতে চিবাইতে উত্তর দিল তিলক, 'কি যে তুমি কও মোড়ল।'

কিশোরেরও একটা কিছু বলা দরকার। নৌকার মহাজন সে। কিন্তু এসব উত্তর চাতুর্যপূর্ণ ভাষায় দিতে হয়। সে-ভাষা কিশোরের জানা নাই। সরল মানুষ সে। তার কথাও সরল; 'আমার দেশে অত বড় মাছ পাওয়া যায় না। বড়মাছ অত বেশি আমরা খুব কম খাই।'

শুনিয়া মোড়ল গিন্নি আর এক বাটি মাছ আনিল। কিশোর প্রবল আপত্তি জানাইল, 'না না, না না।'

মোড়ল-বৌ বুদ্ধিমতী। কিশোরের এঁটো পাতে বাটিটা শব্দ করিয়া ঠেকাইল। এবার কিশোরকে মাছগুলি খাইতেই হইবে।

মোড়ল-বৌ লম্বা ঘোমটা টানিয়া পরিবেশন করিয়াছে। মুখ দেখা যায় নাই। মুখ দেখা গেল খাওয়ার পর তারা বারান্দায় বসিলে যখন পান দিয়া গেল, তখন। মোড়ল চৌকির উপর বীরাসনে বসিয়াছে। তাকে ছেলেবেলার গল্পে-শোনা হনুমান ভীমাদি কোন বীরের মত দেখাইতেছে। কিশোর তাকে চোরা দৃষ্টিতে দেখিতেছে আর ভাবিতেছে, রাগ নাই অহংকার নাই, মানুষটার আছে কেবল শক্তি। উহার বুকের কাছটিতে একবার বসিতে পারিলে ঝড়তুফানেও কিছু করিতে পারিবে না।

এমন সময় গিন্নি স্বামীর হকা দিয়া গেল। একটু পরে পানের বাটা সাজাইয়া আনিয়া চারিজনের মাঝখানে রাখিতেই তার ঘোমটা সরিয়া গেল। কিশোর মুহূর্তের জন্য তার মুখখানা দেখিতে পাইল। শ্যামাঙ্গী ক্ষীণকায় তরুণী। ভৈরবকায় মহাদেবের পাশে বালিকা-বধূ গৌরীকে যেমনটি দেখাইত এ-বৌ তাঁর পাশে বসিলে ঠিক তেমনই দেখাইবে। কিশোর চিন্তিত মনে বসিয়া রহিল।

মোড়ল বলিল, 'কি ভাবছ, আমার স্থিরাচার।'

কিশোর আঘাত পাইল, 'আমি বুঝি এই ভাবছি।'

'আর কি ভাববা। আমার ঘরে এই ছাড়া আর কেউ নাই। আর যে ছিল, মারা গেছে সে। থাকলে তোমারে লইয়া অখন কত ঠার-ঠিসারা করত!'

'মোড়ল!'

'কি জাল্লা!'

'তোমার দিকে চাইয়া আমার শিবঠাকুরের কথা মনে পড়ে। তোমার অত নামডাক, কিন্তু বাড়ি-ঘরের ছিরি নাই। তাজ্জবের কথা।'

মোড়ল তার আয়ত চোখ দুটি মেলিয়া তার স্নিগ্ধ দৃষ্টি কিশোরের চোখ দুটির মধ্যে ডুবাইয়া দিল।

'আমার মনে পড়ে আরও একজন শিবের কথা। সে-শিব বুড়া। সকলের দরবারে তার নামডাক। কিন্তু ঘরে তার দৈন্যদশা।'

শিশুর মত বাধিত হইয়া মোড়ল বলিল, ' তুমি আমারে শিব ঠাকুর বানাইলা। না জাল্লা, তুমি আমারে বুড়া শিব বানাইলা, আমার গৌরী বড় ভাল, তারে আবার নাচাইও না।

আর, আমরা ত শিবমন্ত্রী না, আমরা কিক্ষমন্ত্রী। তোমরা কোন্ দেশের দেশি।'

জবাব দিল তিলক, 'বিন্দাবনের।'

'অ, বুঝলাম, তোমরাও কিক্ষমন্ত্রী। কিক্ষে মিলাইছে। রাইতে আনন্দ কড়া চাই, মনে থাকে যেন। অখন একটু গড়াইয়া যাও।'

উত্তম ভোজন পাইলে তিলকের পেট উঁচু হইয়া উঠে, নির্লজ্জভাবে অস্তিত্ব সপ্রমাণ করে। উহার সম্বন্ধে সচেতন হইয়া তিলক বলিল, 'ঠিক কথাই কইছ মোড়ল। যা খাওয়াইছ, গড়াইয়াই যাইতে লাগবে, খাড়া হইয়া জাওয়ার ভরসা খুব কম।'

রসিকতা। মোড়ল শশব্যস্তে প্রতিবাদ করিল, 'সে কথা কই না জাল্লা, আমি কই পাটি বিছাইয়া দেউক, একটু গড়াইয়া লও, তারপর যাইও। রাইতে আমার উজাগর করতে লাগব।'

'অ, একটা শীতলপাটি বিছাইয়া দিলে গড়াইয়া যাইতে পারি।'

'তুমি জাল্লা বড় ঢঙী। তোমারে আমার বড় ভাল লাগে।'

সেদিন তারা আর নৌকাতে ফিরিল না। শীতলপাটিতে গড়াইয়া বিকালে পাড়া বেড়াইতে বাহির হইল। তিলক বুড়া মানুষ। তার কাপড় হাঁটুর নিচে নামে না। কিন্তু কিশোর সুবল ধুতি পায়ের পাতা অবধি ঢিলা করিয়া কার্তিকের মত কোমরে গেরো দিয়াছে। কাঁধে চড়াইয়াছে এক একখানা গামছা।

সুবলের বয়সের দোষ। সে শুধু দেখিল কার বাড়িতে ডাগর পাত্রী বিবাহের দিন গুনিতেছে। অনেককে দেখিল এবং সকলকেই মনে ধরিল। ইহাদের বাপ-মা সুবলকে লক্ষ্য করিতেছে এবং ওগো ছেলে, যাওয়ার পথে

আমার মেয়েকে নিয়া যাইও, বাতাসে ভর করিয়া সুবলের কানে এই কথা পাঠাইতেছে, ইহা কল্পনা করিয়া সুবল মনে মনে পুলকিত হইয়া উঠিল।

কিশোর ভাবিতেছে আর একরকম কথা। এগাঁয়ের লোকগুলি কি স্বাস্থ্যবান! নারী-পুরুষ, ছেলে-বুড়া, সকলের গায়েই জোরের জোয়ার বহিয়া চলিতেছে, আটকায় সাধ্য কার। সকলেরই রঙ কালো। তবে হালকা রঙ চটা কালো নয়, তেলতেলে পাথরের সুগঠিত মূর্তির মত কালো। কিশোরের গাঁয়ের লোকও বেশির ভাগই কালো। কিন্তু মাঝে মাঝে পরিষ্কার লোকও আছে। নারীরাও অনেকেই কালো আবার অনেকেরই রঙ ফরসা। বাসন্তীর রঙ তো রীতিমত ব্রাহ্মণ-পণ্ডিতের মেয়ের মত। কিন্তু এ গাঁয়ের নারী-পুরুষ সকলেই কালো।

আর একটা জিনিস কিশোরের চোখে পড়িয়াছে। এখানে ঘরেঘরে জাল যেমন আছে তেমনি হালও আছে। প্রত্যেক বাড়িতেই একপাশে জালের সরঞ্জাম, আর এক পাশে হালের সরঞ্জাম। একদিকে আছে গাবের মটকি, জালের পুটলি, দড়াদড়ি, ঝুড়ি ডোলা আরেকদিকে লাঙল-জোয়াল, কাঁচি নিড়ানি, মই। অযত্নরক্ষিত ঘর দুখানার একখানাতে যেমন দুই এক পুরুষের পুরানো জালের পুটলি পুরাতন পঞ্জিকার মত জমিয়া উঠিয়াছে, তেমনি অন্যখানাতে বিভিন্ন বয়সের গরুবাছুরের ঘাসে ফেনে গোবরে থমথম করিতেছে। ইহাদের জীবনদেবতা আকাশের আদমসুরতের মত দুই দিকে আঙুল বাড়াইয়া রাখিয়াছে। একদিকে নদী আছে ভরভর আর আরেকদিকে মাঠ ফসলে হাসি-হাসি। কোনোদিন কোন অদৃশ্য শয়তান যদি ইহাদের জালের গিঁটগুলি খুলিয়া দেয়, নৌকার লোহার বাঁধগুলি আলগা করিয়া ফেলে, আর নদীর জল চুমুক দিয়া শুষিয়া নেয়, ইহারা মরিবে না। ক্ষেতে শস্য ফলাইবে। এক হাতে ক্ষেতে শস্য ফলাইবে আরেক হাতে জালগুলি, নৌকাগুলি আগের মত ঠিক করিয়া লইবে। যথাকালে বর্ষার ঢল নামিয়া নদীটাকে আবার যৌবনবতী করিয়া দিবে। ইহারা মরিবে না। কিন্তু আমরাও কি মরিব! আমাদের গাঁয়ের মালোদের কারো খেত খামার নাই। কিন্তু তিতাস নদী আছে। তাকে শোষণ করিবে কে!

'আরে, ও কিশোর, তামুক পাওয়া যায় কই! এক ছিলুম তামুক।' তিলক এই বলিয়া কিশোরের ধ্যান ভঙ্গ করিল।

সন্ধ্যার পর গানের আসর বসিল।

প্রথম গান তুলিল তিলক। সুবল গোপীযন্ত্র বাজাইল। কিশোর কেবল হাততালি দিয়া মাথা দুলাইয়া তাল রাখিয়া চলিল।

কৃষ্ণমন্ত্রী শিবমন্ত্রী দুই মতের লোকই আসিয়াছে। প্রথমে আসর-বন্দনা গাওয়ার পর দেখা গেল, আর কোণে কয়েকজন গাঁজার কলকে সাজাইতেছে। তিলক ও-জিনিস কালেভদ্রে গ্রহণ করিয়া থাকে। এবারও এক টান কসিল। নাক দিয়া ধোঁয়া ছাড়িল। তারপর সুবলের দিকে রক্তচক্ষু করিয়া বলিল, 'বাজাও'।

সুবল গোপীযন্ত্র পেটে ঘসিয়া তাল ঠুকিল।

মোড়ল মাঝ-আসরে বসিয়া ছিল। তার দিকে হাত বাড়াইয়া তিলক গান জুড়িল, 'কাশীনাথ যোগিয়া – তুমি নাম ধর নিরাঞ্জন, সদাই যোগাও ভূতের মন, ভূত লইয়া কর খেলন, শিক্ষা ডম্বুর কান্ধে লয়ে নাচিয়া' –

অপর পক্ষের একজন বলিল, 'গান বড় বে-ধারায় চলছে মোড়ল। ইখানে এই গানটা মানাইত – এক পয়সার তেল হইলে তিন বাতি জ্বালায়। জ্বেলে বাতি সারা রাতি ব্রজের পথে চলে যায়।'

মোড়ল নিষেধ করিতে যাইতেছিল, 'বিদেশী মানুষ, ছন্দি ধর কেনে?' কিন্তু তাহার মুখের কথা মুখেই রহিয়া গেল। অনেক দিনের অনভ্যাসের পর তিলকের মগজে গাঁজার ধোঁয়া গিয়াছে। সামলাইতে পারিল না। অনেক কষ্টে মাথা খাড়া রাখিবার চেষ্টা করিয়া এক সময় মোড়লের কোলের উপর এলাইয়া পড়িল। নেতৃহারা হইয়া কিশোরেরা আর গান গাহিল না। কেবল শুনিয়া চলিল। বিরোধী দল অনেক রকম গান গাহিবার পর যখন রাধাকৃষ্ণের মিলন গাহিয়া আসর শেষ করিল, তখন মোড়লের একটা লোক বাতাসার হাঁড়ি হাতে আগাইয়া আসিয়া কিশোরকে বলিল, 'লও'। কিশোর স্বপ্নোখিতের মত সচেতন হইয়া হাত পাতিল, তারপর তিলককে ডাকিয়া তুলিল। তিলক যখন চোখ মেলিল, আসরে তখন ভাঙন ধরিয়াছে।

নদীর বুকে সকাল বড় সুন্দর। তখনো সূর্য উঠে নাই। আকাশে নীলাভ সচ্ছতার আভাস। চারি দিকে নীলাভ শুভ্রতা। এ শুভ্রতা মাখনের মত স্নিগ্ধ। চারিদিকের অবাধ নির্মুক্তির মাঝে এ-স্নিগ্ধতার আলাপন মনের আনাচে কানাচে সুরধ্বনি জাগায়। নদীর বুকে লক্ষ লক্ষ তরঙ্গ-শিশুর অস্ফুট করতালি জাগায় যে মুক্ত বাতাস, তারই মৃদু স্পর্শ তিলককে বৃদ্ধ সঙ্কুচিত বুকখানাও পূর্ণতায় প্রসারিত করিয়া তুলিল।

পূবদিকে মোড়লদের পল্লী। গাছগাছালিতে ঢাকা উত্তর-দিকে নদীটা বাঁকিয়া বাঁ দিকে অদৃশ্য হইয়াছে। দক্ষিণ দিকে নদী একেবারে তীরের মত সোজা, যতদূর দৃষ্টি চলে কেবল জল আর জল। দুইটি তীরের বাঁধনে পড়িয়া সে-জল দৈর্ঘ্যে অবাধ। তিলকের দৃষ্টি, যেখানে নদীর জলে আর আকাশের কোলে একাকার হইয়া মিশিয়াছে, সেইখানে। তারও অনেক দক্ষিণ হইতে ভাসিয়া আসিতেছে ফাল্গুন মাসের এই মৃদুমন্দ হাওয়া। সেই দিকে চাহিয়া তিলক বুক ভরিয়া নিঃশ্বাস লইল। বড় উদার আর অকৃপণ সে হাওয়া।

নৌকার পিছন দিক খুঁটিতে বাঁধা। গলুই বাতাসের অনুকূলে উত্তর দিকে লম্বমান। মাঝ নৌকায় দাঁড়াইয়া তিলক কথা বলিল, 'কিশোর, জাল লাগাইবার সময় হইছে।'

অন্ধকার পাতলা হইয়া আসার সঙ্গে সঙ্গে কিশোরের ঘুমও পাতলা হইয়া আসিয়াছে। তিলকের ডাকে তার শেষ সুতাটুকু ছিঁড়িয়া গেল।

কিশোর ক্ষিপ্র হাতে হক্কা ধরাইয়া সুবলকে ডাকিয়া তুলিল। সুবল ঘুমের গাধা। কিন্তু হক্কার আওয়াজ পাইয়া তারও ঘুম টুটিয়া গেল।

পাড়াটার আওতা ছাড়াইয়া তারা দক্ষিণে আগাইয়া গেল। পারের থানিকটা ঢালু। একটু উপর দিয়া সোজা একটা পায়ে-চলা পথ। তার ওপারে ধানজমি। যতদূর চোখ যায় কেবল ধানগাছ। ভোরের বাতাসে তাদের শিশুশিরগুলি দুলিতেছ, তাতে একটানা একটা শব্দ হইতেছে। আকাশ বাতাশ ঢেউ সব কিছুর প্রাতঃকালীন কোমলতার সহিত ভাল রাখিয়া এ শব্দের সুরও ক্রমাগত কোমলে বাজিয়া চলিয়াছে। কিশোরের চোখ জুড়াইয়া গেল। মোড়লের গ্রামের লোকেরা এ সকল ধানের জমি লাগাইয়াছে। ধান হইলে

ইহারাই সব কাটিয়া নিয়া ঘরে তুলিবে। বাত্যা-বাদলায় নদীতে নামিতে না পারিলেও কিশোরের দেহের মালোদের মত ইহাদের উপবাস করিতে হইবে না।

'বাঁশটা আস্তে চালাইও তিলক। ধানগাছ নষ্ট না হয়। কার জানি এই ক্ষেত। মনে কষ্ট পাইব।'

'তোমার যত কথা। কত রাখালে পাঁজনের বাড়ি দিয়া ক্ষেত নষ্ট করে, কত গাই-গরু চোরা-কামড় দিয়া ধানগাছের মাথা ভাঙ্গে, আমরারে চিলব কোন্‌ – '

তিলকের অর্বাচীনতায় কিশোর চটিয়া উঠিল। কিন্তু এই স্নিগ্ধ সকালবেলার সহিত চটিয়া উঠা বড় বেমানান। কিশোরের মনের গোপনতায় যে সূক্ষ্ম শিল্পবোধ সব সময় প্রচ্ছন্ন থাকে, তারই ইঙ্গিত এবার তাকে চটিতে দিল না। সে আগেই তীরে নামিয়াছিল। তিলকের ছুঁড়িয়া-ফেলা বাঁশের আগাটা ক্ষিপ্রগতিতে ধরিয়া তার গতিরোধ করিল এবং তার উদ্যত আঘাত হইতে অবোলা ধানগাছগুলিকে বাঁচাইল।

জাল লাগানো শেষ হইলে কিশোর নৌকায় উঠিয়া বাঁশের গোঁড়ায় পা দিল। সুবল পাছার কোরায় হাত দিলে গলুইয়ে গিয়া তিলক লগি ঠেলিয়া নৌকা ভাসাইল। নৌকা মাঝ নদীতে পুরিয়া কুলি করিয়া জালে 'বুলানি' দিল।

কিছুক্ষণ ডুবাইয়া রাখিয়া কিশোর তাহার প্রথম থেউ তুলিল। ইঞ্চিপরিমাণ সরু সরু মাছ – রুপার মত রঙ, ছোট ছোট ঢেউয়ের মত জীবন্ত। কিশোর ক্ষিপ্রহস্তে টানিয়া এক ঝটকায় 'ডরা'তে ফেলিল, মাছগুলি অনির্বচনীয় ভঙ্গিতে নাচিতে লাগিল। প্রথম থেউয়ের মাছ দেখিয়া কিশোরের চক্ষু জুড়াইয়া গিয়াছে। মাছগুলি দেখিতে এই সকাল বেলার মতই স্নিগ্ধ।

এক সময়ে ধা করিয়া সূর্য উঠিল। নদীর উপর রোদ বিছাইয়া দিল। তাপের আভাস পাইয়া মাছ একযোগে অথই জলে ডুবিয়া গেল। এখন আর তারা জালে ধরা দিবে না। একবার কিশোর জালতা ধপাস করিয়া ফেলিল। এই রকমে ফেলার অর্থ – আজ এই পর্যন্তই। তিলক কোরা গুটাইয়া

আগাইয়া আসিল। তারপর দুইজনে মিলিয়া দড়াদড়ির বাঁধাছাঁদা খুলিয়া ফেলিল।

মোড়ল আগেই ঘেটে বসিয়াছিল। প্রথম দিনের মাছ দেখিয়া খুশি হইল। বলি, 'ছোট জাল্লা, তোমার ত খুব সাইৎ। চল, মাছ ডাঙিতে লইয়া যাই।'

সাঁ সাঁ করিয়া বসন্তের বাতাশ বহিয়া যায়, স্বচ্ছ জলের উপর ঢেউ তুলিয়া। কিশোর ক্ষণে ক্ষণে উন্মনা হইয়া যায়। নদীর তাতা থৈ থৈ নাচনের সঙ্গে তার বুকখানাও নাচিয়া উঠে। আকাশে রোদ বাড়ে। সে রোদ যেন নৌকার উপর, তিলকের সুবলের মাথার উপর, আর কিশোরের বুকের উপর সোনা হইয়া ঝরিয়া পড়ে। কোন অদৃশ্য শিল্পী এক না-দেখা মোহের তুলি বুলাইয়া তার মনের মাঝখানে অদৃশ্য আনন্দের এক একটা ছোপ লাগাইয়া যায়; থাকিয়া থাকিয়া তার মনে সম্ভব-অসম্ভব নানা রকম চিন্তার আবির্ভাব হয়। শুকদেবপুর পল্লিতা কখনো সুবলকে লইয়া একপাক ঘুরিয়া আসে। অনেক গাছগাছালি আছে শুকদেবপুরে। তাতে অনেক পাতা ঝরিয়া গিয়াছিল। এখন নূতন পাতা মেলিয়াছে। কি তুলতুলে মসৃণ পাতা। কিশোরের হৃদয়ের পরদার মত মসৃণ। চাহিয়া থাকিতে খুব ভাল লাগে। একটি বাড়িতে তুলসীতলার পাশে বেড়া দিয়া ফুলের গাছ করিয়াচে।অনেক সুন্দর ফুল ধরিয়াছে। পাপড়িগুলিতে কি সুন্দর বর্ণ-সমাবেশ। কি ফুল চিনিতে না পারিয়া কিশোর দাঁড়াইল। সামনা দিয়া এক কুমারী কন্যা যাইতেছে একগোছা সুতা হাতে করিয়া। কিশোর চলমান সুবলকে হাত ধরিয়া থামাইয়া বলিল, 'দাঁড়া, ফুলেরে আগে দেইখ্যা লই। বন রঙিন ফুল। কিন্তু চিনতে পারলাম না। এই মাইয়ারে জিগা, ইটা কি ফুল কইয়া যাক্‌।'

অকবি সুবল, মনে রঙ-ধরা কিশোরের সমজদার সাথী হওয়ার অনুপযুক্ত সুবল, নিঃস্পৃহ কণ্ঠে বলিল, 'তুমি জিগাও না, আমারে লইয়া টানাটানি কর কেনে?'

'বেশ, আমিই জিগাই।'

বিচারকের সামনে আসামীর মত, এক ফোঁটা মেয়েটার সামনে জোয়ান কিশোর এতটুকু হইয়া গিয়া কোনো রকমে বলিল,,;বিদেশী মানুষ। এ দেশের এই ফুলেরে চিনলাম না। নামখান নি কইয়া যাইতে পার।'

মেয়েটি লজ্জায় উচ্ছ্বলিত হইয়া বলিল, 'মুগরাচণ্ডী। এর নাম মুগরাচণ্ডী ফুল।' বলিয়া, কিশোরের চোখের দিকে চাহিল। কিন্তু চোখ এর নামাইতে পারিল না। সর্পমুগ্ধের মত চাহিয়া থাকিয়াই পরনের বসন-আঁচলে বুকের শিশু স্তনদুটিকে ঢাকিয়া দিল। তারপর ভয়-পাওয়া হরিণীর মত বড় বড় পা ফেলিয়া একটা ঘরের আড়ালে চলিয়া গেল।

সুবল কিছু টের পাইয়া বলি, 'যা কও দাদা, তোমার বাসন্তীর মত একটা মাইয়াও কিন্তু শুকদেবপুরে দেখলাম না।'

'আমার বাসন্তী! তুই কি কইলি সুবলা?'

'তোমার সঙ্গে বিয়া হইব। এই ক্ষেপের টাকা লইয়া দেশে গেলেই তোমার সঙ্গে বিয়া হইব। তোমার বাসন্তী কমু না, তবে কি আমার বাসন্তী কমু?'

কিশোর হাসিলঃ 'নারে সুবলা,না, ঠিসারার কথা না। বাসন্তীরে আমার, তোর লগেই সাতপাক ঘুরাইয়া দেমু।'

'মনরে চোখ ঠার' কেনে কিশোর দাদা? বাসন্তী যে তোমার হাড়িত চাউল দিয়া রাখছে – তুমি ত কম জান না।'

'নারে সুবলা, আমার মন যেমন কয়, কথাখান ঠিক না। যারে লেংটা থাইক্যা দেখতাছি – ছোটকালে যারে কোলে পিঠে লইছি – হাসাইছি, কাঁদাইছি, ডর দেখাইছি, ভেউরা বানাইয়া দিছি – তারে কি বিয়া করন যায়! বিয়া করন যায় তারে, যার লগে কোনোকালে দেখাসাক্ষাৎ নাই। দেখাসাক্ষাৎ খালি মুখাচণ্ডীর সময় – গীত-জোকারের লগে পিড়ির উপর শাড়ীর ঘোমটা তুইল্যা যখন চোখ মেইল্যা চায়। – সে হয় সত্যের স্ত্রিরি। আর সগল তো ভইন।'

সুবল ভাবে, কিশোরের মাথার ঠিক নাই। কিন্তু যদি সত্যই বাসন্তীর সহিত কিশোরের বিবাহ না হয়, তবে বাসন্তীর বিবাহ হইবে কাহার সহিত। সুবল ভাবে।

মনের ভিতর একটা কিছু হইতেছে টের পাইয়া কিশোর কিছু লজ্জিত হয়। বলে, 'আর পাড়া বেড়াইবার দরকার নাই সুবলা, চল ফিরা যাই।'

সে-অজানা ভাব অধিক্ষণ থাকে না। থাকিলে কিশোর পাগলা হইয়া যাইত।

সেই স্নিগ্ধ নীলাভ ফাল্গুনী প্রভাত আসে। জাল লাগাইয়া মৃদু নৃত্যপরা তটিনীর বুকের গহনে গুঁজিয়া দেয় সেই জাল। তুলিয়াই দেখে মাছ। রূপার মত শাদা, ছোট ছোট প্রাণচঞ্চল অজস্র মাছ। এক একটা মাছে এক একটা প্রাণ। নৌকার ডরাতে জলের উপর ভাসিতে ভাসিতে কেমন খেলা করে। দুই মিনিটেই যাদের মৃত্যু, তারা মরণকে অবহেলা করিয়া এমন শান্তিতে ভাসে কি করিয়া। কিন্তু বড় ভাল লাগে দেখিতে। দ্রুততালে জাল তোলা-ফেলার মাঝে কিশোর আত্মহারা হইয়া যায়। তার মনের সকল রকম অস্বস্তি কথায় আত্মগোপন করে।

চৈত্রের মাঝামাঝি। বসন্তের তখন পুরা যৌবন। আসিল দোল পূর্ণিমা। কে কাকে নিয়া কখন দুলিয়াছিল। সেই যে দোলা দিয়াছিল তারা তাদের দোলনায়, স্মৃতির অতলে তারই ঢেউ। অমর হইয়া লাগিয়া গিয়াছে গগনে পবনে বনে বনে, মানুষের মনে মনে। মানুষ নিজেকে নিজে রাঙায়। তাতেও পূর্ণ তৃপ্তি পায় না। প্রিয়জনকে রাঙায়, তাতেও পূর্ণ তৃপ্তি পায় না – তখন তারা আত্মপর বিচার না করিয়া, সকলকেই রাঙাইয়া আপন করিয়া তুলিতে চায়।

তেমনি রাঙাইবার ধুম পড়িয়া গেল শুকদেবপুরের থলাতে

তারা ঘটা করিয়া দোল করিবে, দশজনকে নিয়া আনন্দ করিবে। শুকদেবপুর গ্রামের সকলকেই তারা নিমন্ত্রণ করিল। মোড়লের গাঙের রায়ত হিসাবে কিশোররাও নিমন্ত্রিত হইল। কাল সকাল থেকে রাত অবধি হোলি, গানবাজনা, রঙখেলা, খাওয়া-দাওয়া হইবে।

'থলাতে দোল-পুন্নিমায় খুব আরক্ষা হয়। মাইয়া লোকে করতাল বাজাইয়া যা নাচে! নাচেত না, যেন পরীর মত নিত্য করে। পায়ে ঘুঙরা, হাতে রাম-করতাল। এ নাচ যে না দেখছে, মায়ের গর্ভে রইছে।'

তিলকের এই কথায় সুবলের খুব লোভ হইল। কিন্তু তার মন অপ্রসন্ন। ধুতি গামছা দুইই তার ময়লা।

কিশোর সমাধান বাতলাইয়া দিলঃ নদীর ওপারে হাট বসে। সাবান কিনিয়া আনিলেই হয়।

কিন্তু এক টুকরা সাবানের জন্য এত বড় নদী পাড়ি দেওয়া চলেনা।

শেষে সমাধান আপনা থেকেই হইয়া গেল।

ভাটিতে বেদের বহর নোঙর করিয়াছে। বেদেনীরা আয়না চিরুনী সাবান বঁড়শি, মাথার কাঁটা, কাঁচের চুড়ি, পুঁতির মালা লইয়া নৌকা করিয়া শুকদেবপুরের ঘাটে ঘাটে বেসাত করিয়া যায়। সাপের ঝাঁপিও দুই একটা সঙ্গে থাকে।

কিশোরেরা মাছ ধরায় ব্যস্ত। বেলা বাড়িয়াছে। আর একটু বাড়িলে মাছেরা অতলে ডুব দিবে। এখনি যত ছাঁকিয়া তোলা যায় নদী হইতে। উঠিতেছেও খুব। এমন সময়ে এক বেদেনী ডাক দিল, 'অ, দাদা, মাছ আছে?'

কিনিতে আসিয়া তারা বড় বিরক্ত করে। তিলক ঝানু লোক। বলিল, 'না মাছ নাই।'

বেদেনীর বিশ্বাস হইল না। বৈঠা বাহিয়া তার বাবুই পাখির মাসার মত নৌকাখানা কিশোরদের নৌকার সঙ্গে মিশাইল। সে তার নৌকার দড়ি হাতে করিয়া লাফ দিয়া কিশোরের নৌকায় উঠিল, ডরার দিকে চাহিয়া বলিল, 'কি জাল্লা, মাছ না নাই! চাইর পয়সার মাছ দেও।'

কিশোরের জালে অনেক মাছ উঠিয়াছে। বাঁশের গোঁড়ায় পা দিয়া, জালের হাতায় টান মারিয়া সে বুক চিতাইল; তার পিঠ ঠেকিল বেদেনীর বুকে।

বেদেনী তরুণী। স্বাস্থ্যবতী। তার স্তনদুইটি দুর্বিনীতভাবে উঁচাইয়া উঠিয়াছে। তার কোমল উন্নত স্পর্শ কিশোরের সর্ব-শরীরে বিদ্যুতের শিহরণ তুলিল। বাঁশের গুঁড়ি হইতে পড়িয়া গিয়া, হাত পা ভাঙ্গিয়া সে হয়ত একটা কাও করিয়া বসিত। বেদেনী এক হাত ডান বগলের তলায় ও অন্য হাত বাম কাঁধের উপরে দিয়া বুক পর্যন্ত বাড়াইয়া কিশোরকে নিজের বুকে চাপিয়া

ধরিল। অবলম্বন পাইয়া কিশোর পড়িয়া গেল না। কিন্তু দিশা হারাইল। বেদেনীর বুকটা সাপের মত ঠাণ্ডা। তারই চাপ হইতে ধীরে ধীরে মুক্ত করিয়া দিয়া বলিল, 'অ দাদা, পড় কেনে। আমারে ধরবার পার না?'

তিলক গলুই হইতে ডাকিয়া বলিল, 'অ বাদ্যানী, তুমি তোমার নাওয়ে যাও।'

'তুমি বুড়া মানুষ, তোমার সাথে আমার কি? আমার বেসাতি এই জনার সাথে।' সে কিশোরের কাঁধের উপর হাত দিয়া আবার তার বুকখানা কিশোরের পিঠে ঠেকাইতে গেল।

'এ জনা তোমার কোন্ জনমের কুটুম গো?'

'শকুন্যা বুড়া, উকুইন্যা বুড়া, তুই কথা কইসনা, তুই কেমনে জানবি এজনা আমার কি?'

নিজের লোককে গাল দিতেছে। উভয়সঙ্কটে পরিয়া কিশোর বলিল, 'অ বাদ্যানী, তুমি অখন তোমার নাওয়ে যাও।'

'মাছ দিলেই যাই। বাস করতে কি আইচই?'

'এই নেও চাইর পয়সার মাছ। এইবার যাও।'

'মাছ পাইলাম, কিন্তু মানুষ ত পাইলাম না। তুমি মনের মানুষ।'

'নাগরালি রাখ। আমার তিলকের বড় রাগ।'

'রাগের ধার ধারি না। মনের মানুষ থুইয়া যাই, শেষে বুক থাপড়াইয়া কান্দি। অত ঠকাঠকির বেসাতি আমি করি না।'

কিশোরের হাসি পাইল। বলিল, 'এক পলকে মনের মানুষ হইয়া গেলাম। তোমার আগের মনের মানুষ কই?'

'উইড়া গেছে, সময় থাকতে বান্ধি নাই, তোমারে সময় থাকতে বান্ধতে চাই।'

'কি তোমার আছে গো বাদ্যানী, বান্ধবা কি দিয়া?'

'সাপ দিয়া। ঝাঁপিতে সাপ আছে –'

বেদেনী ঝাঁপি খুলিয়া দুই হাতে দুইটা সাপ বাহির করিয়া আনিল। আগাইয়া দিল কিশোরের গলার কাছে।

কিশোর ভয় পাইয়া বলিল, 'অ বাদ্যানী, তুমি তোমার সাপ সরাও। বড় ডর করে।'

'সরাইতে পারি, যদি আমার কথা রাখ।'

'কি কথা, কও না।'

'আর দুইটা মাছ ফাও দেও – '

'এই নেও!' কিশোর অপ্রসন্ন মুখে কতকগুলি মাছ তুলিয়া দিয়া বলিল, 'এইবার তুমি যাও।'

'যাই। তুমি বড় ভাল মানুষ। তুমি আমার নাতিন-জামাই।'

কিশোর সর্গের ইন্দ্রসভা হইতে একঠেলায় মাটিতে পরিয়া গেল!

বেদেনী বিজয়িনীর বেশে চলিয়া যাইতেছিল, এমন সময় সুবল ছুটিয়া আসিয়া বলিল, 'অ বাদ্যানী, তোমার কাছে সাবান আছে? আমারে দুই পয়সার সাবান দিয়া যাও।'

গান শুরু হওয়ার আগেই তিন জনে সজা-গোজ করিয়া থলায় উপস্থিত হইল। সাজের মধ্যে, ধুতি টিলা করিল, গামছা কাঁধ হইতে কায়দা করিয়া বুকে ঝুলাইল। পেশীবহল বাহু বুক এই সজ্জাতেই শ্রীসম্পন্ন হইয়াছে। গিয়া দেখে অপরূপ কাও।

মোড়লের বড় বড় চারিটা বিল আছে। বর্ষাকালে চারিদিক জলে একাকার হইয়া যায়। তখন দেশদেশান্তরের মাছ এই সব বিলে আসর জমায়। জল কমিয়া আসিলে মোড়লের লোকেরা বিলগুলিতে বাঁধ দেয়। সব মাছ তখন বন্দী হয়। হাজার হাজার, লক্ষ লক্ষ রুই কাতলা নান্দিল মৃগেল মাছ। দূরদূরান্তরের গ্রাম হইতে মালোদের অনেক নৌকা আসে। এক-একটি নৌকাতে থাকে চার পাঁচজন পুরুষ ও পনর কুড়িজন স্ত্রীলোক। এমনিভাবে বারো গাঁয়ের বারো রকম মালোনরনারী এক জায়গায় জড়ো হয়। ছয় মাসের স্থায়িত্ব নিয়া বড় বড় চালাঘর উঠিতে থাকে। একেকটা চালা একদৌড়ের পথ লম্বা।

কারোর সঙ্গে কারোর কোনোকালে দেখাসাক্ষাৎ ছিল না। এখানে আসিয়া সকলে এক সংসারের লোক হইয়া গিয়াছে। এক সঙ্গে খায়, থাকে,

কাজ করে। মহোৎসবের রান্নার মত স্তূপাকারে ভাত তরকারি রান্না হয়। ঢালা পংক্তিতে বসিয়া খায়। মুখ ধুইয়া আবার কাজে বসে।

কি অত কাজ? না, মেয়েরা বটি মেলিয়া কাতারে কাতারে বসিয়া যায়। পুরুষেরা মাছের ঝুড়ি ধরাধরি করিয়া আনিয়া তাহাদের পাশে স্তূপ করিতে থাকে। মেয়েদের হাত চলে ঠিক কলের মত। এতবড় মাছটাকে পলকে ঘুরাইয়া পেটে পিঠে গলায় তিন পোচ দিয়া ঘাড়ের উপর দিয়া ছুঁড়িয়া মারে, সে-মাছ যথাস্থানে জড় হয়। আরেক দল পুরুষ সেখান হইতে নিয়া ডাঙ্গিতে তোলে শুকাইবার জন্য। দিনের পর দিন এই ভাবে তিন মাস কাজ চলে। ছয় মাসের প্রবাস সারিয়া তারা যার যার দেশে পাড়ি জমায়। ইহাকে বলে 'খলা-বাওয়া।'

তারা ঝুড়িভরা আবির আনিয়াছে। গামলাভরা রঙ গুলিয়াছে। চৌকোণা চার-থাকের একটা মাটির সিঁড়ির উপর দুই পাশে পোঁতা দুইথানা বাঁশের সঙ্গে দড়ি বাঁধিয়া একখও সালু কাপড়ে একটি ছোট গোপাল ঝুলাইয়াছে। নিতান্তই নাড়ুগোপাল। পাশে রাধা নাই। হামা দিয়া হাত বাড়াইয়া লাল কাপড়ের বাঁধনে লটকাইয়া একা একাই ঝুলিতেছে। এক-একজন আসিয়া তার গায়ে মাথায় আবির মাখাইয়া একটা করিয়া দোলা দিয়া যায়। তারই দোলনে সে অনবরত দুলিয়া চলিতেছে।

এ-পক্ষ প্রস্তুত। শুকদেবপুরের দল এখনো আসিয়া পৌঁছায় নাই। আপ্যায়নকারীদের একজন তিলকদিগকে ঠাকুরের কাছে নিয়া ঝুড়ি হইতে কয়েক মুঠা আবির একথানা ছোট পিতলের থালিতে দিয়া বলিল, 'ঠাকুরের চরণে আবির দেও।'

প্রেমের দেবতা কোথায় কার জন্য ফাঁদ পাতিয়া রাখে কেউ কি বলিতে পারে? উজানীনগরের খলাতে কিশোর এমনি একটা ফাঁদে পড়িল। কার সঙ্গে কার জোড়বাঁধা হইয়া থাকে তাও কেউ বলিতে পারে না। যাকে জীবনে কখনো দেখি নাই হঠাৎ একদিন তাকে দেখিয়া মনে হয় সে যেন চিরজনমের আপন। প্রেমের দেবতা অলক্ষে কার সঙ্গে কখন কার গাঁটছড়া বাঁধিয়াছেন কেউ জানে না।

তারাত তিন জনে গোপালকে আবিরে রঞ্জিত করিল। তারপর কয়েকজন পুরুষ মানুষ তাহাদের গালে মাথায় আবির দিয়া রাঙাইবার পর তিন চারজন স্ত্রীলোক আবিরের থালা লইয়া আগাইয়া আসিল। কয়েকজন, কিশোরের কাছে মাতৃসমা। তারা কিশোরের কপাল রাঙাইল। আশীর্বাদের মত সে-আবির গ্রহণ করিয়া কিশোর নিজে তাদের পায়ে আবির মাখাইয়া কপালে পায়ের ধূলা ঠেকাইল।

কয়েকজন তরুণী। বোন বৌদিদের বয়সী। তারা আবির লাগাইল গালে আর কপালে। কিশোর নীরবে গ্রহণ করিল। গোলমালে ফেলিল আর একজন।

অবিবাহিতা মেয়ে। দেহে যৌবনের সব চিহ্ন ফুটিয়াছে। সে-সব ছাপাইয়া বহিয়াছে রূপের বান। বসন্তের এই উদাও দিবসে মনে লাগিয়াছে বাসন্তী রঙ। প্রাণে জাগিয়াছে অজানা উন্মাদনা। পঞ্চদশী। বড়ই সাংঘাতিক বয়স এইটা। মনের চঞ্চলতা শরীরে ফুটিয়া বাহির হয়। হইবেই। মালোর মেয়েরা বিবাহের আগে অত বড় থাকে না। অতখানি বড় হয় বিবাহের দুই তিন বছর পর। কোথা হইতে কেমন করিয়া এই অনিয়ম এখানে আসিয়া পড়িয়াছে।

কিশোরের গালে আবির দিতে মেয়েটার হাত কাঁপিল; বুক দুরু দুরু করিতে লাগিল। তার ছন্দময় হাতখানার কোমল স্পর্শ কিশোরের মনের এক রহস্যলোকের পদ্মরাজের ঘোমটা-ঢাকা দলগুলিকে একটি একটি করিয়া মেলিয়া দিল। সেই অজানা-স্পর্শের শিহরণে কাঁপিয়া উঠিয়া সে তাকাইল মেয়েটির চোখের দিকে। সে-চোখে মিনতি। সে-মিনতি বুঝি কিশোরকে ডাকিয়া বলিতেছেঃ বহুজন্মের এই আবিরের থালা সাজাইয়া রাখিয়াছি। তোমারই জন্যে। তুমি লও। আমার আবিরের সঙ্গে তুমি আমাকেও লও।

থালা সুদ্ধ তার অবাধ্য হাত দুইটি কাঁপিতেছে। লজ্জায় লাল হইয়া সে চোখ নত করিল। তাকে বাঁচাইল তার মা। মাথার কাপড় একটু টানিয়া সলজ্জভাবে তার মেয়েকে নিজের বুকে আশ্রয় দিল।

কিশোরের ধ্যান ভাঙ্গিল সুবল। হাতে একটা ঝাঁকুনি দিয়া বলিল, 'অ দাদা, গানের আসরে চল।'

শুকদেবপুরের অর্ধেক পুরুষ মাছধরায় গিয়াছে। মোড়ল গিয়াছে একটা শুকনা বিল লইয়া বাসুদেবপুরের লোকদের সঙ্গে পুরানো একটা বিবাদ মিটাইতে। শুকদেবপুরের নারীরা আসিয়া থলার নারীদের সহিত মিশিল। পুরুষেরাও আসিল ঘরের দরজা বন্ধ করিয়া।

পুরুষেরা কতক্ষণ রঙ-মাখামাখি করিয়া শ্রান্তদেহে চাটাইয়ের উপর বসিয়াছে। ওদিকে মেয়েদের রঙ-মাখামাখির পালা চলিতেছে, এদিকে পুরুষদের হোলি-গান শুরু হইয়াছে। একজনকে সাজাইয়াছে হোলির রাজা। তার গলায় কলা-গাছের খোলের মালা, মাথায় কলাপাতার টোপর, পরণে ছেঁড়া ধুতি, গায়ে ছেঁড়া ফতুয়া। মাঝে মাঝে উঠিয়া কোমর বাঁকাইয়া নাচে, আবার বসিয়া বিরাম নেয়। বুড়া মানুষ।

বহুদিন পরে আনন্দের আমেজ পাইয়া তিলকের এইরূপ হোলির রাজা হইবার ইচ্ছা করিতেছিল। কিশোরের কানে কানে বলাতে উত্তর পাইল, 'আমরা বিদেশী মানুষ। সভ্য হইয়া বইসা থাকাই ভাল। নাচানাচি করলে তারা পাগলা মনে করব।' কিন্তু তিলক দমিবার লোক নয়। সে প্রতীক্ষা করিয়া থাকিল। গানের সম যখন চড়িবে, ঝুমুরের তাল উঠিবে, তখন সে কোনোদিকে না চাহিয়া আসরের মাঝখানে দাঁড়াইয়া নাচিবে। একবার কোনোরকমে উঠিয়া কয়েক পাক নাচিতে পারিলে, লজ্জা ভাঙ্গিয়া যায়, কোনো অসুবিধা হয় না।

গায়কেরা দুই দলে পৃথক হইয়া গান জুড়িল। রাধার দল আর কৃষ্ণের দল।

রাধার দল ভদ্রভাবে গান তুলিলঃ

সুখ-বসন্তকালে, ডেকোনারে

অরে কোকিল বলি তুমারে।।

বিরহিনীর বিনে কান্ত হৃদাগ্নি হয় জ্বলন্ত,

জলে গেলে দিগুণ জ্বলে হয়নারে শান্ত।

সে-যে ত্যজে' অলি কুসুম-কলি রইল কি ভুলে।।

কৃষ্ণের দল সুর চড়াইলঃ
বসন্তকালে এলরে মদন-
ঘরে রয় না আমার মন।।
বিদেশে যাহার পতি,
সেই নারীর কিবা গতি,
কতকাল থাকিবে নারী বুকে দিয়া বসন।।
রাধার দল তখনও ধৈর্য ঠিক রাখিয়া গাহিলঃ
বনে বনে পুষ্প ফুটে,
মধুর লোভে অলি জুটে,
কতই কথা মনে মনে উঠে সই –
ব্যথা কার বা কাছে কই।।
দারুণ বসন্তকাল গো,
নানা বৃক্ষে মেলে ডাল গো,
প্রবাস করে চিরকাল সে এল কই।।
বসিয়া তরুর শাখে কুহু কুহু কোকিল দাকে,
অরে সখিরে এ-এ-এ-
কৃষ্ণের দল এবার অসভ্য হইয়া উঠিলঃ
আজু শুন ব্রজনারী,
রাজোকুমারী, তোমার যৌবনে করব আইন-জারি।
হস্তে ধরে নিয়ে যাব,
হৃদকমলে বসাইব – রঙ্গিনী আয় লো –
হস্তে ধরে নিয়ে যাব, হৃদকমলে বসাইব।
বসন তুলিয়া মারব ঐ লাল-পিচোকারী –
রাধার দল এই গানের কি উত্তর দিবে ভাবিতেছে, এমন সময়
মেয়েদের তরফ হইতে আপত্তি আসিল, পুরুষদের গান এখানেই শেষ হোক।
দুপুর গড়াইয়া গিয়াছে। এখন মেয়েদের গান আরম্ভ করিতে হইবে।

রসাল প্রসঙ্গ পাইয়া তিলক মনে মনে উল্লসিত হইয়া উঠিয়াছিল।
ভাবিয়াছিল রাধার দল কৃষ্ণপক্ষকে কড়া একটা উত্তর দিয়া আরও
চেতাইবে, তারপর কৃষ্ণপক্ষের মুখ দিয়া যাহা বাহির হইবে, তাহার সঙ্গে সঙ্গে
সে নাচিতে উঠিবে। তার আশাভঙ্গ হইল।

দোল-মণ্ডলের চারিদিকে খলার ও শুকদেবপুরের মেয়েরা সেদিন একাকার হইয়া গিয়াছে। কারো হাতে একজোড়া রাম-করতাল। কারো বা শুধু-হাত।

একসঙ্গে অনেকগুলি করতাল বাজিয়া উঠিল। ঝা ঝা ঝম্ ঝম্ ঝা ঝা ঝম্ ঝম্ শব্দে আকাশ ফাটাইয়া দিল। তার সঙ্গে অনেকগুলি কাঁকনপরা হাতের মিলিত করতালি। তারপর অনেকগুলি মেয়ের পা একসঙ্গে নাচিয়া উঠিল। অনেকগুলি মেয়ের কণ্ঠ একসুরে গাহিয়া উঠিল। কিশোরের মন এক অজানা আনন্দ-সাগরে ডুবিয়া গেল।

দলের ভিতর সেই মেয়েটিকেও দেখা গেল। মার পায়ের দিকে তাকাইয়া সেও তালে তালে পা ফেলিতেছিল। কিশোরের সহিত চোখাচোখি হইয়া সে তাল-কাটা পড়িল। পা আর উঠিতে চাহিল না। মা সস্নেহে মুখ ঘুরাইয়া চাহিয়া দেখে, মণ্ডলের মধ্যে থাকিয়া মেয়ের পা দুটি স্তব্ধ হইয়া গিয়াছে। আর ঘনঘন লাজে রাঙা হইয়া উঠিতেছে। কারণ কি, না, অদূরে দাঁড়াইয়া কিশোর তাহাকেই দুই চোখের দৃষ্টি দিয়া যেন গ্রাস করিতেছে।

মণ্ডলের তাল্ভঙ্গ হইতেছে দেখিয়া মা তাহাকে ঠেলিয়া বাহির করিয়া দিল। মণ্ডল-ছাড়া হইয়া সে আরও বিপন্ন বোধ করিল। এইবার সে কি করিবে ভাবিতেছে এমন সময় এক ভয়ানক কাণ্ড ঘটিল। দমকা হাওয়ার মত একটা আকস্মিক শব্দে মেয়েদের কণ্ঠপদ স্তব্ধ হইয়া গেল। মৃদু তরঙ্গায়িত তরাগে যেন সহসা জাগিল ঝঞ্ঝার বিক্ষোভ। শুকদেবপুরের পুরুষ যারা উপস্থিত ছিল, চক্ষুর পলকে উঠিয়া মালকোঁচা মারিয়া রুখিয়া দাঁড়াইল। যে-ঘরে লাঠিসোঁটা থাকে সে ঘরে ঢুকিয়া কয়েকজন বিদ্যুতের গতিতে লাঠির তাড়া বাহির করিয়া আনিল। সাজ সাজ রবে খলা তোলপাড় হইয়া উঠিল।

ততক্ষণে বাসুদেবপুরের ওরা ঢুকিয়া পড়িয়াছে।

মেয়েদের মধ্যে হলস্থূল পড়িয়া গেল। আক্রমণকারীদের কয়েকজন লাঠি হাতে মেয়েদের দলে পড়িয়া লাফালাফি করিতেছে। একজন সেই বিমূঢ়া মেয়েটার দিকে আগাইয়া আসিতেছে যেন। এইবার কিশোরের চৈতন্য হইল। সে লাফাইয়া মেয়েটার সামনে পড়িয়া দুর্বৃত্তের গতিরোধ করিল। তার লাঠি

তখন আকাশে আস্ফালন করিয়া কিশোরের মাথায় পড়ে আর কি। ঠিক সেই মুহূর্তে শুকদেবপুরের একজনের বিপুল এক লাঠির ক্ষিপ্ত আঘাত আক্রমণকারীকে ধরাশায়ী করিল। তার হাতের লাঠি লক্ষ্যচ্যুত হইয়া কিশোরের মাথায় না পড়িয়া হাতে পড়িল। মুহূর্ত মধ্যে মুমূর্ষুর হাত হইতে সেই লাঠি ছিনাইয়া লইয়া সে আগাইয়া যাইতেছিল, পিছন হইতে টান পড়ায় ফিরিয়া দেখে তার ধুতির খুঁট দুই হাতে মুঠা করিয়া ধরিয়া মেয়েটা মূর্ছা যাইতেছে।

তারপর শত শত কণ্ঠের সোরগোলের মধ্যে শত শত লাঠির ঠকাঠক ঠকাঠক শব্দ হইতে লাগিল। কারো হাত ভাঙ্গিল, পা ভাঙ্গিল, কারো মাথা ফাটিল। আক্রমণকারীদের অনেকেই আর ফিরিয়া গেল না। রক্তাক্ত দেহে এখানেই পড়িয়া রহিল। অন্যেরা লাঠি ঘুরাইয়া পিছু হটিতে হটিতে খোলা মাঠে নামিয়া দৌড় দিল।

ইহারই পটভূমিকায় কিশোর মূর্ছিতা মেয়েটাকে পাঁজা-কোলা করিয়া তুলিয়া ঘন ঘন হাঁকিতে লাগিল, 'এর মা কই, এর মা কই! ডরে অজ্ঞান হইয়া গেছে। জল আন, পাংখা আন।'

মেয়েটার চুলগুলি আলগা হইয়া মাটিতে লুটাইয়া পড়িয়াছে। গলা টান হইয়া মাথাটা এলাইয়া পড়িয়াছে। বুকটা চিতাইয়া এতখানি উঁচু হইয়াছে যে, কিশোরের নিঃশ্বাস লাগিয়া বুঝিবা আবরণটুকু খসিয়া যায়।

মা এক জায়গায় দাঁড়াইয়া তখন কাঁপিতেছিল। কিশোরের ডাকে সম্বিৎ পাইয়া ভাঁড়ারঘর হইতে তেলজল পাখা আনিয়া দিল। কিশোর তেল-জলে এক করিয়া গায়ের জোরে ঘুঁটিয়া দিয়া হাতের তালুতে চাপিয়া চাপিয়া মাথায় দিতে দিতে মেয়েটা চোখ মেলিয়া চাহিল।

'আপনের মাইয়া আপনে নেন', বলিয়া কিশোর ত্যাগ দেখাইল।

কথা কয়টি ঠিক জামাইর মুখের কথার মত হইয়া মেয়ের মার কানে গিয়া ঝঙ্কার তুলিল।

সেইদিন হইতে এক মহাযুদ্ধের সূত্রপাত হইয়া রহিল। বাসুদেবপুরের ওরাও কম নয়। সংখ্যায় তারা বেশি, দাঙ্গাতেও খুব ওস্তাদ। শুকদেবপুরের মালোরাও বিপদ আসিলে পিছ-পা হয় না। বিশেষত,তাহাদের মোড়লকে

ইহারা আটকাইয়া রাখিয়াছে। ঝগড়াটা ছিল অনেক দিন আগের। বিনা রক্তপাতে যাহাতে মীমাংসা হয় তারই চেষ্টা করিতে মোড়ল তাহাদের গ্রামে গিয়াছিল। আর ফিরিয়া আসে নাই। কাজেই শুকদেবপুরের মালোরা স্থির থাকিবে কি করিয়া? একটা মহাপ্রলয়ের আভাস লইয়া প্রহরগুলি অতিক্রান্ত হইতে থাকিল। পুরুষদের প্রস্তুতির আড়ম্বর আর নারীদের আতঙ্কের নিঃশ্বাসে শুকদেবপুরের বাতাস ভারী হইয়া উঠিল। প্রতি ঘর হইতে বাহির হইতে লাগিল লাঠির তাড়া, চোখাচোখা মুলিবাঁশের কাঁদি, এককেঠে, কোচ, চল প্রভৃতি নানাবিধ সরঞ্জাম। সবকিছু সাজাইয়া গোছাইয়া লইয়া মালোরা একটিমাত্র ইঙ্গিতের অপেক্ষায় প্রস্তুত হইয়া রহিল।

কিশোরের মনে একটা অস্বাভাবিক আশা জাগিয়াছে। সেই মেয়েটির সঙ্গেই তার বিবাহ হইবে। আশাটা আরও অস্বাভাবিক এইজন্যঃ সে নিজে কাউকে কিছু বলিতে পারিবে না, তাকেই বরং কেউ আসিয়া বলুক। মনে মনে সে কল্পনার রঙ ফলায়ঃ আচ্ছা এমন হয় না, মেয়েপক্ষ কেউ আসিয়া তাকে বলে, 'অ কিশোর, এই কন্যা তোমারে দিলাম, লইয়া গিয়া বিয়া কর।'

খলার কাছে নদী-স্রোতের একটা আড় পড়িয়াছে। বিকালে সেখানে জাল ফেলিতে যাইয়া কিশোর বলিল, 'আজ জাল লাগামু গিয়া খলার ঘাটে।'

খলার ঘাটে গিয়া কিশোর বাঁশের আগায় জাল জুড়িতেছে আর তৃষিতের দৃষ্টিতে ঘরগুলির দিকে তাকাইতেছে।

তাহারই সমবয়সের একটি তরুণকে খলার ভিতর হইতে বাহির হইয়া আসিতে দেখা গেল। লোকটা কিশোরের নৌকার দিকেই আসিতেছে। তার এদিকে আসার কি হেতু থাকিতে পারে?

কিশোর ভাবিয়া রোমাঞ্চিত হইলঃ এ বোধ হয় তারই কোনো ভাই হইবে। আসিতেছে সম্বন্ধের কথা চালাইতে। এ না হইয়া যায় না।

সত্যই লোকটা কিশোরের নিকট আসিয়া আত্মীয়তার ভঙ্গিতে কথা বলিল।

'আপনেরার দেশ নাকি সুদেশ। দেখতে ইচ্ছা করে। কায়স্থ আছে, বরাক্ষন আছে, শিক্ষিৎ লোক আছে। বড় ভাল দেশে থাকেন আপনেরা।'

সময় নাই। এখনই জাল ফেলিতে হইবে। শিক্ষিৎ লোকের দেশে থাকার যে কি কষ্ট, আর এদের মত দেশে থাকার যে কি সুখ, এ কথাগুলি অনেক যুক্তিপ্রমাণ দিয়া বুঝাইয়া দিবার কিশোরের সময় নাই। কিশোর কেবল শুনিয়া গেল।

'আপনের সাথে একখান কুটুম্বিতা করতে চাইল।'

কিশোরের সকল শিরা-উপশিরা একযোগে স্পন্দিত হইতে লাগিল।

বলি, 'আমরা গরীব মানুষ, আমরার সাথে কি আপনেরার কুটুম্বিতা মানায়?'

'গরীব ত আমরাও। গরীবে গরীবেই কুটুম্বিতা মানায়। কি কন্ আপনে?'

এই কুটুম্বিতার জন্য কিশোর যে কতখানি ব্যাকুল, এই অনভিজ্ঞ ছেলেটাকে কিশোর সে কথা কি করিয়া বুঝাইবে। না বলিয়া দিলেও সে কি নিজেনিজেই বুঝিয়া লইতে পারে না!

কিশোরের মনের আকাশে রঙ ধরিল। জানিয়া শুনিয়াও কেবল পুলকের তাড়নায় জিজ্ঞাসা করিল, 'কি কুটুম্বিতা করতে চান্।'

'বন্ধুস্তি, আপনের-আমার মধ্যে বন্ধুস্তি। কত দেশ ঘুরলাম, মনের মত মানুষ পাইলাম না। আপনেরে দেইখ্যা মনে অইল, এতদিনে পাইলাম।'

'আচ্ছা, বন্ধুস্তি করলাম, বেশ।'

'মুখে-মুখের বন্ধুস্তি না। বাদ্য-বাজনা বাজাইয়া কাপড় গামছা বদল কইরা –'

বাদ্য-বাজনা বাজাইয়া একটা আড়ম্বর করা যায় কি রকম কাজে – সে কেবল, ঐ মেয়েটাকে লইয়া করা যায়। মিতালি করা মুখের কথাতেই হয়। ওকাজে কি বাদ্য-বাজনা জমে, না, ভাল লাগে? কিশোর খুশির স্বর্গ হইতে মরুর বালিতে পড়িয়া বলিল, 'আমার সাথে না, সুবলার সাথে গিয়া আপনে বন্ধুস্তি করেন।'

একদিন দুপুরের রোদ ঠেলিয়া বিলের পার দিয়া মোড়লকে ফিরিয়া আসিতে দেখা গেল।

মোড়লের মুখের দিকে তাকানো যায় না। পর্বতপ্রমাণ কাঠিন্য আসিয়া আশ্রয় করিয়াছে। ভয়ংকর একটা-কিছু যে ঘটিতে যাইতেছে তাহাতে কাহারো দ্বিমত রহিল না।

এইরূপ সময়ে একদিন মোড়লের বাড়িতে কিশোরের ডাক পড়িল।

কিশোর ছিল অন্যরকম চিন্তায় বিভোর। সে রাতদিন কেবল ভাবিয়া চলিয়াছিলঃ কোনো-একটা অলৌকিক উপায়ে ঐ মেয়েটির সহিত তাহার বিবাহের আয়োজন হইতে পারে কিনা। তাহা না হইলে কিশোরের বাঁচিয়া থাকিয়া লাভ কি? কে তাহার পক্ষ হইতে উহাদের কাছে কথাটা তুলিবে।

মোড়লের কাছে খুলিয়া বলা যাইত। কিন্তু তার মনের যা অবস্থা।

এমন সময় মোড়লের ডাকে কিশোর ভয়ে ভয়ে তাঁহার কাছে গিয়া দাঁড়াইল। মোড়লের কথা বলিবার সময় নাই। হাতে ইসারা করিয়া মুখে শুধু বলিল, 'আমার স্ত্রিরাচারে ডাকছে।'

এখানে কাজ এত আগাইয়া রহিয়াছে, অথচ কিশোর ইহার কিছুই জানে না। সে মোড়ল-গিন্নির পায়ের ধূলা লইয়া দাঁড়াইতেই, গিন্নি তাহাকে একটা ঘরের ভিতরে লইয়া গেল। সেখানে নূতন একটা শাড়ি পরিয়া, পানের রসে ঠোঁট রাঙা করিয়া, এবং গালে-মুখে তেলের ছোপ লইয়া সেই মেয়েটা বারবার লাজে রাঙা হইয়া উঠিতেছে।

মোড়ল গিন্নির হাতে দুইটি ফুলের মালা। একটি কিশোরের হাতে তুলিয়া দিয়া বলিল, 'শাস্ত্র মতে বিয়া কইর দেশে গিয়া। অখন মালাবদল কইরা রাখ।'

মালাবদল হইয়া গেল, মোড়ল-গিন্নি হঠাৎ ঘরের বাহির হইয়া শিকল তুলিয়া দিল।

মেয়েটি ভয় পাইয়াছিল। দরজা বন্ধ, অন্ধকার ঘর। কারো মুখ কেউ দেখিতে পায় না। অবশেষে কিশোর তাহার ভয় দূর করিল।

পরে মোড়লগিন্নি শিকল খুলিয়া বন্দীকে মুক্তি দিয়া বাহির করিয়া দিল; আর বন্দিনীকে ভগিনীস্নেহে স্নান করাইয়া দিয়া রান্নাঘরে নিয়া

বসাইল। কিশোরকে বলিল দিল, 'দেখ জাল্লা উতলা হইয়া পাখির মত পাখ বাড়াইও না, রইয়া-সইয়া আগমন কইর।'

পরের দিন মেয়ের মা দেখিতে আসিল। মোড়ল-গিন্নিকে বলিল, 'মালাবদল হইয়া গেছে ত?'

'হ, হইয়া গেছে।'

'আর দেখাসাক্ষাৎ করাইও না মা। অমঙ্গল হয়। দেশে গিয়া আগে শাস্ত্রমতে বিয়া হোক। কপালের কি গরদিস মা। জামাই পাইয়া মাইয়া আমার পর হইয়া গেল। আমার ত তাতে কোন অনাহ্লাদ নাই। অখন ঘরের মানুষেরে নিয়া কথা। সে-মানুষে না জানি কি করে।'

সকল কথা শুনিয়া সুবল আনন্দে লাফাইয়া উঠিয়া বলে, 'দাদা, তা অইলে বাসন্তীরে তুমি ইখানেই পাইয়া গেলা। অখন দেশের বাসন্তীরে কার হাতে তুইল্যা দিবা কও।'

'তোর হাতে দিয়া দিলাম।'

সুবলের মনে একটা আশার রেশ গুন্ গুন্ করিয়া উঠে।

যে-মেঘ একটু একটু করিয়া আকাশে দানা বাঁধিতে ইল, তাহাই কাল-বৈশাখের ঝড়ের আকারে ফাটিয়া পড়িল।

মোড়লের মোটে সময় নাই। এক ফাঁকে দুই এক কথায় জানাইয়া দিল, থলার পরবাসীদিগকে দুই একদিনের মধ্যেই থলা ভাঙ্গিয়া যার যার দেশের দিকে পাড়ি দিতে হইবে। কিশোরকেও মোড়ল ভুলিল না। মেয়ের বাপের সামনে তাহাকে ডাকাইয়া নিয়া বলিল, কন্যা পাইয়াছ। দেশে নিয়া ধর্মসাক্ষী করিয়া বিবাহ করিও। সে তোমার জীবনের সাথী, ধর্মকর্মের সাথী, ইহকাল পরকালের সাথী। তাকে কোনদিন অযত্ন করিও না। – আর, কাল তোমার শুকনা মাছ বিক্রি হইয়া যাইবে। থলাভাঙ্গার দলের সাথে তুমিও দেশের দিকে নাও ভাসাইও। আমার সঙ্গে আর দেখা হইবে না।

মোড়লের সত্যই সময় নাই। মোড়ল উঠিয়া পড়িল।

মেয়ের বাপ সামনে বসিয়া আছে। রাগী মানুষ। তাহার কাছে কিশোর নিজেকে অপরাধী মনে করিতে লাগিল।

বাপ গম্ভীর স্বরে জিজ্ঞাসা করিল, 'নাম কি আপনের?'

'শ্রীযুক্ত কিশোরচান মূল্যব্রহ্মণ। পিতা শ্রীযুক্ত রামকেশব মূল্যব্রহ্মণ। নিবাস গোকর্ণঘাট, জিলা ত্রিপুরা।'

লোকটা এক টুকরা কাগজে টুকিয়া লইল।

কিশোর নত হইয়া তাহার পায়ের ধূলা লইয়া দাঁড়াইয়া দেখে, লোকটা খলার দিকে চলিয়া যাইতেছে।

খলার ঘাটে সবগুলি নৌকা যাত্রার জন্য প্রস্তুত হইল। ওপারে বাসুদেবপুরবাসীরা এরই মধ্যে লাঠি কাঁধে ফেলিয়া মালকোঁচা মারিয়া পথে নামিয়া পড়িয়াছে। এপারে খলার ঘাট হইতে তাহাদিগকে স্পষ্ট দেখা যাইতেছে; কিশোরের মনে হইতেছিল, আকাশকোণের কোনো মেঘলোক হইতে একখণ্ড কালো মেঘ যেন ঝটিকার আভাস লইয়া দ্রুত ছুটিয়া আসিতেছে। অতদূর হইতেও ইহাদিগকে কি ভীষণ আর কি কালো দেখাইতেছে। মোড়লকে ফেলিয়া যাইতে হইবে ভাবিয়া কিশোরের মনে বড় কষ্ট হইল। তাহার কেবল মনে হইতে লাগিল, এত লোকজন, এত টাকাপয়সা, কাজ-কারবারের মধ্যে থাকিয়াও লোকটা কত অসহায়। আর মোড়ল-গিন্নি! সে আরও অসহায়। কিন্তু যাইতেই হইবে, মোড়লের কড়া হুকুম – গাঙের বিদেশী রায়তদের সে কিছুতেই বিপদে জড়াইবে না।

আজ বিলের পারে প্রলয় কাও হইবে। তার আগেই নৌকাবিদায়ের পালা।

নৌকা বিদায় বড় মর্মস্পর্শী। নববধূকে নৌকায় তুলিয়া দিতে আসিয়া মোড়লগিন্নি কাঁদিয়া ফেলিল। তার চোখে জল দেখিয়া কিশোরেরও বুক ফাটিয়া কান্না বাহির হইতে চায়।

বধূ পা ধুইয়া নমস্কার করিয়া নৌকায় উঠিলে, দুইখানা নৌকা একসঙ্গে বাঁধন খুলিয়া দিল। একটি কিশোরের অন্যটি মেয়ের বাপের।

কতক্ষণ তাহারা পাশাপাশি চলিল। তারপর মেঘনার পশ্চিম পারের একটা শাখানদীর মুখ লক্ষ্য করিয়া উহাদের নৌকার মুখ ঘুরাইল। উহাদের নৌকাখানা দূরে সরিয়া যাইতেছে। এখনো অনেক দূরে যায় নাই। এখনো মানুষগুলিকে চেনা যায়। এখনো স্পষ্ট দেখা যাইতেছে ও-নৌকায় একটি যৌবনোত্তীর্ণ নারী চোখে আঁচল-চাপা দিয়া কাঁদিতেছে। এখন গলা

ছাড়িয়া কাঁদিয়া উঠিয়াছে। আর ওই যে কঠিন-হৃদয় পুরুষ মানুষটি, তারও কাঠিন্য গলিয়া জল হইয়া গিয়াছে। সে কাঁধের গামছা তুলিয়া নিয়া দুই চোখে চাপা দিয়াছে।

তাহাদিগকে আর চেনা যায় না। কিশোরের নৌকার একটি নারী-হৃদয়ের তখন সকল বাঁধ ভাঙ্গিয়া কান্নার প্লাবন ছুটিয়াছে।

সারা বেলা নৌকা বাহিয়া, বিকাল পড়িলে তিলকের মাথায় এক সমস্যা আসিয়া ঢুকিল। খানিক ভাবিয়া নিয়া, নিজেনিজেই সেই সমস্যার সমাধান করিয়া বলিল, 'ডাকাইতের মুল্লুক দিয়া নাও চালামু, তার মধ্যে আবার মাইয়ালোক। আমি কই, কিশোর, তুমি একখান কাম কর। পাটাতনের তলে বিছনা পাত। কেউ যেমুন না দেখে, না জানে।'

কিশোর নৌকার তলায় কাঁথা বালিশ দিয়া বধূর প্রবাস-জীবনের স্থায়ী শয্যা রচনা করিল।

রাত্রি হইলে এক স্থানে নৌকা বাঁধিয়া রান্না-খাওয়া সারিল, বৌকে তুলিয়া খাইযাইল, আবার সেইখানেই লুকাইয়া রাখিল।

শুইবার সময় কিশোরের হাবভাব লক্ষ্য করিতে করিতে তিলক এক ধমক দিয়া বলিল, 'আমি বুড়া-মাইনষে একখান কথা কইয়া থুই কিশোর, নাওয়ের ডরার ভিতরে নজর লাগাইও না কিন্তুক।'

লজ্জা পাইয়া কিশোর সুবলকে লইয়া এক বিছানায় শুইয়া পড়িল।

পরের দিন আবার আঁধার থাকিতে নাও খুলিয়া দিল।

তিলকের এমনই কড়া শাসন যে, তাহাকে স্পর্শ করাত দূরের কথা তাহাকে চোখে দেখার পর্যন্ত উপায় নাই। খাওয়ানো-শোওয়ানোর ভার পড়িয়াছে সুবলের উপর। কিশোর নিজে নৌকার মালিক হইয়াও এ বিষয়ে তিলকের আইন মানিয়া লইতে বাধ্য হইল।

নৌকার পাছায় কোড়া টানিতে টানিতে সুবল জিজ্ঞাসা করিল, 'অ দাদা, বৌ তুমি মনের মতন পাইছ ত?'

কিশোর সলজ্জভাবে হাসিয়া বলিল, 'কি কইরা কইরে ভাই। ভাল কইরা দেখলাম না, জানলাম না। কোন দিন দেখছিলাম, মনেঅ নাই।

বিস্মরণ হইয়া গেছে। অখন আর চেহারা-নবুনা মনেই পড়ে না। কেউ বদলাইয়া দিয়া গেলেও চিনতে পারুম না।'

চৈত্রমাস গিয়াছে। গ্রীষ্মের বৈশাখেই এ নদীতে জল বাড়িতে থাকে আর উজানি স্রোত বহিতে শুরু করে। নদীর তীরে ধান ক্ষেত, পাট ক্ষেত। তার সরু আল অবধি জল লুটাইয়া পরিয়াছে। গুণের কাঠি হাতে লইয়া কিশোর লাফ দিয়া তীরে নামিল।

কিশোর অমানুষিক শক্তিতে গুণ টানে আর নৌকা সাপের মত সাঁতার দিয়া স্রোত ঠেলিয়া চলে। লম্বা গুণ। অনেক দূরে থাকিয়া টানিতেছে। সুবল হাল ঠিক রাখিয়া তাহার দিকে চাহিয়া চাহিয়া দেখিতেছে। তাহাকে ছোট দেখাইতেছে। একটি জায়গা হইতে নদীর পার ডুবিতে আরম্ভ করিয়াছে। পাতা-জল ভাঙিতে ভাঙিতে এক সময়ে হাঁটু-জলে গিয়া পড়িল। হাঁটু-জল ক্রমে কোমড়-জলে গিয়া দাঁড়াইল। কটির কাপড় ভিজাইয়া কিশোর কোমড় জল ভাঙিয়াই গুণ টানিতেছে। সুবল চাহিয়া চাহিয়া দেখিতেছিল। কিন্তু লক্ষ্য ছিল না। যখন লক্ষ্য হইল, সে হা হা করিয়া উঠিল, 'অ কিশোর দাদা, তুমি করতাছ কি? গুণ মার, গুণ মার। নাইল্যা ক্ষেতে অখন পানক সাপ থাকে। তুমি গুণ মাইরা নাওএ উঠ।'

চৈতন্য পাইয়া কিশোর গুণ মারিয়া নৌকায় উঠিল।

সুবল তিরস্কার করিল, 'দাদা, তোমারে কি মধ্যে মধ্যে ভূতে আমল করে?'

সে-কথার জবাব না দিয়া কিশোর বলিল, 'ভাই, আর কদিনের পথ সামনে আছে?'

'ইথান থাইক্যা আগাননগরের খাড়ি একদিনের পথ। আর একদিন একটানা নাও বাইতে পারলে ভৈরব ছাড়াইয়া নাও রাখুম নিয়া কলাপুড়ার খাড়িতে। সেইখান থাইক্যা তিতাসের মুখ আর এক দুপুরের পথ।'

হিসাব মত আকদিনে আগাননগরের খাড়ি পাওয়া গেল। সেখানে রাত কাটাইয়া নৌকা খোলা হইল। কিন্তু একদিনের স্থলে দুই দিন গত হইয়া যায়, ভৈরব বাজার আর দেখা দেয় না।

সামনা হইতে হ হ করিয়া জোরালো বাতাস আসিতেছে। মেঘনার বুক জুড়িয়া ঢেউয়ের তোলপাড় চলিতেছে। নৌকা এক হাত আগায়, তো আর এক হাত পিছাইয়া যায়। দুইটি প্রাণী গলুইয়ে বসিয়া দাঁড় টানিতেছে। বড় বড় ঢেউয়ের মুখে পড়িয়া নৌকা একবার শূন্যে উঠিতেছে, আবার ধপাস্ ধপাস্ আছড়াইয়া পড়িতেছে। গলুইয়ে দাঁড় হাতে প্রাণী দুইটি এক একবার কোমর অবধি ডুবিয়া যাইতেছে। ঝলকে ঝলকে নৌকায় জল উঠিতেছে। মাঝে মাঝে দাঁড়টানা বন্ধ করিয়া কিশোর সে-জল সেঁউতিতে করিয়া সেচিয়া ফেলিতেছে। নাওয়ের পাছায় সুবল বাতাসের ঝাপটায় আর জলের ছাঁটে ভেজা কাকের মত হইয়া গিয়াছে। তবু এক একবার গায়ের সবটুকু জোর নিংড়াইয়া লইয়া চাপ দিতেছে। দম-দেওয়া কলের মত নৌকাটা সে-চাপে একটু আগাইয়া গিয়াই দমভাঙ্গা হইয়া পিছনে সরিয়া আসিতেছে। তিলকের মুখে কথা নাই। কিশোর স্খলিতস্বরে বলি, 'ভাইরে সুবল, আর বুঝি দেশে যাওয়া হইল না।'

শুনিয়া, ব্যথিত সুবল আরও জোর খাটাইল; একেবারে ভাঙ্গিয়া পড়িতে চাহিল।

রাঁধা খাওয়ার সময় নাই। বিশ্রামের অবসর নাই। এক ছিলিম তামাক খাওয়ারও অবকাশ নাই। কোথাও নৌকা বাঁধিয়া বিশ্রাম নিবে, তারও উপায় নাই। নদীর দুইদিকে চাহিলে বুক শুখাইয়া যায়। কেবল জল। কথাও এতটুকু তীর নাই। অবলম্বন নাই, অথৈ, অপার জল, নির্ভরসায় বুক শুখাইয়া যায়। একটা খালের মুখও চোখে পড়িতেছে না।

এই দুর্যোগের বিরুদ্ধে ঝাড়া তিনদিন লড়াই চলিল শেষে তারা ঝিমাইয়া পড়ার আগে দুর্যোগ নিজেই ঝিমাইয়া পড়িল। যে বাতাস দৈত্যের নাসিকা গর্জনের মত বহিতেছিল, তাহা এখন প্রজাপতির পাখার হাওয়ার মত কোমল হইয়া গেল। মেঘনার বুকের আলোড়ন থামিয়া একেবারে স্তব্ধ হইয়া গেল।

এইত ভৈরবের বন্দর। এখানে আসিয়া মনে হইল বাড়ির কাছেই আসিয়াছি। স্রোতের আড় পাইয়া নৌকা অল্প মেহনতেই হ হ করিয়া ছুটিয়া চলিয়াছে। ভৈরব বন্দরের মালোপাড়া দেখিতে দেখিতে অনেক পিছনে

পড়িয়া গেল। তাহাদিগকে সম্মুখে আগাইবার নেশাতে পাইয়াছে। এই কলাপুড়ার খাড়ি। নৌকা বাঁধিবার চমৎকার জায়গা। কিন্তু আকাশের কোণে আরও একটু বেলা রহিয়াছে। কিশোর বলিল, 'চলুক নাও। রাখুম গিয়া একেবারে নয়া গাঙের খাড়িতে। যত আগাইতে পার আগাও।'

সূর্য ডুবিবার আগেই নয়া গাঙ দেখা গেল।

এখানে নয়া গাঙের এক দুরন্ত ইতিহাস মনে পড়ে।

মেঘনা সরল হইয়া চলিতে চলিতে এই থানটায় একটু কোমর বাঁকাইয়াছিল। পশ্চিম পারে ছিল একটা খালের মুখ। বর্ষায় জলে ভরিয়া উঠিত আর সুদিনে শুখাইয়া ঠনঠনে হইয়া যাইত। কখনো কখনো সামান্য একটু জল থাকিলে তাহাতে বৈকুণ্ঠপুর আর তাতারকান্দি গাঁয়ের ছেলেরা গামছায় ছাঁকিয়া পুঁটিমাছ ধরিত। সেই খালেরই মুখ। একদিন সে মুখে ফুলচন্দন পড়িল। কি করিয়া মেঘনার এইখানটাতে একটা স্রোতের বড় আবর্তের সৃষ্টি হইল, আর থালের মুখ ধরিল সর্বনাশা ভাঙন। ভাঙিয়া চুরিয়া মুচড়াইয়া দুমড়াইয়া মেঘনার অকৃপণ জলরাশি আছড়াইয়া পড়িতে লাগিল খালের দুই দিকের পাড়ে। তাহাতেও ধরিল ভাঙন। হ হ করিয়া ছুটিয়া চলিল স্রোত। সাঁই সাঁই করিয়া ফুটিল আবর্ত। হিস্ হিস্ করিয়া জাগিল উচ্ছ্বাস। হস্ হস্ করিয়া পড়িতে লাগিল মাটির ধ্বস। মাটি ক্ষেত প্রান্তর ভাঙিয়া, ছোট বড় পল্লী নিশ্চিহ্ন করিয়া, রাশি রাশি গাছপালা ছিন্নবিচ্ছিন্ন করিয়া সে জলধারা দিনের পর দিন উদ্দাম গতিতে ছুটিয়া চলিল। কার সাধ্য তার গতিরোধ করে। দুর্বার, দুর্মদ, প্রলয়ঙ্কর এ গতি। চাষীরা প্রমাদ গণিয়া অকালে ফসল কাটিয়া ঠাঁই করিয়া দিল, পল্লীবাসীরা সন্ত্রাসে বিমূঢ় হইয়া তেজসপত্র বাঁধিয়া ছাঁদিয়া, গরুবাছুর হাঁকাইয়া লইয়া, অনেক পশ্চিমে গিয়া ডেরা বাঁধিল। কালক্রমে অনেক কিছু হইয়া গেল। যে ছিল একদা একটা খাল, সে এখন স্বয়ং মেঘনা হইতেও অনেক প্রশস্তা, অনেক বেগবতী, সমধিক ভয়ঙ্করী হইয়া উঠিয়াছে। সবিস্তারে এই কাহিনী বর্ণনা করিতে করিতে তিলকের চোখ দুইটি উজ্জ্বল হইয়া উঠিল। কথা কিছু নূতন নয়। তাদের গাঁয়ের মালোরা অনেকেই এখানে মাছ ধরিতে আসে। আর নয়া গাঙের নয়া স্রোতে মাছও ধরা পড়ে অনেক। কিশোর সুবলেরাও নয়া গাঙের

এই কালান্তক, দিগন্তবিসারী মোহনাটি কয়েকবার দেখিয়াছে, কাহিনীটিও শুনিয়াছে। তবু তিলক তাহা আবেগপূর্ণ ভাষা দিয়া বিস্তারিত-ভাবে বর্ণনা করিল। ইহাই জেলেদের রোমান্স। নদীর রহস্য তারা শুনিয়াও আনন্দ পায়, শুনাইয়াও আনন্দ পায়। আর স্রোতা যদি ইতিপূর্বে না শুনিয়া থাকে, অধিকন্তু শ্রোতা যদি বক্তার কাছে নূতন মানুষ কেউ হয়, তাহা হইলে বক্তার বলার উদ্দীপনা বাঁধ মানে না। পাটাতনের তলের মানুষটির সম্বন্ধে তিলক খুবই সজাগ। নয়া গাঙের এই রহস্যময় কাহিনী সে নিশ্চয়ই কান পাতিয়া শুনিতেছে।

পরিশেষে তিলক বলিল, এত কাও করিয়াও শেষে নয়া গাঙ কিনা মূল মেঘনাতেই গিয়া পড়িয়াছে!

মোহনাটি সত্যই ভয়ঙ্কর। এপার হইতে ওপারের কূল-কিনারা চোখে ঠাহর করা যায় না। হ হ করিয়া চলিতে চলিতে স্রোত এক একটা আবর্ত সৃষ্টি করিয়াছে। দুই ধারের স্রোত মুখামুখি হইয়া যে ঝাপটা খাইতেছে, তাহাতে প্রচও শব্দ করিয়া জল অনেক উপরে উঠিয়া ভাঙ্গিয়া পড়িতেছে। একটানা একটা সাঁ সাঁ শব্দ দূর হইতেই কানে ভাসিয়া আসিতেছে।

এই ভয়ঙ্করের একপাশে খাড়িটি বড় সুন্দর। বড় নিরাপদ স্থান। খালের মত একটা সরু মুখ দিয়া ঢুকিয়া অল্প একটু গেলেই এক প্রশস্ত জলাশয়ের বুক পাওয়া যায়। শান্ত শিষ্ট জলাশয়। প্রচও বাতাসেও বড় ঢেউ উঠে না।

তারা ভেতরে ঢুকিয়া দেখে, সেখানে অনেক নৌকার সমারোহ। তার বেশির ভাগ ধান-বেপারী, কাঁঠাল-বেপারী, পাতিল বেপারীর নৌকা। সকলেই এখানে এক রাতের জন্য আশ্রয় নিয়াছে। ভোর হইলে চলিয়া যাইবে।

তারাও শ্রান্ত ক্লান্ত। খাইয়া দাইয়াই শুইবে। কিন্তু বাংলাদেশের পূর্বাঞ্চলের এই নদী-বিহারীদের কতকগুলি নিজস্ব সম্পদ আছে। অমনিতেই তারা শুইয়া পড়ে না। সেই সম্পদগুলিকে বুক দিয়া ভোগ করিয়া নিয়া তবে নিদ্রার কোলে আশ্রয় এয়। কোনো নৌকায় মুর্শিদা বাউল গান হইতেছেঃ-

এলাহির দরিয়ার মাঝে নিরাঞ্জনের খেলা,
শিল পাথর ভাসিয়া গেল শুকনায় ডুবল ভেলা।
জলের আসর জলের বসন দেইখ্যা সারাসারি,
বালুচরে নাও ঠেকাইয়া পলাইল বেপারী।

কোনো নৌকায় হইতেছে বারোমাসিঃ-

এহী ত আষাঢ় মাসে বরিষাগম্ভীর,
আজ রাত্রি হবে চুরি লীলার মন্দির।

কোনো নৌকায় টিমটিমে কেরোসিনের আলোর কাছে আগাইয়া জরাজীর্ণ একখানা পুঁথি সুর করিয়া পড়িতেছেঃ-

হাম্বাক রাজার দেশেরে –
উত্তরিল শেষে রে।

কোনো নৌকায় কেচ্ছা হইতেছে। কথার ফাঁকে ফাঁকে গান ভাসিয়া আসিতেছেঃ-

আরদিন উঠেরে চন্দ পূবে আর পশ্চিমে।
আজোকা উঠছেরে চন্দ শানের বান্ধান ঘাটে।

স্বচ্ছ আকাশের উজ্জ্বল চাঁদ মাথার উপর অবধি পাড়ি দিয়াছে। সাদা ছেঁড়া মেঘ তাহাকে ধরিবার জন্য ছুটাছুটি করিতেছে। কিন্তু নাগাল পাইতেছে না।

দেখিতে দেখিতে কিশোরদের চোখে ঘুম আসিয়া পড়িল।

পা টিপিয়া টিপিয়া চলার শব্দ, আর চাপা গলার ফিসফাস কথা বলার আওয়াজ প্রথমে তিলকের মনোযোগ আকৃষ্ট করিল। নাঃ, কিশোরটা বেহায়ার হদ্দ। তাকে নিয়া আর পারা যাইবে না। বিরক্ত হইয়া তিলক পাশ ফিরিয়া শুইতেছিল। এমন সময় পায়ে জোরে একটা টান পড়ায় তার তন্দ্রা পাতলা হইতে হইতে একেবারে ভাসিয়া গেল। পুরা সম্বিত পাইয়া দেখে,

ছইয়ের ভিতরে শুইয়াছিল, তারা তিন-জনেই এখন ছইয়ের বাইরে। আর তিনজনেরই পা নৌকার গুরার সঙ্গে দড়ি দিয়া বাঁধা। নৌকা আর সেই খাড়ির ভিতরে নাই। হ হ করিয়া ছুটিয়া চলিয়াছে নয়া গাঙের সেই সর্বনাশা মোহনার দিকে।

তিলক চীৎকার করিয়া উঠিল, 'অ কিশোর, আর কত ঘুমাইবা, চাইয়া দেখ, সর্বনাশ হইয়া গেছে।'

এক ঝটকায় পায়ের বাঁধন ছিঁড়িয়া, কিশোর এক নিঃশ্বাসে ছইয়ের ভিতরে গিয়া পাটাতন খুলিল। সে নাই।

'অ তিলক! সে নাই আমার! হাওরে-ডাকাতি হইয়া গেছে।'

একটা হাত বাক্সে বেসাতের মুনাফা দুইশত টাকা ছিল। তালাস করিতে গিয়া তিলক দেখিতে পাইল না। বাক্স সুদ্ধ তাহাও লইয়া গিয়াছে।'

'হায়, কি হইল রে' বলিয়া কিশোর পাগলের মত গলা ফাটাইয়া এক চীৎকার দিল। চারিপাশের জলোচ্ছ্বাসের উপর দিয়া সেই চীৎকার-ধ্বনি ধীরে ধীরে ডুবিয়া গেল। কোনো প্রতিধ্বনিও আসিল না।

এদিকে মাঝ-মোহনার জলের উচ্ছ্বাস-ধ্বনি ক্রমেই নিকটবর্তী হইতেছে। নৌকাটা চুম্বকের মত আকৃষ্ট হইয়া সেদিক লক্ষ্য করিয়া চলিয়াছে। আর আকাশে তখন অজস্র জ্যোৎস্না।

তিলক সচেতন হইয়া বলি, 'সুবলা, পাছায় গিয়া হালের কোরায় হাত দে।'

প্রবলভাবে আপত্তি জানাইয়া কিশোর বলিল, 'না না তিলক, নাও আর ফিরাইও না। যার দিকে রোখ করেছে তার দিকেই যাউক।'

সুবল ও তিলকের আপ্রাণ চেষ্টায় নৌকাখানা কোনমতে আসন্ন ধ্বংসের হাত হইতে রক্ষা পাইল। রাত্রির বিভ্রান্তিতে কূল-কিনারা দেখা যাইতেছিল না; তাহাও শেষে পাওয়া গেল। রাতটা বিশ্রী রকমের দীর্ঘ। ফুরাইতেছিল না। অবশেষে তাহাও ফুরাইয়া সকাল হইল। কিন্তু রাতের ঝড়ে পাখির সেই যে ডানা ভাঙ্গিল সে-ডানা আর জোড়া লাগিল না।

কিশোর দাঁড়ে গিয়া বসিয়াছিল। বার বার হাত হইতে দাঁড় খসিয়া পড়িতেছে দেখিয়া তিলকের দয়া হইল, 'যাও কিশোর, দাঁড় তুইল্যা ছইয়ার তলে যাও।'

কিশোর ছইয়ের ভিতরে আসিয়া পাটাতনের উপরে বসিল। পাটাতনের নীচেই সে ছিল। এখন সে কোথায়!

সুবলের হাতে হালের বৈঠাও নিস্তেজ হইয়া আসিল। কেবল তিলকের বৃদ্ধ হাতের দাঁড়টানাকে সম্বল করিয়া নৌকা মন্থরগতিতে আগাইতে লাগিল।

এখানে তিতাসের মোহনা। মেঘনার সঙ্গে সম্পর্ক চুকাইয়া এখন ইহারই মুখ দিয়া প্রবেশ করিতে হইবে। যাইবার সময় মুখটা আরো সংকীর্ণ ছিল। এখন বর্ষার জলে সে-মুখ অনেক বড় হইয়া গিয়াছে।

তিতাসের মুখের ভিতর ঢুকিয়া থানিক আগাইবার পর সুবল দুতোরি বলিয়া দাঁড় তুলিয়া ফেলিল। বাঁশের খুঁটিটা একটানে তুলিয়া লইয়া মাটিতে ঠেকাইয়া কয়েকটা পাড় দিল। তারপর তার সঙ্গে নৌকার দড়ি বাঁধিয়া ছইয়ের ভিতরে ঢুকিয়া শুইয়া পড়িল। আরো একটু বেলা ছিল। আরো একটু আগানো যাইত। কিন্তু তিলক মুখ খুলিয়া একথা বলিতে সাহস পাইল না।

আবার রাত আসিল। রাত গভীর হইল। এবং এক সময়ে ফুরাইয়া গেল।

পূবদিকের আকাশ খোলাসা হইয়া আসিতেছে। কিশোর কি ভাবিয়া উঠিল। মাঝ নৌকায় দাঁড়াইয়া সেদিকে কতক্ষণ তাকাইয়া রহিল। তারপর গলুইয়ে গিয়া হাত বাড়াইয়া জল স্পর্শ করিল।

হাত জলে লাগে নাই। কিসে যেন লাগিতেছে। কিন্তু বড় নরম। আর কি ভীষণ ঠাণ্ডা। ঘার বাড়াইয়া চাহিয়া দেখিল, স্পষ্ট দেখা যাইতেছে। দেখিয়া কিশোর খুব জোরে একটা চিৎকার দিল।

একটা নারীদেহ ভাসিয়া রহিয়াছে। কোমর হইতে পা অবধি একেবারে খাড়া জলের নীচে। বুকটা চিতাইয়া ভাসিয়া উঠিয়াছে। গলা টান

হইয়া মাথা পিছন দিকে ঢলিয়া রহিয়াছে। লম্বা চুলগুলিকে লইয়া তিতাসের মৃদুস্রোত টানাটানি করিতেছে।

'অ তিলক, দেইখ্যা যাও!'

চোখ কচলাইয়া তিলক বলিল, 'কি কিশোর।'

'তারে পাওয়া গেছে।'

তিলক উঠিয়া আসিয়া মড়াটাকে দেখিয়া, রাম রাম বলিতে বলিতে সুবলকে ডাকিয়া তুলিল। তারপর কালবিলম্ব না করিয়া নৌকা ছাড়িয়া দিল।

কিশোর ছইয়ের ভিতর চুপ করিয়া বসিয়াছিল।

দাঁড় টানিতে টানিতে ক্লান্ত হইয়া তিলক ছইয়ের ভিতরে আসিয়া বসিল। আগে লক্ষ্য ক'রে নাই। মালসার আগুনে টিকা ডুবাইয়া তামাকের চোঙ্গাটা কোথায় কিশোরকে জিজ্ঞাসা করিয়া যখন কোন সাড়া পাইল না, তখন লক্ষ্য করিল। কিশোরের চোখ দুইটা অস্বাভাবিক রকমের বড় আর জবাফুলের মত লাল হইয়া গিয়াছে। মুখে ফুটিয়া উঠিয়াছে ভীষণ এক দানবীয় ভাব। মাঝে মাঝে ডাইনে বাঁয়ে নীচে উপরে চোখ ঘুরাইতেছে।

আঁতকাইয়া উঠিয়া তিলক চিৎকার দিল, 'অ সুবলা দেইখ্যা যা, কিশোর পাগল হইয়া গেছে।'

নয়া বসত

চার বছর পরের কথা। শীতের সকালে একটা মরানদীতে অল্প জলটুকু যাই-যাই করিতেছিল। রাতের জোয়ার যে-টুকু জল ভরিয়া দিয়াছিল, ভোরের ভাঁটা তাহা টানিয়া থসাইয়া নিতেছে। স্রোত চলিয়াছে শিকারীর তীরের মতো। একটু পরেই শুখাইয়া ঠনঠনে হইয়া যাইবে। দুই বুড়ার ব্যস্ততার শেষ নাই। ডিঙ্গি নৌকায় বাঁশের মাচান পাতিতে পাতিতে একজন রুক্ষকণ্ঠে বলিয়া উঠিল, 'অ গৌরা!'

গৌরার হাতের মোটামোটা আঙ্গুলগুলি শীতে কুঁকড়াইয়া আসিতেছিল। একরাশ এলোমেলো দড়াদড়ি। তার গিঁট খুলিয়া ওঠা এ আঙ্গুলের সাধ্যের বাইরে। তবু খুলিতে হইবে। বারবার চেষ্টা করে, পারে না; মনে মনে বিরক্ত হইয়া উঠে। রোদ উঠিতে এখনো ঢের দেরি, মালসার আগুনে হাতখানি তাতাইয়া নেওয়া দরকার। কিন্তু মালসা কোথায়।

'তুই একবার যা গৌরা, বরুণ-গাছের তলাত গিয়া ডাক দে।'

স্রোত থাকিতে নৌকা খুলিতে না পারিলে, নদীর জল নিঃশেষ হইয়া যাইবে। তখন কোমরে দড়ি বাঁধিয়া কাদার উপর দিয়া টানিয়া নিতে হইবে, আর নৌকায় কাঁধ ঠেকাইয়া ঠেলিতে হইবে।

ওদিকের ঘাটে আরেকখানা ডিঙ্গি খুলিতেছে। সেখান হইতে ডাক আসে, 'অ, নিত্যানন্দ দাদা, আ গৌরাঙ্গ দাদা?'

কান পর্যন্ত ঢাকিয়া মাখায় জড়ানো নেকড়ার রাশ। দুই বুড়া শুনিতে পায় না। কাছে আসিয়া ডাকিতে দৃষ্টি আকৃষ্ট হইল! কিন্তু সে নৌকাতেও মালসা নাই দেখিয়া গৌরাঙ্গ বিমর্ষ মুখে দড়ির গিঁট খোলাতে মন দিল। যত খোলে, আবার জট লাগে। মাচান পাতা শেষ করিয়া দড়ির গেরোয় দাঁড় ঢুকাইতে গিয়া নিত্যানন্দ মুখ তুলিয়া চাহিল, 'কি রে ছিনিবাস, বেপারে যাইবি?

'হ দাদা। গাঙে মাছ পড়ছে। অখন কি না গিয়া পারি? তোমরা যাইবা না?'

'যামু। আইজ না, কাইল। আইজ রাজার ঝিরে লইয়া গোকনঘাট যামু কিনা?'

দড়ি-খোলা ও বৈঠা-বাঁধা শেষ করিয়া গৌরাঙ্গ কাঁপিতে কাঁপিতে বাড়ির দিকে পা বাড়াইল। তার মুখে রাগে ও বিরক্তিতে কথা ফুটিতেছিল না। সে শুধু বিড় বিড় করিয়া, 'রাজার ঝি,' 'রাজার ঝি' করিতে লাগিল। উঠানে পা দিয়া গৌরাঙ্গের যত রাগ জল হইয়া গেল।

রাজার ঝি পা মেলিয়া বসিয়া বিলাপ করিতেছে।

বুড়ার চোখে জল আসিয়া পড়িল। সত্যি এই দুঃখী মেয়েটাকে দুই ভাই বড় স্নেহ করে। কিন্তু তার বুকভরা কান্না জুড়াইতে তাদের বুড়া হৃদয়ের স্নেহই যথেষ্ট নয়। ছেলেটা ঘরের এক কোণে মলাটের বাক্সে তার রূপকথার রাজ্য সাজাইতেছে। কয়েকটি ছবির টুকরা, দেশলাইর খালিবাক্স, জাল বুনিবার দুই একটা ভাঙা উপকরণ, কিছু সূতা, ছেঁড়া একখানা ভক্তিত্বসার, একটুকরা পেন্সিল। মলাটের বাক্সে সযত্নে সাজানো হইলে মাকে হাত ধরিয়া উঠাইল। বোগা, একটুকরা ছেলেটার ইচ্ছার নিকট পরাজয় মানিয়াই যেন যুবতী মা কান্না থামাইয়া উঠিয়া পড়িল। এবার যাত্রা করিবার পালা।

ধরা গলায় গৌরাঙ্গ বলিল, 'আর কিছু বাকি নাই ত?'

আর একটি কাজ বাকি আছে। তারা তুলসীতলায় প্রণাম করিতে গেল।

নৌকা কতক্ষণ স্রোতের টানে বেশ চলিল। গ্রাম্য নদী। খাল বলিলেও চলে। দুই পারে যেন ছবি আঁকা। রোদ উঠিয়াছে। তুই পারে গ্রামের পর মাঠ, তার পর গ্রাম। গ্রাম ছাড়াইয়া নৌকা চলিয়াছে।

অনন্ত মার কোল ঘেঁসিয়া বসিয়াছিল। নৌকাতে এই প্রথম উঠিয়াছে। আজ তার আনন্দের সীমা নাই। তুই চোখে এক রাজ্যের বিস্ময়। নদীর দুইটি তীরই এত কাছে! দুইদিকেই যখন গ্রাম থাকে তখন দুইটি গ্রামই কত কাছে। গ্রাম ছাড়াইয়া যখন মাঠে পড়ে,—জমির আলের উপর ক্ষেতের লোকে তামাক টানে, লাঙল-বাঁধা গরু ছুটি তার দিকে তাকায়।

নৌকাটা এক সময়ে আটকাইয়া গেল। ভাঁটার তখন শেষ টান। সবটুকু জল শুষিয়া নিয়া স্রোতের বেগ মন্দা হইয়া পড়িয়াছে। অনেক পিছনে, নদীর মরিবার পালা আরম্ভ হইয়া গিয়াছে। রোগীর যেমন পা হইতে মরিতে মরিতে সবশেষে মাথায় আসিয়া শেষ মৃত্যু হয়, তাদের এ পোড়া গাঙেরও সেই দশা। যে-নৌকা যেখানে থাকে সেইখানেই আটকাইয়া থাকে।

গৌরাঙ্গ তখন হতাশ হইয়া হালের দাঁড় খুলিয়া ফেলিল। ইহার পর যে-কাজ করিতে হইবে, শীতের দিনে তাহা একান্ত বিরক্তিকর।

অনন্তর মা আগেই কলকেতে তামাক দিয়াছিল। মালসা হইতে এইবার জ্বলন্ত টিকাটি তুলিয়া গৌরাঙ্গের দিকে হাত বাড়াইয়া দিল। হুকা হাতে করিয়া সামনের দিকে চাহিতে গৌরাঙ্গ দেখে তিতাসে পড়িতে আর বেশি দেরি নাই। এবার অনন্তর দিকে চাহিয়া তার মনে মমতা উছলিয়া উঠে। অনন্তর বড় গাঙ দেখার অত সাধ। বড় গাঙের কথা, তার বুকে মাছধরার কথা, রাত জাগার কথা, ভাসিয়া থাকার কথা, শুনিতে শুনিতে তার চোখ দুটি উজ্জ্বল হইয়া উঠে। এ ছেলে বড় হইলে খুব বড় জেলে না হইয়া যায় না। তখন কি সে এই গৌরাঙ্গ, নিত্যানন্দের মত এই মরা নদীর হাঁটুজলে টেংড়াপুটির জাল ফেলিবে। সে তখন তিতাসের অগাধ জলে ভেসাল জাল, ভৈরব জাল, ছান্দি জাল পাতিয়া বসিবে। কে জানে আরো বা'র গাঙে, মেঘনার বুকে গিয়া জগৎ-বেড়ই হয়ত ফেলিবে। তখন কি এই গৌরাঙ্গ নিত্যানন্দর কথা তার মনে থাকিবে! কুড়াইয়া-পাওয়া তার মা হয়ত হইবে বড় নদীর বড় জেলের মা, সেও কি তখন অনন্তকে মনে করাইয়া দিবে যে, অনন্ত, তোর মা ডাকাতের নৌকা হইতে জলে ঝাঁপ দিয়া এক দুদিনের রাতে বড় নদীতে পড়িয়াছিল, তুই তখন পেটে। তোর মা মরি-বাঁচি করিয়া একটা বালুচরে উঠিয়াছিল মাত্র। আর কিছু মনে নাই। তারপর এই দুই বুড়া, তোর দুই দাদা, কোথা থেকে কোথায় নিয়া আসিল। কোথায় ভবানীপুর গ্রাম, কোথায় কি। দেখ, অনন্ত, আ-ঘাটাতে ঘাট হয়, আ-পথে পথ হয়, আ-কুটুমে কুটুম হয়। এই দুই বুড়া যদিও কেউ না, তবু এরা সব-কিছু। এরা ছজন আমার বাপ আর খুড়া। এ দুইজনকে তুই কোনোদিন ভুলিস না।

শীত ছাড়িয়া যাওয়ায় নিতানন্দ তাজা হইয়া উঠিয়াছে। প্রসন্ন মুখে বলে, 'অনন্তরে ভাই, তুই না বড় গাঙের পাগল, ঐ দেখ বড় গাঙ।'

অনন্তর ছোট শরীর। তারপক্ষে এত দূরে থাকিতে বড় নদী দেখা সম্ভব নয়। বুড়োর বুকে-পিঠে কাপড় জড়ানো। তার উপর দিয়া টানিয়া তুলিয়া সে অনন্তকে বড় নদী দেখাইল।

এইখান হইতে বৈঠা আচল। গৌরাঙ্গ কোমরে দড়ি বাঁধিয়া জলে নামিল। সে টানিবে। নিত্যানন্দ নামিল পিছনের দিকে। সে কাঁধ ঠেকাইয়া ঠেলিবে। নৌকা হাল্কা করিবার জন্য অনন্তকে লইয়া তার মাও তীরে নামিল। তারা বাঁক ঘুরিয়া বড় গাঙে নামাইবে।

এইবার বড় নদী।

অনন্ত কোল হইতে নামিয়া পড়িল। একটা নেংটি ইঁদুর বুঝি ধানক্ষেতের প্যাঁচ হইতে বাহির হইয়া রূপকথার দেশের এক নদীর পারে গিয়া দেখিল সামনে রূপার নদী। গলানো উপছানো রূপার নদী, সে তো নদী নয়, হাজার বছরের না শোনা গল্প দুই তীরের বাঁধনে পড়িয়া একদিকে বহিয়া চলিয়াছে।

অনন্তর মুখে কথা নাই। সে নীরবে মায়ের সঙ্গে সঙ্গে জলে নমস্কার করিল। তারপর মায়ের দেখাদেখি হাত পা মুখ ধুইয়া নৌকায় উঠিয়া বসিল।

মা হুঁকা জ্বালাইয়া নিত্যানন্দ বুড়ার দিকে হাত বাড়ায়। বুড়ার দিকে সে চাহিতে পারে না। চোখ ফাটিয়া জল বাহির হয়। অসহায় দুই বুড়া। দুজনেরই বৌ কোন যৌবন কালেই মরিয়া গিয়াছে।

স্ফটিকস্বচ্ছ জলের দিকে অনন্ত একবার মুখ বাড়াইয়া দেখিল। জলে তার ছোট মুখের ছায়া পড়িয়াছে। তারই ভিতর দিয়া দেখা যায় জলের স্বচ্ছতা ভেদ করিয়া জাগিয়া আছে বালিময় তলদেশ। দুই একটা শামুক হাঁটিয়াছে, তার রেখা বালির বুকে আঁচড় কাটিয়াছে। ছোট ছোট বেলেমাছ সে বালিতে বুক লাগাইয়া চুপ করিয়া আছে, যেন হাত বাড়াইলেই ধরা যাইবে। একটুও নড়িবে না। আর সেই শামুক চলার দাগ, কম জল হইতে ক্রমে বেশি জলের দিকে চলিয়া গিয়াছে। জলের নীচে বালিমাটি ক্রমে ঢালু

হইয়া চলিয়াছে—এখানটা স্পষ্ট দেখা যায়, ওখানটা একটু একটু করিয়া অস্পষ্ট হইয়াছে, তারপর ওখানটাতে কিছুই আর দেখা যায় না। জল ওখানে বেশি কিনা। শামুকগুলি ওখানটাতেই গিয়াছে, সঙ্গে সঙ্গে তাদের পায়ে চলার দাগগুলিও অদৃশ্য হইয়াছে। ওখানটাতে কি রহস্য! নামিলে পায়ে মাটি ঠেকিবে না। আরও একটু দূরে বুঝি ঐ দাঁড় দিয়াও মাটি ছোঁয়া যাইবে না। সেখানটাতে আরও কত রহস্য! কত কি যে আছে সেখানে, হাজার চেষ্টা করিলেও অনন্ত কোনোদিন দেখিতে পাইবে না। তার চোখ আবার নিকটে ফিরিয়া আসিল। বেলে বাচ্চাগুলি এখনো শুইয়া আছে। হাত দিয়া জল নাড়িতেই মাছ ক'টা চড় চড় করিয়া চলিয়া যাইতে লাগিল। জলের উপর ভাসিয়া উঠিল না। বালিমাটিতে বুক লাগাইয়াই ক্রমে অস্পষ্ট হইয়া মিলাইয়া গেল, কোথায় জলের গভীরতার দিকে, যেখানে অনন্ত অনেক কিছুর মতই তাহাদিগকেও দেখিতে পাইবে না সেখানে।

শামুকের দাগগুলি দৃষ্টিসীমার যেখান থেকে উধাও হইয়াছে, সেখানটাতে অনন্ত আরো অনেকক্ষণ চাহিয়া থাকিত, মা তাকে টানিয়া কোলের কাছে বসাইল, চুলের ভিতর আঙুল চালাইবার জন্য।

মাতাপুত্রের দিকে স্নেহদৃষ্টিতে চাহিয়া নিত্যানন্দ বলে, 'তিতাসের জল এত ফরসা! মাছ ত এই জলে মারা পড়ে না, মারা পড়ে ঘোলা জলে। এই সংকটকালে কি খাইয়া বাঁচবি মা, আমি তাই ভাবি?'

মাছের জো সামনে। তারজন্যে জেলেরা এখন থেকেই শক্ত জাল বোনে। তার জন্য চাই শণসূতা। সে-গাঁয় গিয়া বসিতে পারিলে এখন থেকেই সে মিহি ও মোটা দুই রকমের সূতা কাটিবে। বেচিবে। তাতে মা ছেলেতে দুর্দিন কাটাইবে।

থাই না-থাই দিন আমার যাইব, রাইত আমার পোহাইব। কিন্তু তোমরা ত জন্মের লাগি পর হইয়া গেল।' তারাও যদি এ-নদীর পারে ঘর বাধিত। কিন্তু জন্ম-ভিটার এমনি তাদের মায়া, বুড়া হইয়াছে, সব ছাড়িবে, তবু জন্ম-ভিটা ছাড়িবে না।

তিতাসের জলের মতই অনন্তর মার চোখের ফরসা জল হ হ করিয়া ছুটিয়া আসিতে চায়।

হালে দড়ি পরাইয়া নিত্যানন্দ যৌবন-বেগে দুই-তিন টান দিয়া বলিল, 'গৌরাঙ্গসুন্দর!'

'কি দাদা?'

'আমার গাতিটা খুইল্যা দে। শীত পলাইছে।'

গৌরাঙ্গসুন্দর নৌকার গলুই ধুইতেছিল। দাদার আদেশ পাইয়া তার পিঠের বড় গেরো খুলিয়া পরতে পরতে পেঁচানো কাপড়ের নিবিড় বন্ধন হইতে দাদাকে মুক্ত করিল। গাতি তাদের শীতের পোষাক।

এবার গৌরাঙ্গসুন্দর গঙ্গামার নাম স্মরণ করিয়া লগি ঠেলিয়া নৌকা ভাসাইল।

অনন্তকে মা আরো কাছে টানিয়া নিল। সে নীরবে মার বাহুর বেড়ায় বাঁধা পড়িল, কিন্তু তখন তার মন না ছিল মার দিকে না ছিল দাদাদের দিকে। নৌকাখানার অস্তিত্ব পর্যন্ত সে ভুলিয়া গেল। তার চোখের সামনে জাগিয়া রহিল শুধু একটা নদী। সে নদী তার সকল সত্তাকে, সারা অনুভূতিকে, লুতাতন্তুর মত টানিয়া লইয়া চলিয়াছে। ভূত-ভবিষ্যত বিস্মৃত হইয়া সে এই সদাজাগ্রত মুখর বর্তমানের স্রোতে ভাসিয়া চলিয়াছে। তার প্রকৃত যাত্রা শুরু যেন হইয়াছে এইখান থেকে।

দুপুর গড়াইয়া গেল। একটু পরেই বিকাল হইবে। অনন্তর মা সে গাঁ কোনো দিন চোখে দেখে নাই। শুধু জানে গাঁ খানা তিতাস নদীর তীরে। নদী সোজা উত্তর দিকে আসিয়া এ গাঁয়ের গাঁ ঘোঁসিয়া পশ্চিম দিকে মোড় ঘুরিয়াছে। এক একটা গ্রামের ছায়ায় নৌকা আসিলে চমকাইয়া উঠিয়াছে, বিহ্বলের মত চাহিয়াছে, এই বুঝি সেই গাঁ। গাঁ খানা তার মনকে টানিয়াছে শুধু আজ নয়, অনন্ত যখন পেটে, তখন থেকে। অত বিস্মৃতির মাঝেও, বিপদের অত ঝড়তুফানের মাঝেও, গাঁ খানার নাম সে মনে রাখিয়াছে। আর কিছু তার মনে নাই। এই গাঁ হইতেই সে প্রবাসে গিয়াছিল। তার নামও মনে নাই, দেখিতে যেন কি রকম ছিল তাও তার মনে নাই। কতবারই বা দেখিয়াছে। সেই প্রথম দিনের দেখা। সারা অন্তর তাকে চাহিয়াছিল, কিন্তু ভাল করিয়া কি তার দিকে চাহিতে পারিয়াছে। অত লোকের সামনে গানবাজনা, হৈ চৈ, মারামারি সব কিছু মিলিয়া সেদিন তাকে মূর্ছিত

করিয়াছিল না? সেইত তখন আমাকে তুলিয়া ধরিয়াছিল, না হইলে মাটিতে গড়াইয়া পড়িতাম, যারা মারামারি করিতেছিল তাদের পায়ের তলায় পড়িয়া মরিয়া যাইতাম। মনে পড়ে যেদিন তাকে একান্তভাবে পাইলাম। আমার বড় ভয় করিতেছিল। হরু হরু বুকে তার জন্য প্রতীক্ষা করিতেছিলাম। সে আসিয়া বাহর বাঁধনে বাঁধিয়া ভয় দূর করিল। এ যেন একটা পুতুলখেলার মত খেলা হইয়া গেল। আরো দুই একবার দেখিয়াছি; কিন্তু লোকের সামনে তার দিকে চাহিতে কেমন লজ্জা করিত, এজন্য পরিপূর্ণভাবে কি তাকে দেখিতে পারিয়াছি যে, চেহারা মনে থাকিবে। মনে পড়ে নৌকাতে যখন মাচানের তলে ছিলাম বন্দী, তার বন্ধু আসিয়া খাওয়াইত, কিন্তু সে থাকিত দূরে দূরে। বন্ধুকে সে বলিয়াছিল, আমি দেখিতে কেমন সে তা ভুলিয়াই গিয়াছে। আমার না হয় চাহিতে বাধা, তার চাহিতে বাধাটা ছিল কোথায়। এত ভোলা যার মন, সে কি এখনো দেখিলে চিনিতে পারিবে? চিনিতে পারা না পারা আমার কাছে দুইই সমান। চিনিতে পারিলে বলিবে, ডাকাতে যাকে ছু ইয়াছে, তার সঙ্গে আমার কি সম্বন্ধ। আর চিনিতে পারিলে বলিবে, অনাথা বিধবা, তাই সম্বন্ধ জড়াইয়া ঠাঁই করিয়া লইতে চায়। সামনে পতি নাই; হাতে নোয়া কপালে সিঁদুর পরণে শাড়ি মানায় না। বাপ জোর করিয়া বিধবার বেশ পরাইয়াছে। আপত্তি করিলে বলিয়াছে, ডাকাতে যখন ধরিয়াছিল, নিশ্চয়ই কাটিয়া ফেলিয়াছে, তা না হইলে, মোহানার স্রোতের পাকে যখন পড়িয়াছিল, নৌকা কি আর ছিল, নিশ্চয়ই ডুবিয়া গিয়াছিল। আমার সকল বন্ধন ছিন্ন করিয়া চিরদিন আমাকে মেয়ের মত কাছে রাখিবে বুড়ার মতলব ছিল এই। প্রতিবেশীদের কাছে তখন পরিচয় দিয়াছে, এর স্বামীকে ডাকাতে মারিয়া ফেলিয়াছে; একেও মারিয়া ফেলিত, জলে ঝাঁপ দিয়া বাঁচিয়াছে। সেই থেকে বিধবার বেশ। কিন্তু সে তো। বাহিরের। মনে মনে জানি সে আছে। সে ঐ গাঁয়েই আছে। কিন্তু না জানি তার নাম, না জানি তার বন্ধুর নাম।

রোদ কড়া হইয়া উঠিয়াছে। নৌকাখানা তাতিয়া উঠিয়াছে। দুই বুড়ার শক্ত চামড়াও তাতিয়া উঠিয়াছে। অনন্তর মার স্নেহ উথলিয়া উঠিল। বার বার ইচ্ছা করিল তার শাদা কাপড়ের আঁচল দিয়া তাদের গায়ে ছায়

দেয়। কিন্তু সে অসম্ভব। একটা বালিকাবয়সী নারীর আঁচলে গাঁ ঢাকা দেওয়ার বয়স তাদের নাই। সে-আঁচলে সে অনন্ত রোদে-তাতা ছোট শরীরখানা সূর্যের আড়াল করিল। কড়া রোদে, মায়ের মিষ্টি ছায়ার আড়ালে থাকিয়া অনন্ত কোনো এক সময়ে ঘুমাইয়া পড়িয়াছে। অনেক কিছু দেখিতে পারিত, ঘুমাইয়া পড়াতে দেখিতে পারে নাই। হয়ত স্বপ্নে তাহার সবই দেখিতে পাইয়াছে।

ঘাটে গিয়া নৌকাখানা শব্দ করিয়া ঠেকিল। চলতি নৌকা। গৌরাঙ্গ দাঁড় ঠেকাইয়া গতিরোধ করিল, কিন্তু সবটুকু গতি রুদ্ধ হইল না। মাটিতে ঠেকিয়া অবশিষ্ট গতিটুকু রুদ্ধ হইতেই নৌকাটা ঝাকুনি খাইল। সেই বাকুনিতে অনন্তর মার চমক ভাঙ্গিল। এতক্ষণ সেও বুঝি স্বপ্ন রাজ্যেই ছিল। এখন ধড়ফড় করিয়া উঠিয়া, কাপড় চোপড় সামলাইল, অনন্তকে ডাকিয়া উঠাইল। অনন্ত জাগিয়া চোখ কচলাইয়া ঘাটখানা একবার দেখিয়া লইল। তারপর নদীর দিকে ঘাটের লোকজনের দিকে আর ঘাটের অদূরবর্তী ছায়াঢাকা গ্রামখানার দিকে চাহিয়া দেখিল। ছোট চোখের দৃষ্টি যতদূর যায়, দেখিল, একটির পর একটি করিয়া বাঁধা নৌকা। সব নৌকা একই আকারের, একই গড়নের। সারি সারি বাঁশের খুঁটি পোঁতা আছে। তারই একটির সঙ্গে একটি করিয়া নৌকা বাঁধা। নৌকার পেছনের দিকে এক একটা ছই। ছইয়ের দুই দিকই খোলা।

দুপুর গড়াইয়া গিয়াছে। বেলা করিয়া যারা স্নান করিতে আসিয়াছে, ঘাটে নূতন নৌকাতে নূতন মানুষ দেখিয়া তারা কৌতুহলী চোখে চাহিয়া দেখিতেছে। অনন্তর মা এদের কাউকে চিনে না। কোনো দিন দেখে নাই। কিন্তু এরাই হইবে তার পড়শী। এদের বাড়ির পাশ দিয়াই উঠিবে তার কুটির। এদেরই সঙ্গে কাটাইতে হইবে তার মুখ দুঃখের দিনগুলি। পারে উঠিয়া দৈনন্দিন কাজেকর্মে এদেরই সঙ্গে সে মিশিয়া যাইবে। তার খুব আনন্দ হইল, এরা যেন কত আপন। তিতাসের ছোট ঢেউ তীরে আসিয়া মাথা রাখিতেছে। আমার বুকের ঢেউ বুঝি ঐ নারীদের বুকে মাথা রাখিবার জন্য উদাম হইয়া উঠিয়াছে।

একটা পাগলকে দুই বুড়াবুড়ি টানিতে টানিতে ঘাটের দিকে লইয়া আসিতেছে। পাগল একটা যুবক। হয়ত সুন্দরই ছিল। এখন কদাকার হইয়া গিয়াছে। হাড় দেখা দিয়াছে, চামড়ায় খড়ি উঠিতেছে। বিড়বিড় করিয়া কত কি যে বকিতেছে। বুড়াবুড়ির হাত ছাড়াইবার জন্য হমড়ি খাইয়া পড়িতেছে। বুড়া তার শীর্ণ হাতখানা তুলিয়া গায়ের সব জোর একত্র করিয়া ঠাস-ঠাস পাগলটাকে মারিতেছে। মার খাইয়া পাগলটা ককাইয়া উঠিতেছে। কিছুতেই জলে নামিবে না। তারাও জলে না নামাইয়া ছাড়িবেনা। স্নান তাকে করাইবেই। পাগলের গায়ে এবার যেন হাতীর জোর আসিল। এক ঝটকায় বুড়ার হাত ছাড়াইয়া দৌড় দিতে যাইতেছিল সে। হাতের কাছে একখও কঞ্চি পাইয়া বুড়ি সপাং সপাং করিয়া পাগলটাকে মারিল। পাগল এবার গলা ছাড়িয়া কাঁদিতে লাগিল। বুড়ার চোখেও জল আসিয়া পড়িয়াছে। বুক জোড়া নিশ্বাস ফেলিয়া সে আক্ষেপ করিতে লাগিল, 'হায়রে বিধাতা, হায়রে উপরোল্লা, এ কি করিলে, কোন পাপে তুই আমারে এ শাস্তি দিলে। সাধ করিছিলাম জোয়ান পুতের কামাই থামু, তারে বিয়া-শাদি করামু, বউ ঘরে আমুম, নাতি কোলে নেমু। হায়রে আমার কপাল।'

বুড়া ছেলের গলা জড়াইয়া ধরিয়া ভেউ ভেউ করিয়া কাঁদিয়া উঠিল। আর ছেলেও বাপের গলা জড়াইয়া একটানা বিলাপ করিতে করিতে জলে নামিল। কাঁদিতেছে না কেবল বুড়িটা। হয়ত তার মা। কিন্তু কি পাষাণ। সব কান্না তার শুখাইয়া গিয়া বুঝি বা জমাট বাঁধিয়াছে। সে কেবল দুই হাতে জল তুলিয়া গামছা দিয়া পাগলের দেহটা ঘসিয়া দিতেছে। ঘাটের নারীরা স্তব্ধ হইয়া দেখিতেছে। তাদের দৃষ্টিতে দরদ ঝরিয়া পড়িতেছে। কারো কারো চোখ সজল হইয়া উঠিতেছে। অনন্তর মার মনে হইল এই সকল নারীর সবাই তার আপন। এদের বুকের মধ্যে মাথা রাখিয়া সেও পাগলটার দিকে দরদভরা দৃষ্টিতে তাকায়, সেও ঘরে যাওয়ার কথা ভুলিয়া পাগলটার দিকে জলভরা চোখে চাহিয়া থাকে। ইচ্ছা হইল পাগলটার গলা জড়াইয়া ধরিয়া সেও খানিক গলা ছাড়িয়া কাঁদে।

অনন্তর মা অনন্তকে শক্ত করিয়া বুকে চাপিয়া ধরিল।

এ গাঁয়ে একজন নূতন বাসিন্দা আসিয়াছে, খবরটা যারাই পাইল তারাই খুশি হইল। মালোপাড়ার সবচেয়ে যে ধনী ছিল, তারই গিন্নি কালার মা ছেলেদের বলিয়া একখানা পোড়ে ভিটি কম দামে ছাড়িয়া দিল; ছেলেমেয়েরা হৈ চৈ করিয়া তার আগাছা সাফ করিল, তারপর পাড়ার পাঁচজনে মিলিয়া তার উপর একখানা ঘর তুলিয়া দিল।

নূতন ঘরে অনন্তদিগকে রাখিয়া একদিন তুই বুড়া বিদায় হইল। বিদায় দিতে ঘাটে আসিয়া অনন্তর মা অনেকক্ষণ আত্মসম্বরণ করিয়া ছিল। ঘাটের মেয়ের কাজ ফেলিয়া এই বিদায়দৃশ্য দেখিতেছে।

তাদের নৌকাখানা মাঝ-নদীতে পড়িয়া আগাইয়া চলিয়াছে। এতটুকু পথ গিয়াই বুঝি দুই বুড়া শ্রান্ত হইয়া পড়িয়াছে। দাঁড় বাহিতে বাহিতে হাতের কব্জিতে তারা কি কপালের ঘাম মুছিতেছে। অনন্তর মার মনে হইল তারা ঘাম মুছিবার ছল করিয়া দুইজনেই চোখের জল মুছিতেছে।

নৌকা আরো দূরে সরিয়া যাইতেছে। আরো আরো দূরে। অনেক ছোট দেখাইতেছে নৌকাখানাকে। মানুষ দুজনকেও এবার দেখাইতেছে অনেক অনেক ছোট। যেন ছুটি শিশু—যেন চাঁদের দেশের দুটি শিশু যাত্রাগানের বুড়ার পোষাক পরিয়া নাও বাহিয়া চলিয়াছে। এ জগতের নয় তারা। কেন আসিয়াছিল—আর থাকিবে না; ক্রমেই উপরে উঠিয়া ছোট হইয়া যাইতেছে—এখনই মিলাইয়া যাইবে।

অনন্তর মা এবার কাঁদিয়া উঠিল।

হয়ত মাটিতে পড়িয়া লুটাইয়া কাঁদিত। এই সময়ে একজন কে আগাইয়া আসিয়া তাকে ধরিয়া ফেলিল।

অশ্রুভরা চোখ তুলিয়া চাহিয়া দেখে, সে তারই সমবয়সী। তারই মত সে-জনারও বিধবার বেশ।

পাড়ার কৌতূহলী নারীরা বলাবলি করে সে কে, কোন দেশে বিয়া হইয়াছিল। ছেলের বাপ কবে মরিয়াছে—ছেলে তখন পেটে, না কোলে, না হাঁটিতে শিখিয়াছে।

কালোর মা মেজাজী মানুষ। স্বামী অনেক টাকা রাখিয়া মারা গিয়াছে। ছেলেরাও রোজগারী। পাড়ার সবাই মান্য করে। বছরে তার ঘরে পাঁচ ছ মণ শণ সূতা কাটা হয়। তাতে বড় বড় জাল বোনে, সে-জালে বড় বড় মাছ ধরে। অনেক টাকা ঘরে আসে।

সেই কালোর মারও কৌতূহল হয়। সকালে একবার দেখিয়া গিয়াছে। বিকালেও দেখিতে আসিল। কথাটা কি করিয়া তোলা যায় ভাবিয়া না পাইয়া শুধু বলিল, 'কি লামা, তোর মা-আবাগি কি আমার মত?'

'হ মা, ঠিক তোমার মত।'

'আছে?'

'জানি না ত মা?'

'অ। কপাল।'

ঘর বানাইতে হাতের সম্বল ফুরাইয়া গিয়াছে। বাকি দিন কি ভাবে কাটিবে, কালোর মা চলিয়া গেলে সে তাই ভাবিতে বসে।

কিন্তু লোকে তাকে ভাবিবার অবসর দেয় না। একটু পরেই একদল বর্ষীয়সী নারী আসিল। কালোবরণের বাড়িকে বড়বাড়ি বলে। তার বাড়ি আর এ-বাড়ির মাঝখানে একটি বাঁশের বেড়া। সেই বেড়াতে কাপড় শুখাইতে দিয়াছিল। সেখানা আনিয়া বিছাইয়া দিবে কিনা ভাবিতেছে। তার। ভাবিবার অবসর না দিয়া মাটিতেই বসিয়া পড়িল।

একজন বলিল, 'পান আছে মা?'

আরেকজন বলিল, 'তামুক থাওয়া। আছে নি হক্কাকলকি? তামুক আছে নি?' অনন্তর মা মাটির সঙ্গে মিশিয়া যাইতে থাকে। তার ঘরে এসবের কিছুই নাই।

একজন কোমর হইতে সুচারু কাজ-করা একটি ছোট রঙিন থলে বাহির করিয়া হাতে হাতে পান বাটিয়া দিল। অনন্তর মাকেও একটা পান লইতে হইল। সে-নারীর দাতগুলি পানে কালোবর্ণ। দুই তিনটা পান গালে পুরিয়া আঙুলের ডগায় খানিকটা চুন লাগাইল। চিবানোর ফাঁকে ফাঁকে তারই খানিকটা দাঁতে লাগাইতেছে। মুখখান হইয়াছে টকটকে লাল। অনন্তর মা অবাক হইয়া তার দিকে চাহিয়া রহিল।

'কি দেখছ, মা, অবাক হইয়া? আমি খুব বেশি বটপাত খাই না। আমি আর কত খাই! আমার শাশুড়িএ যা বটপাত খাইত!'

'বটপাতা?' অনন্তর মা বিস্মিত হইয়া জিজ্ঞাসা করিল।

সে-নারী সঙ্গিনীর দিকে ইঙ্গিত করাতে কথাটা সে বুঝাইয়া দিল, 'তাইনের শ্বশুরের নাম পাওব। পান কইতে পারে না, পানেরে কয় বটপাতা।'

—'আর তামুক খাইত আমার শ্বশুর। মাথায় এক ঝাঁকড়া বাবরি চুল। যমদূতের মত চোউখ। আমরা ডরাইতাম। সারিন্দা বাজাইত আর তামুক খাইত।'

—"আর আমার ননদের শাশুড়ি। জামাই আইলে তারে ঠকান চাই। পান সাজাইয়া কইত, 'পান খাও রসিক জামাই কথা কও ঠারে, পানের জন্ম অইল কোন অবতারে। যদি না কইতে পার পানের জন্মকথা, ছাগল হইয়া খা ও শাওড়াগাছের পাতা!' —খাইত কোনো জামাই পান তার সামনে?"

এসব হাসিঠাট্টার কথাতে অনন্তর মার মন বসে না। বর্ষিয়সী রঙ্গিনীরা তার মন পায় না। মনে করে এ নারী অনেক দূরের। এইত একমুঠা মেয়ে। তাকেও দলে পাইবে না! অত দেমাক!

কিন্তু অনন্ত উহাদের মুখের দিকে চাহিয়া থাকে। এরা বুঝি রূপকথার দেশের। এদের মনেমনে অনেক গল্প জমা আছে, বলিলে কোনোদিন ফুরাইবে না।

—একজন গল্পের ঝাপি খুলিল, 'আমার শ্বশুরের অনেক কিচ্ছা আছে। তুমরি খেলা জানত। উঠানের দুই দিকে দুই উস্তাদ থাড়াইত। একজন মন্ত্র পইড়া সাপ চালান দিত, আরেকজন ময়ূর চালাইয়া সেই সব্প সংহার করত। সেই মন্ত্র না জানা থাকলে মরণ। সেইজন আবার ফিরতি আগুন চালান দিত, অন্তজন বরুণ মন্ত্রে মেঘ নামাইয়া আগুন নিভাইত। একবার কামরূপ কামিখ্যা হইতে এক উস্তাদ বাস্তানী আইল আমার শ্বশুরের লগে তুমরি খেলতে। পরথম খেলা হইল গাওয়ের আর এক উস্তাদের লগে। বাদ্যানী সরষার মধ্যে মন্ত্র পইড়া উস্তাদের পরাণ টিপ্যা ধরল— বাদ্যানী সরষাবান্ধা

গিরোর মধ্যে টিপা দেয়, আর উস্তাদের নাক দিয়া গলগল কইরা রক্ত পড়ে। উস্তাদ এর পালটা মন্ত্র জানত না। আমার শ্বশুর আছিল কাছেই। বাদ্যানীরে এক ধাক্কায় মাটিতে ফালাইয়া সরষা-বন্ধন থুইল্য উস্তাদরে বাঁচাইল। বাদ্যানী রাইগ্য। আগুন। কইল, বাপের বেটা হওত, এই মারলাম ভীমরুল বাণ, বাঁচাও নিজেরে। আমার শ্বশুর ধূলাবৃষ্টি বাণে সব ভীমরুলেরে কানা কইরা দিল, আর পাল্ট। এমন এক বাণ মারল—বাদ্যানীর পিন্ধনের শাড়ি কেবল উপরের দিকে ওঠে, কেবল উপরের দিকে ওঠে। তুই হাতে যতই নিচের দিকে টাইন্যা রাখতে চায়, শাড়ি ততই ফরাত, কইরা গিয়া উপরে উঠ। শেষে বাদ্যানী এক দৌড়ে তার নাওএর ভিতরে গিয়া লাজ বাঁচাইল।—'

আর বলা হইল না। কালের মা আসিয়া আসর ভাঙিয়া দিল। সূর্যের উদয়ে যেমন আঁধার সরিয়া যায়, কালের মার আবির্ভাবে তেমনি গল্পবাজ নারীরা, বেলা বেশি নাই এই অজুহাতে সরিয়া পড়িল।

বেলা কালের মারও বেশি নাই। তিন বৌ সারারাত সূতা কাটিয়া শেষরাতে শুইয়াছিল। অল্প একটু ঘুমাইতেই কালোবরণের জালে যাওয়ার সময় হইল। ভোররাতে রোজ এরা জাল লইয়া নদীতে যায়। বেচার বৌরা কি আর করে। স্বামীর পাশ হইতে উঠিয়া কেউ তামাক-টিকার ডিবা, কেউ মালসা খলুই জালের পুটলি হাতে নিয়া বাহির হইয়া পড়ে। ততক্ষণে ফরসা হইতে থাকে। পাখপাখালির ডাক শুরু হয়। কালের মা যতদিন বাঁচিয়া আছে এই সময়ে বৌদের উঠিতেই হইবে। সকল বাড়ির বৌদের আগে কালের বাড়ির বৌদের স্নান করিয়া আসা চাই।

তারপর পূবের আকাশ রাঙা করিয়া সূর্য উঠিলে তিনচারিট পড়ে ভিটাতে জালের ঘের দিয়া আগের দিনের মাছ শুখাইতে দেওয়া চাই। কালের মা ততক্ষণ তরুণ রোদ গায়ে লাগাইতে লাগাইতে তিতাসের পাড়ে গিয়া বাজারের ঘাটের দিকে মুখ করিয়া দাঁড়ায়। রাতের জেলেদের মাছেভর নৌকাগুলিতে বাজারের ঘাট ছাইয়া ফেলে। তার উপর শত শত বেপারি ওঠা নামা করে। সোরগোলের অন্ত থাকে না। তাদেরই একজন কালোবরণের দৃষ্টি

আকর্ষণ করিয়া বলে, তোমার মা দাঁড়াইয়া আছে। মার দাঁড়াইবার ভঙ্গিটিও রাজসিক। অল্পেতেই চোখে পড়ে। কালোবরণের ভাই এক দৌড়ে একঝাকা মাছ মার হাতে দিয়া যায়। বাড়িতে আনিলে পড়ে কোটার ধূম। দুই বেলার রান্নার মাছ রাখিয়া বাকি মাছ সেই জালের তলাতে রাখিয়া আসে। সারা গায়ের কণক তখন মালোপাড়ায় ভিড় করে। এ পাড়ায় আসিলে কাকেদেরও বেহায়াপনা বাড়ে। মানুষের চোখে ধূলা দিয়া কি করিয়া এক ফাঁকে জালের ঘেরের ভিতর থেকেই শোয়ানো মাছ টানিয়া নেয়। কিন্তু কালোর মা সজাগ। চৌকি পাতিয়া কঞ্চি হাতে নিয়া বসে। কাকের কয়েকটা ছোড়াপালক দড়িতে বাঁধিয়া কঞ্চির আগাতে ঝোলায়। সেই কঞ্চি নাড়িলে কাক কাছে আসে না, কেবল দূরে থেকে কী কী করে। কয়েকটি নাতি, নাতনি আছে। ছোট ছোট টুকরিতে মুড়ি লইয়া বুড়ির কোল ঘেঁষিয়া কেউ বসে, কেউ দাঁড়ায়। যেটি হাঁটিতে পারে না, শুধু দাঁড়াইতে পারে, তার হাত ধরিয়া, অন্য হাতে কঞ্চি দোলাইয়া বুড়ি ছড়া কাটে, 'কাউয়ার দাদী মরল, কুল দিয়া ঢাকল, দূর হ কাউয়া দূর!'

এই কালোর মার কাছে সময়ের দাম আছে। তার কাছে অনন্তর মা তো দুঃখপোষ্য। যারা বিনা কাজে সময় কাটাইতে আসিয়াছিল, তারা চলিয়া গেল বলিল, 'কামকাজ নাই কোনো?'

কাজের মধ্যে ঘাটে গিয়া এক কলসি জল আনিতে হইবে। এ ছাড়া আর কি যে করিতে হইবে ভাবিয়া পায় না অনন্তর মা। অথচ করিতে হইবে অনেক কিছু। কাজ সে করিবে। কে তাকে হাতে ধরিয়া কাজ করার সন্ধান দেখাইয়া দিবে। কালোর মা কেবল কাজের তাড়া দিতে জানে, কাজের পথ দেখাইতে জানে না।

কাজের পথ যে-জন দেখাইয়া গেল সে সুবলার বৌ।

অল্প বয়সে বিধবা। সেদিন ঘাটে সেই তাকে ধরিয়াছিল। তার সেই সমবেদনার নিঃশ্বাস এখনো অনন্তর মার চোখে মুখে বুকে লাগিয়া আছে।

সুবলার বৌ এ কয়দিন কেবল উঁকিঝুঁকি মারিতেছিল। এক থাকিলে দেখে মুখখানা ভার; গোমরা মুখের সঙ্গে ভাব করিতে যাওয়া নিরর্থক।

যখন কাছে মানুষ থাকে, তখন মানুষ বলিতে ঐ কালের মা। সুবলার বউ এই কালের মাকেই সহিতে পারে না।

হরিণী যেমন নিজের কস্তুরীর গন্ধ অনুভব করে, সুবলার বউয়ের আবির্ভাবও অনন্তর মা তেমনি করিয়া অনুভব করিল। জেলে রমণীর ঘরে থাকিবে কাটা আ-কাটা সূতা, এক আধখানা অসমাপ্ত জাল, আর সূতাকাটার জালবোনার নানা কিসিমের সরঞ্জাম। এই যদি না রহিল তো জেলেনীর ঘরে আর কায়স্তানীর ঘরে তফাৎ রহিল কোথায়। ঘটিবাটিগুলিও দুই দিন মাজা হয় নাই, তাও তার দৃষ্টি এড়াইল না। মনেমনে সুবলার বউ বলিল, এর আলসেমি দুইদিনেই ভাসিতে হইবে। তার মাথার চুল দেবদুলভ অজস্রতা। সাধ হয় খুলিয়া নাড়িয়া চাড়িয়া দেখে। মুখখান মলিন। তবু সুন্দর। চিবুক ধরিয়া নাড়িয়া দিলে বেশ হইত। সুন্দর চোখ দুইটি শুভদৃষ্টির সময় কার দিকে পূর্ণ দৃষ্টিতে চাহিয়াছিল। কেমন না জানি ছিল সে জন। কিন্তু সে তো আর নাই। এও তো আমারি মত বিধবা।

'ছাওয়ালের বাপ কবে স্বগ গে গেল দিদি '

'জানি না।'

'বলি, মারা গেছে ত?'

'জানি না।'

'বিয়া হইছিল কোন গাঁয়ে?'

'জানি না।'

'আমি কই, বিয়া একটা হইছিল ত?'

'জানি না দিদি ।'

সুবলার বউ না চটিয়া পারিল না, 'পোড়া কপাল! কই, এই ছাওয়ালটা হইছে বিয়া হইয়া ত?'

মনে মনে খানিক ভাবিয়া নিয়া এবারও আগের মতই জবাব দিল, 'জানি না ত দিদি।'

'খালি জানি না, জানি না, জানি না। তুমি কি দিদি কিছুই জান না!—না কি জিভে কামড় শিরে হাত, কেমনে আইল জগন্নাথ? আসমান থাইক্যা হইছে বুঝি।'

অনন্তর মা অপমানে মরিয়া যাইতে থাকে।

‘ঘরখান যেন শূদ্রাণীর মন্দির। না আছে এক বোন্দা সূতা, না আছে একখান তকলি। নিজে যেমন ফুল-বামনি,—

‘সূতা পাওয়া যাইব আইজ দুপুরে। ঐ বাড়ির বউঠাকুরাইনে দিবে।’

‘ও, কালোর মা? দর কত?’

‘জানি না। ধারে দিবে।’

সুবলার বউ গম্ভীর হইয়া গেল। এইত জগৎবেড় ফেলিয়াছে। এ দিকে রাঘব-বোয়াল আছে মনের আনন্দে।

‘ভাল মানুষের হাতেই পড়ছ দিদি!’

‘দিদি তুমি কি যে কও। কি সোনার মানুষ গে দিদি। কত আদর করে আমারে আর অনন্তরে?’

সুবলার বউ মনে মনে হাসে।

‘তুমি তারে সন্দে কর কেনে?’

“সন্দে করি কেনে? আমার অন্তরে বড় জ্বালা দিয়া রাখছে। এমন জ্বালা, যা কইবার উপায় নাই, দেখাইবার সাধ্য নাই।’

‘বুঝলাম।‘

বাপের ঘরে এক নাল সূতা। কাটিতে হয় নাই। শিখিবারও সুযোগ পায় নাই কোনোদিন। দশ শের সূতা লইয়া সে অথৈ জলে পড়িল।

দুপুরের পরে সুবলার বউ কতকগুলি সূতা কাটার হাতিয়ার লইয়া হাজির হইল। সেগুলি মাটিতে নামাইয়া বলিল, ‘এই নেও বড় টাকু, মোটা স্তার লাগি, এই নেও ছোট টাকু, চিকন সূতার। আর এই একখানা পিঁড়ি দিলাম, ঘাটে গিয়া শণের লাছি এর উপরে আছড়াইয়া ধুইয়া আনবা। তার পর রইদে শুথাইবা। রাইতে আইয়া সব শিখাইয়া দিমু।‘

অনন্তর মা’র প্রথম চেষ্টার ফল দেখিয়া সুবলার বউ হাসিয়া খুন। বলে, ‘আমার দিদি কাটুনি সূতা কাটতে পারে, একনাল সুতায় হস্তী বান্ধা পড়ে।’

দ্বিতীয় দিনের ফল দেখিয়া খুশি হইয়া বলিল, ‘এইবার কাট চিকন সূতা ছোট টাকু লইয়া।’

সাত দিনে চৌদ্দ 'নিড়ি' সূতা হইল। সাতটা মোটা সূতার, সাতটা সরু সূতার। মোট এক টাকা ও সরু দুই টাকা সের দরে একদিন কৈবর্ত পাড়ার লোক আসিয়া পরমাদরে কিনিয়া নিল।

সূতা বিক্রির পর কালের মা আসিয়া বসিল, বলিল, 'পোড়া চোখের জ্বালায় বাঁচি না। বাওচণীর মত বাইর হইয়া গেল মানুষটা কে গ মা, কে?'

'নাম ত জানি না মা। খালি মুখ চিনা। ঐ যে সূতা। আনতে গেছলাম—'

'ও, চিনছি। সুবলার বউ। সুবলা নাই, তার বউ আছে। আগে ডাকত বাসন্তী। আমি ডাকতাম রামদাস্যার ভাগ নি। আমার ছোট পুতের সাথে বিয়ার কথা হইছিল, সেই বিয়া হইল গগনের পুত সুবলার সাথে। সেই সুবলা মরল। ছেমড়ি তার নামের জয়ঢাক হইয়া রইল। অখন ছোট বড় সগলেই ডাকে সুবলার-বউ।'

'আপনের ছোট ছাওয়ালের সাথে কথাবার্তা ঠিক হইয়া গেছল বুঝি?'

'হমা। তারও আগে হওনের কথা আছিল, রামকেশবের ঘরের কিশোরের সাথে। যে কিশোর অখন পাগল হইয়া বনে বনে ফিরে।'

দুপুরে মঙ্গলার বউ বাসন লইয়া ঘাটে যাইবার সময়, পাশের রাস্তা দিয়া না গিয়া, অনন্তর মার উঠান দিয়া গেল এবং ঘরের দিকে উঁকি মারিয়া দেখিল। ফিরিবার সময়েও তেমনিভাবে ঘরের দিকে চাহিতে, ঘর হইতে সুবলার বউ ডাকিয়া বলিল, 'অ মহনের মা, আজ যে দেখি আ-ঘাটাতে চন্দ্র উদয়।'

মঙ্গলার বৌ বিরক্ত হইল। সুবলার বউ যে উহাকে দিন-রাত আগলাইয়া রাখে ইহা ভাল লাগে না। একদও একা পাইবার যো নাই।

বিরক্তি মানুষকে অনেক সময় নির্মম করিয়া তোলে। মঙ্গলার বউ একটু আগাইয়া ছাঁইচের তলায় আসিয়া এক-প বারান্দার উপরে আর এক-পা নিচে রাখিয়া ঝুঁকিয়া পড়িল। তারপর হাতের তালুতে গাল ঠেকাইয়া

বলার কথাটাকে গুরুত্বপূর্ণ করিয়া তুলিল, 'কি লা মুবলার বৌ, আজ নগরে বাজারে কি সমস্ত কথাবার্তা শুনা যাইতাছে।'

'কি সমস্ত কথাবার্তা?'

'দশের বিচারের মধ্যে নাকি তাঁর কথাখান 'উদারচন' হইব।'

'কার কথা গো, আ মহনের মা, কার কথা?'

'ছাওয়ালের মার।' মঙ্গলার বের কর্ণ্ঠে শ্লেষ।

সুবলার বউ কথা না বাড়াইয়া তার ভুল শোধরাইয়া দিল, 'দশজনের বিচারে তার কথা উঠব কেনে গো। সে কি কে'উর 'বাপেন ধন সাপরে' দিয়া থাওয়াইছে, না পথের মানুষ ডাইক্যা আনছে যে দশজন তার বিচার করব! ভাল কইরা না শুইন্তা তোমরার মত উপর-ভাসা আমি কোনো কথা কই না, মহনের মা।'

সুবলার বউ সত্যই এত সহজে থামিল না, রাত্রের বৈঠকের সকল কথাই সে বলিয়া রাখিল—মাতব্বরের সকলে এতদিন বাড়িতে ছিল না। কেউ গিয়াছিল উত্তরে, বেপার করিতে; কেউ গিয়াছিল উজানে ধান কিনিতে, কারো হইয়াছিল জর। এখন সব লোক গায়ে আসিয়াছে। যার শরীর ভাল ছিল না তার শরীর ভাল হইয়াছে। গাখানা লোকজনে থমথম করিতেছে। সামাজিক বৈঠক হওয়ার এইত সময়। কত কথা জমিয়া আছে। কত লোকের নামে আচার-বিচার বাকি আছে। কালীপূজা সম্বন্ধে, গাঙের মাথট সম্বন্ধে, কথা তুলিবার আছে। সব কথার শেষে অনন্তর মারও একখান কথা উঠিতে পারে—সে সমাজ করিবে কার সঙ্গে, —তোমার সঙ্গে, না আমার সঙ্গে, না কালোর মার সঙ্গে।

সুবলার বৌয়ের কথার তোড়ে মঙ্গলার বৌ ভাসিয়া গেল।

কিন্তু অনন্তর মার ভয় করিতে লাগিল। দশজনের মধ্যে কথা উঠিবে ভাবিতে বুক তুরতুর করে। নূতন গায়ে নূতন মানুষ হইয়া আসার এমন ঝকমারি।

সন্ধ্যার অল্প আগে দুইটি ছেলে বাড়িবাড়ি নিমন্ত্রণ করিতে আসিল। ছেলে ফুটি পাড়ার এক প্রান্ত হইতে শুরু করিয়া প্রত্যেক বাড়িতে বলিয়া গেল, ঠাকুর সকল, ঘরে নি আছ, আমার একখান কথা। ভারতের বাড়িতে আজ

দশজনের সভা। তোমরার নিমন্ত্রণ। পান তামুক খাইবা, দশজনের দশ কথা শুনবা।'

বাঁধা কথা। অনন্তর মাও বাদ পড়িল না। বিশেষত বৈঠকের সঙ্গে যার মামলা জড়ানো থাকে, ঘোষক জনগণের আহ্বান তাকে বিশেষভাবে জানাইবে ইহাই নিয়ম।

অনন্তর মা একা কিছুতেই যাইত না। সুবলার বউ তাকে টানিয়া বাহির করিল।

তারা যখন ভারতের বাড়ি উপস্থিত হইল, বৈঠক তখন পুরাপুরি জমিয়া গিয়াছে।

ভারতের বাড়ির উঠান খুব প্রশস্ত। চারদিকের ভিটায় বড় বড় চারিটা ঘর। মাঝখানে উঠান উঁচু। কিছুদিন আগে এ উঠান অত প্রশস্ত ছিল না। ভারতের শুঁটকির কারবার। উঠানের মাঝখানে গভীর গর্ত খুড়িয়া নয় মাস আগে শুঁটকির খাদ দিয়াছিল। এখন চড়াবাজারে সেই শুঁটকি তুলিয়া পাইকারী দরে বেচিয়া ফেলিয়াছে। খাদ ভাঙ্গিয়া উঠান সমান করিয়াছে, কিন্তু গর্ত বুজানোর পরও উদ্বৃত্ত মাটি থাকিয়া যাওয়াতে উঠানটা গরবিনীর মত বুক টান করিয়া রাখিয়াছে।

মেয়ের যেখানে রাঁধে, ধান সিদ্ধ করে, মুড়ি-চিড়া করে, মাথায় তেল দেয়, উকুন বাছিয়া দেয় পরস্পরের, সেখানটাতে একটা আবদ্ধ বেড়া। তার ভিতর থেকে তারা উঠানের সবাইকে দেখিতে পায়, উঠান হইতে কেহ তাহাদিগকে দেখিতে পায় না। সেখানে বসিয়াছে মেয়েরা।

উঠান জুড়িয়া পাল খাটানো। মাঝখানে উত্তম বিছানায় বসিয়াছে পাড়ার গণ্যমান্য লোক কয়জন। তাদের সবাই বড়—কেউ টাকার জোরে, কেউ গায়ের জোরে ভাইয়ের জোরে, কেউ বুদ্ধির জোরে। তবে যাদের বিচারবুদ্ধি বা উপস্থিত বুদ্ধি কিংবা কথার প্যাঁচ খাটানোর প্রতিভা আছে, সকল বৈঠকেই তাদের প্রাধান্য। এই শ্রেণীর কেউ যদি ভ্রাতৃ ও অর্থবলে বলীয়ান হয়, তার কথার উপর কথা বলার সাহস কম লোকেরই হইয়া থাকে। এমনই যে ব্যক্তিটি মাঝখানে বসিয়া আছে, তার চোখমুখের চেহারা ও বসিবার ভঙ্গি অনন্তর মা'র দৃষ্টি প্রথমেই আকর্ষণ করিল।

সুবলার বউ বুঝাইয়া দিল, 'এইজনেরেই কয় বড়-মাতব্বর।' কানের কাছে মুখ নিয়া বলিল, 'নাম রামপ্রসাদ।'

'শিবের মতন চোখ, মণিগোঁসাইর মতন দাড়ি, এ-জনেরে দেইখ্যা, আমার জেঠার কথা মনে পড়ে ভইন। কোন দিক দিয়া বাড়ি।'

'এ গাওয়ে থাকে না। কালার বাপের সাথে বিবাদ কইরা দশবচ্ছর আগে ঘরতুয়ার লইয়া যাত্রাবাড়ি গেছে। ঘাটে গেলে তিতাসের বাকে যে মঠ দেখা যায় তারই পরে কুড়ুলিয়া খাল। খালের ঐ পারের গাওয়ের নাম যাত্রাবাড়ি। সেই গাওয়ে আর মালো নাই, খালি কৈবর্তর থাকে।'

তাঁর পরেই যিনি দৃষ্টি আকর্ষণ করেন, তাঁর চোখমুখ দুর্বাসার মত ক্রোধারক্ত। বয়স হইলেও যুবকের মত সটান।

—বড় মাতব্বরের পরেই এজনের কথা গ্রাহ্য হয়। কায়েত পাড়ায় যাত্রার দল হয়, তাতে তিনি মুনি-ঋষির পাঠ করেন। কৌপীন পরিয়া নামাবলি গায়ে দিয়া খড়ম পায়ে তিনি যখন আসরে ঢোকেন, ভয়ে তখন কারো মুখ দিয়া কথা ফোটে না। পৈতা ধরিয়া যখন রাজাকে অভিশাপ দিবার জন্য গর্জন করিতে করিতে সামনের দিকে ঝুকিয়া পড়েন, তখন আসরের চারিপাশের গরীব লোকগুলি তো দূরের কথা, অমন যে রাজা, হাতে তলোয়ার গায়ে ঝকমক করা পোষাক, সেও থর-থর করিয়া কাঁপিতে কাঁপিতে তাঁর পায়ের কাছে নত হয়। এমন তেজ এই জনের। নাম দয়ালচাঁদ।

জানিবার ও বুঝিবার মত আরো কয়েকজন এই দলে ছিল। সময় অল্প। দুই-এক কথাতে সুবলার বৌ দুইএকজনের পরিচয় দিল। এই জনের নাম নিতাইকিশোর। ঘুষ খাইয়া পেট মোটা করিয়াছে, কিন্তু চালে এক মুঠ ছন নাই। আর এই যে কানামানুষ, তিনি লোকের বিচার করিতে গিয়া 'শ্বশুরের বিছানায় বউ শোয়ায়, জামাইর বিছানায় শাশুড়ী শোয়ায়', তার নাম কৃষ্ণচন্দ্র। এই 'দেড় নিয়তির' জন্য চক্ষুধন খাইয়াছে।

আসরের চারিধারের আর যত সব নর-নারায়ণ, তারা কেবল কথা শোনার লোক, তামাক টানার লোক। কয়েকটি ছেলে হকাকল্কি মালসা ডিবা লইয়া বসিয়া গিয়াছে। অনবরত ছিলিম ধরাইয়া হাতে হাতে চালাইয়া

দিতেছে, আর সে সব হকা পুরানো হইয়া পর পর তাদের হাতে ফিরিয়া আসিতেছে।

একটা পরিষ্কার ঝকঝকে বড় কাঁসার থালাতে কয়েক বিড়া ধোঁয়ামোছা পান, সুচিকণ সুপারি, মাজাঘষা কয়েকখানি বাটিতে চুন ও অন্যান্য মসলা। থালাখানা হাতে করিয়া মধ্য বিছানায় নমস্কার করল ভারত, দশজন পরমেশ্বর, আমার একখান কথা। পান নি দেওয়ার সময় অইছে?'

সকলেই সম্মতিসূচক দৃষ্টিতে তাকাইল। পরে রামপ্রসাদের দৃষ্টির ইঙ্গিত পাইয়া ভারত নিজে মাতবরদিগকে পান বাটিয়া দিল। পরে পাড়ার একটি ছেলের হাতে থালাখানা তুলিয়া দিল। সে ক্ষিপ্রহস্তে এই জনারণ্যে পান বাট। শুরু করিল। কিন্তু শেষ না করিতেই বৈঠকের 'কথা' আরম্ভ হইয়া গেল।

দয়ালচাঁদ দুর্বাসাসুলভ ভঙ্গিতে চারিদিকে তাকাইয়া লইল। তারপর রামপ্রসাদের মুখের উপর চোখ তুলিয়া জিজ্ঞাসু হইল। রামপ্রসাদের বয়স হইয়াছে। রঙ ইষৎ তাম্রবর্ণ। যৌবনে এর সোনার কান্তি ছিল। চামড়ার বার্ধক্য ঠেলিয়া নিজেকে জাহির করিয়াছে যে মোটা হাড়গুলি তারাই প্রমাণ দেয়, যৌবনে এর শরীরে অসুরের শক্তি ছিল। চোখ ফুটিতে দেবস্তলভ আবেশ। তার মধ্যে থেকেই দৃঢ়তার ক্ষাত্রতেজ ফুটিয়া বাহির হইতেছে। স্মৃষ্টিশীল প্রতিভা যেন এখনো তার মধ্যে আত্মপ্রকাশ খুঁজিয়া ফিরিতেছে। কোন এক সত্যবস্তুর সন্ধানে সুদূরে মেলিয়। রাখিয়াছে তাহার অনন্ত প্রশ্নের জবাবনা-পাওয়া বড় বড় দুটি চোখ।

দয়ালের নীরব জিজ্ঞাসায় সে চোখ প্রথমেই পড়িল কৃষ্ণচন্দের উপর, 'কই নগরের বাপ, কথা তোল।'

অন্ধের চোখ তুলিয়া চাওয়া না চাওয়া সমান। সে চোখ নিচের দিকেই নিবিষ্ট রাখিয়া থানিক পিট পিট করিয়া লইল, তারপর ভদ্র গলায় বলিল, 'ভারত কই রে।'

'কাকা, এইত আমি ইখানে?'

'ইখানে থাকলেই সারব? ত'র বাড়িতে দশজনেরে কি জন্য ডাকাইলে ক'।'

বক্তব্য সকলেরই জানা। ঘরের মালিক তার বাসিন্দা। কিন্তু মাটির মালিক জমিদার। জমিদারের সঙ্গে সে-বাড়ির কোনো যোগ নাই। সে থাকে তার রাজসিক ঐশ্বর্যের মধ্যে ডুবিয়া। তহসিলদার রাখে। সেই আদায়পত্র করে, আদায় না হইলে নালিশ করিয়া প্রজা উচ্ছেদ করে জমিদারের সই লইয়া, সে-ই। প্রজা উচ্ছেদ হয়, সে জায়গাতে আরেক প্রজা আসিয়া বসে। জমিদার নিজে আসিয়া সেখানে বাড়ি বাঁধে না। বাঁধিলে অনেক জমিদারের প্রয়োজন হইত। তারা সত্য নয় বলিয়াই সংখ্যায় তার কম। মানুষের মধ্যে তারা ব্যতিক্রম। রায়তেরাই সত্য। তাই ঘুরিয়া ফিরিয়া মাটির মালিক হয় তারাই। কাগজপত্রের মালিক নয়, বাসকরার মালিক। সেইরূপ তিতাসের মালিক জেলেরা। কাগজ-পত্রের মালিক আগরতলার রাজা। মাছ ধরার মালিক মালোরা।

প্রাচীনকালে নিয়ম ছিল মালোর রাজবাড়িতে বছরে একবার দশ ভার করিয়া মাছ দিবে। নির্দিষ্ট দিনে তার দশ জনে ভারি-ভারি দশটি ভার কাঁধে তুলিয়া বাতাসে ঢেউ তুলিয়া দৌড় দিত। কৃষ্ণচন্দ্র যৌবন কালে ইহা দেখিয়াছে। কিন্তু নদীর মাছ অনিশ্চিত বস্তু। কোনো নির্দিষ্ট দিনে দশ ভার পূর্ণ করিবার মত এত মাছ ধরা নাও দিতে পারে। কৃষ্ণচন্দ্র তখন যুবক। কর্তাদের মেজাজ ঠাণ্ডা থাকা কালে সে-ই গিয়া উাদের পায়ে ধরাধরি করিয়া গ্রামের পক্ষ হইতে বড় রকমের একটা বন্দোবস্ত পাকাপাকি করিয়া আসিল। আর মাছ দিতে হইবে না। বছরে একবার করিয়া মাছের বদলে, মাখট তুলিয়া রাজ-সরকারে পৌছাইয়া দিয়া আসিলেই চলিবে। পৌছাইয়া দিবার ভারও পড়িল তারই উপরে। গত তিন বৎসরের কথা। সকলেই যার যার মাখট তার হাতে দিয়াছে। কিন্তু সম্প্রতি রাজ-পিয়াদা জানাইয়া গিয়াছে, তিন বৎসরের খাজনা বাকি পড়িয়াছে, অতঃপর আর বাকি পড়া উচিত হইবে না। এবং অবিলম্বে সেই বাকি পড়া খাজনা লইয়া রাজসরকারে এ-গায়ের মালোদের উপস্থিত হওয়া উচিত।

আজিকার সভাতে রাজদূতের সেই ভীতিপ্রদর্শনের বিষয় প্রধান আলোচ্য হইলেও সামাজিক ব্যাপারের এবং কারো কারো ব্যক্তিগত বিষয়ের অনেক কথাই আলোচনার জন্য মপেক্ষমান। কিন্তু তাহার নিজের কৃতকর্মের কথাই সকলের আগে উঠিয়া পড়ে, এই ভয়ে কৃষ্ণচন্দ্র জোর করিয়া মুখে একটু হাসি টানিয়া নত মুখেই বলিল, 'কি আর কইব! ভারতের মাইয়ারে বিয়া দিতে লাগব, তারই কথা উদারচন করবার জন্য বৈঠক ডাকাইছে, কথা কি আর আমরা বুঝতে পারি না। হাঁ করতে আলজিহবার টের পাই।'

ভারত তার আড়াই বছরের নয়া নন্দিনীকে রোরুদ্যমান অবস্থায় একটু আগে কোল হইতে নামাইয়া আসিয়াছে। তাহারই সম্পর্কে রসিকতা উঠিয়াছে দেখিয়া সেও চটপট উত্তর দিল, 'মাতবর কাকা থাকতে আমার মাইয়ার আবার বিয়ার ভাবনা। কাকা রাজি হইলে এই বৈঠকেই সাতপাক ঘুরাইয়া দিতে পারি।'

কথাটা খুব হাসির। কৃষ্ণচন্দ্র মুখনিচু করিয়াই হাসিল। কেউ কেউ সে-হাসিতে যোগ দিল; অনেকেই দিল না। যার যোগ দিল না, একটু পরে ভারত যখন মূল কথা উত্থাপন করিল, তাদের মধ্যে তখন একটা অসন্তোষের গুঞ্জন উঠিয়া মিলিয়া গেল।

আসরের চারিপাশে সর্বসাধারণের স্তরের যারা বসিয়া ছিল, তাদের মধ্যে অনবরত হুকা চলিতে লাগিল এবং কাসির মাত্রাটাও এই সময়ে চারিদিকেই একটু বাড়িল। মনের অসন্তোষ বহিরে প্রকাশের ভাষা হয়ত ইহাদের আছে। কিন্তু প্রতিষ্ঠাহীন জীবনে সহাসের স্বভাব-সুলভ অভাবই ইহাদিগকে যুগে যুগে দাবাইয়া রাখে। তাই ইহারা আগাইয়া আসিয়া সরবে মনের আলোড়নকে ভাষা দিয়া প্রকাশ করিতে পারে না। অন্যায়ের বিরুদ্ধে প্রতিবাদের সাহস হারাইলেও অন্যায়কে এরা কোনো যুগেই হজম করিয়া নেয় না। তাই কালে কালে দেশে দেশে এরা আগাইয়া সামনে আসিতে না পারিলেও এই অব্যক্তের দল প্রতিবাদ ঠিক জানায়। কোথাও হাসিয়া, কোথাও কাদিয়া, কোথাও শিষ দিয়া। আবার কোথাও তেজসপত্র ভাঙ্গিয়া বা দেয়ালে মাথা ঠুকিয়া ও কেরোসিন-সিক্ত বস্ত্রাঞ্চলে দেশলাই-এর কাঠি ধরাইয়া। গোকনঘাট গ্রামের মালোদের সাধারণ স্তরের লোকেরা মাতব্বরের অন্যায় কাজের

বিরুদ্ধে প্রতিবাদ জানাইল সেদিন হুকা টানিবার ছলে অনেকে এক সঙ্গে কাসিয়া।

দয়ালচাঁদের মুখ দিয়া অনুচ্চ স্বরে বাহির হইল, 'আমি হইলে তিতাসের জলে তলাইয়া গিয়া মান বাঁচাইতাম।'

'দেশের বৈঠকে লক্ষ্মণ-বর্জনের পালাখান তুমি কইর না দয়ালবেপারি। ব্রজলীলার দিনে কুরুক্ষেত্তর ঘটাইয়া লাভ নাই।'

'কোন ত্রেতাযুগে কি কইয়া রাখছ অখন তারে ধইয়া জল খাও।'

নিজেদের মধ্যে ব্যাপার। তাই মাতব্বররা ওর বেশি কথা বাড়াইল না। কেবল রামপ্রসাদ তিরস্কার করিল, কৃষ্ণচন্দ্র, মাতব্বরগিরির মানমজ্জাদা তুমি বুঝি আর রাখতে চাও না।''

কৃষ্ণচন্দ্র খুব লজ্জা পাইল, বলিল, 'আর কটা দিন ক্ষেমা কর।'

'ঠাকুর-সকল, আমার একখান কথা।'

রামপ্রসাদ ফিরিয়া দেখে তার ঠিক পিঠের কাছেই রেশমি চাঁদর গায়ে একজন কথা কহিয়া উঠিয়াছে।

'কি কইতে চাও কও না।'

যারা এখান হইতে মাছ কিনিয়া শহরে গিয়া বিক্রি করে তাদের সামনে এক নতুন সমস্যা দেখা দিয়াছে। সে সমস্তার সে একজন ভুক্তভোগী। মোড়লের আশ্বাস পাইয়া জানাইল আনন্দবাজারের মাছ বিক্রেতাদের কাছে এখন জমিদারের লোকে মাশুল চাহিতে শুরু করিয়াছে। মাছের ভার পিছু তুই আনা করিয়া মাশুল না দিলে বলিয়া দিয়াছে মালোদিগকে বাজারে বসিতে দিবে না।

রামপ্রসাদের চোখে মুখে একটা কঠোরতার ছায়া পড়িল। সে বাজারের ইতিহাসখান চকিতে তার মনের পরদায় ছায়া ফেলিল। জগৎবাবু আর আনন্দবাবু শহরের এই ছজন গণ্যমান্ত জমিদার একই সময়ে নিজ নিজ নামে দুইটি বাজার বসায়। দুইজনেই চায় নিজেরটা জমুক, অন্তেরটা না জমুক। দুইজনেরই লোকে মালোদের ধরিয়া পড়িল। মালোরা কার কথা মান্ত করিবে ভাবিয়া পায় না। রামপ্রসাদের কাছে সকালে আসিল জগৎবাবুর লোক, বিকালে আসিল আনন্দবাবুর লোক। সে যার পক্ষে টলিবে, মালোর

তারই বাজার জমাইবে। সকালে যারা আসিল, গোপনে জানাইল, বাবু তোমাকে তিনশ টাকা দিবে, তুমি কথা কও। সে কথা কহিল না। বিকালে যারা আসিল, তারা জানাইল, বাবু মালোদের প্রত্যেককে পচিশ টাকা নগদ দিবে, আর একখানা করিয়া ধুতি দিবে। রামপ্রসাদ তাহাদিগকে পানতামাক খাওয়াইল।

পরের দিন মালোরা দলে দলে মাছের ভার লইয়া আনন্দবাজারে পশরা সাজাইল। যারা বেপারী তারা ত গেলই, যারা বেপারী নয়, তারাও নৌকা ঘাটে বাঁধিয়া এক এক ভার মাছ লইয়া বাজার আলো করিল। কি জমাটাই না জমিয়াছিল সেদিনকার বাজার। সেদিন হইতে জগৎবাজার কানা। আনন্দবাবুর সেদিন মুখে হাসি ধরিতেছিল না। সে আনন্দবাবু আজ নাই। তাঁর লোকেরা আজ গোকর্ণঘাটের মালোদের কাছে খাজনা চায়।

'শুন বেপারি, বাবুরে সাফ কথা কইয়া দিও, মালোরা মাছ বেচতে কোনো সময় মাশুল দেয় নাই, দিবেও না। জায়গা দেউক আর নাই দেউক। মালোরা বাজার জমাইতে যেমুন জানে, ভাঙতেও জানে। তারা যেখানে যায়, আ-পথে পথ হয়, আ-বাজারে বাজার হয়।'

তামসীর বাপের কানে এসকল কথা ঢুকিতেছিল না। সে নিজের কথা ভাবিতেছিল। এই বৈঠকে তার কথা ও উঠিবে। মনে মনে সে নিজেকে অপরাধী স্থির করিয়া রাখিল। সত্যই ত, পাড়ার মধ্যে ঐক্য রাখা এবং পাড়ার স্বার্থ দেখাই সর্বাগ্রে কর্তব্য। তারা আমার কে? তারা মালোদের ঘরে নেয় না, মালোরা কোনো জিনিস ছুইলে সে জিনিস তারা অপবিত্র মনে করে। পূজাপার্বণে মালোরা তাদের বাড়ির প্রসাদ থাইলে এঁটো পাতা নিজে ফেলিয়া আসিতে হয়। স-পাত ওরা ছোয় না, জাত যাইবে। এরা মালোদের কত ঘৃণা করে। মালোর লেখাপড়া জানে না, তাদের মত ধুতি-চাঁদর পরিয়া জুতা পায়ে দিয়া বেড়ায় না। কিন্তু তাই বলিয়া কি তারা ছোঁওয়ারও অযোগ্য? মালোর মালো বলিয়া কি মানুষ নহে।

এমন সময় তার ডাক পড়িল।

ডাকিল দয়ালচাঁদ, 'তামসীর বাপ শুনছ নি?'

'হ কাকা, শুনছি, কও।'

দয়ালচাঁদ বলিয়া চলিল, বাজারের কাছে তোমার বাড়ি। বাজারের কায়েতরা তোমার বাড়ি আসিয়া নাকি তবলা বাজায় আর মেয়েদের দিকে নজর দেয়। ভাবিয়া দেখ, কায়েতের সঙ্গে মিশিতেছ বলিয়া তারা তোমাকে কায়েত বানাইবেন। তুমি মালোই থাকিবে। তারা তোমার বাড়ি আসিলে যদি সিংহাসনও দেও, তুমি তাদের বাড়ি গেলে বসিতে দিবে ভাঙ্গা তক্তা। তুমি রুপার হকাতে তামাক দিলেও, তোমাকে দিবে শুধু কলকেখানা। না না, কাজখানা তুমি ভাল করিতেছ না।

অনুতপ্ত তামসীর বাপ শুধু এই কথা কয়টি বলিতে পারিল 'দশজন পরমেশ্বর, অনেক কাঁদছি, আর আমারে কাঁদাইও না।'

সব শেষে উঠিল অনন্তর-মার কথা। তার বুক দুরুদুরু করিতে লাগিল।

একথাটাও ভারতকেই তুলিতে হইল, নতুন যে লোক আসিয়াছে, আপনারা সকলেই শুনিয়াছেন। তারে নিয়া কিভাবে সমাজ করিতে হইবে আপনার বলিয়া যান। তারে কার সমাজে ভিড়াইবেন, কিষ্টকাকার, না দয়ালকাকার, না বসন্তর বাপকাকার—

কৃষ্ণচন্দ্র বলিল, 'কোন্ গুষ্টির মানুষ আগে জিগাইয়া দেখ, কোন কোন জাগায় জ্ঞেয়াতি আছে জান।'

আদেশমত সুবলার বৌ তাকে জিজ্ঞাসা করিল।

অনন্তর মা কাঁদিতে কাঁদিতে বলিল, 'ভইনসকল গুষ্টিজ্ঞিয়াতির কথা আমি কিছু জানি না।'

শুনিয়া সকলেই নিরুৎসাহ হইল। কেহই তাহাকে নিজের সমাজে লইতে আগ্রহ দেখাইল না।

কৃষ্ণচন্দ্র বলিল, 'আমার সমাজ বিশ ঘরের। ঘর আর বাড়াইতে চাই না।'

দয়ালচাঁদের সমাজও দশ ঘরের। প্রত্যেকটাই বড় ঘর। তার সমাজেও ঠাঁই হওয়া অসম্ভব।

মঙ্গলা বসিয়াছিল সকলের পশ্চাতে। ঠেলিয়াঠুলিয়া আগাইয়া আসিয়া সে বলিল, 'আমার সমাজ মোটে তিন ঘরের?'

রামপ্রসাদ জিজ্ঞাসা করিল, 'কারে কারে লইয়া তোর সমাজ?'

'সুবলার শ্বশুর আর কিশোরের বাপেরে লইয়া।'

'তা হইলে নতুন মানুষ লইয়া তোর সমাজ হইল চাইর ঘর।'

'হ কাকা।'

কৃষ্ণপক্ষের রাত। দশমী কি একাদশী হইবে। কালিঢালা আঁধারের ভিতর দিয়া রামপ্রসাদ চলিয়াছে।

তার সারা দেহে বার্ধক্য যেন জোর করিয়া ছাপ মারিয়াছে। অঙ্গপ্রত্যঙ্গের গ্রন্থিবন্ধন যেন অনেক কষ্টে শিথিল হইতে পারিয়াছে। আবেশায়ত চোখদুটি হইতে কিঞ্চিৎ দৃষ্টিশক্তি যেন সবলে অপসৃত হইয়াছে। রামপ্রসাদের আজ যেন কি হইয়াছে। রামপ্রসাদ পথ হারাইয়া ফেলিল।

যে পথ চিনিয়া চলে তার পথ একটি, আর যে দিশাহার হইয়া চলে তার পথ শত শত। মালীবাড়ির পথের পর আরেকটা পথে পা দিয়া তার আত্মকেন্দ্রিক চিন্তার স্তব্ধতায় সহসা ঢেউ জাগাইল এই মালিনী। অনেক সময় এক একটা চিন্তা মানুষের মনে আসিয়া ঢোকে আকস্মিকভাবে, আগে একটুও খবর না দিয়া। তার অবচেতন মনের চিন্তার সঙ্গে সে-চিন্তা যোগ রাখিয়া আসেনা, একেবারে আকাশ ফাঁড়িয়া আবির্ভূত হয়,—সে মীমাংসা মনস্তাত্ত্বিকের কাজ। আমরা দেখিতে পাই, সে-চিন্তা আকস্মিক আসিলেও আগের চিন্তাগুলির তাহা অনুপূরক। তাই মালিনী তার মনে আকস্মিক হইলেও, সঙ্গে সঙ্গেই জানা গেল সে একটা প্রসঙ্গের আবছা তরীতে ভর করিয়াই আসিয়া নামিয়াছে তার চিন্তার জোয়ারে। হয়ত রামগতির উঠানে জড়ানো জাল দেখিয়া মনে হইয়াছিল বিভ্রান্ত রামপ্রসাদের, যে এটা মালিনীর বাঁশের ঝাড়। হয়ত পথ চলিতে চলিতে এও মনে হইয়াছিল, আমার পথের একটু ডানদিকেই একটা বাড়ি আছে, সেটাকে বলে মালীবাড়ি। সে বাড়ি এখন পোড়ে। তার পাশ দিয়া যে পথ গিয়াছে রাতে সে-পথে কেউ হাঁটে না। বেঘোরে মরা মালিনীর প্রেতাত্মা এখানে মূর্তি ধরিয়া পথিককে ভেংচায়। আর নানারকমের সাপ এ-পথে ঘুরিয়া ঘুরিয়া ব্যাঙ ধরে।

কিন্তু এ-বাড়ি আগে ত এমন ছিল না। এর চারিদিকে মালঞ্চঘেরা ছিল। একদিকে ফুলবাগান, একদিকে বেগুন ক্ষেত, একদিকে বাঁশঝাড়,

আমগাছ, আর পূর্বদিকে পুষ্করিণী। ফুলগুলিতে মৌমাছি গুনগুন করিত। আমগাছে বসন্তের কোকিল ডাকিত। বাঁশঝাড়ে রাতদিন পাখপাখালিতে কলরব করিত। মালিনীর যখন বয়ঃসন্ধি সে তখন কলাপাত। লইয়া এই পথ দিয়া পাঠশালায় গিয়াছে। ভরা যৌবনেও মালিনীকে দেখিয়াছে। এখনো মনে পড়ে, দাওয়ায় বসিয়া মালী ও মালিনীতে ধুচনি বুনিতেছে, শেষে একদিন মালী মরিয়া গেল। তখনও মালিনীর ভরা যৌবন। সেই আবারণ যৌবনভার আগলাইয়া বহুদিন সে কাটাইয়া দিল। বাড়ির চারিদিকে মালঞ্চের বেড়া তখনো ছিল। তার মনের বাঁধন যতই আলগা হইতেছিল, মালঞ্চের বাঁধনকে ততই সে শক্ত করিয়া তুলিতেছিল। সেখানে ঢুকিয়া কিন্তু ফুলে হাত দিবার সাধ্য কারো ছিল না। মুখে প্রণয়ের মধুভাও ধারণ করিয়াও সে-বাড়িতে পা ফেলিতে অনেকের বুক শঙ্কায় সঙ্কুচিত হইত। আজ মুখে কালকূটের বোঝা লইয়া জাতকেউটের অসঙ্কোচে ঘুরিয়া বেড়ায়।

এরকম হইল কেন? কেন মালিনীর যৌবনের ছেলেপুলেগুলি, বাধক্যের নাতি-নাতনিগুলি এবাড়ির আঙ্গিনায় খেলাইতে নামিল না। তার থেকে কেন আরো দশটা জোয়ান পুরুষ-নারী ঘর্মক্লান্ত দেহে এই বাড়ির ফলফুলের ভার সাজাইতে আজ এখানে কর্মব্যস্ত নয়। সংখ্যায় বাড়িয়া, এই বাড়িতে স্থানের অকুলান দেখিয়া, আরো জঙ্গল কাটিয়া, থানায় মাটি ফেলিয়া তারা কেন আরো দুই চারিটা মালীবাড়ির গোড়াপওন করিল না? ইহাতে বাধা জন্মাইল কিসে? এসকল সহজপন্থার বিরাট সম্ভাবনা কেন এক মালিনীর বুকের কানাচে শুখাইয়া মিলাইয়া গেল। এমন করিয়া কেন বাড়ি খালি হইয়া পড়ে। একদা যারা বাস করে, পরে তারা কোথায় চলিয়া যায়। কেন আবার নতুন মানুষ আসে না। মালিনী অনেকবার বাঁশের মাচাতে লাউকুমড়ের গাছ লতাইয়া দিয়াছে। তাতে ধরিয়াছে অজস্র লাউকুমড়া। সে নিজে কেন একটা শক্ত মাচাকে আশ্রয় করিয়া ফলবতী হইয়া উঠিতে পারিল না। তবেত এ বাড়ির চেহারা আগের মতই আমান থাকিয়া যাইত। নূতন যুগের সম্ভাবনা লইয়া নূতন মানুষ এর আঙ্গিনায় খেলিয়া বেড়াইত। নূতন শিল্পীরা যুগের চাহিদা পূরণ করিয়া, নূতন চাহিদ জাগাইয়া নূতন রকমের শিল্পরচনা করিয়া যাইত। কেউটে সাপ এ-বাড়ির ত্রিসীমায় ঘেঁসিত না।

শরীয়তুল্লা বাহারুল্লা তুই ভাই শহরে গিয়াছিল। ফিরিতে রাত হইয়া গিয়াছে। গ্রামের অন্ধকার পথগুলি একসঙ্গে অতিক্রম করিয়া বাড়ির কোণে আসিয়া ছাড়াছাড়ি হইল। পাশাপাশি তুই বাড়ি। মাঝখানে বেড়া। তারা যার যার পরিবার নিয়া আলাদা থাকে। ছোটভাই শরীয়তুল্লা ঘরে না ঢোকা পর্যন্ত বাহারুল্লা দাঁড়াইয়া রহিল, তারপর ঘুরিয়া কয়েক পা হাঁটিয়া নিজের হিস্তায় পা দিল। দিয়া, চমকাইয়া উঠিল। উঠানের কোণে ধানসিদ্ধ করার যে কু-মুখে উনান আছে সেখানে একটা ছায়ামূর্তি নত হইয়া কি যেন হাতড়াইতেছে। কাঁধের লাঠি হইতে আস্ত গজার মাছটা খুলিয়া লাঠিখানা বাগাইয়া একেবারে তার মুখোমুখি হইয়া দাঁড়াইল। তখন তাহাকে চিনিতে পারিয়াছে।

মাতবর তুমি। অত রাইতের পর ইখানে।

'বাহারুল্লা ভাই, আমি পথ বিস্মরণ হইয়া গেছি। গেছলাম সমাজের বৈঠকে। এমন ভুল ত হয় না আমার।'

বাহারুল্লা তাহাকে হাত ধরিয়া বারান্দায় উঠাইল।

তার পরিবার ঘুমাইয়া পড়িয়াছিল, ডাকিতেই উঠিয়। লণ্ঠন জ্বালিয়া দরজা খুলিল। সে ঘরে ঢুকিয়া গামছা-বাঁধা পুঁটলিটা মাটিতে রাখিল। একটা পিঁড়ি হাতে বারান্দায় আসিতে আসিতে পরিবারকে উদ্দেশ করিয়া বলিল, 'একটু তামুক নি খাওয়াইতে পারে।'

পরিবার বৌ নয়, গিন্নি। তার তিন ছেলের তিন বৌ স্বামী লইয়া তিনি ঘরে তখন ঘুমাইয়া পড়িয়াছে। গিন্নি ক্ষিপ্রহাতে হক। ধরাইয়া কপাটের কোণে ঠেকাইয়া, বাহরুল্লার ভাতের জন্য পাকঘরে গেল। মাঝঘরের বিছানাট বারান্দা হইতে দেখা যায়। এই বাড়ির গৃহিণী একটু আগে এখান হইতেই উঠিয়া গিয়াছে। অনেকগুলি ছেলেপুল বুকে পিঠে লইয়া ঘুমাইয়া পড়িয়াছিল। রামপ্রসাদ তামাক টানিতে টানিতে একবার সেদিকে আর একবার বাহারুল্লার দিকে চাহিল। বাহারুল্লার বয়স তারই কাছাকাছি। তার ভরপুর সংসার। জমিগুলি সব নিজের। তিন ছেলেকে লইয়া চারজোড়া বলদ দিয়া চারখানা হাল চালায়। যত ধান ঘরে ওঠে, গিন্নি বৌদের নিয়া ভানিয়া

ডোল ভরতি করে। এবার অনেক ধান উঠিয়াছে। কাটার বাকিও রহিয়াছে অনেক। ভোর হইলেই ছেলেদের ডাকিয়া মাঠে পাঠাইয়া দিবে, বৌদের ডাকিয়া তুলিবে আর চারজনে মিলিয়া ধান সিদ্ধ করিতে বসিবে। রাধে দুমুখে উনালে, কিন্তু ধানসিদ্ধ করে চারমুখে। ছ'মুখে উনালে। একসঙ্গে চার-ছ হাঁড়ি সিদ্ধ হইয়া যায়। মোরগডাকার আগে সিদ্ধ শুরু করিয়া রোদ ওঠার সঙ্গে সঙ্গে সে-ধান উঠানময় ছড়াইয়া দিবে। সারাদিন রোদ লাগিবে ধানে।

লন্ঠনের আলোতে সাদা মাটির উঠানটা চকচক করিয়া উঠিল। হকাটা ফিরাইয়া দিতে দিতে রামপ্রসাদ বলিল, 'ধান ত এইবার খুব ফলছে।'

'হ মাতবর।'

'জারি গাইবা না?'

'না, এইবার ক্ষমা দিলাম। ধান যেরকম গমগমাইয়া পাকতে লাগছে, জারির উস্তাদের খোঁজে ঘোরার সময় কই?

একমুখ ধোঁয়া ছাড়িয়া রামপ্রসাদ উঠানের দিকে একবার চাহিল। এ উঠানে কত জারিগান হইয়াছে। মুলুকের সেরা ওস্তাদ আনা হইত। একমাস ধরিয়া সে-ওস্তাদ পাড়ার ছেলেদের শিখাইত। তারপর নিমন্ত্রণ করিয়া পাল্টা দল আনা হইত। দুই দলে হইত প্রতিযোগিতা। ছেলে ও যুবার দল কাঁধে-কাঁধে কোমরে-কোমরে ধরিয়া বীরের নাচ নাচিত। সারা উঠান কাঁপিয়া উঠিত। গান যা জমিত!

'বাহার্ল্লা ভাই, গানগুলি কি ভাল লাগত। এই দুইটা গানের সুর আখনো মরমে গাঁথা হইয়া আছে—'মনে লয় উড়িয়া যাই কারবালার ময়দানে, আর 'জয়নালের কান্দনে, মনে কি আর মানে রে, বিরিক্ষের পত্র ঝরে।'

'হ মাতবর, এই সগল গানই খুব জমত। আরেকটা। গানও বেশি জমত, মনে পড়ে নি মাতবর,—''বাছা তুমি রণে যাইওনা, চৌদিকে কাফিরের দেশ, জহর মিলে ত পানি মিলে না। এই সগল গান ক বছর শুনি না। আমার এই উঠানে জারিগান কতবার হইছে।'

সে গানে মালোরাও নিমন্ত্রণ পাইত। রামপ্রসাদ কতদিন এই উঠানেই বসিয়া শুনিয়াছে। বীররস করুণরসের এসকল গান শুনিতে বসিলে

ওঠা যায় না। কয়েক বৎসর ভাল ফসল হয় না। চাষীরা কেবলই দেনায় জড়াইয়া যাইতেছে। লোনকোম্পানীর টাকা আনিয়া কত চাষী আর শোধ করিতে পারে নাই বলিয়া প্রতি কিস্তিতে কত শাসানি কত ধমক খাইয়া মরিতেছে। জারি গাহিবে তারা কোন আনন্দে? এবার ভাল ধান হইয়াছে। সে ধান তুলিয়াই সারা হইতেছে। জারিগান গাহিবার সময় কই?

'মালোগোষ্ঠির কালীপূজার দেরি কি, মাতবর?'

'বেশি দেরি নাই। সামনের আমাবস্যায়।'

'এইবার গান দিবা না?'

'হ, আট পালা। চাইর পালা যাত্রা আর চাইর পালা কবি।'

'আ—ট পালা? এই টেকা দিয়া তারা মলোপাড়ায় যদি একটা ইস্কুল দিত।'

'আর ইস্কুল। মালোর পুলে বাঁচে না, তারা দিব ইস্কুল!'

'দেখ মাতবর, নিজেত আজি ক থ শিখলাম না। কিন্তু 'কালা আখর' যে কি চিজ অখন কিছুকিছু টের পাই। মজিদের কিনারে এজমালির যে মক্তব জমাইছি, বেহানে তার কাছ দিয়া যাইতে যাইতে থাড়া হইয়া থাকি, তারা পড়া করে, আমার কানে মধু বরিষণ করে।'

'বাহারুল্লা ভাই, উচিত কথা কইলে মালোরা লাঠি মারতে চায়। এই দুঃখেইত গাও ছাইড়া দেশান্তরী হইলাম।'

জোরে একটা টান দিয়া হুকাটা রাখিতে রাখিতে বাহারুল্লা বলিল, 'মালোগোষ্ঠি সুখে আছে। মরছি আমরা চাষারা। ঘরে ধান থাকলে কি, কমরে একখান গামছা জুটেনি? পাট বেচবার সময় কিছু টেকা হয়। কিন্তু খাজনা আর মাহাজন সামলাইতে সব শেষ। কত চাষায় অখন জমি বেচে। তোমরা-তারার দোয়ায় অখন অবধি আমার জমিতে হাত পড়ছে না। পরে কি হইব কওন যায় না?'

'এই কামও কইর না বাহারুল্লা ভাই। জান থাকতে জমি ছাইড় না। মালোগোষ্ঠির কথা আলগা। তারা জলের উপরে জলটুঙ্গি বাইন্ধা আছে। জোয়ারে বাড়ে ভাটায় কমে, জলের আবার একটা বিশ্বাস। মাটির সাথে সম্বন্ধ-ছাড়া মানুষের জীবনের কোন বিশ্বাস নাই, বাহারুল্লা ভাই।'

'চল মাতব্বর, তোমারে আগাইয়া দেই।'

রামপ্রসাদ উঠানে নামিয়া দেখে, চাঁদ উঠিয়াছে। বড় তেজালো চাঁদ। সামনের দিকে যেন রথ ছুটাইয়া আসিতেছে।

'জোছনা উঠছে বাহারুল্লা ভাই, তুমি ঘরে যাও, থাও গিয়া। অখন আমি একলাই যাইতে পারমু।'

যে-শিশু আকাশ-কোণে হামাগুঁড়ি দিয়া উঠিয়াছিল, সে এখন ধাপে ধাপে আগাইয়া আসিতেছে। সুনীল স্বচ্ছ আকাশখান দূরের না-দেখা-জগৎ হইতে অনেকখানি নিচে যেন নামিয়া আসিয়া ঘুমন্ত মালোপাড়ার উপর চাদোয়া ধরিয়াছে। গায়ে-গায়ে লাগানো ছনের ঘরগুলি বিমল আলোর ধারায় স্নান করিয়া এককালে মাথা তুলিয়া আছে। কানাচে কানাচে পড়িয়াছে ছোট ছোট ছায়া। তাই মাড়াইয়া চলিতে লাগিল রামপ্রসাদ। মালোপাড়ায় জোৎস্নার এমন অজস্রতা। এর প্রতিঘরের উপর গলিয়া-পড়া রূপলোকের এমন পরিপূর্ণ হাসি। নির্মল আকাশের স্বচ্ছতার সঙ্গে মাথা-উঁচুকর ঘরবাড়িগুলির এমন আবেগময় আলিঙ্গন। এ দৃশ্য পাড়ার আর কেউ দেখিল না, দেখিল কেবল রামপ্রসাদ।

আরো একজন দেখিতেছিল। কিন্তু সে দেখা অর্থহীন, অনুভূতিহীন। রামপ্রসাদ গিয়া রামকেশবের উঠানে পা দিতেই দেখে, সে ধাঁ করিয়া উঠানের একধার হইতে অন্যধারে চলিয়া যাইতেছে।

রামকেশবের উঠানে আলোর তেজ কম। সারা উঠান ঢাকিয়া বাঁশের আগায় জাল ছড়াইয়া রাখিয়াছে। মাটির উপর তার ছায়া পড়িয়াছে। জালের খোপের ভিতর দিয়া মাছেরা মাথা গলাইতে পারে না, কিন্তু চাঁদের আলোরে আটকায় কার সাধ্য। প্রতি খোপের ফাঁক দিয়া সে আলো উঠানের স্বচ্ছ মাটিতে পড়িয়াছে। কোন্ সুচতুর মালোর মেয়ে বুঝি অপার্থিব ক্ষমতায় আলোর জাল বুনিয়া রামকেশবের উঠানের মাটিতে বিছাইয়া দিয়াছে।

উত্তরের ভিটির ঘর রামকেশবের। দুইচালের ঘর। সামনে একফালি বারান্দা। অনুচ্চ ভিটির কিনারাগুলি স্থানে স্থানে ভাঙ্গিয়া গিয়াছে। ঘরের পুবের অংশ অন্দরমহল। এককালে আবরু-বেড়া ছিল। ভাঙ্গিয়া পড়িয়াছে

অনেক দিন। আগে ছেঁড়া জাল দিয়া ভাঙ্গ জায়গাগুলি ঢাকিবার চেষ্টা হইত। এখন আর সেরূপ চেষ্টা নাই, দেখিলেই মনে হইবে এ বাড়ির আব্রুরক্ষার প্রয়োজন ফুরাইয়া গিয়াছে।

বারান্দার উপরে একপাশে চালের সঙ্গে ঝুলাইয়া রাখিয়াছে কতকগুলি এলোমেলো দড়াদড়ি। তার পাশে কয়েকটা ছেঁড়াজালের পুঁটলি উপরি-উপরি মাটিতে ফেলিয়া রাখিয়াছে। তারই উপরে কুকুর-কুণ্ডলী দিয়া বোধ হয় লোকটা শুইয়াছিল। ধড় করিয়া উঠানে নামিয়া রামপ্রসাদের সামনা দিয়া ভৌতিক ক্ষিপ্রতায় তিন লাফে উঠান পার হইয়া গেল। খালি গা। পরনে একখানি গামছা। মাথায় এক বোঝা আলুখালু চুল। মুখ ভরতি দাড়ি। যাইবার সময় জালের নিচেকার বুনানো আলোছায়ায় তার মাটিমাখা কালো শরীরটা চিকচিক করিয়া উঠিল। একটু অস্বাভাবিক ফোলা শরীর।

রামপ্রসাদ দেখিয়া চিনিল!

সে বুলানো হাত ছটি ঘনঘন নাড়িতে নাড়িতে মুখ বাড়াইয়া আক্রমণের ভঙ্গিতে আগাইয়া আসিল। রামপ্রসাদের মুখের কাছে মুখ আনিয়া বিকৃতমুখে মান একটু হাসিয়া বিদ্রূপের মত আস্তে বলিল, 'অ, মাতবর, অতদিন পরে। আচ্ছা বারিন্দায় উঠ, দেখ কি কাওথান হইয়া আছে।'

'কি কাও হইয়া আছে। আরে শালা কি কাও।'

'দেখ না গিয়া? হাত ধরিয়া বারান্দায় তুলিয়া নিয়া দেখাইল। দা দিয়া মাটিতে তিন চারটা গর্ত খুঁড়িয়াছে। লম্বা গর্ত। একটার মুখ খুঁড়িতে খুঁড়িতে আরেকটার গায়ের উপর তুলিয়া দিয়াছে। সেইখানে আঙুল ঠেকাইয়া বলিল, 'দেখ চাইয়া, কি হইতাছে। মাইয়া চুরি হইতাছে। এই তোমার মেঘনা গাঙ, অইখানে থাড়ি। থাড়িতে আছিল নাও, বড় গাঙে কি কইরা গেল। জাইগ্যা দেখি মাইয়াচুরি হইতাছে। বাইরে জোছনা ফটফট করে, ভিতরে আন্ধাইরে মাইয়া চুরি হয়। তুমি কি কও মাতবর।'

রামপ্রসাদ কিছুই কহিল না। তিতাসের শুষ্ক মাছগুলি যেমন সন্ধ্যার ছায়া পাইয়া ভাসিয়া নিঃশ্বাস ছাড়ে, জালের পুঁটলিগুলির উপর বসিতে বসিতে তেমনি ফোস করিয়া একটা নিঃশ্বাসের শব্দ তার নাক দিয়া বাহির হইল।

ঘরের ভিতর রামকেশব অকাতরে ঘুমাইতেছে। নাকডাকার শব্দ শোনা যায়। শেষরাতে জাল যাইবে। এখন তাকে ডাকিয়া জাগান মর্মান্তিক। ঘুমভাঙা মানুষ মাথা ঠিক রাখিয়া জাল ফেলিতে পারে না। তার রোজগারটাই মাটি হইবে। শেষরাতের আর দেরি কত।

রামপ্রসাদ অধিক ভাবিতে পারিল না। চিন্তাতে বিমনা, ক্লান্তিতে অবশ রামপ্রসাদকে জালের উষ্ণতাটুকুর মাঝে ঘুম একেবারে কাত করিয়া ফেলিয়া দিল।

রাত শেষ হইবার আগেই একবার ঘুম ভাঙিয়াছিল। পাগল তাহার একান্ত কাছে। হাতের কাছে মাটি খুঁড়িবার একটা দা রাখিয়াছে। একটা কিছু করিয়া ফেলা স্বাভাবিক। চোখ মেলিবার সঙ্গে সঙ্গে এ-ভয়ই সে করিতেছিল। চোখ খুলিয়া দেখে, একজন তার অতি কাছে বসিয়া, মুখখানা তারই মুখের কাছাকাছি। ভয় পাইবার আগে জড়তাগ্রস্ত চোখ কচলাইয়া আবার দেখিল— —রামকেশব। তাকে আগলাইয়া রাখিয়াছে। বুড়ার দাড়িগুলি তার দাড়িগুলির একান্ত কাছে। প্রশস্ত লোমশ বুকখানাও তার বুকের অতি নিকটে। তার লোমশ বুকের উষ্ণতা রামপ্রসাদের বুকেও লাগিতেছে।

রামকেশবের বয়স তার চাইতে আরো বেশি। শরীর তার মতই শক্তির পরিচয় দিলেও, তার চাইতে বেশি ভাঙিয়া পড়িয়াছে। চুল দাড়ি চোখের ভ্রূ কানের লোম এখনো কাঁচাপাকা। রামপ্রসাদের শণের মত শাদা চুলদাড়ির নিকট তাকে আকাশের পথে কাত-হইয়া-দৌড়-দেওয়া চাঁদের বারান্দায়-ঢুকিয়া-পড়া আলোতে নাবালকের মত দেখাইতেছে। যেন দুইটি প্রাগৈতিহাসিক শিশুর অপার্থিব সমন্বয় ঘটিয়াছে, যার ইতিহাস স্তব্ধ রাত্রি ছাড়া আর কেউ জানে না। আর একজন যে জানে, তার কোনো অনুভূতি নাই।

দুইজনের মধ্যে এই রকম কথাবার্তা হইল—

—মাতবরের ছেলে, ডাক দিলে না, কোন সময়ে আসিয়াছ জানিলাম না। শীতে কষ্ট পাইলে।

—না মালোর ছেলে, শীতে কষ্ট বেশি পাই নাই। ঘুমাইয়া পড়িলে আবার কষ্ট কি। ভাবিলাম তুমি যখন শেষরাতে নদীতে যাইবে, তোমার নৌকায় আমি যাইব। তুমি আমাকে যাত্রাবাড়িতে নামাইয়া দিবে।

—সারা রাতে একবার বাহির হইয়াছিলাম। বাহির হইয়া দেখি একটা মানুষ। কাছে আসিয়া দেখি তুমি। জাগাইলাম না। পাগলট কাছে। তাই বসিয়া গেলাম শিয়রে। রাতের জালে যাওয়া আর বাবা আমারে দিয়া কুলাইবে না। থেউ তুলিয়া জালে হাত দিলে হাত ঠক ঠক করিয়া কাপে। গাঙের বাতাসে কান-কপাল ভাঙ্গিয়া নামায়। বুক যেন ভেঁর্তা ছুরি দিয়া কাটে। আমার কি আর বাবা মাছ ধরার সময় আছে। আমার এখন গুফার মধ্যে বসিয়া বসিয়া তামাক টানিয়া কাটাইবার দিন। বিধি তারে কোন পাগল বানাইল। কত পাগল ভাল হয়, আমার পাগল আর ভাল হইল না। ঘরে আসিয়া বস, আমি তামাক জ্বালাই।

মাটির গাছাতে কেরোসিনের আলো মিটমিট করিতেছে। বাহির হইবার সময়েই রামকেশব জ্বালিয়াছিল। তারই মলিন আলোতে ঘরখানার মলিনতা অধিকতর স্পষ্ট হইয়া উঠিয়াছে। ভাঙা চাটাইর উপর ময়লা ছেঁড়া কাঁথা পাতিয়া বিছানা। দুইটি বালিশের একটিতে তুলা বাহির হইয়াছে। সেটিতে রামকেশব শুইয়াছিল, চুলে দাড়িতে একটু একটু তুলা এখনো লাগিয়া রহিয়াছে। অন্য বালিশটিতে মাথা রাখিয়া যে শুইয়া আছে, খুব ভারী রোঁয়াওঠা কাঁথাতে তার পা থেকে মাথার বালিশ অবধি ঢাকা। সে রামকেশবের পরিবার।

'অ বুড়ি, উঠ, চাইয়া দেখ —'

কাঁথার পুঁটুলি নড়িয়া উঠিল। মলিন কন্থাবরণের অন্তরাল হইতে উন্মোচিত হইয়া ততোধিক মলিন মুখখানা প্রশ্ন করিল, 'অত রাইতে বাড়িতে কোন কুটুমের পাড়া।'

'বঞ্জাত বুড়ি, কথা কইস না। জামাই!'

জামাই! জীর্ণ স্মৃতির ছেঁড়া সূতাগুলি মিলাইতে অনেকবার চেষ্টা করিল। কিন্তু তার বাড়িতে জামাই কে আসিতে পারে হিসাবে মিলাইতে

পারিল না। পিচুটি-পড়া চোখে ঘুমের ঘোর। ছাপপড়া খড়িওঠা চামড়ার মুখমণ্ডলে

ঘুমের জড়-প্রলেপ। তার উপর ফাঁকে ফাঁকে দাত না থাকায় মুখের ই। —এ সকল মিলাইয়া বুড়ির হতবুদ্ধির মত তার দিকে চাহিয়া থাকাকে রামকেশবের নিকট এত কুৎসিৎ মনে হইল যে, আর সহ করিতে পারিল না। হাত ধরিয়া তাকে এক টানে তুলিয়া বসাইল। খুলিয়া-যাওয়া কটির ও বুকের কাপড় অশেষ চেষ্টায় ঠিক করিতে করিতে বুড়ি জিজ্ঞাসা করিল, 'জামাই আইল কোন খান থাইক্যা, না কইলে কেমনে বুঝি কও।'

'যাত্রাবাড়ির জামাই। বসন্তর বাপ।'

ভাগ্নী-জামাই। দেশদেশান্তরে মান্য করে। ভাগ্নী মরিয়া গিয়াছে। তাই এবাড়িতে আর আসা-যাওয়া নাই।

বুড়ির মাথা কিঞ্চিৎ পরিষ্কার হওয়ার পর ঘোমটা টানিয়া দেওয়ার কথা মনে পড়িল।

রাতের স্তব্ধতা ভেদ করিয়া অনেক দূরে মোরগ ডাকিয়া উঠিল। যারা খাটিয়া খায় ইহা তাদের নিকট ব্রাহ্মমুহূর্ত। এই সময়ে চাষীর মেয়ের ধানসিদ্ধ করিবার জন্য উনুনের মুখে আগুন দেয়। মালোর মেয়ের চোখে মুখে জল দিয়া শশব্যস্ত। কাটিতে বসে। পুরুষেরা যারা আগ-রাতে যায় নাই, এই সময়ে জাল-কাঁধে রওনা হয়।

কাঁধে জাল হাতে হুকা রামকেশব বাহিরে পা দিতে দিতে বলিল, 'মাতবরের পুত, আইজ কিন্তু যাইও না।'

প্রতিটি ঘরের আঙ্গিনাতে রোদ নামিয়াছে। সকালের সোনালি রোদ। কারো বৌ-ঝি বসিয়া নাই। কারো ছেলেমেয়ে বিছানায় পড়িয়া নাই। তারা আঙ্গিনায় নামিয়া পড়িয়াছে। মায়েদের শাড়ি দুই ভণজ করিয়া গা ঢাকিয়া গলাতে বাধা ছিল। রোদ পাইয়া খুলিয়া দিয়াছে। খালি গায়ে এখন খেলাতে মগ্ন। কালোতে ফরসাতে মেশা সুন্দর স্বাস্থ্যোজ্জ্বল শিশুর দল।

রামপ্রসাদ তাহাই দেখিতে দেখিতে নদীর দিকে চলিল। তার চোখে আজ রোদের সোনা মিশিয়া চারদিক সোনাময় হইয়া গিয়াছে। আজ এরা

যেন সব সোনার শিশু। সোনার খেলন হাঁড়িখুঁড়ি লইয়া রূপার বালিতে ভাত চাপাইয়া চাঁদসুরুজের দেশে নিমন্ত্রণ পাঠাইয়াছে। তবে নেহাৎই থাইবার স্থুল নিমন্ত্রণ।

অনন্তও আঙ্গিনাতে নামিয়া খেলায় মাতিয়াছে। মায়ের শাদাপাড়ের কাপড়খানা দুই ভাঁজ করিয়া গলায় বাঁধা।

রামপ্রসাদ তার কাছে গিয়া দাঁড়াইল। সেও এই শাদাচুল দাড়িওয়ালা লোকটার দিকে চাহিয়া রহিল, তারপর সহসা কি ভাবিয়া বারান্দার উপর উঠিয়া ডাকিল, 'মা।'

মা বারান্দায় নামিয়া, এমন মানুষকে তার আঙ্গিনায় এমন বিহবলভাবে দাঁড়াইয়া থাকিতে দেখিয়া এত বিস্মিত হইল যে, না পারিল ভিতরে চলিয়া যাইতে না পারিল মাথার ঘোমটা টানিয়া দিতে।

রামপ্রসাদ আরও অগ্রসর হইয়। অনন্তর একখানা হাত ধরিয়া হাসিমুখে বলিল, আমাকে দেখিয়া তোর ভয় করে? আমি তো তোর এখানে কোন বিচার করিতে আসি নাই। আসিয়াছি কেবল তোকে দেখিবার জন্য। ভিন্ন গ্রামের মানুষ আমি। আমার বাড়িতে তোর মার মত মা নাই। আমার আঙ্গিনাতে তোর মত ছোট দাতৃভাইয়েরা খেলা করে না। মা যদি এ গায়ে না উঠিয়া আমার গায়ে গিয়া উঠিত, এক ঘর আছি, আমার গায়ে তাহা হইলে দুই ঘর হইত।

জন্ম মৃত্যু বিবাহ

জন্ম মৃত্যু বিবাহ তিন ব্যাপারেই মালোরা পয়সা খরচ করে। পাড়াতে ধুমধাম হয়।

অবশ্য সকলেই খরচ করিতে পারে না। যাদের পয়সা কড়ি নাই তারা পারে না।

তবু প্রতি ঘরেই জন্ম হয়, বিবাহ হয়, মৃত্যু হয়। এ তিনটি নিয়াই সংসার। এ তিনের সাহায্যেই প্রকৃতি তার ভারসাম্য রক্ষা করিয়া চলিয়াছে। জন্মের পরে দীর্ঘ ব্যবধান অন্তে বিবাহ এবং তারপরে দীর্ঘ ব্যবধান অন্তে মৃত্যু হইয়া থাকে। ইহাই প্রকৃতির নিয়ম। কিন্তু যে সমস্ত ঘরে জন্মের পরেই মৃত্যু হইয়া যায় তারা দুর্ভাগ। কারণ তিনটি ব্যাপারেই খরচপাতি করা হইলেও বিবাহ ব্যাপারের খরচই সবচেয়ে আনন্দ ও অর্থপূর্ণ। বিবাহে যৌবনের সৃষ্টির যে নিশ্চিত সম্ভাবনা রহিয়াছে, সে-লোকে পৌঁছানোর পথ যেমন খাটো, তেমনি পথের দুই পাশে থাকে ফুলের বন, প্রজাপতি আর রামধনু। সে পথের শুরু হয় বসন্তের হরিৎ উত্তরীয়-বিছানো রঙিন সিঁড়ির প্রথম ধাপে। শেষ যখন হয় তখন দেখা যায় সবুজ তরুর ফুলের সমারোহ শেষ হইয়া সে-তরুতে ফল ধরিয়াছে।

কিন্তু সে ফল পাকিয়া শুকাইয়াও তো যায় না। তখন তার ঝরিয়া না পড়িয়া উপায় কি। কালক্রমে সে তরু বন্ধ্যা হইয়া পত্রগুচ্ছ খসিয়া শিথিল হইয়াও তো যায়। তখন তার মূল উপড়াইয়া পড়িয়া না যাইয়া উপায় কি? সেরূপ ফলের জন্যও মানুষের ক্ষোভ নাই। সেরকম তরুর জন্যও মানুষের রোদন নাই।

কেন না, জন্ম, বিবাহ, মৃত্যু এ তিন নিয়াই সংসার।

এ তিন বস্তু প্রতিঘরেই স্বাভাবিক ঘটনা হইলেও এমনও ঘর দেখা যায় যে-ঘরে কোনকালে হয়ত বস্তু তিনটিকে দেখা গিয়াছিল, কিন্তু বর্তমান হইতে দৃষ্টি করিয়া সুদূর ভবিষ্যৎ পর্যন্ত চোখ মেলিয়া যতক্ষণই চাহিয়া থাকি না কেন—তিনটিই পর পর আসিবে এমন সম্ভাবনা দেখিতে পাই না।

অতীতকে নিয়া হাসিতে পারি কাঁদিতে পারি, স্বপ্ন সাজাইতে পারি, কিন্তু ফিরিয়া তাকে পাইতে পারি না। হাতের মুঠায় পাইতে চাই তো বর্তমান, আশায় আশায় বুক বাঁধিতে চাই তো ভবিষ্যৎ। কোনকালে কি হইয়াছিল সে-কথা তুলিয়া লাভ দেখি না।

একবার যে জন্মিয়াছে সে একদিন মরিবেই। কাজেই যে ঘরে মানুষ আছে মৃত্যু সে ঘরে ঘটিবেই। কিন্তু ঘরে মানুষ আছে বলিয়াই এবং সে ঘরে মৃত্যু একদিন ঘটিবে বলিয়াই জন্ম এবং বিবাহও সে ঘরে ঘটিবেই এ কথার অর্থ হয় না। তবে এমন ঘর চোখে পড়ে খুব কম এই যা।

মালোপাড়ায় এই দুর্ভাগ্যের অধিকারী একমাত্র রামকেশবের ঘর। বুড়াবুড়ির এখন ঝরিয়া পড়ার পালা। এ শুষ্ক তরুতে কখনো ফল ধরিবে, পাগলেও এ আশা পোষণ করিতে দ্বিধাবোধ করিবে। আর বিবাহ? জন্মিয়া পরে বিবাহ না করিয়া যে ব্যক্তি পাগল হইয়া গিয়াছে তার বিবাহের কথা ভাবিতে দ্বিধাবোধ করিবে স্বয়ং পাগলেও।

কোনোকালে এঘরে না পড়িবে জন্মিবার উলুধ্বনি, না শোনা যাইবে গায়ে-হলুদের গান। কিছুদিন পরে হোক অধিকদিন পরে হোক সে-ঘরে শোনা যাইবে শুধু একটি মাত্রই ধ্বনি। সে ধ্বনি শুনিয়া কেবল বুক কাঁপিবে, মনে এক ফোঁটা আনন্দ জাগিবে না।

কিন্তু রামকেশবের ঘর লইয়াই মালোপাড়ার সব নয়। এখানে কালোবরণের ঘরও আছে। এ-ঘর অল্পদিনের ব্যবধানে তিনতিনটা বিবাহের ছেলিপর মুখ দেখিয়াছি। তিন বৌ-ই ফলন্ত লতা। তিনজনেরই পাল্লা দিয়া ছেলেমেয়ে হইতেছে। এক একটি শিশুর জন্মের উৎসবও করে জাঁকজমকের সঙ্গে। অন্নপ্রাশন করে আরও জাঁকাইয়া।

কিছুদিন আগে মেজবে সন্তানসম্ভবা হইয়াছিল। কোনোদিন স্বামীর ও নিজের থাওয়ার পর এঁটোকাটা ফেলিবার জন্য যদি আস্তাকুড়ের নিকটে আসিত, সেখান হইতে অনন্তর মার ঘরের সবটা চোখে পড়িত। অনন্ত তখন কতকগুলি বাঁশ বেত, একটা দা, আরো কিছু নগণ্য খেলার সামগ্রী লইয়া নিবিষ্ট মনে তুচ্ছ বস্তুকে প্রার্থনাতীত মর্যাদা দিবার কাজে আত্মনিয়োগ করিয়া আছে।

মেজবৌর ক্লান্তিবিকৃত মুখ আর অস্বাভাবিক রকমের দৈহিক স্ফীতির কোনো কিনারা সে করিতে পারিত না।

একদিন কালোর মাকে খুব ব্যস্ত দেখা গেল। এক দৌড়ে অনন্তদের উঠানে আসিয়া হাক দিল, 'অনন্তর মা, জোকার দিয়া যা?'

অনন্তর মা গেল। আরো পাঁচ বাড়ির পাঁচ নারী আসিয়া মিলিত হইল। একখানা ছোট ঘরের দরজার মুখে তারা সকলে মিলিয়া দাঁড়াইয়া আছে। সকলের মুখেই উৎকণ্ঠা। তাদের মাঝে অনন্তর মাও গিয়া দাঁড়াইল। মার কাছ ঘেঁষিয়া দাঁড়াইল গিয়া অনন্ত। কোথা দিয়া কি হইয়া গেল, অনন্ত জানিল না। একজনে মনে করাইয়া দিবার ভঙ্গিতে বলিল, 'ছাইলা হইলে পাঁচ ঝাড় জোকার, মাইয়া হইলে তিন ঝাড়।' অনন্তর নিকট একথাও অর্থহীন।

কালোর মা ঘরখানার ভিতরে থাকিয়া কি সব হলুস্থুলু করিতেছিল, গলা বাড়াইয়া বলিল, 'বিপদ সাইরা গেছে সোনাসকল। মন খুশি কইরা জোকার দেও।'

নারীরা উঠান ফাটাইয়া পাচবার উলুধ্বনি করিল।

নবাগতকে মাঙ্গলিক অভ্যর্থনা জানানো শেষ করিয়া নারীরা উকি দিয়া ঘরের ভিতরটা দেখিতে চেষ্টা করিতেছে। অনন্তও সকৌতুহলে দেখিল। মেজবৌর সে স্ফীতি আর নাই। শীর্ণ। উপুড় হইয়া মাটিতে পড়িয়া আছে। চুল আলুথালু। চূড়ান্ত সময়ের প্রাক্কালে তার মুখের ভিতর নিজের চুল পুরিয়া দেওয়া হইয়াছিল। সে চুল এখনো কতক কতক মুখে করিয়া বে। বেহু স হইয়া পড়িয়া আছে। রক্তে একাকার। তারই মধ্যে রক্তের চেলির মত একফালি মানুষ। ননীর মত নরম, পুতুলের মত দুর্বল। বৌর পেট ফাঁড়িয়া এত দুর্বল ছোট মানুষটি বাহির হইল কি করিয়া!

একটা নেকড়ার সাহায্যে তুলিয়া কালোর মা দরজার কাছে আনিল সমাগতা নারীদিগকে দেখাইবার জন্য। সকলেই দেখিবার জন্য ঝুঁকিয়া পড়িল। অনন্ত একবার দেখিয়া পিছাইয়া গেল।

ছয় দিনের দিন ঘরে দোয়াত কলম দেওয়া হইল। এই রাতে চিত্রগুপ্ত আসিয়া সেই দোয়াত হইতে কালি তুলিয়া সেই কলমের সাহায্যে শিশুর কপালে লিখিয়া যায় তার ভাগ্যলিপি।

অষ্টমদিনে আট-কলাই। পাড়ার ছেলেদের সঙ্গে অনন্তরও ডাক পড়িল। খই, ভাজ-কলাই, বাতাসা সেও কোচড় ভরিয়া পাইল।

তের দিন পরে অশৌচ-অন্ত। সব কিছু ধোঁয়া-পাখলার পর নাপিত আসিয়া কালোবরণাদি তিন ভাইয়ের তের দিনের খাপছাড়া দাড়ি কামাইয়া গেল। মন্ত্র পড়িয়া পুরোহিত উঠিয়া গেল, উঠানে একটি চাটাই পাতিয়া তাতে ধান ছড়াইয়া দেওয়া হইল। নূতন একটা শাড়ি পরিয়া, নূতন একটা রঙিন বড় রুমালে জড়াইয়া ছেলেকোলে মেজবে বাহির হইল! চাটাইর উপর উঠিয়া ধানগুলি পা দিয়া সারা চাটাইয়ে ছড়াইয়া দিল। এদিকে পুরনারীরা এক সঙ্গে গলা মিলাইয়া গাহিয়া চলিল, 'দেখ রাণী ভাগ্যমান, রাণীর কোলেতে নাচে দয়াল ভগবান। নাচ রে নাচ রে গোপাল থাইয়া ক্ষীর ননী, নাচিলে বানাইয়া দিব হস্তের পাচনি। একবার নাচ দুইবার নাচ তিনবার নাচ দেখি, নাচিলে গড়াইয়া দিব হস্তের মোহন বাশি।'

দক্ষিণা দিয়া বিদায় করিতে করিতে কালোবরণ পুরোহিতকে বলিল, দেখেন ত কর্তা, মুখে-পস্সাদের ভাল দিন নি আছে। দুই কাম এক আয়োজনেই সারা করতে চাই, কি কন।'

পঞ্জিকা দেখিয়া পুরোহিত বলিয়া দিল, পরশুই একটা ভাল দিন অন্নপ্রাশনের।

ছোটবউর ছেলে বাড়িয়া উঠিতেছে। বসিয়া নিজের চেষ্টাতে মাথা ঠিক রাখিতে পারে। কিন্তু ইদানীং অত্যন্ত পেটুক হইয়া উঠিয়াছে। যাহা পায় খাদ্যাখাদ্য বিচার না করিয়া মুখে পুরিয়া দেয়। কালোর মা বলে, মুখে-প্রসাদ দেওয়ার এখনই উপযুক্ত সময়।

কাজেই দুইদিন পরেই বাড়িতে আরো একটা উৎসবের আয়োজন হইল।

সেদিনও অনন্তর মার ডাক পড়িল। আরো অনেক নারীর ডাক পড়িল। গীত গাহিবার জন্য।

প্রথমে স্নানযাত্রা। ছেলেকোলে ছোটবৌকে মাঝখানে করিয়া গান গাহিতে গাহিতে নারীরা তিতাসের ঘাটে গেল। ছোট বৌ তিতাসকে নিজে তিনবার প্রণাম করিল, ছেলেকেও তিনবার প্রণাম করাইল। এক অঞ্জলি জল

লইয়া তার মাথ। ধোঁয়াইল। শাড়ির আঁচল দিয়া মুছিয়া নদীকে আবার নমস্কার করিয়া বাড়ি ফিরিয়া আসিল।

এক মুহূর্ত বিশ্রাম করিয়া তার চলিল রাধামাধবের মন্দিরে। সঙ্গে একথালা পরমান্ন। সেখানে পরমান্নকে নিবেদন করিয়া প্রসাদ করা হইল। ছোট বউ একটুখানি তুলিয়া ছেলের মুখে পুরিয়া দিল, বাকি সবটাই উপস্থিত ছেলেদের মধ্যে বিতরণ করা হইল।

মালের বিবাহে সবচেয়ে বেশি উল্লাস পায়। বিবাহ করিয়া সুখ, দেখিয়া আনন্দ। বিবাহ যে করিতেছে তার তো সুখের পার নাই। পাড়ার আর সব লোকেরাও মনে করে, আজকের দিনটা অতি উত্তম।

যারা সবচেয়ে প্রিয়, যারা সবচেয়ে নিকটের, তাদের বিবাহ করিয়া বউ লইয়া আমোদ-আহ্লাদ করিতে দেখিলে মালের খুব খুশি হয়। যে বিবাহও করিতে পারে না, সে রাত কাটায় নৌকাতে। এ পাড়ার গুরুদয়াল সেই দলের। বয়স চল্লিশের উপর।

তার সঙ্গে একদিন নৌকাতে কালোবরণের ছোট ভাইয়ের ঝগড়া হইয়া গেল।

গুরুদয়াল বলিয়াছিল সেদিন বাজারের ঘাটে, তিন বিবাহের তিন ছেলের বাপ হইয়া শ্যামসুন্দর বেপারি আবার যদি বিবাহ করে তো পুবের চাঁদ পশ্চিমে উদয় হইবে।

কালের ভাই প্রতিবাদ করিয়াছিল, রাখিয়া দেও। কাঠের কারবার করিয়া অত টাকা জমাইয়াছে কোন দিনের জন্য। শেষকালে স্ত্রী কাছে না থাকিলে বেপারি কি রাত কাটাইবে তুলার বালিশ বুকে লইয়া? একবার যখন মুখ দিয়া কথা বাহির করিয়াছে, তখন বিবাহ একটা না করিয়া ছাড়াছাড়ি নাই।

'হ। কইছ কথা মিছা না। শেষ-কাটালে ইস্তিরি কাছে না থাকিলে মরণ-কালে মুখে একটু জল দিবে কেডায়? পুত ত কুত্তার মুত।'

কালের ভাই সম্প্রতি একটি পুত্র লাভ করিয়াছে। সে এখন পুত্রগর্বে গর্বিত। পুত্র জাতটার উপর এই একচেটিয়া অপবাদ দিতে দেখিয়া সে চটিয়া উঠিল, "তুমি যেমুন আঁটকুড়ার রাজা, কথাখানও কইছ সেই রকম।

পিতৃস্বহীনতার অপবাদ। অসহ। গুরুদয়ালের মুখ দিয়া অভিশাপ বাহির হইল, 'অখন থাইক্যা তোরেও যেন ঈশ্বরে আঁটকুড়া বানাইয়া রাখে।'

'দূর হ, শ্যাওড়াগাছের কাওয়া, এর লাগি-ঐ তোর চুল পাকছে, দাড়ি পাকছে, তবু শালার মুটুক মাথায় উঠল না।'

'নইদার পুতে কি কয়! আমার মাথায় শালার মুটুক উঠল না, তার লাগি কি তোর মাথা মুয়ান লাগছে দশজনের বৈঠকে? আমি কি রাইতকালে গিয়া তোর ঘরের বেড়া ভাঙ্ছি কোনোদিন, কইতে পারবে?'

'খাড় হই শালা গুরু-দাওয়াল, অখনই বাপের বিয়া মার সাঙ দেখাইয়া দেই।'

এ নৌকা হইতে কালার ভাই লগির গোড়া গুরুদয়ালের মাথা লক্ষ্য করিয়া ঘুরাইল। ও নৌকা হইতে গুরুদয়ালও একটি লগি তুলিয়া আঘাত করিতে উদ্যত হইল।

নৌকার অন্যান্য লোক ব্যতিব্যস্ত হইয়া উঠিল। কেউ বলিল, 'আরে রামনাথ ক্ষেমা দে।' কেউ বলিল, 'ও গুরুদওয়াল, ভাটি দেও। রামনাথ অবুজ হইতে পারে, তুমি ত অবুজ না।'

শেষে কালার ভাইয়ের কথাই ঠিক হইল। শ্যামসুন্দর বেপারি উওর মুলুক হইতে কাঠ আনাইয়া এখানে কারবার করে। সেই মুলুক হইতে একটা লোক রেলগাড়িতে করিয়া বৌ-নিয়া তার বাড়িতে আসিল। শ্যামসুন্দরের নিজে যাইতে হইল না। চিঠিপত্রেই সব হইয়া গেল।

যেদিন বিবাহ হইবে সেদিন বৈকালে কয়েকজন বয়ীয়সী অনন্তর মার বাবান্দায় পাড়া-বেড়াইতে আসিল। তারা প্রথমেই তুলিল আজকের বিবাহের কথা।

একজন বলিল, 'নন্দর-মা আছিল বেপারির পয়ল বিয়ার বৌ আমার বাপের দেশে আছিল তারও বাপের বাড়ি। এক বছরই দুইজনার জন্ম, বিয়াও হইছে একই গাওয়ে। সে পড়ল বড় ঘরে আমি পড়লাম গরীবের ঘরে। তার হাতে উঠল সোনার কাঠি আমার হাতে ভাতের কাঠি। থাউক সেই কথা কই না, কই ভইন এই কথা, আজ যার সাথে বিয়া হইতাছে—এযে

নন্দর-মার নাতিনের সমান। এরে লইয়া বুড়া করব কি গো? এর যখন কলি ছিটব বুড়া তখন ঝইরা পড়ব।'

অন্যমনস্ক অনন্তর মার দৃষ্টি আকর্ষণ করিয়া অন্য একজন বলিল, 'কাকের মুখে সিন্দুইরা-আম লো মা।'

তৃতীয়ার মনের বনে রঙের ছোঁয়া লাগিয়াছে। প্রবীনা হইলেও মন বুঝি তার মসগুল। পরের বিবাহের বাজনা শুনিলেই নিজের বিবাহের দিনটির কথা মনে পড়ে। মনের খুশি চাপিতে না পারিয়া অনন্তকে লইয়া পড়িল, 'কিরে গোলাম! বিয়া করবি?'

বিবাহের কথা অনন্ত তিন চার দিন ধরিয়া শুনিতেছে। কথাবার্তার ধরণ হইতে আসলবস্তু কিছু বুঝিতে না পারিলেও এটুকু বুঝিয়াছে বিবাহ করা একটা খারাপ কিছু নয়। অতি সহজভাবে সে উত্তর দিল, 'করমু।'

'ক দেখি, বিয়া কইরা কি করে।'

প্রশ্নটা একটু জটিল ঠেকিল। কিন্তু খানিক বুদ্ধি চালনা করিয়া বেশ সপ্রতিভ ভাবেই জবাব দিল, 'ভাত রান্ধায়।'

'হি হি হি, কইতে পারলি না গোলাম, কইতে পারলি না। বিয়া কইরা লোকে বৌয়ের ঠ্যাং কান্ধে লয়, বুঝলি, হি হি হি।'

উত্তরটা অনন্তর মনঃপূত হইল না মোটেই। ভাবিল উহ, এ হইতেই পারে না। কিন্তু সত্য হইলে ত বিপদ।

'আমারে বিয়া করবি?'

মোটা মোটা ঠ্যাং দুটির দিকে ভয়ে ভয়ে তাকাইয়া অনন্ত বলিল, 'না।'

সন্ধ্যার পর মার সঙ্গে বিবাহ দেখিতে গিয়া অনন্ত বিস্ময়ে বিমূঢ় হইয়া গেল। সে যেন বিবাহ দেখিতেছে না, একটা চমৎকার গল্প শুনিতেছে। প্রভেদ শুধু এই, গল্প যে বলিতেছে তাকে দেখা যাইতেছে না, আর তার কথাগুলি শোনা যাইতেছে না। সে যা যা বলিতেছে অনন্ত স-সব চোখের সামনে দেখিতেছে।

সামনে যে টোপর মাখায় চুপ করিয়া বসিয়া আছে, সে বিরাট এক দৈত্য। ছোট মেয়েটাকে তার দলের লোকেরা ধরিয়া আনিয়া তার গুহার

মধ্যে বন্দী করিয়া রাখিয়াছে। মেয়েটা চাহিয়া দেখে চারিদিকে লোকজন, পালাইবার চেষ্টা করিয়া কোন ফল হইবে না। তার চেয়ে এই ভাল। আপাততঃ দৈত্যকে ঘুরিয়া প্রদক্ষিণ করিতে করিতে তার মাথায় ফুল ছড়াইয়া তাকে তুই রাখা চলুক। তার লোকজন অন্যমনস্ক হইলে যেই একটু ফাঁক পাওয়া যাইবে অমনি মেয়েটি এখান হইতে পলাইয়া যাইবে। কোথায় যাইবে? যেখানে তার জন্য খেলার সাথীরা প্রতীক্ষা করিয়া আছে। পালাইয়া অনন্তদের বাড়ীতে গিয়া উঠিলে মন্দ হয় না। মা তাকে কিছুদিন লুকাইয়া রাখিবে। দৈত্যটা তাকে পাড়াময় বৃথাই খুঁজিয়া মরিবে। পাইবে না। অবশেষে একদিন মনের দুঃখে তিতাসের জলে ডুবিয়া মরিবে।

অনন্তর ধ্যান ভাঙ্গিল তখন, যখন বড় বাতাসার হাঁড়ি হাতে একজন একমুঠা বাতাসা তুলিয়া তার হাতের কাছে নিয়া বলিল, 'এই নে, বাতাসা নে। কোন দিকে চাইয়া রহিলি?'

অনন্ত হাত পাতিয়া বাতাসা লইল। ততক্ষণে বিবাহ শেষ হইয়া গিয়াছে এবং বিবাহ সমাপ্তির মধু-চিহ্ন রূপে নাপিত ভাই 'গুরুবচন' বলিতেছে—

> শুন শুন সভাজন শুন দিয়া মন,
> শিবের বিবাহ কথা অপূর্ব কথন।
> কৈলাস-শিখরে শিব ধ্যানেতে আছিল,
> উমার সহিতে বিয়া নারদে ঘটাইল।
> শিবেরে দেখিয়া কাঁদে উমাদেবীর মা,
> এমন বুড়ারে আমি উমা দিব না।...
> শিবেরে পাইয়া উমা হরষিত হইল,
> সাঙ্গ হইল শিবের বিয়া হরি হরি বল।

গুরুবচনের মাঝখানটায় শ্যামসুন্দর চমকাইয়া উঠিয়াছিল : এ সব কথা ঠিক তাহাকে উদ্দেশ করিয়া বলিতেছে না ত! যা হোক, বচনের শেষের দিকটা আশাপ্রদ। উমার মা যাহাই মনে করুক না কেন, উমা নিজে খুশি হইয়াছে।

বিবাহবাড়ি খালি হইবার আগেই অনন্তর মা অনন্তকে হাত ধরিয়া বাড়ির পথে পা দিয়াছিল। পথে চলিতে চলিতে হাতের বাতাসাগুলিকে অনন্তর অকিঞ্চিৎকর মনে হইতে লাগিল। মনের দিক দিয়া সে এই একটি দিনের অভিজ্ঞতাতেই অনেকখানি আগাইয়া গিয়াছে। কয়েকটা অজানার আগল ধীরে ধীরে খুলিয়া গিয়াছে।

এই বিবাহেও শ্যামসুন্দর অনেক টাকা খরচ করিয়াছে। মালোপাড়ার সবাইকে পরিতৃপ্তির সহিত ভোজন করাইয়াছে।

কিন্তু কালীপূজাতে হয় সব চাইতে বেশী সমারোহ। বিদেশ হইতে কারিগর আসে। পূজার একমাস আগে মূর্তি বানানো শুরু হয়।

প্রকাও বাঁশের কাঠামটা ছিল অনন্তর চোখে পরম বিস্ময়। তেরী করিতে পাঁচদিন লাগিল। এক বোঝাই খড় আসিলে, পাটের সরু দড়ি দিয়া খড় পেঁচাইয়া তেরী হইল নির্মস্তক সব মূর্তি। সেগুলি কেবল বাঁশের উপর খাড় করা; খাড়া কাঠামে পিঠ-লাগানো। মানুষের আকার নিয়াছে হাত পা শরীরে, নাই কেবল মাথা।

একদিন এক বোঝাই মাটি তিতাসের ঘাটে লাগিল। ছোট করিয়া কাটা পাটের কুচি সে মাটির সঙ্গে মিশাইয়া জল ঢালিয়া মালোর ছেলেদের জিম্মায় দেওয়া হইল। তারা নাচিয়া কুঁদিয়া পাড়াইয়া মাড়াইয়া সে মাটি নরম করিল। এই মাটিতে আকাশ-ছোঁয়া মূর্তি তৈয়ার হইবে। সে মাটির কাজ করা বড় গৌরবের, বিশেষ ছেলেদের পক্ষে।

কারিগরেরা সে মাটি লাগাইয়া দেহ সংগঠন করিল। মূর্তির গলার উপর যেদিন মাথা পরান হইল সেদিন মনে হইল এত বড় মূর্তি যেন কথা কহিতে চায়।

মূর্তির গায়ে থড়িগোল লাগাইয়া পালিশ করাতেই অনন্ত ভাবিল কারিগরের কাজ ফুরাইয়াছে, এই মূর্তিরই পূজা হইবে।

'মূর্তি ত বানান হইল, পূজা কোন দিন?'

'দূর বলদ, মূর্তির অখনো মেলাই বাকি। সাদা থড়ির উপরে রঙ লাগাইব, নানান রঙের রঙ। যেদিন চক্ষুরদান হইব, সেইদিন কাম সারা। পূজা হইব সেইদিন রাইতে।'

সুবিজ্ঞ সাখীর আশ্বাস অন্তরে নিয়া অনন্ত পরের দিন গেল। কিন্তু নিরাশ হইল। পাল খাটাইয়া মণ্ডপের সামনাটা ঢাকিয়া দিয়াছে। কারিগরদের যাওয়া-আসার জন্য একটুখানি ফাক আছে এক কোণে। সেখানে চোখ ডুবাইয়া দেখা গেল ছোট ছোট অনেক বাটিতে অনেক জাতের রঙ গোল রহিয়াছে। সেই রঙে তুলি ডুবাইয়া কারিগরের দ্রুত বেগে চালাইতেছে, আর প্রতিমা প্রতিক্ষণে নব নবরূপে বিচিত্র হইয়া উঠিতেছে।

কালোর-মা-ই নির্দিষ্ট করিয়া দিল, কাল যে কালীপূজা হইবে, তাতে কালোর-মা, অনন্তর-মা আর বৃন্দার-মা সংযমী থাকিবে। সংযমী যারা থাকে তারা আগের দিন নিরামিষ খায়, পূজার দিন প্রাতঃস্নান করে। পূজার জল তোলে, ফুল বাছাই করে, ভোগ নৈবেদ্য সাজায় আর ফুলের মালা গলায় নামাবলী গায়ে যে পুরোহিত পূজায় বসে তার নির্দেশ মতো নানা দ্রব্য আগাইয়া দেয় এবং প্রতিমার সঙ্গে ঘনিষ্ঠ সম্বন্ধযুক্ত নানা কাজ করে। কম গৌরবের কথা নয়। তারা পুরোহিতের সাহায্যকারিণী। অর্ধেক পূজা তারাই সমাধা করে। পুরোহিত তো কেবল মন্ত্রের জোরে। অনন্তর মার গৌরব বাড়িল। কিন্তু সুবলার বৌয়ের জন্য দুঃখ পাইল। সে এসব কাজে কত পাক অথচ কালোর মা তাকেই কিছু বলিল না।

সারাদিন এক ফোঁটা জল মুখে না দিয়া কারিগরেরা তুলির শেষ পোঁচ লাগাইয়া যখন পরদা সরাইল, আকাশের আলো ফুরাইয়াছে বলিয়া তখন পালের নিচে গ্যাসের আলোর আয়োজন চলিতেছে।

মা বলিয়া দিয়াছে, অত বড় প্রতিমা, প্রথমে পায়ের দিকে চাহিও, তারপর ধীরে ধীরে চূড়ার দিকে। একেবারেই মুখের দিকে চাহিলে ভয় পাইবে। সে-কথা ভুলিয়া গিয়া অনন্ত একেবারেই মুখের দিকে চাহিল কিন্তু ভয় পাইল না।

একটু পরেই দেখা গেল নৈবেদ্য হাতে করিয়া মা পূজারিণীর বেশে মণ্ডপে ঢুকিতেছে। শুদ্ধ শান্ত ধবলী বেশ। নূতন একখানা ধবধবে কাপড় পরিয়াছে মা। কোথায় পাইয়াছে কে জানে! কিন্তু এই বেশে মাকে যা সুন্দর দেখাইতেছে। মণ্ডপের বাহিরে একটা বাঁশবাঁধা। তার ওপাশে কাহাকেও যাইতে দেয় না। কেউ গেলে ধমক খাইয়া ফিরিয়া আসে। এ অভিজ্ঞতা তার

নিজেরও হইয়াছে। আর তারই মা কিনা অত সব পূজাসামগ্রী লইয়া মণ্ডপের ভিতরে একেবারে প্রতিমার গাঁ ঘেঁষিয়া দাঁড়াইয়াছে! এত কাছে যারা যাইতে পারিয়াছে তারা সামান্য নয়। অনন্তর মত এত সামান্য ত নয়ই, তাদের সঙ্গে নিশ্চয়ই দেবতার কথাবার্তা চলে। মার প্রতি অনন্তর অনির্বচনীয় শ্রদ্ধা জন্মিল। অথচ এই মা'ই তাহাকে কোলে তুলিয়াছে, খাওয়াইয়াছে পরাইয়াছে। একান্ত ইচ্ছা করিতেছে মা একবার তার দিকে দৃষ্টিপাত করুক। তার দৃষ্টির প্রসাদ ঝরিয়া পড়ুক অনন্তর চোখেমুখে। কিন্তু না, বড় দুর্ভাগা সে। মা কোনোদিকে না চাহিয়া চলিয়া গেল। একবার চাহিয়াও দেখিল না, তারই ছেলে অনন্ত দীনহীনের মত দূরে দাঁড়াইয়া। মার জন্য অনন্ত খুব গর্ববোধ করিল।

তারপর অনেকক্ষণ মাকে আর দেখা গেল না। বোধ হয় বাড়ি চলিয়া গিয়াছে।

বাহিরে অমাবস্যার অন্ধকার। পালের বেড়া দেওয়া তীব্র আলোর রাজ্য হইতে বাহির হইয়া একেবারে অন্ধকারের সমুদ্রে গিয়া পড়িল। কোনমতে পথ চিনিয়া বাড়িতে আসিয়া দেখে দ্বার বন্ধ। মা আসে নাই। এত রাত। এত অন্ধকার। সে এখন যায় কোথায়। আবার সেখানে একা একা ফিরিয়া যাওয়া। একথা যে ভাবাও যায় না। তবু যাইতে হইবে। দুঃসাহসের জয়যাত্রা তাকে এখনই শুরু করিতে হইবে। তুর্জয় সাহসে বুক বাঁধিয়া অনন্ত কোনো দিকে না চাহিয়া পথ বাহিয়া চলিল। গল্পের মধ্যে যাদের কথা সে শুনিয়াছে এখন তাদের সঙ্গে যদি দেখা হইয়া যায়। না তাদের কারো সঙ্গেই পথে দেখা হইল না। তার বোধ হয় জানে না অনন্ত আঁধারে একা এপথ দিয়া যাইতেছে। জানিলে আসিত। অনেক লোক লইয়া তাদের কারবার। অনন্তর মত এত ছোট মানুষ কাউকে ভুলিয়া যাওয়া তাদের অসম্ভব নয়। তার আত্মসন্মানে আঘাত পড়িল। সে তাদের কথা এত জানে, অথচ অনন্তর কথা তারা জানে না।

এই বাড়িতেই পূজার সবকিছু দ্রব্য রাখা হইয়াছে। তার মা এই বাড়িতেই কোনো একটা ঘরে আছে হয়ত। অনেকগুলি পূজার উপকরণ

সামনে লইয়া প্রদীপের পাশে বসিয়া আছে প্রতিমার মত। কাছে দেখিতে পাইয়া অনন্তকে তাড়াইয়া দিবে না ত? পূজার জন্য মা তার কাপড়খানা পরিষ্কার করিয়া দিলেও, মার মত অত পরিষ্কার নয়। আর তাকে অত সুন্দর কোনোকালেই দেখাইবে না। তবে ত এখন মার কাছে যাওয়া ঠিক হইবে না। কিন্তু আজ অন্ধকারে যে দুরন্ত সাহসের কাজ সে করিয়া ফেলিয়াছে, মা যদি তাহা জানে তবে নিশ্চয় তাকে কাছে ডাকিয়া নিয়া কোলে ঠিক না বসাইলেও পাশে বসাইয়া বলিবে, তুমি অমন ভাবে আঁধারে এক পথ চলিও না। সে বলিবে, তাতে কি মা, আমার তেমন ভয় করে নাই ত। মা বলিবে, তোমার ভয় না করিতে পারে কিন্তু আমার ভয় করে। তুমি আঁধারে হারাইয়া গেলে তোমার মত এমন আর একটি অনন্তকে আমি কোনকালে পাইব না। মা তাহা হইলে সত্য কথাই তো বলিবে। কোথায় পাইবে আমার মত আরেকটিকে। তেমন কাউকেও দেখি না ত। না, মাকে কথাটা বলিতেই হইবে।

একটা ঘরের দিকে আগাইয়া গেল। দরজা খোলা। ভিতরে প্রদীপ জ্বলিতেছে। তার আলোয় উঠানটাও কিঞ্চিৎ আলোকিত। এই আলোতে একটি ছেলেকে সন্দিগ্ধভাবে ঘুরিতে দেখিয়া কারো মনে সন্দেহ ঢুকিয়া থাকিবে, ছেলেট পূজার কোনো দ্রব্য চুরি করিবার তালে আছে। সে খুব জোরে এক ধমক দিল। অনন্ত মাকে খুঁজিতেছে একথা বলিবার অবসর পাইল না। লোকটা আগাইয়া আসিয়া সরিবার পথ দেখাইলে অনন্ত নীরবে পূজামণ্ডপে চলিয়া আসিল।

তাকে অসহায়ের মত দাঁড়াইয়া থাকিতে দেখিয়া কে একজন দয়াপরবশ হইয়া তার দিকে চাহিল।

‘এই, তুই কার ঘরের?’

অনন্ত এ প্রশ্নের অর্থ বুঝিল না।

‘ও পুলা, তোর বাপ কেডা?’

বাপ নামক পদার্থটা যে কি, অনন্ত তাহা কিছু কিছু বুঝিতে পারে। এই পাড়ার সমবয়সী অনেক ছেলেরই বাপ নামক এক একটি লোক আছে। বাজারের ঘাট হইতে ছোলাভাজা মটরভাজা বিস্কুট কমলা কিনিয়া দেয়।

সকালে রাতের জাল বাহিয়া আসিয়া কারে বা কোলে নেয়, কারে বা চুমু খায়, কারে বা মিছিমিছি কাদায়। দুপুরে নিজহাতে তেল মাখাইয়া তিতাসের ঘাটে নিয়া স্নান করায়। পাতে বসাইয়া খাওয়ায়। মাছের ডিমগুলি বাছিয়া বাছিয়া মুখে তুলিয়া দেয়। এসব অনন্তর একদিনের দেখা অভিজ্ঞতা নয়। অনেকদিন দেখিয়া, মনে মনে পর্যালোচনা করিয়া তবে সিদ্ধান্তে আসিয়াছে যে, বাপের এইসব করে। আরো দেখিয়াছে মালো-পাড়ার ছেলেদের গায়ে যে লাল-নীল জামা, এসবও ঐ বাপেরাই কিনিয়া দেয়। যাদের বাপ আছে তারা শীতে কষ্ট পায় না। অনন্ত শীতে কষ্ট পায় তার বাপ নাই বলিয়া। এ ঠিক মার কাজ নয়। কিন্তু তারও বাপ থাকিতে পারে বা কেউ একজন ছিল এ প্রশ্ন কোনোদিন তার মনে জাগে নাই। মাও কোনোদিন বলিয়া দেয় নাই। অথচ মা কত কথা বলিয়া দেয়। বড় অদ্ভুত প্রশ্ন। আগে কেউ এ প্রশ্ন করে নাই। অনন্ত এর কোনো জবাব খুঁজিয়া পাইল না।

'তুই কার লগে আইছস্?'

এইবারের প্রশ্নটি সোজা। একটু আগেই সে আঁধার জয় করিয়া আসিয়াছে। সঙ্গে তার কেউ ছিল না। জানাইল, একলা আসিয়াছে।

'এ বলদটা কার ঘরের রে বিপিন?'

বিপিন নামক যুবকটি প্রশ্নকর্তার কৌতূহল এই বলিয়া নিবৃত করিল, তুমি থাক পরের গ্রামে, নিজের গ্রামে কে গেল কে আসিল তুমি কি করিয়া জানিবে। এর মা বিধবা। গায়ে নূতন আসিয়াছে। কালোবরণ বেপারির বাড়ির কাছে বসতি নিয়াছে। রাত পোহাইলে দেখিয়া যাইও ছোট ঘর থানাতে থাকে খায়।

বিপিন একটা পাতলা কাঁথা গায়ে জড়াইয়া উওর দিতেছিল। লোকটার কানের কাছে মুখ নিয়া বলিল, 'ছোট ঘরে বসত করে বড় গুণবতী। হি হি হি।'

অনন্তর পূজা দেখা হইল না। ভিতরে যারা ঘুমাইয়া ছিল, ঘুম পাইলে তাদের দলে ভিড়িয়া অনন্তও এক সময়ে তাদের গাঁ ঘেঁষিয়া শুইয়া পড়িল। একসময়ে কাঁসি-ঘন্টা বাজাইয়া পূজা হইয়া গিয়াছে। তারা উঠিয়া পূজা দেখিল, প্রণাম করিল, প্রসাদ পাইল। যে-সব ছেলে বাপ ভাই জেঠা

খুড়ার সঙ্গে আসিয়াছিল, তারা তাদের সঙ্গে চলিয়া গিয়াছে। অনন্ত কারে সঙ্গে আসে নাই। তার ঘুমও কেউ ভাঙাইল না।

ঘুম যখন ভাঙিল তখন অনেক বেলা। এঘরে একজনও শুইয়া নাই। কিন্তু যত ভিন-পাড়ার ভিন-গায়ের লোক বিহানের বাজার করিতে আসিয়াছিল, তারা এখন প্রতিমার নিকট ভিড় জমাইয়াছে।

ঐ-বাড়িতে মা ছিল। যদি সেখানে গিয়া মাকে পাওয়া যায়। এই ভাবিয়া চোখ মুছিতে মুছিতে সে-পথেই রওয়ান হইল।

মা সেখানেই আছে। আর সেখানে জমিয়াছে একপাল তারই মত বয়সের ছেলেমেয়ে। বড় একটা পিতলের গামলাতে সবগুলি নৈবেদ্যর প্রসাদ ঢালিয়া তার মা নিজ হাতে মাখিতেছে। চিনি বাতাসা সন্দেশ কলা আর আলোচাল। আরো নানা জিনিস। সব একসঙ্গে মাখিয়া মা প্রসাদ বানাইতেছে; যত ছেলের দল চুপ করিয়া চাহিয়া আছে সে প্রসাদের দিকে আর অনন্তর মার মুখের দিকে, প্রসাদ প্রস্তুতরত হাতখানার দিকে।

মার একেবারে সামনে গিয়া পড়া যুক্তিযুক্ত মনে হইল না। সেও ছেলের দলে মিশিয়া তাদেরই একজন হইয়া মাকে দেখিতে লাগিল।

প্রসাদ মাখা শেষ হইলে অনন্তর মা মাধুকরির মত বড় এক এক দলা করিয়া এক এক জনের হাতে প্রসাদ দিতে লাগিল। অন্য ছেলেদের মত অনন্তও একবার ভিড়ের ভিতরে হাত বাড়াইল। সেও তেমনি বড় একদলা প্রসাদ পাইল।

অনন্ত স্পষ্ট দেখিয়াছে, দিবার সময় মা তার দিকে চাহিয়াছে আর একটুখানি হাসিয়াছে। রাতজাগা চাঁদের স্বচ্ছ পাণ্ডুর মমতামাখা হাসি শুধু একটুখানি হাসিয়াছে।

তারপর থেকে চারদিন এখানে অপরূপ কাও হইল। এক নাগারে আট পালা যাত্রা গান আর কবি গান হইল।

চার দিন পর্যন্ত মালোর দিনে যাত্রা রাত্রে কবি শুনিল। চার দিনের জন্য নৌকাগুলি ঘাটে বাঁধা পড়িল। জালগুলি গাবে ভিজিয়া রোদে শুকাইল। চারদিন তাদের না হইল আহার না হইল নিদ্রা।

কয়দিনের ধুমধামের পর মালোপাড়া ঝিমাইয়া পড়িয়াছে। অত্যধিক আনন্দের অবসানে অনিবার্যরূপে যে অবসাদ আসিয়া পড়ে, তারই কোলে ঝিমাইতে থাকিল মালোপাড়ার ঘেঁষাঘেঁষি ছোটবড় ঘরগুলি।

এর ব্যতিক্রম কেবল রামকেশবের ঘর। যার ঘরে নিত্য নিরানন্দ, আনন্দাবসানের দুঃখের আঁধার সে-ঘরে তুলিয়া উঠে না। ঘনাইয়া আসে না শ্রান্তির অবসন্ন কালে মেঘ। গরীব বলিয়া মাতব্বরের বলিয়াছিল, 'রামকেশব, তোমার পাগলার চাঁদা বাদ দিলাম। তোমার চাঁদ দিয়া দেও।'

তারা লণ্ঠন লইয়া উঠানে বসিয়াছে। দিবে-না বলা চলিবে না। তাদের হাতে হকা দিয়া রামকেশব ডাক দিল, 'মঙ্গলারে, অ মঙ্গলা, তুই না জাল কিনতে চাইছিলি, টাকা থাকে ত লইয়া আয়?'

ঝড়ের ঢেউ বুকে করিয়া জালটা বাহির করিলে যার হাতে চাঁদার কাগজ ছিল সে বলিল, 'জালটা অখন বেইচ্য না কিশোরের বাপ। তোমার চান্দা ছাড়াও পূজা হইব, কিন্তু জাল বেচলে আবার জাল করতে দেরি লাগব। আমি মাতবররারে সামঝামু।'

এ জন্য রামকেশবের মনে একটা সঙ্কোচ ছিল। চাঁদ দিবে না অথচ পূজার প্রসাদ থাইবে। পরের চাঁদায় গান হইতেছে। সে গান যে বসিয়া বসিয়া শুনিবে, লোকে তার দিকে চাহিয়া কি মনে করিবে।

পূজার একরাত ও গানের চারদিন চাররাত সে পাগলকে ঘরে বাঁধিয়া রাখিল। এবং নিজে না দেখিল পূজা, না পাইল প্রসাদ, না শুনিল গান। চাররাত ধরিয়া খালের মুখে একটানা জাল পাতিয়া রাখিল। তাহাতে সে প্রচুর মাছ পাইল এবং চড়া দামে বেচিয়া কিছু টাকা পাইল। কিন্তু গরীবের হাতে টাকা পড়িলে উড়িবার জন্য ছটফট করে। পরিবারকে জানাইল, পাগলের মঙ্গলের জন্য 'আলন্তির' দিনে সে কয়েকজন লোককে খাওয়াইবে।

বুড়ি বলিল, 'ঐ দিন ত ঘরে ঘরে খাওয়ার আরক্ত, তোমার ঘরে কেডায় থাইতে আইব কও।'

'কথাটা ঠিক?'

কালীপূজার সময় গান বাজনায় আমোদ আহ্লাদে মালোর অনেক টাকা খরচ করে সত্য, কিন্তু খাওয়া-দাওয়ার জন্য খরচ করে এই উত্তরায়ণ সংক্রান্তির দিনে। এই দিন পৌষ মাসের শেষ। পাঁচ ছদিন আগে থেকেই ঘরে ঘরে গুঁড়ি-কোটার ধুম পড়ে। মুড়ি ভাজিয়া ছাতু কুটিবার তোড়জোড় লাগে। চাউলের গুঁড়ি রোদে শুখাইয়া খোলাতে টালিয়া পিঠার জন্য তৈরী করিয়া রাখে। পরবের আগের দিন সারারাত জাগিয়া মেয়েরা পিঠা বানায়। পিঠা রকমে যেমন পিচিত্র, সংখ্যায়ও তেমনি প্রচুর। পরের দিন সকাল হইতে লাগে খাওয়ার ধুম। নারী পুরুষ ছেলে বুড়া অতি প্রত্যুষে জাগিয়া তিতাসের ঘাটে গিয়া স্নান করে। যারা জালে যায় তারাও নৌকায় উঠিবার আগে গামছা পরিয়া ডুব দেয়। ঠকঠক করিয়া কাঁপিতে থাকায় মাছ ধরার কাজে সুবিধা হয় না। তুতোর, পরবের দিনে কিসের মাছ ধরা, এই বলিয়া তুই চার খেউ দিয়াই জাল খুলিয়া ফেলে। ঘরে থাকিয়া নারীরা আর ঘাটে যাইয়া ছেলেপিলেরা নদীর উপর চোখ মেলিয়া রাখে, কার নৌকা কত সকালে আসিয়া ভিড়ে। যারা যত সকালে ভাসিবে তারা তত সকালে খাইবে। এবং সকলে যত সকালে আসিয়া খাওয়া শেষ করিবে, গ্রামের নগর-কীর্তনও তত সকালে আরম্ভ হইবে। সারাটা গ্রাম ঘুরিয়া কীর্তন করার জন্য সকলের আগে বাহির হয় মালোপাড়ার দল। সাহাপাড়া আর যোগীপাড়া হইতেও দেখাদেখি দল বাহির হয়। কিন্তু মালোদের মত কীর্তনে অত জৌলুস হয় না। তারা কীর্তন করে ঝিমাইয়া আর মালোরা করে নাচিয়া কুঁদিয়া লাফাইয়া ঝাঁপাইয়া। তাই কদমা বাতাসাও ধরিতে পারে তারাই বেশি। সে যে কি আনন্দের! সে সময় পুরুষেরা কীর্তন করিয়া বাড়ি বাড়ি লুট ধরিতে যায় আর মেয়ের ঘরে বসিয়া নানা উপকরণের পঞ্চান্ন-ব্যঞ্জন রান্না করে।

ঘরে ঘরে এত প্রাচুর্যের দিনে রামকেশবের বাড়িতে খাইতে আসিবে কে।

তবু তার সাধ দুর্বার হইয়া উঠিল। সে স্থির করিল রাধামাধবের বাড়িতে একটা 'সিধা' দিবে আর খাইতে নিমন্ত্রণ করিবে যাত্রাবাড়ির রামপ্রসাদ জামাইকে, বাড়ির পাশের মঙ্গলা আর তার ছেলে মোহনকে আর সুবলার শ্বশুরবাড়ির সব কয়জনকে। আরো একজনের কথা তার মনে

জাগে, সে গ্রামের নূতন বাসিন্দা, অনন্তর মা। তার ছেলেটাকে বড় আদর করিতে ইচ্ছা করে। সে কি আসিবে। কালোর-মা হয়ত এতক্ষণে তাকে নিমন্ত্রণ করিয়া বসিয়াছে। সে বাড়িতে খাইবেও অনেক ভাল।

নিমন্ত্রণ পাইয়া সুবলার শাশুড়ী মায়ে-ঝিয়ে অনেক চাউলের গুঁড়ি কুটিয়া রামকেশবের বাড়ি দিয়া আসিল। নিজেদের জন্য আগে যত গুঁড়ি কুটিয়া রাখিয়াছিল তাহাও পাঠাইয়া দিল। এবারের পরব তাদের বাড়িতে না হইয়া ঐ বাড়িতেই হোক।

রামকেশব যে সাধ মুখ ফুটিয়া প্রকাশ করারও সাহস পায় নাই, সে সাধ পূর্ণ করিল সুবলার বৌ। গুঁড়ি গোলার প্রাথমিক কাজ মায়ে-ঝিয়ে শেষ করিয়া সন্ধ্যা সময়ে সে গিয়া অনন্তর মাকে ধরিয়া বসিল, 'পিঠা বানাইতে হইব দিদি, চল।'

'কই?'

'ঐ বাড়িত যে বাড়িত একটা পাগলা থাকে।'

অনন্তর মার বুকটা ছাঁৎ করিয়া উঠিল, 'ন না ভইন, অচিনা মানুষ তারা। কোনদিন তারাও কিছু কয় নাই, আমিও যাই নাই। আমি দিদি যাইতে পারি না।'

'দিদি, তুমি মনে কইরা দেখ, আমিও অচিন আছলাম, চিনা হইলাম। মানুষের কুটুম আসা-যাওয়ায় আর গরুর কুটুম লেহনে-পুছনে। তুমি দিদি, না কইর না। বুড়া মানুষ। কোন দিন মইরা যায়। তার মনে সাধ হইছে, লোকসেবা করাইব। এই পরবের দিনে লোক পাইব কই? এক লোক পাওয়া গেছে মন্দিরের রাধামাধবেরে, আর লোক পাওয়া গেছে আমার বাপেরে আর বড় মাতব্বরেরে। আরেক লোক তোমার অনন্ত। তুমি-আমি কেবল পিঠা বানানোর লাগি, বুঝছ নি।'

অনন্তর মাকে কিছু বলার অবকাশ না দিয়া সে অনন্তকে লইয়া রামকেশবের রান্নাঘরে ঢুকিল এবং প্রথম খোলার প্রথম পিঠাখানা রাধামাধবের জন্য তুলিয়া রাখিয়া পরের পিঠাখানা অনন্তর হাতে দিল, তাকে চৌকিতে বসাইয়া, খোলা হইতে পিঠা তুলিবার ফাঁকে ফাঁকে তার খাওয়া দেখিতে লাগিল।

অনন্তর মা ঘরে সন্ধ্যাদীপ জ্বালাইয়া একটু পরেই সে দীপ নিভাইল, এবং দরজা বন্ধ করিয়া নিমন্ত্রণ-বাড়িতে গিয়া ঢুকিল। অনন্ত তখন মুবলার বৌর ঠিক পাশটিতে বসিয়া মনোরম ভঙ্গিতে পিঠা খাইতেছে।

স্বামীপুত্রকে নদীতে পাঠাইয়া একটু পরে মঙ্গলার বৌও আসিয়া তাহাদের সঙ্গে মিলিত হইল। অতঃপর তিনজনে মিলিয়া খুব তোড়ের সহিত পিঠা বানাইতে লাগিল। এক বুড়ি কিশোরের মা আরেক বুড়ি সুবলার শাশুড়ী তাদের সঙ্গে কিছুতেই আঁটিয়া উঠিতে না পারিয়া কাজে ভুল করিতে লাগিল। রাত আরেকটু অধিক হইতে দুই বুড়িই ঢুলিতেছে দেখিয়া তিনজনেই তাহাদিগকে ছুটি দিল, তার মাঝঘরে গিয়া ঘুমাইয়া পড়িল। অনন্তও হইল তাদের শয্যার সঙ্গী। তখন তিনজনেই রহিল সমান সমান। তারা এমনভাবে কাজ করিয়া চলিল যে, যেন এ রাতের জন্য তারাই এ বাড়ির মালিক।

পাগলটার রাতে ঘুম নাই। আজ রাতে আবার পাগলামি বাড়িয়াছে। একটু আগে এ ঘরের মহিলাদিগকে অকারণে দেখিয়া গিয়াছে। তারপর বারান্দায় বসিয়া গান করিয়াছে, প্রলাপ বকিয়াছে এবং দা দিয়া মাটি কোপাইয়াছে। এত করিয়াও তৃপ্ত না হইয়া আবার মহিলাদের ঘরের দিকে আসিতেছে দেখিয়া মঙ্গলার বৌ দরজা বন্ধ করিয়া দিল। বন্ধ দুয়ার দেখিয়া সে আর দাঁড়াইল না, বারান্দায় গিয়া চুপ করিয়া বসিয়া রহিল।

মঙ্গলার বৌয়ের সহসা নিশি রাতে গল্প শুনিবার সাধ হইল। অনন্তর মাকে ধরিয়া বসিল, 'একখান পরস্তাব কও ভইন। নতুন দেশের নতুন মানুষ তুমি। অনেক নতুন পরস্তাব তুমি শুনাইতে পারবা।'

অনন্তর মা একটু ভাবিয়া দেখিল; তার নিজের জীবনে এত বেশি 'পরস্তাব' জমিয়া আছে, আর সে 'পরস্তাব' এত বিচিত্র যে, ইহা ফেলিয়া কানে-শোনা 'পরস্তাব' না বাধিবে দানা, না লাগিবে ভাল, না পরিবে দরদ দিয়া বলিতে। তার নিজের জীবনের বিরাট কাহিনীর নিকট আর যত সব কাহিনী তো নিতান্ত তুচ্ছ। কিন্তু এ কাহিনী তো এখানে বলিবার নয়। শুধু এখানে কেন, কোনোখানেই বলিবার নয়। এ কাহিনী নিজে যেমন কুলকিনারাহীন, এর ভবিষ্যৎও তেমনি কুলকিনারাহীন। এ কাহিনী সহজে কাউকে খুলিয়া বলা যায় না, কিন্তু গোপন করিয়া সহিয়া থাকিতে অসীম

ধৈর্য, কঠোর আত্মসংযম লাগে। তাকে না বলিয়া মনের গোপনে লুকাইয়া রাখার জন্য মনের উপর অনেক বল প্রয়োগ করিতে হয়। তবু মনে মনে প্রতিজ্ঞা করিয়া রাখিয়াছে, যদি কোন দিন চূড়ান্ত সময় আসে সেদিন বলিবে, তার আগে বুক যতই মুচড়াইয়া দুমড়াইয়া ভাঙ্গিয়া চুরিয়া থাক সেখানেই উহাকে সযত্নে সংগোপনে লুকাইয়া রাখিবে।

তার অন্যমনস্কতাকে নির্মমভাবে আঘাত দিল মঙ্গলার বৌ 'কি গ বিন্দাবনের নারী, কোন কালোচোরা লড়দা গেছে মাইরা বাঁশির বাড়ি। পরস্তাব শুনাইবা ত শুনাও ভইন। ভাল লাগে না। না জানলে না কর, জানলে কও।'

কড়ার টগবগে তেলে হাত দিয়া গোলা ছাড়িতে ছাড়িতে অনন্তর মা বলিল, 'আমি একখান পরস্তাব জানি, এক মাইয়ারে দেইখ্যা এক পুরুষ কেমুন কইরা পাগল হইল, কয় এরে বিয়া করুম?'

'বিয়া করল?'

একটু ভাবিয়া অনন্তর মা বলিল, 'করল?'

'তার পর কি হইল?'

'তারপর আর মনে নাই।'

'কপাল আমার। এই বুঝি তোমার পরস্তাব। কেবল একজন পুরুষ কি কইল, সংসারের সব পুরুষইত মাইয়া দেইখ্যা পাগল হয়, বিয়া না কইরা ছাড়ে না। কিন্তু বিয়া করার পরে কি হয় সেই থানইত আসল কথা। তুমি ভইন আসল কথাই শুনাইলা না, চাইপ্যা গেল।

'জানি না দিদি, জানলে কইতাম।'

এইবার কথা কহিল সুবলার বৌ। অনন্তর মার কথায় সে চমকাইয়া উঠিয়াছিল। এ মেয়ে একথা জানে কি করিয়া। কথার পিঠে সে কথা দিল, 'আমি জানি ঐ মাইয়া-পাগল কি কইরা সত্যের পাগল হইয়া গেল, আর তার বন্ধু কি কইরা মারা গেল। কিন্তুক কমুনা।'

সুবলার বউ একটু থামিয়া আবার বলিতে লাগিল—

পাগল আর বন্ধু যখন ছোট ছিল একজনের মা তখন তাদের দুজনকেই খুব ভালবাসিত। একজন তখন ন'দশ বছরের মেয়ে। মাঘমণ্ডলের দিনে দুষ্ট বন্ধু তার চৌয়ারি বানাইয়া দিয়াছিল। সেইদিন মা ঠিক করিয়া

রাখিল দুইজনের যে-কোন জনকে মেয়ে সঁপিয়া দিবে। শেষে স্থির করিল বড়জনই বেশি ভাল, তাকেই মেয়ে দিবে। সে যেদিন পাগল হইয়া ফিরিয়া আসিল সেদিন মত গেল বদলাইয়া। মেয়ের বাপ তখন পাগলের বাপকে খালি এড়াইয়া চলিতে চায়। পাগলের বাপ ডাকিয়া বলে, তুমি আমাকে এড়াইয়া চল কেন। বাজারে যাইতে আমার উঠান দিয়া না গিয়া রামগতির উঠান দিয়া ঘুরিয়া যাও কেন। আমি কি জানি না, আমার কপাল ভাঙ্গিয়াছে। পাগলের নিকট বিয়া দিতে আমি কেন তোমাকে বলিব। তারপর একদিন ঢোলঢাক বাজাইয়া মেয়ের বিয়া হইয়া গেল। কার সঙ্গে হইল জানি, কিন্তু বলিব না।

—আরও জানি। বিয়ার পর বন্ধু গেল জিয়েলের ক্ষেপ দিতে। বড় নদীতে একদিন রাত্রিকালে তুফান উঠিল। নৌকা সাঁ সাঁ করিয়া ছুটিয়াছে, মানাইতে পারে না। মালিকেরা চতুর মানুষ। তারা নিজে কিছু না করিয়া, যাকে জন খাটাইতে নিয়াছে বিপদ আপদের কাজগুলি সব তাকে দিয়াই করায়। নৌকা তীরে ধাক্কা থাইয়া চৌচির হইবে। তার আগেই ত নৌকার পাঁচজনে তীরে ঝাঁপাইয়া পড়িয়া হাত দিয়া, কাঁধ লাগাইয়া পিঠ ঠেকাইয়া নৌকার গতিরোধ করিবে। এই ঠিক করিয়া সকলে নামিবার জন্য প্রস্তুত হইল। কিন্তু কার্যকালে শুধু এক ঐ বন্ধু নামিল, আর কেউ নামিল না। তারা বিশ্বাসঘাতকতা করিল। শেষে ঐ বন্ধু নৌকার ধাক্কায় চিত হইয়া পড়িয়া গেল। এক সে। না পড়িয়া উপায় আছে। নৌকা তার বুকখানা মথিয়া পিও করিয়া দিল। আর সে-নৌকা কার-নৌকা সবই জানি। কিন্তু বলিব না।

'জান যদি, তবে কইবা না কেনে? '

'চোখে জল আইয়া পড়ে দিদি। কইতে পারি না।'

'একজনের কথা যে কইল, সে মাইয়া কে?'

'তার নাম বাসন্তী। সে অখন নাই। মারা গেছে?'

আবহাওয়া বড় করুণ ও ভারাক্রান্ত হইয়া উঠিল। মঙ্গলার বে এই রকম আবহাওয়া সহিতে পারে না। হালকা করিবার জন্য কথা খুঁজিতে খুঁজিতে সহসা বলিয়া উঠিল—

'আমিও জানি?'

মঙ্গলার বৌ বিজ্ঞের ভঙ্গিতে কথাটা বলিয়া থোলার একখানা পিঠার প্রতি এমন মনোযোগ দিল যেন তুই জনে পায়ে ধরিয়া সাধিলেও যা জানে তা খুলিয়া বলিবে না।

মঙ্গলার বৌর রসাল গল্পটা স্বরু না হইতেই আবহাওয়া আবার থমথমে হইয়া পড়িল। আজ দুইটি নারীর মনের কোথায় যে কাঁটা বিঁধিতেছে কে বলিবে। পাগল চুপ করিয়া আছে দেখিয়া তাদের মন আরো বেশি দোলা খাইতে লাগিল। হয়ত সে ভাবিতেছে। কি ভাবিতেছে। সে যে ভাবিতে পারিতেছে ইহা কল্পনা করিয়া তাদের বুকে কোন সুদূরের ঢেউ আসিয়া আছড়াইয়া পড়িতেছে।

অনন্তর মার মন উদাম হইয়া উঠিল, ‘কও না গো ভইন, তোমার কথাখান বিস্তারিং কইরা, শুনি, পরাণ সার্থক করি।’ কিন্তু মুখের শ্লেষে বুকের বেদন ঢাকা পড়ে না। যে-কাহিনীর বিয়োগান্তিকা নায়িকা সে নিজে, সখীর সে কাহিনী আগাগোড়া জানা আছে কিন্তু যাকে নিয়া এত হইল সেই যে শ্রোতা, একথা সে জানে না, এর চাইতে আর বিচিত্র কি হইতে পারে।

অনন্তর মার নির্বন্ধাতিশয়ে সুবলার বৌ প্রবাস-থওে কিশোরের পত্নীলাভ এবং পত্নি-অভাবে পাগল হওয়ার বিবরণ বর্ণনা করিয়া কহিল, ‘কন্যা, এই বর্তের নি এই কথা।‘

অনন্তর মা অশ্রু গোপন করিয়া বলিল, ‘হ।‘

‘তবে ঘটে দেও বেলপাতা।‘

তার পরের যেটুকু অনন্তর মার জানা ছিল না, সে কাহিনী আরও করুণ। কিশোরকে বঞ্চিত করিয়া বাসন্তীর কি ভাবে বিবাহ হইল এবং সুবল কি করিয়া মারা গেল।

সুবলার বউ ঘটনা কয়টি আর একবার বলিল—

তারপর পাগল তো বাড়ি আসিল। বাপ মনে করিয়াছিল আনিবে টাকা, সেই টাকায় বাসন্তীরে আনিব ঘরে। কিন্তু তার বাড়াভাতে পড়িল ছাই। সে আসিল পাগল হইয়া।

বাসন্তীর বাপ দীননাথ। সে এখন রামকেশবকে এড়াইয়া চলে। আগে তুই জনে ভাব ছিল। পরে বাসন্তীকে কিশোরের সঙ্গে বিবাহ দিবার

কানায়ুষ যখন চলিতে লাগিল, ভাবট তখন খুবই বাড়িয়াছিল। এখন দীননাথ এ বাড়ির উঠানও মাড়ায় না। ঘাটে দেখা হইলে পাছে কিছু জিজ্ঞাসা করে এই ভয়ে সে পাশ কাটাইয়া যায়।

একদিন কিন্তু কিছুতেই পাশ কাটাইতে পারিল না। রামকেশব তাহাকে হাত ধরিয়া শুনাইয়া দিল, 'আসমানে চান্দ উঠলে পর লোকে জানে। আমার কিশোর পাগল হইছে বেবাক লোকেই জানে। আমি কি আর ঘুর-চাপ দিয়া রাখছি?'

দীননাথ চুপ করিয়া থাকে।

'আমি কি মাথার কিরা দিয়া কই যে, বাসন্তীরে আমার পাগলের সাথে বিয়া দেও।'

'কি যে তুমি কও দাদা। সেই কথা তুমি কি কইতে পার। তোমারে আমরা চিনি না?'

'তবে এমন এড়াইয়া বেড়াইয়া চল কেন ভাই।'

'এড়াইয়া চলি, তোমার কষ্ট দেইখ্যা বুক কান্দে, তাই।'

'আমার কষ্ট নিয়া আমি আছি। তার জন্যে তোমরা কেনে কান্দ?'

দীননাথের বুক বেদনায় টনটন করিয়া উঠে! একমাত্র ছেলে। পাগল হইয়া গিয়াছে। ঘর তুয়ার ভাঙে। জিনিসপত্র লওভও করে। গলা ফাটাইয়া কাঁদে। বুড়া তাকে নিয়া কি বিপদেই পড়িয়াছে। একে শেষ বয়স। তার উপর এই দাগ। এই কয়মাসে তাকে দ্বিগুণ বুড়া বানাইয়াছে। আর বুড়ি। তার দিকে আর চাওয়াই যায় না। অনেক কান্না জমাট বাঁধিয়া তাকে বোবা বানাইয়াছে। ইহাদিগকে সান্ত্বনা দিবার চেষ্টা করা অপেক্ষা ইহাদিগকে এড়াইয়া চলা অনেক সহজ।

'বাসন্তীর বিয়া কোনখানে ঠিক করলা?'

দীননাথ অপরাধীর মত বলে, 'আমি ত চুপ কইরা আছিলাম। গোলমাল লাগাইয়াছে আমার পরিবার। কয়, সুবল খুব ভাল পাত্র। তারেই ডাক দিয়া বাসন্তীরে পার কর।'

একদিন সুবলের সঙ্গে বাসন্তীর বিবাহ হইয়া গেল। সেই এক রাত। আকাশে চাঁদ আছে তারা আছে। দীননাথের উঠানে কলাগাছের তলায় বাসন্তীকে সুবল হাতে হাত দিয়া বউ করিতেছে। মেয়ের গীত গাহিতেছে হলুধ্বনি দিতেছে। জোরে জোরে বাজনা বাজিতেছে। এত জোরে বাজিতেছে যেন রামকেশবের কানের পর্দা ছিঁড়িয়া যাইবে। একটা টিমটিমে আলোর সামনে রামকেশব তামাক টানিতেছে। হকার শব্দে বাজনার শব্দ ঢাকিবার বৃথা চেষ্টা করিতেছে। তার পাশে বুড়ি বসিয়া বসিয়া ঝিমাইতেছে। গভীরভাবে কিছু বুঝিবার মত বোধশক্তি তার আর অবশিষ্ট নাই। আর বোধশক্তি নাই পাগলটার। সে অর্থহীন ভাবে একটা পুরোনো জাল টানিয়া ছিঁড়িতেছে।

অনেক রাত অবধি সে বাজনা চলিল। তারপর এক সময় উহাও নিস্তব্ধ হইয়া গেল। তখন বুঝি বিবাহবাড়ির সকলেই ঘুমাইয়া পড়িয়াছে। কিন্তু বুড়াবুড়ির চোখে সে রাতে আর ঘুম আসিল না।

তারপর একটি দুইটি করিয়া পাঁচটি বছর গত হইল। এই পাঁচ বছরে অনেক কিছুই ঘটিয়াছে। যেমন তিলক মারা গিয়াছে। কিন্তু কে মনে রাখিয়াছে!

তবে একটি ঘটনা মালোপাড়ার অনেকেই মনে রাখিয়াছে। সে হইতেছে সুবলের মৃত্যু। বড় মর্মান্তিকভাবে মরিয়াছে সুবল। কালোবরণের বড় নৌকায় করিয়া জিয়লের খেপ দিতে গিয়াছিল। সুবল বলিয়াছিল আমাকে ভাগীদার হিসাবে নেও। তারা বলিয়াছিল নৌকা আমাদের পুঁজি আমাদের। ভাগীদার হিসাবে নিব কেন? মাসিক বেতনে নিব। শুনিয়া সুবলের বৌ বলিয়াছিল, তবে গিয়া কাম নাই। কিন্তু বিবাহ করিয়াছে, লোকজন খাওয়াইয়াছে। হাতের টাকাকড়ি খরচ হইয়া গিয়াছে। সামনে তুরন্ত আষাঢ় মাস। এই দুঃসময়ে সে নিজে কি খাইবে বৌকে কি খাওয়াইবে! কাজেই বেতনধারী হইয়া না গিয়াই বা সে কি করে!

এখন, লোক যদি হয় বেতনধারী, পুঁজিদার হয় তার মালিক, তাকে সেই মালিক তখন চাকরের মত জ্ঞান করে!

মেঘনা নদীর মাঝখান দিয়া কালোবরণ বেপারির নৌকা চলিতেছিল। এমন সময় আসিল তুফান। ঈশান কোণের বাতাস নৌকাটাকে ঝাটাইয়া তীরের দিকে নিয়া চলিল। সকলে প্রস্তুত হইল তীরে ধাক্কা লাগিবার আগেই তারা লাফাইয়া নামিয়া পড়িবে এবং একযোগে ঠেলিয়া নৌকার গতিবেগ কমাইয়া আসন্ন তুর্ঘটনা নিবারণ করিবে। আগে সুবলের উপর আদেশ হইল, শীঘ্র লগি হাতে লাফাইয়া তীরে গিয়া পড়, পড়িয়া, লগি ঠেকাইয়া নৌকাটাকে বাঁচা। তোর সঙ্গে আমরাও লাফ দিতেছি। বেতনধারী লোকের মনে মুনিবের প্রতি প্রবল একটা বাধ্যবাধকতাবোধ থাকে। তাই সুবল ফলাফল না ভাবিয়া মালিকের আদেশমত লাফাইয়া তীরে নামিল কিন্তু আর কেউ ভয়ে নামিল না। সুবল লগিটার গোড়াটা নৌকার তলার দিকে ছুড়িয়া, মাঝখানটাতে কাঁধ লাগাইতে গেল, তাহাতে নৌকার বেগ যদি একটু কমে। বেগ কমিল না। ঢালু তীর। সবেগে নৌকা তীরে উঠিয়া আসিল। সুবল নৌকার তলায় চাপ। পড়িল, আর উঠিল না।

বাসন্তীর হাতের শাখা ভাঙ্গিল, কপালের সিঁদুর মুছিল। কিন্তু জাগিয়া রহিল একটা অব্যক্ত ক্রোধ।

চারি পাঁচ বছরে সে অনেক কিছু ভুলিয়াছে। স্বামীর জন্য আর তার কষ্ট হয় না। স্বামী বড় নিদারুণ মৃত্যু মরিয়াছে। একথা মাঝে মাঝে মনে হয়। কল্পনা করিতে চেষ্টা করে একটা মনিবের অসঙ্গত আদেশ আর একটা নিরুপায় ভূত্যের তাহা পালনের জন্য মৃত্যুর মুখে বাপাইয় পড়ার দৃশ্যটা।

একটা পড়ার পুঁথির মত পাগলের মনের উপর দিয়া তার পাগলামির ইতিহাসখানা পাতার পর পাতা উল্টাইয়া গেল। পূর্বস্মৃতি হয়ত তাকে খানিকক্ষণের জন্য আশ্বস্ত করিয়া দিল, সে নিজের দিকে, জগতের দিকে তাকাইবার সহজাত ক্ষমতা ফিরিয়া পাইল। না, হয়ত পাইল না। দুইটি নারী তার রান্নাঘরে পিঠা বানাইতেছে। দুইটির সহিতই তার জীবনের সম্পর্ক সুগভীর। ইহাদিগকে কাছে পাইয়া হয়ত ক্ষণকালের জন্য তার বুক ভরিয়া উঠিয়াছে। হয়ত ভরিয়া উঠে নাই। পাগলের মনের হদিস পাওয়া স্বাভাবিক মানুষের কাজ নয়। তবু মনে হয়, দুটি নারীর এতখানি কাছে অবস্থান তার মনে আলোড়ন জাগাইয়া থাকিবে, তাহা না হইলে, হাঁড়িখুড়ি

না ভাঙ্গিয়া, জাল দড়ি না ছিঁড়িয়া ভাল মানুষের মত সে স্থির হইয়া বসিয়া কাঁদিবে কেন?

এ ঘরে সুবলার বউ কাহিনী শেষ করিয়া আনিয়াছে। আর এ ঘর হইতেই শোনা যাইতেছে বারান্দাতে পাগল ফোঁপাইতেছে তার শব্দ। অনন্তর মা অনেক করিয়াও মনের বেদন চাপিতে পারিতেছে না। বুকের ভিতরটা মোচড় দিয়া উঠিতেছে। বুঝি এখনই কান্নায় ফাটিয়া পড়িবে। কিন্তু সব কিছু চাপিতে চাপিতে এমনই অভ্যাস হইয়া গিয়াছে যে, মনের জোরে সে পাথরের মতই শক্ত হইয়া যাইতে পারে।

কেরোসিনের আলোতে তার পাণ্ডুর মুখের দিকে চাহিয়া সুবলার বৌ শিহরিয়া উঠিল। নিশীথ রাত্রির স্তব্ধতার মাঝে মুখখান একেবারে অপার্থিব আকার ধারণ করিয়াছে। ক্ষণেকের জন্য তার মনে একটা সন্দেহ উঁকি দিয়া গেল, এ কি সেই, নয়া গাঙের বুকে যাহাকে ডাকাতে লইয়া গিয়াছিল!

দিনের আলোতে যাকে সত্য ও বাস্তব মনে করা যাইত, রাতের গহনে তাকেই অবাস্তব রহস্যে রূপায়িত করিয়া দেয়। সুবলার বৌর বাস্তববুদ্ধি লোপ পাইল। নিশার গহনত তার কল্পনার দূরত্বকে অস্পষ্ট করিয়া দিল। তার মনে হইল, হাঁ সে-ই। তবে রক্তমাংসের মানুষ সে নয়। তার প্রেতাত্মা।

মঙ্গলার-বৌ কাছে না থাকিলে সুবলার বৌ চিৎকার করিয়া উঠিত।

মঙ্গলার বৌ তার ভাবান্তর লক্ষ্য করিয়া মনে করিল, ছেমড়ির ঘুম পাইয়াছে। বলিল, 'যা লা সুবলার বৌ, অনন্তর পাশে গিয়া শুইয়া থাক?'

শুইয়া, ঘুমন্ত অনন্তকে বুকে চাপিয়া ধরিয়া সুবলার বৌ বুঝিতে পারিল এতক্ষণে সে বাস্তবের মৃত্তিক-স্পর্শ পাইয়াছে।

সকালে পাগল আবার যা ছিল তাই হইয়া গেল।

অনন্তর মা রাতে চোখ বুজে নাই। সুবলার বউ, মঙ্গলার বউ, অনন্ত অকাতরে ঘুমাইতেছে। আর ঘুমাইতেছে বুড়ি। বুড়া রাতের জালে গিয়াছে, আসিতে অনেক দেরি হইবে। বেলা হইয়াছে। কিন্তু অনন্তর মার দিকে কেহই চাহিয়া থাকে নাই। তার বুক ধড়াস ধড়াস করিতে লাগিল। একখানি

ধুচনিতে কয়েক খানি পিঠা তুলিয়া পরিপাটি করিয়া সাজাইল। মনে চিন্তার ঢেউ। পাগলের চোখে সারারাত ঘুম ছিল না। বারান্দায় বেড়া-দেওয়া খুপরিতে সে ছিল। দা দিয়া মেঝের মাটি চষিয়া ফেলিয়াছে। অনন্তর মা তার সামনে গিয়া দাঁড়াইল। সে ঘাড় তুলিয়া চাহিল, দা উচাইয়া কোপ মারিতে আসিল। অনন্তর মা নড়িল না। এক হাতে ধুচনি আগাইয়া দিল আরেক হাতে তার পিঠে মাথায় স্পর্শ করিতে লাগিল। কোনো সুন্দরী যেন বনের এক জানোয়ারকে বশ করিতে যাইতেছে। পাগল তার দায়ের উদ্যত কোপ থামাইল, কিন্তু শান্ত হইল না। দায়ের ঘাড়ের দিকটা দিয়া অনন্তর মার পিঠে আঘাত করিল। অনন্তর মা ভ্রূক্ষেপ করিল না। একটু হাসিবার চেষ্টা করিয়া একখানা পিঠা তার মুখে তুলিয়া দিল। পাগল মুখ ফিরাইয়া উঠানে নামিল, নামিয়া একদিকে দৌড় দিল।

অনন্তর মার বুক আশায় ভরিয়া উঠিল। তার পাগল হয়ত একদিন ভাল হইয়া যাইবে।

সেদিন সুবলার বৌর গলা জড়াইয়া অনন্তর মা অনেকক্ষণ কাঁদিল। কিন্তু সুবলার বৌ এ কান্নার কোনো অর্থ খুঁজিয়া পাইল না।

মাঘের শীত গিয়া ফাল্গুনের বসন্ত আসিল। পাগলের বাড়ির মন্দার গাছে প্রায়ই একটা কোকিল ডাকে। অনন্তর মা সুযোগ পাইলেই গিয়া দাঁড়ায়। তাকে এক নজর দেখিয়া আসে। কিন্তু দেখা দেয় না, চোরের মত যায়, পাছে পাগলের নিকট নিজে ধরা পড়ে। চৈত্রের শেষে বসন্ত যাই যাই করিতেছে। এমন সময় আসিল দোল পূর্ণিমা। উত্তরের শুকদেবপুরের মত এ গায়ের মালারাও দোল করিল, হোলি-গান গাহিল। সুবলার বৌ নিজে স্নান করিল, অনন্তকে, তার মাকে স্নান করাইল। পরে অনন্তকে দিয়া বাজার হইতে আবির আনাইয়া বলিল, 'চল দিদি উত্তরের আখড়ায় রাধামাধবেরে আবির দিতে যাই।'

রাধামাধব জ্যান্ত কেউ নয়। বিগ্রহ। তাকে আবির দিলে কি হইবে। সে তো আর পাল্টা আবির দিতে পারিবে না। চুপ করিয়া থাকিবে আর যত

দেও তত আবির গ্রহণ করিবে। তবু এতে নূতনত্ব আছে। দশজন স্ত্রীলোকের মাঝে মিশিয়া একটু আনন্দ করা যাইবে। অনন্তর মা বলিল, 'চল যাই।'

পাগলের উঠান দিয়া পথ। কোথা হইতে ছুটিয়া আসিয়া পথ আগলাইয়া দাঁড়াইল। আব্দার ধরিল, 'আ গোপিনী, আমারে আবির দে।'

সুবলার বৌ বিরক্ত হইয়া বলিল, 'ভারি আহ্লাদের পাগল। তারার পাগল তারা বাইন্ধা রাখতে পারে না। কয়, পরের পাগল হাততালি, আপনা পাগল বাইন্ধ রাখি। ছাইড়া দেয় কেন? পাড়াপড়শীরে জাদ করার লাগি।' সে কোনমতে পাশ কাটাইয়া বিপদ হইতে মুক্তি পাইল। অনন্তর মা তার পিছনে ছিল। আবেগে চঞ্চল হইয়া এক ঝাকা চুলদাড়ির উপর মুটামুঠ আবির মাখাইয়া দিল। চোখের কোণে রহস্য করিতে করিতে পাগল বলিল, 'আমার আণবির কই হি হি হি? বলিয়া সে এক ধাক্কায় আবিরের থালা অনন্তর মার হাত হইতে মাটিতে ফেলিয়া দিয়া ঘরে গিয়া দরজা বন্ধ করিল।

সুবলার বৌ হতবুদ্ধি হইয়া বলিল, 'একি করলা তুমি দিদি।'

অনন্তর মা হাসিয়া বলিল, 'আইজকার দিনে সকলে সকলেরে রাঙাইছে। পাগলেরে ত কেউ রাঙাইল না ভইন। আমি একটু রাঙাইয়া দিলাম।'

'কেউ যদি দেখত?'

'ত হইলে কইতাম তারে, পাগলে আমারে পাগলিনী করছে।'

'মস্করা রাখ দিদি। কোন দিন তোমারে ধইরা পাগলে না জানি কি কইরা বসে, আমি সেই চিন্তাই করি দিদি। কি কারণে পাগল হইছে সেই কথাখান ত তুমি জান না।'

'জানি গো জানি, মনের মানুষ হারাইয়া পাগল হইছে।'

'তুমি ত তার মনের মানুষ মিলাইয়া দিতে পার না।'

'তা পারি না। তবে চেষ্টা কইরা দেখতে পারি, আমি নিজে তার মনের মানুষ হইতে পারি কিনা?'

'বসন্তে তোমার মন উতালা করছে দিদি। তোমার অখন একজন পুরুষ মানুষ দরকার।'

অনন্তর-মা কথাটা মানিয়া নিয়া চুপ করিয়া রহিল। প্রতিবাদ করিয়া কথা বাড়াইল না। মার আঁচল ধরিয়া অনন্ত চুপ করিয়া দাঁড়াইয়া ছিল। তার দিকে ইশারা করিয়া চাপাগলায় বলিল, 'যা-তা কইও না ভইন। পুলা রইছে, দেখ না?'

অনন্ত আমোদ পাইতেছে। রূপকথার রাজ্যের লোকের 'মত পাগলটার চেহারা। আর তার মা ওটাকে আবির মাখাইতেছে। পাগলটা আবিরের থালা ফেলিয়া দিয়াছে। মার আঙুলি আবির নষ্ট হইয়াছে। অনন্ত নত হইয়া মাটি হইতে আবির তুলিতেছিল। সুবলার বউ তার একখানা হাতে ধরিয়া জোরে সোজা করিয়া বলিল, ছোওরি, যামুন রাধামাধবেরে আবির দিতে। তারে আবির দিয়া লাভ কি। আয়রে অনন্ত।'

ঘরে গিয়া সে অনন্তকে আবির মাখাইল, চুমা খাইল, বুকে চাপিয়া ধরিল, ছাড়িয়া দিয়া আবার বুকে চাপিয়া ধরিল। অনন্তর মুখখান সুন্দর, চোখ দুটি সুন্দর, শরীরখানা সুন্দর। যখন কথা বলে কথাগুলি সুন্দর। যখন কোনদিকে চাহিয়া থাকে তখন তাকে অনেক অনেক বড় মনে হয়।

'না দিদি, মন ঠাণ্ডা কর। পুরুষ মানুষ দিয়া কি হইব। তারা বৃষ্টির পানি-ফোঁটা, ঝরলেই শেষ। তারা জোয়ারের জল। তিলেক মাত্র মুখ দিয়া নদীর বুক শুইন্যা নেয়। এই অনন্তই আমরার আশা ভরসা। দুইজনে এরেই মানুষ কইরা তুলি চল। এ-ই একদিন আমরার দুঃখ ঘুচাইব।'

অনন্তর মা যখন সূতা কাটিতে বসে, বৈশাখের উদাস হাওয়া তখন সামনের গাছগাছালি হইতে শুকনা পাতা ঝরাইয়া লইয়া তার ঘরে আসিয়া ঢোকে। এই সময়ের দমকা হাওয়া অনেককেই চমকাইয়া দেয়। অনন্তর মার বুকের শূন্যতাটুকু তখন বেশি করিয়া তার নিজের কাছে প্রকাশ হইয়া পড়ে। কিন্তু হাওয়া উদাস হইলে কি হইবে। বড় দুরন্ত। থামক কতকগুলি ঝরাপাতা রাখিয়া দিয়া তার ঘরখানাকে নোংরা করিয়া যায়। ঝাঁটাইয়া দূর করিয়া দিয়াও উপায় নাই, সে সে করিয়া সেগুলি আবার ঘরেই ঢুকিয় পড়ে। 'তুতোর মরার পাতার জালায় গেলাম।'—নিরুপায় হইয়া সে দরজা বন্ধ করিয়া দেয়। এমন সময় এক ঝাপট দমকা হাওয়ার মতই অনন্ত আসিয়া উপস্থিত হয়। আম কুড়াইতে গিয়াছিল। এ হাওয়াতে গাছের পাতা যেমন

ঝরে, তেমনি আমও ঝরে। তুই হাতে যাহা পারিয়াছে, বুকের সঙ্গে চাপিয়া ধরিয়া তাহাই নিয়া আসিয়াছে। দরজা বন্ধ দেখিয়া ডাক দেয়, মা, ছুয়ার ঘুচা, দেখ, কত আম। এই ডাকে সাড়া না দিয়া পারে না। দরজা খুলিয়া তাকে ঘরে নেয়। দেখি! কত আম। তোর মাসিরে ডাক দিয়া আন। অনন্ত একদৌড়ে ছুটিয়া যায়। সে ডাকে সুবলার বৌও সাড়া না দিয়া পারে না।

বর্ষায় খুব কষ্টে পড়িল। অনন্তর মা খায় কি। এই সময়ে মাছ খুব পড়ে। কিন্তু তার আগেই সকলের জাল বোনা শেষ হইয়া যায়। তারপর আর কেউ সূতা কিনিতে আসে না।

সূতাকাটাতে আর হাত চলে না। বিক্রি হয় না, কাটিয়া কি লাভ! তার সংসার অচল হইয়া পড়িতেছে। পেট ভরিয়া খাইতে না পারিয়া অনন্ত দিনদিন শুখাইয়া যাইতেছে।

সুবলার বৌ মা-বাপের চোখ এড়াইয়া এক আধ ‘টুরি’ চাউল আনিয়া দেয়, দুই একটা তরিতরকারি, এক-আধটা মাছ, একটু মুন, তেল, কয়েকটা হলুদ। তাতেই বা কত চলিবে। তাও বেশি দিন দিতে পারিল না। একদিন হাতেনাতে ধরা পড়িয়া গেল। মা-বাপের সংসারে পড়িয়া আছে সে। জলের উপরে ভাসিতেছে। পা বাড়াইয়া মাটির কঠিনতা সে কোনোকালে পাইল না। সে আর কি করিবে। মা বকিল, বাপে বকিল। সকল গালমন্দ সে মুখ বুজিয়া সহিয়া লইল। তারা তাকে অনন্তর মার বাড়ি আসিতে নিষেধ করিল। সে নিষেধ মানিয়া নেওয়া ছাড়া তারও কোনো উপায় রহিল না।

অনন্তর মা কোনোদিকে চাহিয়া ভরসা দেখে না। খড়ের চাল ফুটা হইয়া গিয়াছে। রাতদিন জল ঝরে। বেড়া এখানে ওখানে ভাঙ্গিয়া গিয়াছে। হ হ করিয়া ঠাও বাতাস ঢোকে। পরণের কাপড়খানাতে ভাল করিয়া কোমর ঢাকিতে গেলে বুক ঢাকা পড়ে না, বুক ঢাকিতে গেলে উরুদুইটির থানে থানে ফরসা চামড়া বাহির হইয়া পড়ে। যেখানটাতে জল পড়ে না, তেমন একটু জায়গা দেখিয়া অনন্তকে লইয়া চুপ করিয়া বসিয়া থাকে। কাঁথা বালিস ভিজিতেছে লক্ষ্য করিয়া সেগুলিকে কাছে নিয়া আগলাইয়া বসে। এভাবে অনন্তর মার দিন আর কাটিতে চায় না।

সুবলার বৌর মতিগতি খারাপ হইয়া যাইতেছে। একদিন তার মা ইহা আবিষ্কার করিল। পশ্চিম পাড়াতে থাকে, বাঁশের ধনু মাটির গুলি লইয়া পাখি মারিয়া বেড়ায়, মাথায় বাবরি চুল, নাম তার ময়না। আঁস্তাকুড়ের পাশের ছিটুকি গাছের জঙ্গল। ময়না সেখানে একটা পাখিকে তাক করিয়াছিল। লক্ষ্যভ্রষ্ট হওয়াতে গুন গুন করিয়া গান ধরিয়াছিল, 'টিয়া পাললাম, শালিখ পাললাম, আরও পাললাম ময়না রে। সোনামুখী দোয়েল পাললাম, আমার কথা কয় না রে।' সুবলার বউ আঁস্তাকুড়ে জঞ্জাল ফেলিতে গিয়া তার সঙ্গে হাসিয়া কথা কহিয়াছে। আর তার মা নিজের চোখে দেখিতে পাইয়াছে। দেখিয়া, রাগে গরগর করিতে করিতে, বুড়া বাড়ি আসিলে তাহাকে বলিয়া দিয়াছে।

দুইজনের ঝগড়া বকুনির পর সুবলার-বেয়েরও মুখ খুলিয়া গেল, 'আমি ময়নার সাথে কথা কমু। তার সাথে পুরীর বাইর হইয়া যামু। তোমরা কি করতে পার আমার। খাইতে দিব না, থামু না, পরতে দিব না, পরুম না। কিন্তুক আমি বাইর হইয়া যামুই। তোমরার মুখে চুনকালি পড়ব, আমার কি। আমার তিন কুলে কাক্কুর লাগি ভাবনা নাই। একলা গতর আমি লুটাইয়া দেমু, বিলাইয়া দেমু, নষ্ট কইরা দেমু, যা মনে লয় তাই করুম, তোমরা কথা কইতে পারব না। মনে কইরা দেখ কোন শিশুকালে বিয়া দিছল। মইরা গেছে। জানলাম না কিছু, বুঝলাম না কিছু। সেই অবুঝকালে ধর্মে কাঁচারারি বানাইয়া থুইছে। সেই অবধি পোড়া কপাল লইয়া বনেবনে কাইন্দা ফিরি। তোমরা ত সুখে আছে। তোমরা কি বুঝ বা আমার দুঃখের গাঙ, কত গহীন। আমার বুঝি সাধ আহ্লাদ নাই। আমার বুঝি কিছুর দরকার লাগে না।'

'হারামজাদী পোড়ামুখী কয় কি রে, বলিয়া দীননাথ আওন হইয়া খড়ম আনিতে গেল। পরিবার তাহাকে মানাইয়া বলিল, 'তুমি অখন বাইর হইয়া যাও। আমার মাইয়ারে আমি সমঝামু।'

মা সান্ত্বনার স্বরে মেয়েকে বলিল, 'পোড়াকপালি, তুই কি দশজনের বৈঠকে তোর বাপেরে ভক্তি দেওয়াইতে চাস। তার মান ইজ্জত আছে না?'

'আছে ত আছে। তাতে আমার কি এমন সাতবংশ উদ্ধার পাইছে? ভাবছিলাম আমারই দুঃখের দুঃখী অনন্তর মার মত সাথী পাইয়া, অনন্তর মত ছাইলা কোলে পাইয় সব জ্বালাযন্ত্রণা জুড়ামু। তোমরা আমারে তার কাছে যাইতে দিবা না। দিবা না যখন, আমি মানুষ ধরুম। দেখি তোমরা কদিন আমারে ঘরে বাইন্ধা রাখতে পার।'

'অ-লো পোড়াকপালি, অখনই যা। অনন্তর মার কাছে তুই অখনই যা। তবু পুরুষ মানুষ থাইক্য মনটারে ফিরাইয়া রাখ।'

'মা, তুমি ত জান, আজ দুই দিন অনন্তর মার পেটে দানাপানি নাই।'

'লইয়া যা। দুই টুরি চাউল লইয়া যা। একটা ঝাঙর মাছ আছে, লইয়া যা। আর যা যা তোর মনে লয়, লইয়া যা। অ-লো, অখনই যা।'

'মা! অনন্তর মার কাপড়খানা ছিঁড়া রোঁয়া রোঁয়া হইয়া গেছে। আমার ত তিনখান কাপড়। একখান দেই?'

'তোর ঠাকুরের কাছে জিগাইয়া পরে কমু তুই অখন যা। না না, শুন, তোর ঠাকুরেরে জানাইবার কাম নাই। অনন্তর মারে একটা কাপড় তুই দিয়া দে।'

সুবলার বৌয়ের পুরুষমানুষের অভাব সেই মুহূর্তেই মিটিয়া গেল।

ভাদ্রমাসে মাছের পুরা জো। এ সময় কাটা সূতার দর বাড়িয়া গেল। মাছের গুঁতায় অনেক নূতন জাল ছিন্নভিন্ন হইয়া যায়। জেলেরা দামের দিকে চায় না। মোটা চিকন মাঝারি সবরকম সূতা। তার যে-কোন দামে কিনিয়া নেয়। অনন্তর মার সকল সূতা একদিনে বিক্রি হইয়া গেল। তার একদণ্ড কথা বলার অবসর নাই। টেকো তার ঘুরিয়াই চলিয়াছে। একদিন লক্ষ্য করিয়া দেখিল, টেকোতে পাক দিতে দিতে তার গৌরবর্ণ উরুতে কালো দাগ বসিয়া গিয়াছে। এত সূতা সে কাটিয়াছে। এত সব সূতায় তারই ঘরে জাল তৈয়ার হইতে পারিত। সে জালে সারারাত মাছ ধরার পর বিহানে তার ঘরে ঝাঁকাভরা মাছ আসিত! কোঁচড়ভরা টাকা পয়সা আসিত! আর-সব লোকের বাড়িতে কত সমারোহ। তাদের পুরুষেরা কিসিম বলিয়া দেয়,

নারীরা সেই অনুযায়ী সূতা। কাটে। ভাল হইলে পুরুষেরা কত সুখ্যাতি করে। পাকাইতে গিয়া, ছিঁড়িয়া গেলে, মিষ্ট কথায় কত গালি দেয়। নারীরা মুখ ভার করিয়া বলে, যে-জন ভাল সূতা কাটে তারে নিয়া আসুক। কোন্দলের পরে ভাব হইয়া ঘরখানা মধুময় হইয় উঠে। সে-সকল ঘরে পাঁচ রকমের কাজ হয়। আর তার ঘরে হয় কেবল এক রকম কাজ। সূতা কাটা।

সুবলার বৌকে পাইয়া অনন্তর মা মনের আবেগ ঢালিয়া দেয়, 'তুমি না কইছিল ভইন আমার একজন পুরুষ চাই। হ, চাই-ইত। পুরুষ ছাড়া নারীর জীবনের কানাকড়ি দাম নাই।'

'পুরুষ একটা ধর না।'

'কই পাই।'

'পাগলারে ধর।'

'ধরতে গেছলাম। ধরা দিল না।'

'ঠিসারা কইর না দিদি।'

'আমি ভইন ঠিসারা করি না। সত্য কথাই কই। পাগল। যদি আমারে হাতে ধইরা টান দেয়, আমি গিয়া তার ঘরের ঘরনী হই। আর ভাল লাগে না।'

সুবলার বউ হতবুদ্ধি হইয়া যায়, 'অত মানুষ থাকতে এই পাগলার দিকে নজর গেল তোমার? অত যদি মন উচাটন হইয়া থাকে, জল আনতে গিয়া যারে মনে ধরে চোখের ঠার দিয়ো! '

'পুরুষ কি ভইন কেবল এর-ই লাগি? পরের ঘরে চাইয়া দেখ, সংসার চালায় পুরুষে। নারী হয় তার সঙ্গের সাথী। আমার যত বিড়ম্বনা '

'না দিদি, তুমি পাগলের লাগি পাগলিনী হইয়া গেছ। এই পাগলেই একদিন তোমারে খাইব। আচ্ছা, সত্য কইরা কও তো দিদি, পাগলে যারে হারাইছে, সে জনা কি তুমি?'

'পাগলে কারে কই হারাইছে, তার আমি কি জানি। আমি কেবল জানি, একলা জীবন চলে না। পাগলেরে পাইলে তারে লখ কইরা জীবন কাটাই।'

সুবলার বউ দীর্ঘনিশ্বাস ছাড়িয়া বলে, 'আমারও দিদি সময় সময় মন অচল হইয়া পড়ে। কিন্তু আমি পতিজ্ঞা কইর রাখছি, এই ভাবেই চালামু।'

তার সঙ্গে অনন্তর মার তফাৎ আছে। ভবানীপুরে যতদিন ছিল তখন তার বুক ভরিয়া ছিল একদিকে অনন্ত, আর একদিকে শিশুর মত সরল দুই বুড়া। তিলেকের জন্যও কোনোদিন অনন্তর মার মন বিচলিত হয় নাই। মন তার বিচলিত আজকেও হয় নাই। নিজেকে শুধু সে শ্রান্ত ক্লান্ত বোধ করিতেছে। যে আলোক-স্তম্ভ লক্ষ্য করিয়া এতদিন সে পথ চলিয়াছিল আজ তার পাদদেশের অন্ধকারে দাঁড়াইয়া দেখে, তার আর এখন চলার শক্তি নাই। পাগল নিজে আসিয়া তার ভার নিক, নয় তো তাকে ঘরে ডাকিয়া নিয়া মারিয়া ফেলুক। সুবলার-বউর মধ্যে বিপ্লবী নারী বাস করে। কিন্তু অনন্তর মার মনে বাসা বাঁধিয়াছে এক সর্বনাশ। সাংসারিক কামনা। সে সংসারী হইতে চায়। সে আসিয়া তাহাকে লইয়া ঘর বাঁধুক। কিন্তু পাগল কি কোনোদিন কারো মনের কথা বোঝে।

সুবলার বউ একদিন বলিয়াছিল, তিন বছর আগে দুইজন বিদেশী নারীপুরুষ আসিয়াছিল। খালের পারে তার বাপকে পাইয়া তারা জিজ্ঞাসা করিয়াছিল, রামকেশবের ছেলে কিশোর কোন বাড়িতে থাকে। আমাদিগকে সেই বাড়িতে নিয়া চল। সেই বাড়িতে আসিয়া দেখে ঘরে এক যম-কালে বুড়া আর এক শুকনা বুড়ি, আর, এক পাগল বারান্দাতে বসিয়া প্রেতকীর্তন করিতেছে। যাকে দেখিতে আসিয়াছে, তাকে দেখে না। পাগলকে চিনিতে পারিয়া তার হাত দুটি ধরিয়া বলে, 'অ কিশোর, আমার মাইয়ারে কষ্ট লুকাইয়া রাখছ বাবা, কও।' পাগল তখন ঠিক ভাল মানুষের মত বলে, 'নয়া গাঙের মুখে তারে ডাকাইতে লইয়া গেছে।' তারা আর তিলেক বিলম্ব করে নাই। তখনই স্টেশনে গিয়া গাড়ি ধরিয়াছিল।

তার বাপ মা যাহা জানিয়া গিয়াছে, তারপর আর কোনোদিন তারা এদিকে আসিবে না।

এক বুড়া আছে। তাকে বাপ বলিয়া ডাক দিলে মেয়ের মত তুলিয়া নিবে। বলিবে আমার ঘরের লক্ষ্মী ঘরে আসিয়াছে। কিন্তু সব কথা শুনিয়া

বলিবে ডাকাতে তোমাকে নষ্ট করিয়াছে। আমার ঘরে তোমার স্থান হইবে না। পাগল যদি কোনদিন ভাল হয়, সেও বলিবে, ডাকাতে তোমারে অসতী করিয়া ছাড়িয়া দিয়াছে। তুমি যে সতী, তার কোন প্রমাণ নাই। তখন আমার অনন্তর যে কোনো উপায়ই থাকবে না। অথচ ভগবান সাক্ষী, নৌকার ভিতর হইতে তুলিয়া নিবার সময় তারা একবার মাত্র ছুঁইয়াছিল। তারপর তাকে বসাইয়া নৌকা চালাইবার সময় সে ঝুপ করিয়া জলে পড়িয়া গেল। জেলের মেয়ে। নদীর পারে বাপের বাড়ি। শিশুকাল হইতে সাতারের অভ্যাস। দম বন্ধ করিয়া এক ডুবে অনেক দূর যাইতে পারে। ডাকাতেরা তাকে আর পায় নাই। নদীর কিনারাতে গিয়া সে অচৈতন্য হইয়া পড়িয়াছিল। ভাগ্যে সে আর কারে হাতে না পড়িয়া গৌরাঙ্গ আর নিত্যানন্দ দুষ্ট বুড়ার হাতে পড়িয়াছিল। তারা দুই ভাই, ছোট নৌকায় বড় নদীতে মাছ কিনিতে যাইতেছিল। সকালবেলা তীরের দিকে চাহিয়া দেখে এই অবস্থা। জ্ঞান ফিরিয়া আসিলে তারা তাকে বলিয়াছিল, তুমি কি মা কোনো বামুন কায়েতের মেয়ে। সে বলিয়াছিল না বাবা আমি জেলের মেয়ে। তারা বলিয়াছিল তোমার বাপের বাড়ী কোথায়, কি করিয়া পাঠাইব। সে বলিয়াছিল সেখানে আর পাঠাইবার কাজ নাই। তোমাদের সঙ্গে লইয়া চল। এই তার ইতিহাস।

সে কি সব থাকিতেও এই অপরিচয়ের মধ্যেই নিঃশেষ হইয়া যাইবে। কিন্তু অনন্ত! সে তার বাপকে চিনিল না, তার বাপও তাকে চিনিল না, এ যে বড় নিদারুণ। সুবলার বউ কেবল একটা দিক বুঝিয়াই নাড়াচাড়া করে। সেও বুঝিবে না অনন্তর মার কতদিক ভাবিয়া দেখিতে হয়।

একটা ধারণা কি জানি কেন তার মনে বদ্ধমূল হইয়াছে যে পাগল একদিন ভাল হইয়া যাইবে। রোজ রোজ অনন্তর মাকে দেখিতে দেখিতেই তার মাথা ঠিক হইয়া যাইবে। তাকে দেখিয়া মুগ্ধ হইবে, পরোক্ষে তার সেবা পাইয়া তার প্রতি দরদী হইয়া উঠিবে। অনন্তর মাকে ভাল করিয়া কোনোদিন সে দেখে নাই। সে নিজে বলিয়া না দিলে ও কিছুতেই চিনিতে পারিবে না। যারা চিনিতে পারিত সেই তিলক, সুবল,— তারা এখন স্বর্গে। কি ভাল মানুষ

তারা ছিল। কতভাবে তার সাহায্য করিয়াছে। ওর সঙ্গে তারা কত আত্মজনের মত কাজ করিয়াছে। তারা স্বর্গ হইতে আশীর্বাদ করুক, পাগল যেন তাকে না চিনিয়া ভালবাসিয়া ফেলে। সেই ভালবাসারই সূত্র ধরিয়া সে যেন পাগলের ঘরনী হইতে পারে একটা নতুন কাজ হইবে। লোকে নিন্দা করিবে। কিন্তু এ নিন্দ সহ করা অসাধ্য হইবে না। তা ছাড়া, দেশে দেশে একটা কথা উঠিয়াছে বিধবাদের বিবাহ দেও। পুরুষ যদি বউ মরিলে আবার বিবাহ করিতে পারে, নারী কেন স্বামী মরিলে আবার বিবাহ করিতে পারিবে না। তার স্বামী কি মরিয়াছে? হা, তার স্বামী স্মৃতির দিক দিয়া মনের দিক দিয়া এখন মরিয়া আছে। সেই দিন তার পুনর্জন্ম হইবে। সে নিজেও সব জানিয়া শুনিয়া জড়ভরত হইয়া আছে। তাও প্রায় মরিয়া থাকারই মত। সেদিন তার ও নবজন্ম হইবে। আর অনন্ত। তার কি হইবে। অনন্ত কার পরিচয়ে সংসারে মুখ দেখাইবে। সে সমস্যার ও সমাধান হইবে। তাকে একটা রূপকথা শুনাইব।—অর্থাৎ আসল কথাটাই, যা ঘটিয়াছে সেই সত্য কথাটাই তাকে শুনাইয়া রাখিব। সে তাতে আমোদই শুধু পাইবে না, মার সাহসের কথা, কষ্ট সহ করার ক্ষমতার কথা শুনিতে শুনিতে বিস্ময়ে স্তম্ভিত হইয়া যাইবে। গৌরব বোধ করিবে মার জন্য। পাগলকেও দুনিয়ার অজানা এমন সব স্মৃতিকথা শুনাইব যে, সে তার মনের গভীরে বিশ্বাসকে ঠাঁই না দিয়া পরিবে না, এই তার সেই মালাবদলের বউ। সেবায় যত্নে মুগ্ধ করিয়া, হাসিতে খুশিতে তার মন পূর্ণ করিয়া, ওর জীবনে তার অপরিহার্যতাকে কায়েম করিয়া নিয়া, একদিন সে সত্যের মূর্ত ব্যঞ্জনার মধ্যে দিয়া জানাইবে ডাকাতেরা তার কেশাগ্রও স্পর্শ করে নাই। সেই রাত্রিতেই সে নদীতে পড়িয়া সব কিছু বাঁচাইয়াছে। তার পাগল নিশ্চয়ই ভাল হইয়া উঠিবে।

শীতের সময়ে পাগলের অবস্থা নিদারুণ খারাপ হইয়া গেল। বাঁধিয়া রাখা যায় না। ঘরের জিনিসপত্র তো আগেই ভাঙ্গিয়াছে। এখন পরের জিনিসপত্রও ভাঙ্গিতে শুরু করিয়াছে। পথের মানুষকে ডাকিয়া আনিয়া মারে। পাগলামির এ অবস্থা বড় ভয়ানক।

তার বাপ গলা ছাড়িয়া কাঁদে। সহিতে না পারিলে মারে। মারের দরুণ দেহে জখমের অন্ত নাই।

একদিন কোথা হইতে আর এক পাগল আসিয়া জুটিল। দুই পাগলে মিলিয়া তামাক খাইল এবং অনেক হাসির কাও করিল। সে-পাগল যাইবার সময় কিশোরের জখমগুলির উপর আরও জখম করিয়া গেল। সেই হইতে কিশোরের মাথায় এক দুবুদ্ধি চাপিয়াছে। সে নিজের গায়ে নিজে জখম করিয়া চলিল। তার গায়ে এত জখম হইল যে, তার দিকে আর তাকানোই যায় না। অনন্তর মা কুলের বাধা লাজের বাধা ঠেকাইয়া কাজে নামিল। সে নিজে ঘোরাঘুরি করিয়া এক কবিরাজের কাছ হইতে গাছগাছড়ার ওষুধ আনিল। সাবানে গরমজলে ঘা ধুইয়া সে ওষুধের প্রলেপ দিল। প্রথম প্রথম তাকেও খুব মারধর করিত। শেষে শ্রান্ত হইয়া আত্মসমর্পণ করিল। লোকে দেখিল এক সুন্দরী একটা পোষা জানোয়ারকে সেবা যত্নে আবেগে দরদে ভাল করিয়া তুলিতেছে। মুখে কেউ কিছু বলিল না। অনন্তর মার বড় দয়ার শরীর, এই সুমন্তব্য করিয়াই নীরব রহিল। একটা লোক মরিতে যাইতেছে, মানবতার খাতিরে এক নারী পর হইয়াও আপন জনের মত ভাল সেবা যত্নে বাঁচাইয়া তুলিতেছে, এতে দোষ নাই, ঈশ্বর সন্তুষ্ট হয়। এতে ধর্ম হয় পুণ্য হয়, আর, একজনার পুণ্যের জোরে সারা গায়ের কল্যাণ হয়—সুবলার বউ পরিচিত অপরিচিত সকল মহলে এই কথা জোর গলায় প্রচার করাতে কারও মুখ দিয়া কোন বিপরীত কথা বাহির হইল না।

শীতের শেষে পাগলের রূপ বদলাইয়া গেল। আশায় অনন্তর মার বুক ভরিয়া উঠিল। সুবলার বউ মুখে বিরক্তি প্রকাশ করিল, কয়েকটা ধারালো মন্তব্যে অনন্তর মাকে বিদ্ধ করিল। কিন্তু মন পড়িয়া রহিল কি এক দুর্জ্ঞেয় রহস্যকে হৃদয়ঙ্গম করার দিকে।

আবার বসন্ত আসিল।

অনন্তর মা একদিন তার মাকে বলিয়া দুই নারীতে ধরাধরি করিয়া তাকে ঘাটে লইয়া গেল। সাবান মাখাইয়া ঝাপাইয়া বুপাইয়া স্নান করাইল। প্রকাশ্য দিবালোকে। সারা গায়ের নারী-পুরুষে চাহিয়া চাহিয়া দেখিল। অনন্তর মা ক্রুক্ষেপ করিল না। কেবল ভাবিল, সে তারই ছেলের বউ, বুড়ি যদি একখাটা একটিবার মাত্র বুঝিত।

একটা ভিন্-রমণীর সেবাযন্ত্র পাইয়া কিশোর যেন ক্রমেই আমোদিত হইয়া উঠিতেছে। অনন্তর মার বুক তুরু দুরু করিতে থাকে।

কিশোর তার সকল অত্যাচার সহানুভূতি দিয়াই সহ করিয়া ছিল, বাকিয়া বসিল নাপিত ডাকিয়া চুলদাড়ি সাফ করিবে শুনিয়া। পীড়াপীড়ি করিলে পাগলামি বাড়িয়া যায়। অনন্তর মা আর বেশি আগাইল না।

তারপর আসিল দোলের দিন। অনন্তর মার কাছে এটি একটি শুভযোগের দিন। এই দিনটি তার জীবনের পাতায় গভীর দাগ কাটিয়া লেখা হইয়া আছে।

মালোরা সেদিন সকাল সকাল জাল তুলিয়া বাড়ি আসিল, আসিয়া তারা হোলির আসরে বসিয়া গেল। ঢোলক বাজাইয়া গান ধরিল, বসন্ত তুই এলিরে, ওরে আমার লাল ত এলো না? এগানের পর আর একজন ঘাড় কাত করিয়া গালে হাত দিয়া ওস্তাদি ভঙ্গিতে যে গান গাহিল, তার ধুয়া হইতেছে, 'তালে লালে লালে লালে লালে লালে ল'লে লাল? যেন তার আকাশ ভুবন একেবারে লাল হইয়া গিয়াছে। কিন্তু এটা বোল। আগে শুধু বোলটাই গাহিয়া, শেষে উহাকে কথা দিয়া পূরণ করিল, ব-স-ন্-তে-রি জ্বালায় আমার প্রাণে ধৈর্য মানে না। মূল গায়েন আবার বোল চালাইল, তালে লালে লালে লালে ইত্যাদি।

অনন্তর মার কুটির থানাও লালে লাল। তার ঘরে অনেক আবির আসিয়াছে। সুবলার বউ বহু যত্ন করিয়া আবিরের থালা সাজাইয়া আনিয়াছে। অনন্তকে আজ একেবারে লালে লাল করিয়া দিবে। বেচারা না বলিবার অবসর পাইবে না। আবির দিতে গিয়া তার বুক কাঁপিয়া উঠিল। ছেলেটা যেন অনেক খানি বড় হইয়াছে। গালেমুখে আবির মাখাইতে চোখ দুটির দিকে দৃষ্টি পড়িল। সে চোখ যেন আরেক রকম হইয়া গিয়াছে। সহজ ভাবে যেন চাওয়া যায় না। সুবলার বউ দুরন্ত। সে দমিতে জানে না। সব কিছু অগ্রাহ্য করিয়া চলিতে ভালবাসে। এবারও সে তাকে বুকে চাপিয়া চুমু খাইল। কিন্তু এবার সে আর তাকে ছোট গোপালটির মত সহজ ভাবে নিতে পারিল না। এবার যেন আব এক রকমের অনুভূতি আসিয়া তার মনের যত সরলতা কাড়িয়া নিতেছে। তার চোখ বুজিয়া হাত দুটি আলগা হইয়া

আসিল। কিন্তু অনন্তর হাত দুটি একথানি ফুলের মালার মত তখনও মাসির গলা জড়াইয়া রাখিয়াছে।

অনন্তর মা ভাবিতেছে আরেক কথা। তাদের প্রথম প্রেমাভিষেকের দিনটিকে সে কি ভাবে সার্থক করিয়া তুলিবে। সে পাগলকে এমন রাঙানো রাঙাইবে যে, তাতে করিয়া তার সে দিনের সেই স্মৃতি মনে জাগিয়া উঠিবে, তার পাগলামি সে নিঃশেষে ভুলিয়া গিয়া পরিপূর্ণ প্রেমের দৃষ্টিতে তার প্রেয়সীর দিকে নয়নপাত করিবে। সে বড় সুখের বিষয় হইবে। তখনকার অত আনন্দ অনন্তর মা সহিতে পারিবে ত? সেদিনের মত আজও তার পা কাঁপিয়া বুক তুরু হরু করিয়া উঠিবেন ত?

সুবলার বউ আর অনন্তর দৃষ্টি এড়াইয়া এক সময়ে অনন্তর মা পথে নামিল। ওদিকে দোলের উৎসব বাড়িতে হোলির গান তখন তালে-বেতালে বেসামাল হইয়া চলিয়াছে।

কিশোর রঙ পাইয়া প্রথম প্রথম খুব পুলকিত হইয়া উঠিল। অনন্তর মার চোখে তাকে আজ কত সুন্দর দেখাইতেছে। আজ যদি সেই দিনটি তার মাধুর্য লইয়া, ঠিক ঠিক প্রতিরূপ লইয়া, ফিরিয়া আসে। অনন্তর মা অনেক কিসসা-কাহিনী শুনিয়াছে প্রিয়জনের শোকে মানুষ পাগল হইয়া যায়, প্রিয়জনকে পাইলে আবার তার পাগলামি দূর হয়। এও শুনিয়াছে, প্রিয়দিনগুলির স্মৃতি জাগাইতে পারিলেও পাগলামি দূর হইয়া যায়। পাগলামি ত আর দেহের অসুখ নয় যে ডাক্তার কবিরাজের ওষুধ লাগিবে। ওটা আসলে অসুখই নয়, মনের একটা অবস্থা মাত্র। এই অবস্থার গতিবেগ ফিরাইয়া দিতে পারিলে পাগল আর পাগল থাকে না। অনন্তর মা আরও ভাবিয়া বাহির করিয়াছিল। পাগল যদি ভাল হইবার হয় তো এভাবেই ভাল হইবে। শুধু তার নিজের পাগল নয়। দুনিয়ার সব পাগল যেন এভাবেই ভাল হইয়া যায়। এ ছাড়া পাগল ভাল করার আর কোন পথ নাই। যদি থাকিত, সকল পাগলই ভাল হইত। কিন্তু ভাল হয় না!

সেও কেন আমাকে দুই মুঠ আবির মাখাইয়া দিতেছে না। সে কি পাষাণ। সে কি বোঝে না তার মন কি চায়। ইঁ বুঝিতে পারিতেছে ত। সেও ত একমুঠা আবির অনন্তর মার কপালে আর গালে মাখাইয়া দিল। কেউ

ধারে কাছে নাই। বুড়ি ঝাঁপের ওপাশে ঝিমাইতেছে। বুড়া তার শ্বশুর গিয়াছে হোলি গাহিতে। এখানে কেউ নাই। এই বেড়া দেওয়া বারান্দা। তারা দুজনে এখানে একা। অনন্তর মা শক্তি সঞ্চয় করিয়া আপনাকে অটল করিয়া তুলিল।

কিন্তু শেষ দিকে কিশোর একেবারে পরিবর্তিত হইয়া গেল। তার পাগলামি আবার মাথা চাড়া দিয়া উঠিল। সে এক সাংঘাতিক কাও করিয়া বসিল।

সে ক্ষিপ্রগতিতে হাত বাড়াইয়া তার প্রেয়সীকে পাজাকোলা করিয়া তুলিল। তুলিয়া ঝড়ের বেগে উঠানে নামিয়া চীৎকার জুড়িল, লাঠি বাইর কর, ওরে লাঠি বাইর কর। সতীর গায়ে হাত দিছে, আইজ আর নিস্তার নাই। মার, কাট, খুন কর। একজন ও পলাইতে না পারে। কই, আমার লাঠি কই। দম নিয়া আবার গলা ফাটাইয়া বলিল, 'তেল আনি, জল আন, তোমার মাইয়া মূর্ছা গেছে।‘

হোলির আসর ভাঙ্গিয়া লোকজন তখন ছুটিয়া আসিয়া পড়িয়াছে। কিশোর একবার লোকজনের দিকে আর একবার মেয়েটার দিকে চাহিতে লাগিল। তার চোখ দুটি আরও বড়, তার ও লাল হইয়াছে। মেয়েটার খোপ খুলিয়া গিয়া, সাপের মত লম্বা চুল মাটিতে লুটাইয়া পড়িয়াছে। বুকটা চিতাইয়া উঁচু হইয়া উঠিয়াছে। এত উঁচু যে, কিশোরের নাকের নিশ্বাসে তার আবরণটুকুও সরিয়া যাইতেছে। সে মূর্ছা গিয়াছে। তার বুকের কাপড় শীঘ্রই সরিয়া গেল। কিশোর পুরাপুরি পাগল হইয়া সে বুকে মুখ ঘষিতে লাগিল। দাড়ি গোঁফের জবর জঙ্গিমায় বুঝিবা সেই নরম তুলতুলে বুকখানা উপড়াইয়া যায়।

'কি দেখতাছ রামকান্ত, কি দেখতাছ গঙ্গাচরণ, ধর ধর। পাগলের পাগলামি ছাড়াও?'

হোলির উদ্দীপনায় লোকগুলি আগে থেকেই উত্তেজিত ছিল। এবার সকলে মিলিয়া কিশোরকে আক্রমণ করিল। লাথি, চড়, কিল, ঘুষি, ধাক্কা এসব তো চলিলাই, আরো অনেক কিছু চলিল। যেমন, কয়েকজনে লাঠি আনিয়া তার দেহের জোড়ায় জোড়ায় ঠকিয়া ঠুকিয়া মারিল। তারপর কয়েকজনে বাহতে ধরিয়া উপরে তুলিয়া উঠানের শক্ত মাটি দেখিয়া আছাড়

মাড়িল। কয়েকজনে আবার চুলদাড়ি ধরিয়া উপরে তুলিল, তুলিয়া গোটা শরীরটা চারি পাশে ঘুরাইল। শেষে একবার দাড়ির গোড়া ছিঁড়িয়া, কিশোরের স্পন্দবিহীন দেহ উঠানের এক কোণে ছিটকাইয়া পড়িলে, মেয়ে লোকের গায়ে হাত দেওয়ার উচিত শাস্তি হইয়াছে, বলিতে বলিতে লোকগুলি নিরস্ত হইল। তারা এবার মূর্ছিত মেয়েটাকে ঘিরিয়া দাঁড়াইয়াছে।

আক্রান্ত হওয়ার পূর্বক্ষণে কিশোরের চমক ভাঙ্গিয়াছিল। কি করিতেছে বুঝিতে পারিয়া মেয়েটাকে আস্তে মাটিতে নামাইয়া দিয়াছিল। মেয়ের তখন মূর্ছার চরম অবস্থা। কতকগুলি স্ত্রীলোক তেলজল পাখা লইয়া তার সংজ্ঞা ফিরাই বার চেষ্টা করিতেছে। এমন সময় সে চোখ মেলিয়া দেখে বাড়িঘর লোকে লোকারণ্য। কয়েকজনে তাকে সোজা করিয়া তুলিবার চেষ্টা করিলে সে আবার পড়িয়া যাইতেছিল। মুবলার বউ এতক্ষণ কোথায় ছিল কে জানে; উধ্বশ্বাসে ছুটিয়া আসিল, আসিয়া, নরনারীর মহারণ্য ভেদ করিয়া অনন্তর মাকে কোনো রকমে কাঁধের উপর এলাইয়া তার ঘরে আনিয়া তুলিল।

লোকগুলি তখন দলে দলে চলিয়া গেল। কিশোর উঠানের এক কোণে পড়িয়া ছিল। তার সংজ্ঞা ফিরাইবার জন্য কেউ চেষ্টা করিল না। এক সময় আপনার থেকেই সংজ্ঞা ফিরিয়া আসিল। উঠিতে চেষ্টা করিল, পারিল না। এত দিন পরে এই প্রথম সে স্বাভাবিক ভাবে কথা বলিল, 'বাবা, আমারে একটু জল দে। জল খাইয়া বলিল, 'বাবা, আমারে ঘরে নে; আমি উঠতে পারি না।'

কিশোর রাত্রিটা কোন রকমে বাঁচিয়া ছিল। পরের দিন ভোর হওয়ার আগেই মরিয়া গেল। তার মা-বুড়ি এতদিন বোবা হইয়া ছিল। চোখের জল বুকের কান্না জমাট বাঁধিয়া গিয়াছিল। এবার তাহা গলিয়া প্রবাহের বেগে ছুটিল। সে অনেক কথা বলিয়া বলিয়া বিলাপ করিল, যেমন, মরিবার আগে জল খাইতে চাহিয়াছিল, সে জল সে ত খাইয়া গেল না। মরিবার আগে কি কথা যেন কহিতে চাহিয়াছিল, সে কথা সে ত কহিয়া গেল না।

অনন্তর মা মরিল চারদিন পরে। সেইদিনই তার জ্বর হইয়াছিল। আর হইয়াছিল কি রকম একটা জ্বালা, কেউ জানে না কি রকম।

সারারাত ছটফট করিয়া সে মরিল ভোর হওয়ার পরে। সুবলার বেয়ের কোলে মাথা রাখিয়া চুপ করিয়া ছিল। আলো ফুটিতেছে, তারই দিকে চোখ মেলিয়া ছিল। . যে আলো ফুটিতেছে অনন্তর ভোরের আকাশ রাঙাইয়া।

জন্ম মৃত্যু বিবাহ এ তিনেতেই মালোরা পয়সা খরচ করে। সে পয়সাতে কাঠ আসিল, বাঁশ আসিল, তেল ঘি আসিল, আর আসিল মাটির একটি কলসী। সমারোহ করিয়া নৌকায় তুলিয়া তারা অনন্তর মাকে পোড়াইতে লইয়া গেল।

চিতাতে আগুন দিতে দিতে একজন বলিল, 'পাগলে মানুষ চিন্তাই ধরিছিল। চাইর দিন আগে মরলে এক চিতাতেই দুজনারে তুইল্যা দিতাম। পরলোকে গিয়া মিল্যা যাইত।'

এক সময়ে তিনজনে মিলিয়া প্রবাসে গিয়াছিল। সেখান থেকে আরেকজনকে লইয়া তারা ফিরিয়া আসিতেছিল। এই চারিজন এইভাবে আগে পিছে মরিয়া গেল। তারা যে প্রবাসে গিয়া অত কিছু দেখিয়াছিল শুনিয়াছিল, অত আমোদ আহ্লাদ করিয়াছিল, অত বিপদে আপদে পড়িয়াছিল, সে ছিল একটা কাহিনীর মত বিচিত্র। এইকাহিনী যারা সৃষ্টি করিয়াছিল তারা এখন চলিয়া গিয়াছে। এ সংসারে আর তাদের দেখা যাইবে না।

রামধনু

তিতাস নদী এখানে ধনুর মত বাকিয়াছে।

তার নানা ঋতুতে নানা রঙ, নানা রূপ। এখন বর্ষাকাল। এখন রামধনুর রূপ। তুই তীরে সবুজ পল্লী। মাঝখানে শাদা জল। উপরের ঘোলাটে আকাশ হইতে ধারাসারে বর্ষণ হইতে থাকে। ক্ষেতের গৈরিক মাটিমাখা জল শতধারে সহস্রধারে বহিয়া আসে। তিতাসের জলে মিশে। সব কিছু মিলিয়া সৃষ্টি করে একটা মায়ালোকের। একটা আবেশমধুর মরমী রামধনুলোকের।

বর্ষাকাল আগাইয়া চলে।

আকাশ ভাঙ্গিয়া বর্ষণ শুরু হয়। সে বর্ষণ আর থামে না। তিতাসের জল বাড়িতে শুরু করে। নিরবধি কেবল বাড়িয়া চলে।

হু হু করিয়া ঠাণ্ডা বাতাস বহে। নদীর ঘোলা জলে ঢেউ তোলে। সে-ঢেউ জেলেদের নৌকাগুলিকে বড় দোলায়। তার চাইতে বেশি দোলায় আলুর নৌকাগুলিকে।

সকরকন্দ আলু বেচিতে রওয়ানা হইয়াছিল একটি নৌকা। পথে নামিয়াছে ঢল। ছোট নৌকা। তাতে কানায় কানায় বোঝাই। বড় বড় আলু। আধসের থেকে একসের এক একটার ওজন। নৌকার বাত ডুবে-ডুবে। তার উপর বৃষ্টির জল। এখনি না সেচিতে পারিলে হয়ত কোনো এক সময় টুপ করিয়া ডুবিয়া যাইবে। বোঝাই নাও, সেউতি ঢুকে না। কাদির মিয়া হতবুদ্ধি হইয়া যায়। শুকনো বাঁশপাতার মাথালটা চিবুক বেড়াইয়া মাথায় আঁটা। তাতে কেবল মাথাটাই বাঁচে। সমস্ত শরীরে লাগে বৃষ্টির অবারণ ছাট। মাথাল শুদ্ধ মাথা বাকাইয়া কাদির তাকায় আকাশের দিকে আর কাদিরের ছেলে চায় বাপের মুখের দিকে। চার দিক একেবারে শূন্য দেখা যায়, মাথায় কোন বুদ্ধি জোগায় না। বাপ বলিতে থাকে, 'অত মে'নতের সাগরগঞ্জ আলু বেবাক বুঝি যায় রসাতলে।' ছেলে বলে, 'বা-জান তুমি সাঁতার দিয়। পারে যাও। গরীবুল্লার গাছের তলায় গিয়া জান বাঁচাও, আমার যতক্ষণ শ্বাস

ততক্ষণ আশ। যখন দেখুম নাও ডুবতাছে, দিমু সব আলু ঢাইল্যা তিতাসের পানিত। তারপর ডুবা নাও পারে লাগাইয়া তোমারে ডাক দিমু।'

এমন সময় দেখা গেল পরিচিত জেলেনৌকা, সন্ধ্যায় ঘরেফের সাপের মত তিতাসের দীঘল বুকে সাঁতার দিয়াছে। দুই দাঁড় এক কোরা মচ মচ ঝুপ ঝাপ, করিয়া চলিয়াছে, জল কাটিয়া, ঢেউ তুলিয়। তার ঢেউ লাগিয়াই বুঝিবা ছোট আলুর নৌকা ডুবিয়া যায়। কাদির ডাকিয়া বলে, 'কার নাও!'

পাছার কোরা হইতে ধনঞ্জয় ডাকিয়া বলে, 'অ বনমালী, সেওতখান তাড়াতাড়ি বাইর কর। একটা আলুর নাও ডুব তাছে।'

চটপট দু'খানা দাঁড় উঠিয়া গেল ধনঞ্জয় হাতের কোরা চিত করিয়া চাপিয়া ধরিল। সাপের ফণার মত নৌকাখানা বা দিকে চির খাইয়া কাদিরের নৌকা বরাবর রুদ্ধগতি হইয়া গেল।

ধনঞ্জয়ের বুদ্ধি অপরূপ। তার বুদ্ধি খেলিয়া গেল একান্তই ঠিক সময়ে। একটু দেরি হইলে সর্বনাশ হইয়া যাইত।

তারপর জেলে নৌকার তিনজন, আলুর নৌকার দুইজন, পাঁচ জনের হাত চলিল সেলাইকলের সূচের মত ফর ফর করিয়া। দেখিতে দেখিতে জেলে নৌকার প্রশস্ত ডরা এক বোঝাই আলুতে ভরিয়া গেল। আর আলুর নৌকা খালি হইয়া ভাসিয়া উঠিল।

কাদিরের মাথার টোকা তখনও অবিশ্রান্ত বৃষ্টি হইতে তার মাথা বাঁচাইয়া চলিয়াছে। বিপদমুক্তির পরের অবসন্নতা তাকে কাবু করিল। মাচনের উপর বসিয়া পড়িয়া বলিল, 'মালোর পুত, বড় বাঁচানটাই আজ বাঁচাইলা।'

এতক্ষণ বৃষ্টি ছিল রিমঝিমে, ছন্দমধুর। সহসা সে-বৃষ্টি ক্ষেপিয়া গেল। মার মার কাট কাটু শব্দে বৃষ্টি আকাশ ফাড়িয়া পড়িতে লাগিল। সাঁ সাঁ ঝম্ ঝম্ সাঁ সাঁ ঝম্ ঝম্ শব্দে কানে বুঝি তালা লাগিয়া যায়। তীর-ভূমি, তীরের মাঠ-ময়দান, 'গাঁ-গেরাম' আর চোখে দেখা যায় না। ধোঁয়াটে শাদা আবছায়ায় চারিদিক ঝাপসা হইয়া গিয়াছে।

বনমালী মনে করিয়াছিল তারা তীরে নাও ঠেকাইয়া বসিয়া থাকিবে। কিন্তু তীর কোথায়। কাছেই তীর; তবু চোখে দেখা যায় না। ধনঞ্জয় ছইয়ের পেছনের মুখ ধাপর দিয়া ঢাকিতে ঢাকিতে বলিল, 'বনমালী ভাই, গাঙ দীঘালে নাও চালাইয়া কোনো লাভ নাই। ইখানেই পাড়ো দে।'

ভারী মোট একটা বাঁশ জলে নামাইয়া নদীর মাঝখানেই দুই জনে পাড় দিতে দিতে পুতিয়া ফেলিল। তার সঙ্গে শক্ত দড়ি দিয়া নৌকাখানা বাঁধিয়া ধনঞ্জয় বলিল, থাউক, নাও অখন বাতাসের সাথে সাথে ঘুরুক। কই অ মিয়ার পুত, ছইয়ের তলে গিয়া বও।'

কাদির মাথা ঢুকাইতে ঢুকাইতে থামিয়া গেল দেখিয়া বনমালী বলিল, 'ছইয়ের তলে কিছু নাই, ভাত ব্যানুন সব থাওয়া হইয়া গেছে।'

পাঁচজনেরই ভিজা গা। সঙ্গে একাধিক কাপড় নাই যে বদলায়। ছোট ছইখানার ভিতরে তারা গা-ঠেকাঠেকি করিয়া বসিয়া রহিল। কাদিরের ভিজা চুল এলোমেলো হইয়া গিয়াছে। তার শাদা দাড়ি হইতে বিন্দু বিন্দু জল ঝরিয়া পড়িতেছে বনমালীর কাঁধের উপর। কাদির এক সময় টের পাইয়া হাতের তালুতে বনমালীর কাঁধের জলবিন্দুগুলি মুছিয়া দিল। বনমালী ফিরিয়া চাহিল কাদিরের মুখের দিকে। বড় ভাল লাগিল তাকে দেখিতে। লোকটার চেহারায় যেন একটা সাদৃশ আছে যাত্রাবাড়ির রামপ্রসাদের সঙ্গে। তারও মুখময় এমনি শাদ সোণালি দাড়ি। এমনি শান্ত অথচ কর্মময় মুখভাব। রামায়ণ মহাভারতে পড়া বাল্মীকি ও অন্যান্য মুনিঋষিদের যেন রামপ্রসাদ একজন উত্তরাধিকারী। আর এই কাদির মিয়া? হা, তার মনে পড়িতেছে। সেবার গোকনঘাটের বাজারে মহরমের লাঠিখেলা হয়। বনমালী দেখিতে গিয়াছিল। ফিরিবার সময় তাদেরই গায়ের একজন মুসলমানের সঙ্গে পথে তার দেখা হয়। তারই মুখে কারবালার মর্মবিদারক কাহিনী শুনিতে শুনিতে বনমালী প্রায় কাঁদিয়াই ফেলিয়াছিল। এর সঙ্গে আরও শুনিল তাদের প্রিয় পয়গম্বরের কাহিনী। সজন বীরত্বে ছিল বিশাল, কিন্তু তবু তার আপন জনকে বড় ভালবাসিত। কাদির যেন সেই বিরাটেরই একটুখানি আলোর রেখা লইয়া বনমালীর কাঁধে দাড়ি ঠেকাইয়া চুপচাপ বসিয়া আছে। বনমালীর বড় ভাল লাগিতেছে। বাস্তবিক, যাত্রাবাড়ির রামপ্রসাদ,

বিরামপুর গায়ের এই কাদির মিয়া—এরা এমনি মানুষ, যার সামনে হোঁচট খাইলে হাত ধরিয়া তুলিয়। অনেক কাটাঘেরা পথ পার করাইয়া দিবে; আবার দাড়ির নিচে প্রশান্ত বুকটায় মুখ গুঁজিয়া, দুই হাতে কোমর জড়াইয়া ধরিয়া ফু পাইয়া কাঁদিলেও ধমক দিবে না, কেবল অসহায়ের মত পিঠে হাত বুলাইবে। বনমালীর চোখ সজল হইয় উঠে। তার বাপও ছিল এমনি একজন। কিন্তু সে আজ নাই। একদিন রাতের মাছধরা শেষে ভিজা জাল কাঁধে করিয়া বাড়ীফিরিতেছিল। পথের মাঝে তুফানে গাছ-চাপা পড়িয়া মারা গিয়াছে।

ছইয়ের বাহিরে বাঁশের মাচানগুলিতে বৃষ্টির বড় বড় ফোঁটা। পড়িয়া ভাঙ্গিয়া চৌচির—শতচির হইয়া পড়িতেছে। নৌকার বাহিরে যতদূর চোখ যায় সবটাই তিতাস নদী। তার জলের উপর বৃষ্টির লেখা-জোখাহীন ফোটাগুলি পাথরের কুচির মত, তার বুকে গিয়া বিঁধিতেছে আর তারই আঘাত খাইয়া ফোটার চারিপাশটুকুর জল লাফাইয়া উঠিতেছে। হাওয়া নাই, জলে ঢেউ নাই। তবু নদীর বুকময় আলোড়ন। আর, একটানা ঝ ঝ। ঝিম্‌ ঝিম্‌ শব্দ। ছইয়ের সামনের দিক খোলা। এদিক দিয়া বাতাস ঢোকে না। বলিয়া জলের ছাটও ঢোকে না। যে দিক দিয়া ঢুকিবার, সে পিছনের দিক। সেদিক বন্ধ আছে। কাদিরের চক্ষু ছিল নৌকার বাতার বাহিরে, যেখানে কোন সুদূর হইতে তীরের বেগে ছুটিয়া আসা ফোটাগুলি তীরের মতই তিতাসের বুকে বিঁধিয়া আলোড়ন জাগাইতেছে। বনমালী তার গামছাখানা খানিক বৃষ্টির জলে ধরিয়া রাখিয়া, চিপিয়া জল নিংড়াইয়া কাদিরের হাতে দিয়া বলিল, 'নেও বেপারী, গতর মোছ। কাদির সস্নেহে তার মুখের দিকে চাহিয়া দেখিল, বনমালীকে নিতান্ত ছেলেমানুষটির মত দেখাইতেছে, অথচ মালোর বেটার দেহের পেশীগুলি কেমন মজবুত।

'বেপার আমার বংশের কেউ করে নাই বাবা। চরের জমিতে আলু করিছি। শনিবারে শনিবারে হাটে গিয়া বেচি। বেপারীর কাছে বেচি না। বড় দরাদরি করে আর বাকি নিলে পয়সা দেয় না।'

'মাছ-বেপারীরাও এই রকম। জাল্লার সাথে মূলামূলি কইরা দর দেয় টেকার জাগায় সিকা। শহরে নিয়া বেচে সিকার মাল টেকায়।'

কাদিরের দৃষ্টি সামনের দিকে, যেখানে বৃষ্টির বেড়াজালে সব কিছু ঢাকা পড়িয়া গিয়াছে। খানিক চাহিয়া থাকিয়া বলিল, 'কি ঢল নামছে রে বাবা, গাও-গেরাম মালুম হয় না। তাহার তামাক খাইতে ইচ্ছা করিতে লাগিল। এই সময়েই অন্তর্যামী বনমালী নামক ছেলেটা তামাকের ব্যবস্থায় হাত দিল। বাঁশের চোঙ্গার এক দিকে টিকা, আর এক দিকে তামাক রাখার ব্যবস্থা – কাদিরের ছেলে এইবার ভাবনায় পড়িল। সে যখন আরও ছোট ছিল, তখন বাপের সঙ্গে গ্রাম গ্রামান্তরের কত বামুন কায়েতের বাড়িতে দুধ বেচিতে গিয়াছে।

তারা তার বাপকে আদর করিয়া ডাকিয়া বসায়। নিজের চেয়ারে বসিয়া ছেলেপুলের হাতে একখানা ধূলিধূসর তক্ত আনাইয়া মুখে মিষ্টি ঢালিয়া দিয়া বলে, 'বও বও, কাদির বও। তামুক খাও। তাদের নিজেদের হাতে (তেলকুচকুচে মসৃণ ইকী! কাদিরের জন্য বাহির করিয়া দেয় মাচার তলায় হেলান-দিয়া-রাখা সরু থামচাখানেক আকারের থেলে। কাদির আলাপী মানুষ। বলিতে যেমন ভালবাসে শুনিতেও তেমনি ভালবাসে। আলাপে মজিয়া গিয়া লক্ষ্যই করে না কোথায় বসিল আর কি হাতে লইল। ফু দিয়া ধূলা উড়াইয়া ইকার মুখে মুখ লাগায়। তার বাপ মাটির মানুষ, তাই অমন পারে। ওরা বড় লোক। তেলে জলে যেমন মিশে না, তাদের সঙ্গেও তেমনি কোনোদিন মেশার সম্ভাবনা নাই। কিন্তু এরা জেলে। চাষার জীবনের মতই এদের জীবন। উঁচু বলিয়া মানের ধূলি নিক্ষেপ করা যায় না এদের উপর; বরং সমান বলিয়া গলা জড়াইয়া ধরিতেই ভাল লাগে। কাটিলে কাটা যাইবে না, মুছিলে মুছা যাইবে না, এমনি যেন একট সম্পর্ক আছে জেলেদের সঙ্গে চাষীদের। বনমালী তামাক সাজার আয়োজন করিতেছে। নিজের হুকায় স্থের টান দিয়া, সে যদি কলকেখানা খুলিয়া তার বাপের দিকে হাত বাড়ায়, সে তখন কি করিবে; বড়লোকের হাতের অপমানে চটা যায়, কিন্তু সমান লোকের হাতের অপমানে চটা যায় না, খালি ব্যথার ছুরিতে কলিজা কাটে।

এই ঘনঘোর বাদলের মাঝখানে বসিয়া মাথা বাঁচাইতে বাঁচাইতে কাদির হয়ত বনমালীর হুকা-বিচ্যুত কলিকাখান খুশি মনে হাতে লইত।

কিন্তু বনমালী মালসায় হাত দিয় দেখে জলের ছাট লাগিয়া আগুনটুকু নিবিয়া গিয়াছে।

নদীর মোড় ঘুরিতে বাজার দেখা গেল। একটু আগে বৃষ্টি হইয়া গিয়াছে। এখন চারিদিক ফর্সা। কিন্তু রোদ উঠে নাই। আকাশের কোন কোন দিক গুমোটে আচ্ছন্ন। মনে হয় কোথায় কোথায় যেন এখনও বৃষ্টি হইতেছে। এক একবার দমকা হাওয়া আসে। ঠাণ্ডা লাগে শরীরে। মেহনতের সময় এই বাতাস গায়ে বড় মিঠা লাগে। নৌকা একেবারে তাঁর ঘেঁষিয়া না চলিলেও, তীরের গাছ-গাছড়ার সবুজ ছায়া কাদিরের নৌকার ধমকে জলের ভিতর কাঁপিয়া মরিতেছে। ছায়াগুলি এত কাছে থাকিয়া কাঁপিতেছে, আর কাদিরের ছেলের বৈঠার আঘাত খাইয়া ভাঙ্গিয়া শতটুকরা হইয়া যাইতেছে।

নদীর এ বাম তীর। দক্ষিণ তীর ফাঁকা। গ্রাম নাই, ঘর বাড়ি নাই, গাছ-গাছড়া নাই। খালি একটা তীর। তীর ছাড়াইয়া কেবল জমি আর জমি। অনেক দূর গিয়া ঠেকিয়াছে ধোঁয়াটে কতকগুলি পল্লীর আবছায়ায়। যে সব খোলা মাঠ বাহিয়া বাতাস আসে, নদী পার হইয়া লাগে আসিয়া এ পারের গাছগুলির মাথায়।

ছোটবড় দুইটি নৌকাই একসঙ্গে গিয়া হাটের মাটিতে ধাক্কা খাইল।

পশ্চিম ইষ্টতে সোজা পূবদিকে আসিয়া এইখানটায় নদী একটা কোণ তুলিয়া দক্ষিণ দিকে বাকিয়া গিয়াছে। সেই কোণের মাটিই বাজারের 'টেক'। তারই পূবদিক দিয়া একটা খাল গিয়াছে সোজা উত্তর দিকে সরল রেখার মত। নদীর বাক থেকে খালটা গিয়াছে, দেখিয়া মনে হয় নদী চলিতে চলিতে এখানে দক্ষিণদিকে মুখ ঘুরাইয়াছে আর উত্তরদিকে কোথায় অদৃশ্য হইয়া গিয়াছে তার মাথার লম্বা বেণীটা।

সেই খালের পূব পারে একটা পল্লী। নাম আমিনপুর। একদিকে কয়েকটা পাটের অফিস, আরেক দিকে কতকগুলি ঘরবাড়ি গাছ-গাছালি। খালের এপারে হাট বসিতেছে, তার ওপারে গাছ-গাছালির মাথার উপর দিয়া আকাশে উঠিয়াছে একটা রামধনু। সূর্য পশ্চিমদিকে ঢলিয়া পড়িয়াছে। পূবের আকাশে কণাকণা বৃষ্টির আভাসে ঝাপসা একটা ঠাণ্ডা ছায়া লাগানো।

পশ্চিমের সূর্যের সাত রঙ পূবের আকাশের মেঘলার ফাঁদে ধরা পড়িয়া গিয়া উঠাইয়াছে এই রামধনু।

মাত্র ঘন্টা দুই আগে যে বৃষ্টি হইয়াছে তেমন প্রচণ্ড বৃষ্টি খুব কমই দেখা যায়। নৌকাতে থাকিয়া ততটা বোঝা যায় না। বাড়িতে থাকিলে দেখা যাইত ঘরের চালের ঝমাম শব্দে কান ফাটিয়া যাইতেছে; চাল-বাহিয়া-পড়া একটানা বৃষ্টির জলে ছাঁচে লম্বা এক সারি গত হইয়া গিয়াছে। কোথায় কোন নালা আটকাইয়া গিয়া উঠান জলে ভরিয়া গিয়াছে, তুলসীতলার উঁচু মাটিটুকু বাদে ভিটার নিচের সবটুকু জায়গাডুবিয়া গিয়াছে; উঠানের কোণে অযত্নে যে-সব দূর্বাঘাস গজাইয়াছিল, সেগুলি জলে সাঁতার কাটিতেছে।

খালটা শুকনা ছিল। আজিকার ঢলে মাঠময়দান ভাসিয়াছে, হালদেওয়া ক্ষেতগুলির ভাঙ্গা ভাঙ্গা মাটি ঢলে গুলিয়া গিয়া কাদা হইয়াছে। সেই কাদাগোলা জল তাল উপছাইয়া পড়িয়াছে আসিয়া খালে। শতদিক হইতে শত বাহু বাড়াইয়া দিয়া ক্ষেতের খালের দৈন্যদশা প্রাচুর্যে পূর্ণ করিয়া দিয়াছে। খালে তখন উজানের ঠেলা। যে-খাল আগে নদীর জল টানিয়া নিয়া কোনোরকমে শুকনা গলা ভিজাইয়া রাখিত, আজ সে খাল উল্লোলিত, কল্লোলিত, উথলিত হইয়া স্রোত বাঁকাইয়া ঢেউ খেলাইয়া বুক ফুলাইয়া তার ভরা বুকের উপচানো জল তিতাসের বুকে ঢালিয়া দিয়াছে। বৃষ্টি থামিয়া গিয়াছে অনেকক্ষণ, কিন্তু সে দেওয়া এখনও থামে নাই। এখনও ধারায় ছুটিয়া আসিতেছে সেই কাদাগোলা জল।

কাদিরের পিপাসা হইয়াছিল। আজলী ভরিয়া তুলিয়া মুখে দিতে গিয়া দেখে অর্ধেক তার মাটি। বনমালী দেখিতে পাইয়া দয়ার্দ্র হইয়া উঠিল; 'থইয়া দেও, থাইতে পারব না। খালের জলে গাঙের জলেরে খাইছে। মালো-পাড়ায় আমার কুটুম আছে। আলু তোলার পর নিয়া যামু তোমারে।'

'কি কুটুম? সাদি সম্বন্ধ করচ, না কি?'

'না। ভইন বিয়া দিছি।'

বনমালীর সাহায্য পাইয়া কাদিরের সব আলু একদওের মধ্য হাটে গিয়া উঠিল। চারিদিকে ছড়াইয়া না পড়ে এইজন্য কাদিরের ছেলে জলো-ঘাসের ন্যাড়া বানাইয়া আলুর গাদার চারিপাশে গোল করিয়া বাধ দিল। সেই বাধ ডিঙাইয়া দুই চারিট ছোট ছোট আলু এ-পাশে ও-পাশে ছিটকাইয়া

পড়িতে লাগিল। আর সেগুলি মালিকের অধিকারের বাইরে মনে করিয়া ঝাপাইয়া পড়িয়া ধরিতেছিল কতকগুলি ছোট ছোট ছেলেমেয়ে। ভিখারীর ছেলে নয়, কিন্তু দেহের আকারে, বসনের অপরিচ্ছন্নতায় ও অপ্রাচুর্যে এবং অস্বাভাবিক কাঙ্গালপনায় সেগুলিকে মনে হইল যেন ভিখারীর বাড়া। ইহার সবখানেই আছে, সব দেশে সব গায়ে আর সব গায়ের বাজারে। কাদিরের যারা আলু বেচিট আসে তারা অমন দুই চারিট আলুর জন্য ইহাদিগকে ধমক দেয় না, কিছু বলেও না। তাদের কত আলু নিক না তুইচারিটা এই সব দুঃখীর ছেলেপিলে। পয়সা দিয়া ত কিনিতে পারে না। কিন্তু ধমক দেয় বেপারীরা। আলুতে হাত দিলে চড়-চাপড় মারে, আলু কাড়িয়া নেয়; শুধু তাদের থেকে নেওয়া আলু নয়, অপর জায়গা থেকে সংগ্রহ করা আলুও কাড়িয়া নেয় বেপারীরা। আর ছোট ছোট কচি গালগুলিতে মারে ঠাস করিয়া চড়। চড় থাইয়া উহারা চীৎকার করিয়া কাঁদে না, গাল-মুখ চাপিয়া ধরিয়া এখান হইতে সরিয়া পড়ে আরও মার খাওয়ার ভয়ে। কেবল যখন তাদের নিজের সঞ্চয় সুদ্ধ কাড়িয়া নেয়, কাকুতি করিয়া ফল হয় না, অনুরোধ করিলে উল্টা গাল খায় মা-বাপ সম্পর্কিত অশ্রাব্য ভাষায়, তখন কেবল অনুষ্ঠকন্ঠে ফুপাইয় ফুপাইয়া কাঁদে। কাদির এ হাটে অনেক আলু বেচিয়াছে আর অনেক দিন হইতে ইহাদিগকে দেখিয়া আসিতেছে। বছরের পর বছর ইহারা আলু কুড়াইয়া চলিয়াছে, কতক মরিয়াছে, কতক বড় হইয়া সংসারে ঢুকিয়াছে, না হয়ত পুঁজিদার কারবারী নয়তো জমি-মালিক মজুরখাটানেওয়ালা বড়-চাষীর গোলামি করিয়া জানপ্রণ খুয়াইতেছে। কাদিরকে ইহারা আর চিনিতে পরিবে না, কাদির ও ইহাদের কাউকে সামনে দেখিলে ঠাহর করিতে পারিবে না। কিন্তু তার বেশ মনে পড়ে, হাটের মাটিতে আলু ঢালিতে গিয়া ইচ্ছা করিয়া দশটা-বিশটা আলু এইসব কৃপা-প্রার্থীর দিকে ঠেলিয়া দিয়াছে। এখনও দিতে কৃপণত করে না। হাটে এই প্রথম আলু উঠিয়াছে দেখিয়া এই খুদে ডাকাতের দল সবগুলি জোট পাকাইয়া আসিয়া এইখানে মিলিয়াছে। কারে হাতে স্যাকুড়ার একখানা ছোট থলে; পুরানো কাপড়ের লাল নীল পাড়ের সূতা দিয়া অপটু হাতের সূচের ফোড়ে তৈয়ারী। কারে হাতে মালসা কারো বা কোচড়মাত্র সম্বল।

কি ভাবিয়া সহসা কাদির কল্পতরু হইয়া উঠিল। তাহার হয়ত ইচ্ছা হইয়াছিল ওদের হাতে হাতে অনেকগুলি আলু সে বিলাইয়া দেয়। কিন্তু সাবালক বড় ছেলে সামনে। কি মনে করিবে। বিক্রী করিতে হাটে আসিয়াছে, খয়রাত করিবার কোন অর্থ হয় না। ইচ্ছা করিয়া খুশি মনে নড়াচাড়া করিতে করিতে ঘাসের বাধ উপচাইয়া কতকগুলি আলু চারিপাশে ছড়াইয়া দিল ওদের জন্য। ছেলের দৃষ্টি এড়াইলন, 'না করলাম বোয়ানি, না করলাম সাইত; তুমি বাপ অখনই এইভাবে দিতে লাগছে!'

কাদির অজুহাত পাইল সঙ্গে সঙ্গেই, 'কাট-আলু খরিদারে নেয় না, বাছাবাছি কইরা থুইয়া রাখে। দিয়া দিলাম।'

ছেলে খুঁতখুঁত করিতে লাগিল, কিন্তু সাইত করলাম না।' কাদির দিল খোলা ভাবে হাসিয়া বলিল, 'করলাম এই এতিম ছাইলা-মাইয়ার হাতেই পরখম সাইত। খাইয়া দোয়। করব। আল্লা বড় বাচন বাঁচাইছে আইজ।'

কাদিরের এই কাজকর্ম বনমালীর খুব ভাল লাগিতেছিল। বিস্ময়ের সহিত সে কাদিরের মুখের দিকে চাহিয়া রহিল। কাদির বনমালীর দিকে চাহিয়া তার ছেলেকে লক্ষ্য করিয়া বলিল, বড় আভাগ্য। এরা। কেউর মা নাই, বাপ নাই, লাথি ঝাটা খায়; কেউর মা আছে, কিন্তু দানা দিতে পারে না। কেউর বাপ আছে মা নাই। লোকে কয়, মা মরলে বাপ তালই, ভাই বনের পশু।'

তামাক জ্বালাইয়া আনিয়াছিল। টিকায় ফু দিতে দিতে বনমালী বলিল, 'একজনের যে মা মরছে, চোখের সামনেই দেখ তাছি।'

কাদিরের দৃষ্টি পড়িল ছেলেটার দিকে। লম্বা, কৃশ, হাড় জিরজির করিতেছে। শিশুমুখে ও মলিনতার ছাপ বেয়াড় রকমের স্পষ্ট। দলের বাহিরে দাঁড়াইয়া বড় বড় চোখ দুইটি মেলিয়া রাখিয়াছে কাদিরের মুখের উপর। ছেলের কাড়াকড়ি করিয়া হরির লুটের বাতাসার মত আলু ধরিতেছিল, আর সে নীরবে দাঁড়াইয়া আশাপূর্ণ মনে কামনা করিতেছিল কাদির বুড়ার মনের একটুখানি ছোয়া। যেন তাকে দেখিতে পাইলে অন্যান্য ছেলেদের থেকে আলাদা করিয়া শুধু তার একার জন্য বুড়া করুণার ধারা বহাইয়া দিবে। এ যেন তার দাবি। চিরদিনের নির্ভরতা মাখানে এই দাবি দুনিয়া যদি পূর্ণ করে

তবে ভালো কাজ করা হইবে, যদি না করে তো না করিবে, সে শুধু একটা দীর্ঘনিশ্বাস ফেলিয়া এখান থেকে চলিয়া যাইবে।

কাদির দুই মুঠ আলু তুলিয়া তার চোখের দিকে চাহিয়া একদিকে সরিয়া আসার ইঙ্গিত করিল। তার মুখে হাসি ফুটিয়া উঠিল। স্বচ্ছ আবদারে হাসি; কিন্তু বড় মান। সর্বাঙ্গে মাতৃরিষ্টির ধ্বজ ধারণ করিয়া সে ছিল নীরবে দণ্ডায়মান। কাদিরের ডাকে সহসা সে আগাইয়া আসিল না।

দান প্রত্যাখ্যানের ভব্যতা। 'আরে নে, আগাইয়া ধর; না তাইলে তারা নিয়া যাইব।'

ছেলেটা আদরে গলিয়া গিয়া ঘাড় নিচু করিল, তারপর ঘাড় ঘুরাইয়া অর্থহীন ভাবে এদিক ওদিক চাহিল, আর চাহিল মাথা তুলিয়া একবার সামনের, খাল পারের, আমিনপুর গ্রামের উপরের পূব আকাশের দিকে। কাদিরের অযাচিত দানের ধনগুলি তখন তার পায়ের কাছে মাটিতে লুটাইতেছে। আর সেই যে সে আকাশের দিকে চাহিল, একভাবে চাহিয়াই রহিল, মাথা আর নামাইতে পারিল না। কাদির তার চাওয়ার বস্তুর খোঁজে তাকাইল, কিছু বুঝিতে পারিল না। বনমালী তার চোখের দৃষ্টি অনুসরণ করিয়া দেখিল, আমিনপুরের গাছগাছালির মাথার উপর দিয়া আকাশে রামধনু উঠিয়াছে। ছেলেটা তারই দিকে চাহিয়া আছে।

'অ, ধেনু উঠছে। তাই দেখ তাছে। বলিল বনমালী। জেলে সে। জেলেরা আর চাষীরা জল আর মাটি চষিয়া বেড়ায় মুক্ত আকাশের নিচে। উদয়ের মাধুরী আর অস্তের বিধুরতা কোনোদিন গোপন থাকে না তাদের কাছে। কিন্তু তারা কি সে সব কখনো চাহিয়া দেখিয়াছে? দেখিয়াছে কেবল দুপুরের খরাটাকে, যখন মাথার উপর আগুনের মত আসিয়া পড়িয়াছে তখন। শীতে শরতে সকালে বিকালে আকাশের গায়ে থামচা থামচা কত রঙীন মেঘ ভাসিয়া বেড়াইয়াছে। বৃষ্টির ফাঁকে ফাঁকে সূর্য চোখ মেলিলে তার বিপরীত দিকের আকাশে জাগিয়াছে কতদিন কত রামধনু। তারা কি কোনোদিন তাহা চাহিয়া দেখিয়াছে? হয়ত দেখিয়াছে। কিন্তু নূতন কিছু লাগে নাই চোখে। উঠে, মিলাইয়া যায়। চাহিয়া থাকিয়া দেখিবার কিছু নাই রামধনুতে। শিশুরা মায়ের কোলে থাকিয়া আকাশে চাঁদ দেখিয়া হাসে,

হাততালি দেয়। কই বনমালীরা তো কোনোদিন চাঁদের দিকে চাহিয়া হাসেও নাই হাততালিও দেয় নাই। কাদির মিয়াদের ঈদের চাঁদ দেখিবার কত আগ্রহ। কত আনন্দ আর পুণ্যের বাণী লইয়া আকাশের এক কোণে উঁকি দেয় রমজানের চাঁদ। একফালি দুর্বল, প্রভাহীন চাঁদ—চাঁদের কণা বলিলেই চলে। কিন্তু সে চাঁদ যখন বড় হইয়া আকাশে সাঁতার কাটে তখন তো কই তারা চাহিয়াও দেখে না। তেমনি রামধনু দেখিবে বালকে, দেখিবে এই বোকা অর্বাচীন ভিখারী ছেলেট। দেখুক সে রামধনু; আর এদিকে তার পায়ের কাছে থেকে ছড়ানো আলুগুলি আর আর ছেলেরা কুড়াইয়া নিয়া যাক। বনমালীর ইচ্ছা হইল আলুগুলি কুড়াইয়া দেয়। কিন্তু নাবালকের দেখাদেখি রামধনুর দিকে চাহিয়া সেও নাবালক হইয়া গেল। সত্যই ত, রামধনু দেখিতে অত সুন্দর। তার বোনটি যখন ছোট ছিল, সেও একদিন তেমনি করিয়া রামধনুর দিকে চাহিয়াছিল। কিন্তু সে আমন বোকার মত সব ভুলিয়া চাহিয়া থাকে নাই। হাতে নূতন ছগাছ। কাচের চুড়ি কিনিয়া দেওয়া হইয়াছিল। তাহাই বাজাইয়া হাততালি দিতেছিল আর একটা ছড়া কাটিতেছিল, 'রামের হাতের ধেনু, লক্ষ্মণের হাতের ছিল, যেইখানের ধেনু সেইখানে গিয়া মিলা।' মেয়েদের ধারণা, এই মন্ত্র পড়িলে রামধনু মিলাইয়া যাইবে। বোনটিকে কতদিন ধরিয়া দেখিতে যাওয়া হয় নাই। এই গায়েই তার বিবাহ হইয়াছে। এই হাটের অল্প দূরেই তার স্বামীর বাড়ি।

বিরাট আকাশের ধনু। আকাশের দুই কোণ ছুঁইয়া বাকিয়া উঠিয়াছে। মোটা তুলির যেন সাত রঙের সাতটি পোঁচ। রঙগুলি সব আলাদা আলাদা, আর কি স্পষ্ট! পিছনের আকাশ হঠতে থসিয়া যেন আগাইয়া আসিয়াছে। যত অস্পষ্টতা যত আবছায়া অনেক পিছনে পড়িয়া রহিয়াছে, দিক উজ্জ্বল করিয়া বঁকা হইয়া উঠিয়াছে এই রামধনুট। কি উজ্জ্বল বর্ণ। কি স্নিগ্ধ আর সামঞ্জস্যপূর্ণ তার রঙের ভাজ। কোন কারিগর না জানি এই রঙের ভাজ করিয়াছে! চোখে কি ভালো লাগে; কি ঠাণ্ডা লাগে। কোথায় ছিল এতক্ষণ লুকাইয়া! কোথাও তো ছিল না। এখন কোথা হইতে কেমন করিয়া আসিল। চাঁদসুরুজের দেশ এটা। তারা নিত্য উঠে, নিত্য অস্ত যায়। পশ্চিমে

ডুবিয়া ঘুমাইয়া থাকে, আবার সকালে পূবে উদয় হয়। কিন্তু রামধনু থাকে কোথায়। বড় একটা ত দেখা যায় না। অনেকদিন পর দেখা যায় একদিন উঠিয়াছে। কতদিন ঘুমায় এ! কুম্ভকর্ণের মত! উঠিবারও তাল-বেতাল নাই। ইচ্ছা হইলে একদিন উঠিলেই হইল। কিন্তু, কি বড়! বোন ঠিকই বলিয়াছিল তার ছড়াতে—রামের হাতেরই ধনু এট। যে-ধনু অমন যে রাক্ষস, দশমাথা কুড়ি হাতের রাক্ষস,—জোর করিয়া সে ধনু তুলিতে গিয়া তারও মুখে রক্ত উঠিয়াছিল। রামায়ণের বইয়ের সে কথা বনমালী শুনিয়াছে সীতার বিবাহের পালা গানে ছুট-কীর্তনিয়ার মুখে। শেষে রাম তাকে হাতে তুলিয়া নেয়। হরধনু না কি বলিয়াছিল—তাই রামের হাতের ধনু। কিন্তু সীতা সে ধনু রোজই বাঁ হাতে তুলিয়া লইয়া ডানহাতে তলাকার জায়গাটুকু লেপিয়া পুছিয়া শুদ্ধ করিয়া দিত। তারপর সীতার বিবাহ হইয়া গেল। রাম তাকে নিয়া অযোধ্যাতে আসিল। তারপর সীতা আর বাপের বাড়ি ফিরিয়া আসে নাই। নাঃ, বোনটাকে দেখিতে যাইতেই হইবে। কতদিন তাকে নেওয়া হয় নাই।

কতক্ষণ পরে রামধনু মিলাইয়া গেল আকাশে। কিন্তু রাখিয়া গেল অনন্তর মনে একটা স্থায়ী ছাপ। কোনোদিন দেখে নাই। মায়ের কাছে গল্প শুনিয়াছিল; মানুষের অগম্য এক দ্বীপ-চরে এক জাহাজ নোঙর করিয়াছিল। খাইয়া দাইয়া লোকগুলি ঘুমাইয়াছে, অমনি চারিদিক কাঁপাইয়া ধপাস ধপাস শব্দ হইতে লাগিল। আকাশ হইতে পড়িল কয়েকটা দেওদৈত্য। এরা ছাড়াও আরও কত কিছু আছে, যারা মানুষ নয়; মানুষের মধ্যে, মানুষের বাসের এই দুনিয়ার মধ্যে যাদের দেখিতে পাওয়া যায় না। দেও-দৈত্য তো ভয়ের জিনিস। কত ভালো জিনিসও আছে তাদের মধ্যে। সকলেই তারা এই আকাশেই থাকে। এই চন্দ্র, সূর্য, তারা। তাহারাও আকাশেই থাকে; নিত্য উঠে নিত্য নামে, দেখিতে দেখিতে চোখে প্রায় পুরানো হইয়া গিয়াছে। কিন্তু এদেরই রহস্য ভেদ এখনও করা হয় নাই। অলৌকিক রহস্যভর অনন্তর আকাশ-ভুবন। আজও তাদেরই একটা অদেখা রহস্যজনক বস্তু তার চোখের সামনে নামিয়া আসিয়াছিল পিছনের অনেক দূরের আকাশ হইতে, অদেখার

কোল হইতে একেবারে নিকটে, আমিনপুরের জামগাছটার প্রায় মাথার কাছাকাছি।

বনমালীর মন হইতেও কল্পনার রামধনু মুছিয়া গেল; কেউ বুঝি নামাইয়া দিল তাকে বাস্তবের মুখে। ছেলেটার গায়ের রঙ ফস। কিন্তু খড়ি জমিয়া বর্ণলালিত্য নষ্ট করিয়া দিয়াছে। এক চিলত সাদা মাঠ-কাপড় কটিতে জড়ানো। আর এক চিলত কাঁধে। বিঘৎ পরিমাণ একখানা কুশাসন ডানহাতের মুঠায় ধরা। নৌকা গড়িবার সময় তক্তায়-তক্তায় জোড়া দেয় যে দুইমুখ সরু চ্যাপ্ট লোহা দিয়া, তারই একটা দুইমুখ এক করিয়া কাপাস সূতায় গলায় ঝুলানো। পিতামাতা মারা যাওয়ার পর মাসাবধি হবিষ্য করার সন্তানের এই সমস্ত প্রতীক।

বনমালী দরদী হইয়া বলে, 'তোর নাম কি রে।'

'অনন্ত?'

'অনন্ত কি? যুগী, না পাটনী, না সাউ, না পোদ্দার?'

অনন্ত এ প্রশ্নের কোন উত্তর দিতে পারিল না।

'তোর মা মরছে না বাপ মরছে?'

'মা।'

'কোন হাটি বাড়ি তোর?'

আঙুল দিয়া মালোপাড়া দেখাইয়া দিল।'

'জাতে তুই মালো? আমরার স্বজাতি?'

অনন্ত ভালে করিয়া কথাটা বুঝিল না। আবছাভাবে বুঝিল, তার মাসীর মত, এ তারই একটা কেউ হইবে। তা না হইলে অত কথা জিজ্ঞাসা করিতেছে কেন?

'তোর বাড়িত লইয়া যাইবি আমারে?'

গলার ধরার সূতাটা দাঁতে কামড়াইতে কামড়াইতে ঘাড় কাৎ করিয়া অনন্ত জানাইল, হাঁ, নিয়া যাইবে।

'বাজার জমছে। চল তোরে লইয়া বাজারটা একবার ঘুইরা দেখি।'

বাজারের তখন পরিপূর্ণ অবস্থা। কাদিরের দোকানের চারিপাশে অনেক আলুর দোকান বসিয়াছে। গণিয়। শেষ করা যায় না। ক্রেতাও ঘুরিতেছে অগণন। হাতে খালি বস্ত লইয়া তাহারা দরদস্তুর করিতেছে আর

কিনিয়া বস্তাবন্দী আলু মাথায় তুলিয়া। ভিড় ঠেলিয়া বাজারের বাহির হইতেছে। একটানা একটা কলরব শুরু হইয়া গিয়াছে। কাছের মানুষকে কথা বলিতে হইলেও জোরগলায় বলিতে হয়, কানের কাছে মুখ নিয়া।

কাদির বড় এক পাইকার পাইয়াছে। খুচরা বিক্রিতে ঝামেলা। অবশ্য দর তুই চারি পয়সা করিয়া মণেতে বেশি পাওয়া যায়। কিন্তু মণামণি হিসাবের বিক্রি তার চাইতে অনেক ভাল। আগেভাগে শেষ করিয়া উঠিয়া পড়া যায়। বয়স্কদের ভিড়ে আর ঠেলাঠেলিতে তিষ্ঠিতে না পারিয়া অনন্তর সঙ্গীরা হাট ঘন হইয়া জমার মুখেই সরিয়া পড়িয়াছে। অনন্ত চাহিয়া দেখে সচল চঞ্চল এক জনসমুদ্রের মধ্যে সে একা। বালক অনন্তর ইচ্ছা করে বনমালীর একখানা হাত ধরিতে।

কাদির শক্তহাতে দাড়িপাল্লা তুলিয়া ধরিল, একদিকে চাপাইল দশসের বাটখারা, আর একদিকে ডুবাইয়া তুলিল আলু। আর মুখে তুলিল কারবারীদের একটা হিসাবের গৎ : আয়, লাভে রে লাভে রে লাভে রে লাভে, আরে লাভে! আয়, হয়ে রে দুয়ে রে দুয়ে রে দুয়ে, আরে দুয়ে! আয়, তিনে রে তিনে রে তিনে রে তিনে, আরে তিনে—

বেচাবিক্রি চুকাইয়া কাদির বলিল, 'বাবা বনমালী, যাইও একবার বিরামপুরে, কাদির মিয়ার নাম জিগাইলে হালের গরুতে অবধি বাড়ি চিনাইয়া দিব। যাইও।

গুণ-টানা নৌকার মতন বনমালী অনন্তর হাত ধরিয়া টানিয়া চলিয়াছে। এই বাজারের ভিতর দিয়া অনন্ত রোজ দুই চারিবার করিয়া হাটে। কিন্তু ভরা হাটের বেলা সে কোনদিন এখানে ঢোকে নাই। আজ দেখিয়া মুগ্ধ হইয়া গেল। একজায়গায় বসিয়াছে পানের দোকান। দোকানের পর দোকান। বড় বড় পান গোছায় গোছায় ডালার উপর সাজানো। কাছে একটা হাঁড়িতে জল; দোকানীরা বার বার হাত ডুবাইয়া জল পানের উপর ছিটাইয়া দিতেছে, আর যত বেচিতেছে পয়সা সেই হাঁড়িটার ভিতর ডুবাইয়া রাখিতেছে। বনমালী খুব বড় দেখিয়া এক বিড়া পান কিনিয়া অনন্তর হাতে দিল। হাতে লইয়া অনন্তর চোখ জলে ভরিয়া আসিতে থাকে। বনমালীকে বুক খুলিয়া শুনাইতে চায় : হাটের দিন দুপুরের আগে এই দোকানীটা নৌকা হইতে পান

161

তুলিয়া ভাজ করিতে বসে। একখানা চৌকির উপর বসিয়া পানের গোছা হাতে করিয়া তার মধ্য হইতে পচা আধ-পচা পানগুলি ফেলিয়া দেয়। সঙ্গীদের লইয়া সে কতদিন এই ছেঁড়াকোড়া পচা পানগুলি কুড়াইয়া নিয়াছে। মা কোনদিন পয়সা দিয়। পান কিনিয়া খাইতে পারে নাই। তার হাতের কুড়ানো পচা-পান পাইয়া মা কত খুশি হইয়াছে। একদিন অনন্ত তিতাস হইতে সেই লোকটাকে এক হাঁড়ি জল তুলিয়। দিয়াছিল। দোকানী সেদিন পচা-পান তো দিলই, সামান্য একটু দাগী হইয়াছে, একটু ছিঁড়িয়া ভাল পানের সঙ্গে মিশাইয়া দিলে কেহ ধরিতে পারিবে না, এমন পানও তার দিকে ছুড়িয়া ফেলিয়াছে। সেও অভ্যাসবশে ধরিয়াছে, কিন্তু তখন আর তাহার মা নাই। এই রকম ভাল ভাল পান ফেলিয়া দিবার কিছুদিন আগেই একদিন মা মরিয়া গেল। মাসী পান বড় একটা খায় না। দিলেও খুশি হয় না, না দিলেও রাগ করে না। মাসীর মা খায়—দিলে খুশি হয় না, না দিলে মারে।

কিন্তু এ সকল কথা এ লোকটাকে কি বলা যায়! মোটে একদিনের দেখা। আর দোকানীটা নিশ্চয়ই আমাকে মনে রাখিয়াছে। তারপাশে কত ঘুরিয়াছি আধ-পচা পানের জন্য। মনে কি আর রাখে নাই? সব সময়ই তো মনে ভাবিয়াছে এ ছেলেটা খালি আধ-পচা পানই নিবে। ফেলিয়া দেওয়া পান। কোনদিন পয়সা দিয়া কিনিতে পারিবে না। আজ সে দেখুক তার ডালার সব চাইতে দামী পানের বড় একটা গোছা তার হাতে। পয়সা দিয়া কেন।

সুপারির গলি হইতে বনমালী কিছু কাটা-সুপারিও কিনিল।

আরেক জায়গাতে কতকগুলি গেঞ্জির দোকান। মলাটের বাক্স খুলিয়া মাটির উপর বিছানো চটে সাজাইয়া রাখিয়াছে। বুকে ফুলকাটা একটা গেঞ্জি কিনিল বনমালী। গলা হইতে বুক পর্যন্ত বোতামের এলাকায় লম্বা একটা সবুজ লতা, তাতে লালফুল ধরিয়াছে। এতক্ষণ খালি গাঁ ছিল। এবার নূতন গেঞ্জিতে বনমালীকে রাজপুত্রের মত মানাইয়াছে বলিয়া অনন্ত মনে মনে আন্দাজ করিল। লতাটাও কত সুন্দর।

আরও সুন্দর বাজারের এদিকটা। মাঝখানে পায়ে চলার জায়গা খালি রাখিয়া দুইপাশে তারা পসরা সাজাইয়াছে। চলতি কথায় ইহাদিগকে

বেদে বলে, কিন্তু সাপুড়ে নয়। অত্যন্ত লোভনীয় তাদের দোকানগুলি। একধারে অনেকগুলি কোমরের তাগা। পোষমানা সাপের মত শোয়াইয়া রাখিয়াছে। কতক কালো, আর কতক হলদে লালে মিশানো। মাথায় এক একটা জগজগার টোপর। একদিকে এলাইয়া রাখিয়াছে কতকগুলি আরসি। একদিকে নানা রঙের ও নানা আকারের সাবান। আর একখানে পুতির মালা, রেশমী ও কাচের চুড়ি। আরও অনেক কিছু। এক একটা দোকানে এত সামগ্রী। বনমালী পাশে বসিয়া দুই তিনটা সাবানের গন্ধ শুকিয়া বলিল, জলেভাসা সাবান আছে? আছে শুনিয়া গন্ধ শুকিয়া দর করিয়া রাখিয়া দিল। কাচের চুড়ির মধ্যে তিন আঙুল ঢুকাইয়া মাপ আন্দাজ করিল, তারপর রাখিয়া দিল। কিনিল না। কিনিল খালি কয়েকটা বড়শি। এক কোণে কতকগুলি বাল্যশিক্ষা, নব-ধারাপাত বই। অনন্ত ইত্যবসরে বসিয়া পাতা উল্টাইতে শুরু করিয়া দিল। দুইটা গরু নিয়া এক কৃষক চাষ করিতেছে ছবিটাতে চোখ পড়িতে না পড়িতে দোকানী ঝঙ্কার দিয়া উঠিল। অনন্তর আর দেখা হইল না।

বনমালী অনন্তর হাত ধরিয়া টানিতে টানিতে ধনঞ্জয়কে বলিল, গাওয়ের নাপিতে চুল ছাঁটেন, যেমুন কচু কাটে। আর হাটের নাপিতে চুল কাটেন, যেমুন রান্দা দিয়া পালিশ করে। নাওয়ে গিয়া থাইক্য, চুল কাটাইতে গেলাম।

নাপিতের উঁচু ভিটিখানাতে গিয়া দেখা গেল কতক নাপিতের হাতের কাঁচি, চিরুনির উপর দিয়া কাচুম কাচুম করিয়া বেদম চলিয়াছে, আর কতক নাপিত ক্ষুর কাঁচি চিরুনি এবং নরুণ লইয়া চুপ করিয়া বসিয়া আছে। মাথায় অগোছাল লম্ব চুল দেখিয়া বনমালীর উদ্দেশ্য তারা বুঝিল। বুঝিয়া নানা জনে নানা দিক হইতে তাহাকে ডাকিতে লাগিল। অনন্তর মাথার চুলও বেশ লম্বা হইয়াছে, কিন্তু তাহার গলায় ধড়া দেখিয়া কেহ তাহাকে ডাকিল না।

চুলকাটা শেষ করিয়া দেখে বেলা ডুবিয়া গিয়াছে। নাপিত একখানা ছোট আয়না বনমালীর হাতে তুলিয়া দিল, কিন্তু তার ভিতর দিয়া তখন কিছুই দেখা যায় না। অপ্রসন্ন মনে উঠিয়া পড়িল বনমালী। আবার অনন্তকে

হাতে ধরিয়া বাজারসমুদ্র পার করিয়া ঘাটের কিনারায় আনিল। হাট তখন ভাঙ্গিয়া পড়িতেছে। ধনঞ্জয় একছালা গাব, দুইটা বাঁশ, সপ্তাহের মত হলুদ লঙ্কা লবণ জিরা মরিচ কিনিয়া তৈরী হইয়া আছে।

বনমালী মনে মনে বলিল, আজ আর ও-পাড়ায় যাইব না। রাত হইয়া গিয়াছে, আর একদিন আসিলে যাইব। প্রকাশ্যে বলিল, হেই পুল, তুই আমার নাওয়ে যাইবি? আমি থালেবিলে জাল লইয়া ঘুরি, মাছ ধরি মাছ বেচি, নাওয়ে রান্ধি নাওয়ে থাই। সাত দিনে একদিন বাড়িত যাই। যাইবি তুই আমার নাওয়ে?

অনন্ত ঘাড় কাত করিয়া জানাইল, হাঁ। যাইবে।

'চল তা হইলে।'

অনন্ত নৌকায় উঠিবার জন্য জলে নামিল।

'আরে না না, অখনই তোরে নেমু না। তোর বাড়ির মানুষেরে না জিগাইয়া নিলে, তারা মারামারি করতে পারে।'

অনন্ত ঘাড় তুলাইয়া বলিতে চাহিল, না কেহ মারামারি করিবে না।

'না না, তুই বাড়ি যা।'

অনন্ত জোর করিয়া নৌকার গলুই আঁকড়াইয়া ধরিল। ধমঞ্জয়ের ধমক খাইয়া বনমালী নৌকায় গিয়া উঠিল, কিন্তু ছেলেটার জন্য তার বড় মায়া লাগিল। তাকে বাড়িতে আগাইয়া দিয়া আসা উচিত। এতক্ষণ সঙ্গে করিয়া ঘুরাইয়াছে।

ধনঞ্জয় লগি ফেলিয়া ঠেলা মারিল, অনন্তর ছোট দুইখান। হাতের বাঁধন ছিন্ন করিয়া গলুই ডানদিকে ঘুরপাক খাইল এবং দেখিতে দেখিতে নৌকা অন্ধকারের মাঝে কোথায় চলিয়া গেল, আর দেখা গেল না। বুকভরা একটা দীর্ঘশ্বাস মোচন করিয়া অনন্ত ডাঙ্গায় উঠিয়া দাঁড়াইয়া রহিল।

চারিদিক অন্ধকার। কিছুই দেখা যায় না। কিন্তু বাড়ির পথ তার চেনা। ভয়-ডরেরও কিছু নাই। তবু সে যেন দেহে মনে নিরুৎসাহ হইয়া গিয়াছে। পা যেন তার বাড়ির দিকে চলিতে চায় না। বনমালীর শেষ কথা কয়টি রহিয়া রহিয়া তার কানে বার বার বাজিয়া উঠিতে লাগিল। তুই এখন

164

বাড়ি যা। তোদের পাড়া আমি চিনি। আমার বোন বিয়া দিয়াছি তোদের পাড়াতে। আবার আমি আসিব। কোন ভাবনা করিস না তুই। আবার আমি আসিব।

তুমি বলিয়াছিলে আবার আসিবে, কিন্তু কখন আসিবে! আমার যে আর বাড়িতে যাইতে পা চলিতেছে না। কখন তুমি আসিবে —ভাবিতে ভাবিতে অনন্ত বাড়ির উঠানে পা দিল।

একটা পরিচিত গলার আওয়াজের আশঙ্কা সে করিতেছিল। শীঘ্রই সেটি শোনা গেল, 'তেল-মরা বাতির মত নিম-ঝিম করে,—মরেও না। আইজ ত নিঁখোঁজ দেইখ্যা মনে করছিলাম, বুঝি পেরেতে ধরছে, অখন দেখি চান্দের ছটার মত হাজির। মনে লয় পোড়া কাঠ মাথায় মাইরা খেদাইয়া দেই, পোড়ামুখি মাইয়া আমার কাল করছে।'

সুবলার বৌ বাসন্তী একটু আগে নদীর পাড় হইতে খুঁজিয়া আসিয়া কাজে হাত দিয়াছিল। কিন্তু হাতে কাজ উঠিতেছিল না। দৌড়াইয়া আসিয়া বলিল, 'কি কও গে। ম। তুমি। মা-মরা, হাতে আগুন, মুখে হবিষ। তুমি কি সগল কথা কও। শত্রুরেও তো এমুন কথা কয় না!'

'শত্রুর শত্রুর। ইটা আমার শত্রুর। অখনই মরুক। সুবচনীর পূজা করুম।'

সুবলার বউ এবার রণচণ্ডী হইয়া উঠিল, 'ইটা মরব কোন দুঃখে? তার আগে আমি মরি,—আমি ঘরের বাইর হই।'

মা হঠাৎ নরম হইয়া বলিল, 'অখন আর কিছু করলাম না। দিমু খেদাইয়া একদিন চেলাকাঠ পিঠে মাইরা!'

মাসী শুইয়া শুইয়া অনন্তকে আজ কতকগুলি নূতন কথা শুনাইল : মা যদি মরিয়া যায়, তবে সে মা আর মা থাকে না, শত্রু হইয়া যায়। মরিয়া যেখানে চলিয়া গিয়াছে, ছেলেকে সেখানে লইয়া যাইবার জন্য সব সময়েই তার লক্ষ্য থাকে। অন্তত শ্রাদ্ধশান্তি না হওয়া পর্যন্ত একমাস তো খুব ভয়ে ভয়ে কাটাইতে হয়। তার আত্মা তখন ছেলের চারিপাশে ঘুরিয়া বেড়ায় কি না। এক পাইলে, কিংবা আঁধারে, কি বট বা হিজল গাছের তলায় পাইলে, কিংবা নদীর পারে পাইলে, কাছে কেউ না থাকিলে লইয়া যায়। নিয়া মারিয়া

ফেলে। সেই রাত্রিতে অনন্ত মাকে স্বপ্ন দেখিল। মা কতকগুলি ছেঁড়া কাথায় জড়াইয়া কোথা হইতে আসিয়া খালের পাড়ে হমড়ি খাইয়া পড়িয়াছে। অনন্তকে যে লইয়া যাইবার জন্য আসিয়াছে তাহাতে সন্দেহ নাই। কিন্তু কই, মারিয়া ফেলিবার মত জিঘাংসা, ক্রোধ কিছুইত তার মধ্যে নাই, ম। চাহিয়া আছে তার মুখের পানে বড় করুণ চোখে, বেদনায় কি মলিন মার মুখখান! হা, মা নিয়া যাইতে চায়; কিন্তু মারিয়া ফেলিবার জন্য নহে, কাছে কাছে রাখিবার জন্য। মার জন্য বড় করুণা জাগিল অনন্তর মনে।

হবিষ্য সাজাইতে সাজাইতে অনেক বেলা হইয়া যায়। কচি ছেলে। ক্ষুধায় আরও নেতাইয়া পড়ে। সুবলার বউ সবই বুঝে। কিন্তু কিছু করিবার নাই তার। বিধবা সে। বাপের সংসারে গলগ্রহ হইয়া আছে। তার উপর রক্তমাংসের সম্পর্কের লেশ নাই এমন একটা মা-মরা হবিষ্যের ছেলেকে আনিয়া ঝঞ্ঝাট পোহাইতেছে। শুধু কি নিজে ভুগিতেছে। বাপসাকেও ভোগাইতেছে। তার বাপ রাতে জাল বাইস করিয়া সকালে বাড়ি আসে। একঝাক মাছ আনে। কাটিয়া কুটিয়া কতক জালের তলায় রোদে দিতে হয়, কতক ধুইয়া হাঁড়িতে চাপাইতে হয়। মা কেবল হকুম চালাইয়া খালাস। এত সব করিয়া বাপকে খাওয়াইলে, তবে বাপ ঠাণ্ডা হয়; তারপর তার পয়সায় তারই হাতে বাজার হইতে কিছু আলো চাল আর দুই একটা কলা আনাইতে পারা যায়। সে চাল দিয়া সুবলার বউ মালসায় জাউ রাধিয়া দেয়। কলার খোল কাটিয়া সাতখানা ডোঙ্গা বানায়। তাতে জীউ আর কলা দিয়া তুলসীতলায় সারি সারি সাজায়। অনন্ত স্নান করিয়া আসিয়া তাতে জল দেয়। সরিয়া পড়িলে কাকেরা আসিয়া উহা ভক্ষণ করে। যেদিন কাক আসে না, সেদিন অনন্ত ডোঙ্গা হাতে করিয়া আ আ করিয়া ডাকিয়া বেড়ায়—তারা বলিয়াছে, মা নাকি কাকের রূপ ধরিয়া আসিয়া অনন্তর দেওয়া জাউ-কলা খাইয়া যায়। অনন্ত যাহা কিছু শোনে, কিছুই অবিশ্বাস করে না। যে কাকগুলি খাইতে আসে, একদৃষ্টে তাদের দিকে চাহিয়া চাহিয়া দেখে—এর মধ্যে কোনটা তার মা হইতে পারে। এখন আর মানুষ নয় বলিয়া কথা বলিতে পারে না, কিন্তু খাইতে খাইতে ঘাড় তুলিয়া চাহিয়া থাকে –বোধ হয় ঐটাই তাহার মা! কিন্তু বেশিক্ষণ থাকিতে চায় না, খাওয়া শেষ না করিয়াই এক ফাঁকে উড়িয়া যায়!

অনন্তর কথা শুনিয়া ঘাটের নারীদের কেউ হাসিল, কেউ দীর্ঘনিশ্বাস ফেলিল। খোলের ডোঙ্গাগুলি পরিষ্কার করিয়া ধুইয়া সেগুলি হাতে লইয়াই সে ডুব দিয়া স্নান করিল। তারপর মাটির ছোট একটি ঘড়াতে জল ভরিয়া যাইতে উদ্যত হইল। একজন স্ত্রীলোক তাহাকে ডাকিয়া ফিরাইল, বলিল, 'তা হইলে, তোর মা কাউয়া হইয়া আইয়ে?

'খাওয়া শেষ না কইরা উইড়া যায়।'

'হ।'

'থাইয়া যায় না কেনে?'

'পাছে আমি তার লগে কথা কইতে চাই, এই ডরে বেশিক্ষণ থাকে না। যারা মইরা যায়, তারা ত জীয়ন্ত মানুষের সাথে কথা কইতে পারে না। তার লাগি মানুষের কথা শুনতেও চায় না, মনে মনে বুইঝ্যা চইল্যা যায়।'— অনন্ত মমতায় বিগলিত হইয়া পড়ে।

মা যখন বাঁচিয়া ছিল, অনন্ত সব সময়ে মার জন্য গর্ব অনুভব করিয়াছে। মার তুলনায় নিজেকে ভাবিয়াছে অকিঞ্চিৎকর। মা মরিয়া গিয়া লোকের কাছে যেন অনন্তর মাথা হেঁট করিয়া দিয়া গিয়াছে। এমন মার ছায়ায় ছায়ায় থাকিতে পারিলে অনন্ত যেন অনেক কিছু অসাধ্য সাধন করিতে পারিত। এখন, মা নাই, তার যে আর কিছুই নাই; লোকের কাছে এখন তার দাম কানাকড়িও না। সে এখন মরিয়া গেলে কারো কিছু হইবে না। কেউ তার কথা মুখেও আনিবে না। কিন্তু মা? একমাস হইতে চলিল মরিয়াছে, এখনও তার কথা কি কেউ ভুলিতে পারিয়াছে? ঘাটে জমিলে মেয়েরা তার মার কথা আলোচনা করে; দুঃখ করে, দীর্ঘনিশ্বাস ফেলে। বিশেষ করিয়া অনন্তকে দেখিলে তারা তখন তখনই তার মার কথা শুরু করিয়া দেয়। মার প্রতি কৃতজ্ঞতায় অনন্তর বুক ভরিয়া উঠে।

ঘাটে আসিয়া যে-বধূটি সকলের চেয়ে বেশি দেরি করে, বেশি কথা বলে, আর কথায় কথায় ছড়া কাটে, তুনিয়ায় তার পরিচয় দিবার উপলক্ষ্য মাত্র দুইটি—এক, সাদকপুরের বনমালীর বোন বলিয়া, আর দুই, লবচন্দ্রের বউ বলিয়া। তবে এখানে প্রথমোক্ত নামে তার পরিচয় বেশি নাই, শেষোক্ত নামেই সে মালোপাড়ায় অভিহিত। কথার মাঝে মাঝে সুন্দর ছড়া কটিতে পারে বলিয়া সকল নারীরা তাকে একটু সমীহ করে; সে যেন দশজনের মাঝে

একজন। শ্রাদ্ধের দিন অনেক নারী দেখিতে আসিল। সেও আসিল। নাপিত আসিয়া অনন্তর মস্তক মুণ্ডন করিয়া গেল। অনন্ত কতকগুলি খড়ের উপর শুইত, সেই খড়গুলি, হাতের আধছোঁড়া নিত্যসঙ্গী কুশাসনখানা, কাঁধের ও কটিদেশের মাঠ-কাপড়ের চিলত দুইখানা সেই নারীর কথামত নদীতীরে ঘাটের একটু দূরে কাদায় পুতিয়া না করিয়া আসিল। পুরোহিত চাউলভরা পাঁচটি মালসাতে মন্ত্র পড়িয়া অনন্তর মাতৃশ্রাদ্ধ সমাধা করতঃ একটা সিকি ট্যাকে গুঁজিয়া চলিয়া গেল, সেই স্ত্রীলোকটি তাড়া দিল, ভতি বাড়নের কত দেরি। কড়া ডিগ মানুষ। ভুখে মরতাছে!'

সুবলার বউর এক হাতে সব কাজ করিয়া উঠিতে দেরি হইল। তবু সে পরিপাটি করিয়া পাঁচটি ব্যঞ্জন রণধিল। অনন্ত এক স্থানে বসিয়া পড়িয়াছিল। মাসীর মা থেকাইয়া উঠিল, 'নিষ্কর্ম গোঁসাই, আরে আমার নিষ্কর্ম গোঁসাই, একটা কলার খোল কাইট্যা আনতে পারলে না!'

সেই নারী প্রতিবাদ করিল, 'চিরদিন গালি দিও মা, আইজের দিনখান সইয়া থাক। দাও দেও, আমি খোল কাইট্যা আনি।'

লম্বা একটা খোলে ভাতব্যঞ্জন সাজাইয়া সুবলার বউ বলিল, 'রাঁড়িরে শেষ খাওন খাওয়াইয়া দেই, আর ত কোনদিন খাইতে আইব না।'

খোলের এককোণে একটু পান সুপারি, একটু তামাক টিকাও দেওয়া হইল।

সেই নারী সুবলার বৌকে বলিল, 'তোমার সাথে ত কত ভাব আছিল দিদি! তুমি যাইও না। আমি যাই তারে লইয়া।'

অনন্ত ভাত ব্যঞ্জন ভরতি খোলটা হাতে করিয়া নদীর পারের দিকে চলিল, সঙ্গে চলিল সেই স্ত্রীলোকটি। সে নির্দেশ দিল, না-জল না-শুকনা, এমন জায়গাত, রাইখ্যা পাছ ফির আইয়া পড়, আর পিছের দিকে চাইস না।'

অনন্ত জন্মের মত মাকে শেষ খাবার দিয়া স্ত্রীলোকটির পিছু পিছু বাড়ি চলিয়া আসিল।

লোকে তেপথা পথে রোগীকে স্নান করায়, ফুল দিয়া রাখে। যে পা দিবে সেই মরিবে। এ আপদ একদিন কেন সেই পথ দিয়া আসে না!—হবিষ্যের সময় একবার করিয়া খাইত, এখন খায় তিনবার করিয়া। কোথা হইতে আসেত এত খাওয়া?

—বুড়ির এই কথাটা ভাবিবার মত। বুড়া চিন্তা করে, এক মানুষ সে। তিন পেট চালায় তার উপর এই অবাঞ্ছিত পোষ্য। কিন্তু কি করা যায়!

একদিন বুড়ি প্রস্তাব করিল, 'ছরাদ্দ শান্তি হইয়া গেছে। অখন কানে ধইরা নিয়া জাল্লার নাওয়ে তুল।'

বুড়া ইন্ধন জোগাইল, 'হ। জগতারের ডহরের গহীন পানিত একদিন কানে ধইরা তুইল্যা দিমু ছাইড়া। আপদ যাইব।'

নদীর উপর নৌকাতে ভাসিয়া মাছ ধরার আনন্দ অনন্তর মনে দমকা হাওয়ার মত একটা দোলা জাগাইয়া দিল, কিন্তু বুড়া-বুড়ির কথার ধরণ দেখিয়া উহা উবিয়া গেল।

তাহা সত্ত্বেও একদিন সন্ধ্যাবেলা জাল কাঁধে লইয়া বুড়া যখন হুকুম করিল, 'এই অনন্ত, হক্কা-চোঙ্গা হাতে নে, আজ তোরে লইয়া জালে যামু।' অনন্ত তখন বিদ্যুতের বেগে আদিষ্ট দ্রব্যগুলি হাতে লইয়া পরম বাধিতের মত আদেশকারীর পাছে পাছে চলিল।

মাসী দৌড়াইয়া আসিয়া বাধা দিল। বাপ তার অত্যন্ত রাগী মানুষ। রাগ হইয়া যখন মারিতে আরম্ভ করিবে, এক নৌকায় অনন্তকে তখন বাঁচাইবে কে?

'হাতের আগুন নিব তে না নিব তে তুমি তারে জালে নিওনা বাবা। ছোট মানুষ। জলে পইড়া মরে, না সাপে থাইয়া মারে, কে কইব। অখন তারে নিওনা, আরেকটু বড় হইলে নিও।'

মাসীর কথায় অনন্ত অপ্রসন্ন মুখে নিরস্ত হইল। এবং বুড়াবুড়ি নিরস্ত হইল আরো অপ্রসন্ন মুখে, ভবিষ্যতের এক প্রবল ঝড়ের আভাস দিয়া।

মাঝে মাঝে ঝড় হয়। কোনোদিন দিনের বেলা, কখনো রাত্রিতে। দিনের ঝড়ে বেশি ভাবনা নাই; রাতের ঝড়ে বেশি ভাবনা। বাঁশের খুঁটির মাথায় দাড়ানো ঘরখানি কাঁপিয় উঠে। মুচড়াইয়া বুঝিবা ফেলিয়া দেয়। কিন্তু তাতেও অত ভয় করে না। কোনো রাতে ঝড় আরম্ভ হইলে সহজে কমিতে চায় না। সারারাত্রি চলে তার দাপট। কোনে কোনো সময়ে প্রতি রাতে ঝড় আসে। সারাদিন থায় দায়, সন্ধ্যার দিকে আসন্ন ঝড়ের জন্য প্রস্তুত হয়। ঈশান কোণের কালো মেঘ সারা আকাশে ধোঁয়ার মত ছড়াইয়া

গিয়া হ হ করিয়া বাতাস আসে। তারপর আসে ঝড়। ভয় হয় ঘরট। বুঝিবা এ রাতেই পড়িয়া যাইবে। পড়ে না। কিন্তু আজই ত শেষ নয়। কালকের ঝড়ে যদি পড়িয়া যায়। পরশুর ঝড়ে! কিন্তু তাতেও অত ভয় করে না –যত ভয় করে বুড়াকে। কোন ঝড়ের রাতে অনন্তকে টানিয়া লইয়া নৌকায় তুলিবে, মেয়ে মানুষ সে, বুড়া বাপ তার বাধা মানিবে না। কি সে করিবে। একটা নিঃসহায় নারীর শেষ গচ্ছিত ধন নষ্ট হইয়া যাইবে। ঝড়ে কোন গাঙের বাঁকে বুড়ার নাও উল্টাইয়া যাইবে। বুড় ত মরিবেই, এটাকেও সঙ্গে নিয়া মারিবে।

দিনের ঝড় অনন্তর খুব ভাল লাগে। একদিন অকারণে পাড়ায় ঘুরিতে ঘুরিতে ঝড় আসিয়া পড়িল। যার যার উঠানে ছেলেরা খেলা করিতেছিল বড়রা ডাকিয়া ঘরে নিয়া ঢুকিল। অনন্তকে কেউ ডাকিল না। কার ঘরে গিয়া উঠিবে ভাবিতেছিল, এমন সময় দেখা গেল যে স্ত্রীলোকটি তার মার শ্রাদ্ধের দিনে তার সঙ্গে নদীর পারে গিয়াছিল সে তার হাত ধরিয়া টানিতেছে। এক সঙ্গে ঝড় ও বৃষ্টি তুই আসিল। সঙ্গে সঙ্গে শিল পড়িল। অনন্তর ন্যাড়া মাথায় কয়েকটা শিল প্রচও আঘাত করিল, আর ঝড়ো হাওয়ার তোড়ে কয়েকটি বড় বড় বৃষ্টির ফোঁটা তার খড়িউঠা চামড়ায় তীরের মত গিয়া বিধিল। কিন্তু পরক্ষণেই সেই নারীর মাথার ঘোমটা খুলিয়া গেল, বাহির হইয়া পড়িল খোঁপাট। আর সিথির উপর সযত্নে আঁকা দগদগে লাল সিন্দুরের চিহ্নট। বড় বড় কয়েকটা শিল সযত্নশোভিত খোঁপাটিকে থেতলাইয়া দিল, বড় বড় কয়েকটা বৃষ্টির ফোট। তার সিন্দুরের দাগ গলাইয়া ফ্যাকাসে করিয়া দিল; তার ঘোমটার কাপড় দিয়া ইতিপূর্বেই সে অনন্তর খেলা মাথাটিকে ঢাকিয়া দিয়াছিল।

কারো ঘরে না গিয়া সে অনন্তকে নিয়া তার নিজের ঘরের বারান্দায় গিয়া থামিল। ততক্ষণে ঝড়ের প্রচও মাতামাতি স্বরু হইয়া গিয়াছে। ঝড়ের এতবড় আলামত অনন্ত জীবনে কোনোদিন দেখে নাই। চারিদিকে ঘরের চালগুলি কাঁপিতেছে, গাছগুলি মুচড়াইয়া এক একবার মাটিতে ঠেকিতেছে আবার উপরে উঠিতেছে, লতাপাত। ছিঁড়িয়া মাটিতে গড়াইতেছে, আবার কোথায় কোন দিকে বাতাস তাহাদিগকে ঝাটাইয়া লইয়া

যাইতেছে। ঝড় খুব শক্তিশালী সন্দেহ নাই। কিন্তু এ নারীও কম শক্তিশালী নহে। ঝড়ের সঙ্গে পাল্লা দিয়া সমানে সে চেচাইয়া চলিয়াছে, 'দোহাই রামের দোহাই লক্ষ্মণের, দোহাই বাণ রাজার; দোহাই ত্রিশ কোটি দেব তার। কিন্তু ঝড় নির্বিকার। দাম্ভিক অঙ্গুলি হেলনে ত্রিশ কোটি দেবতাকে কাত করিয়া বহিয়াই চলিল। এবার তার গলার আওয়াজ কাপাইয়া অন্য অস্ত্র বাহির করিয়া দিল, 'এইঘরে তোর ভাইঙ্গা বউ ছুইসন ছু ইসনা— এইঘরে তোর ভাইঙ্গা বউ, ছু ইসনা ছু ইসনা। কিন্তু ঝড় এ বাধাও মানিল না। পাশব শক্তিতে বিক্রম দেখাইয়া প্রায় সঙ্গে সঙ্গেই ঘরটা কঁপাইয়া দিয়া গেল। সে নারীও দমিবার নয়। এবার সুর সপ্তমে চড়াইয়া চীৎকার করিয়া উঠিল, যা বেটা যা, পাহাড়ে যা, পর্বতে যা, বড় বড় বিরিক্ষের সনে যুদ্ধ কইরা যা। এ-আদেশ অগ্রাহ করিতে না পারিয়াই বুঝিব। ঝড়টা একটু মন্দা হইয়া আসিল এবং ঝিমাইয়া ঝিমাইয়া এক সময় তারও দম বন্ধ হইয়া গেল। অনন্ত বিস্ময়ভরা চোখে তাকাইয়া রহিল তার মুখের দিকে। কি কড়া আদেশ। এমন যে ঝড়, সেও এই নারীর কথায় মাথা নত করিল!

ঝড়ে মালোপাড়ার প্রায়ই সাংঘাতিক রকমের ক্ষতি করিয়া থাকে। তাদের অর্ধেক সম্পত্তি থাকে বাড়িতে, আর অর্ধেক থাকে নদীতে। যাদের ঘর বাড়ি ঠিক থাকে, তারা হয়ত তিতাসে গিয়া দেখে নাওখানা ভাঙ্গিয়া গিয়াছে। আর যারা নাওয়ে থাকিয়া সারারাত তুফানের সাথে যুঝিয়া আত্মরক্ষা করিয়াছে, তারা হয়ত বাড়িতে আসিয়া দেখে ঘর পড়িয়া গিয়াছে।

আজিকার এত বড় ঝড়ে কিন্তু মালোপাড়ার অধিক লোকের ক্ষতি করিতে পারে নাই। ক্ষতি করিয়াছে মাত্র দুইটি পরিবারের। কালোবরণের বড় নাওখানা লইয়া মাছ কিনিবার জন্য বড় গাঙে গিয়াছিল। সে নাওখানা ভাঙ্গিয়া গিয়াছে। লোকজন পায়ে হাঁটিয়া পরদিন বাড়ি আসিয়া জানাইয়াছে, একখানা তক্তাও পাওয়া গেল না। একেবারে চুরমার করিয়া ফেলিয়াছে।

ঘর ভাঙ্গিয়াছে অনন্ত মাসীর বাবার। যে ঘরে অনন্তকে লইয়া মাসী শুইত সেই ঘরখানা।

ঘরখানা আবার তুলিয়া লইয়া, হিসাব করিয়া দেখা গেল, বুড়ার গাঁটের সব টাকাকড়ি খরচ হইয়া গিয়াছে। এখন দিনআনা দিন-খাওয়ার

অবস্থা। যেদিন মাছ না পাইবে সেদিন উপবাস করিতে হইবে। ঘোর তুর্দিনে এমন অবস্থায় একটা উপরি পোষ্যকে কিছুতেই রাখা চলে না। একথা বুড়ার জপমালা হইয়া দাঁড়াইয়াছে। আর না বললেও মাসীর বুঝিতে কষ্ট হয় না। তার মার রকমসকম দেখিয়া মনে হয়, একদিন হয়ত সত্যই ছেলেটার পিঠে সে পোড়া কাঠ চাপিয়া ধরিবে।

অনেক দিন ধরিয়া সে কালোর মার কথা ভাবিতেছিল। একদিন তার কাছে গিয়া বলিল, 'আপনে ত তার মারে কত ভালবাসতেন। আমার কাছে তার কষ্টের পারাপার নাই। আপনে তারে লইয়া যান, দুই মুঠ থাইয়া বাঁচব।

কিন্তু কালোর মার মন খারাপ। অতবড় নৌকা ভাঙ্গিয়া গিয়াছে। এমন বিপদে কার না মন খারাপ হয়। এই সময়ে এসব ভাবনার কথা এড়াইয়া চলিতেই ভাল লাগে। তবে কালোর মা একেবারে নিরাশ করিল না; বর্ষার পর মুদিন আসিলে কালোবরণ উত্তর হইতে কাঠ আনিবে, নূতন নাও গড়িবে। সে নাওয়ে যখন জিয়লের ক্ষেপ দিতে যাইবে, কালে। তখন অনন্তকে সঙ্গে নিতে ভুলিবে না। এই কথা শুনিয়া সুবলার বৌর ভিতরটা মোচড় দিয়া উঠিল।

কিন্তু সে অনেক দিনের কথা।

আর একদিন খুব বৃষ্টি হইয়া গেল। বাদলায় পান খুব পচে। তখন পচা-ভালে-মেশানো বিড়ায় বিড়ায় পান ফেলিয়া দেয় দোকানীরা। অনন্তর বয়সী ছেলেমেয়েরা এমন পান হাতভরতি করিয়া কুড়াইয়া আনিতেছে। মাসীর মা নিজের চোখে দেখিয়াছে। তারা অনেক পান আনিয়াছে। আর তাদের মা'র ডালায় করিয়া লইয়া ধুইয়া থাইয়া মুখ লাল করিয়াছে। অনন্ত কেন গেল না, গেল ত আনিতে পারিত। অনন্তর খুব ভাল লাগে, হাটে-বাজারে ঘুরিতে। বুড়ির ইঙ্গিত পাইয়া সে খুশিমনে ছুটিল বাজারের দিকে।

বৃষ্টি হইয়া গিয়াছে একটু আগে। বাজারের রাস্তা দিয়া তখনও জলের স্রোত চলিতেছে। কোথায় কোন ডোবা উপচাইয়াছে, তারই জল। দু-একটি পানাও আসে সেই জলের সঙ্গে। অনন্তর বয়সী কয়েকটি ছেলে,

তাদের বাপদাদার যেমন লম্বা বাঁশের আগায় জাল বাঁধিয়া খালের দুই পাড় আগ লাইয়া জাল পাতে, তারই অনুকরণে রাস্তার দুইধার বন্ধ করিয়া দুইটি কঞ্চিতে দড়ি আর সূতা বাঁধিয়া জাল পাতিয়া বসিয়াছে। পায়ের গোড়ালির চাপে কঞ্চির আগা উচাইয়া, দড়ি টানিয়া, বুক চিতাইয়া, যেন কত মাছই জালে উঠিয়াছে এমন একটি ভাব-ভঙ্গিতে না-দেখা মাছ সব ঝাড়িয়া ফেলিতেছে। অনন্তকে তারা একসাথে ডাক দিয়া তার দৃষ্টি আকর্ষণ করিল। দৌড়িয়া আসিয়া অনন্ত সকৌতুহলে বলিল, 'কি মাছ উঠেরে?'

'এই তর চান্দা বেচা, তিত্-পুটি। জব্বর মাছ উজাইছে, আইজকার ঢলে।'

অনন্ত ও তাদের সঙ্গে মাছ-ধরার খেলায় মাতিয়া গেল।

কতক্ষণ এই খেলা চলিল। শুধুই খেলা। মেয়েরা যেমন মাটির ভাত রাঁধিয়া রাঁধা-রাঁধা খেলা করে, তেমনি এ মাছ-ধরা-ধরা খেলা।

সহসা তাদেরই একজন আবিষ্কার করিল একটা সত্যিকারের কৈ মাছের বাচ্চা কানকো আছড়াইয়া উজাইবার চেষ্টা করিতেছে। সব কয়টি দস্তিছেলে একসঙ্গে হৈ হৈ করিয়া ছুটিয়া গিয়া মাছটিকে লুঠ করিয়া আনিল। তারপর দেখা গেল—একের পর এক ছোট বড় কৈ মাছ স্রোত ঠেলিয়া উজাইতেছে। অনন্তর দলের তখন মহা স্ফূর্তি। যার পরণে যা ছিল, তারই কোচড় করিয়া তারা ইচ্ছামত কৈ মাছ ধরিল। ধরিতে ধরিতে বেল ফুরাইয়া গেল। রাস্তার জলের স্রোতটুকু একসময় বন্ধ হইয়া গেল। কৈ মাছও আজিকার মত উজাইবার পালা সাঙ্গ করিল।

পানের কথা অনন্তর একবারও মনে পড়িল না। এক কোচড় জ্যান্ত কৈ মাছ লইয়া খুশি মনে সে ঘরে গিয়া ঢুকিল।

বাড়ির কর্তার মন ভাল না। খালে জাল পাতিয়া পুটি মাছে নাও বোঝাই করিয়া ফেলিয়াছে, কিন্তু এক পয়সাও বেচিতে পারিল না। বাদলার দিন বলিয়া ব্যাপারী আসিল না, হাটও বসিল না। বাদলার দিন বলিয়া শুকাইতে ও দেওয়া চলিবে না। এত মাছ সে করিবে কি?

'আমি চাইলাম পান, লইয়া আইছে মাছ। মাছ দিয়া আমি কি করুম। আমার কি মাছের অভাব?' বুড়ি গজ গজ করিতে লাগিল।

পরের দিন দুপুরে বুড়ির মনে পড়িয়া গেল, অনন্তকে তো পোড়াকাঠ মারা হয় নাই। উনানের ধারে গিয়া দেখে সেখানে পোড়া কাঠ নাই। তার উমুনমুখী মেয়ে খড়দিয়া রান্না করিতেছে। অনন্ত কাছে বসিয়া কি যেন গিলিতেছে। বুড়ি থপ করিয়া একমুঠা পোড়া খড় উনান হইতে তুলিয়া লইল। একদিক তখনে। জলিতেছে। কিন্তু এ দিয়া তো পিঠে মারা যায় না। মুখে গুঁজিয়া দেওয়া যায়। বুড়ি এক হাতে অনন্তর হাত ধরিয়া আরেক হাতে জ্বলন্ত খড় তার মুখে গুজিতে গেল।। তার মেয়ে বাধা দিতে আসিলে তারও মুখে গুজিতে গেল। মেয়ে হেঁ কা টানে খড়গুলি বুড়ির হাত হইতে কাড়িয়া লইয়া মাটিতে ফেলিয়া দিল। আচমকা খড়ের আগুন হাতে লাগিয়া বুড়ির হাতের থানিকটা পুড়িয়া গেল। রাগে কাপিতে কাপিতে সে মেয়ের গলা চাপিয়া ধরিল। তারপর মায়েতে মেয়েতে শুরু হইল তুমুল ধ্বস্তাধস্তি। মেয়ে শেষে কায়দা করিয়া মাকে মাটিতে, ফেলিয়া বুকের উপর বসিল। তারপর চুলের মুঠি ধরিয়া তার মাথাটা ঘন ঘন মাটিতে ঠুকিয়া শেষে ছাড়িয়া দিল। বুড়ি ছাড়া পাইয়া কোন রকমে উঠিয়া গিয়া ভাতের হাঁড়িটা বড় ঘরে টানিয়া তুলিয়া খিল আঁটিয়া দিল।

মারামারির মাঝখানে অনন্ত বাহির হইয়া গিয়াছিল। যার আদেশে ঝড় থামিয়া গিয়াছিল, সেই নারীকে ডাকিয়া আনিবার জন্য। সে না হইলে, এই যুদ্ধ থামাইবে কে? কিন্তু তাকে ঘরে পায় নাই। ফিরিয়া আসিয়া দেখে মাসী মানমুখে বসিয়া আছে। চুলগুলি আলুথালু। পিঠের কাপড় খুলিয়া গিয়াছে। রণজয়ের ক্লান্তিতে যেন ভাঙ্গিয়া পড়িয়াছে মাসী। ভয়ে ভয়ে কাছে আসিয়া দাঁড়াইতেই সহসা তার দিকে চাহিয়া মাসীর চোখ দুইটি জ্বলিয়া উঠিল। বজের মত গর্জন করিয়া উঠিয়া সে বলিল, শত্রুর, তুই বাইর হ। এই ঘরে তুই ভাত খাস ত তোর সাতগুষ্ঠির মাথা খাস। তোর লাগি আমার মায়েরে মারলাম। তুই আমার কি, ঠ্যাঙের তলা, পায়ের ধূলা। যা যা, অথনই যা, যমের মুখে য। ডাকিনী যোগিনীর মুখে যা, কালীর মুখে যা। ধর্মে যেন আর তোরে ফিরাইয়া না আনে। চোখের মাথা নাকের মাথা খাইয়া যেখানে

যমে টানে, সেইখানে যা। আমার সামনে আর মুখ দেখাইস না। তোর মা গেছে যে-পথে, তুইও সেই পথে যা।

কিন্তু ওকি, অনন্তর অমন আদর-কুড়ানো স্নান মুখখান যে দৃঢ়তায় কঠোর হইয়া উঠিল। অমন ঢল ঢল আয়ত চোখ দৃষ্টটা যে শৈশব-সূর্যের মত লাল তেজালে। হইয়া উঠিল! ওকি! সুবলার বউ কি স্বপ্ন দেখিতেছে!

কোন যুদ্ধজয়ী বীর যেন পলকে সব কিছু ফেলিয়া ছড়াইয়া চলিয়া যাইতেছে। ছোট ছোট পা দুইখানাতে এত জোর। মাটি কাঁপাইয়া যেন চলিয়াছে অনন্ত। ছুটিতেছে না, ধীরে ধীরে পা ফেলিতেছে। কিন্তু কি শব্দ! এক একটা পদক্ষেপ যেন তার বুকে আসিয়া আঘাত করিতেছে। বারান্দা হইতে উঠানে নামিয়াছে। তার বুকের সীমানাটুকু ছাড়াইয়া অনন্ত যেন এখনি কোন এক আজান জগতে লাফ দিবে। সুবলার বউ আর স্থির থাকিতে পারিল না। উঠিয়া হাত বাড়াইয়া স্খলিত কণ্ঠে ডাকিল, অনন্ত! অনন্ত ফিরিল না। সুবলার বউ পড়িয়া যাইতেছিল। তার মা কোথা হইতে ছুটিয়া আসিয়া ধরিল। মার বৃদ্ধ বুকে মাথা রাখিয়া সুবলার বউ এলাইয়া পড়িল, সঙ্গে সঙ্গে তার চোখ দুইটিও বুজিয়া আসিল।

অন্তহীন আকাশের তলায় অনন্তর আজ পরম মুক্তি। কারো পিছুর ডাকে সে আর সাড়া দিবে না। প্রথমেই তিতাসের পারে গিয়া দাঁড়াইল। প্রাণ ভরিয়া একবার দেখিয়া লইল নদীটাকে। ঢেউয়ের পর ঢেউ চলিয়াছে, দুরন্ত স্বপ্নের মত, উদাত্ত সঙ্গীতের মত। জল বাড়িতেছে। নৌকাগুলি চলিয়াছে। কোথাও বাঁধা বন্ধ নাই। সব কিছুতেই যেন একটা সচল ব্যস্ততা! আজিকার এই সময়ে সে যদি আসিত। আসিবে বলিয়া গিয়াছে। কতদিন ত হইয়া গেল। সেত আসিল না! বাজারের ঘাটে যেখানে সে নৌকা ভিড়াইয়াছিল সেখানে গিয়া দাঁড়াইল। এখানে দিনের পর দিন বসিয়া থাকিবে। তার জন্য প্রতীক্ষা করিবে। একদিন হাটবারে সে আসিবেই।

খালের মুখে মস্তবড় একটা ভাঙ্গা নৌকা 'গেরাপী' দিয়া রাখিয়াছে। অনন্ত তার উপর গিয়া উঠিল। ভয়ানক পিছল। বাতায় ধরিয়া ছইয়ের ভিতর ঢুকিল। নৌকায় আধ বোঝাই জল। চাহিলে ভয় করে। একবার পা

ফস্কাইয়া তলায় পড়িয়া গেলে অনন্ত সে-জলে ডুবিয়া মারা যাইবে। পাছার দিকে কয়েকথানা পালিস পাটাতন। রোদ বৃষ্টি কিছুই ঢুকিবে না। কেউ দেখিতে পাইবে না। ভারী মৃন্দর। এখানে অনন্ত চিরদিন কাটাইয়া দিতে পারিবে। যতদিন সে না আসিবে, এখানেই কাটাইয়া দিবে।

এখান হইতে সোজা দক্ষিণ দিকে নদীর গতি। চাহিলে শেষ অবধি দেখা যায়। বহু দূরদূরান্তর হইতে, দক্ষিণের রাজ্য হইতে কেউ বুঝি ঢেউ চালাইয়া দেয়, সেই ঢেউ আসিয়া লাগে অনন্তর এই নৌকাখানাতে। সেদিকে চোখ মেলিয়া চাহিয়া থাকে। কিন্তু সে ত ওদিক হইতে আসিবে না, সে আসিবে পশ্চিম দিক হইতে।

অনন্ত এক-একবার পশ্চিম দিকে যতদূর চোখ যায়, চাহিয়া দেখে— সে আসে না। ব্যর্থতায় তার মন ভরিয়া যায়। আবার দক্ষিণ দিকে চায়, দেখে নদী কত দীর্ঘ। এই দীর্ঘত তার মন আশায় ভরাইয়া দেয়।

বিকালে ক্ষুধা পাইলে চুপি চুপি নামিয়া আসিয়া সেই পানওয়ালাটার সামনে দাঁড়াইল। আজ হাটবার নয়। পানওয়ালা তেমনিভাবে পান ভাজাইয়া চলিয়াছে। তার ইঙ্গিত পাইয়া এক হাঁড়ি জল তুলিয়া দিল। সেও প্রতিদানে এক গোছা পান তার দিকে ফেলিয়া দিল। অনন্ত পান লইল না। কি ভাবিয়া লোকটা একটি পয়সা দিল। অনন্ত এক পয়সার ছোলাভাজ খাইয়া দেখিল পেট ভরিয়া গিয়াছে।

কালো আঁধার। পাটাতনে শুইয়া খুব ভয় করিতেছিল। কিন্তু কখন ঘুমাইয়া পড়িয়াছে। সকালে জাগিয়া দেখে সারারাত তার মা ঠিক তার কাছটিতে শুইয়া গিয়াছে, তার দেহের উষ্ণতা এখনও পাটাতনে লাগিয়া রহিয়াছে। ওরা মিথ্যাকথা বলিয়াছে। মা কি কখনও তার অনিষ্ট করিতে পারে? মা দিনের বেলা দেখা দিতে পারে না মরিয়া গিয়াছে বলিয়া, কিন্তু রাতে ঠিক আসিবে। আর সে কিছুরই ভয় করিবে না।

বড় ঘটা করিয়া, বড় তেজ দেখাইয়া চলিয়া গিয়াছে ছেলেট। যে-খানেই থাক, মরিবেন ঠিক। একটা গোটা মানুষের মরিয়া যাওয়া কি এতই সহজ? সে যদি আর কখনো ফিরিয়া এঘরে না আসিত, কেউ যদি তাকে দেখিতে পাইয়া সঙ্গে করিয়া নিয়া মানুষ করিত! কোন মুখে আর সে এঘরে

আসিবে! ঈশ্বর করুন আর যেন সে ফিরিয়া না আসে। যার মা নাই, দুনিয়ার সব মানুষই তার কাছে সমান। আর কোনো মানুষের বাড়িতে সে চলিয়া যাক।

চারদিন পরের এক দুপুরে নারীদের মজলিসে বসিয়া সুবলার বউ এই কথাগুলিই ভাবিতেছিল। অনন্তর প্রসঙ্গ উঠিতেই বলিল, 'আপদ গেছে ভাল হইছে। কার দায় কে সামলাইবে গো দিদি? আমার পেটের না পিঠের না, আমার কেন আত ঝকমারি। মা খালি ঘরে পইড়া মরছে। কেউ নেয় না দেইখ্যা আমি গিয়া আনছিলাম। অখন শ্রাদ্ধশান্তি চুষ্টিক্যা গেছে, অখন যেখানে খুশি গিয়া মরুক। আমার দায় ফইরাদ নাই।'

নিজে এতগুলি কথা বলিল সকলের অনন্ত সম্বন্ধে বলিবার সকল কথা চাপা দিবার জন্য। তবু একজন বলিয়া বসিল, আমার বিন্দাবন দেখিয়াছে, গামছায় করিয়া হাটে থলসে মাছ বেচিতেছে।

আর একজন পান চিবাইতে চিবাইতে বলিল, আমার নন্দলাল দেখিয়াছে, পচাপানের দোকানের সামনে চুপ করিয়া দাঁড়াইয়া আছে। দোকানী কত পচা পান তার দিকে ছুড়িয়া ফেলিতেছিল, সে একটিও না ধরিয়া চুপ করিয়া দাঁড়াইয়া আছে।

সুবলার বউ আর শুনিতে চায় না। কিন্তু তৃতীয় একজন না শুনাইয়া ছাড়িল না। কাল রাতের আঁধারে লবচন্দ্রের বউয়ের ঘরে গিয়া ঢুকিল কতকগুলি পানসুপারী নিয়া। লবচন্দ্রের বউ তাকে ভাত খাওয়াইয়া বিছানা করিয়া বলিল, শুইয়া থাক, কিন্তু শুইল না, বাহির হইয়া ভূতের মতন আঁধারে মিলাইয়া গেল। দিনের বেল লবচন্দ্রের বউ তার স্বামীকে দিয়া কি থোজাটাই না থোজাইয়াছে, কিন্তু কোথায় থাকে কেউ বলিতে পারে না! কেউ নাকি বলে জঙ্গলের মধ্যে থাকে, কেউ বলে শিয়ালের গর্তে থাকে— কেউ বলে, যাত্রাবাড়ির শ্মশানে যে মঠ আছে, তার ভিতর থাকে! ছেলেটা দেওয়ানা হইয়া না গেলেই হয় দিদি।

খুব যে দরদ লবচন্দ্রের বউ-এর। স্বামীকে দিয়া থোজাইয়াছে। বলি কয়দিনের কুটুম? এতদিন দেখাশুনা করিয়াছে কে? মা যখন মরিল, লবচন্দ্রের বউ তখন কোথায় ছিল? আর মরিতে আসিলেই যদি, এদিকের

পথে ত কাটা দিয়া রাখে নাই কেউ। ভাত ভিক্ষা করিয়া থাইতে আসিয়া লবচন্দ্রর ঘরে কেন—এমন ভিক্ষা ত আমিও দিতে পারিতাম। কথাগুলি সুবলার বউ মনে মনে ভাবিল, কিন্তু প্রকাশ করিয়া বলিল না।,

রাত্রিতে পেট পুরিয়া থাইয়া শুইতে গিয়াছে, এমন সময় বিন্দার মা আসিয়া বলিল, 'অ সুবলার বউ, দেইখ্যা যা রঙ্গ। ধড়ফড় করিয়া উঠিয়া গিয়া দেখে অনন্ত আঁস্তাকুড়ের পাশে বসিয়া বসিয়া আঁচাইতেছে, আর লবচন্দ্রর বউ হাতে একটা কেরাসিনের কুপি লইয়া দাঁড়াইয়া আছে। এতখানি সামনে গিয়া পড়া সুবলার বৌয়ের অভিপ্রেত ছিল না। হকচকাইয়া গেল। ছেলেটা একটুও না চমকাইয়া হাতের ঘটি মাটিতে রাখিয়া গটগট করিয়া চলিয়া গেল; কেহ কিছু বলিতে পারিল না।

ফেরার পথে সুবলার বউ বলিল, 'বিন্দার মা, একদিন ধইরা জন্মের শোধ মাইর দিয়া দেই, কি কও।'

বিন্দার মা কিছু বলিল না।

ভিতরে ভিতরে কি ষড়যন্ত্র হইতেছিল, সুবলার বউকে কেউ কিছু জানিতে দিল না। একদিন দেখা গেল, লবচন্দ্রর বৌর ভাই আসিয়াছে, নাম নাকি তার বনমালী। যে-রহস্য কেউ ভেদ করিতে পারে নাই, সে-রহস্য ভেদ করিয়া ফেলিয়াছে; খালের মুখের এক গেরাপী-দেওয়া ভাঙ্গা নৌকার খোপ হইতে টানিয়া বাহির করিয়া আনিয়াছে অনন্তকে। তারপরের দিন দেখা গেল তারা তিনজনে মিলিয়া নৌকায় গিয়া উঠিয়াছে।

সব কথা শুনিয়া সুবলার বৌর যাইতে প্রবৃত্তি হইতেছিল না। বিন্দার মা জানে তার ব্যথাটা কোথায়; বলিল, 'এদিন পালিলি-লালিলি, থাওয়াইলি ধোঁয়াইলি, আইজ পরে লইয়া যায়, কোনদিন দেখবি কি দেখবি না, শেষ দেখা একবার দেইখ্যা দে।'

হাঁ, শেষ দেখা একবার দেখিতে হইবে! সুবলার বউ উঠিয়া পড়িল।

ঘাটের কাছে অনেক নারী গিয়া জমিয়াছে। সাহা পাড়া এক নারী ঝাকুনি মারিয়া কলসী কাকালের উপরে তুলিতে তুলিতে মালো পাড়ার এক নারীকে বলিল, 'কারে কে লইয়া যাইতাছে গো দিদি!'

—লবচন্দ্রর বউ উদয়তারাকে তার দাদা বনমালী নিতে আসিয়াছিল, নিতেছে। আমার বাপের বাড়ি আর তার ' বাপের বাড়ি এক গায়ে, পাশাপাশি ঘর।

'বুঝলাম।'

নারীদের দলে গিয়া সুবলার বউও দাঁড়াইল। দেখিল, দুই জনেই মহা খুশি। উদয়তার মাঝে মাঝে ছড়া কাটিয়া রঙ্গ করিতেছে আর অকৃতজ্ঞ কুকুরটা খুশি মনে এদিক ওদিক চাহিয়া দেখিতেছে।

উদয়তারা এখন আর লবচন্দ্রর বউ নহে; এখন সে বনমালীর বোন। গর্বিত দৃষ্টিতে ঘাটের নারীদের দিকে চাহিল সে। একটি বৌ মান মুখে তাকাইয়াছিল উদয়তারার দিকে, তারও বাপের বাড়ি নবীনগর গ্রামে। তাকে খুশি করিবার জন্য উদয়তারা ডাকিয়া বলিল, 'কিগো নবীনগরের ছবি না, বহু দিন ধইরা যে দেখি না?

উদয়তারাকে যারা জানে তারা সকলেই হাসিয়া উঠিল। সে বৌও অমনি ফিক করিয়া হাসিয়া বলিল, 'জামাইঠকানী, কি কয় লা?'

এই কয়জনার হাসি-তামাসার মধ্যে বনমালীর নৌকা তিতাসের জলে ভাসিয়া পড়িল।

আকাশটা বেজায় ভারী। মেঘে মেঘে ছাইয়া গিয়াছে। সারাদিন সূর্যের দেখা নাই। মাথার উপর যেন চাপিয়া ধরিয়াছে বাদলার এই মুইয়া-পড়া আকাশটা । মানুষের অবাধে নিশ্বাস ফেলার অনেকখানি অধিকার আত্মসাৎ করিয়া ময়লা একথানা কাথা দিয়া বুঝি কেউ ঢাকিয়া ফেলিয়াছে মালোপাড়াটাকে।

হ হ করিয়া বাতাস বহিতেছে। মাথার কাপড়টুকু বুকে পিঠে দুই তিন পরতা জড়াইয়া সুবলার বউ একটা মেটে কলসী লইয়া নদীতে গেল।

পারের উঠানের মত ঢালা জায়গা এতদিন অবারিত ভাবে পড়িয়া থাকিত। জেলেরা জাল ছড়াইত, জেলের ছেলেরা লম্বা করি। মেলিয়া সূতা পাকাইত। ছেলেরা শিশুরা বয়স্ক বিধবারা রোদের জন্য সকালে গিয়া বসিত; বিকালে ছেলেরা খেলা করিত। ছুটিয়া-আশী দুটি একটি গরু ছাগল ঘাস থাইত। রাক্ষুসী তিতাস ধাপে ধাপে বাড়িয়া আসিতে আসিতে তার

অনেকখানি জায়গা গ্রাস করিয়া ফেলিয়াছে। অবাধে কেউ এখানে নড়াচড়া করিবে সে উপায় নাই। মুদিনে কোথায় কোন সুদূরে ছিল জল, ভরা কলসী লইয়া আসিতে পথ ফুরাইতে চাহিত না। এখন এত কাছে আসিয়াছে; বাড়ি হইতে নামিয়া পাড়ার বাহিরে পা দিলেই জল। তবু যা একটু জায়গা খালি আছে, আর দুইদিন পরে তাও জলে ভরিয়া যাইবে।—আগে যেখানে নামিয়া স্নান করিতাম, সেখানে আজ গাঙের তলা। বড়জালের বড় বাঁশ ডুবাইয়াও সেখানকার মাটি ছোঁয়া যাইবে না। মাথার উপর কালে আকাশ ঝুলিয়া পড়িয়াছে। পাড়ার বাহিরে তিতাসের কালাপানি সাঁ সাঁ করিয়া আগাইয়া আসিতেছে। দুইদিক হইতেই চাপিয়া ধরার মতলব।।

দক্ষিণ দিকে চাহিলে নির্ভরসায় বুক কাঁপিয়া উঠে! আষাঢ় শেষ হইয়া গিয়াছে। মাঠ ঘাট যতদিন ডাঙা ছিল, বৃষ্টির জল তাহাদের ধুইয়া মুছিয়া সাদা গেরুয়া অনেক মাটি লইয়া গিয়া নদীতে পড়িত। এখন সেসব মাঠ ময়দান জলের তলায় চাপা পড়িয়াছে। তাহাদের উপর এখন বুক জল সাঁতার জল। সব পলিমাটি জলের তলে থিতাইয়া রহিয়াছে, উপরে ভাসিয়া রহিয়াছে নির্মল জল। তিতাসের জল তাই সাদাও নয়, গৈরিকও নয়, একেবারে নির্মল; আর নির্মল বলিয়াই কালো। সেই কালো জলের উপর দিয়া ঢেউয়ের পর ঢেউ আসিয়া এখানে আছাড় খাইতেছে। ঢেউয়ে ঢেউয়ে জল কেবল আগাইয়া আসিতেছে।

জেলেদের হইয়াছে ঝকমারি। ঘন ঘন নাও-বাঁধা খুঁটি বদলাইতে হয়। একদিন হাঁটুজলে গলুই রাখিয়া খোঁটা ছিল পাছার খোঁটা ছিল বুক জলে। তিনদিনের দিন গলুইথোটায় হইয়াছে কোমর জল আর পাছার খোটায় সাঁতার পানি। নৌকায় উঠিতে কাপড় ভিজাইতে হইতেছে। তোল আবার খুঁটি, আগাইয়া আনো নাও আরও মাটির কাছে এইভাবে খুঁটি তোলাতুলি করিতে করিতে শেষে নাওয়ে গলুই পল্লীর গায়ে আসিয়া ঠেকিল।

নতুন জল মালোপাড়ার গায়ে ধাক্কা দিয়া তার পূর্ণতা ঘোষণা করিয়াছে। ঘরবাড়ির কিনারায় বেতঝোপ, বনজমানী, ছিটকির গাছগাছালি ছিল—নুতন জলের তলায় এখন সেগুলির কোমর অবধি ডুবিয়া গিয়াছে। তার আশেপাশে ঢেউ ঢোকে না, স্রোত চলে, সেই স্রোতে

নিরিবিলিতে উজাইয়া চলে ছোট ছোট মাছ। পুঁটি চাঁদ থলসে ডিম ছাড়িয়াছে, বাচ্চা হইয়াছে, সাঁতার কাটিতে আর দল বাঁধিয়া স্রোত ঠেলিয়া উজাইতে শিখিয়াছে সে-সব মাছের। থালা ধুইতে গেলে এত কাছ দিয়া চলে, যেন আঁচল পাতিয়াই ধরা যাইবে। অনন্ত এখানে একটা ছোট জাল পাতিলে বেশ ধরিতে পারিত! হাটে নিয়া বেচিতেও পারিত। এই সময় মাছের দর বাড়ে। উজনিয়া-জলে অঢেল মাছ ধরা দেয় না; কমিবার মুখে মরা জলে যত মাছ মারা পড়ে, তখন মাছের দর থাকে কম। এখন দর খুব বেশি।

ঘাটে লোক নাই। নিরালা ঘাট পাইয়া ঝাঁকে ঝাঁকে তারা ঘাট অতিক্রম করিতেছে। এই রকম কত ঘাট ডিঙাইয়া আসিয়াছে, আরও কতঘাট ডিঙাইতে হইবে, তারপর এত বাধা-বিল্লের পাহাড় ঠেলিয়। কোথায় গিয়া তাহাদের যাত্রা শেষ হইবে, কোথায় তাহাদের পথের শেষ, কে জানে! কে তার খোঁজ রাখে? কিন্তু তারা উজাইবে। থালা দিয়া ঢেউ খেলাইয়া বাধা দাও, তারা আলোড়নে কাঁপিয়া কাঁপিয়া একটু পিছু হটিয়া যাইবে। কিন্তু জল স্থির হইলে আবার তার চলিতে থাকিবে। হাত বাড়াইয়া ধরিতে যাও, নিকট দিয়া যাইতেছিল, দুই হাত বার-পানি দিয়া আবার পাল্লা ধরিবে, তবু তারা যাইবেই। ঘাটে অত্যধিক মানুষের আলোড়ন থাকে যখন, তারা গাছগাছড়ার খোপেখাপে দলে দলে তিষ্ঠাইতে থাকিবে। বেশী বার-পানি দিয়া যাইতে পারে না; ছোট মাছের অগাধ জলে বিষম ভয়, ঘাটের এধারে তারা দলে ভারী হইতে থাকিবে। ঘাট ঠিক চুপ হইলেই আবার যাত্রা শুরু করিবে। কেউ আটকাইয়া রাখিতে পারিবে না।

ঘাটে কেহ নাই। সুবলার বউ আঁচল পাতিয়া কয়েকটি মাছ তুলিয়া ফেলিল। তারা পুঁটিমাছের শিশুপাল। কাপড়ের বাঁধনে পড়িয়া ফরফরাইয়া উঠিল। জলছাড়া করিবার প্রবৃত্তি হইল না। আঁচল আলগা দিয়া ছাড়িয়া দিল। থলসে বালিকারা কেমন শাড়ি পরিয়া চলিয়াছে। চাদার ছেলেরা কেমন স্বচ্ছ—এপিঠ ওপিঠ দেখা যায়। সারা গায়ে বিজল। ধরিলে হাতে আঠা লাগে। একটা ঘন ছোট জাল পাতিয়া অনন্ত ইহাদের সবগুলিকেই ধরিতে পারিত!

আরও কিছুদিন পরে গলা-জলে জল-বন গজাইয়াছে, আঁকিয়া বাকিয়া ঘন হইতে ঘনতর হইয়া সেগুলি মাছেদের এক একটা দুর্গে পরিণত

হইয়াছে। মালোর ছেলেরা তখন বসিয়া নাই। বড়রা নৌকা লইয়া মাঝ নদীতে নানা রকমের জাল ফেলিতেছে তুলিতেছে, ছোটর ছোট ছোট তিনকোণা ঠেলা জাল লইয়া সেই জলতুর্গে অবিরত খোচাইয়া চলিয়াছে। কয়েকবারের খোচার পর জালখান। টানিয়া মাটির উপর তুলিলে দেখা যায় অসংখ্য চিংড়ি-সন্ততি শুয়া উচাটয়া লাফাইয়া লাফাইয়া নাচিতে থাকে। দশ বারো খেউ দিলেই মাছে ডোল ভরিয়া যায়। অনন্তকে একখানা জাল বুনিয়া। তিনখানা মোটা কঞ্চিতে বাঁধিয়া দিলে অনেক চিংড়ির ছা! মারিয়া হাটে গিয়া বেচিতে পারিত! সুবলার বউ যদি নিজে সূতা কাটিত জাল বুনিত, আর অনন্ত চিংড়ি বাছ ধরিয়া হাটে বাজারে বেচিত, তাতে দুই জনের একটা সংসার চলিতে পারিত! মা-বাপের গঞ্জনা হইতে সুবলার বউ বাঁচিয়া যাইত।

থমথমে আকাশ এক এক সময় পরিষ্কার হয়। সূর্য হাসিয়া উঠে, কালে কেশরের গহনারণ্য ফাক করিয়া। বিকালের পড়ন্ত রোদ গাছগাছালির মাথায় হলুদ রঙ বুলাইয়া দেয়। পুরুষ মানুষেরা এই সময় অনেকেই নদীতে। যারা বাড়িতে থাকে, তারা ঘুমায়। নারীরা সূতা পাকাইবার জন্য উঠানে বাহির হয়। চোঙ্গার মত মুখ একটা খুঁটি স্থায়ীভাবে মাটিতে পোতা থাকে। তার উপর সূতা-ভরা চরকি বসাইয়া দেয়। টেকোয় সূতা বাঁধিয়া উঠানের এ-কিনারা থেকে ও-কিনারায় পোতা একটা বড় খুঁটি বেড়িয়া আনে। তার পর ডান হাঁটুর কাপড় একটু গুটাইয়া লইয়া, নগ্ন উরু তুলিয়া তুলিয়। হাতের তেলোয় ঘষা মারিয়া উরুতে টেকে ঘুরায়। একবারের ঘুরানিতে টেকে হাজার বার ঘুরে। দশবারের ঘুরানিতে একবেড়ের সূতা পাকানো হইয়া যায়। তখন বুকের থানিকটা কাপড় তুলিয়া ডান হাতের তেলোয় টেকোর ডাট ঘুরাইতে থাকে। বাঁ হাত থাকে টেকোর ঘাড়ে। সঙ্গে সঙ্গে হাঁটিয়া চলে সে নারী। এই ভাবে পাকানো সূতা টেকোতে গুটানো হইয়া যায়। নিতান্তই পুরুষের কাজ। কিন্তু মালোর মেয়ের কোন কাজ নিতান্তই পুরুষের জন্য ফেলিয়া রাখিতে পারে না। রাখিলে চলেও না। নদীতে খাটিয়া আসে। সূতা পাকাইবে কখন? তাই, পুরুষের আনাগোনা না থাকিলে এ-বাড়ি ও-বাড়ি সব বাড়ির মেয়েরাই এইরূপ চরকি-টেকে লইয়া উঠানে নামিয়া পড়ে।

তেলিপাড়ার একটা লোক একদিন এমনই সময়ে মালোপাড়ার ভিতর দিয়া কোথায় যাইতেছিল, যুবতী মালা-বৌদের এমন বে-আবরু ব্যবহার দেখিয়া প্রলুব্ধ হইয়া উঠিল সে। তারপর থেকে রোজ এমনি সময়ে একবার করিয়া সে পাড়াটা ঘুরিয়া যাইত। কেউ জিজ্ঞাসা করিলে বলিত, অমুকের বাড়ি যাইবে; অমুকের বাড়ির কেউ জিজ্ঞাসা করিলে বলিত, অমুকের বাড়ি গিয়াছিলাম। প্রথম প্রথম মেয়েরা তাকে গ্রাহ করে নাই। পরে যখন লোকটা অর্থপূর্ণ ইঙ্গিত করিতে শুরু করিল, তখন মেয়েদের কান খাড়া হইল। সুবলার বউ দলের পাওা হইয়া একদিন রাত্রে তাকে ডাকিয়া ঘরে নিল, আর বাছা বাছ জোয়ান মালোর ছেলেরা তাকে গলা টিপিয়া মারিয়া, নৌকায় তুলিয়া বার-গাঙে নিয়া ছাড়িয়া দিল। স্রোতের টানে সে কোথায় চলিয়া গেল, কেউ জানিল না।

সারা মালা পাড়ার মধ্যে এক মাত্র তামসীর বাপই বামুন কায়েত পাড়ার লোকের সঙ্গে যোগাযোগ রাখিত। তার বাড়ি বাজারের কাছে। বামুন কায়েতের ছেলেরা তার বাড়িতে আসিয়া তবলা বাজাইত। তামসীর বাপকে তারা যাত্রার দলের রাজার পাঠ দিত বলিয়া সে এসব বিষয় দেখিয়াও দেখিত না। এইজন্য তার উপর সব মালোদের রাগ ছিল। আর সেও মালোদিগকে বড় একটা দেখিতে পারিত না, বামুন কায়েতদিগকে দেখিতে দেখিতে তার নজর উঁচু হইয়া গিয়াছিল।

এতবড় টাকাওয়ালা একটা মানুষ তেলিপাড়া হইতে গুম হইয়া গেল, কিন্তু সাক্ষী প্রমাণের অভাবে তার কোন হদিস পাওয়া গেল না। না হইল মামলা-মোকদ্দমা, না হইল আচার-বিচার। কিন্তু তামসীর বাপের মারফতে তেলির জানিতে পারিল, এ কাজ মালোদেরই। কিন্তু এমন সূত্রহীন জানার দ্বারা মামলা করা যায় না। কাজেই তেলিরা কি করিবে ভাবিয়া স্থির করিতে পারিল না। শেষে বামুন সাহা, তেলি, নাপিত, সব জাত মিলিয়া গোপনীয় এক বৈঠক করিল। কেউ প্রস্তাব করিল; মালোদের নৌকাগুলি একরাতে দড়ি কাটিয়া ভাসাইয়া নিয়া তলা ফাড়িয়া ডুবাইয়া দেওয়া যাক; আর টাকা দিয়া লোক লাগাও, জালগুলি সব চুরি করিয়া আনিয়া আগুনে পোড়াইয়া ফেলুক।

কিন্তু এ প্রস্তাব সকলের মনঃপূত হইল না; গুরুপাপে লঘুদণ্ডও হইবে। কাজেই দ্বিতীয় প্রস্তাব উঠিল। সারা তেলিপাড়াতে রজনী পালের মাথা খুব সাফ! কূটনীতি তার বেশ খুলে। এসব ভোঁতা প্রস্তাবের অসারতা বুঝিতে তার বিলম্ব হইল না। সে প্রস্তাব করিল; বিষ্ণুপুরের বিধুভূষণ পাল আমার মামা। সমবায় ঋণদান সমিতির ফিসারী শাখার ম্যানেজার। ফিসারীর টাকা নিয়া সব মালোরা গিলিয়াছে। মাছে যেমন টোপ গিলে তেমনিভাবে গিলিয়াছে, আর উগ – লাইয়া দিতে পারিতেছে না। সুদ কম বলিয়া, লোভে লোভে ধার করিয়াছিল। এখন চক্রবৃদ্ধি হারে সুদে আসলে বাড়িতেছে। জানইত সমবায় সমিতির টাকা কত অত্যাচার করিয়া আদায় করা হয়। মামাকে গিয়া জানাইয়া দেই, প্রত্যেক মালোকে যেন ব্যাঙ নাচনী নাচাইয়া ছাড়ে।

কিন্তু এ প্রস্তাবও কারো মনঃপূত হইল না। মামা কখন আসিবে কে জানে। বড় সুদূর-প্রসার প্রস্তাব। গরম গরম কিছুই করা হইল না। শেষে একটা প্রস্তাব তুলিল রজনী পালের ভাই: যে-মাগী তাকে ডাকিয়া ঘরে নিয়াছিল, তাকে ধরিয়া নিয়া অভ্যাস, কয়েক পাইট মদ কিন, তারপর নিয়া চল ভাঙ্গা কালীবাড়ীর নাটমন্দিরে। কিন্তু ব্যাপার আপাততঃ এর বেশি আর গড়াইল না। তেলিপাড়াও মালোপাড়া উভয় পাড়ার প্রস্তাবই প্রস্তাবে পর্যবসিত হইল। তবে মালোপাড়ার সঙ্গে আর সব পাড়ার একটা মিলিত বিরোধের যে-গোড়াপত্তন সেইদিন হইয়া থাকিল, তাহা আর উৎপাটিত হইল না।

পথে রাত হইয়া গেল। বর্ষার প্রশস্ত নদীর উপর মেঘভরা আকাশের ছায়া দৈত্যের মত নামিয়া পড়িয়াছে। অনন্ত বসিয়া বসিয়া তাহাই দেখিতেছিল। পরে এক সময় চারিদিক গাঢ় আঁধারে ঢাকিয়া গেল, আর কিছু দেখা গেল না।

উদয়তারা দুইদিক খোলা ছইয়ের ভিতর হইতে ডাকিয়া বলিল, 'আয় রে অনন্ত, ভিতরে আয়।'

বনমালী পাছায় থাকিয়া প্রচণ্ড শক্তিতে হাল চালাইতেছে। তার দাপটে হালের বাধন-দড়ি ক্যাচ কোচ করিয়া কাঁদিয়া উঠিতেছে, আর সারা

না'খানা একটানা হেলিয়া তুলিয়া কাঁপিয়া চলিয়াছে। সেই দোলায়মান নৌকার বাঁশের পাতনির উপর দিয়া পা টিপিয়া টিপিয়া অনন্ত ছইয়ের ভিতরে আসিল। উদয়তারাকে দেখা যাইতেছে না। আন্দাজ করিয়া তার কাছে গিয়া বসিল। কিছু বলিল না। ঘুম পাইতেছিল। পাটাতনের উপর ছোট শরীরখানা এলাইয়া দিয়া শুইয়া পড়িল। মশার কামড়ে আর নৌকার দোলানিতে একবার তার ঘুম খুব পাতলা হইয়া আসিল। মাথাটা যেন নরম কি একটা জিনিসের উপর পড়িয়া আছে। তুলার মত নরম আর চাঁদের মত শীতল। আর রাশি রাশি ফুলঝুরি নামাইয়া-রাখা একপাট আকাশ কে বুঝি অনন্তর গায়ের উপর চাপাইয়া ধরিয়া রাখিয়াছে। ঐ যে আকাশের উপর দিয়া এদিক হইতে ওদিকে চলিয়া গিয়াছে কি-একটা যেন উজ্জ্বল সাকো— কিছুদিন আগের দেখা সেই রামধনুটারই যেন ছিল এটা। সাতরঙ ধনুটি গা-ঢাকা দিয়া আছে আর তার ছিলাটি অনন্তর জন্য বাড়াইয়া দিয়াছে। উজ্জ্বল কাচা সোনার রঙ তার থেকে ঠিকরাইয়া পড়িতেছে। আর তার চারিপাশে ভিড় করিয়া আছে লাখ লাখ তারা। হাত বাড়াইলেই ধরা যাইবে। আর তারই উপর ঝুলিয়া অনন্ত আকাশের এমন এক রহস্যলোকে যাত্রা করিবে যেখানে থাকিয়া সে কেবল অজানা জিনিস দেখিবে। তাহার দেখা আর কোনকালে ফুরাইবে না।

উদয়তারা মশার কামড় হইতে বাঁচাইবার জন্য অনন্তর গাটুকু শাড়ির আঁচলে ঢাকিয়া দিয়াছিল আর শক্ত পাটাতনে কষ্ট পাইবে বুঝিয়া মাথাটা কোলের উপর তুলিয়া নিয়াছিল। আর বুকের উপর দিয়া বাঁ হাতখানা বাড়াইয়া শাড়ির কিনারাটা পাটাতনের সঙ্গে চাপিয়া রাখিয়াছিল, যেন অনন্তর গা থেকে শাড়িটুকু সরিয়া না যায়। সেই হাতখান ছেলেটা খাপছাড়া ভাবে হাতড়াইতেছে মনে করিয়া সে শাড়িটুকু ওটাইয়া কোল হইতে অনন্তর মাথাটা নামাইয়া দিল। ডাকিয়া বলিল, 'অনন্ত উঠ।'

অনন্ত জাগিয়া উঠিয়া দেখে দুনিয়ায় আর এক রূপ। তারায় ভরা আকাশের তলায় অদূরে নদী অসাড় হইয়া পড়িয়া আছে। অনেক দূরের আকাশের তারায় তারায় যেন সড়ক বাঁধিয়াছে। না জানি কত সুন্দর সে পথ, আর সে পথে চলিতে না জানি কত আনন্দ! পায়ের নিচে কত তারার

ফুল মাড়াইয়া চলিতে হয়, আশেপাশে, মাথার উপরে, খালি তারার ফুল আর তারার ফুল। সে-পথ কত উপরে। অনন্ত কোনদিন তার নাগাল পাইবে না। কিন্তু দেবতারা প্রসন্ন। তিতাসের স্থির জলে তা'রা তারই একটা প্রতিরূপ ফেলিয়া রাখিয়াছে। সেটা খুব কাছে। বনমালী একটু বার-গাঙ দিয়া নৌকা বাহিলেই সে পথে অনন্ত নৌকা হইতেই পা বাড়াইয়া দিতে পারিবে। কিন্তু জলের ভিতরে সে পথ। কেবল মাছেরাই সে-পথে চলাফেরা করিতে পারে। অনন্ত তো মাছ নয়। তারার স্বপ্ন আলোয় নদীর বুক ঝাপসা, সাদা। তারই উপর দুই একটি মাছ ফুট দিতেছে আর তারাগুলি কাঁপিয়া কাঁপিয়া উঠিতেছে। অনন্তর বিস্ময় জাগে। উপরে তো ওরা এক এক জায়গায় আঁটিয়া লাগিয়া আছে; জলে কি তবে তারা আলগা? মাছের কেমন তাদের কাঁপাইতেছে, নাচাইতেছে; তাদের লইয়া ভাইবোনের মত খেলা করিতেছে। কি সজা! অনন্তর মন মাছ হইয়া জলের ভিতরে ডুব দেয়।

বনমালীর নৌকা তখন পল্লীর কোল ঘেঁষিয়া চলিয়াছে। বর্ষাকালের বাড়তি জল কেবল পল্লীকে ছোঁয় নাই, চুপে চুপে ভরাইয়া দিয়াছে। পল্লীর কিনারায় প্রহরীর মত দাড়ানো কত বড় বড় গাছের গোড়ায় জল শুধু পৌঁছায় নাই, গাছের কোমর অবধি ডুবাইয়া দিয়াছে। সে গাছে ডালপালার লতায় পাতায় ভরভরন্ত হইয়া জলের উপর কাত হইয়া মেলিয়া রহিয়াছে। বনমালীর নৌকা এখন চলিয়াছে তাদের তলা দিয়া, তাদেরই ছায়া মাথায় করিয়া। এখন তারায়ভরা আকাশটাও দূরে, আকাশের আর্শির মত নদীর বুকখানাও তেমনি দূরে।

অনন্ত অত মনোযোগ দিয়া কি দেখিতেছে? না, আকাশের তারা দেখিতেছে। উদয়তারার একটা ছড়া মনে পড়িয়া গেল। এতক্ষণ বিশ্রী নীরবতার মধ্যে তার ভাল লাগিতেছিল না। আর এক ফোঁটা একটা ছেলের সঙ্গে কিই বা কথা বলিবে। আলাপ জমিবে কেন? পাড়া গুলজার করাই যার কাজ, নির্জন নদীর বুক গুলজার করিবে সে কাকে লইয়া? শ্রোতা কই, সমজদার কই? কিন্তু অনন্ত আর সব ছেলেদের মত অত বোকা নিরেট নয়। আর সব ছেলেরা যখন চোখ বুজিয়া ঘুমায় অনন্ত তখন অজানাকে জানিবার জন্য আকাশের তারার মতই চোখ দুটি জাগাইয়া রাখিয়াছে। আর উদয়

তারার ছড়াটিও তারারই সম্বন্ধে, 'স্ব-ফুল ছিটা রইছে, তুলবার লোক নাই; স্ব-শয্যা পইড়া রইছে, শুইবার লোক নাই,—ক দেখি অনন্ত এ-কথার মানতি কি?

এ-কথার মানে অনন্ত জানে না; কিন্তু জানিবার জন্য তার চোখ দুইটি চকচক করিয়া উঠিল।

'সুফুল ছিটা রইছে—এই কথার মানতি আসমানের তারা। আসমানে ছিটা রইছে, তুলবার লোক নাই।'

অনন্ত ভাবে ছিটিয়া থাকে বটে। মানুষের হাত অত দূরে নাগাল পাইবে না। কিন্তু স্বর্গে যে দেবতারা থাকে। রাম, লক্ষ্মণ, কৃষ্ণ, তুর্গা, কালী, শিবঠাকুর, তারাও কি তুলিতে পারে না?

তারা ইচ্ছা করিলে তুলিতে পারে, কিন্তু তোলে না। তারাই ছিটাইয়া দিয়াছে, তারাই তুলিবে? রোজ রাতে ছিটাইয়া দিয়া তারা মানুষেরে ডাকিয়া বলিয়া দেয়, দিলাম ছিটাইয়া কেউ যদি পার তুলিয়া নাও। কিন্তু তুলিবার লোক নাই। এখন দেবতার পূজা হইবে কি দিয়া! শেষে তারা মাটিতে নকল ফুল ফুটাইয়া দিল। সে-ফুল রোজ ফুটে, লোকে রোজ তুলিয়া নিয়া পূজা করে। যে-সব ফুল তোলা হয় না, তার ঝরিয়া পড়িয়া যায়। বাসি হইয়া থাকে না। বাসি ফুলে ত পূজা হইতে পারে না।

দেবতারা ডাকিয়া বলে, কিন্তু শুনিতে পাই না ত?

দেবতাদের ডাক সকলে বোঝে না। সাধুমহাজনের বোঝে। তারা তপ করে, ধ্যান করে, পূজা করে। তার দেবতার কথা বোঝে, দেবতারে খাওয়াইতে ধোঁয়াইতে পারে। তারা দেবতার কথা শুনে, দেবতা তাদের কথা শুনে।

আমার মার কথাও দেবতা শুনিত। একদিন – কালীপূজার দিন দেবতার একেবারে কাছে গিয়া মা কি যেন বলিয়াছিল। আমাকে কাছে যাইতে দেয় নাই লোকে। দূরে দাঁড়াইয়া দেখিয়াছি, কিছু শুনিতে পাই নাই।

আরে, এমন পূজাত আমরাও করি। আমি এই কথা বলি না! আমি বলি সাধুমহাজনদের কথা, তারা কিভাবে দেবতার কথা বুঝে। দেবতার মূর্তি যখন চোখের সামনে থাকে, দেবতা তখন চুপ করিয়া থাকে। দেবতা

যখন চোখের সামনে থাকে না, তখন দেবতার মনে আর সাধুমহাজনদের মনে কথাবার্তা চলে। আমি বলি সেই কথা। চোখে দেখিয়া কথা শুনি, সে ত মানুষের কথা; চোখে না দেখিয়া কথা শুনি, সেই হইল দেবতার কথা।

সে কথা যারা, যে-সব সাধুমহাজনেরা শুনিতে পায় তারা সেই সু-ফুল তোলে বুঝি।

তোলে। তবে এই জনমে তোলে না। মাটির দেহ মাটিতে রাখিয়া তারা যখন দেবতাদের রাজ্যে চলিয়া যায়, তখন তোলে। স্বর্গে রোজ কাঁসিঘন্টা বাজে, আর একটিমাত্র ফুল তুলিয়া তারা পূজা করে। সে-ফুলটি আবার আসিয়া ছিটিয়া থাকে! ০

অনন্তর মনে শেষ প্রশ্ন এই জাগে : গাছ দেখি না পাতা দেখি না, খালি ফুল ধরিতে দেখি। সে-সব ফুল কি তবে বিন গাছের ফুল!

শীতলপাটীর মত স্থির, নিশ্চল তিতাসের বুকের উপর একবার চোখ বুলাইয়া উদয়তারা বলিল, আর মুশয্যা পইড়া আছে, শুইবার লোক নাই—এর মানতি কই শুন। মুশয্যা এই গাঙ। কেমন স্ব-বিছ না। ধূলা নাই, ময়লা নাই, উচ নাই নিচা নাই—পাটীর মত শীতল। শুইলে শরীর জুড়ায়, কিন্তু শুইবার মানুষ নাই?

আছে, আছে, একজন আছে। সে অনন্ত। জলের উপর কঠিন একটুখানি আবরণ পাইলে সে হাত পা ছড়াইয়া চিৎ হইয়া কাত হইয়া উপুড় হইয়া শুইয়া থাকিতে পারে। নদীর স্রোত তাহাকে দেশদেশান্তরে ভাসাইয়া নিবে, ঢেউ তাহাকে দোলা দিবে। চারিদিকের আঁধারে কেউ জাগা থাকিবে না। জাগিয়া থাকিবে সে আর তার চারিদিকের আঁধার আর উপর আকাশের তারাগুলি। আর জাগিয়া থাকিবে জলের মাছগুলি। সে ঘুমাইয়াছে মনে করিয়া তারাও তার চারিধারে দল বাঁধিয়া ভাসিয়া চলিবে। জাগিতে জাগিতে ক্লান্ত হইয়া এক সময় তার ঘুম আসিবে; রাত কুরাইবে, কিন্তু ঘুম ভাঙিবে না, সকাল হইবে, সূর্য উঠিবে, এ-পার ও-পার দুই পারের ছেলেমেয়ে নারী-পুরুষ কাতারে কাতারে দাঁড়াইয়া দেখিবে আর ভাবিবে অনন্ত বুঝি জলে পড়িয়া গিয়াছে। হায় হায় কি হইবে, অনন্ত জলে পড়িয়া গিয়াছে। আমার তখন ঘুম ভাঙিবে, তাহাদের দিকে চাতিয়া চোখ কচলাইয়া মৃত্যু

হাসিয়া আমি তখন জলের উপর উঠিয়া বসিব, তারপর আস্তে আস্তে হাঁটিয়া তাহাদের পাশ কাটাইয়া দিনের কাজে চলিয়া যাইব।

অনন্তর কল্পনার দৌড় দেখিয়া উদয়তার হাসিয়া উঠিল, দেহে প্রাণ থাকিতে কেউ নদীর উপর শোয় না রে; প্রাণপাখী যখন উড়িয়া যায়, দেহখাচা তখন শূন্য, যার পোড়াইতে পারে না, জলসই করিয়া ভাসাইয়া দেয়। এই জল-বিছানায় শুইবার মানুষ শুধু ত সে, তুই শুইতে যাবি কোন দুঃখে! তুই কি লখাই পণ্ডিত?

'হ, আমি লখাই পণ্ডিত। মোটে একটা আখর শিখলাম ন, আমি হইলাম পণ্ডিত?

আরে পড়া-লেখার পণ্ডিতের কথা কই না, কই সদাগরের ছেলের কথা। লখাই ছিল চান্দসদাগরের ছেলে। কালনাগের দংশনে মারা গিয়াছিল। তখন একটা কলাগাছের ভেলায় করিয়া তারে জলে ভাসাইয়া দিল, আর উজান ঠেলিয়া সেই ভেলা ভাসিয়া চলিল। তার বৌ ভেলইয়া সুন্দরী ধনুক হাতে লইয়া নদীর তীরে থাকিয়া ভেলার সঙ্গে সঙ্গে চলিল।

'লখাই পণ্ডিত ত মরা। একলা ভেলইয়া সুন্দরী চলল– সদাগরের নাও তারে তুইল্যা লইয়া গেল না?'

ধনাগোদার ভাই মনাগোদা নিতে চাহিয়াছিল; ভেলইয়া তাকে মামাশ্বশুর ডাকাতে ছাড়িয়া দিল। মামাশ্বশুর ডাকিলে সকলেই ছাড়িয়া দেয়।

'অ, বুঝলাম। ভাসতে ভাসতে তারা গেল কই?'

'গেল স্বর্গে। সেখানে দেবগণের সভাতে ভেলইয়া সুন্দরী নৃত্য করিল, করিয়া মহাদেব আর চণ্ডীকে খুশি করিল। তাদের আদেশে মনসা তখন লখাই পণ্ডিতেরে জিয়াইয় দিল।'

'মর মানুষেরে জিয়াইয়া দিল ত!'

হাঁ, জিয়াইতে গিয়া দেখে পায়ের গোড়ালি নাই। মাছে খাইয়া ফেলিয়াছে।

মরা ছিল বলিয়াই খাইয়াছে। জ্যান্ত থাকিলে লখাই পণ্ডিত মাছেদের ধরিয়া ধরিয়া বাজারে নিয়া বেচিত। কিন্তু নদীর উজান ঠেলিতে ঠেলিতে একদম স্বর্গে যাওয়া যায়? যেখানে দেবতারা থাকে?

হা। নদীর 'সির্জন' হইয়াছে হিমাইল রাজার দেশে। সেই দেশে স্বর্গ-সংসারে মিলন হইয়াছে। 'তুধিষ্ঠির মহারাজা সেই দেশে গিয়া, তারপর হাঁটিয়া স্বর্গে গেল।

চাঁদের দেশে তারার দেশে রামধনুকের দেশে তাহা হইলে হাঁটিয়াও যাওয়া যায়। আর একটু বড় হইলে যখন রোজগার করিতে পারিবে তখন হাতে কিছু পয়সা হইবে। সেই সময় অনন্ত একবার নদীর তীর ধরিয়া হিমাইল রাজার দেশে যাইবে, আর সে-দেশ হইতে পায়ে হাঁটিয়া স্বর্গে যাইবে।

অনন্তর সব শ্রদ্ধা প্রণতি হইয়া লুটাইয়া পড়ে, তুমি অত জান! তোমারে নমস্কার।

নৌকাটা হঠাৎ কিসে ধাক্কা খাইয়া থামিয়া গেল। কোমরজলে দাড়ানো মোটা মোটা গাছের জলের উপর দিয়া অনেক ডাল মেলিয়াছে, অজস্র পাতা মেলিয়াছে। সেই ডালপাতার গহনারণ্য মাথায় করিয়া নৌকা ঘাটের মাটিতে ঠেকিয়াছে। উদয়তারার তন্দ্রা আসিয়াছিল। সচকিত হইল। বনমালী পাছার খুঁটি পুতিতেছে, নৌকার একটানা ঝাকুনিতে টের পাইল উদয়তারা। মুদিনে তার বিবাহ হইয়াছিল, মুদিনে সে এখান হইতে বিদায় হইয়াছে। তখন এসব জায়গা ছিল ডাঙা। জল ছিল অনেক দূরে, গাঙের তলায়। তারপর উদায়তারার কত বর্ষা কাটিয়াছে জামাইবাড়িতে। এখানে কোন বর্ষার মুখ বিবাহের পর থেকে দেখে নাই। তবু পরিচিত গাছগুলি আধারেও তার মনে স্বলস্বল করিয়া উঠিল। তার তলার মাটি তখন শুকনা ঠনঠনে, সে মাটিতে বসিত চাঁদের হাট। ছেলেরা খেলিত গোল্লাছুট খেলা, আর মেয়েরা খেলিত পুতুলের ঘরকন্নার খেলা। কত ঠাণ্ডা ছিল এর তলার বাতাস। আর এখন এর তলায় ঠাণ্ডা জল থই থই করে। উদয়তারার বয়সী মেয়েরা চলিয়া গিয়াছে পরের দেশে পরের বাড়িতে, আর ছেলেরা এখন বড় হইয়া এ জলে স্নান করে।

পান সুপারির তিনকোণা থলে, একখানা কাপড় আর টুকিটাকি জিনিসের একটা ছোট পুটলি গুছাইয়া উদয়তার অনন্তর হাত ধরিয়া মাটিতে পা দিল।

'দিশ কইরা পা বাড়াইবি অনন্ত, না হইলে পইড়া যাইবি। যে পিছলা।'

পদে পদে পতনোন্মুখ অনন্ত শক্ত করিয়া উদয়তারার হাতখানা ধরিয়া বলিল, 'আমি পইড়া যাই। তুমি ত পড় না?'

'আমার বাপ-ভাইয়ের দেশ। চিনা-পরিচিত সব। বর্ষায় কত লাই-খেলা খেলাইছি, সুদিনে কত পুতুলখেল খেলাইছি।'

খেলায় বুঝি খুব নিশা আছিল তোমার!'

'আমার আর কি আছিল। নিশা আছিল আমার বড় ভইন নয়নতারার। ছোট ভইন আসমানতারারও কম আছিল না। এই খেলার লাগি মায়ে বাবায় কত গালি দিছে। পাড়ার লোকে কত সাত কথা পাঁচ কথা শুনাইছে। তিন ভইন একসাথে খেলাইছি বেড়াইছি, কেউরে গেরাহ করছি না। তারপর তিন দেশে তিন ভইনের বিয়া হইয়া গেল।'

'সেই অবধি দেখা নাই বুঝি?'

'না। গাঙে গাঙে দেখা হয়, তবু ভইনে ভইনে দেখা হয় না। বড় ভালমানুষ আমার বড় ভইন নয়নতারা আর ছোট ভইন আসমানতারা।'

তারার মেলা। অনন্ত নামগুলি একবার মনে মনে আওড়াইয়া লইল।

বনমালীর একার সংসার। বাহির হইতে দরজা বন্ধ করিয়া গিয়াছিল। ফিরিয়া আসিয়া দেখে অত রাতে ঘরের ভিতর আলো জ্বলিতেছে। আশ্চর্য হইবার কথা। সাড়াশব্দ না করিয়া উদয়তার হাঁটুর সাহায্যে দরজায় ধাক্কা দিলে দরজা মেলিয়া গেল এবং আশ্চর্যের সহিত দেখা গেল নয়নতারা আসমানতারা তুইজনে ঘরে বসিয়া গল্প করিতেছে–মেঝে। বোন উদয়তারারই গল্প। অতদিন পরে দুই বোনেরে একসঙ্গে পাইয়া উদয়তারা কি বলিবে ভাবিয়া পাইল না। কিন্তু আনন্দে চোখ দিয়া জল আসিয়া পড়িল। কি করিয়া আসিল তারা এ দারুণ বর্ষাকালে?

আসার সংক্ষিপ্ত ইতিহাস : বিদেশে মাছ ধরিতে গিয়া তুইজনের বরের দেখা হয়। তারা ঠিক করিয়া ফেলে, অমুক মাসের অমুক তারিখে পরিবার নিয়া এখানে মিলিত হইবে। সেকথার কেহই খেলাপ করে নাই।

'তারা দুইজন কই?

'পাড়া বেড়াইতে গেছে।'

'তোরা পাড়া বেড়াইতে গেলি না?

'আমরা রাইতে পাড়া বেড়াই না, বেলাবেলি পাড়া বেড়ান শেষ কইরা ঘরে কুয়ারে থিলি দিয়া রাখি। তোরা গোকনগায়ের মানুষেরা বুঝি রাইতে পাড়া বেড়াস?'

বড় বোনের দিকে চোখ নাচাইয়া উদয়তারা গুনগুন করিয়া উঠিল, 'জানি গো জানি নয়ানপুরের মানুষ; সবই জানি; অত ঠিসারা কইর না।'

এমন সময় তারা দুইজন আসিল। ছোট বোনের জামাই সঙ্গে, কাজেই নয়নতারা ও উদয়তার মাথায় ঘোমটা টানিয়া দিল। কেবল আসমানতারার ঘোমটা কপালের নিচে নামিল। বড় বোনদের তুর্দশা দেখিয়া সে মৃত্যুমুকু হাস্ত করিতে লাগিল।

মালোদের দূরের মানুষের সঙ্গে দেখা হইলে আগেই উঠে মাছের কথা। কুশল মঙ্গলের কথা উঠে তার অনেক পরে। নয়নতারার বরের সামনের দিকের কয়েকটা দাত পড়িয়া গিয়াছে। গোছায় গোছায় চুল পাকিয়া উঠিয়াছে, খোচা খোচা দাড়িগোফেও শাদা-কালোর মেশাল। যৌবন তাহাকে ছাড়িয়া যাইতেছে—তবু গায়ের সামর্থ্যে ভাট পড়ে নাই। মেজ শালীর হাত হইতে হুকাটা হাতে করিয়া, মুখে লাগাইবার আগে জিজ্ঞাসা করিল, 'তিতাসে আজকাইল মাছ কেমুন পাওয়া যায়?'

'ঘরের বৌয়ানি ঘরে থাকি, আমি কি জানি মাছের খবর! আমারে কেনে, পুরুষেরে যদি পাও জিগাইও।

'জীবনে দেখলাম না তোমার পুরুষ কেমুন জন। সাথে আন না কেনে?

'পুরুষ কি আমার মাথার বোঝা যে, তারে ফালাইয়া আই ইচ্ছা কইরা!'

'মাথার বোঝা হইবে কেনে। হাতের কঙ্কণ, গলার পাঁচ নরী। সাথে আন ত শরীরের শোভা। না আন ত খালি শরীর।'

'শীতলীয়া কথা কইও ন। সাধু; হাতের কঙ্কণ হাতে থাকে, গলার হার গলায় থাকে। আর সেই মানুষ তিতাসে মাছ ধরতে চইল্যা যায়। বাড়ি আইলে যদি কই অনেক দিন দাদারে দেখি না, চলনা গো, একদিন গিয়া

দেইখ্যা আই, কয়, দাদারে নিয়াই সংসার কর গিয়া। তোমারে আমি চাই না। শুনছ কথা!'

'ভুল করলা দিদি। পরাণ দিয়া চায় বইল্যাই চাই না কইতে পারছে।'

তার গলার মোটা তুলসীমালার দিকে চাহিয়া উদয়তারার খুব শ্রদ্ধা হইল। আরও শ্রদ্ধ হইল যখন দেখিল, তার চোখ দুইটি আবেশমাখ।—মুখ ভাবময় হইয়া উঠিতেছে—সে গান ধরিয়াছে —'ও চাঁদ গোর আমার শঙ্খ-শাড়ি, ও চাঁদ গোর আমার সিথির সিন্দুর চুল-বান্ধা দড়ি, আমি গৌর-প্রেমের ভাও জানি না ধীরে ধীরে পাও ফেলি।'— গানের তালে তালে তার মাথাটাও তুলিতে লাগিল।

পরিবেশে আধ্যাত্মিক ভাবটা একটু ফিকা হইয়া আসিলে উদয়তারা বলিল, 'দেখ মানুষ, আমার একখান কথা। দাদার লাগি কিছু একটা করল না। এমন কাতিক হইয়াই দাদা দিন কাটাইব। দাদার মাথায় কি শালার মটুক কোন কালেই উঠব না?'

'বনমালীর কথা কও? তুমি ত জান দিদি, মা বাপ ভাই বেরাদর যার নাই, ক্ষেত পাথর জাগা জমি যার নাই, টাকা কড়ি গয়নাগাটি যার নাই, তারে লোকে মাইয়া দেয়? অন্ততঃ তিনশ' টাকা হাতে থাকৃত ত দেখতাম—মাইয়ার আবার অভাব।'

তিনশ' টাকা। পর পর তিনটা বোনের বিবাহ হইয়াছে বাবা বাঁচিয়া থাকিতে। পণ লইয়াছে তিনশ' টাকা করিয়া। আর এই টাকা দিয়া সমাজের লোক থাওয়াইছে। এখন বনমালীর নিকট হইতেও তিনশ' টাকা পণ লইয়া মেয়ের বাপ তার সমাজকে থাওয়াইবে। কি ভীষণ সমস্যা! উদয়তার চুপ করিয়া গেল। কিছুক্ষণ পরে বলিল, 'তোমার একটা ভইনটইন থাকলে দিয়া দেও।'

'আপন ভইন নাই, আছে মামাত ভইন। কিন্তু আমার কোন হাত নাই!'

এমন সময় বনমালী ঝড়ের বেগে ঘরে ঢুকিল। তার হাতে কাঁধে কোমরে অনেক কিছু মালপত্র। আতপ চাউল, গুড়, তেল–এসব পিঠা করার সরঞ্জাম আনিয়াছে।

অনন্ত বিছানার একপাশে বসিয়া এতক্ষণ নীরবে তাহীদের কথাবার্তা শুনিতেছিল। এইবার বড় বোন নয়নতারার দৃষ্টি তাহার দিকে পড়িল। প্রত্যেকটি কথা যেন ছেলেটা গিলিয়া খাইতেছে, প্রত্যেকটা লোককে যেন নাড়ীর ভিতর পর্যন্ত দেখিয়া লইতেছে, এমনি কৌতূহল।

'এরে তুই কই পাইলি?'

'এ আমার পথের পাওয়া! মা বাপ নাই। সুবলার বউ রাঁড়ি মানুষ করত। পরে নি গে। বুঝে পরের মর্ম, একদিন থদাইয়া দিল। বড় মায়া লাগল আমার। লইয়া আইলাম, যদি কোনদিন কামে লাগে।'

বলে কি, পরের একটা ছেলে—মাটির পুতুল নয়, কাঠের পুতুল নয়, একটা ছেলে এমনি করিয়া পাইয়া গেল! একি দেশে মানে, না তুনিয়া মানে। পেটে ধরিল না, মানুষ করিল না, পথের পাওয়া—তাই কি তার আপন হইয়া গেল? এমন করিয়া পরের ছেলে যদি আপন হইয়া যাইত তবে আর ভাবনা ছিল কি? কিন্তু হয় না। পরের ছেলে বড় বেইমান।

বনমালী ও পুরুষ দুইজন একটু আগেই অন্য ঘরে চলিয়। গিয়াছিল – কোন খালে কোন বিলে কোন সালে কত মাছ পড়িয়াছিল, তার সম্পর্কে তর্কাতর্কি তখন উষ্ণগ্রামে উঠিয়াছে আর এঘর হইতে শোনা যাইতেছে। আসমানতারার বরের গল। সকলের উপরে। সরেস জেলে বলিয়া প্রতিবেশী দশ বারো গায়ের মালোদের মধ্যে তার নামডাক আছে। সেই গর্বে আসমানতারা বলিল, 'আমারে দিয়া দে দিদি, আমি থাওয়াইয়া ধোঁয়াইয়া মানুষ করি; পরে একদিন বেইমান পক্ষীর মত উইড়া যাউক, আমার কোন দুঃখ নাই।'

'তোর ত দিন আছে ভইন। ঈশ্বর তোরে দিব—কিন্তু মামারে কোনকালে দিব না—এরে দিলে আমি নাচতে নাচতে লইয়া যাই? নিঃসন্তান বুকের বেদন নয়নতার হাসিয়া হাস্ক করিল।

কেন আমি কি দোকানের গামছা না সাবান! কোন সাহসে আমাকে কিনিয়া নিতে চায় —অনন্ত এই কথা কয়টি মনে মনেই ভাবিল। প্রকাশ করিয়া বলিল না।

অনন্ত ও অন্যান্য পুরুষ মানুষদের খাওয়া হইয়া গেলে তিন বোনে এক পাতে বসিয়া অনেকক্ষণ ধরিয়া থাইল। তারপর পাশের ঘরে তিন পুরুষের বিছানা করিয়া দিয়া, অনন্তকে এ ঘরে শোয়াইয়া, তিন বোনে পিঠা বানাইতে বসিল।

রাত অনেক হইয়াছে। প্রদীপের শিখা তিন বোনের মুখে হাতে কাপড়ে আলো দিয়াছে। পিছনের বড় বড় ছায় দেওয়ালে গিয়া পড়িয়াছে। ভাবে বোঝা গেল, তারা আজ সারারাত না ঘুমাইয়া কাটাইবে।

'ঘুম আইলে কি করুম? ছোট বোন জিজ্ঞাসা করিল।

'উদয়তারা শিলোকের রাজা। শিলোক দেউক, ভান আমরা মানতি করি—ঘুম তা হইলে পলাইব। বলিল বড় বোন।

উদয়তারা একদল কাই হাতের তালুতে দলিতে দলিতে বলিল, 'হিজল গাছে বিজল ধরে, সন্ধ্যা হইলে ভাইঙ্গা পড়ে —কও, এই কথার মান্তি কি?'

'এই কথার মান্তি হাট।' বলিল আসমানতারা।

'আচ্ছা,—পানির তলে বিন্দাজী গাছ ঝিকিমিকি করে, ইলস মাছে ঠোকর দিলে ঝরঝরাইয়া পড়ে?'

বড় বোন মানে বলিয়া দিল—'কুয়াসা।'

এইভাবে অনেকক্ষণ চলিল। অনন্তর খুব আমোদ লাগিতেছিল, কিন্তু ঘুমের সঙ্গে পাল্লা দিতে গিয়া পারিল না। শুনিতে শুনিতে সে এক সময় ঘুমাইয়া পড়িল।

নিশুতি রাতে আপনা-থেকে ঘুম ভাঙ্গিয়া গেল। তিন বোন তখনও অক্লান্ত ভাবে হেঁয়ালী বলিতেছে আর হাত চালাইতেছে। তন্দ্রাচ্ছন্ন চোখ মুদিয়া অনন্ত তখনও কানে শুনিতেছে —'আদা চাকচাক দুধের বর্ণ, এ শিলোক না ভাঙ্গাইলে বৃথা জন্ম।'

এর মান্তি—টাকা, বলিয়া এক বোন পাল্টা তীর ছাড়ে—

ভোরের আঁধার ফিক হইবার সঙ্গে সঙ্গে অনন্তর ঘুম পাতলা হইয়া আসিল। উঠান দিয়া কে মন্দিরা বাজাইয়া গাহিয়া চলিয়াছে,—

রাই জাগো গো, আমার ধনী জাগো গো,
বৃন্দাবন বিলাসিনী রাই জাগো গো।

অনন্ত উঠিয়া পড়িল। পিঠা বানাইতে বানাইতে তিন বান কখন এক সময় শুইয়া পড়িয়াছিল। অর্ধসমাপ্ত পিঠাগুলি অগোছালো পড়িয়া আছে, আর তিন বোনে জড়াজড়ি করিয়া অঘোরে ঘুমাইতেছে। প্রদীপটা এখনও জ্বলিতেছে, তবে উস্কাইয়া দেওয়ার লোকের অভাবে আর জ্বলিতে পারিবে না, এ স্বাক্ষর তার শিখায় স্পষ্ট হইয়া উঠিতেছে।

অনন্ত বাহিরে আসিল। ও-ঘরে তিনজন ঘুমাইয়াছিল, তারা নাই। শেষরাতে বনমালী জালে গিয়াছে, অতিথি &জনও সঙ্গে গিয়াছে, এখানকার মাছধরা সম্বন্ধে জানিবার বুঝিবার।

পূবের আকাশ ধীরে ধীরে খুলিতেছে। স্নিগ্ধ নীলাভ মৃদু আলো ফুটিতেছে। চারিদিকে একটানা ঝিঁঝির ডাক। গাছে গাছে পাখির কলরব। মন্দিরা বাজাইয়া লোকটা এ-পাড় হইতে ও-পাড়ায় চলিয়া গিয়াছে! তার গানের শেষ কলি মন্দিরার টুনটুনটুন আওয়াজের সঙ্গে অনন্তর কানে আসি বাজে,—

শুক বলে ওগো সারী কত নিদ্রা যাও,
আপনে জাগিয়া আগে বন্ধুরে জাগাও;
আমার রাই জাগো গো, আমার ধনী জাগো গো,
বৃন্দাবন বিলাসিনী, রাই জাগো গো।

অনন্ত উঠানের পর উঠান পার হইয়া চলিল। যুবকরা সব নদীতে গিয়াছে। বাড়িতে আছে বুড়ার আর বৌ ঝি মায়ের। বুড়ার সকালে উঠিয়া তুলসীতলায় প্রণাম করিতেছে। প্রত্যেক বাড়িতে তুলসী গাছ, উঁচু একটা ছোট বেদীর উপর। দুই পাশে দুই চারিট ফুলের গাছ। মিষ্টি গন্ধ। বৌর উঠানগুলি ঝাড় দিয়াছে, এখন গোবরছড়া দিতেছে। হাঁটিতে হাঁটিতে এক উঠানে গিয়া দেখে, আর পথ নাই, মালোপাড় এখানে শেষ হইয়া গিয়াছে। এরপর গভীর খাদ, তারপর থেকে কেবল পাটের জমি। পুরুষপ্রমাণ পাটগাছ

কোমবজলে দাঁড়াইয়া বাতাসে মাথা তুলাইতেছে। ক্ষেতের পর ক্ষেত, তারপর ক্ষেত, শেষে আকাশের নীলিমার সঙ্গে মিশিয়া এক হইয়া গিয়াছে। সীমার মাঝে অসীমের এই ভোরের আলোতে ধরা দেওয়ার দৃশ্য দেখিতে দেখিতে বিস্ময়ে তাহার চক্ষু দুইটি আপনি আনত হইয়া আসিল। প্রকৃতির সঙ্গে তাহার এত নিবিড় অন্তরঙ্গতার মাধুর্য কিন্তু একজনের দৃষ্টি এড়াইল না। তুলসীতলায় প্রণাম সারিয়া সে গুনগুন করিয়া নরোত্তম দাসের প্রার্থনা গাহিতেছিল, কাছে আসিয়া তাহার মনে হইল, অসীম অনন্ত সংসার পারাবারের ও-পারে আপনা থেকে জন্মিয়াছে যে বৃন্দাজী গাছ, প্রকৃতির একটি ছোট সন্তান তাহার দিকে চোখ মেলিয়া নিজের প্রণতি পাঠাইয়া দিতেছে। কাঁধে হাত দিয়া আবেগের সহিত বলিল, 'নিতাই, ওরে আমার নিতাই, কঙালেরে ফাকি দিয়া এতদিন লুকাইয়া কোথায় ছিলি বাপ। আয় আমার কোলে আয়।'

তার বাহুর বাঁধন দুই হাতে ঠেলিতে ঠেলিতে অনন্ত বলিল, 'আমি অনন্ত!'

'জানি বাবা জানি, তুই আমার অনন্ত! অনন্ত রাখিল নাম অস্ত না পাইয়া; আমি দান জানি না, ধ্যান জানি না, সাধন জানি না, ভজন জানি না;—কেবল তোমারেই জানি। ধরা যখন দিছ, আর ছাড়মু না তোমায়।'

অনন্ত বিস্ময়ে অবাক। লোকটা সহসা সম্বিৎ পাইয়া বলিল, 'হরি হে, একি তোমার খেলা। বারবার মায়াজাল ছিঁড়িতে চাই, তুমি কেন ছি ভূতে দাও না? যশোদা তোমারে পুত্ররূপে পাইয়া কাঁদিছিল, শচীরাণী তোমারে পুত্ররূপে পাইয়া কাঁদিছিল, রাজা দশরথ তোমারে পুত্ররূপে পাইয়া কাঁদতে কাঁদিতে প্রাণ দিল। তবু তোমারে পুত্ররূপে পাওয়ার মধ্যে কত তৃপ্তি, কত আনন্দ। পুত্ররূপে একবার আইছিল, চইলা গেল। ধইরা রাখতে ত পারলাম না। আইজ আবার কেন সেই স্মৃতি মনে জাগাইয়া তুললা। ভুলতে দাও হরি, ভুলতে দাও! যা বাবা, কার ছেলে তুই জানি না, মায়ের ছেলে মায়ের কোলে ফিরা যা। আমার অখন অনেক কাজ। গোষ্ঠের সময় হইয়া অইল, যাই বাছারে তামার গোষ্ঠে পাঠাই গিয়া।'

খেলাঘরের মত ছোট একটা মন্দির। সে ঘরে একখানা রাধাকৃষ্ণ ঠাকুর, আর সালুকাপড়ে মোড়া খানদুই পুঁথি। সেখানে গিয়া সে গান ধরিল, 'মরি হয়েরে কিবা শোভা। রাখালগণ ডাকিতে আছে ঘনঘন বৃন্দাবনে।'

একটু পরে প্রশস্ত সূর্যালোকে পাড়াটা ঝলকিত হইয়া উঠিল। ঘরে ঘরে জাগিয়া উঠিল কর্মচাঞ্চল্য। এখানে হাটবাজার নাই। এ গাঁয়ের মালোর দূরের হাটবাজারে মাছ বেচিয়া আসে। সূতাকাটা, বাঁশের জাল বোন, ছোড়া জাল গড়া, জালে গাব দেওয়া,— কারো বাড়িতে অবসর নাই। অন্তঃপুরের মেয়েদেরও অবসর নাই। নানারকম মাছের নানারকম ভাজাভুজি ঝোলঝাল রণধিতে রাঁধিতে তারা গলদঘর্ম হয়। দুপুর গড়াইয়া যায়। পুরুষের সকালে পান্তা খাইয়া কাজে মাতিয়াছিল, মায়েদের আদেশে ছেলেরা গিয়া জানায়, ভাত হইয়াছে, স্নান কর গিয়া। জলে ডুব দিয়া আসিয়া তারা খাইতে বসে। তারপর শুইয়া কতক্ষণ ঘুমায়, সন্ধ্যায় আবার জাল দড়ি কাঁধে করিয়া নৌকায় গিয়া ওঠে। বিরাম নাই।

অতিথিবৃন্দ যেমন একদিন আসিয়াছিল, তেমনি একদিন বিদায় হইয়া গেল। বনমালীর ঘর হাসি গান আমোদ আহ্লাদে থই থই করিতেছিল, নীরব হইয়া গেল।

শ্রাবণ মাস, রোজই রাতে পদ্মাপুরাণ গান হয়। বনমালী রাতের জালে আর যায় না। দিনের জালে যায়। আর রাত হইলে বাড়ি বাড়ি পদ্মাপুরাণ গান গায়। এক এক রাতে এক এক বাড়িতে আসর হয়। সুর করিয়া পড়ে সেই সাধুবাবাজী —যে-জন রোজ ভোরে মন্দিরা বাজাইয়া পাড়ায় নাম বিতরণ করে, যে জন অনন্তকে সেদিন ভোরে নিতাইর অবতার বলিয়া ভুল করিয়াছিল। প্রধান গায়ক বনমালী। তার গলা খুব দরাজ। হাতে থাকে করতাল। আর দুইটা লোক বাজায় খোল। গায়ক আছে অনেকে। কিন্তু বনমালীর গলা সকলের উপরে। সেজন্য সাধু সকলের আগে তাকেই বলে 'তোল।'

'কি? লাচারী না দিশা?'

একখানা ছোট চৌকিতে সালু কাপড়ে বাঁধা পদ্মাপুরাণ পুঁথি। কলমী। সাধু ছাড়া এযুগের কোনো মানুষের পড়ার সাধ্য নাই। সামনে

সরিষা-তেলের বাতি। সলতে উস্কাইয়া চাহিয়া দেখেন যেখান থেকে শুরু করিতে হইবে তাহা ত্রিপদী। বলিলেন, 'লাচারী তোল।'

বনমালী ডানহাতে ডানগাল চাপিয়া, বাহাত সামনে উঁচু করিয়া মেলিয়া কাক-স্বরে 'চিতান ধরিল,—

'মা যে-মতি চায় সে-মতি কর, কে তোমায় দোষে,

বল মা কোথায় যাই দাঁড়াইবার স্থান নাই,

আমারে দেখিয়া সাগর শোষে মা,

আমারে দেখিয়া সাগর শোষে!'

দুই একজনে দোহার ধরিয়াছিল, যুৎসই করিতে না পারিয়া ছাড়িয়া দিল। ছাড়িল না শুধু অনন্ত। মুরট। অনুকরণ করিয়া বেশ কয়েদা করিয়াই তান ধরিয়াছিল সে। মোটা মোটা সব গলা মাঝপথে অবশ হইয়া যাওয়াতে তার সরু শিশুগল পায়ের তলায় মাটি-ছাড়া হইয়া বায়ুর সমুদ্রে কাঁপিতে কাঁপিতে ডুরিয়া গেল। তার দিকে প্রসন্ন দৃষ্টিতে চাহিয়া বাবাজী বনমালীকে বলিলেন, 'পুরান মুর। কিন্তু বড় জমাটি। আইজকালের মানুষ শ্বাসই রাখতে পারে না, এসব সুর তাবা গাইব কি। যারা গাইত তারা দরাজ গলায় টান দিলে তিতাসের ঐ-পারের লোকের ঘুম ভাঙত। কর্ণে করত মধু বরিষণ। তখন সব হালকা স্বর। হরিবংশ গান, ভাইটাল সুরের গান তখন নয়া বংশের লোকে গাইতে পারে না, গাওয়ে গাওয়ে যে দুইচার জন পুরান গাতক আখেনো আছে, তারা গায়, আর গলার জোর দেইখ্যা জোয়ান মানুষ চমকায়! সোজা একটা লাচারী তোল বনমালী।'

বনমালী সহজভাবেই তুলিল—

'সোনার বরণ দুইটি শিশু ঝলমল ঝলমল করে গো,

আমি দেইখে এলাম ভরতের বাজারে।'

বাবাজী বলিলেন, 'না এইখানে এই লাচারী খাটে না। কাইল প্রহলাদের বাড়িতে লখিন্দরেরে সর্পে দংশন করছিল; অখন তারে কলার ভেলাতে তোলা হইছে, ভেলা ভাসব, যাত্রা করব উজানীনগর, আর গাঙের পারে পারে ধেনুক হাতে যাত্রা করব বেহলা। দিশা কইরা তোল।'

'অ, ঠিক, সুমন্ত চইলে যায়রে, যাত্রা কালে রাম নাম।'

'রামায়ণের ঘুষ। তরণীসেন যুদ্ধে যাইতাছে। আচ্ছা, চলতে পারে।'

ভেলা চলিয়াছে নদীর স্রোত ঠেলিয়া উজানের দিকে; তীরে বেহুলা, হাতে তীর ধনুক। কাক শকুন বসিতে যায় ভেলাতে, পার হইতে বেহুলা তীর নিক্ষেপের ভঙ্গি করিলে উড়িয়া যায়। কত গ্রাম, কত নগর, কত হাওর, কত প্রান্তর, কত বন, কত জঙ্গল পার হইয়া চলিয়াছে বেহুলা, আর নদীতে চলিয়াছে লখিন্দরের ভেলা। এইখানে ত্রিপদী শেষ হইয়া দিশা শুরু।

'এইবার চান্দসদাগরের বাড়িতে কান্নাকাটি। খেদের দিশা তোল।'
বনমালী একটু ভাবিয়া তুলিল—
'সাত পাঁচ পুত্র যার ভাগ্যবতী মা;
আমি অতি অভাগিনী একা মাত্র নীলমণি,
মথুরার মোকামে গেলা, আর ত আইলা না।'
এই গানে অনন্তর বুক বেদনায় টন টন করিয়া উঠিল।

গানের শেষে পুঁথি বাধিতে বাধিতে বাবাজী বলিলেন : অমূল্য রতনের মত ছেলে এই অনন্ত। কৃষ্ণ তাকে বিবেক দিয়াছে, বুদ্ধি দিয়াছে, তবে ভবাণে পাঠাইয়াছে। ইস্কুলে দিলে ভাল বিদ্যা পাইত। তোমরা যদি বাধা না দাও, চারদিকে এখন বর্ষা, জল শুখাইয়া মাঠে পথ পড়িলে তাকে আমি গোপালখালি মাইনর ইস্কুলে ভরতি করিয়া দেই। বেতন মাপ, আর আমি যখন দশকুয়ারে ভিক্ষা করি—কৃষ্ণের জীব, তাকেও কৃষ্ণে উপবাসী রাখিবে না।

কথাটি উপস্থিত মালোদের সকলেরই মনঃপূত হইল : মালোগুষ্টির মধ্যে বিদ্যামান লোক নাই, চিঠি লেখাইতে, তমলুকের খত লেখাইতে, মাছ বেপারের হিসাব লেখাইতে গোপালনগরের হরিদাস সা'র পাও ধরাধরি করি, ভাল ভাল মাছ খাওয়াই। এ যদি বিদ্যামান হইতে পারে মালোগুষ্টির গৈরব।

তবে আর তাকে উদয়তারার সাথে গোকনগণ ওয়ে দিয়া কাজ নাই, এখানেই রাখ। সামনে তিন মাস পরেই মুদিন। বনমালী স্বীকৃত হইয়া বাড়ি আসিল। কিন্তু ব্যবস্থাটা উদয়তারার মনঃপূত হইল না।

কয়েক দিন আগে পাড়াতে একটা বিবাহ গিয়াছে। এখন জামাই আসিয়াছে দ্বিরাগমনে। যুবতীরা এবং অনুকূল সম্পর্কযুক্ত বর্ষীয়সীরা মিলিয়া ঠিক করিল জামাইকে আচ্ছা। ঠকান ঠকাইতে হইবে। জামাই

অনেকগুলি খারাপ কাজ করিয়াছে। প্রথমতঃ সে তাদের জন্য পান-বাতাসা, পানের মসলা এ-সব আনে নাই; দুপুরে তার স্নানের আগে মেয়েরা গাহিতে লাগিল; জামাই থাইতে জানে, নিতে জানে, দিতে জানে না, তারে তোমরা ভদ্র বইলা না। জামাই যদি ভদ্র হইত, বাতাসার হাঁড়ি আগে দিত, জামাই থাইতে জানে, নিতে জানে ইত্যাদি। কিন্তু, উহ, তাতেও কুলাইবে না। খুব করিয়া ঠকাইতে হইবে। কিন্তু কি ভাবে জব্দ করা যায় তাকে। একজন সমাধান করিল, ভয় কি জামাই-ঠকানী আছে, বনমালীর বোন জামাই-ঠকানী। সকলেই যেন সাতারে অবলম্বন পাইল, বলিল, লইয়া আয় জামাইঠকানীরে? সমাগত নারীদের অবাক করিয়া দিয়া উদয়তারা জানাইল যাইতে পারিবে না।

শ্রাবণ মাস শেষ হইয়াছে, পদ্মাপুরাণও পড়া শেষ হইল। ঘরে ঘরে মনসা পূজার আয়োজন করিয়াছে। আর করিয়াছে জালা বিয়া'র আয়োজন। বেহুলাসতী মরা লখিন্দরকে লইয়া পুরীর বাহির হইবার সময় শাশুড়ী ও জা'দিগকে কতকগুলি সিদ্ধ ধান দিয়া বলিয়াছিল, আমার স্বামী যেদিন বাঁচিয়া উঠিবে, এই ধানগুলিতে সেদিন চারা বাহির হইবে। চারা তাতে যথাকালেই বাহির হইয়াছিল। এই ইতিহাস পুরাণরচয়িতার অজানা হইলেও মালাপাড়ার মেয়েদের অজানা নাই। তারা বেহুলার এয়োস্তালির স্মারকচিহ্নরূপে মনসা পূজার দিন এক অভিনব বিবাহের আয়োজন করে। ধানের চারা বা জালা এর প্রধান উপকরণ। তাই এর নাম জালাবিয়া। এক মেয়ে বরের মত সোজা হইয়া চেকিতে দাঁড়ায়, আরেক মেয়ে কনের মত সাতবার তাকে প্রদক্ষিণ করে, দীপদানির মত একখানি পাত্রে ধানের চারাগুলি রাখিয়া বরের মুখের কাছে নিয়া প্রতিবার নিছিয়া-পুছিয়া লয়। এইভাবে জোড়ায় জোড়ায় নারীদের মধ্যে বিবাহ হইতে থাকে আর একদল নারী গীত গাহিয়া চলে।

পূজার দিন এক সমবয়সিনী ধরিল, 'দুই বছর আগে তুই আমারে বিয়া কইরা রাখছিলি, মনে আছে? এইবছর তোরে আমি বিয়া করি কেমুন লা উদি।'

'ন ভইন।'

'তবে তুই কর আমারে।'

'না ভইন। আমার ভাল লাগে না।'

বিয়ের কথায় অনন্তর আমোদ জাগিল, 'কর না বিয়া, অত যখন কয়?

'তুই কস্? আচ্ছা তা হইলে করতে পারি।'

কি মজা। উদয়তারা নিজে মেয়ে হইয়া আরেকজন মেয়েকে বিবাহ করিতেছে! দুইজনেরই মাথায় ঘোমটা, কি মজা। কিন্তু অনন্তর কাছে তার চাইতে ও মজার জিনিস মেয়েদের গান গাওয়াটা। তারা গাহিতেছে এই মর্মের এক গান : অবিবাহিতা বালিকার মাথায় লখাই ছাতা ধরিয়াছে; কিন্তু বালিকা লখাইকে একটাও পয়স। কড়ি দিতেছে না; ওরে লখাই, তুই বালিকার মাথায় ছাত। ধরা ছাড়িয়া দে, কড়ি আমি দিব। তারপরের গান : 'সেই দোকানে যায় গো বালা ঘট কিনিবারে।' সেই ঘটে মনসা পূজা হইল, কিন্তু মনসা নদী পার হইবে কেমন করিয়া। এক জেলে, নৌকা নিয়া জাল পাতিয়াছিল। মনসা তাকে ডাকিয়া বলিল, তোর না খান দে আমি পার হই, তোকে ধনে পুত্রে বড় করিয়া দিব। উদয়তারার এক ননাসের নাম ছিল মনসা। তাই মনসাপূজা বলিতে পারে না। স্বামী যেমন মান্য, স্বামীর বড় বোনও তেমনি মান্য। সে কনে-বোটিকে লক্ষ্য করিয়া বলিল, 'শাওনাই পূজা ত হইয়া গেল ভইন, সামনে আছে আর নাও-দৌড়ানি। বড় ভাল লাগে এইসব পূজা-পালি হড় ম-হড়ম নিয়া থাকতে।'

কনে-বৌ মাথার ঘোমটা ফেলিয়া দিয়া কাসের থালায় ধানদূর্ব পঞ্চপ্রদীপ ইত্যাদি তুলিতে তুলিতে বলিল, তারপর কত পূজাই ত আছে— দুর্গাপূজা, লক্ষ্মীপূজা, কালীপূজা, কার্তিকপূজা, ভাইফোঁটা—

'কিন্তু তা ত কত পরের কথা। শাওন মাস, ভাদর মাস, তারপরে ত আইব বড় ঠাকরাইন পূজা।'

কিন্তু দুই মাস ত মোটে—তেমন কি বেশি। ক্ষেতপাথারের জল কমিতে লাগিবে পনর দিন। তিতাসের জল কমিয়া তার পাড়ে পাড়ে পথ পড়িতে লাগিবে আরও পনর দিন। তখন বর্ষা শেষ হইয়া যাইবে। গাঙ- বিলের দিকে চাও, দেখিবে পরিষ্কার—দিনের দিকে চাও, পরিষ্কার। কিন্তু ঘর বাড়ির দিকে চাও– পরিষ্কার দেখ কি! দেখ না। পরিষ্কার না করিলে পরিষ্কার

দেখিবে কি করিয়া! চারিদিকে পূজা-পূজা ভাব। লাগিয়া যাও ঘরবাড়ি পরিষ্কার করার কাজে! কিন্তু কি ঘরবাড়ি পরিষ্কার করিবে তুমি? ভাঙ্গা ঘরবাড়ি? না, পুরুষ আছে কোন দিনের তরে? বর্ষাকালে একটানা বৃষ্টির জলে ধা'র ভাঙ্গিয়াছে, পিঁড়া ভাঙ্গিয়াছে, কি খুব সুন্দর দেখাইয়াছিল না সেদিন। তিন চারি জনে ধরিয়া তাহাকে চুল আঁচড়ানো, তেল-সিন্দুর পরানো, চন্দনতিলক লাগানো প্রভৃতি প্রসাধন কর্ম করিয়াছিল। একটা কলার ডিগা সে মানুষটার গালে বুলাইয়াছিল—সে তখন ছোট বালিকা মাত্র, বুকটা তার ভয়ে তুরু তুরু করিতেছিল। চাহিতে পারিতেছিল না লোকটার চোখের দিকে, অথচ চারি দিক হইতে লোকজনে চীৎকার করিয়া কহিতেছিল, চাও, চাও, চাও, দেখ, এই সময়ে ভাল করিয়া চাহিয়া দেখ— চারিজনে পিঁড়ির চারিটা কোণা ধরিয়া তাহাকে উঁচু করিয়া তুলিয়াছিল – এই সময়ে সে একটুখানি চাহিয়া দেখিয়াছিল—মাত্র একটুখানি, আর চাহিতে পারে নাই, অমনি চোখ নত করিয়াছিল। সেদিন মোটে চাওয়া যায় নাই, তার দিকে। কিন্তু আজ! কতবার চাওয়া যায়, কোন কষ্ট হয় না, কিন্তু সেইদিনের একটুখানি চাওয়ার মত তেমন আর লাগে কি; সে চাওয়ার মধ্যে যে স্বাদ ছিল, সে-স্বাদ কোথায় গেল!

ভাবিতে ভাবিতে উদয়তারা একসময় ফিক করিয়া হাসিয়া ফেলিল।

কনেবে চুল বাঁধিতে বাঁধিতে বলিল, 'কি লা উদি, হাসলি যে?'

'হাসি পাইল, হাসলাম। আচ্ছা, আমি ত তোর বর হইলাম, আমার মুখের দিকে চাইতে তোর লাজ লাগে নাই?'

'শুন কথা। সত্যের বিয়ার বরেরেই লাজ করলাম না, তুই ত আমার জালা বিয়ার বর।'

'সত্যের বিয়ার বরেরে তোর লাজ করে নাই? ওম কেনে, লাজ করল না কেনে?'

'সেই-কথা এক পরস্তাবের মত! বর আমার বাপের কাছে মুনী খাট ত। মা বাপ কেউ আছিল না তার। সূতা পাকাইত আর জাল বুনত। আমার বয়স আট বছর, আর তার বার বছর। সেইন সময়ে বাপে দিল বিয়া। এক সঙ্গে খেলাইছি বেড়াইছি, মাছ ধরছি মাছ কাটছি, আমি নি ডরামু তারে!'

'ও মা! সেই কথা ক।'

'একটা মজার কথা কই, শুন। বিয়ার কালে আমি ত ফুল ছিটলাম তার মাথায়, সে যত ছিটতে লাগল, কোন ফুলই আমার মাথায় পড়ল না। ডাইনে-বায়ে কাঁধে-পিঠে পড়তে লাগল, কিন্তুক মাথায় পড়ল না। কারোরে আমি ছাইরা কথা কই না, আর সে ত আমরার বাড়িরই মানুষ —খুব রাগ হইল আমার। তেজ কইরা কইলাম, ভাল কইরা ছিটতে পার না? মাথায় পড়ে না কেনে ফুল? ডাইনে-বায়ে পড়ে কেনে? কাজের ভাস্সি নাই, থাওনের গোঁসাই!'

'বরেরে তুই এমুন গালি পাড়লি? তোর মুখ ত কম থরোধরো আছিল না? বর কি করল তখন?'

'এক মুঠ ফুল রাগ কইরা আমার চোখেমুখে ছুঁইড়া মারল'—

'খুব আস্পর্দা ত! তুই সইয়া গেলি?'

'না।'

'কি করলি তুই?'

'এক ভেংচি দিলাম।'

'তুই আমারে তেমুন কইরা একটা ভেংচি দে না!'

'ধেৎ। তুই কি আমার সত্যের বর? তুই ত মাইয়া মানুষ!'

'তবে আমি তোরে দেই।'

'ধেৎ, আমরা কি আর অখন ছোট রইছি?'

কি এমুন বড় হইয়া গেছি। বারোবছর বয়সে বিয়া হইছিল, তারপর ন'বছর —মোটে ত একুশ বছর। এর মধ্যেই বড় হইয়া গেলাম?'

বড় হইয়া গেলি কি গেলি না, বুঝতি যদি কোলে দুই একটা ছাও-বাচ্চা থাকত। জীবনে একটারও ও-মুত কাচাইলি না, তোর মন কাঁচা শরীল কাঁচা, তাই মনে হয় বড় হইলি না; যদি পুলাপান হইত, বয়সও মালুম হইত।

'সেই কথা ক।'

তারপর চারিদিক আঁধার হইয়া আসিল। শাদা শাদা অজস্র সাপলা ফুলে শোভিত, সর্পাসনা মনসা মূর্তিটি অনন্তর চোখের সামনে ঝাপসা হইয়া আসিল, অন্যান্য পূজাবাড়িগুলিরও গান ধুমধাম ক্রমে অস্পষ্ট হইয়া একসময় থামিয়া গেল।

শ্রাবণ মাসের শেষ তারিখটিতে মালোদের ঘরে ঘরে এই মনসা পূজা হয়। অন্যান্য পূজার চাইতে এই পূজার খরচ কম, আনন্দ বেশি। মালোর ছেলেরা ডিঙ্গি নৌকায় চড়িয়া জলভরা বিলে লগি ঠেলিয়া আলোড়ন তোলে। সেখানে পাতাল ফুঁড়িয়া ভাসিয়া উঠে সাপের মতো লিকলিকে সাপলা। শাদ শাদা ফুল ফুটিয়া বিল জুড়িয়া ছত্রাইয়া থাকে। যতদূর চোখ যায় কেবল ফুল আর ফুল—শাদা মাণিকের মেলা যেন। ঘাড়ে ধরিয়া টান দিলে কোন এক জায়গায় সাপলাটা ছিঁড়িয়া যায়, তারপর টানিয়া তোল—থালি টানো আর টানো, শেষ হইবে না শীঘ্র। এইভাবে তারা এক বোঝাই সাপলা তুলিয়া আনে। মাছের ঘুরিয়া ফিরিয়া দেখে—মালোর ছেলের কেমন সাপলা তুলিতেছে। সাপলা তোলার ফাঁকে ফাঁকে মালোর ছেলেরাও চাহিয়া দেখে। জল শুকাইবে, বিলে বাধ পড়িবে, তখন বেঘোরে প্রাণ হারাইতে হইবে—এসব জানিয়া শুনিয়াও বোকা মাছেরা, কিসের মায়ায় যেন বিলের নিষ্কলঙ্গ জলে তিষ্ঠাইয়া আছে। তিতাসের স্রোতাল জলে নামিয়া পড়িলে, অত শীঘ্র ধরা পড়িবার ভয় থাকিবে না, ধরা যদি পড়েও, পড়িবে মালোদের জালে; সেখান থেকে লাফাইয়াও পালানো যায়। কিন্তু নমশূদ্রের বাঁধে পড়িলে হাজারবার লাফাইলেও নিস্তার নাই।

মনসার পুষ্পসজ্জা শেষ হইলে পুরোহিত আসে! মালোদের পুরোহিত ডুমুরের ফুলের মত দুর্লভ। একজন পুরোহিতকে দশবারো গাঁয়ে এক একদিনে মনসা পূজা করিয়া বেড়াইতে হয়। গলায় একখানা চাঁদর ঝুলাইয়া ও হাতে একখানা পুরোহিত দর্পণ লইয়া আসিয়া অমনি তাড়া দেয়—শীঘ্গির। তারপর বারকয়েক নম নম করিয়া এক এক বাড়ির পূজা শেষ করে, দক্ষিণা আদায় করে। এবং আধঘন্টার মধ্যে সারা গায়ের পূজা শেষ করিয়া তেমনি ব্যস্ততার সহিত কোনো মালোকে ডাকিয়া বলে, 'অ বিন্দাবন, তোর নাওখান দিয়া আমারে ভাটি-সাদকপুরে লইয়া যা।'

শ্রাবণের শেষ দিন পর্যন্ত পদ্মাপুরাণ পড়া হয়, কিন্তু পুঁথি সমাপ্ত করা হয় না। লখিন্দরের পুনর্মিলন ও মনসা-বন্দনা বলিয়া শেষ দুইটি পরিচ্ছেদ রাখিয়া দেওয়া হয় এবং তাহা পড়া হয় মনসা পূজার পরের দিন

সকালে, সেদিন মালোর জাল বাহিতে যায় না। খুব করিয়া পদ্মাপুরাণ গায় আর খোল করতাল বাজায়।

শেষ দিন বনমালীর গলাটা ভাঙ্গিয়া গেল। এক হাতে গলি চাপিয়া ধরিয়া, চোখ দুইটা বড় করিয়া, গলায় যথাসম্ভব জোর দিয়া শেষ দিশা তুলিল, 'বিউনি হাতে লৈয়া বিপুলায়ে বলে, কে নিবি বিউনি লক্ষটেকার মূলে।' কিন্তু স্বরে আর জোর বাঁধিল না; ভাঙ্গা বাঁশের বাঁশীর মতো বেসুরে বাজিল। অন্যান্য যারা দোহার ধরিবে তাদের গলা অনেকের আগেই ভাঙ্গিয়া গিয়াছে তারাও চেষ্টা করিয়া দেখিল স্বর বাহির হয় না। তারা পদ্মাপুরাণ পড়া শেষ করিল। বেহুলা বিজনী বেচিতে আসিয়াছে, জায়েদের নিকটে গোপনে ডোমনীর বেশ ধরিয়া। শেষে পরিচয় হইল এবং চাঁদসদাগরের পরাজয় হইল; সে মনসা পূজা করিয়া ঘরে ঘরে মনসার পূজা খাওয়ার পথ করিয়া দিল।

বন্দন শেষ করিয়া পুঁথিখানা বাঁধা হইতেছে। এক বৎসরের জন্য উহাকে রাখিয়া দেওয়া হইবে। আবার শ্রাবণ আসিলে খোলা হইবে। একটা লোক ঝুড়ি হইতে বাতাস ও থই বিতরণ করিতেছে। লোকে এক একজন করিয়া থই বাতাসা লইয়া প্রস্থান করিতেছে। যাহাদের তামাকের পিপাসা আছে তাহারা দেরি করিতেছে। এদিকে পূজার ঘরের অবস্থা দেখিলে কান্না পায়। আগের দিন পূজা হইয়াছে। তখন দীপ জ্বলিয়াছিল, ধূপ জ্বলিয়াছিল; দশ বারোটি তেপায়ায় নৈবেদ্য সাজাইয়া রাখা হইয়াছিল। সদ্য রঙদেওয়া মনসামূর্তি যেন জীবন্ত হইয়া হাসিতেছিল; আর তার সাপ দুইটা বুঝিব। গলা বাড়াইয়া আসিয়া অনন্তকে ছোবলই দিয়া বসে—এমনি চকচকে ঝকঝকে ছিল। আজ তাদের রঙ অন্তরকম। অনিপুণ কারিগরের সস্তায় তৈয়ারী একদিনের জৌলুস, রঙচটা হইয় মান হইয়া গিয়াছে। কোন অসাবধান পূজাখীর কাপড়ের খুটে লাগিয়া একটা সাপের জিব ও আরেকটা সাপের ল্যাজ ভাঙ্গিয়া গিয়াছে। এখন তাহাদের দিকে চাহিলে অনুকম্প জাগে। রাশি রাশি সাপলা ছিল মূর্তির দুই পাশে। ছেলেরা আনিয়া এখন খোসা ছাড়াইয়া খাইতেছে আর অটুট খোসাটার মধ্যে ফু দিয়া বোতল বানাইতেছে। কেউ কেউ সাপলা দিয়া মালা বানাইয়া গলায় পরিতেছে। অনন্ত এতক্ষণ চুপ

করিয়া বসিয়াছিল। একটি ছোট মেয়ে তেমনি কয়েক ছড়া মালা বানাইয়া কাহার গলায় পরাইবে ভাবিতেছিল। অনন্তর দিকে চোখ পড়াতে তাহারই গলায় পরাইয়া দিল। অনন্ত চট করিয়া খুলিয়া আবার মেয়েটির খোঁপায় জড়াইয়া থুইল। চক্ষুর নিমিষে এই কাণ্টি ঘটিয়া গেল। মেয়েটির দিকে চাহিলে প্রথমেই চোখ পড়িবে এই খোঁপার উপর। ছোট মেয়ের তুলনায় অনেক বড় সে-খোঁপা। সাত মাথার চুল এক মাথায় করিয়া যেন মা বাঁধিয়া দিয়াছে।

খুশি হইয়া মেয়েটি জিজ্ঞাসা করিল, 'কোনোদিন ত দেখি নাই তোমারে; তোমার নাম কি?'

'অনন্ত। আমার নাম অনন্ত।'

'দূর, তা কেমনে হয়! ঠিক কইরা কও, তোমার নাম কি?'

'ঠিক কথাই কই। আমার নাম অনন্ত।'

'তবে আমার মত তোমার খোঁপা নাই কেন; আমার মত তুমি এইরকম কইরা শাড়ি পর না কেন? তোমার নাক বিন্ধা নাই কেন, কান বিন্ধাইয়া কাঠি দেয় নাই কেন; গোধানি কই, হাতের চুড়ি কই তোমার?'

'আরে, আমি যে পুরুষ। তুমি ত মাইয়া।'

'তবে তোমার নাম অনন্ত না?'

'না! কেনে?'

'অনন্ত যে আমার নাম। তোমার এই নাম হইতে পারে না।'

'পারে না? ওমা, কেনে পারে না?'

'তুমি পুরুষ। আমার নাম কি তোমার নাম হইতে পারে?'

'হইতে পারে না যদি, তবে এই নাম আমার রাখল কেনে। আমার মা নিজে এই নাম রাখছে। মাসীও জানে।'

'কেবল মাসী জানে? আর কেউ না?'

'যে-বাড়িতে আছি, তারা দুই ভাই-ভইনেও জানে।'

'এই! আর কেউ না! ওমা, শুন' তবে। আমার নাম রাখছে গণক ঠাকুরে। জানে আমার মায় বাবায়, সাত কাকায়, আর পাঁচ কাকীয়ে; আব ছয় দাদা আর তিন দিদিয়ে, চার মাসী দুই পিসিয়ে।'

'ও বাক্সা। '

'আরো কত লোকে যে জানে। আর কত আদর যে করে। কেউ মারে না আমারে।'

'আমারেও কেউ মারে না। এক বুড়ি মারত, মাসী তারে আটকাইত।'

'মাসী আটকাইত, ত মা আটকাইত না?'

'আমার মা নাই।'

মেয়েটি এইবার বিগলিত হইয়া উঠিল, 'নাই! হায়গো কপাল! মানুষে কয়, মা নাই যার ছাড় কপাল তার।'

অনন্ত নিজেকে বড় ছোট মনে হইল। চট করিয়া বলিল, 'মাসী তাছে।'

মেয়েটি ভুরু বাকাইয়া একটা নিশ্বাস ছাড়িল, 'মাসী আছে তোমার, তবু ভালা। মানুষে কয়, তীর্থের মধ্যে কাশী ইষ্টির মধ্যে মাসী, ধানের মধ্যে থামা কুটুমের মধ্যে মামা।'—বলিয়া হঠাৎ মেয়েটি কোথায় চলিয়া গেল।

অনন্ত মনে মনে ভাবিল, বাব্বা, খুব যে শিলোক ছাড়ে। উদয়তারার কাছে একবার নিয়া গেলে মন্দ হয় না।

একটু পরেই পুজামণ্ডপের সামনে মেয়েটির সহিত আবার দেখা হইল।

'আচ্ছা, আমারে তোমার মাসীর বাড়ি লইয়া যাইবা?'

'কেমনে লইয়া যামু। অনেক দূর যে। নাওয়ে গেলে এক দুপুরের পথ।'

'মানুষে কি মানুষেরে দূরের দেশে লইয়া যায় না?'

'যায়। কিন্তু অথন যায় না। বৈশাখ মাসে তিতাসের পারে মেলা হয়। তখন লইয়া যায়। অনেক দূর থাইক্যা অনেক মানুষ তখন অনেক মানুষেরে লইয়া যায়!'

'তখন আমরেও লইয়া যাইও। কেমুন?'

'আমারত নাও নাই। আচ্ছা বনমালীরে কইয়া রাখুম। তার নাওয়ে যাইতে পারবা।'

'পরের নাওয়ে বাবা যাইতে দিলে ত?'

'খালের টেকের ভাঙ্গা নাওয়ের খোড়ল থাইক্যা সাতদিনের উপাসী মানুষেরে যে-জন বাইর কইরা আনল, তারে কও তুমি পর। কি যে তুমি কও।'

মেয়েটির চোখমুখ উজ্জ্বল হইয়া উঠিল, 'খালের টেকে ভাঙ্গা নাওয়ের খোড়লে তুমি থাকতা, ডর করত না তোমার? রাইতে দেও-দৈত্য যদি দেখা দিত। কও না, কি কইরা তুমি থাকতা একলা—'

'সে এক পরস্তাবের কথা। কইতে গেলে তিনদিন লাগব!'

'তোমরার গাঁওয়ে আমারে লইয়া যাইবা? সেই নাওখান দেখাইবা?'

'আচ্ছা নিয়া যামু।'

'নিবা যে, তোমার মাসী আমারে আদর করব ত তোমার মত?'

'হ, তোমারে করব আদর। আমারেই বইক্যা বাইর কইরা দিল।'

'কও কি! বাইর কইরা দিল, আর ডাইক্য ঘরে নিল না?'

'না।'

'তবে গিয়া কাম নাই। তুমি আমরার বাড়িতেই চল। কেউ তোমারে বাইর কইরা দিব না। যদি দেয়ও, আমি তোমারে ডাইক্যা ঘরে নিমু।'

কথাগুলি অনন্তর খুব ভাল লাগিল। একঘর ভরতি লোকের মধ্যে থাকিতে খুব ভাল লাগিবে। সেখানে দশটি লোকে দশ রকমের কথা বলিবে, বিশ হাতে কাজ করিবে, দশমুখে গল্প করিবে—একটা কলরবে মুখরিত থাকিবে ঘরখানা। তার মধ্যে এই চঞ্চল মেয়েটি তার সঙ্গে খেলা করিবে, জালবোন মাছধরা খেলা। অনন্ত সত্যিকারের জেলে হইয়া নৌকাতে না উঠা পর্যন্ত তাকে এই খেলার মধ্য দিয়াই জাল ফেলা জাল তোলা আয়ত্ত করিতে হইবে।

একটা করুণ সুর তার মনে গুণ গুণ করিয়া উঠিল। তার জগৎ বেদনার জগৎ। এ জগতে হাসি নাই, আমোদ নাই। আপনজন না থাকার ব্যথায় তার জগৎ পরিম্লান। আকাশে তারা আছে, কাননে ফুল আছে, মেঘে রঙ আছে। তিতাসের ঢেউয়ে সে-রঙের খেলা আছে, সব কিছু নিয়াও এই রূপোন্মত্ত বহির্বিশ্ব তার মনের মানিমার সঙ্গে একাকার। একটার পর একটা

সাগরের ঢেউয়ের মত কি যেন তার সারা মনট ডুবাইয়া চুবাইয়া দেয়।
তখন সে চাহিয়া দেখে, কুল নাই, সীমা নাই, খালি জল আর জল। তুই তীরের
বাঁধনে বাঁধা তিতাসের সাধ্য কি সে জল আগলায়। এ যেন বার-দরিয়ার
নোন। জল—ছোট তটিনীর সকল নৃত্যবিলাসকে তলাইয়া দিয়া জাগিয়া
থাকে শুধু একটানা হাহাকার।

অনন্ত ইহার কারণ বিশ্লেষণ করিতে চায় মনে মনে। দেখে এত
বিশাল বিপুল সময়ের মহাস্রোতে সে বুঝি বা একথও দুর্বল কুটার মতই
ভাসিয়া চলিয়াছে। কিছুদিন আগে একমাত্র মাকে আপন বলিয়া জানিত।
তারপর মাসী। কিন্তু সে যে আসলে তার কেউ না, অনন্তর এ বোধ আছে।
বনমালী উদয়তারা এরাও দুইদিনের পথের সাথী। এরা যেদিন মাসীর মতই
তাকে পর করিয়া দিবে সেদিন সে কোথায় যাইবে।

কোথায় আর যাইবে। একটা পান্থশালা জুটিয়া যাইবেই। যে
ছাড়িতে পারে তার জুটিতেও বিলম্ব হয় না। পান্থশালারই মত এই মেয়েটির
সংসারে ঢুকিয়া পড়িলে ক্ষতি কি?

তিনটি নারী একযোগে অনন্তর সামনে আসিয়া দাঁড়াইল। মাসী
তার একান্তই অসহায়। তিক্তবিরক্ত বাপ মার অনাত্মীয় পরিবেশে সে
নিতান্তই অসহায়। অতীতের সঙ্গে তার বর্তমানের যে যোগ-সূত্র আছে,
ভবিষ্যতের দিকে পা বাড়াইয়া সে-সূত্র ছিন্ন বিচ্ছিন্ন। একটা নগণ্য খড়কুটার
মতই সে সময়ের মহাস্রোতে ভাসিয়া চলিয়াছে। তিতাসের জলে হাজারো
খড়কুটা ভাসিয়া যায়; কিন্তু কোন না কোন মালোর জালে তারা আটকা
পড়িবেই পড়িবে। কিন্তু মাসীর ভবিষ্যৎ, কোন অবলম্বনের গায়েই আটকা
পড়িবে না। আর উদয়তারা? অনেক বেদনা তার মনে জমা হইয়া আছে,
কিন্তু বড় কঠিন এ নারী। হাস্য পরিহাসে, প্রবাদে শ্লোকে সব বেদন ঢাকিয়া
সে নারী সব সময়ে মুখের হাসি নিয়া চলে। তাহাকে জদ করিবে এমন দুঃখ
বুঝি বিধাতাও সৃষ্টি করিতে পারে নাই। মাসী তার মত সকল দুঃখকে অগ্রাহ
করিয়া চলিবার ক্ষমতা পাইল না কেন? হায়, তাহা যদি সে পাইত, অনন্তর
মন অনেক ভাবনা হইতে নিষ্কৃতি পাইত। আর এই হাস্যচঞ্চল মেয়েটি। এর

জীবন সবে শুরু হইয়াছে। সে নিজে যেমন চাঁদের রোশনি, তেমনি অনেক থমথমে আকাশের তারাকে সে কাননের ফুলের মত বোটায় আঘাত করিয়া ফুটাইয়া ছিটাইয়া হাসাইতে মাতাইতে সক্ষম। সে যদি সব সময় তার সঙ্গে সঙ্গে থাকিতে পারিত। তবে তার মনের মানিমাটুকু একটু একটু করিয়া ক্ষয় হইয়া যাইত।

মেয়েটি হঠাৎ হাসিতে ফাটিয়া পড়িল। অনন্ত চমকাইয়া উঠিয়া বলিল, 'হাস কেনে?'

মেয়েটির চোখ দুটি নাচিয়া উঠিল, 'তোমার গলায় যে মালা দিলাম; কারো কাছে কইও না কইলাম।'

'কইলে কি হইব?'

'তোমারে বর বইল্যা মানুষে ঠাড্ডা করব।'

'দূর। আমি কি শামসুন্দর বেপারী, আমার কি ঐ লকম বড় বড় দাড়ি আছে যে আমারে বর কইব!'

'বরের বুঝি লম্বা দাড়ি থাকে? মিথ্যুক।'

'আমি নিজের চোখে দেখলাম। মা আমারে সাথে কইরা নিয়া দেখাইছিল। আরো কত লোকে দেখতে গেছিল। তারা কইল, এতদিন পরে বরের মত বর দেইখ্যা নয়ন সার্থক করলাম।'

'ও, বুঝঝি। বুড়া, বুড়া বর। সে ত বুড়া কিন্তু তুমি ত বুড়া না।'

অনন্ত বুড়া কিনা ভাবিয়া দেখিতে গিয়া সব গোলমাল করিয়া ফেলিল। এমন সময় ডাক আসিল, 'কইলো অনন্তবালা, ও সোণার-মা!'

মায়ের আহ্বান। আদুরে মেয়ে। মা তাকে ডাকিতে তুইটি নামই ব্যবহার করেন। খাওয়ার সময় হইয়াছে। তার আগে নাইবার জন্য এই আহ্বান।

অন্য একটি মেয়ে সাপলা চিরিয়া বোতল বানাইয়াছে, তাতে গ্রন্থি পরাইতেছিল। সে মাথা না তুলিয়াই ছড়া কাটিল 'অনন্ত বালা, সোণার মালা, যখনি পরি তখনি ভালা।'

'দেখল। ত, আমার নাম কতজনে জানে। আমার নাম দিয়া শিলোক বানাইছে। মা ডাক্তাছে। আমি যাই। যে-কথা কইলাম—কারো কাছে কইও না, কেমুন?'

'না।'

'আমি কিন্তু কইয়া দিমু।'

'কি?'

'তুমি আমার থোঁপায় মালা দিছ—এই কথা।'

'কার কাছে?'

'মার কাছে।'

অনন্ত বিচলিত হইয়া উঠিল।

'আরে না না। মা তোমারে বকব না। আদর করব। তুমিও চল না আমরার বাড়িত!'

অনন্ত বলিল 'না।'

মাসীর জন্য তার মনটা এই সময় বেদনায় টন্ টন্ করিয়া উঠিয়াছিল!

এই সময় তিতাসের বুকে কিসের বাজনা বাজিয়া উঠিল। ছেলের দল পূজার বাড়ি ফেলিয়া দৌড়াইয়া চলিল নদীর দিকে। সকলেরই মুখে এক কথা—দৌড়ের নাও, দৌড়ের নাও।

নামটা অনন্তর মনে কৌতূহল জাগাইল। অনেক নাও সে দেখিয়াছে, এ নাও ত কই দেখে নাই। ঘাটে গিয়া দেখে সত্যি এ দেখিবার জিনিসই বটে। অপূর্ব, অপূর্ব।

রাঙা নাও। বর্ষার জলে চারিদিক একাকার। এদিকে ওদিকে কয়েকটি পল্লী যেন বিলের পানিতে সিনান করিয়া স্তব্ধ হইয়া দাঁড়াইয়া আছে। তিতাসের বুক শাদা, তার পারের সীমার বাহিরে সাপলাসালুকের দেশ, অনেক দূরে ধানক্ষেত পাটক্ষেত, তাহাও জলে ভাসিতেছে। নৌকাটি তিতাস পার হইয়া দূরের একথানা পল্লীর দিকে রোখ করিয়াছে। গলুইটা জলের সমান নিচু। সরু ও লম্বা পাছাটা পেটের পর হইতে উঁচু হইয়া গিয়া আকাশ ঠেকিয়াছে; হালের কাঠিটা তির্যকভাবে আকাশ ফুঁড়িবার মতলবে

যেন উচাইয়া উঠিয়াছে। তাহাতে ধরিয়া একটা লোক নাচিতেছে আর পাটাতনে পদাঘাত করিতেছে। লোকটাকে একটা পাখির মত ছোট দেখাইতেছে। ডরার উপর দাঁড়াইয়া একদল লোক খোল করতাল বাজাইয়া সারি গাহিতেছে। আর তাহারই তালে তালে দুই পাশে শত শত বৈঠা উঠিতেছে নামিতেছে, জল ছিটাইয়া কুয়াসা সৃষ্টি করিতেছে।

কিন্তু অনেকক্ষণ ধরিয়া দেখিতে পাওয়া গেল না। পল্লীর গাছপালা ঘরবাড়ির আড়ালে ঢাকা পড়িয়া গেল। ছেলেরা অনন্তকে সান্ত্বনা দিল, গাঁয়ের এই পাশ দিয়া আড়ালে পড়িয়াছে, ঐ-পাশ দিয়া নিশ্চয়ই বাহির হইবে।

কিন্তু আর বাহির হইল না।

কেন বাহির হইল না জিজ্ঞাসা করিতে ছেলেরা জানাইল, হয়ত ঐ-গাঁয়ের ঐ-পাশটিতে ওদের ঘরবাড়ি। নৌকা সাজাইয়া রঙ করাইয়া লোকজন লইয়া তালিম দিতে গিয়াছিল। পাঁচদিন পরেই বড় নৌকা-দৌড় কিনা। নাও কেমন চলে দেখিবার জন্য একপাক ঘুরিয়া আসিয়াছে। এখন ওদের ঘাটে নৌকা বাঁধিয়া যে-যার বাড়ি থাইতে চলিয়া গিয়াছে।

আর নয় তো ঐ-গায়ের আড়াল দিয়া সোজা চলিয়া গিয়াছে দূরের কোন থলায় দৌড়াইবার জন্য।

শেষের কথাটাই অনন্তর নিকট অধিক যুক্তিসঙ্গত মনে হইল। যেরকম সাপের মত হিস্ হিস্ করিয়া চলিয়াছিল, ঐ-গাঁয়ে উহা থামিতেই পারে না। সারাগায়ে লতাপাতা সাপ ময়ূরের ছবি লইয়া রঙিন দেহ তার একের পর এক পল্লীর পাশ কাটাইয়া আর হাজার হাজার ছেলেমেয়ের মন পাগল করিয়া ছুটিয়াই চলিয়াছে। সারাদিন চলিবার পর কোথায় রাত্রি হইবে কে জানে।

রাঙা নাও

চৈত্র মাসের খরায় যখন মাঠঘাট তাতিয়া উঠিয়াছিল, তখন বিরামপুর গ্রামের কিনারা হইতে তিতাসের জল ছিল অনেকখানি দূরে। পল্লীর বুক চিরিয়া যে-পথগুলি তিতাসের জলে আসিয়া মিশিয়াছে, তারা এক একটা ছিল এক-দৌড়ের পথ। কাদিরের ছেলে ছাদির তার পাঁচ বছরের ছেলে রমুকে তেল নাখাইয়া রোজ দুপুরে এই পথ দিয়া তিতাসে গিয়া স্নান করিত। ছাদির তাহাকে কোলে করিয়া ঘাটে যাইত আর তার পেটের ও মুখের জবজবে তেল বাপের কাঁকালে ও কাঁধে লাগিত। বাঁ হাতে বাপের কাঁধ ধরিয়া ডান হাতে সেই তেল মাখাইয়া দিতে দিতে মাঝ পথে রমু জেদ ধরিত, 'বাজান, তুই আমারে নামাইয়া দে।' কিন্তু বাপ কিছুতেই নামাইত না। বরং তার নরম তুলতুলে শরীরখানা দিয়া নিজের শক্ত পেশীবহল শরীরে রগড়াইতে থাকিত, আর মনে মনে বলিত, কি যে ভাল লাগে।

তারপর ঘাটে গিয়া এক থামচা বালি তুলিয়া নিজের দাঁত মাজিত এবং ছেলের দাঁতও মাজিয়া দিত। গামছা দিয়া ছেলের গা, নিজের গা রগড়াইয়া ছেলেকে লইয়া গলা-জলে গিয়া ডুব দিত। কখনও একটু আলগা করিয়া ধরিয়া বলিত, 'ছাইড়া দেই?' রামু তার কাঁধ জড়াইয়া ধরিয়া বলিত, 'দে ছাইড়া।'

পরিষ্কার জল ফট্ ফট্ করে, তাতে মৃদুমন্দ স্রোত। কাটারিমাছ ভাসিয়া ভাসিয়া খেলা করে। বাপ-ব্যাটার গায়ের তেল জলের উপর ভাসিয়া বেড়ায়, তারই নিচে থাকিয়া ছোট ছোট মাছেরা ফুট ছাড়ে; রমু হাত বাড়াইয়া ধরিতে চেষ্টা করে, পারে না।

ধরিত্রীর সারাটি গ। ভীষণ গরম। একমাত্র ঠাও এই তিতাসের তলা। জল তার বহিরবয়বে ধরিত্রীর উত্তেজনা ঠেলিয়া নিজের বুকের ভিতরটা সুশীতল রাখিয়াছে এই দুষ্ট বাপ-ব্যাটার জন্য। অনেকক্ষণ ঝাপাইয়া বুপাইয়াও তৃপ্তি হয় না, জল হইতে ডাঙ্গায় উঠিলেই আবার সেই গরম। ছাদির শেষে ছেলেকে বলিল, 'তুই কান্ধে উঠ, তরে লইয়া পাতাল যামু।' রমু কার কাছে যেন গল্প শুনিয়াছে, জলের তলে পাতাল-নাগিনী সাপ থাকে।

বলিল, 'না বা'জান, পাতাল গিয়া কাম নাই, শেষে তরে সাপে থাইলে আমি কি করুম ক'।'

ছেলেপিলের ভয়-ডর ভাঙ্গাইতে হয়। তাই ধমক দিয়া বলিল, 'সাপের ওষ্ঠিরে নিপাত করি, তুই কান্ধে উঠ। বাপের দুই হাতের আঙুলে শক্ত করিয়া ধরিয়া রমু তার কাঁধে পা রাখিয়া এবং কাঁপিয়া কাঁপিয়া শরীরের ভারসাম্য রাখিতে রাখিতে অবশেষে সটান স্থির হইয়া দাঁড়াইতে পারিল। শেষে খুশির চোটে হাততালি দিতে দিতে বলিল, 'বাজান, তুই আমারে লইয়া এইবার পাতাল যা।'

ছেলের খুশিতে তারও খুশি উপচাইয়া উঠিল, সেও হাত দুইটা জলের উপর তুলিয়া তালি বাজাইতে বাজাইতে বলিল, 'দম্প দম্প তাই তাই, ঠাকুর লইয়া পুবে যাই।'

ঘাটে নানা বয়সের স্ত্রীলোকেরা নাইতে ধুইতে আসিয়াছিল, কেউ কেউ বলিল—'কি রকম কুয়ারা করে দেখ।'

—'হইব না? কম বয়সে পুলা পাইছে, পেটে থুইব না পিঠে থুইব দিশ করতে পারে না।'

জল হইতে উঠিয়া ছেলের গা মুছাইয়া ছোট দুই-হাতি লুঙ্গিখানা পরাইয়া বলিল, 'এইবার হাইট্যা যা।'

কয়েক পা আগাইয়া শক্ত মাটিতে পা দিয়া দেখে আওনের মত গরম। পা ছোয়াইলে পুড়িয়া যাইতে চায়। করুণ চোখে বাপের মুখের দিকে চাহিয়া বলে, 'বাপ, আমারে কোলে নে, হাঁটতে পারি না।'

বাপের কোলে চড়িয়া তার বুকের লোমগুলির মধ্যে কচি গালটুকু ঘষিতে ঘষিতে রমু বলিল, 'বাপ, তুই আমারে খড়ম কিন্যা দে। এমুন ছোট ছোট দুইখান খড়ম, তা হইলে আর ত'র কোলে উঠতে চামু না।'

'পাওয়ে গরম লাগে! ওরে আমার মুনশীর পুত রে! পাওয়ে গরম লাগলে জমিনে কাম করবি কেমনে?'

উঠানে পা দিবার আরেকটু বাকি আছে। তিতাস হইতে এক চিলতা খাল গ্রামখানাকে পাশ কাটাইয়া সোজা উত্তর দিকে গিয়াছে। মেটে হাঁড়ি-কলসী বোঝাই একটা নৌকা জোয়ারের সময় খালে ঢুকিয়া পড়িয়াছিল, ভাটায় আটকা পড়িয়াছে। লাল-কালো হাঁড়িগুলি খালের পাড় ছাড়াইয়া উঁচু

হইয়া উঠিয়াছে। এখান হইতে দেখা যায়, রোদে সেগুলি চিক্ চিক্ করিতেছে। সেদিকে আঙুল বাড়াইয়া রমু বলিল, জমিনে কাজ করিবে না, পাতিল বেপার করিবে।

'ঠুনকা জিনিস লইয়া তারা গাঙে গাঙে চলা-ফিরা করে, নাওয়ে নাওয়ে ঠেস্-টাক্কুর লাগলে, মাইট্যা জিনিস ভাইঙ্গা চুরমুচুর হইয়া যায়। তুই যে রকম উটমুইথ্যা, তুই নি পারবি পাতিলের বেপার করতে?'

'–তা আইলে আম-কাঠালের বেপার করুম।'

'নাওয়ে আম-কাঠাল বড় পচে। কোনো গতিকে দুই একটাতে পচন লাগলে, এক ডাকে সবগুলিতে পচন লাগে, তখন নাও ভরতি আম-কাঠাল জলে ফালাইতে হয়। লাভে-মূলে বিনাশ। তুই যে রকম হুঁস-দিশা ছাড়া মানুষ, পচা লাগলে টের নি পাইবি; শেষে আমার বাপের পুঁজি মজাইয়া বাপেরে আমার ফকির বানাইবি।'

'–তা হইলে বেপার কইরা কাম নাই।'

'—হ বাজি। বেপারীরা বড় মিছা কথা কয়। সাত পাঁচ বারো কথা কইয়া লোকেরে ঠকায়; কিনবার সময় বাকি, আর বেচবার সময় নগদ। আর যে পাল্লা দিয়া জিনিস মাপে, তারে কিনবার সময় রাখে কাইত কইরা, আর বেচবার সময় ধরে চিত কইরা। এর লাগি ত'র নানা বেপারীরে দুই চক্ষে দেখতে পারে না। তুই যদি বড় হইয়া ময়-মুরুক্ষির হাল-গিরস্তি ছাইড়া দিয়া বেপারী হইয়া যাস তা হইলে ত'র নানা ত'রেও চোর ডাকব, আর—'

'আর কি—'

'শালা ডাকব।' রমু একটু হাসিয়া ফেলিল; অপমানাহত হইয়া বলিল, 'অখন আমারে নামাইয়া দে।' মুখে তার কৃত্রিম ক্ষোভের চিহ্ন।

ক্ষেতে কাজের ধুম পড়িয়াছে। ছাদিরের মোটে অবসর নাই। ছেলের দিকে চাহিবার সময় নাই। ছেলের মার হাতেও এত কাজ যে, দুই হাতের দশগাছ বাঙরীর মধ্যে দুইখানা ভাঙ্গিয়া ফেলিল। ছেলের মা হওয়ার পর হইতে সংসারে তার গৌরব বাড়িয়াছে, কিন্তু শ্বশুর কাদির মিয়া তাহাকে ছাড়িয়া কথা কহিলেও তার বাপকে ছাড়িয়া কথা কহিবে না। কোন একবার থাইতে বসিয়া যদি দেখে বেটার বৌর হাতের অতগুলি বাঙরীর মধ্যে কয়েকটা কম দেখা যাইতেছে, তবে নিশ্চয়ই শালার বেটি বলিয়া গালি দিবে,

কেহ আটকাইতে পারিবে না। সন্ধ্যায় বেদেনী আসিলে তাহার নিকট হইতে দুই পয়সার দুইটি বাঙরী কিনিয়া পুরাইয়া রাখা যাইতে পারে, কিন্তু পয়সা ছাদির দিলে ত! নিজেকে তাহার যেন বড়ই অসহায় মনে হইতে লাগিল। এই রকম মাঝে মাঝে হয়; তখন সে পুত্র রমুর দিকে তাকায়, তাকে আদর করে, কোলে নেয়, ভাবে, সে বড় হইয়া যখন সংসারের দায়িত্বের অংশ লইবে তখন কি তার মীর কিছু কিছু স্বাধীনতা এ সংসারে বর্তাইবে না? এখনও রমুর দিকে চাহিবার জন্য তাহার চোখ দুইটি সতৃষ্ণ হইয়া উঠিল, কিন্তু কোথায় রমু?

রমু ততক্ষণে খালের পাড়ে। হাঁড়ি-বোঝাই নৌকাটির জন্য সারাক্ষণ তার মন কৌতূহলী হইয়া থাকিত। বিকাল পড়িতে বাপকে অনুপস্থিত ও মাকে কাজে ব্যস্ত দেখিয়া সে একবার হাঁড়ির নৌকাখানা দেখিতে আসিয়াছে।

হাঁড়ির একটা পাহাড় যেন ঠেলিয়া মাথা উঁচু করিয়াছে। নৌকাখানা বড়। চারিদিকে খুঁটি গাড়িয়া থোয়াড় বানাইয়া হাঁড়ির কাড়ি পরতে পরতে বড় করিয়াছে। সকালে ঝুড়ি-ঝুড়ি হাঁড়ি বিক্রয় করিতে গায়ে গিয়াছিল। ধান-কড়ি লইয়া ফিরিয়া আসিয়া রাঁধিয়াছে, খাইয়াছে,—এখন উহারা বিশ্রামে ব্যস্ত।

বিরাট একটা দৈত্যের মত নৌকাখান। এখানে আটক পড়িয়াছে। জল শুকনা। নড়িবার চড়িবার ক্ষমতা নাই। কিন্তু লোকগুলির মনে সেজন্য কোনই দুশ্চিন্তা দেখা যাইতেছে না। তারা যেন দিনের পর দিন এইভাবে ঝুড়ি ঝুড়ি হাঁড়ি লইয়া গাঁওয়াল করিতে যাইবে। তারপর সব হাঁড়ি কলসী বিক্রয় হইয়া গেলে একদিন জোয়ার আসিবে, তিতাসের জল ঠেলিয়া খালে আসিয়া ঢুকিবে, এবং বহদিন পর এই বিরাট দৈত্য গা নাড়া দিয়া উঠিবে। ইহার পর আর তাহাদিগকে কোন দিন দেখা যাইবে না। প্রতি বারে নূতন নূতন গায়ে গিয়া ইহারা পাড়ি জমাইবে। তাই কি তাহাদের মনে স্ফূর্তি? ঠাও হাওয়া দিয়াছে, একজন বারমাসী গান তুলিয়াছে— 'হায় হায়রে, এহিত চৈত্রি না মাসে গিরস্তে বুনে বীজ। আন গো কটোরা ভরি থাইয়া মরি বিষ ॥ বিষ

থাইয়া মইরা যামু কানবে বাপ মায়। আর ত না দিবে বিয়া পরবাসীর ঠাঁই ॥'

রমু তীরে দাঁড়াইয়া মুগ্ধ হইয়া শুনিতেছিল। খালের ওপারে কাঁচি হাতে দাঁড়াইয়া আরও একজন শুনিতেছিল সেই গান। সে ছাদির। কি একটা কাজের কথা মনে পড়ায় সকাল সকাল কাজ সারিয়া বাড়ি ফিরিতেছিল সে।

গান চলিতে লাগিল স্তবকের পর স্তবক—পদের পর পদ। বিরহ-বেদনাচ্ছন্ন করুণ সুরের গানখান বৈকালিক ঠাণ্ডা হাওয়াকে বিষাদে ভারী করিয়া তুলিতেছিল। এক বিচ্ছেদকুলা নারীর এক বুক-সেঁচা ফরিয়াদ পাতিল-ব্যাপারীর কণ্ঠস্বরে যেন ধরা দিয়াছে। সে-নারী মাসের পর মাস প্রিয়-বিচ্ছেদের দুঃখভার গানের তানে হালকা করিয়া দিতেছে।

'আসিল আষাঢ় মাস হায় হায়রে, এহিত আষাঢ় মাসে গাঙে নয়া পানি। যেহ সাধু পাছে গেছে সেহ আইল আগে। হাম নারীর প্রাণের সাধু খাইছে লঙ্কার বাঘে॥'

অবশেষে আসিল পৌষ মাস —'হায় হায়রে, এহিত পৌষ না মাসে পুষ্প অন্ধকারী। এমন সাধের যৌবন রাখিতে না পারি। কেহ চায় রে আড়ে আড়ে কেহ চায় রে রইয়া। কতকাল রাখিব যৌবন লোকের বৈরী হইয়া ॥'

একটু পরে সন্ধ্যা নামিবে। বৌ-ঝির ওপারের ওই পথ দিয়া নদীতে যাইতেছে, কেহ কেহ ফিরিয়া আসিতেছে। গানের কথাগুলি শুনিয়া ছাদির ব্যথিত হইল। ডাকিয়া বলিল, 'অ পাতিলের নাইয়া, এই গান তোমরা ইখানে গলা ছাইড়া গাইও না, মানা করলাম।'

পলকে গান থামিয়া গেল। বাধা পাইয়া গায়কের মুখ বেদনায় মলিন হইয়া গেল। কোন উত্তর না দিয়া সে মাথা। নিচু করিল।

ছাদিরের মনে বড় কষ্ট হইল। তাই তো, ওতো কেবল গানই গাহিয়াছে, গানের কথার ভিতর কি আছে না আছে সেদিকে তো তার লক্ষ্য ছিল না। আপন সুরে আপনি মাতোয়ারা হইয়া সে তো কেবল কোন বিস্মৃত যুগের কোন বিরহিণী নারীর কথাগুলি বৈকালী-হাওয়ায় মাঠের বুকে ঢালিয়া দিয়াছে মাত্র। তার দোষ কোথায়? হাঁটুজলে খাল পার হইয়া ছাদির এপারে

আসিল, তারপর ছেলের হাত ধরিয়া ফিরিতে ফিরিতে ঘাড় বাঁকাইয়া বলিল, 'গান থামাইলা কেনে, গুনগুনাইয়া গাও, গুনগুনাইয়া গাও।'

উঠানের বুকটা চিতানে। জল জমিতে পারে না, সব সময় শুকনা, ঠন্‌ঠনে। বিকালে একপাল হাঁসমুরগী সেখানে ঝি-পুত লইয়া চরিয়া বেড়াইয়াছে এবং সারাটা উঠান নোংরা করিয়াছে। গোলায় অজস্র ধান। সারা বছর খাইয়া বিলাইয়া, হাঁড়ি-পাতিল থইয়ের-মোয়া রাখিয়াও সে-ধান কমে না, এমনি অজস্র। ঢেঁকিঘরে সাপের গর্ত ধরা পড়িয়াছে। মাটি খুঁড়িয়া নিঃসন্দেহ না হওয়া পর্যন্ত সেখানে গিয়া ধান ভানা চলে না। জ্যোৎস্না রাতের সাঁঝ। সেই উঠানেরই একদিকে ননদদের লইয়া ধান ভানিতে হইবে। মস্তবড় ঝাটাখানা দুই হাতে ধরিয়া কোমর বাঁকাইয়া অতবড় উঠানখানা ঝাড় দিয়া শেষ করিতে করিতে বেলাটুকু ফুরাইল; নবমী তিথির ঝাপসা চাঁদের আলোয় সেই উঠান চক্‌চক্‌ করিয়া উঠিল। এমন সময় দেখা গেল খালের কিনারা হইতে গোপাটের পথ ধরিয়া একটা লোক আগাইয়া আসিতে আসিতে একেবারে উঠানের কোণে আসিয়া পা দিল। চার ভিটায় চারখানা বড় ঘর। কোণাখামচিতে আরো ছোট ছোট ঘর কয়েকখানা আছে। উঠানের পূর্ব-দক্ষিণ কোণ দিয়া তুষ্টঘরের ছায়ায় আসিয়া লোকটা থমকিয়া দাঁড়াইল, চাপা গলায় ডাক দিল—'পেশ্‌কারের মা, অ, খুশী!'

খুশী ঝাঁটা নামাইয়া আগাইয়া আসিল, 'বা'জান তুমি?'

'হ, আমি।'

'ঘরে আইঅ।'

'হাঁ, ঘরেই আসিব, এবার আর বাহিরে থাকিব না। পিঠে 'গাতি' বাঁধিয়া আসিয়াছি; গালাগালি করিলে আমিও করিব; মারামারি করিলে আমি ও মারিব। আমি তৈয়ার।'

খুশী অপমানে মাথা নিচু করিল। গহনার দেন মিটাইতে পারে নাই বলিয়া তার বাপ এমন চোরের মত আসে।

'তোর পেশ্‌কার কই?'

'উত্তরের ঘরে বাপের সাথে কিচ্ছা শুনিতেছে।'

'ও, বড় পেশ কার কই?'

খুশী ফিক্ করিয়া একটু হাসিল, 'হউরের কথা কও! বাজারে গেছে।'

কাদির বাজার হইতে আসিলে তিনজনে তাহার নিকট তিন রকমের তিনপ্রস্ত নালিশ জানাইবে, স্থির হইয়া রহিল। খুশীর পেটে রমুর কোন ভাই-বোন আসিতেছে। এই বিরাট সংসার হইতে সে কিছুদিনের জন্য ছুটি নিয়া বাপের বাড়িতে যাইতে চায়। বাপ মুহরী। তার বাড়িতে হাল নাই গিরস্তি নাই, সারাদিন কাজের ঝামেলা নাই। এই হাজার কাজের ঝামেলা হইতে দিন কয়েকের ছুটি নিয়া সেখানে একটু নিশ্বাস ফেলিতে চায় সে। বাপ এ কথাই জানাইতে আসিয়াছে কাদিরকে। কিন্তু তাহার নিজে বলার সাহস নাই। এতো আর আদালত নয় যে ধমক দিয়া মক্কেল দাবকাইবে। এ কাদির মিয়ার সংসার, এখানে তারই একচ্ছত্র অধিকার। বাপের অসহায়তা দেখিয়া খুশী নিজেই বিদ্রোহী হইয়া উঠিল। সে নিজেই বলিবে শ্বশুরকে, যে-কথা বাপ বলিতে আসিয়াও বলিতে পারিতেছে না, চোরের মত এক কোণে লুকাইয়া আছে।

আর এক আবেদন ছাদিরের। গত বছরের পাট বিক্রির চারশ টাকা তার চাই, দৌড়ের নৌকা গড়াইবে। শৈশব হইতে বাপের সঙ্গে খাটিতে খাটিতে সে জান কালি করিতেছে। কোনদিন কোন সাধ-আহ্লাদ পুরণের জন্য বাপের কাছে নালিশ জানায় নাই। আজ সে এ নালিশটুকু জানাইবেই। তাতে বাপ রাগিয়া উঠুক আর যাই করুক।

তৃতীয় নালিশ রমুর। নানা তাহাকে শালা বলিবে, একথা শুনাইয়া তার বাপ প্রায়ই তাহাকে অপমান করে। আজ এর একটা হেস্তনেস্ত সে করিবে।

ছোট একটা ঝড়ই বুঝি-বা আসিল। কাদির মিয়া ঘরে ঢুকিলে তেমনি সকলে সন্ত্রস্ত হইয়া উঠিল। প্রায় সঙ্গে সঙ্গেই তিনজন নালিশকারীই তাহার নিকট আসিয়া উপস্থিত হইল। প্রথমতঃ কাহারও মুখে কোন কথাই জোয়াইল না। একটু দম নিয়া ছাদিরই কথা বলিতে আগাইয়া আসিল। নতুবা স্ত্রী ও পুত্রের নিকট তাহার মর্যাদা থাকে না।

'বা'জী তোমার হাতে কি?'

'হাতে থাইয়া-নাচুনী।'

—পরিষ্কার রাগের কথা। ছাদির নিঃশব্দে বাহির হইয়া গেল। খুশী ঘোমটা টানিয়া ঘরের এক কোণে সরিয়া গেল। রমু নিকটে বসিয়া প্রদীপের আলোয় নানার চকচকে দাড়িগুলার ফাঁকে রাগেকম্পিত ঠোঁট দুইটি লক্ষ্য করিতে লাগিল। থড়ম পায়ে দিয়া হাত মুখ ধুইয়া আসিয়া তামাক টানিতে টানিতে কাদির মিয়া ডাকিল, 'অ ছাদির, অ ছাদির মিয়া!'

ছাদির উঠানে স্ত্রীর নিকট এক ঝুড়ি ধান নামাইয়া দিয়া ছুটিয়া আসিয়া বলিল, 'বা'জি আমারে ডাকছ?'

'হ, এক বিপদের কথা কই। উজানচরের মাগন সরকার মিছা মামলা লাগাইছে।'

'মামলা লাগাইছে?'

'হ, মিছা মামলা। বাপ দাদার আমলের জমি-জিরাত। নেয্য মতে চইয়া থাই! দরকার হইলে ধারকর্জ করি, পাট বিক্রির পর শোধ করি। কারে ফসলের ক্ষেতে পাড়া দেই না, আমারো ফসলের ক্ষেতে কেউ পাড়া দেয় না। তার মধ্যে এমুন গজব!'

'কি বইলা লাগাইল মামলা?'

'তিসরা সনের তুফানে বড় ঘর কাইত হইয়া পড়ে, তখন দুই শ টাকা ধার করি। পরের বছর পাট বেচি বার টাকা মণে। কাঁচা টাকা হাতে। আমার বাড়ির গোপাট দিয়া মাইয়ার বাড়ি যাইবার সময় ডাক দিয়া আইন্যা সুদে আসলে দিয়া দিলাম। টাকা নিয়া যাইতে যাইতে কইয়া গেল, গিয়াই তমসুকের কাগজ ছিঁড়া ফালামু, কোন ভাবনা কইর না। এতদিন পরে সেই কাগজ লইয়া আমার নামে নালিশ করছে।'

'বা'জান তুমি বড় কাচা কাম কর।'

ইহাদের নামে কেউ কোন দিন মামলা করে নাই। এরাও কোন দিন কারো নামে নালিশ করে নাই। তাই এই দুঃসংবাদে সারা পরিবারে একটা বিষাদের ছায়া পড়িল। চিন্তান্বিত মুখে সকলে কাদির মিয়াকে ঘিরিয়া দাঁড়াইল। একটা ঝানু মামলাবাজ অতিথি যে ঘরের কোণে আত্মগোপন করিয়া আছে সে কথা কেউ জানিল না, যা ও বা খুশী জানিত, সেও ভুলিয়া

গেল। কিন্তু মামলার নাম শুনিলে আত্মগোপন করিয়া থাকিবার লোক সে নয়। কোথা হইতে ছুটিয়া আসিয়া সকলের মাঝখানে ঝাঁপাইয়া পড়িল।

'কোন তারিখে, কার কোর্টে নালিশ লাগাইয়াছে কও!'

কাদির চমকাইয়া উঠিল; 'কেড তুমি?'

'আমি নিজামত মুহুরী, বেয়াই!'

'বেয়াই! আমি মনে করিছিলাম, বুঝি বউরূপী।'

'যা তুমি মনে কর। এই জীবনে কত বউরূপীরে নাচাইলাম। শেষে তোমার কাছে নিজে বউরূপী সাজতে হইল।'

'কও কি তুমি?'

'ঠিক কথাই কই। দুই একটা মামলাটামলা ত করল না। কি কইরা জানবা মুহুরীর কত মুরাদ। ঘুড়িরে দেই আসমানে তুইল্যা, লাটাই রাখি হাতে। যতই উড়ে যতই পড়ে, আমার হাতেই সব। জজ-মাজিষ্টর ত ডালপালা। গোড়া থাকে এই মুহুরীর হাতে। কি নাম কইলা উজানচরের মাগন সরকার না? কোন চিন্তা কইর না। দুই চারটা সাক্ষীসাবুদ যোগাড় কইরা রাখ, মামলা তোমারে জিতাইয়া দিমু কইয়া রাখলাম।'

ছাদিরও সমর্থন করিল, 'বা'জান তুমি ডরাইও না। হউরে যখন সাহস দেয়, তখন জিত হইবই বা'জান।'

কাদিরের মুখে শিরাগুলি কঠিন হইয়া উঠিল।

'বেয়াই তোমার কোনো ডর নাই। দেখ আমি কি করতে পারি। একবার দেখ—মিছা মামলা লাগাইছে, আমিও মিছা সাক্ষী লাগামু। মামলা নষ্ট ত করুমই, তার উপর তার নামে, লোক লাগাইয়া গরুচুরি করার, না হইলে থামারের ধান চুরি করার পালটা মামলা লাগামু তবে ছাড়ুম। তুমি কিছু কইর না, থালি থাড়া হইয়া দেখ—'

কাদিরের মুখ আরও কঠিন হইয়া উঠিল।

ছাদির শেষ চেষ্টা করিল, 'বা'জান—'

'না না, তারে আমি ডরাই না।'

'তবে চল আমার সাথে। দেখি, কই কি করছে। মামলার গোড়া কাটা যায় কিনা। চল কাইল সকালে।'

'হ, কাইল সকালেই যামু। কিন্তুক তোমার সাথে যামু না, আর তোমার আই আদালতেও যামু না। আমি একবার যামু তারই কাছে।'

'তার কাছে গিয়া কি করবা?'

'তার চোখে চোখ রাইখ্যা জিগামু—তার ইমানের কাছে জিগামু আমার বাড়ির গোপাট দিয়া যাইবার সময় তারে বিনাখতে টাকা দিছি— সেই-কথাটা তার মনে আছে কি না।'

'যদি কয় মনে নাই?'

'পারব না। মুহুরী পারব না। আমার এই চোখের ভিতর দিয়া আল্লার গজব তারে পোড়াইয়া থাক করব। কি সাধ্য আছে তার, এই রকম দিনে ডাকাতি, হাওরে ডাকাতি করব?'

ছেলে হতাশ হইয়া বলিল, 'বা'জান, তুমি বড় কাঁচা কাম কর।'

ততোধিক হতাশ হইয়া মুহুরী বলিল, 'পাড়াগাওয়ে থাক, পাড়াগাইয়া বুঝ তোমার। তোমারে থামকা উপদেশ দিয়া লাভ নাই। তোমারে কওয়া যা, ধান ক্ষেতে গিয়া কওনঅ তাই। থাক গরুর সাথে মাঠে, গরুর বুদ্ধিই তো হইব তোমার।'

এভাবে বুদ্ধির খোঁটা দেওয়ায় পিতাপুত্র দুজনেই চটিল।

'আমার কাছে কত লোক যায় মামলা মোকদ্দমার পরামর্শ লইতে। তুমি শালা কোন দিন কি গেছলা? অত জমিজমা ক্ষেত পাথর তোমার। জীবনে দুইদশটা মামলা করলা না, কিসের তুমি কুঠিয়াল? পুঁটি মাছের পরাণ তোমার। মামলার নামে কাঁইপ্যা উঠ। নইলে দেখতা, মাগন সরকারেরে কি ভাবে আমি কাইত করি?'

একটু অহেতুক বচসার সৃষ্টি হইল। মুহুরী রাগিয়াই আসিয়াছিল। মুহুরী নামক জীবকে দুইচক্ষে দেখিতে পারে না, কাদির এ কথা স্পষ্ট ভাবে জানাইয়া দেওয়াতে তার আত্মসম্মানে প্রচণ্ড আঘাত লাগিল। বলিল, 'থাকি আমি ভদ্রলোকের গাঁওয়ে, চলি আমি বাবু ভুইয়ার সাথে। কারো কাছে কি কই যে, আমি সম্বন্ধ করছি তোমার মত চাষার সাথে?'

'গরীবের বাড়িতে হাতীর পাড়া পড়ুক, এও আমরা চাই না বা'জি।' বাপের হইয়া জবাব দিল ছাদির।

বাপ তার এভাবে বসিয়া অপমানিত হইয়াছে, দেখিয়া খুশীর বুক ফাটিয়া যাইতে লাগিল। আড়াল হইতে সে সকলকে শুনাইয়া বলিল, 'এমন অসম্মানী হইবার লাগি এই গাঁওয়ে তুমি কেনে আইস বা'জি।'

মুহরী জানাইল সে ভুল করিয়াছে। সে এখনই চলিয়া যাইতেছে। অতঃপর সব বাড়িতে যাইবে, কিন্তু চাষার বাড়িতে কোনদিন যাইবে না।

কাদির ততোধিক চটিয়া বলিল, রাত দুপুরে চলিয়া যাইবে। সাহস কত। যাও না যদি ক্ষমতা থাকে।

মুহরী যাইতে উদ্যত হইলে তাড়াতাড়ি কাদির দুইটা লাঠি বাহির করিল। মুহরী হতভম্ব হইয়া গেল। কাদির একটা লাঠি নিজের হাতে লইল এবং বাকি লাঠিটা নাতি রমুর হাতে দিয়া বলিল, 'নে শালা, তর দাদারে মার ।'

রমু লাঠিটা হাতে লইয়া গো-বেচারার মত একবার কাদিরের মাথার দিকে আরেকবার মুহরীর মাথার দিকে তাকাইতে লাগিল; কার মাথায় মারিবে বুঝি-বা ঠিক করিয়া উঠিতে পারিতেছিল না।

সেইদিন বিকালবেলা, মাগন সরকার মামলা লাগাইয়া ব্রাহ্মণবাড়ীয়া হইতে বাড়ি ফিরিতেছিল। তিতাস-নদীর তীর ধরিয়া পথ। সূর্য এলাইয়া পড়িয়াছে। তিতাসের ঐ পারে মাঠ ময়দান ছাড়াইয়া অস্পষ্ট গ্রামের রেখা। তারই ওপারে সূর্য একটু পরেই অস্ত যাইবে। পশ্চিমাকাশ লাল হইয়া উঠিয়াছে। তার সেই লালিমা আবার মেঘের স্তরে স্তরে নানা রঙের পিচকারী ছুড়িয়া মারিতেছে। ঠাণ্ডা হাওয়া দিয়াছে। চারিদিকে শান্ত, সমাহিত ভাব। কাছেই বাড়িঘর। গাইগরু ধীরেসুস্থে আপন মনে বাড়িতে ফিরিতেছে। রাখালের তাড়া করার অপেক্ষা রাখিতেছে না। বামদিকে তটরেখা, ডানদিকে বেড়া। কি সব ক্ষেত লাগাইয়াছে, তারই জন্য বেড়া। গলায় ঝুলানো রেশমী চাঁদর হাওয়ায় উড়িয়া এক একবার বেড়ার কঞ্চিতে গিয়া লাগিতেছিল। পায়ের মসৃণ জুতায় লাগিতেছিল জমিনের ধূলা। সব কিছু বাঁচাইয়া পথ চলিতে মাগন সরকারের মন চিন্তায় উদ্বেল হইয়া উঠিল। এ মাঠেও তার অনেক জমি আছে। কত জমি, সে নিজেই অনেক সময় ঠাহর রাখিতে পারে না। মাঝে মাঝে গোলাইয়া যায়, কত জমি সে করিয়াছে; কিন্তু কি করিয়া

সে-সব জমি করিয়াছে, সে-খবর জ্বলন্ত অঙ্গারের মতই তার চোখের সামনে আজ যেন জ্বলজ্বল করিয়া দুই একবার জ্বলিয়া উঠিল।

এমন সময় পথে রশিদ মোড়লের সঙ্গে দেখা।

রশিদ মোড়লের খালি পা, লুঙ্গি পুরা, গায়ে একটা ফতুয়া। বয়সে মাগন সরকারের মতই প্রবীণ।

'রসিদ ভাই!'

'কি?'

'দোলগোবিন্দ সা'র খবর শুনছ ত?'

'তা আর শুনছি না। কলিকাতা থাইক্যা তার ভাতিজার নামে চিঠি আইছে।'

'অবস্থা নাকি খারাপ?'

'হ। একেবারে হাতে-বৈঠা-ঘাটে-নাও অবস্থা।'

'কি হইব দাদা!'

'কি অরে হইব, মরব!'

'মইরা কি হইব?'

রশিদ একটু হাসিল, কিন্তু জানিল না যে, মাগনের একটা ক্ষীণ দীর্ঘশ্বাস তিতাসের ছোট ঢেউয়ের মত বাতাসে একটু ঢেউ খেলাইয়া দিয়া গেল!

পরের দিন সকালে কাদির মিয়া আসিয়া ডাক দিল।

তার চোখ দুইটি দেখিয়া মাগন সত্যই আঁতকাইয়া উঠিল। সে-দুটি চোখ জবাফুলের মত লাল। সারারাত তার ঘুম হয় নাই। কেবল ভাবিয়াছে, আল্লা মানুষ এত বেইমান হয় কেন? মানুষে মানুষকে এতটুকু বিশ্বাস করিবে না কেন? আর কেনই বা মানুষ বিশ্বাসের মাথায় এভাবে নিজ হাতে মুগুর মারিতে থাকিবে। মানুষ না দুনিয়ার শ্রেষ্ঠ জীব?

এদিকে মাগনেরও সারারাত ঘুম নাই। কাল রাত্রিতে বাড়িতে আসিয়া শুনিয়াছে, দোলগোবিন্দ সাহা আর ইহজগতে নাই। টেলি আসিয়াছে তার ভাইপোর নামে। হায় দোলগোবিন্দ! তুমি, আমি, রসিক ভাই একই ডিঙ্গার কাওারী, একই চাকরিতে ঘুষ খাইয়া পয়সা করিয়াছি, একই উপায়ে লোককে ঋণের জালে জড়াইয়া ভিটামাটি ছাড়া করিয়াছি, জমিজিরাত

দেনার দায়ে নিলাম করিয়াছি; আজি তুমি মরিয়া গিয়াছ। আমিও তো মরিয়া যাইব। হায় দোলগোবিন্দ! তুমি মরিয়া গিয়াছ।

কাদির দেখিয়া অবাক হইল, তারও চোখ দুইটি সন্ধ্যার অস্তরাগের মতই লাল।

কাদির কিছু বলিল না। চুপ করিয়া তার সামনে দাঁড়াইয়া রহিল।

মাগন শিহরিয়া উঠিল, দোহাই তোমার কাদির মিয়া। শুধু একটিবারের জন্য তুমি আমাকে ক্ষমা কর। জীবনে সর্বনাশ তো অনেকেরই করিলাম। আর কারোর সর্বনাশ আমি করিব না, শেষবারের মতো শুধু তোমার এই সর্বনাশটুকু করিতে দাও। বাধা দিওনা, প্রতিবাদ করিও না, শুধু সহ্য করিয়া যাও। এই আমার শেষ কাজ। দেখিবে, তোমাকে ঠকানোর পর থেকে আমি ভাল মানুষ হইয়া যাইব। আর কাউকে ঠকাইব না; এই শেষবারের মত শুধু তোমাকে ঠকাইতে দাও। কাদির হতভম্ব হইয়া গেল। কিছু না বুঝিয়াই বলিল, তাই হোক মাগন বাবু, আমি সহ্যই করিয়া যাইব। তোমার কোন ভয় নাই, নির্ভয়ে তুমি মামলা চালাও। কোনো সাক্ষীসাবুদ আমি খাড়া করিব না। নীরবে সব স্বীকার করিয়া লইব এবং টাকা ডিগ্রি হওয়ার পর নগদ না থাকে তো জমি বেচিয়া শোধ করিব। তবু তুমি ভাল হও।

পরের দিন খবর পাওয়া গেল, মাগন সরকার মরিয়া গিয়াছে। বড় বীভৎস সে-মৃত্যু। একটা নারিকেল গাছে উঠিয়া মাটির দিকে নাকি সে লাফ দিয়াছিল।

এই সংবাদে কাদিরের মনটা কেমন যেন উদাস হইয়া গেল।

কাজেই ছাদির যখন একদিন প্রস্তাব করিল, এবার শ্রাবণে সে নৌকা দৌড়াইবে, এজন্য দৌড়ের নৌকা একটা বানাইতে হইবে, তার জন্য টাকা চাই, কাদির তখন ঝাঁপি খুলিয়া চার শ টাকা তার হাতে তুলিয়া দিয়া বলিল, নে, নাও বানা, ঘর বানা, পানিতে ফালাইয়া দে। যা খুশি কর।'

অত সহজে কাজ হাসিল হইয়া গেল দেখিয়া ছাদিরের খুশি আর ধরে না।

ছাদিরের কাঠ কেনার প্রসঙ্গে একদিন ঘরে আলোচনা হইল। ছাদির বলিল, 'সে এক পরস্তাব।'

গল্পের আভাস পাইয়া রমু তার কোল ঘেঁষিয়া বসিল এবং প্রকাণ্ড একটা বিস্ময়-ভরা জিজ্ঞাসা লইয়া বাপের মুখের দিকে তাকাইয়া রহিল।

তারা নাকি দুজন মালো। গায়ে নাকি তাদের হাতীর মতন জোর। নামও তাদের তেমনি জমকালো—একজনের নাম ইস্ছারাম মালো, আরেকজনের নাম ঈশ্বর মালো—নিবাস নবীনগর গাঁয়ে।

তারা কি করিয়াছে, না, পাহাড় হইতে বহিয়া আসে যে জলের স্রোত, তারই সঙ্গে সঙ্গে কোমরে কাছি বাঁধিয়া বড় বড় গাছের গুঁড়ি টানিয়া নামাইয়াছে। সে গাছের গুঁড়ি চিরিয়া তক্তা করা হইবে, তাহাতে তেয়ারী হইবে ছাদিরের দৌড়ের নৌকা, সে নৌকা সে হাজার বৈঠা ফেলিয়া আরও দশ-বিশটা দৌড়ের নৌকার সঙ্গে পাল্লা দিয়া দৌড়াইবে, আর সব নৌকাকে পাছে ফেলিয়া জয়লাভ করিবে, করিয়া মেডেল পাইবে, পিতলের কলসী পাইবে আর পাইবে বড় একটা থাসি।

'বেহদা—একেবারে বেহদা! এর লাগি কত হাঙ্গামা কইরা নাও গড়াইবি?' কাদির টাকা দিবার পর একদিন প্রশ্ন করিয়াছিল।

ছাদিরও জবাব দিয়াছিল, 'জিনিসগুলি খুব থোরা দেখলা, না? কিন্তুক, জিতলে খালি তোমার আমার গেরব না, সারা বিরামপুর গাঁওয়ের গেরব।'

'একদিন হৈ-হাঙ্গামা করবি, জিতবি, পিতল। কলস পাইবি, মানলাম। তারপর এই-নাও দিয়া তুই করবি কি? কি কামে লাগব এই দেড়শ-হাতি লিকলিকা পাতাম নাও?'

—কেন, অনেক কাজে লাগিবে। বর্ষার যে-কয়মাস ক্ষেতে-থামারে পানি থাকিবে, এ নৌকা লইয়া বিলে গিয়া বোঝাই-ভরতি ঘাস কাটিয়া আনা যাইবে গাই-গরুর জন্য।

—সে কাজ তো একটা ঘাস কাটা পাতাম দিয়াই চলে?

—চলে, কিন্তু ঘাস কাটা পাতাম দিয়া তো আর নাওদৌড়ানি চলে না। আর এই নাও দিয়া দৌড়ানিও চলে ঘাস কাটাও চলে।

—বিলের পানি শুকাইয়া গেলে তো এ নাও অচল, তখন তারে দিয়া কি করিবি? রোদে তখন সেত খালি ফাটিবে।

—ফাটিবে কেন? গেরাপি দিয়া তারে তিতাসের পানিতে ডুবাইয়া রাখিব, তার পেটে কতগুলি ডালপালা রাখিয়া দিব, আশ্রয় পাইয়া মাছের আসিয়া জমিবে; তখন সময়-সময় জল সেঁচিয়া সে-মাছ ডোলা ভরিয়া বাড়িতে আনিব।

ছাদিরের বুদ্ধি দেখিয়া কাদির অবাক হইল, বলিল, 'মিয়া, বুদ্ধি বাংলাইছ চমৎকার।'

রমু কয়েক রাত স্বপ্ন দেখিয়াছে সেই মালা দুজনকে—যে ছজন কোমরে কাছি বাঁধিয়া নদী নালা ভাসিয়া তার বাপের জন্য কাঠ লইয়া আসিতেছে।

একদিন তিতাসের পারে গিয়া দেখে, দূর হইতে একখানা কাঠের 'চালি' ভাসিয়া আসিতেছে, ভেলার মত। তাহাতে ছোট একখানা ছই।

সেই দুজনকেও দেখা গেল। তার চালির দুই পাশ হইতে মোট লগি ঠেলিতেছে। সেই ঈশ্বর মালা আর ইছারাম মালা নামে রূপকথার মানুষ দুইটা। পাহাড় পর্বত ভাঙ্গিয়া, থালবিল ডিঙ্গাইয়া, কত দেশদেশান্তরের বুক চিরিয়া তারা যেন এক বোঝাই গল্প লইয়া আসিয়াছে। ছোট ছইখানার ভিতরে দুইজনার সংক্ষিপ্ত ঘরকরন। পরণে দুইজনেরই এক একখানা গামছা, গাঁ মসৃণ কালো। শুশুকের মতই যেন জল হইতে ভাসিয়া উঠিয়া কাঠের চালিতে লগি ঠেলিতেছে। কাঠ বিক্রি হইয়া গেলে, আবার যখন শুশুকের মতো একডুবে জলের ভিতর তলাইয়া যাইবে, তখন আর তাহাদের কোন চিহ্নই জলের বাহিরের এই সংসারে দেখিতে পাওয়া যাইবে না।

ছাদিরের সঙ্গে সামান্য দুই একটি কথাবার্তা শেষ করিয়া অল্প সময়ের মধ্যেই তাহারা প্রকাও একটা গুঁড়ি, চালির বাঁধন হইতে খুলিয়া রাখিয়া আবার আগাইয়া চলিল। ছাদির বলিতেছিল, মালোর পুত, আজ পুরে এখানে পাকসাক কর, থাক, থাও, কাল ফজরে উঠিয়া চালি চালাইও।

শুধু একটি মাত্র কথা তাহারা বলিল, না শেখের পুত। এখানে চালি থামাইব না, রমারম গোকনের ঘাটে গিয়া পাক বসাইব।

বলিয়াই তাহার লগি ঠেলা দিল। মুখে কত বড় ব্যস্ততা কিন্তু চলনে কতখানি ধীর। কোন আদিম যুগের যেন যান একখানা, একালের চলার দ্রুততার সঙ্গে এর যেন কোন পরিচয়ই নাই। অত ধীরে চলে, কিন্তু থামিয়া সময় নষ্ট করে না। রমু ভাবিয়াছিল, এই দুইজনের কাছে একবার সাহস করিয়া ঘেষিতে পারিলে অনেক কিছু জানিয়া লওয়া যাইবে। কিন্তু তাহারা ধীরে ধীরে চলিয়া যাইতেছে। এমন ধীরে ধীরে, যেন হাঁটিয়া গিয়া অনায়াসে ইহাদিগকে পিছনে ফেলিয়া রাখা যাইবে—এত ধীরে—কিন্তু কি গম্ভীর সে-চলা। দ্রুত হাঁটার মধ্যে কোথায় সেই গাম্ভীর্য।

রমু এই বলিয়া নিজের মনকে প্রবোধ দিল, যারা অনেক দূরের অনেক কিছু খবরাখবর বহিয়া বেড়ায়, তারা অধিক্ষণ থাকে না, এমনি ধীরে ও দৃঢ়তায়, এমনি ধীরে ও নিষ্ঠুরতায় তারা চলিয়া যায়।

পরের দিন সকালে পকাও একটা করাত কাঁধে লইয়া চারিজন করাতী আসিল। তিতাসের পারে একথও আকর্ষিত জমির উপর একটা আড়া বাঁধিয়া, পাড়ার লোকজন ডাকিয়া পকাও গাছের গুঁড়িটাকে আড়াআড়িভাবে তাহাতে স্থাপন করিল, তারপর নিচে দুইজন উপরে দুইজন করাতী চান চুন চান চুন করিয়া করাত চালাইয়া দিল।

দুইদিনে সব কাঠ চেরা হইয়া গেল, তক্তাগুলি পাট করিয়া রাখিয়া পারিশ্রমিক লইয়া করাতীরা বিদায় হইল, আর রমুর বয়সের ছেলেমেয়ের একগাদা করাতের গুঁড়ায় দাপাদাপি করিয়া খেলায় মাতিয়া গেল।

বাপ আচ্ছা এক মজার কাও শুরু করিয়া দিয়াছে। এ গাঁয়ে যা কোনদিন কেউ করে নাই, তেমনি এক কাও। রমু মনে মনে ভাবিতে লাগিল।

তারপর একদিন দেখা গেল, তিতাসের পারে একথানা অস্থায়ী চালাঘর উঠিয়াছে। কয়েকদিন পরে সে-ঘরের বাসিন্দারাও ছোট ছোট কয়েকখানা কাঠের বাক্স মাথায় করিয়া হাজির হইল। তারা চারিজন ছুতার মিস্ত্রী। নাও গড়াইবার যাবতীয় হাতিয়ার লইয়া সে-ঘরে বসতি স্থাপন করিয়াছে।

আগাপাছার 'ছেউ' ঠিক করিয়া যেদিন তাহারা নাও 'টাঙ্গিল', সেদিন রমুর বিস্ময়ের সীমা রহিল না। নৌকার মেরুদণ্ড মাত্র পওন করা

হইয়াছে। সেই মেরুদণ্ডের ডগা আড় হইয়া আকাশ ঠেলিয়া কতখানি যে উপরে উঠিয়াছে, রমুর ক্ষুদ্র দৃষ্টি তার কি পরিমাপ করিবে! কিন্তু মিস্ত্রী দুইজন অত উঁচুতে গিয়া বসিয়াও কেমন হাতুড়ি পিটাইতেছে, আর পেরেক ঠুঁকিতেছে!

মাপজোখ লইয়া এই মেরুদণ্ড ঠিক করিতে কয়েকদিন লাগিল। তারপর পুরাদমে শুরু হইল কাজ। এক একটা তক্তায় কাদা মাখাইয়া আগুনে পোড়াইয়া টানা দিয়া মোড়ন দিয়া বাঁকাইয়া, খাঁজ কাটিয়া জোড়া দেয়, আর পাতাম লোহার একদিক বসাইয়া আস্তে হাতুড়ির টোকা দেয়, একদিক সামান্য একটু বসিলে, আরেকদিক ঘুরাইয়া খাজের উপর বসাইয়া হাতুড়ি দিয়া পিটিতে থাকে—ডুম্‌ ডুম্‌-টাকুর টাকুর ডুম্‌!

দেখিতে দেখিতে নৌকার অস্থিমাংস জোড়া লাগিতে লাগিল। কিন্তু পূর্ণাঙ্গ পাইতে এখনও অনেক বাকি।

ছাদির বলিল, 'রমু, বা'জি একটা কাম কর। আমি ক্ষেতে যাই, তুমি মেস্তরেরে তামুক জ্বালাইয়া দিও, কেমুন!'

একটা কাজ পাইয়া রমু বর্তাইয়া গেল। সেই হইতে বাড়িতে বড় একটা সে আসেই না। কেবল ঠিক-দুপুরে মিস্ত্রিরা যখন কাজ থামাইয়া রান্না চড়ায়, তখন সে একবার নিজের ক্ষুধাটা অনুভব করিয়া বাড়িতে আসে। কিন্তু মন পড়িয়া থাকে মিস্ত্রিদের উন্মুক্ত ছোট সংসারখানাতে। সেখানে শুধু কয়েকটি হাতুড়ি আর বাটালির কারসাজিতে কেমন লম্বা লিকলিকে একটা নৌকা গড়িয়া উঠিতেছে।

রমুর ভবিষ্যৎ লইয়া একদিন বাপ-ছেলেতে কথা কাটাকাটি হইয়া গেল। ছাদির বলিল, তারে কিতাব হাতে দিয়া মক্তবে পাঠাইব। কাদির হাসিয়া বলিল, না, তারে পাচন হাতে দিয়া গরুর পিছে পিছে মাঠে পাঠাইব।

মাঠে পাঠাইলে সে আমার মত মূর্খ চাষাই থাকিয়া যাইবে। দুনিয়ার হাল-অবস্থা কিছুই জানিতে পারিবে না। মানুষ হইতে পারিবে না।

আর ইশকলে পাঠাইলে, তোর শ্বশুরের মত মুছরী হইতে পারিবে আর শাশুড়ীর বিছানায় বৌকে ও বৌয়ের বিছানায় শাশুড়ীকে শোয়াইয়া দিয়া দূরে সরিয়া ঘুষের পয়সা গুণিতে পারিবে। কাজ নাই বাবা অমন লেখাপড়া শিখিয়া।

রমুর মার রাগ হইল। যত দোষ বুঝি আমার বাপের। আমার বাপ ঘুষ খায়; আমার বাপ চুরি করে; আমার বাপ ফলনা করে, তসকা করে—কি যে না করে!

তুই থাম, ছাদির ধমক দিল।

না, থামিব না, আমার বাপ যখন অত দোষের দোষী, তখন জানিয়া শুনিয়া এমন চোরের মাইয়া ঘরে আনিলে কেন? আর আনিলেই যদি, খেদাইয়া দিলে না কেন?

খেদাইয়া দিলে আরেক খানে গিয়া খুব সুখে থাকিতে পারিতিস্, না? আহা, কত সুখেই না আছি এখানে!

বিষমুখী তুই থামিবি, না চোপা বাজাইবি?

ইস থামিবে। আমি বিষমুখী, আমার বাপ চোর, আবার থামিবে।

রাগে ছাদির উঠিয়া গিয়া মারে আর কি। কাদির তাহাকে ঘাড় ধারিয়া বসাইয়া দিল।

মেয়েটার মধ্যে এক বিদ্রোহের মূর্তি দেখা গেল এই প্রথম। কাদিরের মনের কোথায় যেন একটু খোঁচা লাগিল। মুহুরীর মেয়ে জোর গলায় বলিয়া চলিল, 'চোর হোক ধাওর হোক, তারইত আমি মাইয়া। বাপ হইয়া মার মতন পালছে, খাওয়াইছে ধোয়াইছে—হাজার হোক, তবু বাপ। চোর হইলেও আমারই বাপ, আর কাউর বাপ না। আমি মরলে এই বাপেরই বুক খালি হইব। আর কোন বাপের বুক খালি হইব না।

না হইব না! চোরের মাইয়ার আবার টাস-টাইস্যা কথা। খালি হইব না তোমারে কইল কেডায়?—কাদিরের চোখ ছলছল করিয়া উঠিল। তার জমিলার কথা মনে পড়িয়া বেদনায় বুকটা টনটন করিতে লাগিল, মনে মনে বলিল, মুহুরী যত দোষের দোষী না, তার চাইতে অধিক দোষী করিয়া আমরা এই অসহায় মেয়েটাকে সকলে মিলিয়া জর্জরিত করিতেছি। আমি যত দোষের দোষী না, তার চাইতেও অধিক দোষের দোষী করিয়া তারাও যদি আমার জমিলাকে এমনি জর্জরিত করিতে থাকে, জমিলা কি তখন নিথর পাষাণের মত চুপ করিয়া শোনে আর চোখের জল ফেলে? জমিলা কি তার এতটুকু প্রতিবাদ করে না? করিলে তবু মেয়েটা বাঁচিয়া যাইত মন হালকা করিয়া, কিন্তু না করিলে, সে যখন নিরুপায়ের মত সহিতে হইবে

মনে করিয়া তিলে তিলে ক্ষয় হইতে থাকিবে, তখন তাহাকে দুইটা সান্ত্বনার কথা শুনাইবে কে? জমিলা। সে ও মা-মরা মেয়ে। এ যেমন মুহুরীর বুক-সেঁচা ধন, জমিলাও তেমনি কাদিরের বুক-সোঁচ ধন। তবে, বাপ হিসাবে মুহুরীতে আর কাদিরেতে তফাৎ কি? তফাৎ শুধু এই যে, মুহুরী আবার একটা শাদি করিয়াছে। কাদির তার ছেলের দিকে চাহিয়া তাহা করে নাই। আরেকটা শাদি করিয়াও যখন মুহুরী মেয়েটাকে ভুলিতে পারে নাই, তখন কাদির ঘরে একটা গৃহিণী না আনিয়া, ছেলেটার ও মেয়েটার উপর হৃদয়ের সবটুকু ভালবাসা উজাড় করিয়া দিয়া, জমিলাকে কেমন করিয়া ভুলিয়া থাকিবে? কিন্তু তবু ভুলিয়া সে আছে ইহা ঠিক। যদি ভুলিয়া না থাকিত, কতদিন আগে একবার সে দুই দিনের জন্য এখানে আসিয়াছিল —সেই গত অগ্রাণে—দুই দিন থাকিয়া চলিয়া গিয়াছে। অতদিন আগে সে আসিয়াছিল, ভুলিয়া না থাকিলে এতদিনের মধ্যে দুইবারও কি জমিলাকে এখানে আনা হইত না? কিন্তু কেন কাদির অত আদরের জমিলাকেও ভুলিয়া থাকিতে পারে? কেন? এই রাক্ষুসী মেয়েটারই জন্য নয় কি? সে আসিয়া এ বাড়িতে কাদিরের বুকে জমিলার যে স্থানটুকু ছিল, সেটুকু যদি অধিকার করিয়া না বসিত, বুড়া কাদির কি তাহা হইলে পরের ঘরে মেয়ে দিয়া বাঁচিতে পারিত!

রমুর মা খুশী তখনও গজরাইতেছে, সাধে কি লোকে বলে পরের ঘর। পরের ঘরই ত। যে-ঘরে আসিয়া বাপ হয় চোর, আর নিজে হয় বিষমুখী, সে-ঘর কি আপনা-ঘর! সে ঘর কি পরের ঘর নয়?

হ, হ, পরের ঘর। মুহুরীর মেয়েট বলে কি? রাত না পোহাইতে উঠিয়া বিশটা গরুর গোয়াল সাফ করা, থইলভুষি দেওয়া, ঝাঁটা হাতে বাহির হইয়া এত বড় উঠানবাড়ি পরিষ্কার করা, কলসের পর কলস পানি তোলা, রান্ধ, খাওয়ানো, ধান শুকানো, কাক তাড়ানো, উঠান-ভরতি ধান রোদে হাঁটিয়া পা দিয়া উল্টানো পাল্টানো, তারপর থড় শুকানো, শোলা শুকানো, পাট ইন্দুরে কাটে, তারে দেখা, অত অত ধান ভানা, ফের রান্নাবাড়া করা–এত হাজার রকমের কাজ —পরের ঘরে কি কেউ এত কাজ করে কোন দিন? শরীর মাটি করিয়া এত কাজ যে-ঘরের জন্য করিতেছে, তারে কয় কিনা পরের ঘর। কহিলেই হইল আর কি, মুখের ত আর কেরায়া নাই।

খুশীর চোখে এবার দ্বিগুণ বেগে জল আসিয়া পড়িল। এবার সে ফোঁপাইয়া কাঁদিয়া উঠিল। অনেক কাঁদিবার পর তাহার মনে হইল, এমন কাঁদন কাঁদিয়াও সুখ।

পরিশেষে কাদির বলিল, 'দে, তোর পুতেরে মক্তবে দে, কিন্তু কইয়া রাখলাম, যদি মিছাকথা শিখে, যদি জালজুয়াচুরি শিখে, যদি পরেরে ঠকাইতে শিখে, তবে তারে আমি কিছু কমু না, শুধু তোমার মাথাটা আমি ফাটাইয়া দিমু ছাদির মিয়া।'

পরের দিন রমু নূতন লুঙ্গি জামা পরিয়া নূতন টুপি মাথায় দিয়া মক্তবে গেল। পড়িয়া আসিয়া মার কাছ হইতে কিছু থাবার খাইয়া হঠাৎ মনে পড়িয়া গেল, সেই চারজনকে ত নূতন লুঙ্গি গেঞ্জি টুপি দেখানো হয় নাই। মক্তবের ছেলেরা কতবার চাহিয়া দেখিয়াছে। আর সেই চারজন দেখিবে না।

নূতন পোষাকে সজ্জিত রমুকে তাহাদের জন্য তামাক সাজিতে বসিতে দেখিয়া তাহাদের একজনের বড় মায়া হইল, বলিল, থাক থাক মুনশীর পুত। তোমার আর টিকার কালি ঘাঁটিয়া দরকার নাই।

বেলা পড়িয়া আসিতেছে। অদূরেই ঘাটের পথ। লালকালো, ডুরি-ডুরি শাড়ি পরা গেরস্থ বৌ-ঝিরা সেই পথ দিয়া তিতাসের ঘাটে যাইতেছে। কারে হাতে চালের ধুচনি, কারে কাঁখে কলসী। কারো পায়ে রুপার মল।

দেখিয়া জৈনক ছুতারের গলায় গান জমিয়া উঠিল : ছোট লোকের খানা-পিনা রে বিহানে বৈকালে, বড় লোকের খানপিনা রাত্র নিশা কালেরে — হায় কান্দে, কান্দে রে দেওয়ান কটু মিয়ার মায় ॥

সকলের বয়োজ্যেষ্ঠ ছুতার বাধা দিল, দেখ বুদ্ধিমানের পুত, ইহাদিগকে শুনাইয়া গান গাহিলে মাথা লইয়া দেশে যাইতে পারিবে না।

মাথা না হয় রাখিয়াই যাইব।

একটা লোক মাথা রাখিয়া আবার যায় কি করিয়া রমু ভাবিয়া পাইল না। তবে গানটা শুনিতে তার খুব ভাল লাগিল।

থামিলে কেন, গাওনা তোমার গান।

বড় মিস্ত্রী তার দিকে প্রসন্ন দৃষ্টিতে চাহিয়া বলিল, ছপুর বেলা আসিলে আমি গান শুনাইতে পারি, সকালে বিকালে পারি না।

দুপুরে যে আমি পড়িতে যাই।

তবে গান শুনিয়া কাজ নাই।

কাজ নাই কেন?

পড়িতে হইলে গান শোনা হয় না, আর গান শুনিতে হইলে পড়া হয় না, এই রকম যখন অবস্থা, তখন পড়াই ভাল, গান শুনিয়া কাজ নাই।

শুক্রবারে মক্তব ছুটি থাকে। দুপুর বেলা রমু লুঙ্গি পরিল, টুপি পরিল, কিন্তু গেঞ্জি পরিতে ভুলিয়া গেল। তারপর সে মিস্ত্রিদের নিকট হাজির হইল। কিন্তু বড় মিস্ত্রী তাহাকে নিরাশ করিয়া জানাইল, হাতে বড় কাজ এখন সুবিধা হইবে না। আরও বলিয়া দিল, বাড়িতে গিয়া বল, দুধ জ্বাল দেওয়ার ঝামেলা পোহাইবার আজকাল আর সময় নাই। দুধ যেন বাড়ি হইতেই জাল দিয়া চিড়াগুড়ের সঙ্গে পাঠাইয়া দেয়।

রমুর মা দুধ জ্বাল দেওয়ার কড়াখানাকে ঝামা দিয়া দুই তিন বার মাজিয়া দুধ ফুটাইল এবং বড় একটা লোটার গলায় ফাস পরাইয়া রমুকে দিয়া পাঠাইল। মাথায় চিড়ার বোঝা, হাতে দড়ি-বাঁধা দুধের লোটা এই বেশে রমুকে দেখিয়া মিস্ত্রিরা হাসি সম্বরণ করিতে পারিল না।

তারপর দেখিতে দেখিতে একদিন গোটা একটা নৌকা তেয়ার হইয়া গেল। এখন শুধু বাকি রহিল, নৌকা কাত করিয়া তলার দিকটা পালিশ করা। সে কাজের ভার ছোট তিনজনার হাতে ছাড়িয়া দিয়া বড় মিস্ত্রী হুকা হাতে লইয়া বসিল এবং আস্তে আস্তে গান জুড়িয়া দিল—হস্তেতে লইয়া লাঠি, কান্ধেতে ফেলিয়া ছাতি, যায়ে বুরুজ দীঘল পরবাসে ॥

তারপর, পথশ্রমে বুরুজ ক্লান্ত হইল এবং—চৈত্রি না বৈশাখ মাসে, পিঙ্গল রৌদ্রির তাপে, লাগিল দারুণ জল-পিপাসা ॥ তখন সে জলের জন্য এদিক ওদিক তাকাইতে লাগিল, কিন্তু কোথাও না নদী, না পুষ্করিণী। কিন্তু সহসা তার চোখে পড়িল—ঘরখানা লেপাপুছা, দুয়ারে চন্দনের ছিটা, এটা বুঝি ব্রাহ্মণের বাড়ি ॥ বুরুজ নিজে ব্রাহ্মণ, কাজেই ব্রাহ্মণের বাড়ি চিনিতে তাহার বিলম্ব হইল না। এত যখন পরিষ্কার পরিচ্ছন্ন, তখন এটা কোনও ব্রাহ্মণের বাড়ি না হইয়া যায় না। বুরুজ তখন আগাইয়া ডাক দিল—ঘরে আছ ঘরণীয়া ভাই, জল নি আছে থাইতে চাই, পরবাসী তিয়াস লেগে মরি। তাহার আহ্বান ব্যর্থ হইল না—ডান হস্তে জলের ঝারি, বাম হস্তে পানের

খাড়ি, যায়ে কন্যা জলপান করাইতে।। পিপাসাকাতর বুরুজ— জল থাইয়া শান্ত হইয়া, জিগাস করে তুমি কোন জাতের মাইয়া, (বলে) জাতে আমরা গন্ধভূঁইমালী।। বুরুজের জাতি গেল, হায় হায়, ব্রাহ্মণ বুরুজের জাতি গেল। আগে পরিচয় জিজ্ঞাসা না করিয়া যার হাতের জল সে পান করিল, সে ত ব্রাহ্মণের মেয়ে নয়। সে ছোট জাতের মেয়ে –আছাড় থাইয়া বুরুজে কান্দে, পিছাড় থাইয়া বুরুজে কান্দে, জাতি গেল ভূঁইমালিয়ার ঘরে।। বুরুজের জাতি গিয়াছে। সে কি করিবে? না গেল প্রবাসে না গেল দেশে, ফিরিয়া যেখানে তাহার জাতি নষ্ট হইল, সেখানেই সে রহিয়া গেল, আর বলিয়া দিল-
—সঙ্গের যত সঙ্গীয়া ভাই, কইও খবর মা বাপের ঠাঁই, জাতি গেল ভূঁইমালিয়ার ঘরে।

বেঘোরে একটা লোকের জাতি নষ্ট হইয়াছে শুনিয়া রমুর খুব দুঃখ হইল। জীবনে ব্রাহ্মণ সে দেখে নাই। তবে তার সম্বন্ধে যতটুকু শুনিয়াছে, মনে মনে বিচার করিয়া রাখিয়াছে, সাধারণ মানুষ অপেক্ষা তাহারা মাথায় অনেক উঁচু। তারা নাকি মন্ত্র বলে। তারা নাকি অনেক মোটা মোটা কিতাব পড়িয়া শেষ করিয়া রাখিয়াছে। আর মালী! তারা তো শুনিয়াছি হিন্দু বাড়ির বিবাহে কলাগাছ পুঁতিয়া দেয়। এ আর তেমন কি কাজ তারা করে। আর এইরকম এক মালীর ঘরেই অমন-একটা পণ্ডিত মানুষের জাতি নষ্ট হইয়া গেল। ব্রাহ্মণত্ব খোয়াইয়া সে মালী হইয়া মালী-বাড়িতে রহিয়া গেল। এখন কি আর সে বিবাহ-বাড়িতে গিয়া মন্ত্র পড়িবে, না মোট মোটা কিতাব মুখস্থ করিবে? এখন হইতে সে শুধু বিবাহবাড়িতে গিয়া কয়েকটা কলাগাছ পুতিয়া দিবে। এই সামান্য কাজের দরুণ কেউ তাহার দিকে ফিরিয়াও তাকাইবে না। কিন্তু তার অত বড় জাতি, সেটা নষ্ট হইল কেন? এ ত সাংঘাতিক কথা।

—তিয়াস লাগিল, একগেলাস পানি থাইল, আর জাতি গেল!
‘গেল ত!’
‘কেনে গেল!’
‘কেনে জানি না। কিন্তুক গেল।’
—গেল যে, তাই বা সে জানিতে পারিল কি করিয়া!

বড় মিস্ত্রী চুপ করিয়া রহিল। ছোট মিস্ত্রিদের একজন রাগিয়া উঠিল : ভারী ত চাষার ছেলে, পাঁচন হাতে গরু রাখিবে, তার কথার কেমন প্যাঁচ দেখ না।

সে-কথায় কান না দিয়া রমু বলিল, আমার হাতের পানি খাইলে তোমার জাত যাইবে?

শক্ত প্রশ্ন। বড় মিস্ত্রী চট করিয়া মীমাংসা করিয়া বলিল, না।

—আমার মার হাতের পানি খাইলে?

—না।

—আমার বাপের হাতের? নানার হাতের?

—না, না, না। তোমাদের সাথে জানা-পরিচিতি হইয়া গিয়াছে।

—জানা-পরিচিতি হইলে জাত যায় না?

—না।

—তবে বুরুজ ঠাকুরের যদি ঐ মালীর-ছেমরীর সাথে জানাপরিচিতি হইয়া যাইত তবে পানি খাইলে জাত যাইত না?

বড় মিস্ত্রী হাঁ না কিছুই বলিল না।

তাহাকে চুপ করিয়া থাকিতে দেখিয়া রমু সহসা হাততালি দিয়া হাসিয়া উঠিল।

বড় মিস্ত্রী বিরক্ত হইয়া বলিল, হাসিলে যে।

—হাসিলাম একটা কথা মনে করিয়া। কথাটা এই, আমার ছোঁয়া পানি খাইলে তোমাদের যদি জাত যাইত তবে বেশ হইত।

বড় মিস্ত্রীর দুই চোখ বিস্ফারিত হইল, কি রকম?

—বুরুজ ঠাকুরের মত তোমাদিগকেও আমাদের বাড়িতে থাকিয়া যাইতে হইত।

বড় মিস্ত্রী ঠকিয়া গিয়া কাজে মন দিল।

যে-দিন নাও গড়ানি, শেষ হইল সেদিন মিস্ত্রিদের খুশি আর ধরে না। দীর্ঘদিনের চেষ্টা ও শ্রম আজ সফল হইল। এমন একখান চিজ তারা গড়িয়া দিল যে-চিজ অনেক— অনেকদিন পর্যন্ত জলের উপর ভাসিবে—কত লোক তাতে চড়িবে, বসিবে, নদী পার হইবে-এক দেশ হইতে আরেক দেশে যাইবে—কত জায়গায় দৌড়াইবে, বখশিস পাইবে— আর এই চারজনার

হাতের স্বাক্ষর স্বগর্বে বহন করিতে থাকিবে। কেউ জানিবে না, কারা গড়িয়াছিল, কাঁদের বিন্দু বিন্দু শ্রম ও বুদ্ধির সঞ্চয় সম্বল করিয়া ধীরে ধীরে সে গড়িয়া উঠিয়াছিল। কিন্তু নাও? সে কি ভুলিয়া যাইবে এই চার জনকে? কিছুতেই না!

সেদিন তাদের খুশি উপচাইয়া উঠিল। লোকজন জড় করিয়া চারি জনে মিলিয়া তারা পায়ের পরে পা ফেলিয়া নাচিল এবং সঙ্গে সঙ্গে হাততালি দিয়া গাহিল—শুনরে নগইরা লোক, নাও গড়াইতে কত সুখ।।

নাও-গড়ানি শেষ করিয়া মিস্ত্রীরা পাওনা গণ্ডা বুঝিয়া লইয়া সত্যি একদিন কাঠের বাক্স মাথায় করিল, হাঁটুর কাপড় টানিয়া টানিয়া খাল পার হইল এবং গোপাটের পথ ধরিয়া ধীরে ধীরে চলিয়া গেল। অনেকক্ষণ পর্যন্ত তাহাদিগকে দেখিতে পাওয়া গেল, কিন্তু দেখিতে তারা এক-একটা কাকের মত ছোট হইয়া গেল, তারপর এক সময় আর তাহাদিগকে দেখা গেল না!

আর একদিন কোথা হইতে তিনজন কারিগর আসিয়া দিনরাত কাজ করিয়া নৌকায় তুলি বুলাইয়া বুলাইয়া রঙ লাগাইয়া গেল। দুই পাশে লতা হইল, পাতা হইল, সাপ হইল, ময়ূর হইল আর একজোড়া করিয়া পালোয়ান হইল।

তারপর একদিন নৌকা জলে ভাসিল। ছাদির পাড়ার লোক ডাকিয়া আনিয়াছিল আর আনিয়াছিল এক হাঁড়ি বাতাসা। তাহারা নৌকার গোরায় গোরায় ধরিল; একজন বলিল, জোর আছে? সকলে বলিল, আছে। আবার সকলে বলিল, যে জোর থুইয়া জোর না করে তার জোর খায় মরা কাষ্ঠে রে-এ-এ...। এই বলিয়া এমন জোরে টান মারিল যে, নৌকা একটানেই জলে গিয়া পড়িল। কিন্তু তারা নৌকা থামিতে দিল না, সকলে মিলিয়া গায়ের জোরে ঠেলা দিল। ঠেলার বেগে নৌকা তিতাসের মাঝ পর্যন্ত গিয়া থামিল। ছোট ছোট ঢেউয়ের তালে তালে হেলিয়া তুলিয়া নাচিতে লাগিল। রমুর দুই চোখও আনন্দে নাচিতে লাগিল।

অমন অপূর্ব জিনিস আর দেখা যায় নাই! এমন রঙ, এমন শোভা! ধনুকের মত বাঁকা আসমানের রামধনুটা বুঝিবা উল্টাইয়া তিতাসের জলের উপর পড়িয়া গিয়াছে।

ভাদ্রের পয়লা তারিখে কাদিরের বাড়িতে খুব ধুমধাম পড়িল। সকাল হইতে না হইতেই শত শত জোরদার চাষী তরুণ সেদিন তার বাড়িতে জমায়েত হইল। তারপর তারা রাঙা বৈঠা হাতে করিয়া নৌকায় উঠিয়া গোরায়-গোরায় বসিয়া গেল।

রমু এতক্ষণ ঘোরাঘুরি করিতেছিল। এই সময় তার বাপকে একান্তে পাইয়া জিজ্ঞাসা করিল, বা'জান তোমরা নাও দৌড়াইতে যাইবা, আমারে নিবা না?

'অখন কিসের নাও-দৌড়ানি? অখন ত খালি তালিম দিতে যাই। নাও-দৌড়াইতে যামু দুপুরের পর।'

তখন আমারে নিবা না?

'হ হ', বলিয়া ছাদির ঝড়ের বেগে ছুটিয়া গেল।

গাঙ-বিলে ঘুরিয়া, গ্রাম গ্রামান্তরে ঘুরিয়া তালিম দিয়া আসিয়া দেখা গেল, নাও খুব ভাল হইয়াছে, চলেও খুব। সব লোকে একযোগে বৈঠা মারিলে সাপের মত হিস হিস করিয়া চলে, শিকারীর তীরের মত সাঁ সাঁ করিয়া চলে, গাঙের সোতের মত কলকল করিয়া চলে।

সকলে দুপুরের খাওয়া সারিয়া আবার যখন বৈঠা হাতে করিয়া নৌকায় উঠিল, রমুও তখন সকলের দেখাদেখি, রাঙা লুঙ্গিখানা পরিয়া, গেঞ্জিখানা গায়ে দিয়া এবং রঙিন টুপিখানা মাথায় চড়াইয়া সকলের সমারোহের মধ্যে নদীর পারে আসিয়া দাঁড়াইল।

দুই পাশে তুই সারি লোক বৈঠা হাতে বসিয়া পড়িল। মাঝখানে কয়েকখানা তক্তার উপর, মাস্তুলের মত ছোট একখানা খুঁটি ঘিরিয়া কয়েকজন প্রবীণ লোক দাঁড়াইল। তারা সারি গাহিবে। একটি ঢোলক এবং কয়েকজোড়া করতালও উঠিল। আর উঠিল কিছু মারপিটের লাঠি।

সব কিছু উঠাইয়া ছাদির নিজে উঠিতে যাইবে, এমন সময় রমু তাহাকে কাঁকড়ার দাঁড়ার মত আঁকড়াইয়া ধরিল, 'বাজান আমারে লইয়া যাও, অ বাজান আমারে লইয়া যাও। '

কামের সময় দিক করিস না, ভাল লাগে না। বলিয়া ছাদির তাহাকে এক ঝটিকায় ছাড়াইয়া, ঠেলিয়া দিল, তারপর নৌকায় উঠিয়া হালের খুঁটিতে হাত দিল।

আলীর নাম স্মরণ করিয়া তাহার নৌকা খুলিল, শত শত বৈঠা এক সঙ্গে উঠিল, পড়িল, জলের উপর কুয়াসা সৃষ্টি করিল, তারপর তিতাসের বুক চিরিয়া যেন একখানা শিকারীর তীর হিস্ হিস্ করিয়া ছুটিয়া চলিল।

ছাদির যখন হাল-কাঠি ধরিয়া সারিগানের তালে তালে তক্তার উপর পদাঘাত করিয়া নাচিতেছে, রমু তখন তিতাসের শূন্য তীরে বসিয়া ফোঁফাইয়া ফোঁফাইয়া কাঁদিতেছে। নানা সাধিল, মা সাধিল, কিন্তু কারো কথা সে শুনিল না। মুখে তখনও সে বলিতেছে, 'বাজান, আমারে লইয়া যাও।'

তিতাসের বুকে সেদিন অনেকগুলি পালের নৌকা দেখা গেল। সব নৌকারই গতি এক দিকে। যে স্থানে আজ দুপুরের পর নৌকা-দৌড় হইবে, সেই দিক লক্ষ্য করিয়া ছোট বড় নানা আকারের পালের নৌকা ছুটিয়া চলিয়াছে। অনেক নৌকাতেই যত পুরুষ তার বেশি স্ত্রীলোক। বনমালীর নৌকাতেও তাই। পুরুষের মধ্যে বনমালী নিজে আর বড়বাড়ির দুইজন। তাছাড়া অনন্ত। মেয়েদের মধ্যে আসিয়াছে বড়বাড়ির সকলে আর তাদের নন্দিনী অনন্তবালা, আর আসিয়াছে বনমালীর বোন উদয়তারা।

নৌকা-দৌড়ের স্থানটিতে গিয়া দেখে সে এক বিরাট কাও। তিতাসটা এইখান হইতে মাইল খানেক পর্যন্ত অনেকটা মোটা হইয়া গিয়াছে। তারই দুইপার ঘেঁষিয়া হাজার হাজার ছোট বড় ছইওয়ালা নৌকা খুঁটি পুতিয়াছে। কোথাও বড় বড় নৌকা গেরাপি দিয়াছে, আর তাহারই ডাইনে বাঁয়ে ও সামনের দিকে দশ বিশটা ছোট নৌকা তাহাকে আশ্রয় করিয়া রহিয়াছে। এই ভাবে যত দূর চোখ মেলা যায়, কেবল নৌকা আর নৌকা, আর তাতে মানুষের বোঝাই। নদীর মাঝখান দিয়া দৌড়ের নৌকার প্রতিযোগিতার পথ।

সবে বেলা পড়িতে শুরু করিয়াছে। প্রতিযোগিতা শুরু হইবে শেষবেলার দিকে। এখন দৌড়ের নৌকাগুলি ধীরেসুস্থে বৈঠা ফেলিয়া নানা সুরের সারিগান গাহিয়া গাঙময় এধার ওধার ঘুরিয়া ফিরিতেছে। হাজার হাজার দর্শকের নৌকা হইতে দর্শকের স-সব নৌকার কারুকার্য দেখিতেছে,

240

বৈঠা মারিয়া কি করিয়া উহারা জলের কুয়াসা সৃষ্টি করিয়া চলিয়াছে তাহা দেখিতেছে।

এক সঙ্গে এতগুলি দৌড়ের নাও দেখিয়া অনন্তর বুক আনন্দে লাফাইয়া উঠিল। একটা না ও ছাৎ করিয়া অতি নিকট দিয়াই চকিতে চলিয়া গেল, গানের কলিটাও শোনা গেল বেশ—আকাঠ মান্দাইলের নাও, ঝুমুর ঝুমুর করে নাও, জিত্যা আইলাম রে, নাওয়ের গলুই পাইলাম না।

গানের মত গান গাহিতেছে বটে একখান নৌকা। ধীরে সুস্থে চলিতেছে। বৈঠা জলে ছোঁয়াইয়া একসাথে শত শত বৈঠাকে উল্টাইয়া উপরে তুলিতেছে আর বৈঠার গোড়াটাকে একই সাথে নাওয়ের বাতায় ঠেকাইয়া বৈঠাধারীরা সামনের দিকে ঝুঁকিতেছে, আবার বৈঠা তুলিয়া জলে ফেলিতেছে। যেন হাজার ফলার একখানা ছুরি যাইতেছে আর তার সবগুলি ফলা একসাথে উঠিতেছে পড়িতেছে, আবার খাড়া হইয়া শির উচাইতেছে। মাঝখানে থাকিয়া একদল লোক গাহিতেছে, আর বৈঠাধারীরা সকলে এক তালে সে গানের পদগুলির পুনরাবৃত্তি করিতেছে।

তারে ডাক দে, দলানের বাইর হইয়া গো, অ দিদি প্রা-ণ বন্ধুরে তোরা ডাক দে ॥

আমার বন্ধু খাইবে ভাত, কিন্যা আনলাম ঝাওর মাছ গো, অ দিদি দুধের লাগি পাঠাইয়াছি, পয়সা, কি মুকি, কি টেকা গো, আ দিদি প্রাণবন্ধুরে তোরা ডাক দে।।

আমার বন্ধু ঢাকা যায়, গাঙ পারে রান্ধিয়া খায় গো, অ দিদি জোয়ারে ভাসাইয়া নিল হাঁড়ি, কি ঘটি, কি বাটি গো, অ দিদি প্রাণ বন্ধুরে তোরা ডাক দে।।

আমার বন্ধু রঙ্গি ঢঙ্গি, হাওরে বেন্ধেছে টঙ্গি গো, আ দিদি, টঙ্গির নাম রেখেছে উদয়তারা, কি তারা গো, আ দিদি প্রাণ বন্ধুরে তোরা ডাক দে।।

আমার বন্ধু আসবে বলি, দুয়ারে না দিলাম খিলি গো, অ দিদি, ধন থুইয়া যেবন করল চুরি, কি চুরি, কি চুরি গো, অ দিদি প্রাণ বন্ধুরে তোরা ডাক দে।।

উদয়তারা হাসিল, 'খুব ত গান। মাঝখানে আমার নামখানি ঢুকাইয়া থুইছে।'

সকলেই হাসিয়া উঠিল। কিন্তু সকল নৌকাতেই এমন সুন্দর গান হইতেছে তাহা নয়। একটি নৌকা হইতে শোনা গেল নিতান্ত গদ্যভাবের গান—চাঁদমিয়ারে বলি দিল কে, দারোগা জিজ্ঞাসে, আরে চাঁদমিয়ারে বলি দিল কে ॥ দর্শকদের এক নৌকা হইতে কেউ বলিয়া উঠিল, ও, চিনিয়াছি; বিজেশ্বর গ্রামের নাও, চর দখল করিতে গিয়া উহারাই খুনখুনি করিয়াছিল। গানটা বাঁধিয়াছে সেই ভাব থেকেই।

তারপর যে দুইখানা নাও সারি গাহিয়া গেল, তাহাদের একটি হইতে শোনা গেল—জ্যেষ্ঠ না আষাঢ় মাসে যমুনা উথলে গো, যাইস না যমুনার জলে। যমুনার ঘাটে যাইতে দেয়ায় করল আন্ধি। পন্থহারা হইয়া আমরা কিছু বলে কান্দি ॥ যমুনার ঘাটে যাইতে বাইরে-ঘরে জ্বালা। বসন ধরিয়া টানে নন্দের ঘরের কালা ॥

পরের নাওখানার গান শুনিয়া বোঝা গেল রাধা বিপ্রলব্ধা হইয়াছে— আম গাছে আম নাই ইটা কেনে মারো, তোমায় আমায় দেখা নাই আঁখি কেনে ঠারো। তুমি আমি করলাম পীরিত কদমতলায় রইয়া, শত্রু রবাদী পাড়াপড়শী তারা দিল কইয়া।।

সঙ্গের একখানা ছইওয়াল নৌকা হইতে বলিতে শোনা গেল, গোঁসাইপুরের নিকট রাধানগর আর কিষ্টনগর নামে দুই গাও আছে—সেই দুই গ্রামেরই এই দুই নাও।

শুনিয়া বনমালী মন্তব্য করিল, তবে একখানাতে রাধাউক্তি আরেকখানাতে কিষ্ঠউক্তি করিল না কেন? পূর্বোক্ত নৌকা হইতে জবাব আসিল, সবখানেই রাধা রে দাদা, সবখানেই রাধা।

চোখা মন্তব্যটা শুনিয়া আশেপাশের নৌকার লোকজন হাসিয়া উঠিল। এমন সময় বড়বাড়ির একজন উদয়তারার মনোযোগ আকর্ষণ করিয়া বলিল, এদিকে শুন ভইন কি মজার গানখান হইতেছে—

ও তোরে দেখিনাই রে, কাল সারা রাত কোথায় ছিলি রে। থানায় থানায় চকিদার পাড়ায় পাড়ায় ঘুরে, কোন্ কোন্ নারীর শুভ বরাত,

আমার বরাত পুড়ে—বরাত পুইড়া গেলরে, কাল সারা রাত কোথায় ছিলি রে ॥

হবিগঞ্জে নবীগঞ্জে কোণাকুণি পথ, প্রাণবন্ধু গড়াইয়া দিছে ইলশা-পাট্যা নথ—সে নথ পইড়া গেল রে, কাল সারা রাত কোথায় ছিলি রে ॥

শুনিয়া উদয়তারা একটু হাসিল। পরে খানিকক্ষণ কান খাড়া রাখিয়া বলিল—এমন গান আরও কত আছে —অই শুন না, পেটমোটা পাতাম নাওয়ে কি গানখান হইতেছে—সামনে কলার বাগ, পূব-দুয়ারী ঘর। রাইতে যাইও বন্ধু, প্রাণের নাগর।। আরেকখানা গান অনন্তবালার প্রতি সকলকে সচেতন করিয়া তুলিল—তীরের মত লম্বা নাও, কিন্তু চলিতেছে ধীরে ধীরে; চলিতেছে আর গাহিতেছে—ঝিয়ারীর মাথায় লম্বা কেশ, খোঁপা বান্ধে নানান বেশ, খোঁপার উপর গুঞ্জরে ভোমরা।। গাঙে আইলে আঞ্জন মাঞ্জন, বাড়িতে গেলে কেশের যতন, ঝিয়ারী জানি কোন পীড়িতের মরা ॥

গানটা শুনিতে শুনিতে অনন্তবালার বয়সাধিক বড় খোঁপাটা ধরিয়া উদয়তারা আস্তে একটু মোচড়াইয়া দিল।

অনন্ত আর অনন্তবালার চোখ অন্যদিকে। দুইটি প্রকাও মাটির গামলা বিচিত্র রঙে সাজাইয়া, দুইটি করিয়া হাত-বৈঠা হাতে করিয়া দুইটি লোক উহাদিগকে লইয়া ভাসিয়া পড়িয়াছে। উহাদের মুখে গান নাই, হাতে ছন্দ নাই। ফেশন করিয়া চুল দাড়ি ছাঁটাই করা, মাথায় জব জবে তেল, পরিক্ষার ধুতির উপর গায়ে সাদা গেঞ্জি। মুখ টিপিয়া হাসিতেছে। আর জলে বৈঠা ডুবাইয়া এলোমেলো ভাবে টানিয়া আগাইতেছে।

দেখিতে দেখিতে তারা অনন্তদের নৌকার একান্ত নিকটে আসিয়া পড়িয়াছে, আর একটু অসাবধান হইলে তাহাদের নাওয়ের বাতায় ঠেকিয়াই গামলা ভাঙ্গিবে। অনন্তবালা হাত বাড়াইয়া ছুঁইতে গেলে লোক দুইটা বৈঠা দেখাইল। বনমালী মেয়েদের দৃষ্টি আকৃষ্ট করিয়া বলিল, ‘সকলে দৌড়ায় নাও, তাইনে দৌড়ায় গামলা। অনন্ত ও বলিল, ‘জুড়ি কেনে ধরনা তোমরা, দেখতাম কে আগে যাইতে পারে।‘ কিন্তু লোক দুটি এসব কথায় কান দিতেছে না। তাদের দিকে গ্রাম গ্রামান্তরের মেয়েদের দৃষ্টি আকৃষ্ট হইতেছে, ইহাতেই তাহারা খুশি।

'আমি কেনে একটা গামলা আনলাম না। তা হইলে ত বৈঠা মাইরা বেশ দৌড়াইতাম।' অনন্ত বলিল।

'তুমি একলা পারতা নাকি, জিগাই? তুমি কি ঐ লোকটার মতন চালাক, না চতুর? বৈঠা হাতে লইয়া চাইয়া থাকবা দৌড়ের নাওয়ের দিকে, শুনা কথা, আর কোনখানের কোন যাত্রিকের নাও দিব ধাক্কা। ঠুনকা গামলা ভাঙলে তখন কি হইব। তুমি আমি দুইজনে থাকলে কোন ডর নাই; তুমি যখন একদিকে চাইয়া থাকবা, গামলারে আমি তখন সামলামু। আর গামলা যদি ভাইঙ্গা যায়, তখন তুমি আমারে সামলাইও, কেমুন?'

'ঠিক কথা।'

তাহারা এইরূপ কথাবার্তায় ব্যস্ত ছিল, এমনি সময়ে নিতান্ত থাপছাড়া ভাবে উদয়তারা হাসিয়া উঠিল। উদয়তারা এমনি। মনে মনে কোনকিছু ভাবিতে থাকে। ভাবিতে ভাবিতে মন তার অনেকদূর আগাইয়া যায়। কোথাও গিয়া তার চিন্তা ঠেকিয়া যায়। তখন সে কোনদিকে না চাহিয়া, কাহারও উপস্থিতি সম্বন্ধে সচেতন না হইয়া, হঠাৎ আপন মনে হাসিয়া উঠে।

স্ত্রীলোকদের একজন, অনন্তবালার কাকীমা, মুখ ফিরাইয়া বলিল, 'হাসলা কেনে দিদি।'

'হাসলাম ভইন একথান কথা মনে কইরা!'

'কি কথা বেঙের মাথা—ক ও না শুনি।'

উদয়তারা মনে মনে বলিল, সে কথা কি বলা যায়? যে-কথা মনে করিয়া ক্ষণেক্ষণে হাসি, কাক্রেই কইলাম না সে কথা—আর তুমি ত তুমি।

অনন্তবালার কাকী তরুণী। কৌতুহলে তুই চোখ ভরা। ছাড়িবার পাত্রী সে নয়। আবার ধরিল। 'কও না গ দিদি?'

'কি কমু গ ভইন।'

'কেনে হাসলা!'

'হাসি আইল, হাসলাম।'

'জেতা মানুষেরে ভাঁড়াইতে চাও। না কইবা ত না কইবা।'

'তবে কই শুন। যে-কথাখান মনে কইরা হাসলাম, সেই কথাখান এই—গাঙের উপর দিয়া কত নাও যায়। তারা কত রকমের গান গাইয়া যায়, ভালা গান, বুরা গান—ঘেন্নার গান অঘেন্নার গান! গাইয়া যায় ত?'

'যায়।'

'একটু আগেই ত শুনলা, কি বিটলা গান একখান তারা গাইতাছে।'

'শুনলাম।'

'তার একটু পরেই শুনলা, একখানা সুন্দর গান গাইয়া গেল।'

'গেল।'

'আচ্ছা, এই যে ভালাবুরা গান গাইয়া যায়—আমি ভাবি, গাঙের বুকে ত সেই ভালাবুরার আর কোন রেখ ই থাকে না। থাকে কি?'

'না।'

'এইজন্যই হাসলাম।'

'আমিও কথাখান বুঝলাম।'

'বুঝলা যদি, তা হইলে আসল কথাখান কই। অনন্ত আর অনন্তবালা। নামে নামে মিলছে। মনে মনেও মিলছে। কথাখান এই।'

এমনি সময়ে পাশেই একখানা নৌকা ভিড়িয়াছে, তার মধ্যে একজন স্ত্রীলোককে আরেকজন স্ত্রীলোক এই বলিয়া প্রবোধ দিতেছে, 'চিন্তা কইরা শরীর কালা কইর না দিদি। গাঙের বুকে কত লোক কত গান গাইয়া যায়, গাঙে কি তার রেখ থাকে?'

এমন সময় অনন্ত ফিসফিস্ করিয়া অনন্তবালার কানের কাছে বলিল, 'মাসী।'

অনন্তবালার চোখ কৌতুহলে বড় হইয়া উঠিল। অনন্তর দৃষ্টি অনুসরণ করিয়া সে তার ঐতিহাসিক মাসীকে দেখিল।

বিধবা নারী। এখনও তরুণীর পর্যায়েই দাঁড়াইয়া আছে, কিন্তু শরীরের লাবণ্য ধুইয়া গিয়াছে। মুখখন সুন্দর, কিন্তু মলিন। দেখিলে মায়া লাগে।

'এই মাসীই তোমারে তাড়াইয়া দিল।'

'দিল ত!'

মাসী ডাকে আকৃষ্ট হইয়া সুবলার-বৌ চকিতে ঘাড় ফিরাইয়া দেখিল, তারপর সহসা উদাম হইয়া বলিয়া উঠিল, অনন্ত! আমার অনন্ত!

দুই নৌকার বাত লাগানো ছিল। লাফাইয়া সে এ নৌকাতে আসিয়া উঠিল এবং অনন্তর দিকে দুই হাত বাড়াইয়া দিল। মাসী মাসী বলিয়া অনন্তও হাত বাড়াইল। দেখিল, মাসীর তুই চোখে অশ্রুর বন্যা বহিয়াছে। তাহার নিজের চোখেও জলে ভরিয়া উঠিল।

এমন সময় উদয়তারা পাষাণের মূর্তির মত নিবাত-নিষ্কম্প ভাবে আগাইয়া আসিল।

তার দিকে মন না দিয়া মাসী অনন্তকে আরও জোরে বুকে চাপিয়া ধরিল, তারপর তার পিঠে হাত বুলাইতে বুলাইতে, রুদ্ধ গলা কোন রকমে পরিষ্কার করিয়া বলিল, এতদিন তুই কোথায় ছিলি।

দুই চোখ বুজিয়া সে বলিয়া চলিয়াছে, এতদিন কোথায় ছিলি, কার কাছে ছিলি, কে তোকে খাইতে দিত, কে শুইবার সময় গল্প শুনাইত, ঘুম পাড়াইত/

নির্মম নিষ্ঠুর উদয়তারার স্বর সপ্তমে চড়িল, 'হ, যারে কুলার বাতাস দিয়া দূর কইরা দেয়, তারে কয় কে ঘুম পাড়াইত!'

অনন্তর পূর্ব-কথা স্মরণ হইল। তার মুখের শিরাগুলি, হাতের কজি দুইটি কঠিন হইয়া উঠিল। মাসীকে ছাড়িয়া দিয়া ঘাড় নিচু করিয়া বলিল, 'মাসী আমারে তুমি ছাইড়া দেও।'

'তুইও কি আমার পর হইয়া গেলি অনন্ত!'

—আপন তো কোন কালে নই মাসী। মার সই তুমি। মা যতদিন ছিল, তোমার কাছে আমার আদরও ততদিনই ছিল। মা মরিয়া গেলে, সে আদর একদিন হাট-বাজারের মতই ভাসিয়া পড়িল।

—ভাসিয়া পড়িল! কি করিয়া তুই বুঝিলি যে, ভাসিয়া পড়িল?

—যাও যাও আমি সব বুঝি। যেদিন হইতে মা গেছে, সেদিন হইতে সব গেছে। সেদিন হইতেই আমি ধরিয়া রাখিয়াছি পরবাসী বনবাসী আমি,—যে ডাকিয়া ঘরে লইবে তার ঘরই আমার ঘর, যে ঘৃণা করিয়া তাড়াইয়া দিবে, তার ঘরই আমার পর।

'আরে বেইমান কাউয়া, এই সগল কথা তোরে কে শিখাইল, কোন বান্দিনীর ঝিয়ে শিখাইল?'

উদয়তারা এবার ফাটিয়া পড়িল, 'আ লো বান্দিনীর ঘরের চান্দিনী। মুখ সামলাইয়া কথা ক, বুক সামলাইয়া বাড়ি যা। বেশি কথা তুলিস না, ছালার মুখ খুলিস না।'

সুবলার বউ আর সহ করিতে পারিল না। সাংঘাতিক একটা কিছু করিবার আয়োজনে সে আরও একটু আগাইয়া আসিয়া অনন্তর একখানা হাত ধরিল। অনন্তও জোর করিয়া মাসীর হাত ছাড়াইয়া উদয়তারার আশ্রয়ে নিজেকে নিরাপদ করিয়া লইয়া বলিল, 'তুমি আমারে আদর জানাইও না মাসী।'

মাসীর ধৈর্যের বাধ ভাঙ্গিয়া গেল। অপমানে তার মাথা লুটাইয়া পড়িতে চাহিল। উদয়তারা অবিশ্রাম গালি দিয়া চলিয়াছে। সবই অনন্তর জন্য। রাগে মাসীর আপাদমস্তক জলিয়া গেল, বলিল, আদর আমি তোকে জানাইবই, তবে, মুখে নয়, হাতে।

এই বলিয়া সে অনন্তর চুলের মুঠি ধরিয়া পিঠে দুমদুম করিয়া কীল মারিতে লাগিল। অনন্ত ভয়ার্ত চোখে মাসীর ক্রুদ্ধ জলন্ত চোখ দুটির দিকে চাহিয়াই চোখ নত করিল এবং তার ক্রোধের আগুনে নিজেকে সম্পূর্ণ ছাড়িয়া দিল। মার খাইতে খাইতে অনন্ত পাটাতনে নেতাইয়া পড়িল। সকলে থ হইয়া দেখিতেছিল। সহসা যেন সম্বিৎ পাইয়া উদয়তারা গর্জাইয়া উঠিল এবং সিংহিনীর থাবা হইতে হরিণ-শিশুর মত অনন্তকে মাসীর কবল হইতে মুক্ত করিল। অনন্ত তখন বলির কবুতরের মত কাঁপিতেছে।

তারপর যে কাও হইল তাহা বলিবার নয়। উদয়তারা সহ নৌকার সব কয়জন স্ত্রীলোক মিলিয়া সুবলার বৌকে পাটাতনে শোয়াইল, তারপর সকলে সমবেতভাবে হাতেপায়ে প্রহারের পর প্রহারের দ্বারা জর্জরিত করিতে লাগিল।

অনেক মার মারিয়া জব্দ করার পর, শেষে তাহারা ছাড়িয়া দিল। অতি কষ্টে দেহটা টানিয়া তুলিয়া সুবলার-বৌ বুকের ও উরুর কাপড় ঠিক করিল এবং আলুখালু বেশে টলিতে টলিতে নিজেদের নৌকায় গিয়া উঠিল।

চারিদিকের নৌকাওলি হইতে হাজার হাজার লোক তখন তাহার দিকে চাহিয়া আছে।

অপমানে, লজ্জায় সে আর মাথা তুলিতে পারিল না। সঙ্গিনীরা তাহাকে ধরিয়া বসাইলে সে পাটাতনের উপর শুইয়া ডুকরাইয়া কাঁদিয়া উঠিল।

উদয়তারার দল বিজয়গর্বে ফুলিতে লাগিল। কিন্তু অনন্ত তখনও কাঁপিতেছে। পুরুষেরা দাঁড় টানিয়া নৌকা সরাইয়া লইতেছে। আর কোনদিন বোধ হয় দেখা হইবে না। অনন্ত ভয়েভয়ে ওদিকে ঘাড় ফিরাইল। মাসী পাঠাতনের উপর উপুড় হইয়া ফোঁপাইতেছে। সেই নৌকার পুরুষেরা হতভম্ব হইয়া পড়িয়াছিল। বলিল, থাক আর নাও-দোঁড়ানি দেখিয়া কাজ নাই। চল ফিরিয়া যাই।

৩।২।র। ফিরিয়া চলিল। অনেক দূরপথ। কিন্তু তাড়া নাই। অনেক বেলা আছে। নৌকা-দৌড়ের এলাকা ছাড়াইয়া খোলা জায়গায় আসিয়া তাহার হাপ ছাড়িল। দেখা গেল, এত দেরী করিয়াও একখান নৌকা দৌড়ের এলাকার দিকে যাইতেছে। যাইতেছে আর সারি গাহিতেছে — সকলের সকলি আছে আমার নাই গো কেউ। আমার অন্তরে গরজি উঠে সমুদ্দুরের ঢেউ। নদীর কিনারে গেলাম পার হইবার আশে। নাও আছে কাওারী নাই শুধু ডিঙা ভাসে।

দুবঙা প্রজাপতি

সুবলার-বউয়ের জীবনে একটা প্রচণ্ড ঝড় বহিয়া গিয়াছে। ছেলেবেলা মা বাবা তাকে অত্যন্ত ভালবাসিত। কোনদিন তারা তার গায়ে হাত তোলে নাই। মালেদের পাড়ার মেয়েতে মেয়েতে ঝগড়া হয়, গালাগালি করে। কিন্তু পাড়ার পাঁচজনের কেউ কোনদিন তার প্রতি কটুবাক্য প্রয়োগ করে নাই। পাড়ার মধ্যে তার নিজের একটা মর্যাদা ছিল। একটা গর্ব ছিল। আজ তাহা একেবারে খর্ব হইয়া গিয়াছে।

আজ সে দেহে মনে বিপর্যস্ত। সমস্ত শরীরে ব্যথা; এখানে-ওখানে ফুলিয়া গিয়াছে। নৌকা হইতে নামিয়া কোনো রকমে বাড়ি আসিল। কাহাকেও কিছু না বলিয়া একটা পাটি বিছাইয়া শুইয়া পড়িল। নৌকাতে অন্যান্য মেয়ে যারা ছিল, তাদের নিকট হইতে সকল প্রতিবেশীরা অগোঁণে ঘটনাটা জানিতে পারিল। সকল কথা শুনিয়া তার মা একবাটি হলুদ-বাট গরম করিয়া আনিয়া বলিল, ‘কাপড় তোল, কুনখানে কুনখানে বেদনা করে ক’। দেখি। ইস, গাও যে আগুনের মত ততা।’

আদর পাইয়া তার চোখে জল আসিয়া পড়িল।

মা তার তুই চোখ মুছাইয়া দিয়া বলিল, আ-লো নিশতুরি, তর নি এই দশা। তর বুকের না, পেটের না, তার লাগি তর কি!’

সুবলার বউ কোনো কথা বলিল না।

– ঐ কলিজা-থেকোকে তুই কেন আদর জানাইতে গেলি, দশজনের মাঝে তুই বেইজ্জত হইলি!

সে এবারও নিরুত্তর রহিল।

তার মা আর কথা না বাড়াইয়া, তারই কাছে শুইয়া পড়িল। বুড়া রাতের জালে গিয়াছে।

বুড়ি শুইয়া শুইয়াই তামাক টানিল, তারপর বাতি নিভাইল এবং সারারাত মেয়েকে বুকে করিয়া রাখিল। তার স্তন ফুটি শুখাইয়া দড়ির মত হইয়া গিয়াছে। মেয়ে তারই মধ্যে তার অলস স্তনদুটি ডুবাইয়া দিয়া গভীর আরাম পাইল। মা তার তোবড়ানো গালের সঙ্গে মেয়ের মসৃণ গৌরবর্ণ

গালথানা মিশাইলে, মেয়ের দুই চোখ ঘুমে জড়াইয়া আসিল। শরীরের ব্যথায় মাঝে মাঝে ঘুম ভাঙ্গে, আবার ঘুম আসে। এই চেতন-অচেতনের ফাঁকে ফাঁকে কেবলই তার মনে হইতে থাকে, এ সংসারে কেবল মা-ই সত্য, আর কিছু না।

পরের দিন তার শরীরের ফোলা কমিয়া গেল, ব্যথা কমিয়া গেল। মনও অনেকটা হালকা হইয়া আসিল। মনে তখনো যেটুকু দাহ ছিল, জুড়াইবার জন্য সূতা-কাটা আর জাল-বোনাতে আত্মনিয়োগ করিল। কিন্তু পাড়াতে তার হারানো মর্যাদা আর ফিরিয়া পাইল না।

পাড়ার পাঁচজনের মুখ হইতে ঘটনাটা ভিনজাতের পাড়াতেও ছাপাইয়া পড়িল। এঘটনার পর পাড়ার যুবকদের নিকটই তার মুখ দেখাইতে লজ্জা করিত। তার উপর বামুন কায়েতের যুবকরা পর্যন্ত উঠান দিয়া যাইবার সময় তার ঘরের দিকে উঁকি মারিতে থাকিত। এভাবে লাঞ্ছিত হইয়া শেষে সে ঘরের দরজা বন্ধ করিয়া রাখিত, সারাদিন আর খুলিত না। কিন্তু তবু তার নিষ্কৃতি হইল না। একদিন থালা ধুইবার জন্য ঘাটে যাওয়ার সময়ে মঙ্গলার বউ তাকে পথে দেখিতে পাইয়া বলিল, 'কি গ ভইন, বাড়ির কাছে বাড়ি, ঘরের কাছে ঘর, তবু যে দেখা পাওয়া যায় না, কারণ কি?'

'শরীর ভাল থাকে না দিদি । মধ্যে মধ্যে জ্বর জ্বর লাগে। আর বাপের জালখান পুরান হইয়া গেছে। মাছের ওতায় টিকে না। নতুন একখান জালও চাই। ঘরে কি পাঁচটা ভাই আছে না ভাই-বউ আছে। একলা আমারই ত বেবাক করন লাগে।'

'ত দরজা বন্ধ থাকে কিয়ের লাগি?'

সুবলার বউ ইহার কোন উত্তর দিল না।

'তা, দুয়ার বন্ধই কর আর যাই কর ভইন, কথাখান নগরে বাজারে জানাজানি হইয়া গেছে।'

সুবলার বউ আওনের মত জ্বলিয়া উঠিল, 'কোন কথাখান, কি গ মহনের মা, কোন কথাখান।'

—আমার কোনো দোষ নাই ভইনসকল। বাজারের লোক যারা তামসীর বাপের বাড়ি তবলা বাজায় তারা কহিয়াছে। তারা বামুন, তার কায়েত। তারা শিক্ষিত লোক। মালোদের চেয়ে তারা বুঝে শুনে বেশি।

তাদের দোকান থেকে মালোর জিনিস বাকি আনে। জিয়লের ক্ষেপে, যাইবার সময় তমলুক দিয়া তাদের নিকট হইতে টাকা আনে। বিয়া-শাদিতেও টাকা ধার দেয় তারা। গ্রামের অধিক মালো তাদের বশ। তাদের কথা মালোরা কি গ্রাহ্য না করিয়া পারে। তারা যা বলিয়াছে মালোদের কাছে তা ব্রহ্মার লেখ। তারা বলিতেছে, বিধবামানুষ দরজা বন্ধ করিয়া থাকে, লাজে মুখ দেখায় না, কি হইয়াছে আমরা কি তাহা বুঝিতে পারি না?

শুনিয়া সুবলার বউ স্তম্ভিত হইয়া গেল। পায়ের তলা হইতে তার যেন মাটি সরিয়া যাইতেছে। কিন্তু সম্বিৎ হারাইল না। পড়ি পড়ি করিয়া সে বাড়ি চলিয়া আসিল।

ইহার পর যে-কেহ তার দিকে তাকাইত, সে চক্ষু রক্তবর্ণ করিয়া তার দিকে এমনি জ্বলন্ত দৃষ্টি নিক্ষেপ করিত যে, সেখানে তার তিষ্ঠিবার উপায় থাকিত না। একদিন তামসীর বাপের বাড়ির কাছে দাঁড়াইয়া যারা তবলা বাজায় গান গায়, তাদের লক্ষ্য করিয়া এমন গালি শুরু করিল যে, একঘন্টার আগে থামিল না। পাড়ার আর আর সব মেয়ের বলিতে লাগিল, মাগো মা, রাঁড়ি যেন একবারে 'বাঙ্কে খাড়া' হইয়াছে।

সে মালোপাড়া হইতে উহাদের পাট উঠাইবার চেষ্টা করিতে লাগিল। কিন্তু কোন পথ পাইল না। আগের মাতবররা এখন আর তেমন নাই, থাকিলে অনায়াসে একটা বিহিত করা যাইত। যাত্রাবাড়ির রামপ্রসাদ মালো-সমাজে বিধবাবিবাহ চালাইতে গিয়া জব্দ হইয়াছে। গ্রামের চক্রবর্তী ঠাকুর পুরোহিত দর্পণ খুলিয়া মালোদিগকে বুঝাইয়াছে, বিধবার বিবাহ দিলে নরকে যাইতে হইবে। কাজেই ব্রাহ্মণ পণ্ডিতের কথা শিরোধার্য করিয়া রামপ্রসাদকে তাঁরা অগ্রাহ্য করিয়াছে। এখন আর মালো-সমাজে তার তত প্রভাব নাই। দয়ালচাঁদ আগে উচিত কথা বলিত। তাদের যাত্রা দলে সেজন্য মুনিঋষি সাজিত। শহরে যাত্রা গাহিয়া তারা তাকে বড়লোকের কাছ থেকে সোনারূপার মেডেল পাওয়াইয়াছে। ইহার পর দয়ালচাঁদও আজকাল ইহাদের দিকেই ঝুকিয়া পড়িয়াছে। এখন আর আগের মত উচিত কথা কহিবে না। কিন্তু সুবলার বউয়ের মধ্যে বিপ্লবী নারী বাস করে। সে দমিতে জানে না।

'মহনের মা, এই গাঁওয়ের মাইয়া আমি, বিয়া হইছে এই গাওয়ে। আমি নি ডরাই বাজাইরা লোকেরে গো।'

মঙ্গলার বউ বলে, 'তুমি মাইয়া-মানুষ। তুমি কি করতে পার ভইন।'

'আমি সব পারি। আর কিছু না পারি আঙন লাগাইয়া গাঁও জ্বালাইয়া দিতে পারি।'

'গাঁওয়ের একঘরে আঙন লাগলে সহস্রেক ঘর পুড়া যায়। বাজাইরা পাড়া যেমুন পুড়ব মালোপাড়াও পুড়ব। তোমার ঘর পুড়ব, আমার ঘর পুড়ব। তারা যেমুন মরব, আমরাও ত মারা যামু ভইন।'

'অপমানের বাঁচনের থাইক্যা সম্মানের মরণও ভাল। দিদি।'

কথাটা মালোর ছেলেদেরও মনে ধরিল। তিনজন লোক তবলা বাজাইয়া বেশি রাতের পর উঠিয়া বাড়ি যাইবার সময় মালোর ছেলেরা পথে পাইয়া তাহাদিগকে শুধু হাতে অনেক মার মারিল। মার থাইয়া দলের লোকজন ডাকাইয়া তারা একত্র মিলিত হইল, কি করা যায় তাহা স্থির করার জন্য। অনেক বাদানুবাদের পর স্থির হইল তারা সামনাসামনি প্রতিশোধ নিবেন। মালোদের জানমাল বলিতে গেলে তাহাদেরই হাতে। মালোদিগকে তার হাতে না মারিয়া অন্য উপায়ে মারিবে।

সেই দিন হইতে মালোপাড়ার আকাশে একখও কাল মেঘ ভাসিয়া থাকিল। কেউ জানিল না তার ছায়া কালক্রমে কতখানি আতঙ্কের বিষয় হইয়া দাঁড়াইবে।

সেদিন কাদিরের ছেলের নূতন যে নৌকা দৌড়াইবার জন্য থলায় গিয়াছিল, সে নৌকা আর ফিরিল না। প্রতি বৎসরই এমন হয়। কোনো-না কোন গায়ের নৌকার সঙ্গে কোনো না কোন গায়ের নৌকার সংঘর্ষ লাগেষ্ট। পুরানো ঝগড়া থাকিলে তো কথাই নাই। সুযোগ দেখিয়া নৌকাখানা সটান শক্রনৌকার পেটে ঢুকাইয়া দেয়। বিদীর্ণ হইয়া যায় সে নৌকা। মারের উপকরণ নৌকাতেই প্রস্তুত থাকে। শুরু হইয়া যায় মারামারি। কত লোকের মাথা ভাঙ্গে, হাত, পা, কোমর ভাঙ্গে। কত লোক জলে পড়িয়া গিয়া আর উঠে

না। প্রতিবৎসরই এমন একটা দুটা মারামারি হয়। প্রতিযোগিতার সময় প্রতি বৎসরই কোন না একটা নৌকা আর একটা নৌকার উপরে উঠিয়া পড়ে। এবৎসর উঠিল ছাদিরের নৌকার উপরে।

ছাদিরের নৌকাখানাকে বিদীর্ণ করিয়া দিল যে নৌকাখানা, ছাদিরের লোক তাদের চেনে না। ঘটনাটা চক্ষুর নিমেষে ঘটিয়া গেল! একমুহূর্ত আগেও তার নৌকা ময়ূরের মত বৈঠার পেখম উড়াইয়া সর্পের গতিতে চলিতেছিল। পলক ফেলিতে দেখে তারা বিক্ষিপ্ত হইয়া জলে পড়িয়া গিয়াছে।

ঘর নিস্তব্ধ! কাহারো মুখে কথা নাই। সকলে রুদ্ধ নিশ্বাসে শুনিতেছে। এবাড়ির সকলের ভাগ্যে যেন একটা ঝড় বহিয়া এখন সবকিছু স্তব্ধ হইয়া গিয়াছে। কেরোসিনের বাতিটা টিমটিম করিয়া ঘরটাকে আলো দিয়া রাখিয়াছে মাত্র। আসলে সব কিছুই যেন আঁধারে জমাট বাঁধিয়া গিয়াছে। সকলের আগে রমু। সে তার বাপের প্রত্যেকটি কথা গিলিতেছে। বাপকে তার কাছে খুব বড় বোধ হইতে লাগিল। এতবড় একটা বিপদ ঘাড়ে লইয়া বাঁচিয়া আসিল যে মানুষ, সে এত বড় যে নাগাল পাওয়া যায় না।

দীর্ঘনিশ্বাস ছাড়িয়া কাদির মিয়া বলিল, 'খোদা মেহেরবান, তোরে বাঁচাইছে। আর সব লোকের না-জানি কি গতি হইয়াছে।'

'জানি না বাপ। আমিই কি বাঁচতাম। জলে পইড়া দেখি, শতে বিশতে নাও। কোনটা গেল মাথার উপর দিয়া, কোনটা গেল ডাইনে দিয়া, কোনটা গেল বায়ে দিয়া। কোনটার লাগল ছিটাপানি, কোনটার লাগল বৈঠার বাড়ি। শেষে আমি দুই চক্ষে অন্ধকার দেখলাম। এমন সময় দেখলাম তারে। চিনলাম। হাত বাড়াইলাম। ঝাঁপ দিয়া পানিতে পড়ল। আমারে পাছড়াইয়া শেষে তার নাওয়ে নিয়া তুলল। ঐ যে আলুর নাও ডুববার কালে যেজন বাঁচাইছিল সেই জাল্লা ভাই।'

সকৃতজ্ঞ চোখে সকলেই আর একবার বনমালীকে দেখিল। তার উপর রমুর অসীম শ্রদ্ধা হইল।

পাড়াতে একটা কান্নাকাটির রোল উঠিবার উপক্রম হইয়া ছিল। পাড়ার যুবক বলিতে যারা ছিল সকলেই ছাদিরের নৌকাতে গিয়াছিল। এই বিপদের কথা শুনিয়া সকলেই অভিভূত হইয়া পড়িল। এমন সময় তাদের দুই একজন করিয়া আসিয়া উপস্থিত হইতেছে দেখিয়া কাদির বলিল : এখন চঞ্চল হইও না, আর কতক্ষণ বিলম্ব কর, খোদা আনিলে দেখিবে, সকলেই আসিয়া পড়িবে।

তার কথাই ঠিক হইল। এই পথে যত নৌকা আসিতেছে প্রায় সবগুলিতেই দুইজন চারিজন করিয়া তারা সকলেই প্রায় নিরাপদে ফিরিয়া আসিল।

রমুর ভাবনা হইল, যখন সকলেই আসিল, তখন নৌকাখানাও ফিরিয়া আসিলে ভাল হইত। এক সময়ে ছাদির সহসা অভিভূত হইয়া বলিল, ‘বাজান, তোমার পাঁচশ টাকা দিয়া আইলাম তিতাসের তলায়।‘ কাদির অনেক সান্ত্বনা বাক্যে তার মনের ভার লাঘব করিলে সে বনমালীর হাত ধরিয়া বলিল, ‘তুমি ভাই হইলেও আছ, বন্ধু হইলেও আছ। চাইরটা জলচিড়া না খাওয়াইয়া ছাড়ছি না।‘

কাদিরেরও মনে হইল, ঠিক কথা, ইহাদিগকে আপ্যায়ন করিতেই হইবে।

বাপ-বেটার মিলিত অনুরোধ তারা কিছুতেই এড়াইতে পারিল না।

রমুর মার বাপের-বাড়ি হিন্দুপাড়ার নিকটে। সে প্রশস্ত গোয়াল ঘরখানা বেশ করিয়া নিকাইয়া দিল। কলসী হইতে চিড়া বাহির করিয়া ক্ষিপ্রহস্তে কুলাতে করিয়া ঝাড়িয়া দিল। ছাদির ক্ষিপ্রহস্তে গাই দুহিয়া অনেক দুধ আনিয়া দিল। কাদির মিয়া কুমার পাড়া হইতে একদৌড়ে নিয়া আসিল একটি নূতন হাঁড়ি।

উদয়তারা তিনখানা মাটির ঢেলার উপর হাঁড়ি বসাইয়া কাঠের আগুনে দুধ জ্বাল দিতেছে। আগুনটা এককবার কমে, আবার দপ্‌ করিয়া বাড়িয়া উঠে। যখন বাড়িয়া উঠে তখন উদয়তারার মুখটা লাল দেখায়। যখন নিভিয়া যায়, মুখটা নিচু করিয়া ফু দেয়। তখনি সহসা জ্বলিয়া উঠে। সে আগুনে উদয়তারার মুখটা আবার লাল দেখায়। দূরে দাঁড়াইয়া

অনেকক্ষণ ধরিয়া দেখিতেছিল জমিলা। কাদিরের একমাত্র মেয়ে সে। শেষে নিশ্চিত ভাবে চিনিয়া ফেলিল রমুর মাকে বারান্দা হইতে টানিয়া নামাইয়া কহিল, "অ ভাবী, এ যে সেই মানুষ। আমার পয়লা নাই ওরের সময় পথে যারে দেখছিলাম। ডুবাইয়া ডুবাইয়া কলসী ভরছে সেই মানুষ। যার কথা কতবার কইছি।'

সারা দিনের শ্রান্তি। ঝগড়ার ঝামেলা। তার উপর ক্ষুধা। গোয়ালঘরে বসিয়া কলাপাতায় তুধবাতাস মিশাইয়া তার সেদিন পরিতৃপ্তির সহিত 'জলচিড়া' খাইল। খাওয়ার পর জমিলা উদয়তারাকে টানিয়া অন্দরে নিয়া বসাইল, বলিল : বিয়ার পর আমার পয়লা নাইওর। আমি ছিলাম নৌকার ছইয়ের ভিতরে। ছইয়ের মুখ ছিল একখানা শাড়ি গুজিয়া বন্ধ করা। বাতাসে শাড়ির গোজাটা খুলিয়া গেল। তুমি তখন ঘাটে ঢেউ দিয়া জল ভরিতেছিলে। আমি তোমাকে দেখিলাম। মনে হইল যেন কতকালের চেনা। জানা নাই শোনা নাই, কি জানি কেন একজনকে দেখিয়া এত ভাল লাগে। তাই আমি বারে বারে দেখিলাম। কিন্তু তুমি আমাকে দেখিলে না। পরের বারে এখানে আসিয়া বাপকে বলিয়াছিলাম, সই পাতিব। বাপ বলিল, নাম জানিনা নিশানা জানিনা, কি করিয়া খুঁজিয়া পাইব। তারপর কতবার তোমার ঘাট দিয়া নাইওরে গিয়াছি। তখন আমি পুরান। শাড়ির বেড়া নিজ হাতে খুলিয়া আতিপাতি করিয়া চাহিয়াছি, তোমাকে দেখিতে পাই কিনা। দেখিতে পাই নাই। আর কি কাও, আজ তুমি নিজে যাচিয়া আসিয়াছ। আসিয়াছ যখন, তুমি এখানে দুইদিন বেড়াও, তোমার বাড়িতে আমারে নিয়া দুইদিন রাখ।

শুনিয়া উদয়তার শুধু একটা দীর্ঘনিশ্বাস ফেলিল। তার জমিলা নামটা খুব ভাল লাগিল, কিন্তু সে সংসারের সম্বন্ধে এত অনভিজ্ঞ দেখিয়া বেদনাবোধ করিল।

কালোমেঘ সরিয়া গিয়া চাঁদ উঠিলে দেখিতে কেমন সুন্দর হয়; তেমনি একটা খুববড় বিপদ কাটিয়া গিয়া মনের মুখের উদয় হইলে সে মুখ কত মধুর হয়, তাহা কাদিরের বাড়িতে তখন যে না দেখিয়াছে তাহাকে কি বলিয়া বুঝানো যায়।

নৌকায় ঝগড়া মারামারির দরুণ মনে যে অস্বস্তিটুকু ছিল কাদিরের বাড়ি অতিথি হইয়া তারা তাহা সম্পূর্ণরূপে ভুলিয়া গেল। মনে স্নেহ ও প্রীতির অনুপম এক ছোপ লইয়া তারা নৌকাতে গিয়া উঠিল।

আকাশে তখন চাঁদ উঠিয়াছে। তারই আলোকে তিতাসের ছোট ছোট ঢেউগুলি চিকমিক করিতেছে। সেই ঢেউ ভাঙ্গিয়া নৌকা আগাইয়া চলিল। গেল না কেবল বনমালী আর অনন্ত। গৃহকর্তার নির্বন্ধাতিশয্যে তারা আজ এখানে রহিয়া গিয়াছে।

পরদিন সকালে অনন্তর ঘুম ভাঙ্গিলে বাহিরে গেল। গোয়ালঘরে একপাল গরু ডাকাডাকি করিতেছে। বাছুরগুলি ছাড়া পাইয়া অকারণে লাফাইতেছে। অদূরেই বর্ষার জল থই থই করিতেছে। ছোট বড় নানা জাতের গাছগুলি কোমর-জলে আটকা পড়িয়াছে। তারই সঙ্গে এক একটা ডিঙ্গি বাঁধা। একটা খোলা জায়গাতে বাঁশের লম্বা 'আড়া' বাঁধিয়া তার উপর ঝুলাইয়া পাট শুকাইতে দিয়াছে। যেন খুব বড় একটা পাটের দেওয়াল বানাইয়া রাখা হইয়াছে। ভিজ পাটের গন্ধ দিগ্বিদিকে ছাইয়া ফেলিয়াছে। আকৃষ্ট হইয়া ঝাঁকে ঝাঁকে ফড়িং উড়িতেছে বসিতেছে। অনন্ত নিবিষ্ট মনে সেগুলি দেখিয়া চলিয়াছে। দেখিতে দেখিতে একখানে মোড় ঘুরিবার সময় দেখিল রমু দাঁড়াইয়া আছে। অনন্তর মত তারও চোখেমুখে বিস্ময়। তার সঙ্গে কথা বলিবার জন্য রমুর প্রাণ ছটফট করিতেছিল। সে শুধু ভাবিতেছিল তাহাদের বাড়িতে এরা রহিয়া গিয়াছে, তাদের আপন হইয়া গিয়াছে, কি মজা। কথা বলার উপলক্ষ্য খুঁজিতে খুঁজিতে এক সময়ে রমু বলিল, 'তুমি ফড়িং ধরনা?'

অনন্ত বলিল, 'না।'

রমু আবার বলিল : ওই বাঁশের পুল পার হইয়া যে-বাড়ি, সে-বাড়িতে থাকে গফুর, আমার চাচাত ভাই। সে খুব ফড়িং ধরে আর আড়কাঠি বিঁধাইয়া ছাড়িয়া দেয়, তারা ছটফট করিয়া মরিয়া যায়। দেখিয়া আমার মনে বড় কষ্ট লাগে। তুমি ফড়িং ধরনা, তুমি কত ভাল।

এমন সময় রমুর মা গাদায় ফেলিবার জন্য গোয়ালঘর হইতে এক ঝুড়ি গোবর লইয়া যাইতেছিল। তারা দুইজনকে একসঙ্গে পরিচিতের মত

কথা বলিতে দেখিয়া তার মাতৃহৃদয় উচ্ছ্বসিত হইয়া উঠিল। যাইবার সময় শশী গাছ হইতে টুক করিয়া একটি শশা পাড়িয়া অনন্তর হাতে দিয়া বলিল, 'ধর বা'জি, থাও।'

শশাটা হাতে লইয়া অনন্ত বিস্মিতভাবে চাহিয়া রহিল। রমু বলিয়া দিল, মা।

মা নাম শুনিয়াই অনন্ত তার পায়ে টিপ করিয়া একটা প্রণাম করিয়া আসিল।

গ্রামে ফিরিয়া অনন্ত লেখাপড়ায় মন দিল। গোঁসাই বাবাজী যেদিন তাকে প্রথম 'কালা আখর' শিখাইল, সেদিন তার আনন্দ উপছাইয়া উঠিল। একটি নূতন জগৎ তাকে দ্বার খুলিয়া ডাকিয়া নিয়া গেল। তারপর দুই আখরে তিন আখরে মিলিয়া এক একটা কথা হইল। এ সকল কথা মুখে যেমন বলা যায় তেমনি লিখিয়াও প্রকাশ করা যায়। দেখিয়া তার বিস্ময়ের অবধি রহিল না। তিনকোণা, চারকোণা, গোল, নানারকমের আখরগুলি কলাপাতায় নক্সা করিতে কি যে ভাল লাগে। রাতে শুইলেও সেগুলি আকার নিয়া চোখের সামনে ঝলঝল করিতে থাকে।

দেখিতে দেখিতে শিশুশিক্ষা শেষ হইয়া যায়। বনমালীর গর্ব হয়। সে বইটার যে-কোন একটা জায়গা আঙুল দিয়া দেখাইয়া বলে, এইখানে পড় দেখি। অনন্ত পড়ে। আবার অন্য জায়গায় দেখায়, এইখানে কি লেখা আছে পড় দেখি। অনন্ত পড়ে। কোথাও ঠেকে না। মাঝে মাঝে বনমালার দীর্ঘনিশ্বাস পড়ে। বলে, 'কালা আখর কেমুন জিনিস সময় থাকতে জানলাম না, অখন তা-ই শিখলাম।'

শিশুশিক্ষা শেষ করিয়া বাল্যশিক্ষা ধরে। তার সঙ্গে ধারাপাত। ঘোড়ায় চড়িল আবার পড়িল, কথাগুলি নূতন কিন্তু আখরগুলি চেনা। শিশুশিক্ষাতেই এ সবই পাওয়া গিয়াছে। এখানে একটা ছবি আছে। লোকটা ঘোড়া ছুটাইয়াছে। পড়িয়া যাওয়ার ছবি নাই। কোন সময় পড়িয়া গিয়া উঠিয়া পড়িয়াছে, সেটা দেখিতে পায় নাই বলিয়াই ছবি দেয় নাই। তারপর আসিল যুক্তাক্ষর। এগুলি কঠিন এবং জটিল। কিন্তু এই কঠিনতায়

জটিলতায় যে একটা মোহ আছে, অনন্তকে তাহা পাইয়া বসিল। তারা নূতন নূতন রূপ নিয়া তার মানসলোকে আপনা থেকে আসিয়া ধরা দিতে লাগিল।

অনন্তবালাকেও তার কাছে পড়িতে দেওয়া হইল। কিন্তু মেয়েটার পড়াতে বিশেষ মন নাই। কিছুই শিখিতে পারে না। পড়েই না শিখিবে কি করিয়া। সে কেবল একবার অনন্তর দিকে চাহিয়া থাকে, আবার বাহিরে যেখানে ধানক্ষেতের সঙ্গে আকাশ মিশিয়াছে সেইদিকে চাহিয়া থাকে। হয়তো দূরে যেখানে আরেকটা গাঁ আছে তার দিকে চোখ মেলিয়া ধরে। আর সুযোগ পাইলেই কেবল কথা বলে। কোনো অর্থ হয় না, কোনো দরকারে লাগে না এমন সব কথা বলিতে থাকে। একবার বলিতে থাকিলে থামানে মুশকিল হয়।

কোনদিন বলে, আজ আমাদের বাড়িতে অনেক কথা হইয়াছে। তোমারে আমারে নিয়া। নামে নামে মিল আছে কিন্তু অত মিল ভাল নয়। তাই তোমার নামটা বদলাইলে আমার নামও বদলাইতে বলিব। জান, তোমার কি নাম রাখিবে। মা বলিয়াছিল হরনাথ রাখিতে। কিন্তু ছোটখুড়ির পছন্দ হইল না, বলে পীতাম্বর রাখিতে। কিন্তু এ নাম আবার বড়খুড়ির পছন্দ না হওয়াতে অনেক তর্কাতর্কির পর বড়খুড়ি যে-নাম রাখিতে বলিল তাহা রাখ। হইবে স্থির হইল। তোমার নাম হইবে গদাধর।

—এ নাম আমার মাসীর পছন্দ হইবে না।

—কিন্তু রাখা যখন হইয়া গিয়াছে, আর ত বদলাইতে পারিবে না।

—আমার নাম বদলাইবার আবার কি দরকার পড়িল।

—তুমি বুঝি জান না। মা জানে, বাবা জানে, আমি জানি। আর তুমি জান না। তোমাকে বলিতে আমায় নিষেধ করিয়াছে তাই বলিব না। তোমাকে নিয়া আমাদের বাড়িতে অনেক কথা হয়। তোমাকে চিরদিনের জন্য আমাদের বাড়িতে থাকিতে হইবে। তারা কোথাও যাইতে দিবে না। তারা বলে তোমাকে কেবল আমার সঙ্গেই মানাইবে, আর কারো সঙ্গে না।

—আমি যদি না থাকি।

—জোর করিয়া রাখিবে। বাঁধিয়া রাখিবে।

—হে, আমাকে বাঁধিয়া রাখিবে। এক সময় হট করিয়া কোথায় চলিয়া যাইব। জানিলে ত।

অনন্ত সত্যই যাইবার জন্য প্রস্তুত হইতেছে। পাঠশালার ফিরতি-পথে এক নাপিত-বাড়িতে পেয়ারা গাছ ছিল। নাপিতানী একদিন তাকে পেয়ারা খাইতে দিয়াছিল আর ছুটির দিন তাকে গিয়া রামায়ণ পড়িয়া শুনাইতে বলিয়াছিল। রামায়ণ শুনিতে শুনিতে নাপিতানী তার মনে এক অনির্বাণ অগ্নি জ্বালাইয়া দিল।

—অনন্ত তোর রামায়ণ-পড়া আমার খুব ভাল লাগে। তোকে আমি ভাল পরামর্শ দিই। তুই চলিয়া যা। এখানে তোকে দ্বিতীয় শ্রেণী পড়াইয়া জেল-নৌকায় তুলিবে। অধিক পড়া তোর হইবে না। কিন্তু তোকে আরো শিখিতে হইবে, বিদ্বান হইতে হইবে। বামুন কায়েতের ছেলেদের মত এলেবিয়ে পাশ করিতে হইবে। এই তিনকোণা পৃথিবী চন্দ্র সূর্য ভূমণ্ডল সব তোকে জানিতে হইবে। সাতসমুদ্র তের নদীর কথা, পাহাড় পর্বত হাওর প্রান্তরের কথা তোকে জানিতে হইবে। এ সংসারে কত বই আছে। হাজার হাজার বই লক্ষ লক্ষ বই। এক এক বইয়ে এক এক রকম কথা। তোকে সব পড়িতে হইবে, পড়িয়া সব শিখিতে হইবে।

'অত বই আছে সংসারে?

—আছে। এখানে থাকিয়া তা তুই কি করিয়া বুঝিতে পারিবি। এখানে থাকিলে তুই আর কখানা বই পড়িতে পাইবি। শহরে চলিয়া যা। কাছের শহরে নয়। দূরের। তুই একেবারে কুমিল্লা শহরে চলিয়া যা।

'যামু যে, থামু কি কইর। পড়ার টাকা পামু কই।'

—পরের মাকে মা ডাকিবি, পরের বোনকে বোন ডাকিবি। ভগমানে তোকে না থাওয়াইয়া রাখিবে না। তোর লেখাপড়াতে মন আছে দেখিলে তারা তোর নিকট পড়ার বেতন লইবে না। নিজের খরচে তোকে বই কিনিয়া দিবে।

অনন্ত এসব কথা শুনিয়া আসিত আর রাতদিন কেবল ভাবিত। অজানা একটা রহস্যলোক তাকে নিরবধি হাতছানি দিয়া ডাকিত। আনন্দের

একটা অনাস্বাদিত উন্মাদনায় তার মন এক এক সময় ভয়ানক চঞ্চল হইয়া পড়িত।

শেষে শীঘ্রই একদিন সে তার প্রার্থিত বস্তুর সন্ধানে পথে পা বাড়াইল।

মালোদের একতায় যেদিন ভাঙ্গন ধরিল, সেইদিন হইতে তাদের দুঃসময়ের শুরু। এতদিন তাদের মধ্যে ঐক্য ছিল বজ্রের মত দৃঢ়; পাড়াতে তারা ছিল একটা আঁটসাট সামাজিকতার সুদৃঢ় গাঁথুনির মধ্যে সংবদ্ধ। কেউ তাদের কিছু বলিতে সাহস করে নাই। পাড়ার ভিতর যাত্রার দল ঢুকিয়া সেই ঐক্যে ফাটল ধরাইয়া দিল।

যাত্রাদলের যারা পাণ্ডা, তারা অর্থে ও বুদ্ধিতে মালোদের চেয়ে অনেক বড়। তারা অনেক শক্তি রাখে। কিন্তু একসঙ্গে সর্বশক্তি প্রয়োগ না করিয়া, অল্পে অল্পে প্রয়োগ করিতে লাগিল। যেদিন বিরোধের সূত্রপাত হইয়াছিল তার পরের দিন তারা তামসীর-বাপের বাড়িতে আরও জাঁকিয়া বসিল। এতদিন ছিল শুধু তবলা, এবার আসিল হারমনিয়ম, বাঁশি ও বেহালা। গীতাভিনয়ের তিন রকমের তিনটা বই আসিল। আগে কেউ নামও শুনে নাই এমনি একটা পালার তালিম দেওয়া সুরু হইল। তামসীর বাপ আগে সেনাপতি সাজিত, তাকে দেওয়া হইল রাজার পাঠ। জানাইয়া দিল মালাপাড়ার ছেলেদের তারা সখীর পাঠ দিবে। অভিভাবকেরা ছেলেদের যাত্রাদলে যোগ দিতে নিষেধ করিল। তারা বিড়ি খায়, ঘাড়কাটা করিয়া চুল ছাঁটে, গুরুজনের সামনে বেলাহাজ কথা বলে। ঠাকুর দেবতার গান ছাড়িয়া পথেঘাটে সখীর গানে টান দেয়, এতে তাদের স্বভাবচরিত্র থারাপ হইয়া যায়।

অন্য পাড়া হইতে সখী সংগ্রহ হইল। কিন্তু সাজ-মহড়া হইল মালাপাড়াতে। তামসীর-বাপের উপর মালার চাটল। কিন্তু মালার মেয়ের মহড়া দেখিতে গিয়া মুগ্ধ হইল, কাঁদিয়া ভাসাইল এবং ছেলেদের সখী সাজিতে দিবে বলিয়া সঙ্কল্প করিল। পরের মহড়ায় মালাপাড়ার কয়েকটি ছেলে অন্য পাড়ার ছেলেদের সঙ্গে সখী সাজিয়া নাচিল। বাম হাত কোমরে রাখিয়া ডান হাতের আঙুল চিবুকে লাগাইয়া গাহিল, 'চুপ, চুপ চুপ লাজে সরে যাবে, ধীরে ধীরে চল সজনীলো। ধূলা দিয়ে সখী আমাদের চোখে গোপনে প্রণয় রেখেছে

ঢেকে, এবার ভোমর যাবে লো ছুটে, চল, না যেতে যামিনী লো, চুপ, চুপ' ইত্যাদি।

তাদের মায়ের দিদির মুগ্ধ হইল। নাচখানা যেমন অপূর্ব গানখানাও তেমনি নূতন। এর ভাব, এর ভাষা, এর ভঙ্গি মালোদের গানের থেকে সম্পূর্ণ আলাদা। এর স্বরও অন্য রাজ্যের। তারা মুগ্ধ হইল এবং পরদিন হইতে যাত্র দলের প্রতি অনুরক্ত হইল।

অন্যান্য মালোরা তাদের বাঁধা দিল। একঘরে করিবার ভয় দেখাইল। বুঝাইতে চেষ্টা করিল যাত্রার ঐ গান গানই নহে। উহার ভাব খারাপ, অর্থ খারাপ। এতে ছেলেদের মাথা বিগড়াইবে। মেয়েদেরও মন খারাপ হইবে। কিন্তু তারা বিচলিত হইল না। বরং বলিল; আরে রাখ রাখ, মালোদের গান আবার একটা গান। এও গান আর আমরা যা গাই তাও গান। আমরা তো গাই—'আজো রাতি স্বপনে শ্যামরূপ লেগেছে আমার নয়নে। ফুলের শয্যা ছিন্নভিন্ন ছিন্ন রাধার বসনে ॥ কিবা গানের ছিরি। যাত্রার ঐ গানের কথা যেমন সুন্দর, সুর ও তেমনি, শোনা মাত্রই মুগ্ধ করে। আমরা ছেলে যাত্রাদলে দিবই, তোমরা একঘরে কর আর যাই কর।

ফলে মালোদের মধ্যে দুইটা পক্ষ হইয়া গেল।

মঙ্গলার বউ একদিন ঘাটে পাইয়া জানাইল, 'পথে বিপদ আছে ভইন, একটু সাবধানে পা বাড়াইও। একজন নাকি তোমারে 'আজনাইবে'। কথাখান আমার মহনের কানে আইছে।'

সে কে, জিজ্ঞাসা করাতে মঙ্গলার বউ যার নাম করিল সে পাটনী-পাড়ার অশ্বিনী। বেটে-খাট চেহারা। মাথায় ঝাঁকড়া চুল। আগে গয়নার নৌকা বাহিত। এখন যাত্রাদলে রাজার ভাই সাজে।

এর প্রমাণও একদিন পাওয়া গেল। সুবলার বউ কলসী ও কাপড় লইয়া ঘাটে গেল, সহস দেখিতে পাইল অশ্বিনী একটু দূরে থাকিয়া তাহাকে দেখিতেছে। চোখাচোখি হওয়া মাত্রই সে গান তুলিল, 'যেইনা বেলা বন্ধুরে ধইল-ঘোড়া দৌড়াইয়া যাও, সেই বেলা আমি নারী সিনানে যাই। কুথেনে বাতাস আইলো বুকের কাপড় উড়াইল, প্রাণবঁধু দেখিল সর্ব গাও।'

গানের অর্থ সহজেই হৃদয়ঙ্গম হইল।

দুপুরে ঘরে বসিয়া রাঁধিতেছিল। এমন সময় সেই গানেরই আর একটা কলি শোনা গেল। উঠান দিয়া হাঁটিয়া যাইতেছে আর গান করিতেছে, 'যেই না বেলা বন্ধুরে রাজ-দরবারে যাও, সেই বেলা আমি রান্ধি। কাচা চুলা আর ভিজা কাষ্ঠরে বন্ধু, ধুয়ার ছলনা কইরে কান্দি।'

এতদূর পর্যন্তও সহ্য করা গিয়াছিল। কিন্তু আরেকদিন যখন থাইতে বসিয়া সুবলার বউ আবার সেই গানেরই আরেক কলি শুনিল, 'যেইনা বেলা বন্ধুরে বাঁশিটি বাজাইয়া যাও, সেই বেলা আমি নারী থাই। শাশুড়ী ননদীর ডরে কিছু না বলিলাম তোরে, অঞ্চল ভিজিল আঁখির জলে।' তখন সে আর সহ্য করিতে পারিল না। এঁটো হাতেই ছুটিয়া বাহিরে আসিল, চীৎকার করিয়া বলিল, 'আমার ঘরে শাশুড়ীও নাই ননদীও নাই। আমি কুন বেটারে ডরাই না। নির্ভয়েই কই, তুই আয়। বাপের ঘরের হইয়া থাকিস তো, অখনই আয়। আশপড়সীর সামনে দিলে পরেই তরে আমি ধরে নিতে পারি, তুই আয়।'

তার গলা শুনিয়া মঙ্গলার বউ, দয়ালচাঁদের বিধবা ভগিনী, কালোবরণের মা সকলেই বাহির হইল। তার চীৎকারের কারণ শুনিয়া ওদিকে মঙ্গলার ছেলে মহন, রামদয়াল গুরুদয়াল তারা দুই ভাই, লাঠি লইয়া ছুটিয়া আসিল। কিন্তু অশ্বিনী ততক্ষণে পাড়া ছাড়াইয়া বাজারে পা দিয়াছে।

'কিরে মহন, কি অ সাধুরবাপ মধুরবাপ! ইটা আমার বাপের দেশ ভাইয়ের দেশ। ইথানে আমি কাররে ডরাইয়া কথা কই না। ইথানে আমারে যেজন আজনাইব, এমন মানুষ মার গর্ভে রইছে। আমার কথা ছাড়ান দেও, আমি কই মালোপাড়ার কথা। দিনে দিনে কি হইল কও দেখি।'

রামদয়াল গুরুদয়াল সকলেই খুব চটিল এবং পাড়ার লোককেও চটাইল, আর তাকে সমুচিত শাস্তি দিবে বলিয়া সকলে সঙ্কল্পও করিল। কিন্তু যাত্রার মহড়াতে সে যখন দরাজ গলায় গানে টান দিল, 'হরির নামে মজে হরি বলে ডাক, অবিরাম কেন কাঁদবে বেটী-ঈ-ঈ-।' তখনই মালোদের রাগ পড়িয়া গেল। কেবল মোহনের মনে সুবলার বউয়ের কথাগুলি জ্বলন্ত অঙ্গারের মত জ্বলজ্বল করিতে লাগিল।

মালোদের নিজস্ব একটা সংস্কৃতি ছিল। গানে গল্পে প্রবাদে এবং লোকসাহিত্যের অন্যান্য মালমসলায় সে সংস্কৃতি ছিল অপূর্ব। পূজায় পার্বণে,

হাসি ঠাট্টায় এবং দৈনন্দিন জীবনের আত্মপ্রকাশের ভাষাতে তাদের সংস্কৃতি ছিল বৈশিষ্ট্যপূর্ণ। মালো ভিন্ন অপর কারে পক্ষে সে সংস্কৃতির ভিতরে প্রবেশ করার বা তার থেকে রস গ্রহণ করার পথ সুগম ছিল না। কারণ মালোদের সাহিত্য উপভোগ আর সকলের চাইতে স্বতন্ত্র। পুরুষানুক্রমে প্রাপ্ত তাদের গানগুলি ভাবে যেমন মধুর, সুরেও তেমনি অন্তরস্পর্শী। সে ভাবের, সে সুরের মর্ম গ্রহণ অপরের পক্ষে স্বসাধ্য নয়। ইহাকে মালোর প্রাণের সঙ্গে মিশাইয়া নিয়াছিল, কিন্তু অপরে দেখিত ইহাকে বিক্রূপের দৃষ্টিতে। আজ কোথায় যেন তাদের সে সংস্কৃতিতে ভাঙ্গন ধরিয়াছে। সেই গানে সেই সুরে প্রাণ ভরিয়া তান ধরিলে চিত্তের নিভৃতিতে ভাব যেন আর আগের মত দানা বাধিতে চায় না, কোথায় যেন কিসের একটা বজ্রদৃঢ় বন্ধন শ্লথ হইয়া খুলিয়া খুলিয়া যায়। যাত্রার দল যেন কঠোর কুঠারাঘাতে তার মূলটুকু কাটিয়া দিয়াছে।

অনেকেই নিরাশ হইয়া কালের স্রোতে গাঁ ভাসাইয়া দিল। নিরাশ হইল না কেবল মোহন। তার গলা ভাল। গানেও সে অনুরাগী। বাপ পিতামহের কাছ থেকে ভাটিয়ালী গান, হরিবংশ গান, নামগান অনেক শিখিয়াছিল। অধুনা মালোর সে সব গান ভুলিয়া যাইতেছে। নূতন ধরণের হাল্কা ভাবের হাল্কা কবির গান আসিয়া সে সব গাম্ভীর্যপূর্ণ, প্রাণময়, ভাব-সম্পদময় গানের স্থান অধিকার করিতেছে। এ দুঃখ সে মনের গভীরে বহদিন অনুভব করিয়াছে। কিন্তু কালের স্রোত রুধিবার শক্তি কার আছে। এখন কালই পড়িয়াছে এই রকম। ভালো জিনিস পুরানো হইয়া হইয়া বাতিল হইয়া যাইবে আর হালকা জিনিস আসিয়া দশজনের আসরে জাকিয়া বসিবে। সে লোক ডাকিয়া খঞ্জনি ও রসমাধুরী যন্ত্র লইয়া দুপুর বেলাতেই গান গাহিতে বসিল।

কিন্তু তারা যখন গাহিল, ‘গউর রূপ অপরূপ দেখলে না যায় পাসর। আমি, গিয়াছিল সুরধুনী, ডুবল তুই নয়নতারা।‘ তখন অপর দুইজন মালোরছেলে আর দুইটি যুগী ছেলের সঙ্গে সুর মিলাইয়া পাশের বাড়ির উঠান হইতে তারস্বরে গাহিয়া উঠিল, ‘সাজ সাজ সৈন্যগণ সাজ সমরে। তোমরা যত সৈন্যগণ যুদ্ধের কর আয়োজন, সাজ সাজ সৈন্যগণ সাজ সমরে।‘

দেখিয়া মোহনের মনে খেদ উপস্থিত হইল খে, তার গান ঐ গানের মধ্যে কোথায় তলাইয়া যাইতেছে। তার দলের লোকেরাও যেন অন্যমনা হইয়া গিয়াছে। মনে মনে যেন সেই গানেরই তারিফ করিতেছে। আজকাল দুপুরবেলা আর গান জমে না, এই বলিয়া তারা বৈঠক ভাঙ্গিয়া উঠিয়া পড়িল।

কিন্তু এখনো পর্যন্ত যাহা শুনিতে বাকি ছিল, একদিন বৈকালে তাহাও শুনিতে পাওয়া গেল; আজ রাতে যাত্রার নূতন পালার মহড়া হইবে কালোবরণের বাড়িতে।

মালোদের এখনো যারা নিজেদের সংস্কৃতিকে বাঁচাইতে তৎপর তারা শুনিয়া হায় হায় করিতে লাগিল। কেউ কেউ কালোবরণকে গিয়া বুঝাইতে চেষ্টা করিল; দেখ বেপারী, মালোপাড়ার যারা মাথা, সেই দয়ালচাঁদ, কৃষ্ণচন্দ্র, হরিমোহন সবইত যাত্রার দিকে ঝুঁকিয়াছে। ছিলাম এক, হইয়া গেলাম দুই, নিত্য রেষারেষি, নিত্য খোচাখুচি। কোন দিন আমরা নিজেরাই লগি-বৈঠা লইয়া মারামারি করিতে লাগিয়া যাইব তার ঠিক নাই। মালো পাড়ার মাথায় যারা এই বজ্র ডাকিয়া আনিল, শেষ পর্যন্ত তুমি তাদের পথেই পা বাড়াইলে। না বেপারী, তুমি আমাদের দলে থাক। চল, মাতবরদের বুঝাইয়া সুঝাইয়া আবার মালোপাড়াতে আগের মত একতা ফিরাইয়া আনি। আমরা যাত্রা গাহিব কেন। আমাদের কি গান নাই! ময়-মুরুব্বিবর কি আমাদের জন্য গান কিছু কম রাখিয়া গিয়াছে। সে সব গানের কাছে যাত্রা গানতো বাদী। সামনে ঘোর দুর্দিন দেখিতেছি। যাত্রা লইয়া পাড়াতে যাহা শুরু হইয়াছে, তাহার শেষ না জানি কত ভয়ানক হইবে, সেই চিন্তাই করি। এখন তুমিই ভরসা। আজ তোমার বাড়িতে যাত্রা গাহিয়া যাওয়ার অর্থই সারা মালোপাড়ার বুকের উপর বসিয়া যাত্রা গাহিয়া যাওয়া।

কিন্তু কালোবরণ কথাগুলি শুনিয়াও যেন শুনিল না এইরকম ভাব দেখাইয়া চুপ করিয়া রহিল।

তারা ক্ষুন্নমনে ফিরিয়া আসিল।

'অ, মহন, আ মনমহন, আর ভরসা নাই। কালনাগে দেখি তারেও খাইছে।'

মনমোহন নিস্তেজ কণ্ঠে বলিল, আমাদিগকে ফেলিয়া সকলেই লঙ্কা পার হইতেছে। দয়ালচাঁদ গিয়াছে, কৃষ্ণচন্দ্র গিয়াছে। গৌরকিশোর গিয়াছে, কালোবরণও গেল। সব যাইবে।

না না, মহন, সব যাইব না। সুবলার বউয়ের দৃঢ় কণ্ঠস্বরে সকলেই যেন সচকিত হইয়া উঠিল।

—দয়ালচাঁদ গিয়াছে, কৃষ্ণচন্দ্র গিয়াছে। আরে মহন, তুইত যাস নাই। তুই আছিস, সাধুর বাপ মধুর বাপ আছে। ছ'কুড়ি ঘরের তিনকুড়ি গিয়াছে। আরো ত তিনকুড়ি আছে। এই নিয়াই আমরা শেষ পর্যন্ত টিকিয়া থাকিব। বেনালে বেঘোরে আমরা গাঁ ভাসাইব না। যে ক' ঘর থাকিবে, তাই নিয়া আমরা শেষ পর্যন্ত সংগ্রাম করিয়া যাইব। মালোপাড়াতে যারা বিপদ ডাকিয়া আনিয়াছে, এক ওয়া কাটিয়া যারা দুইভাগ করিয়াছে, আমরা কিছুতেই তাদের নিকট নতি স্বীকার করিব না। কালোবরণ বেপারীর বাড়িতে আজ যদি যাত্রা দেয় ত, তোর বাড়িতেও আসর জমা। আজ একটা পরীক্ষা হইয়া যাক।

সুবলার বউ মোহনকে লইয়া বসিল। দুইজনেই স্মৃতির হয়ার খুলিয়া যে সকল ভাল ভাল গান বিস্মরণ হইয়াছিল, মনের মধ্যে সেগুলিকে ডাকিয়া আনিল। তারমধ্যে আবার যেগুলি খুব জমে, সেগুলিকে লইয়া মুখে মুখে একটা তালিকা প্রস্তুত করিল।

এই-এইগুলি বিচ্ছেদ গান। দেহতত্ত্বের পরেই গাইবি। আর নিশি-রাতে গাইবি ভাইট্যাল গান। হরিবংশ গাইবি রাত পোহাইবার অল্প বাকি থাকতে। ভোরে ভোরগান আর সকালে গোষ্ঠগান গাইয়া তারপর মিলন গাইয়া আসর ভঙ্গ করবি।

যাত্রাওয়ালারা সন্ধ্যার পর বেহালা ও হারমনিয়ামের বাক্স এবং বাঁয়া-তবলা লইয়া কালোবরণের উঠানে বসিয়া যখন ঢোলকে চাপড়ি দিল তখন মোহনের দলও খঞ্জনি রসমাধুরী যন্ত্র লইয়া বসিয়া গেল। এবাড়িতে ওবাড়িতে দূরত্ব শুধু থানদুই ভিটা। ওবাড়িতে কথা বলিলে এ বাড়ি থেকে শোনা যায়।

ও বাড়িতে যখন বীরবিক্রমে বক্তৃতা চলিতেছে, এবাড়িতে মোহনের দল দেহতত্ত্ব শেষ করিয়া বিচ্ছেদগান শুরু করিয়াছে : ভোমর কইও গিয়া, কালিয়ার বিচ্ছেদে রাধার অঙ্গ যায় জ্বলিয়া ॥ না থায় অন্ন না লয় পানি, না বান্ধে মাথার কেশ, তুই শ্যামের বিহনে রাধার পাগলিনীর বেশ।।

সারা মালোপাড়া দুই ভাগে ভাগ হইয়া দুই বাড়িতে ভাঙ্গিয়া পড়িয়াছে। বেশির ভাগ গিয়াছে কালোবরণের বাড়িতে। তাদের চোখমুখে নূতনের প্রতি অভিনন্দনের ভাব। মোহনের বাড়িতে যারা আসরে মিলিয়া বসিয়া গিয়াছে তাদের চোখে মুখে সংস্কৃতি রক্ষার দৃঢ়তা।

রাধার বিচ্ছেদবেদন সুরে স্বরে লহরে লহরে উৎসারিত ও বিচ্ছুরিত হইতেছে। সকলের প্রাণের মধ্যে একটা বেদনার হাহাকার ওমরিয়া উঠিতেছে। দলের বড় গায়ক উদয়চাঁদ রসমাধুরী ঠাট করিতে করিতে বলিল, এখানে এ গানটা চলিতে পারে, 'জীবন জুড়াব যেয়ে কার কাছে, দয়াল কৃষ্ণবিনে বন্ধু ভবে কে আছে। কারো কারো মনঃপুত না হওয়াতে বলিল, তবে এটা তুলিতে পার, কি গো কালশশী, তোমার বাশি কেনে রাধা বলে, কৃষ্ণ বলে না। দুঃখিনী রাধারে হরি সপলা কার ঠাই। ব্রজগোপীর ঘরে ঘরে ঠাঁই মিল না দাঁড়াইবার।'

তার চেয়েও উত্তম গান মোহনের স্মরণেই ছিল। বলিল, তার আগে এই গানটা হোক, 'এহি বৃন্দাবনে ব্রজগোপীগণে বুরিয়াছে ছ'নয়ানে। পশুপক্ষী সবে কান্দিছে নীরবে হায় হায় কৃষ্ণবলে।'

আজ কৃষ্ণের মথুরায় গমন। শূন্য বৃন্দাবন একসারে ক্রন্দন করিতেছে। পশুপাখী, গাভীবৎস, দ্বাদশবন, যমুনাপুলিন, চৌরাশি ক্রোশ ব্রজাঙ্গন একযোগে রোদন করিতেছে। ব্রজগোপীর চোখের জলে পথ পিছল। সেই পিছল পথে রথের চাকা কতবার বসিয়া গিয়াছে। ব্রজগোপী কতবার গাহিয়াছে, 'প্রাণ মোরে নেওরে সঙ্গেতে, ব্রজনাথ রথ রথ কালিন্দীর তটেতে।' কিন্তু তবু তার যাত্রা থামে নাই। ব্রজগোপীর বুকজোড়া কামনা হৃদয়ছোঁয়া ভালবাসাকে দলিত মথিত করিয়া, তার বুকখানা দুমড়াইয়া গুড়াইয়া দিয়া তার রথ চলিয়া গিয়াছে। ব্রজগোপী সবদিক দিয়া আজ

কাঙাল। তবু আশা ছাড়ে না। তবু বলে, 'ম'লে নি গো পাব, এ প্রাণ জুড়াব, যায় যায় চিত জ্বলে।'

একটা বেদনা-বিধুর ভারাক্রান্ত পরিবেশের মধ্যে গানটা সমাপ্ত হইল। ও বাড়িতে তখন বিবেকের গলা শোনা গেল, 'লাগল বিষম যুদ্ধ এবার দেবতা দানবে—এ-এ। লাগল বিষম যুদ্ধ এবার।'

বিশ্রাম নিতে নিতে উদয়চাঁদ বলিল, লাগছে যখন, যুদ্ধ ভাল কইরাই লাউক। ভাইট্যাল গান একটা স্মরণ কর মহন। রাত বাড়িয়া চলিয়াছে। কালোবরণের বাড়ি হইতে হাসির কলরোল ভাসিয়া আসিতেছে। বোধ হয় কোনো হাসির পাঠ অভিনয় হইতেছে। মালোদের ছেলেমেয়ে বউঝি গিন্নিবান্নিরা পর্যন্ত সেখানেই গিয়া ভিড় বাড়াইতেছে। মোহনের বাড়ির জনতা পাতলা হইয়া আসিতেছে। কিন্তু যারা গাহিতেছে, জনতা বাড়িল কি কমিল সেদিকে তাদের লক্ষ্য নাই। এখন রাত গভীর হইয়াছে। এখন ভাটিয়াল গাহিবার সময়। এখন এমন সময়, যখন জীবনের ফাঁকে ফাঁকে জীবনাতীত আসিয়া উঁকি দিয়া যায়। এখন কান পাতিয়া রাত্রির হৃদস্পন্দন শুনিতে শুনিতে অনেক গভীর ভাবের অজানা স্পর্শ অনুভব করা যায়। অনেক অব্যক্ত রহস্যের বিশ্বাতীত সত্তা এই সময় আপনা থেকে মানুষের মনের নিভৃতে কথা কহিয়া যায়। সে কথা ভাটিয়ালী সুরে যে ইঙ্গিত দিয়া যায় অন্য সময়ে তাকে ধরাছোঁয়ার মধ্যে পাওয়া যায় না।

মোহনের দল এখন যে গান তুলিল, তিতাসের অপর তীরে গিয়া তাহা প্রতিধ্বনি জাগাইয়া দিল। 'কানাইরে বেলা হইল দুই রে প'র। প্রাণটি কাঁপে রাধার থর থর রে, মথুরার বিকি যায় রে বইয়া রে সুন্দর কানাইরে। কানাইরে, পার হইতে কংস রে নদী, নষ্ট হইল রাধার ভাওের দধি রে অ কানাই, নষ্ট করলি দধির ভাও ছাইয়া রে সুন্দর কানাইরে। এই রাধা বৃন্দাবনের প্রেমাভিসারিকা রাধা নহে। এ রাধা জন্ম-মৃত্যু দুই তীরের পারাপারশীল মানব আত্মা। কংসনদী অর্থাৎ যমুনা নদী এখানে জন্মমৃত্যুর সীমারেখা। আত্মা তার খেলাঘর ছাড়িয়া উজান ঠেলিয়া চলিয়াছে। নিঃসীম অন্ধকারে তার এপার ওপার আবৃত। কানাই বেশী ভূমাই তাহাকে পার করিয়া চালাইয়া নিবার মালিক, আত্মা নিষ্কলুষ হইলে কি হইবে, তার পার্থিব

দধিভাণ্ডের প্রতি মায়া জাগে। কিন্তু নারায়ণ তাকে ঐহিক সবকিছুর কলঙ্ক-স্পর্শ থেকে নিমুক্ত করিয়া, পরিশুদ্ধ করিয়া লইতে চান, নিজের মধ্যে গ্রহণ করিবার পূর্বে। এই জন্য তিনি দধির ভাও স্পর্শ করিয়া সব দধি নষ্ট করিয়া দিয়াছেন। সকল মালো এর সব অর্থ না বুঝিলেও, গানের স্বরে সুদূরের কি কথা যেন ভাসিয়া আসিয়া তাদের জীবনে এক জীবনাতীতের বাণী শুনাইয়া গেল। গানে তারা উদাম হইয়া উঠিয়াছে।

'কালো কালো কোকিল কালো, কালো ব্রজের হরি। থঞ্জন পক্ষীর বুক কালো, চিত ধরিতে না পারি।। শুতিলে না আসে নিদ্রা বসিলে ঝুরে আঁখি। (আমি) শিখান বালিশ পইথান বালিশ বুকে তুইল্যা রাখি।।' পরম প্রার্থিতের সঙ্গে মিলনের চরম ক্ষণ ঘনাইয়া আসিতেছে। রজনীর ক্রমবর্ধমান গভীরত। এই কথাই জানাইয়া দিতেছে। চতুর্দিকে আদি অস্তহীন কালোবরণ। তারই স্নিগ্ধ অরূপ রূপমাধুর্যে চিত গিগাসিত। এ পিপাসা অনন্তের রূপমধু। পানে উন্মুখ। মুহূর্তগুলি আর কাটিতে চাহিতেছে না। ক্রমেই অস্থিরতা বাড়িতেছে, এমন সময় আসিয়াছে যখন শুইলে না আসে নিদ্রা বসিলে ঝুরে আঁখি।

রাত বোধ হয় আর বেশি নাই। এখনই হরিবংশ গানের সময়। এর নাম কি কারণে হরিবংশ গান হইল, মালোরা তাহা জানে না। বাপ পিতামহের কাছ হইতে শিখিয়াছে এই গান, আর শিখিয়া রাখিয়াছে যে এর নাম হরিবংশ গান। এর কথা বিচ্ছেদবিধুর মানবাত্মার সুগম্ভীর আকূতি। এর স্বর অত্যন্ত দরাজ। পুরা করিয়া টান দিলে দিকদিগন্তে তাহা ধ্বনিত প্রতিধ্বনিত হয়। এ গান এখন আর বেশি লোকে গাহিতে পারে না। পুরাপুরি স্বর খুলিয়া গাহিতে পারে একমাত্র উদয়চাঁদ।

'মাটির উপরে বৃক্ষের বসতি, তার উপরে ডাল, তার উপরে বগুলার বাসা, আমি জীবন ছাড়া থাকব কত কাল ॥ নদীর ঐ পারে কানাইয়ার বসতি, রাধিকা কেমনে জানে।...' কথার ওজস্বিতায় না হোক সুরের উদাওতায় জীবন-রাধিক কাওয়ারীকানাইকে সহজেই খুঁজিয়া বাহির করিল এবং মরণ-নদী পার হইল। এদিকে রাত্রিও শেষ হইয়া আসিয়াছে। ওদিকে কালোবরণের বাড়ি হইতে তখনও গান ভাসিয়া আসিতেছে,

সারারাতি মালা গাখি মুখে চুমু খাই রে, চিনির পান। মুখখান তোর আহ। মরে যাইরে। কিন্তু এ গান অপেক্ষা ভাটিয়াল গানের আকর্ষণ অধিক হওয়ায় দলে দলে লোক কালোবরণের বাড়ি হইতে মোহনের বাড়িতে চলিয়া আসিল। উৎসাহ পাইয়া উদয়চাঁদ তার সবচেয়ে প্রিয় গানখানাই এবার তুলিল। সকলেই জানে যে এ গানটি যতবার গাহিয়াছে প্রত্যেকবারই উঠিয়া সঙ্গে সঙ্গে নাচিয়াছে। এ গানে তার সঙ্গে আরও দুই একজনে উঠিয়া হাত নাড়িয়া নাচিয়া থাকে।

ও বাড়িতে তারা অন্তের গান কেবল শুনিয়াছে, গাহিবার যারা তারা একাই গাহিয়াছে। কিন্তু এবাড়ির গান মালোদের সকলেরই প্রাণের গান। যতদূরেই থাক, এর সুর একবার কানে গেলে আর যায় কোথা। আমনি সেটি প্রাণের ভিতর অনুরণিত হইয়া উঠে। কাছে থাকিলে সকলের সঙ্গে গলা মিলাইয় গায়। দূরে থাকিলে আপন মনে গুন গুন করিয়া গায়। আজও তারা উদয়চাঁদের সহিত স্বতঃস্ফূর্ত আনন্দ মিশাইয়া গাহিল :

না ওরে বন্ধু বন্ধু বন্ধু, কি আরে বন্ধু রে,
তুই শ্যামে রাধারে করিলি কলঙ্কিনী।
মথুরার হাটে ফুরাইল বিকিকিনি।।
না ওরে বন্ধু —
তেল নাই সলিতা নাই, কিসে জ্বলে বাতি।
কেবা বানাইল ঘর, কেবা ঘরের পতি॥
না ওরে বন্ধু —
উঠান মাটি ঠন্ ঠন্ পিড়া নিল সোতে।
গঙ্গা মইল জল-তরাসে ব্রহ্মা মইল শীতে ॥

এমন সময় কাক ডাকিয়া উঠিল। চারিদিক ফরসা হইয়া আসিল এবং আসরের বাতি নিভাইয়া দেওয়া হইল। কালোবরণের বাড়ি একেবারেই নীরব ও নির্জন হইয়া গিয়াছে। মোহনের উঠানে লোকের আর ঠাঁই কুলাইতেছে না। বিজয়ের গর্বে উল্লসিত মোহন বলিয়া উঠিল, 'ঠাকুর সকল, দুইখান নামগান গাইয়া যাও। আমি গিয়া খোল করতাল আনি।'

নামগান আরও কঠিন। তাই বহুদিন ধরিয়া গাওয়া হয় না। আজ অনেকদিন পরে এক উঠানে সব মালো সমবেত হইয়াছে। এমন আর কোন দিন হইবে। তাই আজ একবার প্রাণ ভরিয়া নামগান গাহিতেই হইবে। এ গানের সুর খুব চড়া। গাহিতে খুব শক্তির দরকার। গায়কেরা চার ভাগে ভাগ হইয়া থৈও থৈও উহাকে গাহিয়া নামায়। একটি গান নামাইতে ঝাড়া এক প্রহর সময় লাগে।

মোহন বলিল, 'ঠাকুর সকল, সহচরী গাইবা না বস্ত্রহরণ গাইবা।'

'সহচরী'ই গাহিবে ঠিক হইল।

'সহচরী, উপায় বল কি করি,' এই বলিয়া রাধা তার আক্ষেপ শুরু করিল। আমার অতি সাধের সাধনার ধন হারাইলাম। আগে জানিলে কি সই করিতাম প্রেম, তারে দিতাম কুলমান। যা হোক, অনেক চেষ্টা চরিত্র করিয়া তাকে তো প্রায় ভুলিয়াই গিয়াছিলাম। কিন্তু তোরা একি করিলি, চিত্রপটে তার রূপ দেখাইয়া আমায় আবার কেন তাকে মনে করাইয়া দিলি। তোরা আমায় ধর; আমার জীবন যাইবার সময় উপস্থিত, তোরা আমায় ধর।

গান শেষ হইল, যখন রোদ চড়িল তখন। মালোদের মনও বুঝি এই কাঁচা রোদের মতই স্বচ্ছ হইয়া গিয়াছে। অনেকদিন পরে আজ তারা প্রাণ খুলিয়া মিশিল এবং গান গাহিয়া মনের গ্লানি দূর করিল।

কিন্তু দুইদিন পরে যখন কালোবরণের বাড়িতে বাক্স-বাক্স সাজ আসিল, এবং রাত্রিতে যখন সাজ পোষাক পরিয়া সত্যিকারের যাত্রা আরম্ভ হইল, মালোরা তখন সব ভুলিয়া যাত্রার আসর ভরিয়া তুলিল। বালক বৃদ্ধ নারী পুরুষ কেউ বাদ রহিল না। সকলেই গেল। মাত্র দুইটি নরনারী গেল না। তারা সুবলার বউ আর মোহন। অপমানে সুবলার বউ বিছানায় পড়িয়া রহিল, আর বড় দুঃখে মোহনের দুই চোখ ফাটিয়া জল আসিতে লাগিল।

ভাসমান

এই পরাজয়ের পর মালোরা একেবারেই আত্মসত্তা হারাইয়া বসিল। তাদের ব্যক্তিত্ব, বৈশিষ্ট্য, সংস্কৃতি ধীরে ধীরে সবই লোপ পাইতে লাগিল। তাদের নিজস্ব একটা সামাজিক নীতির বন্ধন ছিল, সেইটিও ক্রমে ক্রমে শ্লথ হইয়া আলগা হইয়া গেল। একসঙ্গে কোন কাজ করিতেই তারা আর তেমন জোর পাইত না। সামান্য বিষয় নিয়া তারা পরস্পর ঝগড়া করিত। এমন কি, ঘাটে নৌকা ভিড়াইবার সময়, কে আগে ভিড়াইবে এই লইয়া মারামারি পর্যন্ত হইত। জাল ফেলিবার সময় কার আগে কে ফেলিবে এ নিয়া তীব্র প্রতিযোগিতা হইত। তারই পরিণতিতে তাদের প্রধান দুইটি দলের মধ্যে মাথা ফাটাফাটিও হইত। অথচ এর আগে এসব কোনকালেই হইত না।

তাদের ছেলেরা হকা ছাড়িয়া সিগারেট ধরিল। তারা আগের মত গুরুজনদিগকে মানিত না। বাপখুড়াদের প্রতি তাদের ভক্তি যেমন হ্রাস পাইল, তেমনি সহানুভূতিও কমিয়া গেল। রোজগারের প্রতি তাদের মনও আর আগের মত রহিল না। তিতাসের মাছ ফুরাইয়া গেলে মালোর আগে তোড়জোড় করিয়া প্রবাসে যাইত। এখন আর যায় না।

তাদের পাড়াতে তখন যাত্রাওয়ালাদেরই আধিপত্য। তারা যখন যার বাড়িতে খুশি, গিয়া বসিত। আলাপ জমাইত। সে আলাপে শেষে মেয়েরাও যোগ দিত। ইহা মালোদের কখনো কখনো অস্বস্তিকর লাগিত; কিন্তু ইহার প্রতিবাদ করার জোর পাইত না। মেয়েদের কাছে এই সব রাজা, রাজপুত্র, সেনাপতি, বিবেক এক একটা অসাধারণ পুরুষ। মালোরা বড় ভাইয়ের বউদের ডাকে শুধু বউ বলিয়া আর এর ডাকে, বউদি বলিয়া। মেয়েরা আরও খুশি হয়। ইহারা মালোপাড়ার বউঝিদের সম্বন্ধে নিজেদের পাড়ার যুবকদের কাছে নানা রসাল গল্প বলিত। ঐসব যুবকরাও কৌতুহলের বশে তাদের সঙ্গে আসিয়া মালোদের বাড়িতে বসিত। কথা বলিত। বলিত ভাল কথাই। কিন্তু মেয়েরা যখন ঘাটে যাইত, তারা তখন

সুযোগ দেখিয়া শিষ দিত কিংবা আচমকা কোনো বিচ্ছেদের গানে টান দিত। এইভাবে মালোর অন্তঃপুরের শুচিতা পর্যন্ত হারাইতে বসিল।

মালোর এ সবই দেখিত এবং ইহার ফলাফলও বুঝিতে পারিত। কিন্তু প্রতিবাদ করার জোর পাইত না। চুপ করিয়া থাকিত এবং সময়ে সময়ে নিজেরাও এই গড্ডালিকা প্রবাহে গাঁ ভাসাইয়া দিত। মাঝে মাঝে এ নিয়াও ঝগড়া হইত। এবাড়ির লোক ওবাড়ির লোককে খোঁটা দিত। ওবাড়ির লোক রাগিয়া বলিত, ভেন্‌ভেন্‌ করিস না ত। আগে নিজের ঘর সামলা। তারপর পরের তরকারিতে লবণ দিতে আসিস। সত্য কথাই। তার নিজের ঘরের লোককে সামলাইতে গেলে, সেখানেও রাগারাগি হইত।

শেষে মেয়েদের বিলাসিতাও খুব বাড়িয়া গেল। সুযোগ পাইয়া স্যাকরারা নানারকম গহনার নমুনা লইয়া, মনোহারী দোকানের লোকের তেল গামছা সাবান লইয়া ঘনঘন আসা যাওয়া করিতে লাগিল। রোজগারের সময় যা রোজগার করিত এইভাবে অপব্যয় হইয়া যাইত। দুর্দিনের জন্য এক পয়সাও সঞ্চয় থাকিত না। তখন তারা উপবাসে দিন কাটাইত। ছেলেমেয়েরা খাইতে না পাইয়া কাঁদিত। মেয়েরা অনেক কাও করিবে বলিয়া ভয় দেখাইত। খাইতে দিতে পারিতেছে না বলিয়া লজ্জা পাইয়া পুরুষরা চুপ করিয়া থাকিত এবং নিরুপায়ের মত কেবল একদিকে চাহিয়া থাকিয়া জোরে জোরে হকা টানিত।

ক্রমে মনুষ্যত্বের পর্যায় হইতে তারা অনেক নিচে নামিয়া গেল। এত নিচে নামিয়া গেল যে, শত্রু নাকের ডগায় বসিয়া শত্রুতা করিয়া গেলেও মুখ তুলিয়া চাহিতে পারিত না। রোষকষায়িত চক্ষু ভূমির উপর নিবদ্ধ রাখিয়া এক দল থুথু মাটিতে ফেলিয়া বলিত, দূর হ কুত্তা, দূর হ কাওয়া। দিনে দিনে তারা আরও নিচে তলাইয়া গেল। শেষে এমন হইল যে, লোন কোম্পানির বাবুর বন্দুকধারী পেয়াদা লইয়া আসিয়া টাকা আদায়ের জন্য মালোদের উপর যখন অকথ্য অত্যাচার চালাইয়া যথাসর্বস্ব লইয়া গেল, তখনও তারা কিছুই বলিতে পারিল না। গ্রামের কয়েকজন উৎসাহী ধনী ব্যক্তি মালোদের জন্য এখানে শহর হইতে ঋণদান কোম্পানির একটা শাখা আনিয়াছিল। সুদ খুব কম দেখিয়া মালোরা সকলেই হুজুগে মাতিয়া টাকা ধার করিয়াছিল। সে

অনেক দিনের কথা। সেই থেকে প্রতি বৎসর চক্রবৃদ্ধি হারে কেবল সুদই যোগাইয়া আসিতেছে, আসল তেমনি অটুট আছে। এখন কোম্পানি উঠিয়া যাইতেছে। আসল আদায় হওয়া দরকার। তাই তারা পেয়াদা-সঙ্গে জবরদস্ত বাবু পাঠাইয়াছে। তার নাম বিধুভূষণ পাল। গ্রামের পালেদের সঙ্গে তার আত্মীয়তা ছিল। তাদের নিকট মালেদের প্রকৃত অবস্থা জানিয়া লইয়া মালাপাড়াতে আসিয়া রুদ্রমূর্তি ধরিল। বুড়াবুড়া মালেদের দাড়ি ধরিয়া টানিয়া জলে নামাইল। চোখ ঘুরাইয়া বলিল, 'ক' তোর কাছে কত আছে।‘ শীতকাল। তিতাসের জলে দাঁড়াইয়া ঠক ঠক করিয়া কাঁপিতে কাঁপিতেও তাদের মুখ দিয়া মিথ্যা কথা বাহির হইত না। সর্বত্র মিথ্যা কথা বলিতে পারিলেও তিতাসের জলে নামিয়া মিথ্যা বলা তাদের পক্ষে অসম্ভব ছিল। কেউ বলিত দুই টাকা আছে; কেউ বলিত এক টাকা বার আনা আছে। কেউ বলিত কিছুই নাই। সব ছাঁকিয়া তুলিয়াও তেমন কিছুই আদায় হইল না দেখিয়া শেষে তারা ঘরের থালা ঘটি বাটি, সূতার হাঁড়ি জালের পুঁটুলি বাহির করিয়া নিয়া ঘোড়ার গাড়িতে তুলিয়া চলিয়া যাইত। এর পর পড়িয়া যাইত কান্নাকাটির ধুম। এমন যে গ্রামের সবচেয়ে বুড়া রামকেশব, যার ছেলে পাগল হইয়া মরিয়াছে, যাকে জীর্ণ দেহ টানিয়া টানিয়া প্রতিদিন নদীতে মাছ ধরায় যাইতে হয়, তাকেও তারা রেহাই দিল না। তার দাড়ি ছিল লম্বা। ধরিবার বেশি সুবিধা হওয়ায় বিধু পাল তাকেই জলে নামাইয়া পাক খাওয়াইয়াছিল সব চাইতে বেশি। কিন্তু সে কাঁদে নাই। নিজেরা কাঁদিয়া ও চোখ মুছিয়া মালোরা যখন তাকে সান্ত্বনা দিতে আসিল, সে বলিল, উপরওয়ালা ফেলিয়াছে চৌদ্দসানকির তলায়, কাঁদিয়া কি করিব।

পালেরা বাজারের দোকানি। মালেদের অনেক জিনিসপত্র বাকি দিয়া রাখিয়াছে। তাদেরও আদায় হওয়া দরকার। তাই রোরুদ্যমান মালেদের প্রবোধ দিতে আসিয়া তারা বলিল, বিধু পাল কড়া মেজাজের লোক। কিন্তু লোক ভাল। সব নিয়াছে, কিন্তু তোমাদের নৌকাগুলিতে হাত দেয় নাই।

কিন্তু এ দুঃসময় বেশিদিন থাকে নাই। আবার তিতাস নদীতে মাছ পড়ে। আবার তাদের হাতে পয়সা আসে। হারানো থালা ঘটি বাটি নূতন

হইয়া ফিরিয়া আসে। ঘরে ঘরে সুতাকাটার ধুম পড়ে। নূতন নূতন জাল তৈয়ার হয়।

সে জালে নানাজাতের মাছ পড়ে। মালোদের মুখে আবার হাসি ফোটে।

কিন্তু বৎসর ঘুরিতে সে হাসিও একদিন মিলাইয়া গেল।

এই পাড়ারই রাধাচরণ মালো কি একটা স্বপ্ন দেখিয়াছে। মালোরা তাহাই আগ্রহভরে শুনিতেছে। শুনিয়া কেউ কেউ বলিতেছে, আরে দূর বোকা, তা কি হইতে পারে। আবার কেউ কেউ শুকনা মুখে বলিল, হইতে ত পারে না। কিন্তু যদি হয়।

রাতে দেখে, রাতে ফুরাইয়া যায়। স্বপ্ন আবার কোনদিন সত্য হয় নাকি?

হয়। যশোদারাণী স্বপ্ন দেখিয়াছিল গোপাল মথুরার মোকামে চলিয়া যাইবে। গেল না? সুবলার শাশুড়ী স্বপ্ন দেখিয়াছিল, জিয়লের খেপে গিয়া সুবল নাও-চাপ পড়িয়া মরিবে। মরিল না?

আরে, সে ত স্বপ্নের কথা বলিয়াছিল সুবল মারা যাওয়ার পর। আগে ত বলিতে পারে নাই। তবেই বোঝ। তুইও এসব কথা প্রকাশ করিবি এখন না, স্বপ্ন ফলিয়া যাওয়ার পরে। এখন চুপ করিয়া থাক।

কিন্তু স্বপ্নদ্রষ্টা চুপ করিল না। তার স্বপ্ন যে কেবল নিশার স্বপ্নমাত্র নয়, সে স্বপ্নের আনুমানিক অনেক কিছুই যে দিনের বেলাতে স্বচক্ষেও লক্ষ্য করিয়াছে এসব কথা খুলিয়া বলিল।

'এতদিন আমি কিছু কইনা তোরা বিশ্বাস করবি না এর লাগি। যাত্রাবাড়ির টেক ছাড়াইয়া কুড়ুইলা খালের মুখ হইতে বেওসাতেক উজানে একটা কুড় আছে না? বাপ দাদার আমল হইতে দেখি সোত সিধা চলে। না কি! সেইদিন জাল ধইরা দেখি জালথানা উল্টাইয়া নিল। সোত ঘুইরা গেছে। এমুন আচানক কাও! তোমরা ত অখন রাতের জাল বাও না, খোঁজখবরও রাখ না। সারারাত জাল লাগাইয়া উজানভাটি ঘুরি। গাঙের অন্ধিসন্ধি ভাল কইরা জানি। কয়দিন ধইরা দেখ তাছি, গাঙের হিসাবে কেমন একটা

লড়চড় হইয়া গেছে। সোত যেখানে আড়, হইয়া গেছে সিধা; যেখানে সিধা, হইয়া গেছে আড়। সেই দিন হইতে মনে বিষম ভাবনা। কি জানি কি একটা হইব। মনে শান্তি নাই, চক্ষে নিদ্রা নাই। আছে খালি ভাবনা। কাল রাইতে মড়াপোড়ার টেকে জাল পাতলাম, মাছ উঠল না; গেলাম পাঁচভিটার টেকে, মাছ নাই; গেলাম গরীবুল্লার গাছের ধারে, কিন্তু জালে-মাছে এক করতে পারলাম না। (যেখানেই যাই, দেখি সোত মন্দা। মাছের দূরে দূরে লাফায়, জালে পড়ে না। শেষে গেলাম কুড় ইলার খালের মুখে। দেখলাম, সোত খালি লাটুমের মত ঘোরে। জাল নামাইয়া পাটাতনের উপর কাত হইলাম। চোখে ঘুম নাই। কেবল একই চিন্তা, তিতাসের কি জানি কি যেন একটা হইতাছে। কোন একসময় চোখের পাতা জোড়া লাগল টের পাইলাম না। এমন সময় দেখলাম স্বপ্ন, তিতাস শুখাইয়া গেছে। এই স্বপ্ন কি মিছা হইতে পারে। দেখলাম, যে-গাঙে বিশ-হাতি বাঁশ ডুবাইয়া তলা ছোঁয়া যায় না, সেই গাঙের মাঝখান দিয়া ছোট একটা মানুষ হাঁটিয়া চলছে। যে যে জায়গা দিয়া সে গেছে, একটু পরেই দেখলাম সেই সগল জায়গায় আর জল নাই; শুকনা। ঠন্ ঠন্ করতাছে। বুকটা ছ্যাৎ কইরা উঠল। হাত পাও কাপতে লাগল। নাওয়ে আমি একলা। এমুন ডর করতে লাগল যে একবার চিৎকার দিয়া উঠলাম। শেষে তিনবার রাম নাম লওয়াতে ডর কমল। এমন স্বপ্ন দেখলে নি আর ঘুম হয়। ঘুমাইলাম না।'

শ্রোতারা সমবেদন জানাইল, আহা বড় দুঃস্বপ্ন দেখিয়াছে রাধাচরণ। মাথায় তেল দিয়া স্নান কর গিয়া।

তার স্বপ্নকে স্বপ্ন বলিয়াই সকলে উড়াইয়া দিল। কেউ বিশ্বাস করিল না। কিন্তু একটা কালোছায়ার মত কৌতুহলমিশ্রিত আশঙ্কা তাহাদিগকে পাইয়া বসিল। কুড়াইল। খালের মুখ হইতে উজানের দিকে যখনই জাল ফেলিতে যায়, ভয়ে ভয়ে বাঁশ দুটিকে থাড়া করিয়া একটু বেশি করিয়া ডোবায়। আর দুরু হরু বুকে মুহূর্ত গোণে মাটিতে ঠেকিল কি না। আর কোথায় স্রোতের কি নড়চড় হইল পই পই করিয়া খোজে। খুঁজিতে খুঁজিতে সত্যই দেখিল, হিসাবে মিলে না, কোথায় যেন গোলমাল হইয়া গিয়াছে। তারা বহুপুরুষ ধরিয়া এই নদীর সঙ্গে পরিচিত। তাদের দিনেরাতের সাখী বলিতে

এই নদী। এর মনের অলিতে-গলিতে তাদের অবাধ পথ-চলা। এর নাড়ি-নক্ষত্র তাদের নখদপণে। কাজেই স্রোতের একটুখানি আড় টিপিয়াই বুঝিতে পারে কোথায় এর ব্যাধি ঢুকিয়াছে। বুঝিতে পারে এর বুকে কাছেই কোথাও খুব বড় একটা চর ভাসিতেছে।

তাদের হিসাব ভুল হয় না।

ভাসমান চরটা একদিন মোহনের জালের খুঁটিতে ধরা পড়িয়া গেল। সেটা ছিল ভাঁটার শেষ দিন। বড় নদী তার বহু জল টানিয়া নিয়াছে। এমন সব ভাঁটাতেই নেয়। আবার জোয়ারে ফিরাইয়া দেয়। যত ইচ্ছা দিয়াও যা থাকে, তিতাস তাকে নিয়াই থমথম করে। জলগৌরব তার কোনো কালে ম্লান হয় না।

মোহনের বুক ধড়াস ধড়াস করিতে লাগিল।

সে ছোটবেলা গল্প শুনিয়াছে। কোন এক সাধু খড়ম পায়ে দিয়া এই তিতাসের বুকের উপর দিয়া হাঁটিয়া পার হইয়া যাইত। সেটা শুধু মন্ত্রবলেই সম্ভব হইয়াছিল। পাঠকের নিকট শুনিয়াছে, বিশাল যমুনা নদী, অগাধ তার জলরাশি; আর ঝড়ে বৃষ্টিতে দুর্যোগপূর্ণ রাত। বাসুদেব কৃষ্ণকে লইয়া জলে নামিল এবং থাপুর থুপুর করিয়া হাঁটিয়া পার হইয়া গেল। সেটা শুধু তারা দেবতা বলিয়াই সম্ভব হইয়াছিল।

আর এখানে দিনে-দুপুরে। চর্ম-চোখের সামনে। জালট ফেলিতেই তার বাঁশ এই মাঝগাঙেও খুঁচ করিয়া তলার মাটিতে ঠেকিল। নৌকাটা কাঁপিয়া উঠিল, আর কাঁপিয়া উঠিল মোহন নিজে।

মোহন বাড়িতে আসিয়া স্তব্ধ হইয়া রহিল। পাড়ার লোকের ডাকাডাকি করিলে সহসা সে রাগে ফাটিয়া পড়িল, 'মালোঙ্গষ্ঠি যাত্রা করুক, কবি করুক, নাচুক, মারামারি কামড়াকামড়ি যা মন চায় করুক। আর ভাবনা নাই। গাঙ শুখাইছে।'

'কি কইলি, আরে মহন কি কইলি? আরে আ মন-মোহন কি কইলি?

'কইলাম। গাঙে নাইম্যা দেখ গিয়া।'

এখান হইতে আধ মাইল দূরে যাত্রাবাড়ির টেক। নৌকা লইয়া তারা সেখানে গিয়া বাঁশ ফেলিল। এই টেক হইতে শুরু করিয়া এই অভাসিত চর উজানে কোথায় যে শেষ হইয়াছে, তার কিনারা করিতে পারিল না। যারা স্নান করিতে নামিয়াছে, তাদেরই একজন বার-পানির নেশায় পা টিপিয়া টিপিয়া একেবারে মাঝ নদীতে আসিয়াছে দেখা গেল। মাঝ নদীতে তার মোটে গলাজল। এমন আশ্চর্য ঘটনা তারা জীবনে এই প্রথম দেখিয়াছে।

বড় বড় নদীতে এক তীর ভাঙে, অপর তীরে চর পড়ে। ইহাই ধর্ম। কিন্তু তিতাসের ধর্ম তা নয়। এ নদীর কোন তীরই ভাঙে না। কাজেই তার বুকে যখন চর পড়িল, সে চর দিনে দিনে জাগিতে থাকে আয়তনে বাড়িয়া, চৌড় বুক চিতাইয়া।

বর্ষাকালে জল বাড়িয়া তিতাস কানায় কানায় পূর্ণ হইল। বর্ষা অন্তে সে জল সরিয়া যাওয়াতে সেই চর ভাসিয়া বুক চিতাইয়া দিল। কোথায় গেল এত জল, কোথায় গেল তার মাছ। তিতাসের কেবল তুই তীরের কাছে দুইটি খালের মত সরু জলরেখা প্রবাহিত রহিল, তিতাস যে এককালে একটা জলভরা নদী ছিল তারই সাক্ষী হিসাবে।

দুই তীরের উচ্চতা ডিঙাইয়া একদিন দূরদূরান্তের কৃষকের লাঠি-লাঠা লইয়া চরের মাটিতে ঝাঁপাইয়া পড়িল। পরস্পর লাঠালাঠি করিয়া চরটিকে তারা দখল করিয়া লইল। জেলেরা তীর হইতে কেবল তামাসা দেখিল। এ জায়গা যতদিন জলে ছিল ডোবানো, ততদিনই ছিল মালোদের। যেই জল সরাইয়া ভাসিয়া উঠিয়াছে, তখনি হইয়া গেল চাষাদের। এখানে তারা বীজ বুনিবে, ফসল কাটিয়া ঘরে তুলিবে। তাদের এ দখল চিরকাল বর্তাইয়া রহিবে, কোনোদিন কেউ এ দখল হরণ করিয়া লইবে না। তাদের এ দখল যে বাস্তবের উপর; তা যে মাটির গভীরে অনুপ্রবিষ্ট। আর মালোদের দখল ছিল জলে; তরলতার নিরবলম্ব নিরবয়বের মধ্যে। কোনোদিন সেটা বাস্তবের গভীর স্পর্শ খুঁজিয়া পাইল না। পাইল না শক্ত কোনো অবলম্বন। কঠিন কোনো পা রাখিবার স্থান। তাই তারা ভাসমান। পৃথিবীর বুকে মিশিয়া যতই তারা, জেলেরা, গাছপালা বাড়িঘরের সঙ্গে মিতালি করুক, তারা বাস্পের মত ভাসমান। যতই তারা পৃথিবীর বুক আঁকড়াইয়া ধরিয়া

থাকুক, ধরার মাটি তাহাদিগকে সর্বদা দুই হাতে ঠেলিয়া দিতেছে, আর বলিতেছে, ঠাঁই নাই, তোমাদের ঠাঁই নাই। যতদিন নদীতে থাকে জল, ততদিন তারা জলের উপর ভাসে। জল শুখাইলে তারা জলের সঙ্গে বাম্প হইয়া উড়িয়া যায়।

এখনো জোয়ার আসে। চরটা তখন ডুবিয়া যায়। সার তিতাস তখন জলে জলময়। নদীর দিকে দৃষ্টি প্রসারিত করিয়া মালোরা ভাবিতে চেষ্টা করে; এই তো জল-ভরা নদী। ইহাই সত্য। একটু আগে যাহা দেখা গিয়াছিল ওটা দুঃস্বপ্ন। কিন্তু ভাঁটা আসিলেই সত্যটা নগ্ন হইয়া উঠে। মালোদের এক একটা বুক জোড়া দীর্ঘনিশ্বাস বাহির হয়। তিতাস যেন একটা শত্রু। নির্মম নিষ্ঠুর হইয়া উঠিয়াছে সেইশত্রু। এতদিন ভালবাসিয়া আসিয়াছে। আজ সম্পূর্ণ অনাত্মীয় হইয়া গিয়াছে। এতদিন সোহাগে আহ্লাদে বুকে করিয়া রাখিয়াছিল। আজ যেন ঠেলিয়া কোন গহীন জলে ফেলিয়া দিতেছে। যেন মালোদের সঙ্গে তার সব সম্পর্ক চুকাইয়া নিষ্ঠুরুণ কণ্ঠে বলিয়া দিতেছে, আমার কাছে আর আসিও না। আমি আর তোমাদের কেউ না। বর্ষাকালে আবার সে কানায় কানায় পূর্ণ হইয়া উঠে। সুদূরবর্তী স্থান হইতে ভাসিয়া আসে তার ঢেউ। তখন তার স্রোতের ধারা কলকল করিয়া বহিতে থাকে। আবার প্রাণচঞ্চল মাছের সেই স্রোতের তরী বাহিয়া পুলকের সঙ্গে উজাইয়া চলে। নূতন জলে মালোর প্রাণ ভরিয়া ঝাপবাপি করে। গাঁ ডোবায়, গাঁ ভাসায়। নদীর শীতল আলিঙ্গনে আপনাদের ছাড়িয়া দিয়া বলে, তবে যে বড় শুখাইয়া গিয়াছিলে। বলিতে বলিতে চোখে জল আসিয়া পড়ে, বড় যে তোমাকে পর পর লাগিত; এখন ত লাগে না। এত যদি স্নেহ, এত যদি মমতা, তবে কেন সেদিন নির্মম হইয়া উঠিয়াছিলে। এ কি তোমার খেলা! এ খেলা আর যার সঙ্গে খুশি খেলাও, কিন্তু জেলেদের সঙ্গে নয়। তারা বড় অল্পেতে অভিভূত হইয়া পড়ে। তোমার ক্ষণিকের থেয়ালকে সত্য বলিয়া মানিয়া নিয়া তারা নিজেরাই আত্মনির্যাতন ভোগ করে। তারা বড় দীন। দয়াল তুমি, তাদের সঙ্গে ঐ খেলা খেলাইও না। ঐ রূপ দেখাইও না। তারা তোমার প্রসন্ন দৃষ্টি দেখিয়াই অভ্যস্ত।

বিধির বিধানে বর্ষার স্থায়িত্বের একটা সীমারেখা আছে। তার দিন ফুরাইলে তিতাস আবার সেই রকম হইয়া গেল। তার বুকের চরটা নগ্ন হইয়া জাগিয়া উঠিল। এবার সেটা আয়তনে আরো বাড়িয়াছে। উজানের দূরদূরান্তর হইতে একেবারে মালোপাড়ার ঘাট পর্যন্ত সেটা প্রসারিত হইয়া পড়িয়াছে।

এবারও কৃষকেরা লাঠি লইয়া দখল করিতে আসিবে। রামপ্রসাদ ঘুরিয়া ঘুরিয়া জেলেদের উত্তেজিত করিতে চেষ্টা করিল, ওরা কৃষক। ওদের জমি আছে। ওরা আরো দখল করিবে। যতদিন জল ছিল, আমাদের ছিল দখল। এখন জল গিয়াছে। তার মাটিও এখন আমাদেরই। ওরা অতদূর হইতে আসিয়া দখল করিয়া নিবে, আর এত নিকটে থাকিয়া আমরা জেলেরাই বা নিশ্চেষ্ট থাকিব কেন।

নিজেদের মধ্যে দীর্ঘকাল দলাদলির ফলে তারা একযোগে কাজ করার ক্ষমতা একেবারেই হারাইয়া ফেলিয়াছিল। তাই মারামারির নাম শুনিয়া আঁতকাইয়া উঠিল। বলিল; গাঙ শুখাইয়া জল গিয়াছে, তার সঙ্গে আমরাও গিয়াছি, এখন মাটি নিয়া কামড়াকামড়ি করিতে আমরা যাইব না। তোমার সাধ হইয়াছে তুমি একলা যাও।

রামপ্রসাদ একলাই গিয়াছিল। তার বাড়ি-সোজা চরের মাটি দখল করিবার জন্য নিশ্চিত মৃত্যু জানিয়াও ঝাঁপাইয়া পড়িল। জোয়ান ভাইদের পাশে রাখিয়া লড়াই করিতে করিতে বৃদ্ধ সেই মৃত্যুও বরণ করিল। করম আলি বন্দে আলি প্রভৃতি ভূমিহীন চাষীরাও আসিয়াছিল, কিন্তু মার থাইয়া ফিরিয়া গিয়াছে। কেহ এক থামচা মাটিও পাইল না। তবে পাইল কে। দেখা গেল, যারা অনেক জমির মালিক, যাদের জোর বেশি, তিতাসের বুকের নয়-মাটির জমিনের মালিকও হইল তারাই।

তাতে জেলেদের কিছু যায় আসে না। কারণ যেদিন
থেকে জল গিয়াছে সেদিন থেকে তারাও গিয়াছে।

উপরি উপরি কয়েকটা বছর ঘুরিয়া গেল। এবারের বর্ষার পর নবীনাগর গ্রামের জেলেদেরও টনক নড়িল। ভাসমান চরটা ভাসিতে ভাসিতে তাদের গ্রাম পর্যন্ত ছড়াইয়া গিয়াছে। অনন্তবালার বাপ বিষম

ভাবনায় পড়িয়াছে। একদিন বনমালীকে ডাকিয়া বলিল, 'একবার দেখনা, তার নি খোঁজ পাও।'

অনন্তবালার বয়স বাড়িয়াছে। তার বয়সের অন্যান্য মালোর মেয়েরা সকলেই স্বামীর ঘর করিতে চলিয়া গিয়াছে। সে এখনো মাঘমণ্ডলের পূজা করে। অনন্ত নাকি তাকে বলিয়া গিয়াছে। লেখাপড়া শিখিয়া সে যেদিন ফিরিয়া আসিবে, সেদিন সে যাহা বলিবে অনন্ত তাহাই করিবে। 'আমি আর কি বলিব। মা খুড়িমা যে-কথা অহর্নিশি বলে, আমিও সে কথাই বলিব, বলিয়াছিল অনন্তবালা। সেটা ছিল অবোধ বয়সের ছেলেমানুষি। এখন বয়স বাড়িয়া সে চিন্তাটা আরো প্রবল হইয়াছে। তার বয়সের অন্য মেয়েদের যখন এক এক বর আসিল, অনন্তবালা দেখিয়াছে, কিন্তু মনে করিয়া রাখিয়াছে, তারও একদিন বর আসিবে। সে বর আর কেউ নয়। সে অনন্ত।

দিনদিনই তাকে একটু একটু করিয়া বড় দেখায়। শেষে মা খুড়িমাদের চোখেও সে দৃষ্টিকটু হইয়া পড়িল। তার চাইতে ছোট মেয়েরা দেখিয়া মাঝে মাঝে ছড়া কাটে, 'অনন্তবালা ঘরের পালা, তারে নিয়া বিষম জ্বালা।' তার মা একদিন তার বাপকে তিরস্কার করিয়া বলিয়াছিল, 'মাইয়া রে যে বিয়া দেও না, সে কি কাঠের পালা যে ঘরে লাগাইয়া রাখবা।'

'কথা শুন, বনমালী। তোমারে রেলের ভাড়া দেই, তুমি কুমিল্লা শহরে যাও, দেখ গিয়া, তার নি খোঁজ পাওয়া যায়।'

বনমালী গিয়াছিল। দুইদিন হোটেলে বাস করিয়া রাস্তায় রাস্তায় ঢুঁড়িয়াছে। কোন হদিস মিলে নাই।

হদিস মিলিয়াছিল সাত বছর পরে। অনন্তবালা তখন ষোল ছাড়াইয়া সতেরোয় পা দিয়াছে। মালোর ঘরে অত বড় আইবুড়ে মেয়ে কেউ দেখে নাই বলিয়া সকলেই তার বাপখুড়াকে ছি ছি করিত। বয়স যতদিন কম ছিল, ভাল বর আসিলে অনন্তর আশায় তার প্রত্যাখ্যান করিয়াছে। এখন অনন্তর আশা গিয়াছে; বর আসে তৃতীয় কিংবা চতুর্থ পক্ষ। তার উপর মূর্খ, দেখিতে কদাকার। তারই একটার সঙ্গে জুড়িয়া দিব, আর উপায় নাই, বলিয়া তার বাপ একদিন নির্মম হইয়া উঠিলে, সে দুঃখে অপমানে মরিতে

চাহিল এবং বিস্তর কাঁদিয়া মা খুড়িমাদের তিরস্কারে ও অনুরোধে মন স্থির করিল। এমন সময় খবর নিয়া আসিল বনমালী।

—গাড়ি যখন কুমিল্লার ইষ্টিশনে লাগিল, তখন সন্ধ্যা হইতেছে। এদিক দিয়া চেকার উঠিতেছে দেখিয়া আমি ওদিক দিয়া নামিয়া গেলাম। কাঁধে পোনার ভার। দৌড়াইতে পারি না। হাঁড়ি দুইটা ভাঙ্গিয়া গেলে তুলেমূল বিনাশ। ইষ্টিশনের পশ্চিমে ময়দান। ঠাকুর ডুবিতেছে। লুকাইতে গিয়া দেখি অনন্ত। আরো তিনজনের সঙ্গে ঘাসের উপর বসিয়া তর্ক করিতেছে। পরণের ধুতি ফরসা, জামা ফরসা। পায়ের জুতা পর্যন্ত পালিশ করা। আমার এ বেশ লইয়া তার সামনে দাঁড়াইতে ভয়ানক লজ্জা করিতে লাগিল। তবু সামনে গিয়া দাঁড়াইলাম। চিনিল না। শেষে পনার হাঁড়ির দিকে মুখ রাখিয়া নিজে নিজে বলিলাম, আমাদের অনন্ত না জানি কোথায় আছে। সে কি জানে না তিতাস নদী শুকাইয়া গিয়াছে, মালোর জল ছাড়া মীনের মত হইয়াছে। থাইতে পায় না। মাথারও ঠিক নাই। অনন্ত লেখাপড়া শিখিয়াছে। সে কেন আসিয়া গরমেন্টের কাছে চিঠি লিখিয়া মালোদের একটা উপায় করিয়া দেয় না। হায় অনন্ত, যদি তুমি একবার আসিয়া দেখিতে তিতাস-তীরের মালোদের কি দশা হইয়াছে। দেখি অষুধে ধরিয়াছে। উঠিয়া কাছে আসিল। মুখের দিকে কতক্ষণ চাহিয়া রহিল। চিনিতে পারিয়া বুকে জড়াইয়া ধরিয়া কহিল, বনমালী দা, তুমি এই রকম হইয়া গিয়াছ। আমি একলা হই নাই রে ভাই, সব মালোরাই এইরকম হইয়া গিয়াছে। তবু ত আমি বাঁচিয়া আছি, মাছের পোনার ভার কাঁধে লইয়া ঘোরাফেরা করিতে পারি; কত মালো যে মরিয়া গিয়াছে; কত মালো যে থাইতে না পাইয়া একেবারে বলবুদ্ধি হারাইয়া ঘর-বৈঠক হইয়া গিয়াছে। সে দেখি ধ্যানস্থ হইয়া গেল। ধ্যান ভাঙ্গিলে বলিল, বনমালী দা, তুমি কি কর আজ কাল। বলিলাম, নদী শুকাইয়াছে, মালোদের মাছ ধরাও উঠিয়াছে। ব্যবসা ছাড়িয়া তারা দলেদলে মজুরি ধরিয়াছে। আমিও মজুরি ধরিয়াছি। একদিন চাঁটগাও হইতে এক মহাজন গেল মালোপাড়ায়। নাম কমল সরকার। বলিল, আমি এদেশে মাছের পোনা চালান দিব। এখানে দালাল থাকিবে। নানা গ্রামের পুকুরে সে পোনা

ফেলিবে। তোমরা ত আর কোনো কালে মাছ ধরিতে পারিবে না। মজুরি কর। হাঁড়িতে জল দিয়া পোনা জিয়াইয়া ভার কাঁধে তুলিয়া দেয়, গামছায় বাঁধিয়া চিড়া দেয়, একখানা টিকেট কাটিয়া দেয়। দেশে গিয়া দালালকে বুঝাইয়া দেই। ক্ষেপ-পিছে একটা করিয়া টাকা দেয়। আমার গায়ে জোর আছে আমি পারি। অন্য মালোরা কি তা পারে। এবার আবার টিকেট কাটিয়া দিল না, বলিল, তোর পরণে ছোড়া গামছা, কাঁধে ছোড়া গামছা; মুখে লম্বা লম্বা দাড়ি। তোকে ঠিক ভিখারীর মত দেখায়। চেকারবাবু তোকে কিছুই বলিবে না। তুই বিনা টিকেটেই যা। একটাকার জায়গাতে না হয় পাঁচসিক দিব। এতদূর আসিয়াছিলাম। কিন্তু এখানে আসিয়া এত ভয় করিতে লাগিল যে নামিয়া পড়িলাম। আমার শরীরের দিকে কাপড়চোপড়ের দিকে, দাড়ির দিকে, চুলের দিকে চাহিয়া রহিল। এক সময়ে বলিল, বনমালী দা, তোমার একখানা ভাল গামছাও নাই। বলিলাম, আছে রে ভাই আছে। ভাল ধুতিও একটা আছে, কিন্তু তুলিয়া রাখিয়াছি। আর বিদেশ চলিতে এই পোষাকই ভাল। আমাকে হোটেলে নিয়া খাওয়াইল। দোকান হইতে আমাকে একটা, গোকনঘাটের তার মাসী সুবলার বউকে একটা আর উদয়তারাকে একটা কাপড় কিনিয়া দিল। নিজের কাছে নিজের বিছানায় শোয়াইল। পরদিন সকালে টিকেট কাটিয়া গাড়িতে তুলিয়া দিয়া গেল। বলিয়া দিল, বি-এ পরীক্ষার আর ছমাস বাকি। পরীক্ষা দিয়াই আমাদের দেখিতে আসিবে।

অনন্তবালা চুপি চুপি তাকে আসিয়া বলিল, 'অ বনমালী দা, কাপড় দিল তোমারে একখান, মাসীরে একখান, উদি বোনদিরে একখান, আমারে একখান দিল না?'

—নিশ্চয়ই দিত। আমি যে তোমার কথা তাকে বলিই নাই।

— বল নাই। কেন বল নাই।

—চিনিতে পারিবে না যে। আমারেই কত কষ্টে চিনিয়াছে।

—চিনিতে পারিবে না কেন। আমার কি তোমার মত দাড়ি হইয়াছে, না, আমি তোমার মত বুড়া হইয়া গিয়াছি।

বনমালীর বোন উদয়তারারও বয়স বাড়িয়াছে। শরীরের লাবণ্য গিয়াছে। কিন্তু মনের রঙ মুছিয়া যায় নাই। নূতন বর্ষায় তিতাসে আবার

নূতন জল আসিয়াছে। স্বপ্নের মত অভাবিত এই জল। কি স্বচ্ছ। বুকজলে নামিয়া মুখ বাড়াইলে মাটি দেখা যায়। এই মাটিটাই সত্য। এই মাটিই যখন জাগিয়া উঠিত প্রথম প্রথম দুঃস্বপ্ন বলিয়া মনে হইত। এখন ঐ মাটিই স্বাভাবিক। জল যে আসিয়াছে ইহা একটা স্বপ্নমাত্র। মনোহর। কিন্তু যখন চলিয়া যাইবে ঘোরতর মরুভূমি রাখিয়া যাইবে। সে মরুভূমি রেণু রেণু করিয়া খুঁজিলেও তাতে একটি মাছ থাকিবে না। তবু সেই জলেই গাঁ ডুবাইয়া উদয়তারার খুশি উপছাইয়া উঠিল। সেই ঘাটে অনন্তবালাও গাঁ মেলিয়া ধরিয়াছে। ছোট ঢেউগুলি তার চুলগুলিকে নাড়াচাড়া করিতেছে দেখিয়া উদয়তারা বলিয়া উঠিল, 'জিলাপির পেচে-পেচে রসভরা, মও কি ঠাও লাগে জল ছাড়া। যতই দেখ মেওয়া-মিছরি কিছু এই জলের মতন ঠাও লাগে না। অনন্তর ত অন্ত নাই। জলের তবু অন্ত আছে। লও, ভইন ডুব দেই।'

'কেন গো দিদি। আমরা কি বাজারের গামছা না সাবান যে ডুইব্যা তলায় পইড়া ক্ষয় হমু। তোমার যদি জ্বালা হইয়া থাকে, জুড়াইতে চাও, তবে তুমি ডোব।'

'আমার ত ভইন কেশটি পড়িল দন্তটি নড়িল যেবনে পড়িল ভাটি। আমার আবার জ্বালা কি?'

এইবার কথায় তার বয়সের খোঁটা আসিয়া পড়িবে আশঙ্কা করিয়া অনন্তবালা জল হইতে উঠিয়া পড়িল। কাপড়খানা বুকের উপর দুই তিন ভাজে বিছাইয়া বাড়িমুখে হইল।

'আহা আমি যেন মারছি না ধরছি' বলিয়া উদয়তারাও উঠিয়া পড়িল।

ভিজা কাপড়। আলুলায়িত চুল। কয়েক পা যাইতেই পাশের ঘাট হইতে দুইজনের কথাবার্তা তার কানে গেল। একটা লোক নৌকা ভিড়াইয়া খুঁটি পুতিল এবং দড়ি দিয়া নৌকা বাধিল। অন্য লোকটি ঘাটে দাঁড়াইয়া বলিতেছে, নিতে আসিয়াছ বুঝি? হাঁ। না দেখিলে বুঝি অন্তর দাহনি করে? করে। তা বেশ। বুদ্ধিমানের মতই কাজ করিয়াছ। গাঙে জল থাকিতে থাকিতে নিয়া যাও। সুদিনে গাঙ যতদিন শুকনা ছিল, ততদিন তুমি আস

নাই। জল শুকাইবার সঙ্গে সঙ্গে তোমার প্রেমও শুকাইয়া গিয়াছিল, কেমন কহিলাম? হা, কথা কিছু মিছা বল নাই। তা শুকনা গাঙে তুমি কেমন করিয়াই আসিতে! নৌকা ত আর কাঁধে করিয়া আনিতে পারিতে না? না। তা তুমি যাই কও আর তাই কও, আমি কিন্তু সাঁচা কথাখান কই, 'যদি থাকে বন্ধুর মন, গাঙ পার হইতে কতক্ষণ?' মনে থাকিলে গহীন গাঙে কি করিবে। মনে থাকিলে মরাগাঙেও আটকাইতে পারে না; গানে আছে না, 'ভেবে রাধারমণ বলে, পিরিতের নাও শুকনায় চলে।' কেমন কহিলাম। হাঁ, কথা তুমি কিছু মিছা কও নাই।

উদয়তারাকে তার স্বামী নিতে আসিয়াছে।

আজ বনমালীর দিকে সে নূতন করিয়া চাহিল। নূতন এক রূপে তাহাকে দেখিতে পাইল। যতবার চায় তার বুক সমবেদনায় ভরিয়া উঠে। দাদাকে জড়াইয়া ধরিয়া হ হ করিয়া কাঁদিতে চায় সে।

বনমালী দিন দিন শুকাইয়া যাইতেছে। কিই বা তার বয়স। তবু ইহারই মধ্যে তাহাকে অনেক বুড়া দেখাইতেছে। তার উপর একমাথা চুল একমুখ দাড়ি। কটিতে ছেঁড়া গামছা, কাঁধে ছেঁড়া গামছা। গাঙ ত তার একার জন্য শুকায় নাই। সব জেলের জনাই শুকাইয়াছে। তারা বুঝি আর চিন্তা করে না। না কি দাদা সমস্তের চিন্তা একলা মাথায় করিয়া তারই ভারে নুইয়া পড়িতেছে। এখনো ত কিছু কিছু রোজগার হয়; পেটে দুইটা দানা পড়ে। পরে যখন রোজগারে আরো ভাঁটা পড়িবে, তখন কি সকলে না মরিতে দাদাই আগে মরিবে। দাদার প্রতি স্নেহে ও করুণায় বুক ভরিয়া উঠে; কিন্তু তারই আড়ালে জাগিয়া থাকে একটা অস্ফুট হাহাকার।

'দাদা, তুমি একটা ফুলের নাম কও ত!'

বনমালী মলিন মুখে একটু হাসিল, 'আমার লাগি তুই দিশা চাইবি বুঝি। আছিলি জামাই-ঠকানী, অখন হইলি গণকঠাকুরাইন।'

'ঠিসারা রাখ। তুমি অত শুকাইয়া যাইতাছ কেনে? গাঙে জল ত অখনো আছে।'

—আছে টুনির মুত। বছরের পাঁচ রকম জো-এ পাঁচ কিসিমের জাল ফেলিতাম। রাজার হালে মাছ ধরিতাম। সেই দিন গেছে। তার কথা

এখন স্বপ্নে দেখিলেও বিশ্বাস হয় না। স্বাধীনভাবে জাল ফেলিতাম জাল তুলিতাম। এখন করি পরের গোলামি। পোনার ভার বহিতে বহিতে কাঁধে কড়া বাঁধিয়াছে, কোমরও কুঁজা হইয়া আসিতেছে। কিন্তু তার জন্যও ভাবি না। আমি ভাবি, সামনের সুদিনে মালোগুষ্টির কি অবস্থা হইবে।

ধৈর্যহীন স্বামীর তাগিদে কাতর হইয়া উদয়তারা বনমালীর গলা জড়াইয়া কাঁদিয়া ভাসাইল। বনমালী তার হাত ছাড়াইতে ছাড়াইতে বলিল, 'পাগলামি করিস না। কথা রাখ। অখন বুঝি তর কান্দবার বয়স আছে!'

উদয়তারা ফোঁপাইতে ফোঁপাইতে বলিল, 'দাদা, তোমার মাথায় বুঝি আর শালার মটুক উঠল না।'

'শালার মটুক উঠব। মড়াপোড়ার টেকে গিয় উঠব। তুই কান্দিস না।'

বনমালীর সঙ্গে উদয়তারার এই শেষ দেখা।

নদীতে নৌকা ভাসিলে উদয়তার ছইয়ের ভিতর চুপ করিয়া বসিয়া রহিল। একটি কথাও বলিল না। একটানা কোরা টানিতে টানিতে তার স্বামী অধৈর্য হইয়া পড়িয়াছিল। আর থাকিতে না পারিয়া শেষে নিজেই কথা কহিল, 'নিত্যর মামী, অ নিত্যর মামী, একটু তামুক নি খাওয়াইতে পারে।'

তারা নদীবক্ষে একে অন্যকে পাইয়াছে অনেকদিন পরে। কিন্তু উদয়তারার মনে কোনই উৎসাহ নাই। সে নির্লিপ্ত ভাবে কলকেতে তামাক ভরিল, মালসার আওনে টিকা গুঁজিয়া দিল, লাল হইলে তুলিয়া হুকাটা ছইয়ের বাহিরে বাড়াইয়া দিয়া নিস্পৃহ কণ্ঠে বলিল, 'নেউক, হক্কা নেউক।'

বনমালীর জন্য এক অব্যক্ত বেদনা তার মনে অনবরত লুটোপুটি খাইতেছে, তার স্বামী কোরা টানিতেছে আর চারিদিক দেখিতেছে। দুই পারের চাষীদের গ্রামগুলি তেমনি সবুজ। কিন্তু মালোদের পাড়াগুলি যখনই চোখে পড়িতেছে, তখনই বেদনায় বুক টনটন করিয়া উঠিতেছে। গাছগাছালি আছে, কিছু দিন আগে যেখানে যেখানে ঘর ছিল তার অনেকই এখন খালি-ভিটা। ঘাটে আগে সারি সারি নৌকা ছিল, এখন আর নাই। মাঝে মাঝে দুই একটা কেবল বাঁধা রহিয়াছে। যেখানে তারা জাল শুখাইত, এখন সেখানে গরু চরিতেছে। ঘরগুলি কোথায় লুকাইয়াছে, ভিটাগুলি নগ্ন। তার উপরে

বাঁশের খুঁটির গর্ত, ভাঙা উনানের গর্ত, শিলনোড়া রাখার সিঁড়ি, মাটির কলসী রাখার সিঁড়ি অধ-ভাঙা পড়িয়া আছে। উঠানে ঝরাপাতার রাশি, তুলসীমঞ্চ ভাঙ্গিয়া শত খান। প্রদীপ দেখাইবার কেউ নাই। মাঝেমাঝে দুই একটি বাড়ি এখনো আছে। তারা বড়ঘর বেচিয়া ছোটঘর তুলিয়াছে।

'রাধানগর কিষ্টনগর মনতলা গোঁসাইপুর সবখানের দেখি একই অবস্থা?' বলিয়া হাত বাড়াইয়া হুঁকা লইল।

নৌকা ঘাটে ভিড়িলে, উদয়তারা নামিতে নামিতে পাড়াটার দিকে দৃষ্টিপাত করিয়া বলিল, 'তোমার গেরামেও ত দেখি একই অবস্থা।'

সে অনেক দিন পর স্বামীর ঘর করিতে আসিয়াছে। সুবলার বউ তখন এই ঘাটেই স্নান করিতেছে। কিন্তু সেই যে গলা-জলে নামিয়া গাঁ ডুবাইয়াছে, আর উঠিবার নামও করিতেছে না।

'কিলা বাসন্তী, জলে কি তোরে যাদু করছে। 'টা নে' উঠবি না? তোর সাথে একখান কথা আছিল।'

সুবলার বউ গলা-জলে থাকিয়াই ঘাড় ফিরাইল, 'বাসন্তী আছলাম ছোটবেলা, যখন মাঘমাসে ভেউরা ভাসাইতাম। তার পরে হইলাম কার বউ, তার পরে হইলাম রাঁড়ি। মাঝখানে হইয়া গেছলাম অনন্তর মাসী। অখন আবার হইয়া গেলাম বাসন্তী।'

'আমারও ছোটকালেই বিয়া হইছিল। এই গাওয়ে আইয়া পাইলাম তোরে। বাড়ির লগে বাড়ি—দুইজনে এক সাথে গলায়-গলায় রইছি, তখনও যেমন তুই বাসন্তী অখনও তুই আমার তেমুনই বাসন্তী। নে উঠ, কথা আছে।'

'তোর সাথে আমার না একখান ঝগড়া আছিল কোন সত্যিকালে, মনে কইরা দেখ। তোর সাথে কথা কওন মানা।'

উদয়তারার মন বেদনার্ত হইয়া উঠিল। যে-মানুষের গায়ে জীবনে কোনোদিন 'ফুলটুঙি'র ঘা পড়ে নাই, তাকে সেদিন তারা কি নিষ্ঠুর ভাবে মারিয়াছিল। আজ সে নিস্তেজ, নিষ্প্রভ। ঘাড়টা কেমন সরু হইয়া গিয়াছে। গালদুটি কেমন ভাঙ্গিয়া পড়িয়াছে। মাথা-ভরতি কি লম্বা চুল ছিল। আজ সে চুলের অর্ধেকও নাই। বনমালীর মত এও যৌবন থাকিতে বুড়ি হইয়া

গিয়াছে। আজ তাহাকে দেখিলেই মায়া জাগে। আজ হইলে উদয়তারা নিজের কপাল থাইয়াও তাহার গায়ে হাত তুলিতে পারিত না।

অগত্যা সে নিজেই ধীরে ধীরে গলাজল পর্যন্ত নামিল। বলিল, একদিন তোর হাতের মার থাইলে বড় ভাল হইত ভইন, বুকটা ঠাণ্ডা হইত। তোরে মাইরা যে আনল জ্বলল, সে আনল আর নিবল না। মিছা না বাসন্তী। তুই মারবি আমারে?'

'আমি মারুম তোর শত্তুররে। নিশতুরী। তুই লাউয়ের কাঁটা ফুইট্যা মর, তুই শুকনা গাঙে ডুইব্য মর।'

দুইজনের মনই হালকা হইয়া গেল।

'অনন্তর কথা জানবার মনে লয় না?'

'অনন্ত? ও অনন্ত। অনন্ত অখন কার কাছে থাকে?'

—অনন্ত কি এখনও তেমন ছোটটি আছে যে, কারো কাছে থাকিবে। সে কত বড় হইয়াছে। শহরে থাকিয়া এল-বিয়ে পাশ করিয়াছে। দাদা পোনার ভার লইয়া আসিতে দেখিয়া আসিয়াছে। কত কথা বলিয়াছে। ভদ্রলোকের সঙ্গে থাকে। দেখিতেও হইয়াছে ঠিক যেন ভদ্রলোক।

—সুবলার বউ কেমন উদাস হইয়া যায় : ভদ্রলোকের সঙ্গে থাকে। ভদ্রলোকে যদি তারে যাত্রা শিখাইয়া নষ্ট করিয়া ফেলে।

—আ লো, না লো, তারা বাজারের ভদ্রলোক না, তারা পড়ালেখার ভদ্রলোক। তোর একখানা আমার একখানা কাপড় কিনিয়া দিয়াছে। আমারখানা আমার পরণে তোরখানা ঐ 'টানে'। স্নানের শেষে একেবারে কোমরে গুঁজিয়াই বাড়ি যাইবি।

সুবলার বউ হঠাৎ আনমনা হইয়া যায়। কি ভাবিতে থাকে। কথা বলে না।

'কি লা বাসন্তী, মনে বুঝি মানে না। আমারও মানে না। আমার ত ভইন কৃষ্ণহারা ব্রজনারীর মত অবস্থা। কিন্তু পরের পুত, তোরও পেটের না, আমারও পেটের না।'

—দূর নিশ্ঠুরী। আমি বুঝি তার কথা ভাবি। আমি ভাবি অন্য কথা। গত বর্ষার আগে চরটা ছিল ওই-ই থানে। তারপর এইথানে। এখন যেখানে গাঁ ডুবাইয়া আছি। পরের বছর দেখিবি এখানেও চর। গাঁ ডোবে না। এইবারে যত পারি ডুবাইয়া নেই, জন্মের মত।

বছর ঘুরিতে মালোরা সম্পূর্ণ অচল হইয়া পড়িল। নদীর দুই তীর ঘেঁষিয়া চর পড়িয়াছে। একটিমাত্র জলের রেখা অবশিষ্ট আছে। তাতে নৌকা চলে না। মেয়েরা স্নান করিতে যায়, কিন্তু গাঁ ডোবে না। উবু হইয়া মাটি খুঁড়িতে খুঁড়িতে একটা গর্তের মত করিয়াছে। তাতে একবার চিৎ হইয়া একবার উপুর হইয়া শুইলে তবে শরীর ডোবে। তাতেই কোন রকমে এপাশ ওপাশ ভিজাইয়া তারা কলসী ভরিয়া বাড়ি ফিরে। জেলেদের নৌকাগুলি শুকনা ডাঙ্গায় আটকা পড়িয়া চৌচির হইয়া যাইতেছে। জলের অভাবে সেগুলি আর নদীতে ভাসে না। মালোরা তবু মাছ ধরা ছাড়ে নাই। এক কাঁধে কাঁধ-ডোলা অন্য কাঁধে ঠেলা-জাল লইয়া তারা দলে দলে হন্যে হইয়া ঘুরিয়া বেড়ায়। কোথায় ডোবা, কোথায় পুষ্করিণী, তারই সন্ধানে। গ্রামে গ্রামান্তরে ঘুরিয়া কোথাও ডোবা দেখিতে পাইলে, শ্যেন দৃষ্টিতে তাকায়। দেহ হাড্ডিসার চোখ বসিয়া গিয়াছে। সেই গর্তে-ডোবা চোখ দুইটি হইতে জিঘাংসার দৃষ্টি ঠিকরাইয়া বাহির হয়। জালের সামনাটা জলে ডুবাইয়া ঠেলা মারিয়া সামনের দিকে দেয় এক দৌড়। দুই চারিটা মৌরলা উঠে আর উঠে একপাল ব্যাঙ। ব্যাঙ গুলি লাফাইয়া পড়িয়া যায়। মাছগুলি থাকে। সেগুলি বেচিয়া কয়েক আনা পাইলে তাতে ঘরে চাউল আসে, না পাইলে আসে না। মনমোহন সারাদিন ডোবায় ডোবায় জাল ঠেলিয়াছে, কিন্তু উঠিয়াছে কেবল ব্যাঙ। মাছ উঠে নাই। চাউল না লইয়া শুধুহাতে বাড়িতে ফিরিয়া আসিয়াছে। ডোলাটা একদিকে ছুড়িয়া ফেলিয়া জালটা একটা বেড়ায় ঠেকাইয়া রাখিল। তার বুড়ি মা শুখাইয়া দড়ির মত হইয়া গিয়াছে। কয়েক বছর আগে সে বিবাহ করিয়াছিল। খাইতে না পাইয়া তার বউও শুখাইয়া যাইতেছে। তার দিকে আর তাকানো যায় না। তার বাপ দাওয়ার উপর বসিয়া তামাক টানিতেছে। মা আর বউ দুইজনেই আগাইয়া আসিয়াছিল, চাউলের পুটুলি

তার সঙ্গে দেখিতে না পাইয়া, নীরবে ঘরের ভিতরে চলিয়া গেল। আজ কারো খাওয়া হইবে না। কালও হইবে কিনা তাও জানা যায় নাই। অথচ বাপ কেমন নিরুদ্বিগ্ন মনে তামাক টানিতেছে।

বাপের হাত হইতে হুকাটা লইয়া খুব জোরে জোরে কয়েকটা টান দিতেই মনমোহনও বুঝিল, না এই বেশ।

অনেক মালা পরিবার গ্রাম ছাড়িয়া চলিয়া গিয়াছে। যারা আগেই গিয়াছে তারা ঘরদুয়ার জিনিসপত্র নৌকাতে বোঝাই করিয়া লইয়া গিয়াছে। যারা পরে গিয়াছে তারা ঘরদুয়ার জিনিসপত্র ফেলিয়াই গিয়াছে। তারা কোথায় গেল যাহারা রহিয়া গিয়াছে তারা জানিতেও পারিল না। তার কতক গিয়াছে ধানকাটায়, কতক গিয়াছে বড়নদীর পারে। সেখানে বড় লোকেরা মাছ ধরার বড় রকমের আয়োজন করিয়াছে। মালোরা সেখানে থাইতে পাইবে আর নদীতে তাদের হইয়া মাছ ধরিয়া দিবে।

যারা দলাদলি করিয়াছিল, মাছ ধরা বন্ধ হইয়া যাওয়ায় বাজারের পালেরা তাদের দয়া করিয়া কাজ দিয়া দিল, শহর হইতে তাদের জন্য মালের বস্তা ঘাড়ে করিয়া দোকানে আনিয়া দিবে আর রোজ চার আনা করিয়া পাইবে। সেই সব বস্তা বহিতে বহিতে তাদের কোমর ভাঙ্গিয়া গিয়াছে, তারা এখন বেঁকা হইয়া পড়িয়াছে। কাজ করিতে না পারিয়া তারা এখন কেবল মরিবার অপেক্ষায় আছে।

উদয়তারার স্বামী এই দলের। সে এখন লাঠির উপর ভর না করিয়া এক পাও চলিতে পারে না। সে কেবল জীর্ণ কোটরপ্রবিষ্ট চোখ মেলিয়া উদয়তারার দিকে চাহিয়া থাকে।

সুবলার বউ এতদিন সারারাত সূতা কাটিয়া অশক্ত বাপমার আর নিজের অন্ন জোগাইয়াছে। এখন আর কেউ সূতা কিনিতে আসে না। এখন সে উদয়তারকে লইয়া 'গাওয়ালে' যায়। পানসুপারি আর কিছু পোড়ামাটি লইয়া সারাদিন গ্রামে গ্রামে ঘোরে, সন্ধ্যাবেল এক এক পুঁটলি ধান লইয়া মেঠো পথ বাহিয়া ঘরে ফেরে।

কিন্তু তাতে কয়েক আনা পুঁজির দরকার। যাদের তাও নাই, তারা আর কি করে, দাঁতে দাঁত চাপিয়া ভিক্ষায় বাহির হইয়া পড়ে। জয়চন্দর বউ

এই দলের। সে যুবতী। কয়েকদিন হয় জয়চন্দ্র মরিয়া গিয়াছে। হাতে যা ছিল পোড়াইতে খরচ হইয়া গিয়াছে। একটি শিশু বুকে দুধ টানে আরেকটা শিশু সারাদিন থাই থাই করে। সে আর কি করিবে। অনেক দূরের গ্রামে গিয়া বাড়ি বাড়ি ভিক্ষা করে। ফিরিয়া আসে সন্ধ্যার পর। ভয় হয় পাছে ধরা পড়ে। কিন্তু ধরা যেদিন পড়িল, সেদিন তার জয় জয়কার। আরও পাঁচজনে তাকেই অনুসরণ করিয়া ভিক্ষায় বাহির হইল। যেন সে একটা পথের সন্ধান দিয়াছে। কিন্তু সে পথ বড় পিছল। অনেকে চলিতে চলিতে হোঁচট খাইয়া সেই যে পড়িল, মুখ দেখাইবার জন্য আর উঠিল না। মালোপাড়া হইতে তারা একেবারে নিশ্চিহ্ন হইয়া গেল।

যারা মরিয়া গিয়াছে তারা রক্ষা পাইয়াছে। যারা বাঁচিয়া আছে তারা শুধু ভাবিতেছে, আর কতদূর। তিভাগের দিক হইতে যেন উত্তর ভাসিয়া আসে, আর বেশি দূর নহে।

বর্ষা আর সত্যি বেশি দূরে নাই। তিতাসে নূতন জল আসিলে উহাদের দগ্ধ হাড় একটু জুড়াইত। কিন্তু মালোরা যেন জলছাড়া হইয়া ধুঁকিতেছে। আর অপেক্ষা করার উপায় নাই। জীবন নদীতে যে ভাঁটা পড়িয়াছিল, তারই শেষ টান উপস্থিত। তিল তিল করিয়া যে প্রাণ ক্ষয় হইতেছিল, তাহা এখন একেবারেই নিঃশেষ হইয়া আসিল।

ঘরে ঘরে বিছানায় পড়িয়া তার ছটফট করিতে লাগিল। পা টিপ টিপ করিতেছে; চোখ বসিয়া গিয়াছে গাল ভাঙ্গিয়া চোয়াল উঁচু হইয়া উঠিয়াছে। পাজড় বাহির হইয়া পড়িয়াছে। যেন প্রেতের মিছিল। এই দেহ টানিয়া টানিয়াই ঘাটের দিকে যায়। যদি দক্ষিণ হইতে স্রোত আসে, নদীতে যদি মাছ উজায়। কিন্তু আসিলেই বা কি। এই হাতে তারা না পরিবে নৌকা ভাসাইতে না পারিবে জাল ফেলিতে। এমনি শীর্ণ হইয়া গিয়াছে।

এমনি শীর্ণ হইতে হইতে উদয়তারার স্বামী একদিন বলিল, 'আর ত খাড়া থাকতে পারি না।' সে বিছানা লইল।

তারপর বিছানা লইল বাসন্তীর বাপ-মা দুইজনে। তারা মরিয়া গিয়া বাসন্তীকে মুক্তি দিল। আর মুক্তি দিল মোহনকে তার বাপ। কিন্তু সে এক কাও করিয়া মরিল।

'আমি কতবার মাথা কুটলাম, গাঁও ছাইড়া যাই। আমার কথা কেউ 'বস্তুজ্ঞান' করল না। দেহে ক্ষমতা থাকতে নিজেও গেলাম না। অখন পড়ছি চৌদ্দ-সানকির তলায়।' এই বলিয়া সে টলিতে টলিতে বারান্দা হইতে উঠানে পড়িয়া গেল। পড়িবার সময় মোহনের দিকে হাত বাড়াইলে, মোহন ধরে নাই। মরিবার সময় মুখটা কি বিকৃত করিয়াছিল। চোখ ছটি খোলা। মরিতেছে না যেন মোহনের দিকে চাহিয়া বিদ্রূপ করিতেছে।

সুবলার বউ নিজেও আর উঠিতে পারে না। পা টিপটিপ করে। মাথা ঘোরে। চোখের সামনে দুনিয়ার রঙ আরেকরকম হইয়া যায়। সে ভাবিয়া রাখিয়াছে, সকলের যা গতি হইয়াছে আমারও তাই হইবে। তার জন্য ভাবিয়া কোন লাভ নাই। কিন্তু ঘরে জল থাকা দরকার। শেষ সময়ে কাছে জল না থাকিলে নাকি ভয়ানক কষ্ট হয়। সকলেরই যখন এক দশা, তখন তার সময়ে কে কার ঘর হইতে জল আনিয়া তার মুখে দিবে। কলসী বহিবার সামর্থ্য নাই। দুই তিনটি লোটা লইয়া ঘাটে গেল। নদীতে তখন নূতন জল আসিয়াছে। চরটা জুড়িয়া ধানক্ষেত হন হন করিতেছে। তারই পাশ দিয়া জল পড়িতেছে। হ হ স্রোত বহিতেছে। ধানক্ষেতে কত ধান। এইখানেই তাদের মাছ ধরার অগাধ জল ছিল। ধীরে ধীরে একখানা নৌকা আসিয়া ঘাটে ভিড়িল। সে নৌকায় অনন্তবালা, তার বাপ কাক, মা কাকীরা আসিয়াছে। অনন্তবালা চিনিতে পারিয়া আগাইয়া আসিল। বলিল, তারা দেশ ছাড়িয়া দিতেছে। এইখান হইতে পায়ে হাঁটিয়া শহরে গিয়া রেলগাড়িতে উঠিবে। তারা আসাম যাইবে।

সুবলার-বউ অত দুঃখের সময়েও অনন্ত কথা না তুলিয়া পারিল না। শুনিয়াছে, ছোট সময়ে এই দুইটিতে খুব ভাব ছিল। পরে উমা যেমন শিবের জন্য তপস্যা করিয়াছিল, সেও তেমনি তপস্যা করিয়া চলিয়াছিল।

পথ চাহিয়া বসিয়া ছিল। মালোর ঘরের মেয়ে অত বড় হইয়াছে বলিয়া কত কথা তাকে শুনিতে হইয়াছে।

'অনন্তর কোনো খবর পাওয়া গেল না?'

'অনেক খবর পাওয়া গেছে', বলিয়া সে আরম্ভ করিল। বাবুদের সঙ্গে মিলিয়া সে লোকের উপকার করিয়া ফিরিতেছে। প্রথম যখন আসিল কেউ তাকে চিনিল না। বিরামপুরের ঘাটে নৌকা লাগাইয়াছিল। বলিয়াছিল, এ গায়ের লোকের কি কষ্ট। কাদির মিয়া বলিয়াছিল আমরা চাষা। ক্ষেতের ধান ঘরে আনিয়াছি, আমাদের কোন কষ্ট নাই। কষ্টে পড়িয়াছে মালোগুষ্টি, গাঙ শুকাইয়া যাওয়াতে। কিন্তু কেউ তাকে চিনিল না। চিনিল কেবল রমুর মা! আগাইয়া আসিয়া বলিল : বা'জি, তোমারে আমি চিনি। তোমার নাম অনন্ত। বনমালীর নৌকাতে তুমি ছোটবেলা এখানে আসিয়াছিলে। আমার রমুর সঙ্গে খেলা করিয়াছিলে। বাড়িতে আস। বাড়িতে নিয়া তাকে যত্ন করিয়া খাওয়াইল। সেইদিনই বনমালী দাদা মরিল। মালিকের কাছে পোনামাছ বুঝাইয়া দিয়া, খালি ভার লইয়া তিতাসের পারে পারে চলিতে চলিতেই যেখানে পড়িয়া মরিল, সে কাদির মিয়ার বাড়িরই কাছে। অনেক লোক জড়ো হইয়া তাকে দেখিল। কাদির মিয়া দেখিল। অনন্তও গিয়া দেখিল। কাদির মিয়া আর থাকিতে পারিল না। এই লোক আমার কত উপকার করিয়াছে, বলিয়া ধানের গোলা খুলিয়া দিল। বাবুরা নিয়া মালোদের বিতরণ করুক। অনন্ত তার নৌকায় সেই ধান চাউল লইয়া আমাদের গ্রামে গেল; এক রাত্রি ছিল আমাদের বাড়িতে। কত কথা সে আমার কাকার নিকট বলিয়াছে।

—সব কথা বলিল, আর একখান কথা বলিল না?

—না। সেই কথা বলার তার সময় নাই। পরের দিন আরেক গ্রামে চলিয়া গেল। তোমাদের এ গ্রামেও কিবা আসে তারা।

সুবলার বউয়ের নিকট এ সমস্তই স্বপ্ন বলিয়া মনে হইল।

এমন কি যে অনন্তবালা সামনে দাঁড়াইয়া আছে, সেও যেন একটা স্বপ্ন মাত্র। একমাত্র সত্য চরের ধানগাছগুলি। কি অজস্র ধান ফলিয়াছে।

দক্ষিণের ঐ অনেক দূরের শিবনগর গী হইতে আগে ঢেউ উঠিত। সে ঢেউ থামিত আসিয়া এই মালোপাড়ার মাটিতে ঠেকিয়া। এখন সেই সুদূর হইতে সেই ঢেউই যেন রূপান্তরিত হইয়া ধানগাছের মাথাওলির উপর দিয়া বহিয়া আসে। সেই দিকে চাহিয়া সুবলার বউ ধীরে ধীরে চোখ মুদিল।

তখন মাঘ মাস। ঢোল বাজিতেছে, কাঁসি বাজিতেছে। নারীরা গান করিতেছে। তিতাসে কি জল। সেই জলে সে ভেউরা ভাসাইল, কাড়াকড়ি করিয়া লইয়া গেল তারা দুইজনে। সুবল আর কিশোর। তারপর আসিল বসন্তকাল। পরস্তাবের এক অজানা নারী উত্তরের থলাতে দোলউৎসবে নাচিতে গিয়া এক অজানা পুরুষকে দেখিয়া ভুলিল। হইল অনন্তর জন্ম। আর আজ এক অনন্তবালা তপস্যা করিতে করিতে শুখাইয়া গিয়াছে। সে কি আসিবে না! সে আসিল। এক কায়স্থের কন্যা এল—বিয়ে পড়িবার সময় তাকে ভুলাইয়াছিল। পরে তার মা জানিতে পারিয়া বলিয়াছিল, অনন্ত ছেলেটি দেখিতে বেশ, পড়াশোনায় পণ্ডিত। কিন্তু ওতো জেলের ছেলে, তোর সঙ্গে তার কি। সেই কন্যা বুঝিল, বলিল, সত্যই ত তার সঙ্গে আমার কি? মনে আঘাত পাইয়া অনন্ত বাউণ্ডুলে হইল। শেষে মনে পড়িল, আমি ছোট কিসে। আমার অনন্তবালা তো আমারই পথ চাহিয়া আছে। তারপর একদিন দেখিতেছি দুখাই বাদ্যকর ঢোল আর তার ছেলে কাঁসি বাজাইতেছে। তেমনি এক তালের বাজনা। তবে দুখাইর ঢোলটা অনেক পুরানো আর তার ছেলেটা অনেক বড় হইয়া উঠিয়াছে। কিন্তু জামাইর মা হইবে কে। আবাগী মরিয়া বাঁচিয়াছে। বাঁচিয়া থাকিলে এখন না খাইয়া মরিত। ধরিতে গেলে আমারই দাবী সকলের আগে। আমি তার মা হইয়া ঘরের ছাঁইচে বসিব, সে বসিবে আমার কোলে। নারীরা তার মুখে চিনি দিবে, মুখে নিয়া সে চিনি থুথু করিয়া ফেলিয়া দিবে। নারীর উলু দিবে। তারপর সে মার কোল হইতে পালকিতে গিয়া বসিবে। কিন্তু উদয়তারাও তো মা হইতে চাহিতে পারে। ওদিকে রমুর মা রহিয়াছে। সে যদি আসিয়া বলে, আমি তাকে আর আমার রমুকে অভিন্ন দেখি। রমুর যদি মা হইতে পারি, আমি তবে তারও মা হইতে পারি। তখন এই সুবলার বউ ছাড়িয়া দিলেও, উদয়তারা তো ছাড়িয়া দিবে না। বিয়ে

বাড়িতে তুমুল কাও বাঁধাইবে। দূর, একি স্বপ্ন! উদয়তারা মরিতেছে, মোহন মরিতেছে। মুখে জল দিতে হইবে। সে থাকিতে তারা তৃষ্ণ নিয়া মরিবে! জলে ঢেউ দিয়া ঘটি কয়টা ভরিল। সামনেই ধানক্ষেত। ধানগাছগুলি কোমরজলে দাঁড়াইয়া মাথা নাড়িতেছে। অত কাছে! লোটার ঢেউ সেগুলিকে গিয়া নড়াইয়া দিবে না ত! ওগুলি শক্ত। সারা গাঁয়ের মালোদের ওগুলিই তো মারিয়াছে। আবার চোখ বুজিয়া আসে।

পাড়াতে আর কেউ বাঁচিয়া নাই। কেবল দুইজন বাঁচিয়া আছে। ঘরকুয়ার কোথায় উঠিয়া গিয়াছে। একটা থালিভিটার উপর রান্না হইতেছে। একটা বড় হাঁড়িতে ভাত ভরতি। বাবুরা বিতরণ করিবে। বুড়া রামকেশব একটা মাটির সরা লইয়া টলিতে টলিতে আসিয়া দাঁড়াইতে, সরাতে ভাত তুলিয়া দিল। সুবলা.র বউ একটা মালসী লইয়া দাঁড়াইলে, তাকেও ভাত দিতে আসিল। সে অনন্ত। পাছে চিনিয়া ফেলে এই ভয়ে সে মুখ ফিরাইয়া নিঃশব্দে চলিয়া আসিল। কিন্তু একি স্বপ্ন! ঝপাৎ করিয়া একটা শব্দ হইল। সুবলার বউ সে শব্দে চমকিত হইয়া দেখে জলভরা লোটা তার শিথিল হাত হইতে মাটিতে পড়িয়া গিয়াছে।

ধানকাটা শেষ হইয়া গিয়াছে। চরে আর একটিও ধানগাছ নাই। সেখানে এখন বর্ষার সাঁতার-জল। চাহিলে কারো মনেই হইবে না যে এখানে একটা চর ছিল। জলে থই থই করিতেছে। যতদূর চোখ যায় কেবল জল। দক্ষিণের সেই সুদূর হইতে ঢেউ উঠিয়া সে ঢেউ এখন মালোপাড়ার মাটিতে আসিয়া লুটাইয়া পড়ে। কিন্তু এখন সে মালোপাড়ার কেবল মাটিই আছে। সে মালোপাড়া আর নাই। শূন্যভিটাগুলিতে গাছ-গাছড়া হইয়াছে। তাতে বাতাস লাগিয়া সে সে শব্দ হয়। এখানে পড়িয়া যারা মরিয়াছে, সেই শব্দে তারাই বুঝি বা নিশ্বাস ফেলে।

(সমাপ্ত)

Printed in Great Britain
by Amazon

48904728R00165